U0038329

陳美林
皋于厚 注譯

新譯明傳奇小說選

三民書局 印行

刊印古籍今注新譯叢書緣起

劉振強

人類歷史發展，每至偏執一端，往而不返的關頭，總有一股新興的反本運動繼起，要求回顧過往的源頭，從中汲取新生的創造力量。孔子所謂的述而不作，溫故知新，以及西方文藝復興所強調的再生精神，都體現了創造源頭這股日新不竭的力量。古典之所以重要，古籍之所以不可不讀，正在這層尋本與啟示的意義上。處於現代世界而倡言讀古書，並不是迷信傳統，更不是故步自封；而是當我們愈懂得聆聽來自根源的聲音，我們就愈懂得如何向歷史追問，也就愈能夠清醒正對當世的苦厄。要擴大心量，冥契古今心靈，會通宇宙精神，不能不由學會讀古書這一層根本的工夫做起。

基於這樣的想法，本局自草創以來，即懷著注譯傳統重要典籍的理想，由第一部的四書做起，希望藉由文字障礙的掃除，幫助有心的讀者，打開禁錮於古老話語中的豐沛寶藏。我們工作的原則是「兼取諸家，直注明解」。一方面熔鑄眾說，擇善而從；一方面也力求明白可喻，達到學術普及化的要求。叢書自陸續出刊以來，頗受各界的喜愛，使我們得到很大的鼓勵，也有信心繼續推廣這項工作。隨著海峽兩岸的交流，我們注譯的成員，也由臺灣各大學的教授，擴及大陸各有專長的學者。陣容的充實，使我們有更多的資源，整理更多樣化的古籍。兼採經、史、子、集四部的要典，重拾對通才器識的重視，將是我們進一步工作的目標。

古籍的注譯，固然是一件繁難的工作，但其實也只是整個工作的開端而已，最後的完成與意義的賦予，全賴讀者的閱讀與自得自證。我們期望這項工作能有助於為世界文化的未來匯流，注入一股源頭活水；也希望各界博雅君子不吝指正，讓我們的步伐能夠更堅穩地走下去。

新譯明傳奇小說選　目次

刊印古籍今注新譯叢書緣起

導　讀

王冕傳……宋濂……一
南宮生傳……高啓……一〇
三山福地志……瞿佑……一九
金鳳釵記……瞿佑……三六
令狐生冥夢錄……瞿佑……五二
渭塘奇遇記……瞿佑……六五

申陽洞記……瞿佑……八一
愛卿傳……瞿佑……九四
翠翠傳……瞿佑……一一三
太虛司法傳……瞿佑……一三七
修文舍人傳……瞿佑……一五〇
綠衣人傳……瞿佑……一六三
長安夜行錄……李昌祺……一七七
聽經猿記……李昌祺……一九六
鸞鸞傳……李昌祺……二二〇
鳳尾草記……李昌祺……二四五
瓊奴傳……李昌祺……二六一
胡媚娘傳……李昌祺……二八一
芙蓉屏記……李昌祺……二九五
秋千會記……李昌祺……三一四
心堅金石傳……陶輔……三二七

中山狼傳……馬中錫……三三八
東游記異……董玘……三五八
招提琴精記……釣鴛湖客……三六六
洞簫記……陸粲……三七四
娟娟傳……楊儀……三九〇
遼陽海神傳……蔡羽……四〇八
劉堯舉……佚名……四四一
桂遷夢感錄……邵景詹……四五〇
姚公子傳……邵景詹……四七五
貞烈墓記……邵景詹……四九一
負情儂傳……宋懋澄……五〇一
劉東山……宋懋澄……五二三
珠衫……宋懋澄……五三四
周廷章……馮夢龍……五五一
沈小霞妾……馮夢龍……五六六

唐寅……周復俊……五七一
小青傳……戔戔居士……五八二

導讀

一

傳奇是唐代興起的一種小說體裁，其名稱得之於晚唐裴鉶的傳奇小說集《傳奇》。所謂「傳奇」，就是傳述奇聞異事的意思，同以往略述故事梗概的筆記體小說相比，唐代傳奇具有敘事詳盡、想像飛騰、情致婉曲、文采華茂等特徵，它是我國古代文言小說高度成熟的標誌。

宋代傳奇小說有其自身獨具的特色，也產生了一些較好的作品，但總體來看，多數作品過於平淡質實，想像力和創造性明顯不足，傳奇創作呈現了一種衰頹的趨勢，這與宋代理學盛行、文人思想拘謹內向的文化背景有一定的聯繫。傳奇小說這種衰頹的趨勢直至明初方被扭轉過來。

宋濂、高啟都是明初執文壇牛耳的人物，同被列入「明初三大家」。他們雖無意於作傳奇小說，但宋濂的〈王冕傳〉、〈秦士錄〉、〈杜環小傳〉，高啟的〈南宮生傳〉、〈書縛鷄者事〉等人物傳記，著力描繪了一些具有卓異特行的人物，展示他們超群蓋世的才藝、狂傲不羈的個性或豪俠仗義的品格，在寫奇人時以奇氣灌注其中，體現了元明之際崇揚個性的時代精神和呼喚英豪的社會心理，這對後代的傳奇小說創作是有啟迪作用的。

瞿佑的《剪燈新話》是文言小說史上具有里程碑意義的作品。書中所記多為「好事者」提供的「近事」，「遠不出百年，近祇在數載」，這就扭轉了宋代傳奇小說假託歷史、迴避時事的偏向；《新話》追摹唐人傳奇的風韻情致，所記多為婚戀故事和靈異故事，「涉于語怪，近于誨淫」，追奇述異，著意虛構，在一定程度上突破了宋代傳奇小說崇實尚質的町畦，從而開創了明代傳奇小說創作的新格局。

《新話》靈異類作品大多通過譎詭幻怪的故事，表達元末明初的社會心理和文人們複雜而痛切的現實感受。如〈太虛司法傳〉寫恃才傲物的書生馮大異在荒野之中先後被群屍、夜叉和無頭惡鬼圍攻追打，躲進佛像腹中，又險一點兒成了佛像的點心。大異失足墜入鬼谷，鬼王對他濫施酷刑，時而把他拉成三丈長的「長竿怪」，時而將他壓成一尺高的「蟛蜞怪」，最後眾鬼又讓他變成獸角鳥嘴、朱髮碧眼的怪物。小說中陰森恐怖的描寫透射著元末的黑暗與險惡，馮大異所受到的種種折磨和摧殘，則喻示著亂世百姓所經受的深重災難，篇末馮大異天庭訴訟獲勝、群鬼夷滅無遺、鬼谷陷為巨澤的描寫，折射著久亂思治、渴望有正義的力量來鏟除邪惡的社會心理。〈申陽洞記〉中的猴妖搶占他人地盤，擄掠良家美女，則象徵著元末軍閥混戰、生靈塗炭的社會狀況。在李德逢這個憑藉著智慧和勇武除妖滅怪的人物身上，也寄託了人民對見義勇為、除暴安良的英雄人物的企盼和崇拜之情。

最能反映元明之際文士心態和命運的，當屬〈華亭逢故人記〉。元末松江士人全某、賈某豪放不羈，抱負非凡，企望在風雲開闔的年代乘時而動，立身揚名，自信「袖中一把龍泉劍，撐住東南半壁天」。兩人為起兵支援張士誠的錢鶴皐出謀劃策，兵敗後投水自殺。他們的鬼魂與故人相遇，縱論古代謀求功名富貴之人的種種不同的結局。其中有兵敗被殺前為貪圖富貴而喪身感到後悔的劉黑闥，有不願投降稱臣而寧可自盡的田橫，有反隋有功但因為嫌官小而叛唐遭殺的李密，有功高蓋主而卒受誅夷的韓信、劉文靜，也有失敗後遁入空門而全身的駱賓王、黃巢。「貧賤長思富貴，富貴復履危機」之語，深刻揭示了富貴與危機的關係，對士人的尷尬處境和兩難心理作了準確的概括。「丈夫不能留芳百世，亦當遺臭萬年」，則反映了某些士人為攫取名利而不顧道義、不擇手段的人生態度。作者對韓信、劉文靜等開國名臣功成受戮深有感慨，這在朱元璋大開殺戒的明初，顯然有深意存焉。

瞿佑在元明鼎革之際的社會大動亂中飽受流離顛沛之苦，入明後又切身體驗到獨裁專制和政治高壓政策的嚴酷可懼。潦倒落拓，滿腹窮愁，於是藉小說來馳騁才思，哀窮悼屈，為抱才遭困的寒士鳴不平。〈修文舍人傳〉中的震澤書生夏顏，「博學多聞，性氣英邁」，卻過著「日不暇給」的生活，最後因窮愁困苦而客死他鄉，他傾注畢生心血寫下的文章也無錢刊印，遭盜賊偷竊和蟲鼠毀傷，十不存一。〈永州野廟記〉中的寒儒畢應祥路過永州野廟時，因無錢設奠敬獻，便遭到妖蟒追殺，幾陷死地，這實際上是貪官酷吏壓榨和迫害文士的隱喻。在〈令狐生冥夢錄〉中，剛直之士令狐生寫詩諷刺冥府受財曲法，觸怒了冥府，被加上「敢為狂辭，誣我官府」的罪名打入「犁舌獄」，這實際上是明初文字獄的寫照。

《新話》中有不少作品通過文士在幽冥世界的奇遇來彰揚文士的才學和品格，反襯陽世的吏治腐敗和賢愚倒置。在〈水宮慶會錄〉中，潮州士人余善文為南海龍王廣利新建的靈德殿作〈上梁文〉而被奉為上賓，得以與四海龍王平起平坐。東海龍王的隨從輕賤斯文、藐視「白衣」、反對讓余善文與龍王共席，遭到了廣利等龍王的呵斥。事後余善文還得到了一大筆「潤筆之資」。瞿佑將本篇置於《剪燈新話》全書之首，大有為寒士吐氣揚眉的意思。〈令狐生冥夢錄〉中的令狐生，在冥王殿受審時據理力爭，拉斷殿檻也不肯入獄。他藉寫供狀之機吐冤泄憤，揭露冥府的媚富欺貧和不明不公，連冥王也不得不承認他「持論頗正」，將他放還。像令狐生這樣傲骨嶙峋、富有抗爭精神的文士，在文言小說中還不甚多見。〈修文舍人傳〉中的夏顏在陽世坎坷困頓，死後在陰間卻受到重用，擔任修文舍人之職，「頗極清要」。夏顏的鬼魂與故人相見，極力稱讚冥間的清廉公正，用人「必當其才，必稱其職」，「黜陟必明，賞罰必公」，「非若人間可以賄賂而通，可以門第而進，可以外貌而濫充，可以虛名而躐取也」。該篇借陰諷陽，用冥司反襯人間官場，對當時社會在取士用人方面的種種弊端惡習作了深入骨髓的鞭撻，作者憤世嫉邪的情緒也傾瀉而出。《新話》被視為「邪說異端」而橫遭禁毀，這恐怕是其中的重要原因之一。

《新話》中婚戀類的作品較多地反映了市民階層的世俗願望，這是彰揚個性的人文主義思潮在小說中的反映。元末是一個思想控制相對鬆弛的時期，特別是蘇州、杭州一帶，由於手工業和商業的迅速發展，市民意識顯得較為活躍。個體的世俗情感和欲望在一定程度上得到了承認和肯定。元末著名詩人楊維楨，個性狂狷放達，他用詩寫世俗享樂生活，表現了一種反禮教、非道德的傾向。當時有人攻擊他是「以淫詞譎語裂仁義，反名實，濁亂先聖之道」的「文妖」（王彝《王徵士集・文妖》）。瞿佑少年時代就與楊維楨多有接觸，曾當場和楊維楨的〈香奩八咏〉，並按楊的要求，以「鞋杯」為題填〈沁園春〉詞一曲，深得楊的賞識，被楊譽為瞿家的「千里駒」。瞿佑受楊維楨的影響，是十分自然的事。在《剪燈新話》的婚戀故事中，雖然也有一些勸善懲惡的道德說教，但表現得更多的是市民的思想意識和道德觀念。如〈聯芳樓記〉中蘇州富商之女薛蘭英、薛蕙英在小樓上窺見年青的商人鄭生在船上洗澡，便投下一對荔枝表達愛慕之情。夜晚，二女又用竹兜將鄭生吊上樓去私會，二女一男，「盡繾綣之意」。薛商知道後也並沒有加以訓斥和制止，而是順水推舟地將兩個女兒嫁給了鄭生。〈渭塘奇遇記〉中的酒店店主女兒見到來店飲酒的王生年少英俊，頓生愛心，「頻於幕下窺之，或出半面，或露全體，去而復來，終莫能捨」。「非禮莫視，非禮莫動」的戒律對她似乎不起作用。在〈秋香亭記〉中，商生與表妹楊采采自幼相愛，後遭逢戰亂而天各一方。亂平之後，商生在金陵找到采采，采采已嫁給一個開彩帛鋪的王某為妻。采采寄詩給商生，詩末有「安得神靈如倩女，芳魂容易到君邊」之句，希望自己能像〈離魂記〉中的張倩女那樣靈魂出走，飛到意中人身邊。作者在所作的〈滿庭芳〉詞和篇末的議論中，連用唐傳奇〈崑崙奴〉和〈無雙傳〉中的典故，盼望能有磨勒、古押衙那樣具有奇謀神術的俠義之士出現，將有夫之婦采采從她丈夫那裡奪過來，讓她與商生結為眷屬。這充分體現了新興市民重情不重禮的婚戀觀，明顯帶有離經叛道的思想特徵。〈金鳳釵記〉、〈滕穆醉遊聚景園記〉、〈綠衣人傳〉等寫人鬼相戀的作品，則通過淒美幽怨的故事表現了男女主人公之間生死不渝的真摯愛情，宣揚情具有超越生死的巨大力量，其異端傾向非常突出。

二

《新話》問世四十餘年之後，說部又出現了一部傳奇小說《剪燈餘話》。作者李昌祺仕途上曾兩次遭貶，《餘話》是他「特以泄暫爾之憤懣，一吐其胸中之新奇，而游戲翰墨」（劉敬〈剪燈餘話序〉）的產物，士大夫階層的憂患意識在《餘話》中有所體現。不過同瞿佑個體性的「哀窮悼屈」相比，李昌祺的「憤懣」多帶有群體性、社會性的特徵。如〈長安夜行錄〉，讓七百年前長安賣餅師夫婦的靈魂，向洪武初年的人揭露唐代宗室諸王霸人妻女和「窮極奢侈，滅棄禮法」的種種行徑，借唐諷明，批判明初那些無法無天的皇子皇孫。〈秋夕訪琵琶亭記〉寫吳地青年沈韶外出經商，在潯陽江頭尋訪白居易作〈琵琶行〉的故址，與元末漢王陳友諒的宮人鄭婌婉的幽魂相遇，兩人議論元末群雄競起、興衰相踵的政局，總結陳友諒殺戮功臣、不善用人、放縱將領縱情聲色而最終導致王業消歇的教訓，這其中融注了作者對於現實政治的思考和感受。在〈何思明游酆都錄〉中，書生何思明在黃巾使者的引導下參觀了冥司各獄，看到在「懲戒贓濫之門」內關押的，「皆人間清要之官」，他們生前「招權納賂，欺世盜名，或于任所陽為廉潔，而陰受苞苴，或于鄉里恃其官勢而吩咐公事」，故而在陰間要遭受種種酷刑。這一陰譴冥報的故事，揭露了假道學的虛偽面目，寄託了對明初吏治腐敗的不滿，流露了作者深沉的憤世之情。

對於前輩作家所作的《剪燈新話》，李昌祺抱著既讚賞模仿、又「惜其措辭美而風教少關」（張光啟〈剪燈新話序〉）的複雜態度。所以《剪燈餘話》道德說教的傾向比較突出。在〈何思明游酆都錄〉所描繪的地獄裡，喪倫缺德之男女所受的處罰極其嚴酷。不能「恭友兄弟」的男子均被打入「勘治不義之獄」，將燒紅的鐵條刺入其眼中，「連十餘貫而吊之，如懸槁魚」。「不能和順閨門，執守婦道，使夫家分門割戶、患若賊仇」的女子，均被打入「勘治不睦之獄」，「每人舌上掛一鈎，鈎上懸一圓石如西瓜，旋轉不已，舌出長尺餘，痛不可當」。《新話》中的〈金鳳釵記〉與《餘話》中的〈鳳尾草記〉都寫到了少女死後其靈魂與意中人相會。但〈金鳳釵記〉中的興娘是大膽主動地自薦枕席，當崔生以「不敢」推辭時，她便以「訴之于父」來脅迫崔生就範；而在〈鳳尾草記〉中，祖氏女的鬼魂只是告知龍生自己的去向並關照龍生多加珍重，雙方沒有任何親暱的舉動。在《新話》的〈愛卿傳〉中，愛愛的鬼魂與丈夫相見，暢述別情之後，「入室歡會，款若平生」。稍加對比，便見李昌祺風教意識之濃重。

對於進入仕途者，《新話》告誡他們要為政以德。何思明參觀地獄後，知道有所警戒，出任知縣能「以清慎自將，并無瑕玷，號稱廉潔」，他還教導晚輩做官要以「廉恕」二字為本，要「近民」。〈兩川都轄院志〉中的吉復卿因「勇于為義」，「薄有陰騭」，壽終正寢後被冥司任命為「職事尊重」的兩川都轄院主者。〈泰山御史傳〉中的宋珪，也因「非義不為」，「經明行修」，而被東嶽大帝召為泰山司憲御史。《餘話》中冥府任官重陰德，《新話》中冥府任官則重才，瞿佑、李昌祺兩人的用人標準是有差異的。

《新話》特別強調「情」，而《餘話》則對「節」有著出奇的重視。〈長安夜行錄〉中的賣餅師妻再三託付給巫馬期仁的事就是為她洗雪不貞之名，向世人解釋她當初被逼進入寧王府後仍能堅守節義，並未「失節」。在〈鸞鸞傳〉中，由於鸞母悔婚，鸞鸞、柳穎各自成家，後兩人又先後喪偶，得以再續前緣。新婚之夜，鸞鸞鄭重告知柳穎「妾雖孀婦，然尚處子」，原因是「昔繆生有疾，不能近婦人，雖與為夫婦將四月，而無人道。」後柳穎被賊人所殺，鸞鸞火葬丈夫，自己也投火自焚。鄰人將其夫婦安葬，伐石表其墓曰「雙節之墓」。〈月夜彈琴記〉中的宋末譚節婦，於城陷之後義不受辱，痛罵元兵，不屈而死，「邑人義而祀之」。在〈瓊奴傳〉中，瓊奴為被武官吳指揮謀殺的丈夫伸冤後，也自沉於冢側池中。禮部旌其冢曰「賢義婦之墓」。李昌祺常將節婦與「士君子」相對照，批判背主棄家、忘君負國之人。所以王圻《稗史彙編》說此書「雖寓言小說，然多譏失節，有為而作也，同時諸老多面交而心惡之。」

《餘話》也不是所有的作品都宣揚封建正統思想，其中也有不少與封建倫理相違背的地方。如〈鳳尾草記〉中的青年男女自相戀愛，〈秋千會記〉中的速哥失里以自縊來抗拒父母的悔婚，〈鸞鸞傳〉中的鸞鸞模仿貫雲石的〈蘭房謔咏〉六題作〈檀口〉、〈酥乳〉、〈香鉤〉諸詩，更有甚者，在〈江神泥廟記〉中，風流才子謝璉竟與四個自稱「東鄰花氏之女」的妖魅同宿賦詩，輪番媾歡。因此，我們不能將李昌祺視為封建衛道士。只是同《剪燈新話》相比，《剪燈餘話》的說教味和道學氣要濃厚得多，而市民意識要稀薄得多。這可能是因為瞿佑和李昌祺，一為江南風流放達的才子，一為朝廷大儒方伯的緣故，當然也與當時的思想控制日趨嚴酷有關。

三

《剪燈新話》、《剪燈餘話》都是有意追踵唐人傳奇的作品，在題材、寫法、意境乃至文辭等諸多方面均有規撫唐人的痕跡，與此同時，二話又不可避免地受到了宋元話本和宋元傳奇的影響。瞿佑等人學習前人不是生吞活剝、亦步亦趨，而是學古又不忘變古，在作品中融進時代文化精神和時代審美趣味，從而形成了自身獨具的一些特色。

《新話》和《餘話》中的某些作品明顯可以看出是對唐人傳奇的因襲仿造，但作者能在前人的基礎上有所創新，所以仍能給讀者帶來新鮮奇巧的感覺。以〈金鳳釵記〉為例，該篇與唐傳奇〈離魂記〉寫的都是魂身離異的故事。〈離魂記〉採用的是離魂出奔的模式，出奔的靈魂和臥病在家的軀體都是倩娘一個人的。〈金鳳釵記〉創造了「附魂了願」這樣一種新的魂身組合模式，和崔生一起私奔的女子，靈魂歸早已亡故的興娘所有，身體卻是興娘的妹妹慶娘的。後來要脅父母將慶娘嫁給崔生的女子，「視其身則慶娘，而言詞舉止則興娘也」。這個興娘魂慶娘身的人物仆地而死後眾人將其救活，又變成了一個真正的慶娘。情節撲朔迷離，能給人以耳目一新之感。〈申陽洞記〉明顯模仿了唐傳奇〈補江總白猿傳〉。在〈補江總白猿傳〉中，歐陽紇為了救妻而主動尋找、迎戰白猿，並帶有三十名經過嚴格挑選的隨從，準備十分充分，而其對手只有猿精一人。在〈申陽洞記〉中，李德逢在無意之中遇上了一群猴妖，思想上沒有任何準備。同歐陽紇相比，李德逢的對手要強大得多，而自身的力量又單薄得多。歐陽紇殺白猿事先做了周密的準備，並有諸婦人的配合。而李德逢則是急中生智，將毒藥說成是長生不老之藥將群妖毒死。歐陽紇是殺猿後救出妻子，李德逢是殺猿後意外地得到妻子，兩篇作品的構思和情節安排並不雷同。

《新話》和《餘話》常常將人物的愛情和命運放在社會動亂的背景中加以描繪，描寫戰爭和社會動盪給人民帶來的巨大災難，賦予愛情故事、人物命運故事以感時傷亂的政治內涵。《新話》的〈翠翠傳〉、〈愛卿傳〉、〈秋香亭記〉、〈三山福地志〉，《餘話》的〈鸞鸞傳〉、〈月夜彈琴記〉等都具有這樣的特點。值得一提的是《新話》的〈綠衣人傳〉，該篇將故事置於南宋末年賈似道竊權亂政的背景之下，在愛情故事中加入了反權奸的政治內容，並通過綠衣人之口揭發賈似道禍國殃民的種種罪行。這種將愛情與政治互相融合的寫法，與後來的《紅梅記》、《桃花扇》之間無疑有著青藍冰水的關係。

《剪燈新話》等明初傳奇小說還創造性地運用了世情與靈異相結合的手法，不少作品寫的是日常生活的題材，故事的主幹部分展示的是世間人生諸相，人情百態，而在其中插入一段神異的情節或加上一個神異的結尾。《新話》中的〈三山福地志〉寫的是賴帳不還的故事，對元自實上門討債時的難堪和繆某的無賴相作了委曲周詳的描寫，如繆某答應除夕夜給元自實送銀送米卻食言不送，元自實舉家懸望、見有人負錢背米便高興地上前迎接的細節，寫得十分真切傳神。該篇最後寫元自實投井自盡卻來到神仙福地，道士為其指因證果，又帶上了志怪的性質。《餘話》中〈鳳尾草記〉通過樹下訂盟、祖女奉茶、機房卜吉、龍生講詩等場景的描寫，細入毫芒地展示了小兒女之間相戀相愛、親暱無間的情狀，充盈著人情人性之美，生活氣息相當濃郁。該篇又在結尾處加入神怪因素，讓因婚事不成而自縊的祖氏女託夢給龍生，告訴他自己在陰府的情況，並說自己將要到河南洛陽投生為男子。其他如《新話》中的〈翠翠傳〉和〈愛卿傳〉，《餘話》中的〈瓊奴傳〉和〈連理樹記〉，也都採用了這種以世情為主、以靈異為輔的寫法，它們一方面深化和發展了傳奇小說的世情描寫，為後世的小說狀摹人情世態提供借鑒；另一方面又以神奇浪漫的構想豐富故事情節，強化人物的性格特徵，寄託作者的情志願望。真幻結合的寫法，既具體而微的表現了人們所關注的現實世界，又滿足了讀者追奇逐幻的審美需求。

明人高儒在《百川書志》卷六中說：「《剪燈新話》四卷，……古傳記之派也。托事與辭，共二十一段。但取其文采詞華，非求其實也。」高儒在這裡指出了《新話》的幾個特點，其中有一點就是「非求其實」。張光啟為《新話》作序，也指出「其意則子氏之寓言」，而並非實有其事。〈三山福地志〉的主人公名為「元自實」，〈華亭逢故人記〉中的兩文士一姓全，一姓賈，合起來為「全假」，全、賈二人的老朋友名為「石若虛」。在《餘話・青城舞劍錄》中，兩道士一名「真本無」，一名「文固虛」。《新話》和《餘話》的作者故意用人物的姓名來顯幻示假，表明他們創作時在有意識地進行虛構。正因為如此，他們才能像唐人傳奇那樣「作意好奇」，縱意展開想像，寫前人所未寫，創造出超越現實的情節和意象，使主體情志得以充分發揮。

《新話》與《餘話》中想像最為奇特的是那些帶有荒誕怪奇色彩的作品。在〈太虛司法傳〉中，奇形怪狀而又性格各異的眾多鬼怪，冥府的種種凡人難以想像的刑罰，佛像想吃人結果自己摔得粉碎的情景，群鬼使馮大異變形為奇鬼的惡作劇，都充滿了匪夷所思的奇思幻想。作者又憑藉想像在鬼域這個虛構的世界中加進了大量具體的細節，使作品所描寫的內容顯得清晰可感，歷歷如繪。〈令狐生冥夢錄〉、〈何思明游酆都錄〉中關於地獄的描寫，也極盡誇飾想像之能事，與義大利詩人但丁的《神曲》可謂異曲同工。〈令狐生冥夢錄〉中，令狐生看到兇惡著聞的富翁烏老頭死後因子孫多焚紙錢賄賂冥官而得以復活，作詩嘲諷，觸怒了冥王而被拘往冥府。這一情節為瞿佑所首創，清人嵇永仁的雜劇《憤司馬夢裏罵閻羅》前半部分的情節與此相同，劇中司馬貌作詩罵閻王的原因，也是烏老靠行賄死而復活。令狐生所作的詩是：「一陌金錢便返魂，公私隨處可通門！……貧者何緣蒙佛力？富家容易受天恩。」而在嵇永仁的《憤司馬》中，司馬貌所作的詩是：「一陌紙錢便還魂，公私隨處可通神。富家有力能超劫，貧者無緣出獄門。」兩相對照，〈令狐生冥夢錄〉對《憤司馬》的影響是顯而易見的。

《新話》和《餘話》對小說謀篇布局技巧作了有益的探索。〈金鳳釵記〉採用了以主題「道具」為線索來貫穿全篇的結構方法。金鳳釵是崔生與興娘定親時的聘禮，興娘思念崔生而死後又以金鳳釵陪葬。興娘的鬼魂故意將釵丟在地上讓崔生拾得，又以尋釵為名與崔生結合，後又讓崔生帶著金鳳釵去見自己的父母。最後，崔生又用賣金鳳釵所得的錢做道場超度興娘的亡靈。這只金鳳釵既是聯結眾多人物與事件的紐帶，又是操縱故事情節發展的樞紐，具有很強的貫穿力和凝聚力。《餘話》中〈芙蓉屏記〉的全部情節都緊緊圍繞著一軸芙蓉屏而展開，並由此生發出一系列的巧合，推動故事情節不斷向前發展，與〈金鳳釵記〉是同一機杼。

〈鳳尾草記〉、〈秋香亭記〉則以意蘊深刻、具有象徵意義的景物來貫串始終。〈鳳尾草記〉中的百年老樹鳳尾松實際上是龍生與祖氏女愛情的見證和象徵，兩人曾「鳳尾叢邊幾回見」，並指著鳳尾松立下婚誓。後婚事不成，祖氏女自縊，鳳尾松隨後也枯萎而死。龍生又作〈哀鳳尾歌〉，「因歌鳳尾寓深衷」。鳳尾松這一意象的反覆出現，增添了小說的感傷情調和雋永的詩味。〈秋香亭記〉中的秋香亭和桂樹，在小說的敘事結構中也具有與鳳尾草相類似的意義。

四

由於《剪燈新話》所寫「率皆新奇希異之事，人多喜傳而樂道之」（曾棨〈剪燈餘話序〉），再加上它「造意之奇，措辭之妙，粲然自成一家言，讀之使人喜而手舞足蹈，悲而掩卷墮泪」（凌雲翰〈剪燈新話序〉），故問世之後就在明初僵滯的文化氛圍中產生了巨大的反響，擁有相當廣泛的讀者。正統七年（西元一四四二年），國子監祭酒李時勉在奏請禁毀《剪燈新話》的上疏中提到，「如《剪燈新話》之類，不惟市井輕浮之徒，爭相誦習，至於經生儒士，多捨正學不講，日夜記憶，以資談論。」，可見《新話》之類的小說在當時影響極大。李時勉在上疏中還提出了「凡遇此等書籍，即令焚毀，有印賣及藏習者，問罪如律，庶俾人知道，不為邪妄所惑」的主張，並很快得到了英宗皇帝的批准（見於顧炎武《日知錄》之餘卷四「禁小說」）。《新話》和《餘話》都遭到了禁毀。但由於《新話》等早就「盛行于世」，因而一直禁而不絕。到了成化初年，也就是禁毀令下達二十幾年以後，隨著意識形態控制的稍稍放鬆，《新話》和《餘話》又重新刊刻行世，傳奇小說的創作也開始逐漸復甦，陸續出現了一些仿效《新話》、《餘話》的作品，如趙弼的《效顰集》、陶輔的《花影集》、周禮的《秉燭清談》等等。到了萬曆時期，傳奇小說創作又一次出現了高潮，「傳奇風韵，明末實彌漫天下」（魯迅《中國小說史略》），產生了大量的傳奇小說作品和傳奇小說選集，除邵景詹的《覓燈因話》和宋懋澄的《九籥集》、《九籥別集》稗類中的一些作品外，另有一些作品散存於各類文集中，還有的以單篇的形式流傳。

總體來看，明代中後期的傳奇體小說出現了如下一些發展趨向：

首先是品類多樣化。寓言體小說、中篇詩文小說、紀傳體小說、詩化小說等不同類型的傳奇小說均有佳作問世。

馬中錫的〈中山狼傳〉與董玘的〈東游記異〉是明代中期出現的兩篇著名的寓言小說。兩篇都將動、植物人格化，前者成功地刻劃兇殘自私、忘恩負義的中山狼和「仁陷於愚」的東郭先生這兩個典型形象，用以比附和批判社會上兩種類型的人物，寄託作者對於人情世態的感慨，深刻而富有哲理性。〈東游記異〉則借狐鬼之事譏刺惡政時弊，篇中明確交代故事發生在正德五年六月，這剛好是劉瑾閹黨集團覆亡的前夕。篇中揚言誰不為老狐弔喪就吃掉誰的白額虎，喻指一時權勢熏天的劉瑾；那些「與狐為禮」的衣冠者流，則影射那些賣身投靠閹黨的朝廷官員；「霧塞晝冥」隱喻朝廷昏暗；「積霧開，初日旭」、「狐穴隱滅」，又象徵著閹黨的覆亡。作者大膽地以小說來參政議政，表現了過人的藝術膽識。

傳奇本身就具有「文備眾體」的特點，在散體文中插入詩詞韻語，這是傳奇小說中十分常見的現象。唐傳奇的作家們常常以此來美化小說的形式，顯示自己的詩才和文才。到了明初，瞿佑和李昌祺又進一步增加了小說中詩詞韻語的比例，形成了傳奇小說的一種新的變體——「詩文小說」。李昌祺又將詩文小說的篇幅加以擴充，寫出了長達一萬七千餘字的中篇詩文小說〈賈雲華還魂記〉，這對後來的傳奇小說創作無疑具有一定的示範作用。明代中後期，前後出現了四十餘種中篇詩文小說，其中流傳較廣的有《鍾情麗集》、〈懷春雅集〉、〈龍會蘭池錄〉、〈劉生覓蓮記〉、〈花神三妙傳〉、〈金蘭四友傳〉等等。這些作品，寫的都是愛情故事，「皆本〈鶯鶯傳〉而作，語帶烟花，氣含脂粉，鑿穴穿墻之期，越禮傷身之事」（高儒《百川書志》），多數作品描寫了青年男女大膽追求婚戀自主的行動，也有少數作品過分張揚情欲而墮入惡趣。中篇詩文小說的篇幅多在萬字以上，情節繁複盡變，描寫細膩周詳。使用的是較為淺近的文言文，典雅和通俗兼而有之，文中羼入了大量的詩詞曲賦和駢偶句式。這樣一種文體，能在一定程度上滿足了讀書識字的市民的審美需求，也有利於作者本人逞才炫博。它對明末清初大量產生的才子佳人小說具有某種導夫先路的作用。

受史傳文學和「崇實」小說觀影響的紀傳體傳奇小說，在明代中後期也時有佳製，著名的有楊儀的〈金姬傳〉、宋懋澄的〈葛道人傳〉和〈顧思之傳〉、陳繼儒的〈李公子傳〉等。這類作品在真人真事的基礎上加以誇張渲染，往往只描寫一、二個生活片斷，就能使人物的奇行異節畢現紙上。〈葛道人傳〉描述了萬曆二十二年（西元一五九四年）蘇州市民反抗礦使稅監的鬥爭，歌頌了義士葛成在危急關頭為了解救全城百姓挺身而出承擔首倡罪名的壯舉，對讀者具有強烈的震撼力。該篇將現實政治鬥爭寫入傳奇小說，對明末時事小說與時事劇有一定的影響。

具有詩歌的情致和意境歷來被視為傳奇小說最高的審美境界，不少優秀的傳奇小說作家都努力營造作品的抒情氛圍和詩歌化的意象，追求小說的詩意美。《新話》中的〈渭塘奇遇記〉、〈牡丹燈記〉、〈秋香亭記〉及《餘話》中的〈鳳尾草記〉等作品，都具有很濃的詩意成分。明中後期小說裡，詩化特徵較為突出的作品也有不少。如釣鴛湖客的〈招提琴精記〉寫性樂琴書的金生與「風鬟露鬢，綽約多姿」的妙齡女郎在一個「月明風細，人靜更深」的夜晚，由於優美動聽的歌聲而相識，此後無夕不會，無夕不歌，把酒敘情，其樂融融。明月清風，美女歌聲，構成了一種情景交融的詩意美。金生與女子淒然相別後，有人將一張古琴送至金生的任所，他將琴「置於石床，遠而望之，則前女子，就而撫之，則依然琴也。方悟女子為琴精，且驚且喜」。亦人亦琴，人與琴合而為一，構思奇妙，詩思流溢。其他如楊儀的〈娟娟傳〉、無名氏的〈劉堯舉〉等等，也都寫得淒婉動人，富有抒情詩的意味。

其次是世俗化、平民化的創作傾向。明初傳奇小說的描寫對象業已開始下移，普通平民開始成為文學作品的主人公。以《剪燈新話》為例，〈翠翠傳〉的主人公翠翠是一個淮安的民家女子，她愛上的同學金定，更是一個「生自蓬蓽」的貧家子。〈愛卿傳〉中的主人公羅愛愛，是一個從良的妓女。〈三山福地志〉中的元自實，則是山東鄉下一個普普通通的農民。到了明代中後期，隨著社會經濟的發展和文化的全面下移，傳奇小說在市井廣泛流傳，讀者範圍擴大，傳奇小說也進一步平民化、世俗化。像〈遼陽海神傳〉、〈珠衫〉一類的反映商人及其他平民的生活和精神風貌的作品取代了瞿佑〈修文舍人傳〉之類表現文人命運和心態的作品。詭異譎怪的描寫被大量地從傳奇小說中剝離了出來，傳奇小說的審美焦點日益向日常生活逼近，注重對「人情物理」、下層平民家常日用的描寫，逼真地呈現世俗生活的場景，表現市井民眾的情愫意緒和價值取向。明代中後期傳奇小說這一發展變化趨勢，在其代表作〈桂遷夢感錄〉、〈負情儂傳〉、〈珠衫〉、〈劉東山〉、〈唐寅〉中可以清楚地看出來。

〈桂遷夢感錄〉對世態炎涼、人情冷暖作了入木三分的刻劃，描繪了金錢使一個人逐漸喪失人性的過程，表達了下層民眾重視友情、痛恨背朋叛友行為的道德情感。〈負情儂傳〉寫的是青樓女子為追求自己做人的權利而進行的艱苦的鬥爭。杜十娘在人生理想、愛情理想破滅以後，並沒有用價值連城的珍寶去打動負心漢改變主意，而是寧可玉碎，不為瓦全，用自己的青春和生命來維護自己的人格尊嚴。〈唐寅〉寫風流才子唐寅為了娶到一個婢女不惜賣身為僕，甘居下賤，完全置封建禮教與上下尊卑的等級觀念於不顧。〈珠衫〉描寫了商婦的婚外戀，描寫了丈夫對妻子失貞的矛盾而複雜的態度，表現了市民階層重視感情、正視人欲而不受傳統貞節觀念束縛的倫理道德觀。〈劉東山〉描寫的是勇武過人、重義輕財的俠士風采。他們巧設計謀教訓狂妄自大的劉東山，劫其銀兩後又以十倍之數償還。這些行事奇詭的平民俠士的故事，自然是市井細民樂於傳聞的。這些作品，寫的都是廣大平民的婚戀、經商謀生、人際交往之類的事情，讀者可以從中清楚地感受到明代中期以後人文主義思潮的奔湧和世俗平民意識的躁動。

再次是藝術上逐步成熟。在明代中後期一些優秀的傳奇小說中，插入的詩詞駢語呈現了明顯減少的趨勢，一些小說中的詩詞能與故事情節和人物性格相輔相成，互為表裡，沒有強行嵌入以炫才誇學之嫌。還有不少傳奇小說則乾脆將詩文韻語摒棄淨盡，也不再刻意追求詞藻的華美綺麗。作家們將精力集中在人物性格的刻劃和故事情節的安排上，用不假雕飾、淺近自然的語言，借助於環境烘托、心理透視、言行描寫等手段，塑造了一些情態躍動的人物，像機智潑辣、膽識過人的沈小霞妾，風流放浪、不顧一切地追求愛情的唐寅，善良易騙、喜新而不厭舊的楚人之妻，才高命薄、顧影自憐的小青等等，都有鮮明而獨特的個性，這些形象極大地豐富了中國古代小說的人物畫廊。

明代中後期傳奇小說藝術上的提高，還表現在描寫的逐步細密具體上。受白話小說影響，明代優秀的傳奇小說克服了文言小說中常見的敘述多而描寫少，一般都是粗線條勾勒的缺陷，所寫生活的密度增大，描寫精細入微，精彩的景物描寫、場面描寫、心理描寫和人物對話時有所見，有的達到了窮形極相、傳神盡致的地步。尤其是劉堯舉投桃試探船家女、杜十娘得知李某負心後著意梳妝、小青臨死前畫像自奠等細節，都精湛絕妙，可圈可點，充分顯示了作者藝術創新的能力。

明代傳奇小說是中國古代小說發展長鏈中的一個不可忽視的環節，它遠紹唐人傳奇，近規宋元傳奇和話本，在內容和形式上均有開拓和創新，先後產生了不少頗具創意和藝術新質的作品，為後代的白話小說和戲曲提供了大量的創作素材，積累了豐富的藝術經驗，並為清代的《聊齋誌異》開啟了先河。此外，《剪燈新話》在明代中期即傳入了日本、朝鮮、越南諸國，朝鮮有金時習的仿作《金鰲新話》，越南有阮嶼的仿作《傳奇漫錄》，前者是朝鮮小說的開山之作，後者是越南第一部傳奇小說。日本也有模仿《剪燈新話》而作的《御伽婢子》、《奇異雜談錄》，這足以看出明代傳奇小說在世界文壇上的影響。

本書從明代傳奇小說中選取三十八篇有代表性的作品加以注解、語譯和分析，希望讀者能通過本書的閱讀了解明代傳奇小說的發展概貌和所取得的成就。由於編選者學力有限，書中的疏漏和錯誤在所難免，敬請讀者批評指正。

王冕傳

宋　濂

【題　解】本篇選自宋濂《宋文憲公全集》卷二〇。作品記述了元末奇才「狂士」王冕富有傳奇色彩的生平事跡，表現了他卓異出群的才華和操守。吳敬梓《儒林外史》以本篇為主要藍本，並揉合一些筆記中所寫的內容，在「楔子」中塑造了一位輕視功名富貴、遠避權豪勢要、恬淡自守的賢人奇士王冕的形象，將其作為統領全書的理想人物。

【作　者】宋濂（西元一三一〇～一三八一年），字景濂，號潛溪，世居金華潛溪（今浙江金華），後遷居浦江。少時家貧，讀書刻苦，曾師事浙東大儒吳萊、柳貫、黃溍，學業有成，名震東南。元至正九年（西元一三四九年），徵為翰林院編修，固辭不就，隱居龍門山著書十餘年。至正二十年（西元一三六〇年）為朱元璋所徵召，任為江南儒學提舉。入明後，為修纂《元史》的總裁官，曾任禮部主事、太子贊善大夫等職，官至翰林學士承旨，知制誥。明初朝廷的禮樂制作，大多經過他的裁定。洪武十年（西元一三七七年）以老病致仕。洪武十二年（西元一三八〇年）其長孫宋慎受胡惟庸一案牽連，全家謫徙茂州，途中病死於夔州。著有《宋文憲公全集》五十三卷。宋濂被視為明代「開國文臣之首」，著作宏富，其文學成就主要表現在散文方面。文章內容充實，文辭簡鍊典雅，以傳記小品和記敘性散文最為出色。

王冕者，諸暨❶人。七八歲時，父命牧牛隴上❷，竊入學舍聽諸生誦書。聽已，輒❸默記。暮歸忘其牛。或牽牛來責蹊田❹，父怒撻之。已而復如初。母曰：「兒痴如此，曷不❺聽其所為？」冕因去依僧寺以居。夜，潛出坐佛膝上，執策❻映長明燈❼讀之，琅琅達旦。佛像多土偶❽，獰惡可怖，冕小兒，恬❾若不見。安陽韓性❿聞而異之，錄為弟子，學遂為通儒⓫。性卒，門人事冕如事性。

【章　旨】敘述王冕少年時刻苦好讀之事。

【注　釋】❶諸暨　縣名。今浙江諸暨。❷隴上　田埂上。❸輒　就；即。❹蹊田　踐踏田地裡的莊稼。❺曷不　何不。❻策　本指古代寫字用的竹片。此指書籍。❼長明燈　用於供佛或敬神而日夜不滅的油燈。❽土偶　又稱「土偶人」，泥塑的人像。❾恬　安然；滿不在乎。❿韓性　字明善，元末會稽人（今浙江紹興），祖籍安陽。博通經史，尤精性理之學，學生眾多。⓫通儒　指通曉古今、學識淵博的儒者。

【語　譯】王冕，諸暨人。七八歲的時候，父親讓他在田埂上放牛，他卻私自進入學校聽學生們讀書。聽完之後，就能暗暗地記下來。傍晚回家時忘記了牽牛。有人牽牛來責怪他家的牛踐踏了田裡的莊稼，父親氣得用鞭子打他。過後依然如舊。他母親說：「這個孩子迷戀讀書到了如此地步，何不如任憑他去幹自己所想做的事呢？」於是王冕就離開家寄居在佛寺裡讀書。夜裡，悄悄地走出房間，坐在佛像的膝蓋上，拿著書對著供佛敬神用的長明燈讀。書聲琅琅，通宵達旦。佛像都是泥塑的，猙獰可怕，王冕雖然是一個小孩，卻滿不在乎，好像根本沒有看見一樣。安陽人韓性聽說後感到很奇怪，將王冕收為弟子。王冕刻苦學習，終於成了一個通曉古今、學識淵博的儒者。韓性死了以後，弟子們便以王冕為老師，像對待韓性一樣對待王冕。

時冕父已卒，即迎母入越城❶就養。久之，母思還故里。冕買白牛駕母車，自被古冠儒服隨車後。鄉里小兒，競遮道訕笑❷，冕亦笑。著作郎❸李孝光欲薦之為府史❹，冕罵曰：「吾有田可耕，有書可讀，肯朝夕抱案❺立庭下備奴使哉？」每居小樓上，客至，僮入報，命之登乃登。部使者❻行郡❼，坐馬上求見，拒之去。去不百武❽，冕倚樓長嘯❾，使者聞之慚。

冕屢應進士舉，不中，歎曰：「此童子羞為者，吾何溺是哉！」竟棄去，買舟下東吳❿，渡大江，入淮楚⓫，歷覽名山川。或遇奇才俠客，談古豪傑事，即呼酒共飲，慷慨悲吟。人斥為狂奴。北游燕都⓬，館秘書卿泰不花家。泰不花薦以館職⓭，冕曰：「公誠愚人哉！不滿十年，此中狐兔游矣。何以祿仕為？」即日將南轅⓮。會其友武林盧生死灤陽⓯，唯兩幼女、一童留燕，倀倀⓰無所依。冕知之，不遠千里走灤陽，取生遺骨，且挈二女還生家。

【章旨】王冕放棄科舉考試，漫遊大江南北，遠避達官貴人，兩次拒絕別人推薦的官職。好友盧生去世後，他盡心盡力地為朋友料理後事。

【注釋】❶越城　指會稽。因春秋時為越國都城，故稱。❷訕笑　譏笑。❸著作郎　官職名。三國時魏國開始設置，掌管編修國史、撰擬文稿等。❹府史　州府內掌管簿書的官員。❺案　此處指官府中的公務文書。❻部使者　此處指元代的肅政廉訪使，主管一省的司法刑獄和官吏考核。❼行郡　巡察州郡。❽武　半步。❾嘯　撮口吹出的長而清越的聲音。❿東吳　指今江蘇蘇州一帶。⓫淮楚　指今江蘇淮安、徐州一帶。⓬燕都　指元代的京城大都，今北京市。⓭館職　在史館、集賢院等處從事修撰、編校等工作的職務。⓮南轅　南行。⓯灤陽　今河北承德。⓰倀倀　迷茫而無所適從的樣子。

【語譯】王冕的父親去世後，他就將母親接到紹興贍養。時間長了，母親想回故鄉。王冕買了頭白牛拉著母親所乘的車子，自己戴著古代的帽子，穿著儒者的服裝跟隨在車子後面。鄉下的小孩們都站在路旁譏笑他，王冕自己也笑。著作郎李孝光準備推薦他做府史，王冕罵李孝光說：「我有田可以種，有書可以讀，怎麼肯從早到晚都抱著文書站在庭階下讓別人像奴隸一樣驅使呢？」他常住在小樓上，有客人來，家僮上樓通報。他允許上樓，客人才能上樓。肅政廉訪使巡行州郡路過王冕住處，騎在馬上要見一見王冕，遭到拒絕後只得離開。走了不到五十步，王冕靠在樓上，撮口吹出又長又清越的聲音，肅政廉訪使聽了之後感到十分慚愧。

王冕屢次參加進士考試都沒有考中，歎息道：「這是小孩子都羞於做的事，我為什麼要沉溺其中呢！」於是拋棄舉業，離開家鄉，坐船到了蘇州，又渡過長江，來到淮安、徐州一帶，遊遍了名山大川。有時遇到奇才俠客，一起談論古代豪傑的事情，談著談著，就斟酒共飲，慷慨悲歌，別人罵他為「狂奴」。後來又北遊京城，住在祕書卿泰不花家。泰不花推薦他到史館任職。王冕說：「您真是個不開竅的人！不滿十年，這裡將是狐狸和兔子出沒的地方，官位爵祿還有什麼用呢？」當天就準備南行。剛好他的朋友杭州人盧生死在承德，只有兩個幼女和一個僮僕留在北方，舉目無親，無所依靠。王冕知道後，不遠千里來到承德，帶著盧生的屍骨和兩個小女孩回到了盧生的杭州老家。

冕既歸越，復大言天下將亂。時海內無事，或斥冕為妄。冕曰：「妄人非我，誰當為妄哉？」乃攜妻孥隱于九里山[1]。種豆三畝，粟倍之；

樹梅花千，桃杏居其半；芋一區，薤❷韭各百本❸；引水為池，種魚千餘頭；結茅廬三間，自題為「梅花屋」。嘗仿《周禮》❹著書一卷，坐臥自隨，秘不使人觀。更深人寂，輒挑燈朗諷，既而撫卷曰：「吾未即死，持此以遇明主，伊呂❺事業不難致也。」當風日佳時，操觚❻賦詩，千百言不休，皆鵰騫❼海怒，讀者毛髮為聳。人至，不為賓主禮，清談竟日不倦。食至則食，都不必辭謝。善畫梅，不減楊補之❽，求者肩背相望❾。以繒幅短長為得米之差，人譏之，冕曰：「吾藉是❿以養口體⓫，豈好為人家作畫師哉？」未幾，汝潁兵起⓬，一一如冕言。

皇帝取婺州⓭，將攻越，物色得冕，置幕府⓮，授以咨議參軍⓯。一夕以病死。冕狀貌魁偉，美鬚髯，磊落⓰有大志，不得少試以死，君子惜之。

【章　旨】王冕回到浙江，預言天下將亂，帶著妻子兒女隱居九里山中，並期待遇合「明主」

以施展其政治抱負。後被朱元璋任命為咨議參軍，卻不幸因病而亡。

【注釋】❶九里山　位於浙江紹興城外。❷薤　多年生草本植物，莖可作蔬菜，也可入藥。❸本　棵；株。❹周禮　儒家經典之一，為周王室官制和戰國時各國制度的匯編。❺伊呂　指伊尹和呂尚。伊尹，商初大臣，曾輔佐商湯滅夏桀。呂尚，即姜尚，周代開國功臣，曾輔佐周武王滅商。❻操觚　寫文章。觚，古人寫字用的竹簡。❼鵬騫　大鵬高飛的樣子，比喻奮發有為。❽楊補之　即楊無咎。宋代書畫家，擅長於畫梅花。❾肩背相望　形容人們相繼而來，接連不斷。❿藉是　憑藉這個。⓫餬口體　糊口養身。⓬汝潁兵起　指元至正十一年（西元一三五一年）劉福通等人在潁州（今安徽阜陽）發動的紅巾起義。起義軍曾攻占汝寧（今河南汝陽）等地。⓭婺州　元代州名。治所在今浙江金華。⓮幕府　此處指軍政大吏的府署。⓯咨議參軍　幕府中參謀軍務、供諮詢顧問的官職。⓰磊落　豪邁而胸襟坦蕩。

【語譯】王冕回到越地之後，又大談天下將發生動亂之事。當時天下太平，有人斥責王冕是妄人，王冕回答說：「不明事理的人非議我，真不曉得誰才是不明事理的人呢？」於是帶著妻子兒女隱居在九里山。種三畝地的豆子，種穀子的地又增加一倍；種一千棵梅樹，而桃杏是梅樹的一半；種一塊地的芋，薤和韭菜各種一百株。修鑿池塘，引來清泉，養魚千餘條。造了三間茅屋，自己題名為「梅花屋」。他還曾模仿《周禮》作了一部書，無論是坐著還是睡著，都放在身邊，祕不示人，在夜深人靜的時候就挑燈朗讀背誦，讀完後用手撫摸著書說：「我還沒有到死的時候，遇到英明的君主，靠著這本書不難建立伊尹、呂尚那樣的事業。」每當風和日麗的時候，就賦詩寫文章，寫了許多還揮筆不休，這些詩文都大氣包舉，有如鵬鳥高飛，人海怒吼，讀者無不深受感動，毛髮聳然。有客人來，竟不行賓主之禮，整日清談而不知疲倦。飯來了就吃，也不用推辭致謝。

他還善於畫梅花，畫技不亞於宋代的楊補之，求畫者相繼而來，連續不斷。他以所畫梅花換米，根據畫幅的大小定價。有人譏笑他，王冕回答說：「我憑著這個手藝來糊口養家，難道我喜歡給人家作畫師嗎？」不久，汝寧、潁州一帶兵戈頓起，一切都像王冕所說的那樣。

朱元璋攻下了婺州，將要攻打越地。物色人才時發現了王冕，將他招到幕府中，任命他為咨議參軍。可惜王冕在一天夜裡突然因病而逝。王冕的形體容貌魁梧英俊，鬍鬚長得很美，豪邁坦蕩，胸懷大志。他還沒有略為施展一下自己的才能就與世長辭，君子對此深感惋惜。

【賞析】讀書人為讀書人作傳，往往寄託著作者本人的人格理想和價值觀念。將本文所寫的內容與作者的生平細加對照，就可以發現作者宋濂和他筆下的人物王冕在生活經歷與精神品格方面有許多類似之處。兩人都自幼家貧，又酷好讀書。王冕在放牛時潛入學舍「聽諸生誦書」；宋濂則常向別人借書讀，「手自筆錄，計日以還」。王冕夜中坐佛像膝上，對著長明燈通宵達旦地讀書；宋濂年青時讀書青蘿山中，數年不出書房。兩人都曾得名師指點而學業有成，在元代都辭官不就，隱居山中，期遇明主賢君以施展其經時濟世之才。兩人後來又都曾被朱元璋徵召。可以說，宋濂為這位同鄉所作的小傳，在一定程度上也是他本人的自況，是他主觀情感的一次抒發和宣洩，因而楮墨之間流貫著一種讚美與痛惜相交織的複雜感情。

作者善於選擇傳神的細節和典型的場面來表現人物性格的各個側面。童年牧牛時潛入學舍聽諸生誦書和夜坐佛膝苦讀，表現了王冕異乎常人的好學精神；拒見「部使者」而倚樓長嘯，表現了他蔑視權貴的孤傲品格；不願受人之薦而任府史、館職，說明他清高脫俗，講究文行出處；遇奇才俠客縱談古今豪傑之事而「呼酒共飲，慷慨悲吟」，不遠千里為亡友收取遺骨，送其幼女還鄉，表現了他的俠氣血性；預言京師十年之後將成為狐兔出沒之處，在「海內無事」時「大言天下將亂」，顯示了他敏銳的政治洞察力；暮年隱居山林仍著書立說，渴求「遇明主」以成就伊呂事業，足見其拯世濟民的遠大志向。這樣一個曠世俊傑，未能少試其才便溘然長逝，無怪乎作者要感慨萬分，痛呼「君子惜之」了。精彩如繪的細節描寫和場面描寫，使人物形象充滿了藝術個性的張力，表現了作者描寫人物的精湛技巧，作品也因此而充滿著靈動之氣。

本篇具有文筆清新俊逸的特點，如作者在描寫王冕的隱居生活時寫道：「種豆三畝，粟倍之；樹梅花千，桃杏居其半；芋一區，薤韭各百本；引水為池，種魚千餘頭；結茅廬三間，自題為『梅花屋』。」以梅、桃、杏等芳香之物暗示主人公人格的清雅高潔，文辭整鍊暢達，詩意盎然，作者的激賞之情也溢於言表。

南宮生傳

高啟

【題解】本篇選自《鳧藻集》卷四。小說敘述了自號南宮生的蘇州人宋克的生平事跡和遭遇，對才智之士不能為世所用流露了深沉的感歎。

【作者】高啟（西元一三三六年～一三七四年），字季迪，號槎軒，長洲（今江蘇蘇州）人。元末隱居吳淞青丘，自號青丘子。年青時即有詩名，與楊基、張羽、徐賁合稱「吳中四傑」。為人孤高耿介，不拘於禮法。洪武初應召入朝，參加編寫《元史》，授翰林院國史編修，並教授諸生讀書。洪武三年（西元一三七〇年）授戶部右侍郎，因固辭不受而觸怒了朱元璋，被賜金放還，以教書度日。後蘇州知府魏觀重修府治，遷至張士誠故宮舊址，被人誣告「心有異圖」而遭誅，高啟亦因為魏觀作〈上梁文〉而受誅連，慘遭腰斬，年僅三十八歲。高啟詩作豪爽俊逸，並兼擅諸體，能融古鑄今，發抒心靈，是元明兩代最優秀的詩人之一。著有《高太史大全集》。

南宮生，吳❶人，偉軀幹，博涉❷書傳❸。少任俠❹，喜擊劍走馬，尤善彈❺，指飛鳥下之❻。家素厚藏❼，生用周養賓客，及與少年飲博游戲，盡喪其資。逮❽壯，見天下亂，思自樹功業，乃謝❾酒徒，去，學兵，得風后《握奇》⑩陣法。將北走中原，從豪傑計事。會道梗⑪，周流⑫無所合⑬。遂溯大江，游金陵，入金華、會稽諸山，搜覽瑰怪⑭；渡浙江⑮，泛具區⑯而歸。家居以氣節聞，衣冠⑰慕之，爭往迎候，門止車⑱日數十輛。生亦善交，無貴賤皆傾身⑲與相接⑳。

【章旨】南宮生文武雙全、任俠尚義，渴望建功立業於亂世，然而四處奔走卻無所遇合。

【注釋】❶吳　古地名。今江蘇蘇州一帶。❷博涉　廣泛閱覽。❸書傳　此處泛指經、史、子、集等各類書籍。書，經書。傳，解釋經書的文字。❹任俠　憑藉權威、勇猛或財力等手段扶助弱小，救援他人。❺善彈　擅長於使用彈弓。❻指飛鳥下之　指著天上的飛鳥一彈弓就能將其射落下來。❼厚藏　富有貲財。❽逮　及至；到了。❾謝　謝絕；辭去。❿風后握奇　風后所寫的兵書《握奇》。風后，傳說中黃帝時代的軍事家。《握奇》，託名風后寫的兵書。⓫道梗　道路阻塞不通。⓬周流　四處奔走。⓭無所合　無所遇合；沒有遇到彼此投合者，這裡指得到賞識。⓮瑰怪　瑰奇壯麗的景物。⓯浙江　指錢塘江。⓰具區　指太湖。⓱衣冠　士大夫。⓲止車　停車。⓳傾身　身體向前傾，形容對人謙恭誠懇。⓴接　結交。

【語譯】南宮生，蘇州人，身材魁梧，博覽經史子集。年青時任俠而見義勇為，喜歡擊劍馳馬，尤其擅長使彈弓，能指著天上的飛鳥一彈弓就將牠擊落下來。家中向來有貲財，他以此救濟朋友，廣交賓客，又和年青人一起飲酒賭博，很快就把家中的錢花光了。到了壯年的時候，他看到天下大亂，很想做一番救國救民之事以建功立業。於是謝絕了那些酒肉朋友，離開他們，去學習研究兵法，學會了風后《握奇經》中的布陣之法。他準備北上中原，與英雄豪傑們一起計議大事。不巧道路阻塞不通，他到處奔走仍未找到賞識他的人。於是就沿著長江溯流而上，遊覽了金陵，又到了金華、會稽等地的名山，飽覽了奇異壯麗的山川景色；然後渡過錢塘江，乘舟經過太湖回到家鄉蘇州。他在家鄉以注重氣節聞名，當地的士大夫十分仰慕他，爭著邀請他到自己家中作客，門前每天都停著幾十輛車子。南宮生自己也善於結交朋友，無論貴賤親疏，他都謙恭而又誠懇地與他們交往。

有二軍將，恃武❶橫甚，數毆辱士類，號虎冠❷。其一嘗召生飲。或曰：「彼酗，不可近也。」生笑曰：「使酒❸人烏❹能勇？吾將柔之❺矣！」即命駕往。坐上座，為語古賢將事。其人竦聽❻，據樽❼下拜起為壽❽，至罷會，無失儀。

其一嘗遇生客次❾，顧生不下己❿，目懾⓫生而起。他日見生獨騎出，從健兒⓬帶刀策馬踵⓭生後，若將肆暴⓮者。生故緩轡⓯，當中道進，不少避。知生非懦儒，遂引去，不敢突冒⓰呵避⓱。明旦，介客⓲詣⓳生謝⓴，請結歡㉑。生能以氣服人㉒，類如此。

【章　旨】南宮生以淵博的學識和儒雅從容的風度，折服兩位恃勇而橫行霸道的軍將。

【注　釋】❶恃武　仗著勇武。❷虎冠　戴帽子的老虎。對兇橫者的惡稱。❸使酒　因酒使性。❹烏　怎麼。❺柔之　使他柔順馴服。❻竦聽　恭敬地聽。❼據樽　拿著酒杯。❽為壽　酒席間向尊者敬酒或贈送禮物，並祝其長壽。❾客次　接待賓客的處所。❿下己　下於己，對自己謙卑恭順。⓫目懾　以目光表示威脅。⓬健兒　士兵。⓭踵　跟隨。⓮肆暴　肆意行兇。⓯緩轡　放鬆轡繩，讓馬慢慢行走。⓰突冒　衝撞；觸犯。⓱呵避　喝令讓開。⓲介客　通過朋友介紹。⓳詣　訪謁；往見。⓴謝　道歉。㉑結歡　結交為好友。㉒以氣服人　以正氣使人心悅誠服。

【語　譯】當地有兩個軍將，依仗著武力橫行霸道，屢次毆打、辱罵讀書人，被人稱為戴帽子的老虎。其中有一個曾經邀請南宮生去飲酒。有人對南宮生說：「那傢伙會發酒瘋，不能跟他接近。」南宮生笑著說：「愛發酒瘋的人，怎麼能稱得上是勇敢呢？我要使他柔順溫和起來！」馬上讓人駕車前往。到了之後，便自坐上席，對那個軍將講起古代賢將的故事。那個軍將恭敬地聽著，端起酒杯向南宮生下拜，又站起來向南宮生敬酒祝壽，一直到宴會結束，都沒有失禮。

另一位軍將曾經與南宮生在客館裡相遇，見南宮生對自己不謙卑恭順，狠狠地瞪了南宮生幾眼就起身離去了。後來有一天看到南宮生獨自騎馬外出，就率領一批士兵，帶著刀，騎著馬，緊跟在南宮生後面，好像要尋事行兇的樣子。南宮生故意放鬆轡繩讓馬慢走，在路當中從容地前進，一點也不避讓。那個武將知道南宮生不是一個懦弱的儒生，於是就帶著士兵離開，沒有敢上前去衝撞，也沒有敢喝令讓開。第二天早晨，通過朋友引見訪謁南宮生並道歉，請求結交為好友。南宮生能以正氣使人心悅誠服，大致如此。

性抗直❶多辯，好箴切❷友過。有忤己❸，則面數之無留怨❹。與人論議，祈❺必勝，然援事析理，眾終莫能折❻。

時藩府❼數用師，生私策❽其雋蹶❾多中。有言生于府。欲致❿生幕下，不能得，將中生法⓫，生以智免。

家雖以貧，然喜事⓬故在⓭。或饋酒肉，立召客與飲啖⓮相樂。四方游士至吳者，生察其賢，必與周旋⓯款曲⓰，延譽⓱上下所知。有喪疾不能葬療者，以告生，輒令削牘⓲疏⓳所乏，為請諸公間營具之，終飲其德⓴不言。故人皆多㉑生，謂似樓君卿、原巨先㉒，而賢過之。

【章旨】寫南宮生性情爽直、長於辯論、精通兵法、廣交賓客、樂於助人等特點。

【注釋】❶抗直　剛強正直。❷箴切　規勸告誡。❸忤己　觸犯自己。❹面數之無留怨　當面責備他而不懷恨在心。❺祈　要求。❻折　駁倒。❼藩府　藩王的官署。此處指張士誠。張士誠據蘇州，自稱吳王，故言藩府。❽策　預料。❾雋蹶　勝敗。❿致　招致。⓫中生法　給南宮生強加罪名。⓬喜事　喜歡結交朋友。⓭故在　依然如故。⓮飲啖　吃喝。⓯周旋　交往。⓰款曲　殷勤應酬。⓱延譽　宣揚他人的才德。⓲削牘　指書寫。古時字寫在竹片、木片上，有誤則用刀削去重寫，故用以泛稱書寫、撰述。⓳疏　分條記錄或分條陳述。⓴飲其德　不讓別人知道自己所做的好事。㉑多　稱頌；敬重。㉒樓君卿原巨先　即樓護、原涉。兩人都是漢代德行高尚的人，《漢書》有傳。

【語　譯】南宮生的性格剛強正直，又長於言辭。朋友有過失就直言規勸；有人觸犯自己，就當面加以責備而不懷恨在心。和別人辯論，一定要勝過對方。然而他在辯論時援引事例，分析道理，別人也始終不能駁倒他。

當時在蘇州稱王的張士誠屢次用兵打仗，南宮生私下預測其勝敗都非常準確，有人將南宮生的這些事報告張士誠。張士誠想把南宮生招到自己的幕下，而南宮生不願意。張士誠想對他強加罪名予以處罰，他憑著自己的機智避免了張士誠的迫害。

後來，南宮生家中雖然已經貧窮了，但他仍然像以前那樣喜歡結交賓客。有人贈送給他酒肉，他就馬上邀請朋友來一起吃喝，快活一番。全國各地來到蘇州的遊士，如果南宮生了解到他有才能，一定要和他交往，誠摯而又熱情地招待，到處為他宣揚，讓上上下下都知道。如果有人無力料理喪事或無錢醫治疾病，只要告訴南宮生，他就讓人把所缺的東西一條條地寫在紙上，然後代人去請求一些好心的人幫助解決，而他始終隱瞞自己所做的好事，從不張揚出來。所以人們都讚揚南宮生，說他是漢代樓君卿和原巨先一類的俠義之士，而才德遠遠超過了他們。

久之，稍厭事，闔門❶寡將迎❷。辟一室，庋❸歷代法書❹、周彝❺、漢硯、唐雷氏❻琴，日游其間以自娛。素工草隸，逼鍾、王❼。患求者眾，遂自閟❽，希復❾執筆。歆慕靜退❿，時賦詩見志，怡然處約⓫，若將終身。

生姓宋，名克，家南宮里，故自號云。

【章　旨】南宮生晚年閉門謝客，以書法、古玩自娛，過著寧靜儉樸的生活。

【注　釋】❶闔門　閉門。❷將迎　送迎。❸庋　置放；收藏。❹法書　字帖。❺周彝　周代的酒器。❻雷氏　指傳說中著名的琴工雷威。❼鍾王　指魏晉時代著名的書法家鍾繇和王羲之。❽閟　閉門拒客。❾希復　很少再。希，同「稀」。❿歆慕靜退　嚮往寧靜的隱居生活。⓫處約　過著儉樸的生活。

【語　譯】時間久了，南宮生有些討厭那種交往應酬的事情。於是閉門不出，很少再去迎來送往。他收拾了一間房子，收藏陳設了歷代的字帖、周代的酒器、漢代的硯臺以及唐代雷威製的琴，每天觀賞這些骨董自我娛樂。他一向擅長寫草書和隸書，筆法酷似魏晉時的鍾繇和王羲之。他討厭前來求字的人太多，就閉門拒客，很少再執筆。他羨慕嚮往寧靜的生活，常常寫詩表明志向，愉快地過著儉樸的生活，準備如此度過一生。

南宮生姓宋，名克，家住在南宮里，所以自號南宮生。

【賞析】本篇全力塑造了元末明初一位亦俠亦儒的奇士宋克的形象。宋克家住蘇州南宮里，自號南宮生，博通經史，書法草隸皆工，長於辯論，工於詩文，可謂文才過人。他又精通兵書陣法，對戰爭勝負的預測準確無誤，性喜擊劍走馬，練就了百發百中的彈弓本領，武藝超群。南宮生身處元末亂世，有「自樹功業」的遠大抱負，也曾一度「北走中原，從豪傑計事」，然而結果卻失意而返，長年屈居草野，最終不得不閉門謝客，沉潛於古玩之中以自娛，「歆慕靜退」，「怡然處約」。這樣一個文武兼長的人才，處世態度前後發生如此重大的轉變，固然與當時社會壓抑和埋沒人才、使他們的意志逐漸消磨，以及南宮生機遇不好（他北上中原謀求發展時，因為道路阻塞而與英雄豪傑失之交臂）有關，同時也與元末明初特定的政治背景與文化氛圍有著密切的聯繫。

元末是一個思想拘禁較少的時代，這在當時東南地區經濟、文化的中心蘇州顯得尤為突出。小說的作者高啟曾作〈青丘子歌〉，表現了一種不羨功名富貴、不受禮法羈勒、渴望和追求自由的精神。詩中寫道：「躡屩厭遠游，荷鋤懶躬耕。有劍任銹澀，有書任縱橫。不肯折腰為五斗米，不肯掉舌下七十城。但好覓詩句，自吟自酬賡。」小說中的南宮生「抗直多辯」、不畏強暴、與人爭論務求必勝等性格顯然體現了追求個性自由的時代風氣。但這種狂傲倔犟之人，是很難為當權者所用的。元明易代之際殘暴的政治鬥爭，使許多人感到厭惡和可怕，許多人看透了功名富貴，對官場感到厭倦，甘心退居民間過無拘無束的生活。高啟就在詩中明確表示了不管世間的權力紛爭而隱居山水之間的意向：「不問龍虎苦戰鬥，不管烏兔忙奔傾，向水際獨坐、林中獨行。」入明以後，朱元璋對文士心懷疑懼，實行了高壓政策。蘇州曾被張士誠占據十餘年，許多文人曾受到張氏的優待，朱元璋對此懷恨在心，吳中士大夫遭其殺戮者不計其數。這使許多吳中士人心懷恐懼，視官場為險惡之地。吳中地區的隱逸之風也因之而大熾。應該說，南宮生由積極入世到消極避世，是當時蘇州一帶的政治環境使然，也是作者高啟心態的真實寫照。

小說在表現南宮生的才能以及他仗義疏財、廣交賓客、豪爽抗直的性格時，大多借作者之口作概括敘述。而對於南宮生「以氣服人」這一點，作者則選擇兩個生動的故事精描細繪，具體而微地寫南宮生如何以古代賢將之事折服因酒使性的武夫，如何以他的才智膽識和儒雅從容的風度使對他「意欲肆暴」的魯夫莽漢幡然改悔。這兩個頗為精湛的事例，鮮明地突出了南宮生有智有勇、剛柔兼具的獨特個性，豐富了人物的性格內涵。在這一形象身上，傳奇色彩和生活的真實性得到了有機的統一。

三山福地志

瞿佑

【題解】本篇選自《剪燈新話》卷一。作者在奢談因果報應的同時，對元朝末年政治的腐敗多有揭露。淩濛初曾將此篇改寫為白話小說〈菴內看惡鬼善神，井中談前因後果〉，收入《二刻拍案驚奇》卷二四。

【作　者】瞿佑（西元一三四七～一四三三年），字宗吉，號存齋，錢塘（今浙江杭州）人。少有詩名，洪武年間，曾被薦任仁和、臨安、宜陽等縣訓導，後升任周王府右長史。成祖永樂六年（西元一四〇八年），因作詩蒙禍下獄，謫戍保安（今河北懷來）十年，洪熙初遇赦放歸。工詩文，著述甚豐。有《剪燈新話》、《存齋遺稿》、《樂府遺音》、《歸田詩話》等著作二十餘種。《剪燈新話》是明初著名的傳奇小說集，共收入傳奇小說二十一篇，多敘豔情及靈怪故事，對社會生活也能有所反映。藝術上刻意追踵唐人傳奇，描寫婉曲多致，文辭典雅華美，代表了明代文言小說創作的最高成就，對後代文言小說創作的影響甚大。該書於明英宗正統七年（西元一四四二年）曾遭朝廷禁毀，是明代第一部被禁的小說。

元自實，山東人也。生而質鈍，不通詩書。家頗豐殖，以田莊為業。

同里有繆君者，除❶得閩中一官，缺少路費，於自實處假銀二百兩。自實以鄉黨❷相處之厚，不問其文券，如數貸之。

至正❸末，山東大亂，自實為群盜所劫，家計一空。時陳有定❹據守福建，七閩❺頗安。自實乃挈妻子由海道趨福州，將訪繆君而投托焉。至則繆君果在有定幕下，當道❻用事，威權隆重，門戶赫奕。自實大喜，然而患難之餘，跋涉道途，衣裳藍縷❼，容貌憔悴，未敢遽見也。乃於城中僦屋❽，安頓其妻孥❾，整飾其冠服，卜日而往。

適值繆君之出，拜於馬首。初似不相識，及敘鄉井，通姓名，方始驚謝。即延之入室，待以賓主之禮。良久，啜茶而罷。明日，再往，酒果三杯而已，落落❿無顧念之意，亦不言銀兩之事。自實還家，旅寓荒涼，妻孥怨詈曰：「汝萬里投人，所幹何事？今為三杯薄酒所賣，即便不出一言，吾等何所望也？」

自實不得已，又明日，再往訪焉，則似已厭之矣。自實方欲啟口，繆君遽曰：「向者承借路費，銘心不忘；但一宦蕭條，俸入微薄，故人遠至，豈敢辜恩？望以文券付還，則當如數陸續酬納也。」自實悚然曰：「與君共同鄉里，自少交契深密，承命周急，素無文券，今日何以出此言也？」繆君正色曰：「文券誠有之，但恐兵火之後，君失之耳。然券之有無，某亦不較，惟望寬其程限，使得致力焉。」自實唯唯而出，怪其言辭矯妄⓫，負德若此，羝羊觸藩⓬，進退維谷。半月之後，再登其門，惟以溫言接之，終無一錢之惠。展轉⓭推托，遂及半年。

市中有一小庵，自實往繆君之居，適當其中路，每於門下憩息。庵主軒轅翁者，有道之士也，見其往來頗久，與之敘話，因而情熟。

【章　旨】元自實借給外出任官的同鄉繆君二百兩銀子。後遭逢戰亂，自實家產蕩盡，便攜家前往福建投靠繆君。繆君反覆推託，不肯歸還所借銀兩。

【注　釋】❶除　拜官授職。❷鄉黨　鄉里；同鄉。❸至正　元順帝的年號（西元一三四一～一三六七年）。❹陳有定　福建福清人，元末任福建平章政事。❺七閩　古代居住在今福建全省和浙江南部的閩人分為七族，故稱。❻當道　當權。❼藍縷　形容衣服破爛。❽僦屋　租房居住。❾妻孥　妻子兒女。❿落落　冷淡。⓫矯妄　假冒不實；巧詐荒誕。⓬羝羊觸藩　公羊的角鉤在籬笆上，進退不得。語出《易・大壯》：「羝羊觸藩，羸其角。」羝羊，公羊。⓭展轉　反覆。

【語　譯】元自實是山東人。生來天資愚鈍，不通文墨。家境頗為富足，有田莊一處，以種田為業。同鄉有個叫繆君的人，得到了一個福建地方官的職位，因缺少路費，向元自實借二百兩銀子。自實因為是同鄉且平時相處較好，沒有向他要借據，就將銀子如數借給了他。

至正末年，山東大亂。自實家遭到了一批強盜的搶劫，家產一空如洗。當時陳有定據守福建，福建一帶較為安寧。自實就帶著妻子從海道去福州，準備探訪繆君並投靠他。到了福州以後，得知繆君果然在陳有定的幕下，威風凜凜，權重勢大，門庭顯赫。自實非常高興。但是由於剛剛經歷禍患，又長途跋涉，衣服破爛，容貌憔悴，沒有敢馬上前往相見，就在城裡租下房屋，安頓好妻子兒女，將衣帽穿戴整齊，選擇吉日前往拜訪。

自實登門求見那天，正好碰上繆君外出，自實就在馬前拜見他。繆君開始好像不認識一樣，等到自實講起家鄉，通報姓名，才大吃一驚，連忙向自實表示道歉。他馬上將元自實請進屋，彼此分賓主坐定。坐了好久，吃完茶，會見就結束了。第二天自實再去，也只是三杯淡酒和一些果品而已。繆君態度十分冷淡，沒有一點眷顧憐憫的意思，也閉口不談以前借銀子的事情。自實回到家中，旅舍冷冷清清，心中倍感淒涼，妻子兒女罵他說：「你不遠萬里前來投靠別人，想做的是什麼事？現在人家三杯薄酒就把你的嘴堵住了，閉口不說一句話。我們還有什麼指望呢？」

自實萬不得已，只好第三天再去拜訪，繆君似乎已經討厭他了。自實正要開口，繆君馬上說：「以前承蒙你借給我路費，我一直銘記在心，永不忘記。儘管我官場失意，俸祿微薄。但朋友老遠趕來，我豈敢忘恩負義？請你把借據還給我，我就照數陸續償還。」自實吃驚地說：「我和您同鄉，從小交情深厚，根據您的請求幫助您解決困難，向來沒有借據，今天怎麼說出這樣的話來？」繆君板著臉說：「借據確實是有的，只是恐怕兵火之後，你已經弄丟了。不過借據有沒有，我也不計較了，只是希望你把期限放寬一點，使我能夠盡力籌款還你。」自實只得連連答應著走了出來，心裡責怪繆君言辭狡詐不實，如此背棄恩德，感到自己就像角鉤在籬笆上的公羊，進退兩難。半月之後，自實再次登門要債，繆君只是說了些好聽的話來打發他，始終沒有拿出一文錢來。這樣三番五次地推託，轉眼就過去了半年時間。

市中有一座小寺廟，正好位於自實家到繆君家的中途，自實路過的時候，常常在寺廟的門前休息。寺廟的住持僧別號軒轅翁，道行很深，見自實很長一段時間中經常從門口經過，就與他聊天，因此熟識。

時值冬季，已迫新歲，自實窮居無聊❶，詣繆君之居，拜且泣曰：「新正❷在爾，妻子饑寒，囊乏一錢，瓶無儲粟。向者銀兩，今不敢求，但願捐斗水而活涸轍之枯❸，下壺飧而救翳桑之餓❹，此則故人之賜也。伏望❺憐之憫之，哀之恤之！」遂匍匐於地。繆君扶之起，屈指計日之數，而告之曰：「更及一旬，當是除夕，君可於家專待，吾分祿米二石及銀二錠，令人馳送于宅，以為過歲之資，幸勿以少為怪。」且又再三丁寧，毋用他出以候之。自實感謝而退。歸以繆君之言慰其妻子。

至日，舉家懸望，自實端坐於床，令稚子于里門覘之。須臾，奔入曰：「有人負米至矣。」急出俟焉，則越其廬而不顧。自實猶謂來人不識其家，趨往問之，則曰：「張員外之饋館賓❻者也。」默然而返。頃之，稚子又入告曰：「有人攜錢來矣。」急出迓❼焉，則過其門而不入。再往扣之，則曰：「李縣令之贐❽游客者也。」憮然❾而慚。如是者凡數度。至晚，竟絕影響。明日，歲旦矣，反為所誤，粒米束薪，俱不及辦，妻子相向而哭。

自實不勝其憤，陰礪❿白刃，坐以待旦。鷄鳴鼓絕，徑投繆君之門，將俟其出而刺之。是時，震方未啟⓫，道無行人，惟小庵中軒轅翁方明燭轉經⓬，當門而坐，見自實前行，有奇形異狀之鬼數十輩從之，或握刀劍，或執椎鑿，披頭露體，勢甚凶惡；一飯之頃，則自實復回，有金冠玉珮之士百餘人隨之，或擊幢蓋[13]，或舉旌幡[14]，和容婉色，意甚安閑。軒轅翁叵測[15]，謂其已死矣。

誦經已罷，急往訪之，則自實固無恙。坐定，軒轅翁問曰：「今日之晨，子將奚適？何其去之匆匆，而回之緩緩也？願得一聞。」自實不敢隱，具言：「繆君之不義，今我狼狽[16]！今早實礪霜刃于懷，將往殺之以快意，及至其門，忽自思曰：『彼實得罪于吾，妻子何尤焉？且又有老母在堂，今若殺之，其家何所依？寧人負我，毋我負人也。』遂隱忍而歸耳。」軒轅翁聞之，稽首[17]而賀曰：「吾子將有後祿，神明已知之矣。」自實問其故。翁曰：「子一念之惡，而凶鬼至；一念之善，而福神臨。如影之隨形，如聲之應響，固知暗室之內，造次[18]之間，不可萌心而為惡，不可造罪而損德也。」因具言其所見而慰撫之，且以錢米少許周其急。

【章　旨】繆君答應在除夕時給自實送銀送糧，但卻食言不送，讓自實一家空等一旬。自實忍無可忍，持刀欲殺繆君。後善心萌生，未曾動手。

【注　釋】❶無聊　生活窮困，無所依賴。❷新正　農曆正月初一；元旦。❸捐斗水而活涸轍之枯　語出《莊子・外物》。莊子出遊時，乾涸的車轍中有一條鮒魚向莊子求救，請求莊子給牠送上斗升之水。常用以比喻處於困境亟待救援。涸轍，乾涸的車轍。❹下壺飧而救翳桑之餓　語出《左傳》宣公二年。春秋時代，晉國人靈輒三天沒吃東西，餓倒在翳桑。正卿趙盾看見後，拿出酒肉給他吃，還接濟了靈輒的母親。後靈輒在趙盾危急時救了他。壺飧，用壺盛的湯飯或其他熟食。❺伏望　表希望的敬詞。❻館賓　私塾的老師。❼迓　迎接。❽贐　贈送。❾憮然　悵然失意的樣子。❿礪　磨。⓫震方未啟　東方還沒有發亮。震方，東方。⓬轉經　誦經。⓭幢蓋　旌旗傘蓋。⓮旌幡　泛指旗幟。⓯叵測　不可測度。⓰狼狽　艱難窘迫。⓱稽首　古時一種最恭敬的跪拜禮，叩頭到地，頭在地上停留一段時間。⓲造次　匆忙；急遽。

【語　譯】時間到了冬末，新的一年即將來臨。自實生活窮困，無所依靠，只好又來到繆君的住所，拜倒在地上哭著說：「春節就在眼前，我家妻子兒女都在挨餓受凍。我口袋裡沒有一文錢，米甕裡沒有一粒米。以前所借出的銀兩，現在也不敢再要了。只希望你捐出一斗水來救救我這個在乾涸車轍裡快要被曬死的魚，施捨一碗飯救救翳桑那快要餓死的人，這是故人的恩賜啊。希望你憐憫我，同情我，救濟我！」說著就趴伏在地上。繆君將自實扶了起來，扳著手指算了一算日期，告訴自實說：「再過十天，就是除夕，你可以在家中專心等待，我分給你兩石祿米和兩錠銀子，派人用馬送到你府上，作為你過年的費用，希望你不要因為東西少而見怪。」並且又再三叮囑，叫自實除夕那天不要外出，一定要在家中等候。自實感激不盡地退了出來。回到家用繆君的話安慰妻子兒女。

到了除夕那一天，自實全家盼望。自實端坐在床上，叫小兒子到里門去探望。一會兒，小兒子跑回來說：「有人背著米來了。」自實連忙出去等，可背米的人走過他家門口時連看都不看一眼。自實還以為來的人不認識他家，連忙跑過去問，那人回答說：「這是張員外饋贈給他家老師的。」自實只好默默地回到家中。不一會，小兒子又來報告說：「有人帶錢來了。」自實急忙出去迎接，而送錢的人經過他家門口卻不進來。再追上去問他，回答說：「這是李縣令送給幕賓的。」自實悵然若失，十分慚愧。像這樣的情況連續發生了好幾次。到了晚上，竟然一點聲息都沒有了。明天就是春節了，本指望繆君送錢糧來過節，結果反而被他耽誤，家中一粒米、一把柴都來不及準備，妻子兒女相對而哭。

自實忍不住胸中的憤怒，暗中磨利了一把刀，坐著等待天亮。等到雞叫更鼓停止，就逕直往繆家門口走去，準備等繆君出門的時候一刀刺死他。這時，東方尚未發白，路上一個行人也沒有，只有小寺廟裡的軒轅翁正點著蠟燭誦經，對門而坐。他看見自實在前面走，後面有數十個奇形怪狀的鬼緊緊跟隨，這些鬼有的握著刀劍，有的拿著鐵椎鑿子，個個都披頭散髮，赤身露體，樣子十分兇惡。大約過了一頓飯的時間，自實又回來了，這回有一百多個頭戴金冠、身繫玉佩的人跟隨著他。他們有的打著傘蓋，有的高舉旌旗，和顏悅色，神態安閒。軒轅翁猜測不透，以為自實已經死了。

軒轅翁將經念完，急急忙忙到自實家打聽消息，可自實卻安然無恙。坐定以後，軒轅翁問道：「今天早晨，你到什麼地方去了？為什麼去的時候那麼急急匆匆，回來的時候慢慢悠悠呢？想聽你說說這是什麼緣故。」自實不敢隱瞞，將事情的經過詳細地說了出來：「繆君這個人不仁不義，使我落入狼狽不堪的境地。今天早晨確實是磨好了快刀藏在懷中，準備殺掉他來泄恨。可到了他家門口，自己忽然轉念想道：『他確實是得罪了我，但他的妻子兒女又有什麼罪過呢？何況他又有老母在堂，現在我如果殺了他，他一家人還有什麼依靠呢？寧願別人辜負我，我不能辜負別人。』於是暗暗忍著這口氣回家了。」軒轅翁聽了，連忙跪拜叩頭祝賀說：「您這樣做必將會有後福，剛才的事，神靈已經知道了。」自實問他說這句話的根據。軒轅翁說：「你一有惡念，兇鬼就來了；一有善念，福神就會降臨，這就如同影子隨著形體、回音跟著發聲一樣。必須知道暗室之內、片刻之中，都不能萌生作惡的念頭，千萬不可製造罪過而損害德行。」於是詳細地告訴他自己所看到的情景，以此來撫慰他，並拿出一些錢與米救濟他，解決他的燃眉之急。

然而自實終鬱鬱不樂。至晚，自投于三神山下八角井中。其水忽然開辟，兩岸皆石壁如削，中有狹徑，僅通行履。自實捫❶壁而行，將數百步，壁盡路窮，出一弄口，則天地明朗，日月照臨，儼然❷別一世界也。見大宮殿，金書其榜曰：「三山福地」。自實瞻仰而入，長廊晝靜，古殿烟消，徘徊四顧，闃❸無人踪，惟聞鐘磬之聲，隱隱于雲外。饑餒頗甚，行不能前，困臥石壇之側。

忽一道士，曳青霞之裾❹，振明月之珮，至前而呼起之，笑而問曰：「翰林識旅游滋味乎？」自實拱而對曰：「旅游滋味，則盡足矣。翰林之稱，一何誤乎？」道士曰：「子不憶草西藩詔于興聖殿乎？」自實曰：「某山東鄙人❺，布衣賤士，生歲四十，目不知書，平生未嘗游覽京國，何有草詔之說？」道士曰：「子應為饑火所惱，不暇記前事耳。」乃於袖中出梨棗數枚令食之，曰：「此謂交梨火棗❻也。食之當知過去未來事。」自實食迄，惺然❼明悟，因記為學士時，草西藩詔于大都❽興聖殿側，如昨日焉。遂請于道士曰：「某前世造何罪，而今受此報耶？」道士曰：「子亦無罪，但在職之時，以文學自高，不肯汲引❾後進，故今世令君愚懵而不識字；以爵位自尊，不肯接納游士❿，故今世令君漂泊而無所依耳。」

自實因指當世達官而問之曰：「某人為丞相，而貪饕⓫不止，賄賂公行，異日當受何報？」道士曰：「彼乃無厭鬼王，地下有十爐以鑄其橫財，今亦福滿矣，當受幽囚之禍。」又問曰：「某人為平章⑫，而不戢⑬軍士，殺害良民，異日當受何報？」道士曰：「彼乃多殺鬼王，有陰兵三百，皆銅頭鐵額，輔之以助其虐，今亦命衰矣，當受割截之殃。」又問：「某人為監司⑭，而刑罰不振；某人為郡守，而賦役不均；某人為宣慰⑮，不聞所宣之何事；某人為經略⑯，不聞所略之何方，然則當受何報也？」道士曰：「此等皆已杻械⑰加其身，縲紲⑱繫其頸，腐肉穢骨，待戮餘魂，何足算也！」自實因舉繆君負債之事。道士曰：「彼乃王將軍之庫子⑲，財物豈得妄動耶？」

道士因言：「不出三年，世運變革，大禍將至，甚可畏也。汝宜擇地而居，否則恐預池魚之殃。」自實乞指避兵之地。道士曰：「福清可矣。」又曰：「不若福寧。」言訖，謂自實曰：「汝到此久，家人懸望，今可歸矣。」自實告以無路，道士指一徑令其去，遂再拜而別。

行二里許，于山後得一穴出，到家，則已半月矣。急攜妻子徑往福寧村中，墾田治圃而居。揮鍬之際，錚然作聲，獲瘞銀⑳四錠，家遂稍康。其後張氏㉑奪印，達丞相㉒被拘，大軍臨城，陳平章㉓遭擄，其餘官吏多不保其首領，而繆君為王將軍者所殺，家貲皆歸之焉。以歲月記之，僅及三載，而道士之言悉驗矣。

【章　旨】自實到三神山下投井，不料井水立乾。在井中食道士所贈梨棗，頓悟前世今生因果之事。出井後按道士所說遷家福寧，掘地得銀，自此生活安康。而繆君等多行不義的達官在三年內盡遭惡報。

【注　釋】❶捫　摸。❷儼然　宛然；彷彿。❸闃　寂靜。❹曳青霞之裾　穿著青霞色的道袍。曳，穿著。裾，衣襟。❺鄙人　鄉下人。❻交梨火棗　道教所稱的仙果。南朝梁陶弘景《真誥．運象二》：「玉醴金漿，交梨火棗，此則騰飛之藥，不比于金丹也。」❼惺然　清醒的樣子。❽大都　元朝的都城，今北京市。❾汲引　引薦。❿游士　泛指雲遊四方以謀生的文人。⓫貪饕　貪得無厭。⓬平章　古代官名。金元有平章政事，位次於丞相。元代之行中書省置平章政事，為地方高級長官，簡稱平章。⓭戢　管束。⓮監司　州郡中分管財政、軍事、刑獄的地方長官。⓯宣慰　元代置宣慰使司，管理軍民政務，分道掌管郡縣。⓰經略　官名。宋元時設經略安撫使，掌管一路的軍民政務。⓱杻械　腳鐐手銬。泛指刑具。⓲縲紲　捆綁犯人的繩索。引申為牢獄（因禁)。⑲庫子　掌管官庫的人。⑳瘞銀　埋藏著的銀子。㉑張氏　指元末農民起義首領、割據勢力頭目張士誠。曾於元至正二十四年(西元一三六四年)奪取元朝江浙右丞相達識帖睦邇的大印。㉒達丞相　指元朝江浙右丞相達識帖睦邇。㉓陳平章　指陳有定。元末任福建平章政事,故稱。

【語　譯】然而自實始終悶悶不樂。到了晚上,自己跳到三神山下的八角井中。不料井裡的水忽然自動分了開來,兩邊都是如同刀削一般的石壁,中間有一條狹路,僅能容一人通行。自實摸著石壁行走,走了數百步,到了石壁的盡頭,路也斷了。出了一個石洞口,忽然天地明朗,陽光燦爛,彷彿進入了另外一個世界。迎面看見一座大宮殿,匾額上題著「三山福地」四個金色的大字。自實瞻仰一番後進入宮殿,發現雖是白天,長廊裡卻是一片寂靜,古老的大殿內煙消塵淨。自實來回走動,四面張望,連一個人影都看不到,只聽到鐘磬之聲,隱隱約約,恍如來自雲外。自實饑餓難忍,不能繼續前行,就睡在石壇的旁邊。

忽然來了一個道士,穿著青霞色的道袍,走動時振響著身上像明月一樣潔白的玉佩。道士來到自實面前將他叫起,笑著問他:「翰林公現在知道客居在外的滋味了吧?」自實拱手回答說:「客居在外的滋味,我已經嘗夠了。但先生稱我翰林,豈不大錯特錯?」道士說:「你不記得在興聖殿起草征討西蕃詔書的事情了嗎?」自實說:「我是山東鄉下人,是一個普通百姓,身分低賤,活了四十歲,還是目不識丁,一輩子連京城都沒有遊覽過,怎麼會有起草詔書的說法呢?」道士說:「你大概被饑餓所惱,沒有時間去記憶前生的事情了。」於是從袖子裡摸出幾個梨子和棗子給自實吃,說:「這叫做交梨火棗,吃了以後就能知道過去和未來的事情。」自實吃完了,頓時醒悟過來,於是想起自己前生為學士時在興聖殿側起草征討西蕃的詔書的事,一切就好像發生在昨天一樣。於是就請教道士說：「我前世究竟犯了什麼罪，而今世要遭到這樣的報應呢？」道士說：「你也沒有什麼罪，只是在職的時候，以為自己有文才而自高自傲，不肯引薦年青人，所以今世讓你愚昧無知而不識字；你前世因爵高位顯而妄自尊大，不肯接納雲遊四方以謀生的文士，所以今世讓你漂泊流浪而無所依託。」

自實趁此機會舉出一些當世達官貴人的名字問道士：「某某人身為丞相，貪得無厭，公開行賄受賄，他日應當受到什麼報應？」道士說：「他本是無厭鬼王，地下有十座爐子替他熔鑄橫財，現在他的福分已經滿了，應當受囚禁之禍。」自實又問道：「某某人任平章而不管束軍士，殺害良民，他日應當受到什麼報應？」道士說：「他本是多殺鬼王，手下有三百名陰兵，個個都是銅頭鐵額，幫助他幹暴虐之事，現在他的命也該完了，會遭受千刀萬剮之殃。」又問道：「某某人任監司，卻不整頓刑罰，執法不公；某某人任郡守，徵收賦稅、徵發徭役不均不公；某某人任宣慰使，不知他宣揚了什麼；某某人任經略安撫使，不知道他的謀略在什麼地方。這些人都應當受什麼樣的報應呢？」道士說：「這些人都已經腳鐐手銬上身，繩索已經繫到脖子上了，只是一堆腐肉臭骨，都是等待受戮的餘魂，還有什麼值得預測呢！」自實趁此機會提出了繆君欠債不還的事。道士說：「他是給王將軍掌管倉庫的人，財物怎麼能胡亂動用呢？」

道士又說：「不出三年，世道就會大變，大禍就要降臨，非常可怕。你應該選擇一個好的地方居住，否則一旦城門失火，你難免要像池塘裡的魚一樣平白無故地受害遭殃。」自實請他指示一個可以躲避兵災的地方。道士說：「福清可以避災。」過了一會，又說：「還不如福寧。」說完後又對自實說：「你到這裡已經很久了，家裡人在牽掛你，現在可以回去了。」自實告訴道士自己無路可走，道士就指給他一條路讓他離開。他向道士拜了兩拜後告辭而去。

自實上路走了二里左右，在山後發現一個洞口。出了洞口，回到家裡，已經半個月過去了。他急忙帶著妻子兒女直接前往福寧鄉下墾荒種菜過日子。一次在用钁頭翻地的時候，忽然聽到了金屬相撞的錚錚聲，挖到了四大錠埋在地下的銀子，自此家庭生活逐漸安康。此後，張士誠奪了宰相達識帖睦邇的印，達丞相被拘禁，大兵圍城，平章陳有定被俘，其餘的官吏也大多沒有保住自己的腦袋。而繆君也被王將軍所殺，家產全部歸王將軍所有。算算時間，剛剛滿三年，而道士的預言就全部得到了驗證。

【賞　析】這篇小說中的全部情節都說明了天道福善禍淫的觀點。主人公元自實之所以愚昧無知而不識字，是因為他前世任翰林學士時，以才學自傲，不肯引進後學；也正是因為他前世自恃爵高位顯而妄自尊大，不肯接納遊士，所以今世要飽嘗飄泊流浪、生計無著之苦。作者特別強調「一念之惡而兇鬼至，一念之善而福神臨」，「不可萌心而為惡，不可造罪而損德」。當元自實為泄憤而懷刀前去殺人時，身後頓時有奇形怪狀的兇神惡煞數十輩跟從；當他萌生善念不準備殺人後，身後隨即換上了一群金冠玉珮的善神，他本人也就此脫厄轉運。小說中的反面角色繆君，去福建赴任時缺少路費向鄉鄰元自實借銀二百兩而不給借據。元自實落難後前來投奔，他先是裝作不認識，不得已相認後又絕口不談借銀之事。待元自實開口要銀後又故意索要借據，三番五次推託。年底元自實再三請求，他方答應除夕日給其送錢送糧。實際上卻一點未送，害得自實一家空等了十多天，過年時粒米束薪都未準備。這一忘恩負義之徒，最後在戰亂中為人所殺，全部家產也歸他人所有。小說還通過元自實與井中道士的對話，指出世上那些貪饕不止、賄賂公行、殺害良民的丞相、平章，實乃「無厭鬼王」、「多殺鬼王」投胎，當受「幽囚之禍」和「割截之殃」。那些平日作惡多端的監司、郡守、宣慰、經略等人，也都是「待戮餘魂」，「皆已杻械加其身，縲紲繫其頸」。作者將當世達官與陰間惡鬼一一對應，痛快淋漓地揭露了封建吏治的腐敗，一吐胸中憤恨不平之氣。

在描寫神怪靈異故事的同時，小說對人情世相也作了充分的展示。元自實幾次上門要債時的窘迫情狀以及繆君欠債不還的無賴相，都描寫得真切細緻，歷歷可見。特別是除夕日元實全家等候繆君派人前來送米送錢的焦急心情，見有人負米負錢路過，連忙上前迎接詢問，希望一次次落空尷尬難堪，刻劃得尤為傳神逼真，人物性格也因此而得到了生動的展示。

金鳳釵記

瞿佑

【題解】本篇選自《剪燈新話》卷一。敘述青年女子興娘死後借妹妹慶娘的軀體與意中人相會私奔的故事。本篇曾被凌濛初改編為擬話本小說〈大姊魂游完宿願，小妹病起續前緣〉，收入《拍案驚奇》卷二三。沈璟的《墜釵記》（又名《一種情》）傳奇亦以此為題材。

大德❶中，揚州富人吳防禦❷居春風樓側，與宦族崔君為鄰，交契甚厚。崔有子曰興哥，防禦有女曰興娘，俱在襁褓。崔君因求女為興哥婦，防禦許之，以金鳳釵一只為約。既而崔君游宦遠方，凡一十五載，并無一字相聞。女處閨闈，年十九矣。其母謂防禦曰：「崔家郎君一去十五載，不通音耗，興娘長成矣，不可執守前言，令其挫失❸時節也。」防禦曰：「吾已許吾故人矣，況成約已定，吾豈食言者也？」女亦望生不至，因而感疾，沉綿枕席，半歲而終。父母哭之慟。臨斂，母持金鳳釵撫尸而泣曰：「此汝夫家物也，今汝已矣，吾留此安用？」遂簪于其髻而殯焉。

殯之兩月，而崔生至。防禦延接之，訪問其故，則曰：「父為宣德府❹理官❺而卒，母亦先逝數年矣。今已服除❻，故不遠千里而至此。」防禦下淚曰：「興娘薄命，為念君故，得疾，于兩月前飲恨而終，今已殯之矣。」因引生入室，至其靈几前，焚楮錢❼以告之，舉家號慟。防禦謂生曰：「郎君父母既歿，道途又遠，今既來此，可便于吾家宿食。故人之子，即吾子也，勿以興娘歿故，自同外人。」即令搬挈行李，于門側小齋安泊❽。

【章旨】崔興哥與吳興娘於襁褓中訂婚，以金鳳釵為信物。崔父攜全家遊宦遠去，十五年杳無音訊。興娘望崔生不至，鬱鬱而卒，其母以金鳳釵陪葬。葬後二月，興哥前來投親。

【注釋】❶大德　元成宗鐵穆爾的年號（西元一二九七～一三〇七年）。❷防禦　即防禦使。武官名。唐武則天時始設，掌一州軍事，以後廢置無常。宋時為武將兼銜，官階高於觀察使，低於團練使。宋代起也用作對士紳的尊稱，與員外、朝奉相似。❸挫失　錯過。❹宣德府　元代府名。治所在今河北宣化。❺理官　即理刑官。又稱推官。職掌刑名獄訟事務。❻服除　除掉喪服。指居喪期滿。❼楮錢　祭奠時所焚化的紙錢。❽安泊　安頓歇腳。

【語　譯】元成宗大德年間，揚州有個姓吳的富人，曾做過防禦使的官，住在春風樓附近，與世代為官的崔家相鄰，兩家交情很深。崔家有個兒子名興哥，吳防禦有個女兒叫興娘，都還在襁褓之中。崔家向吳家求親，想讓吳家的女兒將來做興哥的媳婦，吳防禦答應了，崔家以一只金鳳釵作為定親的信物。不久，興哥的父親到遠方當官，一去就是十五年，沒有寄過一個字來。興娘在閨閣中，已經長到十九歲了。興娘的母親對防禦說：「崔家公子一去十五年，一點音訊都沒有。興娘已長大成人，我們不能再死守諾言，耽誤女兒的青春了。」防禦說：「我已經答應了我的老朋友，況且婚約已定，我怎麼能自食其言呢？」女兒也盼望崔公子，而崔公子卻一直不來。因而感傷成疾，臥床不起，過了半年就去世了。父母都很傷心，哭得慘天黑地。在給興娘穿衣入棺時，母親拿著金鳳釵撫摩著女兒的屍體哭著說：「這是你夫君家的東西，現在你已經走了，我留著還有什麼用？」就將金鳳釵插在女兒的髮髻上，安葬了女兒。

葬後兩個月，崔公子來了。吳防禦接待了他，問他遲來的原因。興哥說：「家父在宣德府做理刑官，死於任上，家母也過世好幾年了。現在我守孝期已滿，所以不遠千里趕來。」防禦流淚說：「興娘命薄，因思念你而得病，兩個月前抱恨死去，現在已經安葬了。」於是引興哥進入內室，到興娘的靈位前，焚燒紙錢並告訴興娘崔公子來了。全家放聲痛哭。防禦對興哥說：「公子的父母已經去世，路途又遠，現在既然來到這裡，可以就在我家吃住。老朋友的兒子，就等於是我的兒子。請不要因為興娘死了的緣故，就把自己看作是外人。」當即叫僕人替崔公子搬行李，將他安頓在門旁的書齋裡歇腳。

將及半月，時值清明。防禦以女新歿之故，舉家上冢。興娘有妹曰慶娘，年十七矣，是日亦同往。惟留生在家看守。至暮而歸，天已曛黑❶，生于門左迎接。有轎二乘，前轎已入，後轎至生前，似有物墮地，鏗然作聲。生俟其過，急往拾之，乃金鳳釵一只也。欲納還于內，則中門❷已闔❸，不可得而入矣。

遂還小齋，明燭獨坐。自念婚事不成，隻身孤苦，寄迹人門，亦非久計，長嘆數聲。方欲就枕，忽聞剝啄❹扣門聲，問之不答，斯須❺復扣，如是者三度。乃啟關視之，則一美姝❻立于門外，見戶開，遽搴裙而入。生大驚。女低容斂氣，向生細語曰：「郎不識妾耶？妾即興娘之妹慶娘也。向者投釵轎下，郎拾得否？」即挽生就寢。生以其父待之厚，辭曰：「不敢。」拒之甚厲，至于再三。女忽赬爾❼怒曰：「吾父以子侄之禮待汝，置汝門下，汝乃于深夜誘我至此，將欲何為？我將訴之于父，訟汝于官，必不舍汝矣。」生懼，不得已而從焉。至曉，乃去。自是暮隱而入，朝隱而出，往來于門側小齋，凡及一月有半。

一夕，謂生曰：「妾處深閨，君居外館，今日之事，幸而無人知覺。誠恐好事多磨，佳期易阻，一旦聲迹彰露，親庭❽罪責，閉籠而鎖鸚鵡，打鴨而驚鴛鴦，在妾固所甘心，于君誠恐累德❾。莫若先事而發，懷璧❿而逃，或晦迹深村，或藏踪異郡，庶得優游偕老，不致暌離⓫也。」生頗然其計，曰：「卿言亦自有理，吾方思之。」因自念零丁孤苦，素乏親知，雖欲逃亡，竟將焉往？嘗聞父言：有舊僕金榮者，信義人也，居鎮江呂城⓬，以耕種為業。今往投之，庶不我拒。

至明夜五鼓，與女輕裝而出，買船過瓜州⓭，奔丹陽，訪于村氓，果有金榮者，家甚殷富，見為本村保正⓮。生大喜，直造其門，至則初不相識也。生言其父姓名爵里⓯及己乳名，方始記認，則設位而哭其主，捧生而拜于座，曰：「此吾家郎君也。」生具告以故。乃虛正堂而處之，事之如事舊主，衣食之需，供給甚至。

【章　旨】興娘鬼魂假託其妹慶娘之名與崔生幽會，一個半月後，又一起私奔呂城，隱居鄉間。

【注　釋】❶曛黑　天將黑的時候。曛，昏暗。❷中門　外室與內室之間的門。❸扃　關閉。❹剝啄　敲門聲。❺斯須　片刻；一會兒。❻姝　美女。❼赧爾　因發怒而臉紅。❽親庭　指父母。❾累德　敗壞品德和聲譽。❿懷璧　帶著貴重的錢物。璧，玉器名。平圓形，正中有孔。⓫睽離　分離。⓬呂城　鎮名。今屬江蘇丹陽。相傳三國時吳國大將呂蒙曾在此建城。⓭瓜州　鎮名。在今江蘇邗江南部，大運河入長江處，與鎮江隔江斜對。⓮保正　一保之長。舊時戶籍制度規定，十戶為一牌，設牌頭；十牌為一甲，設甲長；十甲為一保，設保正，負責一保的行政、民政諸事務。⓯爵里　官職和籍貫。

【語　譯】興哥住了將近半個月，正好到了清明節。防禦因為女兒新亡的緣故，全家都去上墳。興娘有個妹妹叫慶娘，已經十七歲了，這天也一同前往，只留崔生一人在家看門。到傍晚時上墳的人才回家，這時天已經黑了，崔公子就在門旁迎接。回來時有兩頂轎子，前面的轎子已經先進門了，後面的轎子在經過公子身邊時，好像有什麼東西掉在地上，叮噹作響。公子等轎子過了，急忙過去撿起來，原來是一只金鳳釵。想把它還給轎中的人，可是通往內宅的門已關閉，無法進去。

於是，崔生回到自己的書房內，點起蠟燭一人獨坐。想到自己的婚事不成，一個人孤苦伶仃，寄人籬下，也不是長久之計，不由長歎了幾聲。正想就枕睡覺，忽然聽到「篤、篤」的敲門聲，問是誰，沒有回答。過一會兒，敲門聲又響了起來，這樣連續了好幾次。崔生開門去看，只見一位年青貌美的女子站在門外。女子看見門開了，就連忙撩起裙子走進書房。崔生大為吃驚。女子低頭屏氣，輕言輕語地對崔生說：「郎君不認識我嗎？我就是興娘的妹妹慶娘，剛才把金釵丟在轎子外面，郎君拾到了嗎？」說著就拉著公子就寢。崔生因為慶娘的父親待自己很好，推辭說：「小生不敢。」反覆拒絕，態度很堅決。女子忽然紅著臉發怒道：「我父親以子侄之禮對待你，把你留在家中，而你竟然在深夜把我引誘到這裡來，究竟想幹什麼？我要將這件事告訴父親，把你告到官府，必定不會饒過你。」崔生害怕，迫不得已只好順從了她，到拂曉時女子才離開。從此以後，女子每天晚上偷偷地過來，早上悄悄地出去，往來於大門旁的小書房，前後共有一個半月的時間。

一天晚上，女子對崔生說：「我處於深閨之中，郎君在門外館舍裡居住，現在的事情幸好沒有人發覺。就怕好事多磨，我們的幽會很容易被阻隔。一旦走漏風聲，父母怪罪起來，就像關閉鳥籠鎖住鸚鵡，打起鴨兒驚散鴛鴦，對我來說固然是甘心受罰，可對相公來說，恐怕要敗壞自己的名聲。依我之見，還不如在被發現之前就先走一步，帶些貴重物品出奔，或者隱居於偏僻鄉村，或者藏身於他鄉外邦，這樣也許能夠過上安閒舒適的日子，白頭偕老，而不至於夫妻分離。」崔生很贊成她的主意，說：「愛妻所言自有道理，我也正在考慮這件事。」於是他想，自己孤苦伶仃，平時沒有什麼親戚朋友，現在雖有逃離的念頭，但究竟應該往哪裡逃呢？曾經聽父親說，以前有一個僕人叫金榮，為人很講信義，住在鎮江呂城，以種田為業。現在去投靠他，或許不會拒絕我。

第二天五更時分，崔生與女子輕裝出發，雇船經瓜州渡江，直奔丹陽。向村民一打聽，果然有個叫金榮的人，家裡很富足，現在正是村裡的保正。崔生大喜過望，直接到他家去。到了以後金榮起先認不出來，崔生說出父親的姓名、官職、籍貫以及自己的乳名，金榮這才回憶起來，與崔生相認。於是就設靈位哭奠他的主人，扶崔生坐在上座，下拜行禮，說：「這是我家的少爺。」崔生將自己到這裡來的緣由全都告訴他，金榮騰出正屋讓崔生住，像侍奉往日的主人一樣侍奉他。崔生小倆口所需要的衣食等物，都供應得十分充足。

生處榮家，將及一年。女告生曰：「始也懼父母之責，故與君為卓氏之逃❶，蓋出于不獲已也。今則舊穀既沒，新穀既登❷，歲月如流，已及期❸矣。且愛子之心，人皆有之，今而自歸，喜于再見，必不我罪。況父母生我，恩莫大焉，豈有終絕之理？盍❹往見之乎？」生從其言，與之渡江入城。將及其家，謂生曰：「妾逃竄一年，今遽與君同往，或恐逢彼之怒❺。君宜先往覘❻之，妾艤舟❼于此以俟。」臨行，復呼生回，以金鳳釵授之，曰：「如或疑拒，當出此以示之，可也。」

生至門，防禦聞之，欣然出見，反致謝曰：「日昨顧待不周，致君不安其所，而有他適，老夫之罪也。幸勿見怪！」生拜伏在地，不敢仰視，但稱「死罪」，口不絕聲。防禦曰：「有何罪過？遽出此言。願賜開陳❽，釋我疑慮。」生乃作❾而言曰：「曩者❿房帷⓫事密，兒女情多，負不義之名，犯私通之律，不告而娶，竊負而逃，竄伏村墟，遷延歲月，音容久阻，書問莫傳，情雖篤於夫妻，恩敢忘乎父母！今則謹攜令愛，同此歸寧⓬，伏望察其深情，恕其重罪，使得終能偕老，永遂于飛⓭。大人有溺愛之恩，小子有宜家⓮之樂，是所望也，惟冀憫焉。」防禦聞之，驚曰：「吾女臥病在床，今及一歲，饘粥⓯不進，轉側需人，豈有是事耶？」生謂其恐為門戶之辱，故飾詞以拒之，乃曰：「目今慶娘在于舟中，可令人舁⓰取之來。」

防禦雖不信，然且令家僮馳往視之，至則無所見。方怒詰崔生，責其妖妄。生于袖中出金鳳釵以進。防禦見，始大驚曰：「此吾亡女興娘殉葬之物也，胡為而至此哉？」疑惑之際，慶娘忽于床上欻然⑰而起，直至堂前，拜其父曰：「興娘不幸，早辭嚴侍⑱，遠棄荒郊。然與崔家郎君緣分未斷，今之來此，意亦無他，特欲以愛妹慶娘，續其婚耳。如所請肯從，則病患當即痊除；不用妾言，命盡此矣。」舉家驚駭，視其身則慶娘，而言詞舉止則興娘也。父詰之曰：「汝既死矣，安得復于人世為此亂惑也？」對曰：「妾之死也，冥司以妾無罪，不復拘禁，得隸后土夫人⑲帳下，掌傳箋奏。妾以世緣未盡，故特給假一年，來與崔郎了此一段因緣爾。」父聞其語切，乃許之，即斂容拜謝，又與崔生執手歔欷⑳為別。且曰：「父母許我矣！汝好作嬌客㉑，慎毋以新人而忘故人也。」言訖，慟哭而仆于地，視之，死矣。急以湯藥灌之，移時乃蘇，疾病已去，行動如常，問其前事，并不知之，殆如夢覺。遂涓吉㉒續崔生之婚。感興娘之情，以釵貨于市，得鈔二十錠，盡買香燭楮幣，賫詣㉓瓊花觀，命道士建醮㉔三晝夜以報之。復見夢于生曰：「蒙君薦拔㉕，尚有餘情，雖隔幽明㉖，實深感佩。小妹柔和，宜善視之。」生驚悼而覺。從此遂絕。嗚呼異哉！

【章　旨】一年後，與娘勸崔生持金鳳釵回去向父母謝罪，又附魂於慶娘身上，迫使父母將慶娘嫁給崔生以續前緣。

【注　釋】❶卓氏之逃　指漢代臨邛富戶卓王孫之女卓文君與著名文人司馬相如私奔之事。❷舊穀既沒二句　舊穀已經吃完，新穀已經登場。指時間過了一年。語出《論語・陽貨》。❸期　一週年。❹盍　何不。❺逢彼之怒　正好碰上他發怒。語出《詩經・邶風・柏舟》：「薄言往訴，逢彼之怒。」❻覘　窺探；看。❼艤舟　將船停泊靠岸。❽開陳　交代明白。❾作　站起身來。❿曩者　從前。⓫房帷　寢室；閨房。亦借指男女間的情愛。⓬歸寧　已出嫁的女子回娘家探視父母。⓭于飛　語出《詩經・大雅・卷阿》：「鳳凰于飛，翽翽其羽。」本指鳳凰比翼齊飛，後常用以比喻夫妻恩愛和合。⓮宜家　家庭生活和諧美滿。語出《詩經・周南・桃夭》：「之子于歸，宜其室家。」⓯饘粥　粥。饘，稠粥。⓰舁　抬。⓱欻然　忽然。⓲嚴侍　指父母。⓳后土夫人　神話傳說中的女神。⓴歔欷　悲泣的聲音。㉑嬌客　夫婿。㉒涓吉　選擇吉利的日子。㉓賫詣　攜帶著來到。㉔建醮　僧道設壇祭奠鬼神、為亡靈祈禱的一種儀式。㉕薦拔　超度亡靈。㉖幽明　陰間和陽世。

【語　譯】崔生住在金榮家，眼看快到一年了。一天，女子對崔生說：「當初我因為害怕父母的責怪，所以才和郎君一起仿效卓文君私奔，這實在是迫不得已的事。現在舊穀已經吃完，新穀已經登場，歲月如同流水，我們出來已經快滿一年了。再說愛護兒女之心，人人皆有。現在我們自動回去，老人家會因再見到我們而高興，必定不會怪罪於我們。何況父母生我養我，恩情沒有比這再大的了，哪裡有最終與他們斷絕往來的道理呢？為什麼不回去拜見二老呢？」崔生聽從了她的意見，和她一起渡過長江進入揚州城。快到吳家時，女子對崔生說：「我離家出走一年，現在突然與你一起回去，恐怕會碰上父母發怒而難以收場。郎君應該先去探探口風，我停船在這裡等候你的消息。」臨走時，女子又把崔生叫回來，把金鳳釵給了他，說：「如果我父母懷疑你或拒絕見你，把這個東西拿出來給他們看就可以了。」

崔生到了吳家門口，吳防禦聽說他回來了，高高興興地出來相見，反而道歉說：「往日照顧不周，致使公子不能安心在此居住而去了別的地方，這是老夫的罪過，萬望不要見怪。」崔生拜伏在地，不敢抬頭仰視，只是連稱「死罪」，口不絕聲。防禦說：「你有什麼罪過？怎麼會突然說出這樣的話來。希望你說清楚一點，以解除我的疑慮。」崔生於是站起來說：「以前寢室之事保密，兒女之情實多，我擔著不義的名聲，觸犯了不得私通的戒律，不奉告父母就自行婚娶，偷偷地帶人逃跑，流竄潛伏於村墟之中，拖延了很長的時間，與二老聲音容貌長期阻隔，連書信都沒有寄回來一封。儘管夫妻之情深厚篤誠，但父母的大恩又怎能忘記！現在小心謹慎地帶著二老的愛女，回家來看望二老。萬望二老能夠體察我們的深情，饒恕我們的重罪，使我們能夠白頭偕老，滿足我們永遠比翼齊飛的願望。這樣，兩位大人有關愛兒女的恩德，我也能獲得家庭幸福美滿的樂趣。這就是我所期盼的，希望二老多加憐憫。」防禦聽了以後吃驚地說：「我家女兒臥病在床，到現在已經有一年了，連米粥都不能吃，翻身都得靠人幫助，哪裡會有這樣的事？」崔生認為防禦怕有辱門戶，故意編造這些話來拒絕他，就說：「現在慶娘就在船上，可以派人用轎子去把她抬過來。」

防禦雖然不相信，但還是讓家僮跑過去看看。到了船上卻什麼人也沒有看到。防禦正要怒責崔生，怪他荒謬虛妄，崔生連忙從袖中拿出金鳳釵來交給防禦。防禦看了大吃一驚，說：「這是我亡女興娘的殉葬物啊，怎麼會到了你手裡呢？」正在疑惑之際，慶娘忽然從床上一躍而起，直奔堂前，對著父親下拜說：「興娘不幸，早早離開了雙親，遠居荒郊野外。然而與崔家郎君的緣分尚未斷絕。現在回來，沒有別的意思，只是想讓愛妹慶娘接續我與崔郎的婚緣。如果能聽從我的請求，妹妹的病馬上就會痊癒；如果不答應我的要求，妹妹的性命也就此結束了。」全家聽了驚恐萬狀，看她外表是慶娘，而說話的口氣、動作則和興娘一模一樣。父親責怪她說：「你已經死了，怎麼又到人世來作亂惑人呢？」興娘回答說：「女兒死了之後，陰間的長官認為我沒有罪，沒有再拘禁我，而是讓我隸屬於后土夫人，在她帳下做事，負責傳送書信奏章。因我在塵世的姻緣還沒有結束，所以特地給了我一年的假期，讓我來與崔郎了結這一段姻緣。」父親聽她言辭懇切，就答應了她的要求。興娘拜謝父親，又拉著崔生的手，哭泣著與他告別。她邊哭邊說：「父母答應我的要求了！你好好作你的乘龍貴婿吧，但千萬不要因為有了新人而忘了故人。」說罷大聲痛哭，跌倒在地。仔細一看，她已經死了。眾人連忙用湯藥灌她，過了好久才甦醒過來，病也一下子完全好了，行動和往常一樣。問她以前的事情，一概都不知道，就好像是做夢剛醒過來一樣。於是父母選擇了一個吉利的日子，讓她續接了姐姐與崔生的婚事。崔生感激興娘的深情，將金鳳釵拿到市場上去出售，把得到的二十錠銀錢全部買了香燭紙錢，帶到桃花觀，請道士建齋壇做了三天三夜道場以報答興娘。崔生夜裡又夢見興娘對他說：「承蒙郎君超度我，看來你對我還有餘情。雖然陰陽相隔，但確實使我深深感謝和敬佩。我家小妹的性格柔和，你應該好好對待她。」崔生又驚奇又悲痛，從夢中驚醒過來。從此之後，崔生再也沒有夢見過興娘。唉，這事真奇怪啊！

【賞　析】 古人一向認為，人的靈魂是不滅的。人活著的時候，靈魂依附於人的形體，人死了以後，靈魂便離開人的形體四處飄蕩，以鬼的形式存在。古人還認為，在特殊情況下，人由於「精誠所至」，也會魂不守舍，靈魂從軀體中分離出來，去追求在現實中無法追求的東西。古代婚戀題材的文學作品中許多離魂故事，就是在這種觀點下應運而生的。

在〈金鳳釵記〉出現之前，文學作品中寫到的魂身離異的故事，大致有兩種類型。一種是離魂出奔。這種類型始見於南朝宋代劉義慶的《幽明錄・龐阿》，此後有唐人牛嶠的《靈怪集・鄭生》、李冗的《獨異志・韋隱》、陳玄祐的〈離魂記〉（見於《太平廣記》卷三五八，題為〈王宙〉）、宋人洪邁的《夷堅志・京師異婦人》等等。〈龐阿〉敘石氏女鍾情於儀容俊美的龐阿，其靈魂常常脫離形體去與龐阿相聚，多次被龐阿的妻子捉住送回，石氏女在半途中又化為煙氣消失。〈韋隱〉敘韋隱奉命出使外國，歷時二年，其妻韓氏的魂魄從夫遠征。〈離魂記〉敘張倩娘與表兄王宙私相愛慕，張父食言將女兒另許他人，王宙憤而赴京，倩娘徒行跣足跟蹤而來，兩人相伴奔蜀，結為夫妻，生有二子。五年後同返故里，王宙先至張家，方知倩娘已臥病數年，與自己出奔者，實為倩娘之魂。倩娘之靈魂與久臥病榻之倩娘笑而相見，頃刻間合為一體。〈離魂記〉可以說是離魂出奔類作品的佼佼者。元雜劇四大愛情劇之一的《倩女離魂》（鄭光祖著）即據此演繹而成，湯顯祖的《牡丹亭》也深受其影響。

魂身離異的另一種形式是攝魂成婚。如唐人牛嶠的《靈怪集・鄭生》敘鄭生赴京應試，夜宿某處，女店主將自己姓柳的外孫女嫁給了他。後鄭生攜妻去岳母家，全家驚愕。因為柳女一直在家。原來女店主嫁給鄭生的是自己外孫女的魂靈，待鄭生妻與家中的柳女相見，「兩女忽合，遂為一體」。此外，唐人戴孚的《廣異記・蘇萊》寫的也是召魂定婚的故事，盧氏三女均向蘇萊求親，蘇萊猶豫不決。巫女馬二娘作法攝來了三女的魂靈供蘇萊選擇，蘇萊選擇了次女。

〈金鳳釵記〉對上述兩類離魂故事的內容和形式加以融合，創造了「附魂了願」這樣一種新的魂身組合的模式。在〈金鳳釵記〉中，與崔生繾綣纏綿的女子魂靈屬於崔生已亡故的未婚妻興娘，而卻借用了興娘妹妹慶娘的身分，姐借妹軀與自己的意中人結合，最後又促成了意中人與小妹的姻緣。在小說的高潮部分，仆地而死的是興娘的魂身，而被眾人救活的則是慶娘。情節跌宕起伏，撲朔迷離，思想的力度和性格的深度較之前述「離魂出奔」與「攝魂成婚」兩種類型又有了新的拓展，能給人以耳目一新之感。

作為一個古代社會的女子，興娘在未婚夫音訊全無的情況下，只能將對愛情的渴求放在無望的等待上，最終抑鬱而死。而借體還魂後的興娘，則與先前迥然不侔。她果敢主動，自薦枕席。當崔生以不敢推辭時，她頓時面紅耳赤，勃然大怒，用要脅的手段脅迫崔生就範。後又和崔生一起私奔呂城。最後又用鬼魂附體的辦法，強迫父母將妹妹嫁給崔生以續其婚。這時的興娘，敢作敢為、蔑視禮教的性格特徵非常突出。這可能是因為「夢魂慣得無拘檢」(晏幾道〈鷓鴣天〉)的緣故吧！可以說，以魂身離異來寫婚姻愛情的作品，體現了青年男女追求婚戀自由的理想與社會現實的矛盾，表現了他們既背負著沉重的精神負擔而又渴求擺脫束縛的複雜心態。

小說以金鳳釵來貫穿全篇並推動情節的發展。金鳳釵是興娘與崔生訂親的信物，興娘因思念崔生而死，金鳳釵又成了陪葬之物。慶娘全家在清明節為興娘上墳回來，女轎中又掉出了金鳳釵，被崔生拾得；晚間，有女子前來尋釵，並向崔生表白愛慕之情。女子和崔生私奔一年後，又勸崔生持金鳳釵回去向父母謝罪。崔生和慶娘成婚後，又賣掉金鳳釵買香燭紙錢做道場超度興娘的亡靈。金鳳釵始終與人物的命運相關聯，體現了人物之間的複雜關係，它的反覆出現，使小說的內容更加凝鍊集中，情節結構更為嚴密緊湊，故事也更富有戲劇性。

令狐生冥夢錄

瞿 佑

【題解】本篇選自《剪燈新話》卷二。小說藉書生令狐譔被拘押入冥的故事，隱晦曲折地揭露了當時社會的黑暗和腐敗。

令狐譔者，剛直之士也，生而不信神靈，傲誕自得。有言及鬼神變化幽冥❶果報之事，必大言❷折之。所居鄰近，有烏老者，家貲巨富，貪求不止，敢為不義，兇惡著聞。一夕，病卒；卒之三日而再甦。人問其故，則曰：「吾歿之後，家人廣為佛事，多焚楮幣❸，冥官喜之，因是得還。」譔聞之，尤其不忿，曰：「始吾謂世間貪官汙吏受財曲法❹，富者納賄而得全，貧者無貲而抵罪，豈意冥府乃更甚焉！」因賦詩曰：

一陌❺金錢便返魂，公私隨處可通門！鬼神有德開生路，日月無光照覆盆❻。貧者何緣蒙佛力？富家容易受天恩。早知善惡都無報，多積黃金遺子孫！

【章　旨】令狐生性格剛直，不信鬼神。得知富翁烏老死後因子孫多焚紙錢賄賂冥官而復活，便作詩嘲諷。

【注　釋】❶幽冥　陰間；地府。❷大言　正大的言論。❸楮幣　舊俗祭供時焚化的紙錢。❹曲法　枉法。❺陌　通「佰」。為計算錢數的單位。錢一百為一「陌」。❻覆盆　倒扣著的盆。因陽光照射不到，故用以比喻社會黑暗或沉冤無處申訴。

【語　譯】令狐生是個剛毅正直之士，從來不相信什麼鬼神靈異，高傲放誕，並因此感到十分得意和舒適。如果有人談起變鬼成神和陰間地府、因果報應的事情，他一定要用正大的言辭將其折服。他的鄰居中有一個姓烏的老頭，家產豐厚，是當地的巨富，但貪心沒有止境，肆意妄為，做了許多不義之事，以兇惡聞名。一天夜裡，烏老頭突然發病死了，三天後又活了過來。別人問他死而復生的緣故，他說：「我死了以後，家裡人大做佛事，焚化了許多紙錢。陰間的官員對此很高興，我因而得以回到陽間。」令狐譔聽了，尤為忿忿不平，說：「以前我說人世間的貪官汙吏受賄枉法，有錢人犯法後只要行賄就能逃脫法律懲治，窮人因無錢打點而受罪遭殃。哪裡料到陰間竟然比此還要嚴重！」於是寫詩道：

燒上一堆紙錢就能起死還魂，只要有錢無論公事私事都能辦成。鬼神得錢就會行好事放你一條生路，無錢就像壓在倒扣的盆底見不到陽光一樣有怨無處伸。窮人怎麼可能得到佛法的保護？富家最最容易承受上天的大恩。早知道行善作惡都無報應，不如多多積蓄黃金留給子孫！

詩成，朗吟數過。是夜，明燭獨坐，忽有二鬼使，狀貌獰惡，徑至其前，曰：「地府❶奉追❷。」譔大驚，方欲辭避，一人執其衣，一人挽其帶，驅迫出門，足不履地，須臾已至。見大官府若世間臺、省❸之狀。二使將譔入門，遙望殿上有王者被冕據案而坐。二使挾譔伏於階下，上殿致命曰：「奉命追令狐譔已至。」即聞王者厲聲曰：「既讀儒書，不知自檢，敢為狂辭，誣我官府。合付犁舌獄❹。」遂有鬼卒數人，牽捽❺令去。譔大懼，攀挽檻楯❻不得去，俄爾檻折，乃大呼曰：「令狐譔人間儒士，無罪受刑，皇天有知，乞賜昭鑒❼！」見殿上有一綠袍秉笏❽者，號稱明法，禀於王曰：「此人好訐，遽爾❾加罪，必不肯伏，不若令其供責所犯，明正其罪，當無詞也。」王曰：「善！」乃有一吏，操紙筆置於譔前，逼其供狀。譔固稱無罪，不知所供。忽聞殿上曰：「汝言無罪，所謂『一陌金錢便返魂，公私隨處可通門』，誰所作也？」譔始大悟，即下筆大書以供曰：

伏以混淪⑩二氣，初分天地之形；高下三才⑪，不列鬼神之數。降至中古，始肇⑫多端。焚幣帛⑬以通神，誦經文以諂佛。於是名山大澤，咸有靈焉；古廟叢祠⑭，亦多主者。蓋以群生昏瞶，眾類冥頑⑮，或長惡以不悛⑯，或行凶而自恣⑰。以強凌弱，恃富欺貧。上不孝於君親，下不睦於宗黨。貪財悖義，見利忘恩。天門高而九重⑱莫知，地府深而十殿⑲是列，立刲燒舂磨⑳之獄，具輪迴㉑報應之科，使為善者勸而益勤，為惡者懲而知戒，可謂法之至密，道之至公。然而威令所行，既前瞻而後仰；聰明㉒所及，反小察而大遺。貧者入獄而受殃，富者轉經㉓而免罪。惟取傷弓之鳥㉔，每漏吞舟之魚㉕。賞罰之條，不宜如是。至如譔者，三生㉖賤士，一介窮儒。左枝右梧㉗，未免兒啼女哭；東塗西抹，不救命蹇時乖㉘。偶以不平而鳴，遽獲多言之咎。悔噬臍而莫及，恥搖尾而乞憐。今蒙責其罪名，逼其狀伏。批龍鱗㉙，探龍頷㉚，豈敢求生；料㉛虎頭，編虎鬚，固知受禍。言止此矣，伏乞鑒之！

王覽畢，批曰：「令狐譔持論頗正，難以罪加，秉志不回，非可威屈。今觀所陳，實為有理，可特放還，以彰遺直㉜。」仍命復追烏老，置之於獄。復遣二使送譔還家。

【章　旨】令狐生被冥府拘去審訊，在閻王殿上不肯就刑，並借寫供詞之機，控訴地府的不公。冥王不得不承認他持論頗正，將他放還。

【注　釋】❶地府　又稱陰間。專管鬼魂、死人的世界。❷奉追　奉命追捕。❸臺省　指朝廷的中樞機關。漢代有尚書臺，三國時魏國有中書省，都是代表皇帝發布政令的重要部門。❹犁舌獄　佛教語中地獄名。生前惡言妄語者死後入該地獄，受割舌之刑。❺捽　揪住；扭住。❻檻楯　欄杆。❼昭鑒　明鑒。❽笏　朝笏。古時臣子朝見君主時手中所持的狹長板子，用玉、象牙或竹片製成，上面可以記事。❾遽爾　匆忙；驟然。❿混淪　指宇宙形成前的迷濛狀態。⓫三才　指天、地、人。⓬肇　開始；發端。⓭幣帛　繒帛。古時用於祭祀、饋贈的禮品。⑭叢祠　建在叢林中的神廟。⑮冥頑　愚昧無知而又頑固不化。⑯悛　改過；悔改。⑰自恣　放縱自己，不受約束。⑱九重　古代指帝王所居之處。《楚辭・九辯》：「君之門以九重。」⑲十殿　佛教傳說中主管地獄的十王居住的宮殿。⑳剉燒舂磨　泛指各種殘酷的刑罰。㉑輪迴　佛家語。原意為流轉。佛教認為世上眾生各依其善惡業因，在天道、人道、阿修羅道、地獄道、餓鬼道、畜生道這六道之中生死交替，如車輪一樣旋轉不停，故稱。也稱「六道輪迴」。㉒聰明　聽力和視力。㉓轉經　唱誦佛經。㉔傷弓之鳥　受過箭傷的鳥。比喻經歷禍患、心有餘悸的人。㉕每漏吞舟之魚　本意為大魚漏網。常用以比喻罪大惡極者逍遙法外。㉖三生　佛教語。謂前生、今生、來生。㉗左枝右梧　同「左支右吾」。原謂左右抵拒。引申謂多方面窮於應付。㉘命蹇時乖　命運不好，遭遇坎坷。㉙批龍鱗　傳說龍喉下有逆鱗徑尺，觸之者必為龍所食。常用以比喻弱者觸怒強者或臣下觸犯君主。批，用手打。㉚龍頷　驪龍的下巴。傳說龍的下巴下有寶珠。㉛料　撩撥。㉜遺直　直道而行，有古人遺風的人。

【語　譯】詩寫好以後，令狐譔又高聲朗誦數遍。這天夜裡，令狐譔點著蠟燭一人獨坐，忽然有兩個猙獰可惡的鬼使直接來到他的面前，說：「我們奉地府之命前來追捕你。」令狐譔十分吃驚，剛想辯解躲避，衣服就被一個鬼抓住了，另一個鬼又拉著他的衣帶，驅趕逼迫著他出了家門上路。令狐譔腳不著地，一會兒就到了陰間，看到了一個跟人世間的尚書臺、中書省差不多的大衙門。兩個鬼使將令狐譔帶進殿門，令狐譔遠遠看見大殿正中一個王者模樣的人戴著帝王的禮帽坐在書案的正中。兩個鬼使挾持著令狐譔，強迫他跪在臺階下，然後走到殿前覆命說：「奉命追捕的令狐譔已經抓到。」當即聽到冥王嚴厲地說：「你讀了儒家的經典，卻不知道自我檢點，竟敢口出狂言，誣衊我們官府，應該下犁舌獄受割舌之刑。」於是有幾個小鬼，揪住令狐譔往外拉，叫他快走。令狐譔十分恐懼，拚命拉住欄杆不肯放手，一會兒竟然將欄杆拉斷了。他大聲呼喊道：「我令狐譔是人間一個讀書人，無罪卻遭受刑罰，皇天如若有知，乞望能夠明察一切。」只見殿上有一個身穿綠袍、手執笏板被叫作明法的官員，向冥王稟告說：「這個人喜歡攻擊別人，驟然給他定罪，必定不肯服罪。不如命令他交代所犯的過錯，讓他認清自己的罪責，他就沒有話好說了。」冥王說：「好！」於是有一個小吏，拿著紙和筆放在令狐譔的面前，強迫他寫供詞。令狐譔堅持說自己無罪，不知道有什麼好供認的。忽然聽到殿上說：「你說你沒有罪，那『一陌金錢便返魂，公私隨處可通門』是誰寫的呢？」令狐譔這才明白過來，立即下筆寫他的「供詞」：

聽說世界處於迷濛狀態的時候，陰陽二氣就初步分出天地的形狀；從高到低的天地人三才，沒有將鬼神列入其中。到了中古時代，情況開始變得複雜多端。有人焚燒幣帛與神靈通好，有人誦讀經文以討好佛祖。於是名山大澤都有靈怪，古老的寺廟和叢林中的祠堂也都有主持者。百姓昏聵而又糊塗，凡人愚昧而頑固不化，有的長期作惡而不思悔改，有的行兇造孽卻不受約束。以強凌弱，仗富欺貧，對上不孝敬君王父母，對下不與宗族鄉黨和睦相處。貪財棄義，見利忘恩。這些人不知道高高的天宮還有九重大門，深深的地府中排列著十座閻王殿，早已設立了剉、燒、舂、磨等各種刑獄，訂下了輪迴報應的種種條款，使做好事的人受到鼓勵而更加勤勉，做壞事的人受到懲罰而知道有所警戒。可以說法規最為嚴密，道義特別公正。然而在執行法令的時候，常常前看後看，猶豫不決；在需要用耳目諦聽觀察的時候，常常只看到小的而丟失大的。貧窮的人入地獄而遭禍殃，有錢的人誦佛經而免於受罪。被懲處的只是那些受過傷害的驚弓之鳥，逃脫法網的是那些罪大惡極的吞舟之魚。

賞罰的條例，不應該如此這般。至於我令狐譔本人，前生、今生、來生都是身分低賤的平民，一個貧窮的儒生。四面應付周旋，還免不了兒女因饑寒而啼哭，到處寫詩作文，也改變不了困頓坎坷的命運，偶爾因為待遇不公正而發出不平之鳴，就馬上被加上了多言的罪名。現在像自咬肚臍搆不著一樣後悔莫及，但又恥於卑躬屈膝地向別人搖尾乞憐。現在蒙冤獲罪，遭受譴責，被逼著寫供詞低首認罪。既已觸動過龍的逆鱗，探摸過龍的下巴，哪裡還敢有求生的念頭？撩撥虎頭，編織虎鬚，本來就知道要受禍不淺。供詞就寫到這裡，敬請大王明鑒。

冥王看完信，批道：「令狐譔立論頗為正大，很難加罪於他。堅持自己志向而不動搖，不是威勢所能屈服的。我看他所陳述的內容，確實是有理有據，可按特例將他放還，以表彰那些具有古人遺風並能直道而行的人。」冥王又下令再去追捕烏老頭，將他關在獄中，還派兩個使者送令狐譔回家。

譔懇二使曰：「僕在人間，以儒為業，雖聞地獄之事，不以為然，今既到此，可一觀否？」二使曰：「欲觀亦不難，但稟知刑曹❶錄事❷耳。」即引譔循西廊而行，別至一廳，文簿山積，錄事中坐，二使以譔入白，錄事以朱筆批一帖付之，其文若篆籀❸不可識。

譔出府門，投北行里餘，見鐵城巍巍，黑霧漲天，守衛者甚眾，皆牛頭鬼面，青體紺髮❹，各執戈戟之屬，或坐或立於門左右。二使以批帖示之，即放之入，見罪人無數，被剝皮刺血，剔心剜目，叫呼怨痛，宛轉其間，楚毒之聲動地。至一處，見銅柱二，縛男女二人於上，有夜叉❺以刃剖其胸，腸胃流出，以沸湯沃之，名為洗滌。譔問其故。曰：「此人在世為醫，因療此婦之夫，遂與婦通。已而其夫病卒，雖非二人殺之，原情定罪❻，與殺同也，故受此報。」又至一處，見僧尼裸體，諸鬼以牛馬之皮覆之，皆成畜類。有趑趄❼未肯就者，即以鐵鞭擊之，流血狼藉。譔又問其故。曰：「此徒在世，不耕而食，不織而衣，而乃不守戒律，貪淫茹葷，故今化為異類，出力以報人耳。」最後至一處，榜曰：「誤國之門。」見數十人坐鐵床上，身具桎梏，以青石為枷壓之。二使指一人示譔曰：「此即宋朝秦檜也。謀害忠良，迷誤其主，故受重罪。其餘亦皆歷代誤國之臣也。每一朝革命，即驅之出，令毒虺噬其肉，饑鷹啄其髓，骨肉糜爛至盡，復以神水灑之，業風❽吹之，仍復本形。此輩雖歷億萬劫❾，不可出世矣。」

譔觀畢，求回。二使送之至家。譔顧謂曰：「勞君相送，無以為報。」二使笑曰：「報則不敢望，但請君勿更為詩以累我耳。」譔亦大笑。欠伸而覺，乃一夢也。及旦，叩烏老之家而問焉，則於是夜三更逝矣。

【章旨】令狐譔在返回陽世之前，被獲准參觀地獄，看到世間的奸臣和惡人死後受酷刑的情狀。烏老頭也於當天夜裡死去。

【注釋】❶刑曹　刑部。❷錄事　職官名。晉代公府始置錄事參軍，負責總錄各官署文簿，舉彈善惡。❸篆籀　篆文和籀文。篆，漢字的一種書體，分大篆、小篆等。籀，又名大篆。因著錄於《史籀篇》而得名。春秋戰國時通行於秦國。❹紺髮　原指如來佛琉璃色的頭髮。後泛指深青透紅的頭髮。❺夜叉　梵文音譯。佛經中一種相貌醜陋的鬼，勇健暴惡，能食人，後成為擁護佛法之神，列為天龍八部眾之一。❻原情定罪　根據犯罪人的動機和情節來判罪。❼趑趄　疑懼不決，想前進又不敢前進。❽業風　佛教語。謂善惡之業如風一般，能使人飄轉並輪迴於三界。❾億萬劫　極言時間久長。劫，佛教名詞。佛家認為世界經歷若干萬年毀滅一次，然後再重新開始。這樣一成一毀叫做一劫。

【語譯】令狐譔向兩個鬼使懇求說：「我在世上，以讀書為業，雖也聽說過地獄的事情，但一直不以為然，現在既然到了這裡，可以看一看嗎？」二個鬼使說：「要看也不難，只是需要稟報刑部錄事批准。」他們就帶著令狐譔沿西邊的走廊走，來到另外一個廳堂前，只見文件堆積如山，錄事正坐在中間。二個鬼使帶著令狐譔進去向錄事請求，錄事用紅筆批了一張條子交給鬼使，字跡彎彎曲曲像篆文和籀文一樣，認也認不出來。

令狐譔出了錄事府，向北走了一里多，只見一座鐵城巍然屹立，黑霧彌天蓋地。守城的人很多，都是牛頭鬼面，渾身青黑，頭髮青裡透紅。他們各自手執戈戟之類的武器，在城門左右兩側或坐或立。兩個鬼使向守城者出示批文，他們隨即被放進城門。只看見無數罪人，有的被剝皮刺手放血，有的被挖心剜目。他們大呼大叫，怨恨哀痛，身體翻來覆去地不斷轉動，痛苦的叫聲震撼大地。又到了一個地方，看見兩根銅柱上面綁著一男一女，有一個夜叉用刀將他們的胸腹剖開，腸胃從肚子裡流了出來，又將開水澆在腸胃上。這種刑罰的名字叫洗滌。令狐譔便問其中的緣故，鬼使回答說：「這個人在世間當醫生，因為替這個婦人的丈夫治病，就與婦人私通。不久婦人的丈夫病死，雖然不是這兩個人殺的，但根據他們的犯罪動機和情節來定罪，與殺人相同，所以要受此報應。」又到了一個地方，看見一群和尚尼姑個個都赤身裸體，眾鬼將牛馬的皮往他們身上裹，這些僧尼都成了牲畜。有疑懼不決、不肯就範的，小鬼就用鐵鞭抽打，血流遍地。令狐譔又問其緣故，回答說：「這些人在世的時候，不耕田而有飯吃，不織布而有衣穿，卻不守清規戒律，貪婪淫亂，吃葷吃腥。所以讓他們變為異類，出力流汗以報答人類。」最後又到了一個地方，匾額上寫著「誤國之門」四個大字。只見幾十個人坐在鐵床上，戴著手銬腳鐐，青石製成的枷鎖壓在身上。兩個鬼使指著一個人給令狐譔看，並說：「這就是宋朝的秦檜。謀害忠臣良將，使君主迷惑失誤，所以受此重罪。其他的也都是歷代誤國的奸臣。每當朝代變革，就將他們趕出來，讓毒蛇吃他們的肉、饑鷹啄他們的骨髓，等到骨肉爛光，再將神水灑在他們身上，用能使人飄轉而輪廻三界的業風往他們身上吹，讓他們仍然恢復原形。這些人即使經歷億萬年，也不能再投生陽世了。」

令狐譔看完了，要求回去，兩個鬼使將他送到家裡。令狐譔回頭對鬼使說：「勞駕二位相送，我沒有什麼好報答你們的。」兩個鬼使笑道：「報答我們連想都不敢想，只是請您不要再寫詩連累我們了。」令狐譔聽了也大笑起來。他打了個呵欠，伸了個懶腰，立刻醒了過來，原來是大夢一場。一到天亮，就去敲烏老頭家的門打聽消息，原來烏老頭已在當天夜裡三更時分一命嗚呼了。

【賞　析】本篇採用志怪的形式，運用影射的方法，藉書生令狐生冥夢中的經歷，對元末明初的黑暗政治作了較為全面的揭露。

為富不仁的富翁烏老頭，死後因「家人廣為佛事，多焚楮幣，冥官喜之」，死後三天竟然又活轉過來。以剛直聞名的令狐生得知後非常氣憤地說：「吾謂世間貪官汙吏受財曲法，富者納賄而得全，貧者無貲而抵罪，豈意冥府乃更甚焉！」作者有意識地將陰間地府與陽間人世相互對比映襯，對賄賂公行、貪贓枉法的黑暗吏治作了痛快淋漓的揭露。

令狐生在藉寫供詞之機進行自我申辯的同時，指斥冥府說：「威令所行，既前瞻而後仰；聰明所及，反小察而大遺。貧者入獄而受殃，富者轉經而免罪。……賞罰之條，不宜如是。」這雖然說的是冥府，實際上也是對公道不彰、司法腐敗的人間社會的強烈控訴。

明初，文字獄禍已屢有發生。朱元璋性好猜忌，最愛挑剔文人在文字上的過錯，深文周納，製造了一起又一起的冤獄。在瞿佑寫成《剪燈新話》的四年之前，也就是洪武七年（西元一三七四年），蘇州知府魏觀在張士誠的宮殿遺址上建造知府衙門，觸犯了朱元璋的忌諱而被處死。當時著名文人高啟因在為魏觀所作的〈上梁文〉中有「龍蟠虎踞」四字而被腰斬於市。朱元璋曾當過和尚，參加過紅巾軍，最忌諱別人提起「僧」、「盜」、「賊」，凡文中有「生」、「道」、「則」等字樣，則對為文者一概施刑誅殺，可見當時文網之嚴密。小說中的令狐生因作詩抨擊冥府營私舞弊、愛富欺貧，觸怒了冥王，被冥府拘押，被加上「敢為狂辭，誣我官府」的罪名，要將其打入「犁舌獄」。令狐生在供詞中稱「偶以不平而鳴，遽獲多言之咎」，這是作者借助於非現實的描寫對文字獄表示的強烈抗議。

小說中的令狐生是個富有抗爭精神的文人。他剛直不阿，敢於仗義直言。在遭迫害時，他堅決不肯就範，用盡全力攀著欄杆不放，以致欄杆折斷。當冥王強迫他寫自供狀時，他藉此機會慷慨陳辭，揭露冥府的不公不正，將自供狀變成了控訴書，最終折服了冥王，使冥王也不得不承認他「持論頗正」，無法對其加罪，特許放還，靠行賄死而復生的烏老頭，仍被追回陰司，打入地獄，這個敢於「批龍鱗、探龍頷」、「料虎頭、編虎鬚」的人物，在古代小說中是不多見的。

最後一段寫令狐生在返回陽世之前，參觀地獄的所見所聞。他看到無數荒淫之輩、歹惡之徒在受剝皮刺血、剔心剜目、剖腹滌腸等種種酷刑的懲罰，而受刑最重的是秦檜之流的賣國奸臣。在這裡，作者有意識地讓原本不信「鬼神變化、幽冥果報之事」的令狐生充當目擊者，證明陰譴冥報確實存在，這其中雖有迷信的成分在內，但其勸善懲惡的主題也非常明確顯豁。

渭塘奇遇記

瞿佑

【題解】本篇選自《剪燈新話》卷二。敘述王生與酒店店主女兒一見鍾情、異地夢中幽會的故事，曾被收入《艷異編》卷二二夢遊部。明人葉憲祖曾將其改編為雜劇《渭塘記》，無名氏曾將其改編為雜劇《王文秀渭塘奇遇記》，王元壽也曾根據此篇編寫成傳奇《異夢記》。

至順❶中，有王生者，本士族❷子，居於金陵❸。貌瑩寒玉，神凝秋水，姿狀甚美，眾以奇俊王家郎稱之。年二十，未娶。有田在松江，因往收秋租，回舟過渭塘，見一酒肆，青旗❹出於簷外；朱欄曲檻，縹緲❺如畫；高柳古槐，黃葉交墜；芙蓉十數株，顏色或深或淺，紅葩綠水，上下相映；白鵝一群，游泳其間。生泊舟岸側，登肆沽酒而飲，斫❻巨螯❼之蟹，鱠❽細鱗之鱸，果則綠橘黃橙，蓮塘之藕，松坡之栗，以花磁盞酌真珠紅❾酒而飲之。肆主亦富家，其女年十八，知音識字，態度❿

不凡，見生在座，頻於幕下窺之，或出半面，或露全體，去而復來，終莫能捨。生亦留神注意，彼此目成⓫久之。

【章　旨】金陵王生前往松江收租，途經渭塘酒肆，與酒店店主女兒一見鍾情。

【注　釋】❶至順　元文宗圖帖睦爾的年號（西元一三三〇～一三三三年）。❷士族　世家大族。❸金陵　今江蘇南京。❹青旗　酒旗。❺縹緲　高遠隱約的樣子。❻斫　用刀劈開。❼螯　螃蟹等節肢動物的第一對腳，形狀似鉗，能開閤。❽鱠　同「膾」。把魚、肉切成薄片。❾真珠紅　美酒名。一種紅酒，又稱「珍珠紅」。李賀〈將進酒〉詩：「琉璃鍾，琥珀濃，小槽酒滴真珠紅。」❿態度　舉止神情。⓫目成　男女雙方通過眉目傳情來結成親好。

【語　譯】元朝至順年間，有個叫王生的人，出身於世家大族，家住金陵。王生的容貌清秀如寒玉，氣質高潔似秋水，形體甚為俊美，大家都稱他為奇俊王家郎。二十歲時還沒有娶妻成親。王生的家在松江有田產，因而他前去收秋租。坐船回來路過渭塘時看見一家酒店，青色的酒旗高高地掛在屋簷之外，朱紅的圍柵，彎曲的欄杆，時隱時現如同圖畫一般。門前高大的柳樹和古老的槐樹，在西風的吹拂下黃葉紛紛飄落；池塘中有十餘株荷花，顏色有深有淺。紅花綠水，上下交相輝映，一群白鵝，正在水面上嬉游。王生將船停在岸邊，登岸到酒店飲酒。店家劈開有巨大夾鉗的螃蟹，將細鱗鱸魚切成薄片，做成美味佳餚。桌上的果品有綠色的橘子，黃色的橙子，蓮塘裡的嫩藕，松樹坡上的栗子。王生用花磁酒杯斟真珠紅酒暢飲，其樂融融。店老闆也是一個有錢人，他家女兒年方十八，精通音律、知書識字，舉止神情不同凡俗。看見王生在座，頻頻在幕後偷看，有時露出半面，有時露出全身，離開後又再來，目光始終沒有離開過王生，王生也對她十分留神注意，兩人長時間以眉目傳情，相互表達愛慕之意。

已而❶酒盡出肆，怏怏❷登舟，如有所失。是夜遂夢至肆中，入門數重，直抵舍後，始至女室，乃一小軒也。軒之前有葡萄架，架下甃池，方圓盈丈，甃❸以文石❹，養金鯽其中；池左右植垂絲檜二株，綠蔭婆娑❺，靠墻結一翠柏屏，屏下設石假山三峰，岌然❻競秀；草則金線繡墩❼之屬，霜露不變色。窗間挂一雕花籠，籠內畜一綠鸚鵡，見人能言。軒下垂小木鶴二隻，啣線香❽焚之。案上立一古銅瓶，插孔雀尾數莖，其傍設筆硯之類，皆極濟楚❾。架上橫一碧玉簫，女所吹也。壁下貼金花箋❿四幅，題詩於上，詩體則效東坡⓫四時詞，字畫則師趙松雪⓬，不知何人所作也。第一幅云：

春風吹花落紅雪，楊柳陰濃啼百舌⑬。東家蝴蝶西家飛，前歲櫻桃今歲結。秋千蹴罷鬢鬖髿⑭，粉汗凝香沁綠紗。侍女亦知心內事，銀瓶汲水煮新茶。

第二幅云：

芭蕉葉展青鸞⑮尾，萱草⑯花含金鳳嘴。一雙乳燕出雕梁，數點新荷浮綠水。困人天氣日長時，針線慵拈⑰午漏⑱遲。起向石榴陰畔立，戲將梅子打鶯兒。

第三幅云：

鐵馬⑲聲喧風力緊，雲窗夢破鴛鴦冷。玉爐燒麝⑳有餘香，羅扇撲螢無定影。洞簫一曲是誰家？河漢㉑西流月半斜。要染纖纖紅指甲，金盆夜搗鳳仙花㉒。

第四幅云：

山茶未開梅半吐，風動簷旌雪花舞。金盤冒冷塑狻猊㉓，繡幕圍春護鸚鵡。倩人[24]呵筆畫雙眉，脂水凝寒上臉遲。妝罷扶頭重照鏡，鳳釵斜壓瑞香[25]枝。

女見生至，與之承迎[26]，執手入室，極其歡謔[27]，會宿於寢，雞鳴始覺，乃困臥篷窗底耳。自後歸家，無夕而不夢焉。一夕，見架上玉簫，索女吹之。女為吹〈落梅風〉[28]數闋，音調嘹喨，響徹雲際。一夕，女於燈下綉紅羅鞋，生剔燈花，誤落於上，遂成油暈。一夕，女以紫金碧甸指環贈生，生解水晶雙魚扇墜[29]酬之，既覺，則指環宛然在手，扇墜視之無有矣。生大以為奇，遂效元稹[30]體，賦會真詩三十韻[31]以記其事。詩曰：

有美閨房秀，天人謫降來。風流元[32]有種，慧黠更多才。碾玉成
仙骨，調脂作艷胎。腰肢風外柳，標格雪中梅。合置千金屋，宜
登七寶臺。妖姿[33]應自許，妙質孰能陪？小小乘油壁[34]，真真醉
綵灰[35]。輕塵生洛浦[36]，遠道接天台[37]。放燕簾高卷，迎人戶半開。

菖蒲㊳難見面，荳蔻㊴易含胎。不待金屏射㊵，何勞玉手栽。偷香渾似賈㊶，待月又如崔㊷。箏許秦宮奪㊸，琴從卓氏猜㊹。簫聲傳縹緲㊺，燭影照徘徊。窗薄涵魚魫㊻，爐深噴麝煤㊼。眉橫青岫㊽遠，鬢嚲㊾綠雲堆。釵玉輕輕製，衫羅窄窄裁。文鴛遊浩蕩，瑞鳳舞毰毸㊿。恨積鮫綃(51)帕，歡傳琥珀杯。孤眠憐月姊(52)，多忌笑河魁(53)。化蝶能通夢(54)，游蜂浪作媒。雕欄行共倚，綉褥坐相偎。啖蔗逢佳境(55)，留環得異財(56)。綠陰鶯並宿，紫氣劍雙埋(57)。良夜難虛度，芳心未肯摧。殘妝猶在臂，別淚已凝腮。漏滴何須促，鐘聲且莫催。峽中行雨過，陌上看花回。才子能知爾，愚夫可語哉！鯫生(58)曾種福，親得到蓬萊(59)。

【章旨】王生離開酒店後，夜夜在夢中與酒店店主女兒幽會，並作詩以記其事。

【注釋】❶已而　旋即；不久。❷怏怏　因不平或不滿而悶悶不樂的神情。❸甃　用磚鋪砌。❹文石　有紋理的石頭。❺婆娑　猶「扶疏」。樹木枝葉繁盛紛披的樣子。❻岌然　高高聳立的樣子。❼金線綉墩　兩種多年生的常綠的草。❽線香　用香料末製成的細長如線的香。❾濟楚　整齊鮮明。❿金花箋　灑有泥金的箋紙。⓫東坡　指蘇軾。蘇軾字子瞻，號東坡，是宋代著名的文學家、書畫家。⓬趙松雪　指元代著名的書畫家趙孟頫，號松雪道人。⓭百舌　鳥名。全身黑色，善鳴，鳴聲多變化。⓮鬖髿　頭髮散亂蓬鬆的樣子。⓯青鸞　古代傳說中鳳凰一類的神鳥，赤色多者為鳳，青色多者為鸞，多為神仙坐騎。⓰萱草　一種多年生的草，又名忘憂草，俗稱金針菜，夏秋間開漏斗狀花，花色橘紅或橘黃。⓱慵拈　懶得拿。⓲漏　古代滴水計時的器具。⓳鐵馬　古時懸於屋簷下的鈴鐺，風吹時叮噹作響。⓴麝　指麝香。㉑河漢　即銀河，又稱天河。㉒鳳仙花　一年生草本植物，夏季開花，有紅、白、粉紅、淡黃等顏色。舊時女子將紅花搗爛染指甲，故又稱指甲花。㉓狻猊　即獅子。楊慎《升庵外集》：「俗傳龍生九子，各有所好。八曰狻猊，好烟火。故立於香爐。」㉔倩人　美人。㉕瑞香　一種常綠灌木，春季開花。㉖承迎　歡迎接待。㉗歡謔　歡樂戲謔。㉘落梅風　古代曲名。㉙扇墜　繫在扇柄上的飾物。㉚元稹　唐代著名詩人，詩與白居易齊名，世稱元白。㉛賦會真詩三十韻　作會真詩六十句。元稹曾作傳奇小說〈鶯鶯傳〉，又名〈會真記〉，寫崔鶯鶯與張生的戀愛故事。唐人常常以「真」稱「仙」，「會真」即「遇仙」之意。篇中云：「張生賦會真詩三十韻……河南元稹亦續生會真詩三十韻」。三十韻，古詩兩句為一韻，三十韻即六十句。㉜元　通「原」。原來。㉝妖姿　豔麗的姿容。㉞小小乘油壁　南朝齊代錢塘名妓蘇小小愛乘用油彩塗飾的車子出遊。古樂府〈蘇小小歌〉：「我乘油壁車，郎乘青驄馬。何處結同心，西陵松柏下。」㉟真真醉綵灰　《太平廣記》卷二八六載：唐代進士趙顏，得到畫工贈送的一幅美人圖。畫工告訴趙顏，美女名真真，若日夜呼喚其名，百日後定有了應聲；再給她灌百家綵灰酒，她就必定會活過來。趙顏照此去做，畫裡的美人果然走了下來，一切與普通人一樣。一年後還生下一個兒子。又過了兩年，有人說真真是妖精，並送給趙顏斬妖的神劍。真真知道後便吐出先前所飲的百家綵灰酒，重新回到圖畫中，而畫中比以前多了一個小孩。㊱輕塵生洛浦　三國時曹植作〈洛神賦〉，賦中寫自己途經洛水時遇見洛水之神宓氏，雙方互相愛慕卻由於人神阻隔不得相聚，充滿了憂傷的色彩。賦中有「凌波微步，羅襪生塵」之句。洛浦，洛水之濱。㊲遠

道接天台　典出南朝劉宋時劉義慶所著《幽明錄・劉晨阮肇》。故事敘述東漢人劉晨、阮肇入天台山採藥，迷路不得出山。在溪邊與兩位仙女相遇，被邀請至家，結為夫妻。半年後返鄉，發現子孫已經歷七代。㊳菖蒲　又名劍蒲，一種多年生水草，其葉形狀似劍。舊俗端午節時將蒲葉掛於門前，以求驅邪避惡。㊴荳蔻　亦作豆蔻。多年生草本植物，高丈許，初夏開花，花淡黃色，種子可入藥。其花初開時，形狀如懷孕之身，故稱含胎花。詩文中常用以比喻少女。㊵金屏射　典出《舊唐書・竇后傳》。隋末竇毅為女兒選婿時，於門屏上畫兩隻孔雀，令求婚者各射兩箭，暗定射中眼睛者入選。李淵（即後來的唐高祖）兩發各中一目，遂娶了竇毅的女兒，此女就是後來的竇皇后。㊶偷香渾似賈　此句言店家女與王生偷情私通。典出《晉書・賈充傳》。晉初達官賈充之女賈午，愛慕韓壽年少貌美，與之私通，並將皇帝賜給賈充的西域奇香偷出送給韓壽。賈充發現後，不願家醜外揚，便將賈午嫁給了韓壽。㊷待月又如崔　此句言店家女如《西廂記》中的崔鶯鶯等待張生一樣等待王生的到來。《西廂記》第三本第二折中，崔鶯鶯讓紅娘將書簡帶給張生，簡上題詩云：「待月西廂下，迎風戶半開。拂墻花影動，疑是玉人來。」㊸箏許秦宮奪　典出《後漢書・梁冀傳》。東漢大將軍梁冀寵幸監管家務的秦宮，將其提拔為太倉令。秦宮與梁冀妻孫壽私通，常出入孫壽的寢所。㊹琴從卓氏猜　西漢時臨邛富戶卓王孫之女卓文君喪夫家居，才子司馬相如在其家彈奏琴曲〈鳳求凰〉。卓文君聽出曲中求偶之意，便與司馬相如一起私奔。事見《史記・司馬相如列傳》。㊺縹緲　此處形容聲音清越激昂。㊻魫　魚腦骨。可用作窗戶的裝飾品。㊼麝煤　焚燒麝香所散發出的煙。㊽青岫　青色的山峰。岫，有穴的山。這裡泛指山峰。㊾嚲　下垂。㊿毰毸　飛鳥羽毛張開的樣子。51鮫綃　傳說中鮫人（人魚）所織的綃。借指手帕、絲巾。52月姊　傳說中的月宮嫦娥。53河魁　傳說中的月中凶神。54化蝶能通夢　語出《莊子・齊物論》。莊子一次做夢，夢見自己化為蝴蝶，覺得自己是蝴蝶而不是莊子。夢醒以後，又覺得自己是莊子而不是蝴蝶。因而感到十分迷惑，不知到底是莊子夢見蝴蝶，還是蝴蝶夢見莊子。後常以化蝶比喻夢境。55啖蔗逢佳境　比喻境況越來越好。《世說新語・排調》載，顧長康（愷之）吃甘蔗，先從梢部吃起。別人問他為何這樣吃，他回答說：「漸至佳境。」56留環得異財　典出

《後漢書・楊震傳》李賢注引《續齊諧記》。東漢楊震的父親楊寶九歲時，餵養了一隻被貓頭鷹擊傷的黃雀，並待黃雀傷癒後將其放生，而此黃雀為西王母使者所化。後楊寶得到四枚白環的回報，楊寶的子孫四代都位登三公。57紫氣劍雙埋　典出《晉書・張華傳》。西晉初，斗牛之間常有紫氣照射，據說是寶劍之精華上徹於天。張華派雷煥任豐城（今江西豐城）令尋找寶劍。雷煥在豐城牢獄的地下，掘得龍泉、太阿兩把寶劍。58鯫生　鄙陋無知的人。舊時年青人自稱的謙詞。59蓬萊　古代傳說中海上三神山之一。這裡指仙境。

【語　譯】一會兒，王生飲完酒離開酒店，悶悶不樂地上了船，神情悵惘，好像丟失了什麼似的。

當天夜裡，王生做夢又來到酒店。進了幾道門，一直走入後院，方才來到女子的閨房，原來是一座小屋。小屋的前面有葡萄架，葡萄架下有一個一丈見方的水池，池邊鋪砌著有花紋的石頭，池中養著金色的鯽魚。池的左右種著兩棵垂絲檜，枝葉紛披，綠蔭一片。靠牆的地方有一個翠柏的屏障，屏障下壘著三座石頭假山，它們都高高聳立，好像在比賽誰更秀麗似的。地上長著金線、繡墩之類的草，經霜後仍是一片綠色。窗戶間掛著一個雕花的鳥籠，籠中養著一隻綠色的鸚鵡，看見人能夠說話。窗下還吊著兩隻小木鶴的香爐，木鶴的嘴裡啣有焚燒著的線香。書案上放著一個古代的銅瓶，瓶中插著幾根孔雀的羽毛，銅瓶旁擺設著毛筆、硯臺之類的文具，一切都顯得十分整齊、醒目。架子上還橫著一支碧玉簫，是姑娘平日吹奏用的。牆壁上貼著的四幅畫都畫在泥金箋紙上，上面都有題詩，詩體仿效宋代蘇東坡的四時詞，字畫則師法元代的趙松雪，但不知是何人所作。

第一幅上的詩寫道：

東風吹落花如紅雪紛紛，濃蔭中百舌鳥嬌啼聲聲。東家院中的蝴蝶在西家院中翩翩起舞，前年栽種的櫻桃如今碩果滿樹。美麗的少女盪罷秋千頭髮蓬散，脂粉汗水的香氣滲透綠羅衫。用銀瓶打水煮新茶的侍女真是乖巧，她知道姑娘正口乾舌燥。

第二幅上的詩寫道：

舒展的芭蕉葉如青鸞鳥之尾，綻放的忘憂草似金鳳凰之嘴。成雙的乳燕飛出了雕花的尾梁，幾枝初放的荷花浮現在綠水中央。初夏天氣日長難熬似困住了人，針線活兒懶得做往一邊拋。站起身來走到石榴樹蔭下，百無聊賴將梅子向枝頭黃鶯砸。

第三幅上的詩寫道：

秋風緊屋簷下風鈴叮噹響，夢醒後窗下繡被冰冰涼。燒麝香後的玉爐仍散發著餘香，手執羅扇撲螢火蟲，螢火蟲卻忽東忽西讓人一次次撲空。悠揚的簫聲不知來自誰家，銀河西流一輪殘月半空中斜掛。半夜裡忽然想到要染紅纖纖素手的指甲，就在金盆中調搗鳳仙花。

第四幅上的詩寫道：

山茶花尚未開放，臘梅花蕊半吐，寒風捲起門簾，雪花漫天飛舞。獅子型的香爐裡吐著冷煙，繡花的簾幕阻擋了寒氣也護住了鸚鵡。美人呵氣吹軟眉筆畫眉上妝，脂粉香水帶著寒氣遲遲抹不到臉上。梳妝完畢以手扶頭重新照鏡，金鳳釵斜穿過高聳的雲鬢。

姑娘看到王生到來，連忙上前迎接，兩人手挽手進入內室，相互戲謔，極其歡樂，並一起在姑娘的臥室裡過夜。王生在雞叫時才醒過來，發現自己仍然睡在船艙的窗下。此後回到家裡，沒有一天夜裡不夢見與姑娘相會。一天晚上，王生看見架子上的玉簫，就請求姑娘吹奏。姑娘吹了幾曲〈落梅風〉，簫聲嘹亮，響徹雲霄。又一天晚上，夢見女子在燈下繡紅羅鞋，王生前去剪燈花，剪落的燈花不小心掉在鞋子上，留下了一塊油斑。還有一天晚上，姑娘將紫金鑲嵌著碧玉的戒指贈送給王生，王生也解下水晶的雙魚扇墜回贈姑娘。醒來以後一看，戒指真真切切地戴在手上，而扇墜卻不見了。王生感到非常奇怪，於是就模仿元稹的詩體，寫了三十韻六十句的會真詩來記載這件事。詩中寫道：

閨中有美人，閨房生光彩，疑是天仙下凡來。風流嫵媚天生就，聰慧機靈更多才。天仙般的形體白玉作成，豔美的容貌脂粉調就。纖細柔軟的腰肢宛如風中楊柳，超凡脫俗的氣質好似雪裡梅花。嬌娃該藏千金屋，仙姝宜登七寶臺。姿容豔麗本應自我讚許，仙姿玉質誰能與之作陪？錢塘蘇小小乘油壁車遊西湖尋覓知音，畫閣中的真真喝了綵灰酒走下畫屏，洛水濱洛神遇曹植互致深情，天台山二仙子迎接遠來的阮肇、劉晨。如今啊，姑娘捲起窗簾放飛屋中的燕子，將門戶半開迎接遠道的客人。菖蒲難以見到，荳蔻花裹著花苞。沒有等到李淵那樣金屏射雀的英雄，又何勞姑娘的玉手親自栽種。賈午偷奇香送韓郎，崔鶯鶯月下等張生在西廂。秦宮出入梁夫人的閨房，卓文君於琴聲中聽出鳳求凰。姑娘吹出的簫聲清越嘹亮，閨房內閃耀著明滅不定的燭光。薄薄的窗簾上裝飾著魚腦骨，香爐散發的煙霧帶著濃香。姑娘畫過的眉毛如青山遠橫，下垂的鬢髮如綠雲層層。頭上的首飾輕巧精緻，華麗的羅衫合體緊身。漂亮的鴛鴦鳥在水中徜徉，象徵吉祥的鳳凰展翅飛翔。悲愁時眼淚沾濕了羅巾，高興時美酒傳送著歡情。月中嫦娥孤單獨眠令人憐憫，多忌的兇神河魁令人恥笑議論。我與姑娘像莊子化蝶一樣在夢中相會，讓那漫天飛舞的蜜蜂作為我們的媒人。夢中的我們靠著雕花的圍欄，又相依相偎坐在繡花的床墊。我們的愛情像吃甘蔗一樣漸入佳境，好心人自然會財氣盈門。綠蔭裡黃鶯兒雙宿雙棲，紫氣下一對寶劍埋在一起。美好的夜晚不要虛度時光，姑娘的芳心不能受到挫傷。姑娘帶著殘妝還躺在我的臂上，離別的眼淚已經掛上了臉龐。漏壺的水為什麼滴得如此匆忙，鐘聲啊不要把人催得太慌。神女剛從峽谷中經過，少年才從田間小道看花歸來。如此豔遇只有才子方可告知，又怎麼能去向愚笨的人談論此事。淺陋之人竟然積下了如此福分，身到蓬萊與天仙相愛相親。

詩訖，好事者多傳誦之。明歲，復往收租，再過其處，則肆翁甚喜，延之入內。生不解意，逡巡❶辭避。坐定，翁以誠告之曰：「老拙❷惟一女，未曾適人，去歲，君子所至，於此飲酒，偶有所覩，不能定情，因遂染疾，長眠獨語，如醉如痴，餌藥❸無效，昨夕忽語曰：『明日郎君至矣，宜往候之。』初以為妄，固未之信，今而君子果涉吾地，是天假其靈而賜之便也。」因問生婚娶未曾，又問其門閥氏族，甚喜。肆翁即握生手，入於內室，至女所居軒下，門窗戶闥，則皆夢中所歷也；草木臺沼、器用什物，又皆夢中所見也。女聞生至，盛妝而出，衣服之麗，簪珥之華，又皆夢中所識也。女言：「去歲自君去後，思念切至，每夜夢中與君相會，不知何故。」生曰：「吾夢亦如之耳。」女歷敘吹簫之曲，綉鞋之事，無不吻合者。又出水晶雙魚扇墜示生，生亦舉紫金碧甸指環以問之。彼此大驚，以為神契❹。遂與生為夫婦，于飛❺而還，終以偕老，可謂奇遇矣！

【章　旨】第二年王生收租再過渭塘，酒店主人告知女兒因思念成疾，已歷時一年。王生入內探視，店家女頓時病癒，兩人互敘夢中之事，竟然完全吻合。於是兩人結為夫婦。

【注　釋】❶逡巡　謙讓退避。❷老拙　舊時老人自稱的謙詞。❸餌藥　服藥。❹神契　通過神靈而相交。❺于飛　語出《詩・周南・葛覃》：「黃鳥于飛，集于灌木，其鳴喈喈。」後用以比喻夫妻同行或恩愛和合。于，語助詞。飛，偕飛。

【語　譯】詩寫成之後，好事者將這首詩四處傳誦。第二年，王生又去松江收租，再次來到渭塘的酒店。店主人非常高興，將他請進門內。王生不明白他的意思，連忙謙讓退避。雙方坐定以後，店主誠懇地告訴王生說：「我只有一個女兒，還沒有嫁人。去年，公子路過這兒在此飲酒時，小女偶然看見了你。只是未能定親，就因相思而生病。她整日臥床獨自私語，如癡如醉，服藥也毫不見效。昨天晚上忽然發話說：『明天我的如意郎君要來了，應該前去迎候他。』開始我還認為她是亂說，沒有相信她的話。現在公子果然來到我家，這是上天借給她靈性並賜給她方便啊。」於是就問王生結婚了沒有，又問他家的門第與家族，聽完回答之後甚為高興。店主人馬上拉著王生的手，帶他一起進入內室。到了女子居住的小屋前，看看這裡的房屋、門窗，和夢中所經歷的地方一模一樣；院內的草木、亭臺、池塘、各種器用物品，也都是夢中曾經見到過的。姑娘聽說王生到來，連忙打扮一新，出門迎接。服飾的豔麗，首飾的華美，同樣也是王生在夢中早已看到過的。姑娘說：「自從去年您離開之後，我的思念之情殷切之至，每天夜裡夢中與您相會，不知是什麼緣故。」王生說：「我的夢也與您一樣。」姑娘一一講起吹簫的曲子、繡鞋被燈花弄髒的事情，沒有一件不與王生所做之夢相吻合。姑娘又拿出水晶製成的雙魚扇墜給王生看，王生也舉起紫金鑲嵌碧玉的戒指問姑娘，兩人都大吃一驚，認為是在通過神靈而交往。於是姑娘與王生結為夫婦，一起回到金陵，最終白頭偕老。這真可以說是奇遇了！

【賞　析】古人認為，人的夢境是在神靈的作用下生的，因而魂夢描寫是神怪類小說的一個重要內容。我國古代還有不少以魂夢為主要描寫內容的小說，僅《太平廣記》收錄的就多達一百七十多則。這類小說中有不少很著名的作品，如劉義慶《幽明錄》中的〈龐阿〉、唐人沈既濟的〈枕中記〉、李公佐的〈南柯太守傳〉、陳玄祐的〈離魂記〉、沈亞之的〈異夢錄〉、〈秦夢記〉等等。這些作品都對瞿佑的這篇小說有所影響，然而對本篇影響最大的，當數白行簡的〈三夢記〉和宋人李獻民《雲齋廣錄》中的〈錢塘異夢〉。

〈三夢記〉記了三個離奇怪異的夢。其一寫的是「彼夢有所往而此遇之者也」。其二寫的是「此有所為而彼夢之者」，這兩則故事寫的都是一方所行或所遇之事恰巧為另一方的夢境。第三則故事寫的是「兩相通夢者」，即彼此分離的兩個人同時做一個夢，雙方在夢中相會。這則故事敘述竇質入秦，宿於潼關旅舍。夢中遊華嶽祠，遇見一趙姓女巫。竇質第二天遊華嶽祠，果然真的遇上了這位女巫，其容貌服飾乃至言談舉止均與夢中所見完全雷同。而女巫前一天夜裡也做了與竇質相同的夢。〈渭塘奇遇記〉中所寫的夢境，與〈三夢記〉中的「兩相通夢者」當屬同類。〈錢塘異夢〉寫一位姓司馬的秀才，在陝州家中夢見一美人吟〈蝶戀花〉詞，醒後補寫了詞的後半闋。後秀才去餘杭赴任，路過杭州，因思念美人而填詞，當夜美人與他在夢中相會並自薦枕席。此後秀才每晚都在夢中與美人相見。〈渭塘奇遇記〉明顯借鑒了上述兩篇的表現手法，但描寫更為細膩真切，更富有生活氣息。小說中的王生與酒店店主女兒在酒肆一見鍾情，王生當天夜裡就在夢中進入酒肆內室，酒店店主女兒出外迎接，「執手入室，極其歡謔，會宿於寢」。自此以後，兩人每夜都在夢中談情幽會。一夕，女子吹簫，〈梅花落〉的曲調響徹雲霄；又一夕，王生剪燈花，不小心將燈花掉在女子的紅羅鞋上，留下了油跡；另一夕，兩人互贈扇墜指環，王生醒後，女子所贈指環宛然在手。下一年，王生收租重過渭塘酒肆，方知女子因相思成疾已臥床一年。王生入內室探視，女子霍然病消。兩人互敘夢中所歷，竟然無不吻合。王生所見酒肆後院的景色、房舍門戶、器用物品以及女子服飾，皆為夢中所見，「彼此大驚，以為神契」。在〈渭塘奇遇記〉中，魂夢描寫構成了整篇故事的主幹情節，小說正是通過離魂故事的描寫來表現男女相思之情，顯示情的巨大力量。強烈的夢幻色彩，使故事顯得更加神奇誘人。

小說中的王生與酒店店主女兒建立在真情基礎上的愛情，完全突破了「父母之命、媒妁之言」

的戒律。酒店店主女兒初次見到王生，「頻於幕下窺之，或出半面，或露全體，去而復來，終莫能捨」。得知王生要再來，她又大膽地對父親說：「明日郎君至矣，宜往候之。」顯得大膽而又坦率。可以說，男女主人公最終之所以能如願以償，「于飛而還，終以偕老」，這是他們敢於置封建禮教於不顧、大膽追求愛情與自由的結果。

本篇中的景物描寫一向很受人們稱讚。小說開頭對酒肆周圍秋日景色的描寫，清新綺麗而又生氣盎然，富有江南水鄉的特色。而對酒店店主女兒所居小軒的景致和陳設的描寫，則幽美寧靜，古樸雅致。這些描寫對表現人物的性格和心境都起了很好的襯托作用。

申陽洞記

瞿佑

【題解】本篇選自《剪燈新話》卷三。寫隴西李生斬妖滅怪、為民除害的故事。其情節對後來的長篇小說《西遊記》有一定的啟發。

隴西❶李生，名德逢，年二十五，善騎射，馳騁弓馬，以膽勇稱，然而不事生產❷，為鄉黨❸賤棄。天曆❹間，父友有任桂州監郡❺者，因往投焉。至則其人已歿，流落不能歸。郡多名山，日以獵射為事，出沒其間，未嘗休息，自以為得所樂。有大姓錢翁者，以貲產雄於郡，止有一女，年及十七，甚所鍾愛，未嘗窺門，雖姻親鄰里，亦罕見之。一夕，風雨晦冥❻，失女所在，門窗戶闥，扃鐍❼如故，莫知所從往。聞於官，禱於神，訪於四境，悄無蹤跡。翁念女切至，設誓曰：「有能知女所在者，願以家財一半給之，並以女事焉。」雖求尋之意甚切，而荏苒❽將及半載，竟絕音響。

【章　旨】隴西李德逢因訪父友而流落桂州。當地富人錢翁在風雨之夜丟失愛女，尋之半年不得。

【注　釋】❶隴西　郡名。位於今甘肅蘭州一帶。❷生產　賴以謀生的產業或職業；維持生活的辦法。❸鄉黨　家鄉；同鄉；鄉親。❹天曆　元文宗圖帖睦爾的年號（西元一三二八～一三三〇年）。❺桂州監郡　桂州的監察官。桂州，今廣西桂林。監郡，州郡的監察官，又名監司。❻晦冥　昏暗；陰沉。❼扃鐍　門閂鎖鑰之類。❽荏苒　時光漸漸流逝。

【語　譯】隴西有個姓李的年青人，名德逢，年齡二十五歲，擅長於騎馬射箭，整日挾帶弓箭騎馬馳騁，以膽大勇敢聞名，然而不願從事固定的工作以維持生活，被鄉親們所輕視鄙棄。天曆年間，他父親的一個朋友任桂州的監察官，於是他前往投靠。可是到了桂州之後那人已經去世了，李生就流落他鄉，不能回家。桂州境內有許多名山，於是他每天都打獵射箭，出沒於大山之中，並自以為得其所樂，從不休息。當地有一個姓錢的大戶，憑藉財產豐厚稱雄於郡中。家中只有一個女兒，年齡已滿十七。錢翁愛若掌上明珠，從未讓她站在門口向外張望過，即便是親戚鄰居，也很少見到她。一天晚上，風雨交加，天昏地暗，姑娘突然失蹤了。而家裡的門窗仍然關閉著，門閂、門鎖都未曾被動過，誰也不知人是從哪兒出去的。錢翁向官府報案，向神靈祈禱，又派人四處尋訪，卻毫無結果，一點線索也沒有發現。錢翁非常思念自己的女兒，發誓說：「有誰知道我女兒在哪裡，我願意分一半家產給他，還把女兒嫁給他。」雖然他尋女之心非常急切，但時光漸漸流逝，快半年過去了，卻仍然沒有一點音訊。

生一日挾鏃持弧❶出城，遇一麞，逐之不捨，遂越岡巒，深入澗谷，終莫能及。日已曛黑❷，又迷來路，彷徨於壠阪❸之側，莫知所適。已而煙昏雲暝，虎嘯猿啼，遠近黯然，若一更之後。遙望山頂，見一古廟，委身投之。至則塵埃堆積，牆壁傾頹，獸蹄鳥跡，交雜於中。生雖甚怖，然無可奈何，少憩廡下，將以待旦。未及暝目，忽聞傳導❹之聲，自遠而至。生念深山靜夜，安得有此？疑其為鬼神，又恐為盜劫，乃攀緣欄楯❺，伏於梁間，以窺其所為。須臾，及門，有二紅燈前導，為首者頂三山冠❻，絳帕首❼，被淡黃袍，束玉帶，逕據神案而坐。從者十餘輩，各執器仗，羅列階下，儀衛雖甚整肅，而狀貌則皆貑❽玃❾之類也。生知為邪魅，取腰間箭，持滿一發，正中坐者之臂，失聲而走，群黨一時潰散，莫知所之。

久之，寂然，乃假寐待旦。則見神座邊鮮血點點，從大門而出，沿路不絕，循山而南，將及五里，得一大穴，血蹤由此而入。生往來穴口，顧盼之際，草根柔滑，不覺失足而墜。乃深坑萬仞，仰不見天，自分必死。旁邊微覺有路，尋路而行，轉入幽邃，咫尺不辨。更前百步，豁然開朗，見一石室，榜曰：「申陽之洞」。守門者數人，裝束如昨夕廟中所覩。見生，驚曰：「子為何人，而遽至此？」生磬折[10]作禮而答曰：「下界凡氓[11]，久居城府，以醫為業。因乏藥材，入山採拾，貪多務得，進不知止。不覺失足，誤墜于斯。觸冒尊靈，乞垂寬宥。」守門者聞言，似有喜色，問之曰：「汝既業醫，能為人治療乎？」生曰：「此分內事也。」守門者大喜，以手加額曰：「天也！」生請其故。曰：「吾君申陽侯，昨因出遊，為流矢所中，臥病在床；而汝惠然來斯，是天以神醫見貺[12]也。」乃邀生坐於門下，踉蹡[13]趨入，以告於內。頃之，出而傳其主之命曰：「僕不善攝生[14]，自貽伊戚[15]，禍及股肱[16]，毒流骨髓，厄運莫逃，殘生待盡。今而幸值神醫，獲賜良劑，是受病者有再生之樂，而治病者有全生之恩也。敢不忍死以待！」生遂攝衣而入，度重門，及曲房[17]，帷幄[18]衾褥，極其華麗。見一老獮猴，偃臥石榻之上，呻吟之聲不絕。美人侍側者三，皆絕色也。生診其脈，撫其瘡，詭曰：「無傷也，予有仙藥，非徒治病，兼可度世，服之則能後天不老[19]，而凋三光[20]矣。今之相遇，蓋亦有緣耳。」遂傾囊出藥，今共服之。群妖聞度世之說，喜得長生，皆羅拜於前曰：「尊官信是神人，今幸相遇！吾君既獲仙丹永命，吾等獨不得沾刀圭[21]之賜乎？」生遂罄其所齎，遍賜之，皆踴躍爭奪，惟恐不預。其藥蓋毒之尤者，用以淬[22]箭鏃而射鷙[23]獸，無不應弦而倒。有頃，群妖一時仆地，昏眩無知矣。生顧寶劍懸於石壁，取而悉斬之，凡戮猴大小三十六頭。疑三女為妖，欲並除之。皆泣而言曰：「妾等皆人，非魅也。不幸為妖猴所攝，沉陷坑阱，求死不得。今君能為妾除害，即妾再生之主也，敢不惟命是聽！」問其姓名居址，其一即錢翁之女，其二亦皆近邑良家也。

【章　旨】李德逢深山射獵，夜遇妖猴，射傷猴王。天明後，沿血跡追蹤，不慎跌入群妖所居之申陽洞。李生用計毒殺群妖，救出包括錢女在內的三名被擄掠的婦女。

【注　釋】❶挾鏃持弧　帶著弓箭。❷曛黑　日暮天黑。❸壠阪　山坡小路。❹傳導　傳呼引導。❺欄楯　欄杆。❻三山冠　一種山字形的帽子。❼絳帕首　深紅色的裹頭巾。❽豭　公豬。❾玃　大母猴。❿磬折　身體彎曲如磬。鞠躬的姿勢。⓫凡氓　普通老百姓。⓬貺　賜予。⓭踉蹌　走路不穩、跌跌撞撞的樣子。⓮攝生　養生。⓯自貽伊戚　自己招來災禍；自己尋來煩惱。語出《詩・小雅・小明》：「心之憂矣，自詒伊戚。」⓰股肱　腿和臂。⓱曲房　內室；密室。⓲帷幄　室內懸掛的帳幕和帷幔。⓳後天不老　後於天而老。意即長生不老。⓴凋三光　比日、月、星後凋。也是長生不老之意。三光，指日、月、星。㉑刀圭　古代量藥的用具，僅有梧桐子那麼大，容量極小。㉒淬　將金屬工件加熱至高溫後浸入油或水中，使之急速冷卻，以增加硬度。㉓鷙　一種猛禽。引申為兇猛。

【語　譯】一天，李生帶著弓箭出城打獵，遇到一頭獐，便窮追不捨。於是，李生跟著牠越過山岡峰巒，深入溪澗山谷，但最終仍然未能追上。這時天已經黑了，李生又找不到歸途，便在山坡的小路上徘徊，不知該往哪裡走。不久，天昏雲暗，虎嘯猿啼，遠處近處都是一團漆黑，就好像已是一更天以後。李生遙望山頂，看見一座古廟，就上山去投宿。到了廟裡一看，到處都積滿了灰塵。牆壁已經傾斜倒塌，野獸鳥雀的腳印交雜其中。德逢雖然很害怕，但是也無可奈何，便準備在寺廟的廊屋裡稍微休息一會，等待天亮。可他還沒有來得及閉上眼睛，就忽然聽到傳呼引導的聲音從遠處傳來。德逢心想，在夜深人靜的深山，怎麼會有這種聲音？他懷疑是鬼神作怪，又害怕是強盜劫匪出動，於是就攀著欄杆上了屋，伏在屋梁上偷看這伙人要幹些什麼。一會兒，這伙人進門了。只見兩盞紅燈作前導，為首的頭上戴著山字形的帽子，裹著深紅色的頭巾，身披淡黃色的袍子，腰間束著玉帶，逕直來到神案上坐下。跟隨的有十來個人，手裡都拿著儀仗器具，羅列在臺階下。儀仗和衛隊雖很整齊嚴肅，而看其形狀和容貌，都是公豬母猴之類的野獸。德逢知道這些都是邪魔怪魅，便取出腰間的弓箭，拉上滿弓射出一箭，正好射中坐著的那個妖王的手臂，牠痛得大叫一聲就跑了出去，其黨羽們也立即潰散而逃，不知去了哪裡。

過了很久，廟裡又寂靜無聲，德逢便坐著打瞌睡等待天亮。天亮後看到神座旁鮮血點點，從廟門出去，一路上都有血跡。德逢沿著山路向南走了將近五里，發現一個大山洞，血跡也由此進入山洞。德逢在山洞口來回走動，想找出洞的祕密。就在他左右環視的時候，沒想到腳下草根又軟又滑，一不小心便失足跌了下去。這是一個萬丈深的大坑，抬頭不見天日，德逢自料必死無疑。他隱隱覺得旁邊有路，便摸索著找路走，不知不覺中轉入了一個幽暗深邃的地方，咫尺之內什麼都看不清楚。再向前走了百餘步，頓覺豁然開朗，他看見一個石屋門匾上寫著「申陽之洞」四個大字。守門的幾個人，裝束與昨天夜裡在廟中見到的完全相同。這些人見到了德逢，驚奇地問道：「你是什麼人，怎麼會突然來到這裡？」德逢忙彎腰鞠躬行禮，回答說：「我是凡間的一個普通老百姓，長期住在城內，以行醫為業。因為缺少藥材，進山來採藥。採藥時貪多而又志在必得，只想前進而不知道停止。現在因不小心而失足掉到這裡，冒犯了諸位尊貴的神仙，乞求你們能寬恕我的罪行。」守門人聽了這話，臉上好像露出了高興的神色。問李生道：「你既然以醫為業，能給人治病嗎？」德逢說：「這是我分內的事。」守門人大喜過望，把手放在額頭上慶幸地說：「上天來幫助我們了！」德逢問他們這是什麼緣故，他們回答說：「我們的洞主申陽侯，昨天因為出遊，被流矢射中，臥病在床。而您光顧這裡，是老天將神醫賜給我們啊！」於是邀請德逢坐在門口，自己跌跌撞撞地跑了進去，向裡面報告好消息。一會兒，守門人出來傳達洞主的話說：「我不善於養生，自己招來災禍，腿和臂膀都遭了殃，毒性已進入骨髓，看來厄運難逃，一生也快要完了。今日有幸遇到神醫，如獲得恩賜的良藥，這是使患病的人有重生的快樂，而治病的人也有了救人性命的恩德，我怎敢不忍死等待呢！」於是，德逢提著衣服小心地走了進去。穿過好幾道門，才到達內室，裡面的帷帳、被褥都非常華麗。德逢看見一隻老獮猴躺在石榻上，不停地呻吟。旁邊有三個美人在侍候，個個都是絕色女子。德逢給老猴把了脈，摸了摸牠的傷口，騙牠說：「不要緊，我有仙藥，不僅能夠治病，還可以度人出世，服藥後壽命比天還要長。即使天上的日月和星星都沒有了，人還能照樣活著。今日我能夠同你相遇，大概是有緣分吧！」於是就倒出口袋裡的藥，讓老獮猴服用。眾妖怪聽到了度人出世的說法，都為有長生不老的機會而高興，一起圍繞著德逢下拜，說：「先生確實是神人，我們三生有幸，得以遇到先生。既然我們的洞主已獲得仙藥可以長生不老，難道我們不能也沾光得到一點點賞賜嗎？」德逢就將所帶的藥從口袋裡全部倒了出來，給每個妖怪都分一點。妖怪們爭先恐後，你搶我奪，惟恐沒有自己的份。德逢的藥毒性最厲害，將它蘸在箭頭上射兇猛的鳥獸，沒有不隨著弓弦的聲音而倒下的。一會兒，群妖都仆倒在地，昏迷過去而毫無知覺了。德逢看到寶劍掛在石壁上，就取了下來將猴妖全部斬殺，共殺死大小猴妖三十六隻。德逢懷疑三個女子也是妖怪，想一起殺掉她們。三個女子個個哭著說：「我們都是人，不是鬼魅，不幸被妖猴用妖術攝來，深陷在坑阱之中，求死不得。現在您為我們除了害，就是我們獲得新生的救星，我們怎麼敢不唯命是從呢？」德逢問她們的姓名以及家中地址，知道其中一個就是錢翁的女兒，其他兩個也是附近的良家女子。

生雖能除去群妖，然無計以出。憤悶之際，忽有老父數人，不知自何來，皆身被褐裘，長鬚烏喙，推一白衣者居前，向生列拜❶曰：「吾等虛星之精❷，久有此土，近為妖猴所據，力弗能敵，屏避他方，俟其便而圖之。不意君能為我掃除讎怨，蕩滌凶邪，敢不致謝！」各於袖中出金珠之屬，置於生前。生曰：「若等既具神通，何乃見欺於彼，自伏孱劣❸耶？」白衣者曰：「吾壽止五百歲，彼已八百歲，是以不敵。然吾等居此，與人無害也，功成行滿，當得飛遊諸天，出入自在耳。非若彼之貪淫肆暴，害人禍物。今其稔惡❹不已，舉族夷滅❺，蓋亦獲咎于天，假手於君耳。不然，彼之凶邪，豈君所能制耶？」生曰：「洞名申陽，其義安在？」曰：「猴乃申屬，故假之以美名，非吾土之舊號也。」生曰：「此地既為若等故居，予乃世人，誤陷於此，但得指引歸途，謝物不用也。」曰：「果如是，亦何難哉！但請閉目半晌，即得遂願。」生如其言，耳畔惟聞疾風暴雨之聲。聲止，開目，見一大白鼠在前，群鼠如豕者數輩從之，旁穿一穴，達於路口。

生挈三女以出，逕叩錢翁之門而歸焉。翁大驚喜，即納為婿；其二女之家，亦願從焉。生一娶三女，富貴赫然。復至其處，求訪路口，則豐草喬林❻，遠近如一，無復舊蹤焉。

【章旨】李生在原洞主鼠精的幫助下，帶領三名落難女子走出山洞回到人間，並娶三個女子為妻。

【注釋】❶列拜　依次叩拜。❷虛星之精　即老鼠精。虛星為二十八星宿之一，名為虛日鼠。❸孱劣　怯弱無能。❹稔惡　積惡。❺舉族夷滅　整個族類全部被消滅。❻喬林　樹木高大的叢林。

【語　譯】李生雖然能除去群妖，卻沒有辦法走出妖洞。正在憤悶的時候，忽然面前出現幾個老者。這幾個老者不知是從什麼地方來的，都身披褐色的粗布長袍，長鬍鬚，鳥嘴巴。他們推舉一個穿白衣服的老者走在前面，依次向德逢拜謝，並說：「我們都是老鼠精，這個地方很早就歸我們所有。近來這裡被妖猴占據，我們的力量敵不過牠們，只能躲避到其他地方，等候時機再想辦法奪回來。沒有想到您能為我們報仇雪恨，消滅了這些兇狠邪惡的妖魔，我們怎麼敢不向您致謝呢！」說完，每人都從袖子裡拿出金銀珠寶之類的東西，放在德逢的面前。德逢問：「你們既然也有神通，怎麼會被牠們欺負而自甘怯弱無能呢？」穿白衣的長者說：「我們的年齡只有五百歲，那妖猴已經八百歲了，所以敵不過牠們。但是我們住在這裡，對人類無害，只要功業成就道行修滿，就可以飛遊天宮，自由出入了。我們不像牠們那樣貪婪荒淫，肆意施暴，害人害物。現在牠們惡貫滿盈，整個族類全部被消滅，這也是因為牠們得罪了上天，所以上天就借您的手將它們除掉了。不然的話，牠們那樣兇惡邪暴，難道您一個人就能制服得了嗎？」德逢問：「這個洞的名字叫申陽，它的意義在哪裡？」老人說：「猴屬申，所以借來作為美稱，並不是我們領土的舊號。」德逢說：「這裡既然是你們的舊居，那就還給你們。我是世間之人，一時失誤陷入此洞，只希望能給我指引一條回家的路途。至於酬謝的物品，那就用不著了。」老者說：「果真如此，又有何難！只請您閉一會眼睛，就能如願。」德逢按老者所說閉上眼睛，耳邊只聽見疾風暴雨般的聲音。聲音停止以後，德逢睜開眼睛，只見一隻大白鼠在前，幾隻像豬一樣的老鼠跟隨在後，旁邊打穿了一個洞，一直通到路口。

德逢帶著三個女子出了洞，逕直去敲錢翁家的門，把他女兒送回家中。錢翁驚喜異常，當場將德逢招為女婿。其他二個女子的家長，也願意將女兒嫁給德逢。德逢一個人娶了三個妻子，富貴榮耀。他後來再到原來去過的那個地方，尋找出來的路口，只見那兒草木豐茂，樹林高大，遠處近處都一樣，再也尋不到往日的蹤跡。

【賞 析】中國古代很早就有關於猿猴的故事流傳，關於猿猴擄掠民女的傳說也生較早。託名漢人焦延壽的《易林》卷一〈坤之剝〉云：「南山大玃，盜我媚妾。怯不敢逐，退然獨宿。」古印度關於猿猴的故事更多，古印度五大佛教精舍中，便有一處是以猴池命名的。佛經中有不少猴王的故事，如《大唐西域記‧吠捨厘國》和《四分律》都載有眾獼猴助佛穿池之事。受佛經影響，唐傳奇中也有不少獼猴的故事。著名的有無名氏的〈補江總白猿傳〉和裴鉶《傳奇》中的〈孫恪〉等等。前者敘述梁將歐陽紇之妻被修煉千年的白猿精奪去，歐陽紇歷盡艱險，終於殺死白猿、奪回妻子及其他數十名被掠婦女的故事。後者則寫老猿化為美女，與士子孫恪成親之事。這些作品對後世同類題材的小說生了深遠的影響。

本篇仿法〈補江總白猿傳〉的痕跡較為明顯，但具體情節並不雷同。在〈補江總白猿傳〉中，歐陽紇為了救出愛妻而主動尋找並迎戰白猿，有較為充分的思想和物質準備。歐陽紇帶有三十名壯士，並有三十餘名受害婦女作內應，而對手只有猿精一人。而在〈申陽洞記〉中，李生是因為打獵迷路而無意間遇上猴妖的，他斬妖救民女完全事出偶然，並非有意為之。他孤身一人，面對的卻是一群妖精。與歐陽紇相比，李德逢的對手更為強大，而自身的力量卻很單薄。當李德逢在半夜裡來到深山老林中的破廟時，廟外虎嘯猿啼，廟內到處是獸蹄鳥跡，他當時也感到很恐懼。

然而一旦妖精出現，他便毫無畏懼地張弓射箭，一下子就射中了妖王的手臂，嚇得群妖一時潰散。不僅如此，天明之後他又循著血跡尋找妖精的去向，表現了一種主動出擊、除妖務盡的英雄氣概。不慎落入妖穴申陽洞之後，他又沉著鎮定，急中生智，詭稱自己是行醫之人，欺騙妖怪說自己不僅能為人治病，還能渡人出世，巧妙地將自己用以淬箭簇的毒藥說成是長生不老之藥，騙得群妖爭相飲服，後來又將中毒的妖精一一殺死。這些，都充分顯示了他不畏兇暴、有智有勇的性格特徵。此後，他又謝絕了虛星之精金銀珠寶的酬謝，表現了高尚的思想品格。小說對李生的刻劃是成功的，他初涉險境時的恐懼和無奈，並不損害他的英雄本色，反而使這一形象更顯得真實可信，富有人情味。

作者瞿佑生活於元末明初，曾親眼目睹元末動亂黑暗的社會現實，小說中關於妖猴搶占虛星之精的地盤、擄掠民間女子、為非作歹的描寫，實質上具有寓言的性質，曲折地反映了元末軍閥混戰、生靈塗炭的社會狀況，具有諷刺現實的深刻意義，因而不能看作是單純的靈怪描寫。在李德逢這個頗具光彩的藝術形象身上，充分體現了身處亂世的民眾對見義勇為、除暴安良的英雄人物的仰慕和企盼之情。

本篇在結構上頗具特色。作者先敘錢翁在風雨之夜失去愛女，出重金懸賞而毫無結果，然後將此按下不表，轉而敘述李生打獵遇妖之事。直至李生幾經周折、剿滅群妖之後，方解開懸念，交代錢女是被妖猴攝入洞中的，文章又回到前面業已中斷的敘述上來。這樣的結構安排，能吸引讀者的注意力，整個作品顯得離合有致，氣勢流動。此外，本篇的心理描寫和場景描寫也相當細膩，能使讀者生如見其人、如臨其境的真實感和現場感。

愛卿傳

瞿佑

【題解】本篇選自《剪燈新話》卷三。敘述羅愛愛孝敬婆母、貞烈不屈的事跡以及她與丈夫趙六生離死別的愛情悲劇。本篇被馮夢龍收入《情史類略》卷八情感類，題為〈羅愛愛〉。

羅愛愛，嘉興❶名娼也，色貌才藝，獨步一時。而又性識❷通敏❸，工為詩詞，以是人皆敬而慕之，稱為愛卿。佳篇麗什，傳播人口。風流之士，咸修飾以求狎，懵學之輩，自視缺然。郡中名士，嘗以季夏望日❹，會於鴛湖❺凌虛閣避暑，翫月賦詩。愛卿先成四首，座間皆擱筆。詩曰：

畫閣東頭納晚涼，紅蓮不似白蓮香。一輪明月天如水，何處吹簫引鳳凰？

月出天邊水在湖，微瀾倒浸玉浮圖❻。掀簾欲共姮娥❼語，肯教〈霓裳〉❽一曲無？

手弄雙頭茉莉枝，曲終不覺鬢雲欹。珮環響處飛仙過，願借青鸞一隻騎。

曲曲欄干正正屏，六銖衣⑨薄懶來憑。夜深風露涼如許，身在瑤臺⑩第一層。

同郡有趙氏子者，第⑪六，亦簪纓⑫族，父亡母存，家貲巨萬，慕其才色，納禮聘焉。愛卿入門，婦道甚修，家法甚飭，擇言而發，非禮不行。趙子嬖⑬而重之。

未久，趙子有父黨為吏部尚書，以書自大都⑭召之，許授以江南一官。趙子欲往，則恐貽母妻之憂；不往，則又失功名之會，躊躇未決。愛卿謂之曰：「妾聞男子生而桑弧蓬矢⑮以射四方，丈夫壯而立身揚名以顯父母，豈可以恩情之篤，而誤功名之期乎？君母在堂，溫凊⑯之奉，甘旨⑰之供，妾任其責有餘矣。但年高多病，而君有萬里之行，昔人所謂事主之日多，報親之日少，君宜常以此為念。望太行之孤雲⑱，撫西山之顛日，不可不早歸耳。」趙子遂卜日為京都之行，置酒酌別於中堂。酒三行，愛卿請趙子捧觴為太夫人壽，自製〈齊天樂〉一闋，歌以侑之。其詞曰：

恩情不把功名誤，離筵又歌〈金縷〉⑲。白髮慈親，紅顏幼婦，君去有誰為主？流年幾許，況悶悶愁愁，風風雨雨。鳳折鸞分⑳，未知何日更相聚！　蒙君再三分付：向堂前侍奉，休辭辛苦。官誥㉑蟠花，宮袍製錦，待要封妻拜母。君須聽取：怕日薄西山，易生愁阻。早促歸程，綵衣相對舞㉒。

歌罷，坐中皆垂淚。趙子乘醉，解纜而行。

【章旨】嘉興名娼羅愛愛色貌才藝獨步一時，被世族子弟趙六娶為妻室。愛愛謹守婦道，孝敬婆母，勸說丈夫外出求取功名。

【注釋】❶嘉興　今浙江嘉興。❷性識　天分；悟性。❸通敏　通達聰慧。❹季夏望日　即農曆六月十五日。季夏，夏季的最後一個月。望，農曆十五日。❺鴛湖　即嘉興的鴛鴦湖，又名南湖。❻浮圖　又作「浮屠」。佛塔。❼姮娥　即嫦娥。傳說中的月中女神。❽霓裳　舞曲名。即〈霓裳羽衣曲〉。唐開元中河西節度使楊敬述所獻，初名〈婆羅門曲〉，經唐玄宗潤色並製作歌詞，改用今名。傳說此曲為唐玄宗遊月宮後模仿仙樂而作。❾六銖衣　仙佛所穿之衣。又常用以指婦女所穿的輕薄的紗衣。六銖，古代二十四銖為一兩，六銖為四分之一兩。❿瑤臺　傳說中的神仙居處。亦泛指華麗的樓臺。⓫第　排行。⓬簪纓　舊時貴人的冠飾。比喻貴族之家。⓭嬖寵愛。⓮大都　元朝的首都，今北京市。⓯桑弧蓬矢　古代男兒出生時，以桑木為弓，蓬草為矢，射天地四方。象徵男兒長大後，將有四方之志。後常用來勉勵人應有遠大的志向。⓰溫清　「冬溫夏清」的省稱。為侍奉父母之禮。謂冬天溫被使暖，夏天扇席使涼。⓱甘旨　美味。⓲望太行之孤雲　此句暗用「白雲親舍」的典故。唐代狄仁傑居并州時，雙親遠在河陽。一日登太行山，見白雲孤飛，謂左右曰：「吾親所居，在此雲下。」一直望到白雲飄走才離開。事見《舊唐書・狄仁傑傳》。⓳金縷　曲調名。〈金縷曲〉、〈金縷衣〉的省稱。唐無名氏所作曲詞為：「勸君莫惜金縷衣，勸君須惜少年時，花開堪折直須折，莫待無花空折枝。」⓴鳳折鸞分　喻夫妻分離。㉑官誥　皇帝授官或賜爵的詔令。㉒綵衣相對舞　此句用「老萊娛親」的故事。《藝文類聚》卷二〇引《列女傳》：「老萊子孝養二親，行年七十，嬰兒自娛，著五色綵衣。嘗取漿上堂，跌仆，因臥地為小兒啼，或弄烏鳥于親側。」後因以「綵衣」為孝養、娛悅父母之詞。

【語　譯】羅愛愛是嘉興的名妓，她的容貌和才藝，在當時都獨一無二。她又天分通達聰慧，擅長寫詩填詞，因此人們都敬佩和仰慕她，稱她為愛卿。她所寫的優美的詩詞，傳播於眾人之口。那些風流才子，都寫詩作文以求親近她，那些不學無術的人，都自感有所缺失。郡中的名士，曾經在農曆六月十五日這一天，會聚於鴛湖的淩虛閣避暑，與愛卿一起賞月賦詩。愛卿先寫出四首，在座的名士都就此擱筆。詩中寫道：

黃昏時分在樓閣東邊納涼，湖中的紅蓮白蓮爭豔比香。一輪明月倒掛在如水的天上，不知在何處吹簫才能引來鳳凰？

月出天邊，湖水與月光交相輝映，蕩漾的微波中倒映著佛塔之影。捲起窗簾想與嫦娥竊竊私語，不知她是否肯教我〈霓裳羽衣〉之曲？

雙手擺弄香氣四溢的茉莉花，一曲終了不覺鬢髮偏斜。佩環叮噹響那是天仙飄然而過，真想向他們借一隻青鸞鳥來乘坐。

方方正正的屏風，曲曲彎彎的欄杆，身穿輕薄羅衫懶得憑欄望遠。夜色深，涼風冷露直襲人，疑是身在仙山瑤臺最高層。

同郡有一個姓趙的公子，排行第六，也是世族子弟。父親已去世，母親還健在，家財萬貫。因愛慕愛愛的才藝和美貌，便送財禮聘她為妻。愛卿嫁到趙家以後，能遵從婦道，謹守家法。選擇該說的話說，而不符合禮節的事情則不做。所以趙公子非常寵愛和敬重她。

不久，趙公子的父系親屬中有個人在京城任吏部尚書，從大都寫信來叫公子進京，並答應授給公子一個江南的官職。趙公子想去大都，但怕給母親、妻子留下憂患；而不去，則又失去了求取功名的機會，因此有些猶豫不決。愛卿知道後便對公子說：「我聽說男子生下來之後，就要用桑木為弓、蓬草為箭去射天地四方，大丈夫壯年時應該立身揚名來顯親耀祖，怎麼能因為恩愛的深厚而耽誤建功立業的機會呢？您的老母在家，溫被扇席、供應可口食物之類的事，我一個人承擔已經足足有餘了。但你的母親年高多病，你又有萬里之行，正如古人所說，你事奉君王的日子尚多，報答親人的日子很少，你應該常常以此為念。當您遙望太行山的孤雲、觀看西山落日的時候，不可不想到要早點回來啊！」趙公子於是選擇吉日出發去京都，臨行前與親人在中堂飲酒作別。酒過三巡，愛卿請公子捧著酒杯向老夫人敬酒祝壽，並自己作了一曲〈齊天樂〉唱出來為公子助酒興。歌詞道：

不能因恩愛之情將功名拋棄，離別的筵席上又唱起了〈金縷衣〉。白髮蒼蒼的慈母、年青貌美的少婦，夫君去後誰來照顧？年華似水日夜流，風風雨雨無限愁。恩愛夫妻長分離，未知何時再相聚！　承蒙夫君再三吩咐，侍奉堂上老母要不辭辛苦。只盼能有那一天，得到皇上授官的詔書。胸戴紅花身穿宮錦袍，老母受叩拜妻子受封誥。我有一言夫君須記取：母親已是風燭殘年、日薄西山，只怕容易生愁煩。希望夫君早日登上歸途，回家後你我像老萊子一樣在母親面前彩衣戲舞。

一曲唱完，座席中的每一個人都感動得流下眼淚。趙公子乘著醉意，乘船出發。

至都，則尚書以病免，無所投托，遷延❶旅邸，久不能歸。太夫人以憶子之故，感病沉重，伏枕在床。愛卿事之甚謹，湯藥必親嘗，饘粥❷必親煮。求神禮佛，以追❸其災；虛辭詭說，以寬其意。纏綿❹半載，因遂不起。臨終，呼愛卿而告之曰：「吾子以功名之故，遠赴皇都，遂絕音耗。吾又不幸罹疾，新婦事我至矣！今而命殂，無以相報。但願吾子早歸，新婦異日有子有孫，皆如新婦之孝敬。蒼天有知，必不相負！」言訖而歿。愛卿哀毀❺如禮，親造棺槨，葬於白苧村。既葬，旦夕哭臨靈几前，悲傷過度，為之瘦瘠。

至正十六年❻，張士誠陷平江❼。十七年，達丞相❽檄❾苗軍師楊完者為江浙參政❿，拒之於嘉興。不戢⓫軍士，大掠居民。趙子之居，為劉萬戶⓬者所據，見愛卿之姿色，欲逼納之。愛卿以甘言紿⓭之，沐浴入閤，以羅巾自縊而死。萬戶奔救之，已無及矣。乃以綉褥裹尸，瘞⓮於後圃銀杏樹下。

【章旨】趙六滯留京師，趙母思子染病，愛愛侍奉湯藥，極盡孝道。趙母亡故，愛愛親自料理喪事。後逢戰亂，有劉萬戶逼愛愛作妾，愛愛不從，自縊而死。

【注釋】❶遷延　滯留；拖延時間。❷饘粥　稠粥。❸逭　避；逃。❹纏綿　病久不癒。❺哀毀　在居喪期間因過度悲傷而毀壞身體。❻至正十六年　即西元一三五六年。至正，元朝末代帝皇妥歡帖木兒（順帝）的年號。❼平江　元時設平江路，治所在今江蘇蘇州。❽達丞相　指元朝江浙右丞相達識帖睦邇。❾檄　用檄文徵召。❿參政　官名。宋代為宰相的副職。元代於中書省、行中書省設參政，為副貳之官。⓫戢　管束。⓬萬戶官職名。金初設置，元代沿襲，為世襲官職，取「萬夫之長」之義。元代諸路設萬戶府，分屬於行省。⓭紿　欺騙；謊言。⓮瘞　埋。

【語　譯】趙公子到了京城以後，做吏部尚書的親戚因生病而免去了官職。趙公子無人可以投靠，只能滯留在旅舍之中，久久不能回鄉。老夫人因為思念兒子的緣故，染上了重病，伏枕臥床。愛卿侍奉婆婆十分謹慎周到，湯藥一定自己先嘗一嘗，米粥一定親自煮。她求神拜佛，希望能消弭災禍；並不斷地編造出一些話來寬慰老夫人。但老夫人的病情老是不見好轉，半年之後，竟然不能起床。臨終前，將愛卿叫來對她說：「我兒子因為功名的緣故，遠赴京城，從此就斷絕了音訊。我又不幸身染重病，新媳婦你照顧我實在是太周到了！現在我就要死了，沒有什麼可以報答你，只希望我兒子早日歸家，新媳婦將來有子有孫，個個都像新媳婦一樣孝敬長輩。蒼天如果有知，一定不會辜負你的。」老夫人說完以後就死了。愛卿因哀痛毀壞了自己的身體，她按禮節治理喪事，親自操持製造棺材的事，將老夫人葬在白苧村。喪事完畢後，她每天早晚在靈桌前痛哭奠祭。因為過度悲傷，人變得十分瘦弱。

至正十六年，張士誠攻陷蘇州。十七年，達丞相徵召苗人楊完者為江浙參政，在嘉興抵擋張士誠。楊完者不管束士兵，放任士兵大肆搶掠百姓。趙公子家的房子，被軍官劉萬戶所占據。劉萬戶見愛卿姿色出眾，便想強行娶她為妾。愛卿用好聽的話騙住劉萬戶，沐浴後進入閣樓，用羅巾上吊自殺。劉萬戶奔過去救她，已經來不及了，就用繡花被褥包裹愛卿的屍體，埋在後花園的銀杏樹下。

未幾，張氏通款❶，浙省楊參政為所害，麾下❷皆星散。趙子始間關❸海道，由太倉登岸，逕回嘉興，則城郭人民皆非舊矣。投其故宅，荒廢無人居，但見鼠竄於梁，鴞鳴于樹，蒼苔碧草，掩映階庭而已。求其母妻，不知去向，惟中堂巋然❹獨存，乃灑掃而息焉。

明日，行出東門外，至紅橋側，遇舊使老蒼頭於道，呼而問之，備述其詳：則老母辭堂，生妻去世矣。遂引趙子至白苧村其母葬處，指松柏而告之曰：「此皆六娘子之所種植也。」指塋壠❺而告之曰：「此皆六娘子之所經理❻也。太夫人以郎君不歸，感念成疾，娘子奉之至矣，不幸而死，卜葬❼於此。娘子身被衰麻❽，手扶棺櫬❾，親自負土，號哭墓下。葬之三月，而苗軍入城，宅舍被占。有劉萬戶者，欲以非禮犯之，娘子不從，即遂縊死，就于後圃瘞之矣。」

趙子大傷感，即至銀杏樹下發視之，顏貌如生，肌膚不改。趙子撫屍大慟，絕而復甦。乃沐以香湯，被以華服，買棺附葬於母墳之側，哭之曰：「娘子平日聰明才慧，流輩[10]不及。今雖死矣，豈可混同凡人，便絕音響？九原[11]有知，願賜一見。雖顯晦殊途，人皆忌憚，而恩情切至，實所不疑。」於是出則禱於墓下，歸則哭於圃中。

將及一旬，月晦之夕，趙子獨坐中堂，寢不能寐，忽聞暗中哭聲，初遠漸近，覺其有異，即起祝之曰：「倘是六娘子之靈，何吝一見而敘舊也？」即聞言曰：「妾即羅氏也，感君想念，雖在幽冥[12]，實所惻愴[13]，是以今夕與君知聞[14]耳。」言訖，如有人行，冉冉而至，五六步許，即可辨其狀貌，果愛卿也。淡妝素服，一如其舊，惟以羅巾擁其項。見趙子，施禮畢，泣而歌〈沁園春〉一闋，其所自制也。詞曰：

一別三年，一日三秋，君何不歸？記尊姑老病，親供藥餌，高塋
埋葬，親曳麻衣。夜卜燈花，晨占鵲喜，雨打梨花晝掩扉。誰知
道，把恩情永隔，書信全稀！　干戈滿目交揮，奈命薄時乖履
禍機。向銷金帳裏，猿驚鶴怨，香羅巾下，玉碎花飛。要學三貞[15]，

須拚一死，免被旁人話是非。君相念：算除非畫裏，重見崔徽[16]！

每歌一句，則悲啼數聲，悽惶怨咽，殆不成腔。趙子延之入室，謝其奉母之孝，塋墓之勞，殺身之節，感愧不已。乃收淚而自敘曰：「妾本倡流，素非良族。山雞野鶩，家莫能馴；路柳牆花，人皆可折。惟知倚門而獻笑[17]，豈解舉案以齊眉[18]。令色巧言，迎新送舊。東家食而西家宿，久習遺風；張郎婦而李郎妻，本無定性。幸蒙君子，求為室家，即便棄其舊染之汙，革其前事之失。操持井臼[19]，采掇蘋蘩[20]。嚴祀祖之儀，篤奉姑之道。事以禮，葬以禮，無愧於心；歌於斯，哭於斯，未嘗窺戶。豈料昊天不弔[21]，大患來臨！毒手[22]老拳[23]，交爭於四境；長槍大劍，耀武於三軍。既據李崧之居[24]，又奪韓翊之婦[25]。良人萬里，賤妾一身。豈不知偷生之可安，忍辱之耐久？而乃甘心玉碎，決意珠沉。若飛蛾之撲燈，似赤子之入井，乃己之自取，非人之不容。蓋所以愧夫為人妻妾而背主棄家，受人爵祿而忘君負國者也。」

趙子撫慰良久，因問太夫人安在？曰：「尊姑在世無罪，聞已受生於人間矣。」趙子曰：「然則，君何以猶墮鬼趣？」對曰：「妾之死也，冥司[26]以妾貞烈，即今往無錫宋家，托為男子。妾以與君情緣之重，必欲俟君一見，以敘懷抱，故遲之歲月耳。今既見君矣，明日即往降生也。君如不棄舊情，可往彼家見訪，當以一笑為驗。」遂與趙子入室歡會，款[27]若平生。鷄鳴而起，下階數步，復回顧拭淚云：「趙郎珍重，從此永別矣！」因哽咽佇立。天色漸明，欻然[28]而逝，不復有覩。但空室悄然，寒燈半滅而已。

趙子起而促裝[29]，逕赴無錫，尋宋氏之居而叩焉，則果得一男子，懷妊二十月矣。然自降生之後，至今哭不輟聲。趙子具述其事，願請見之，果一笑而哭止，其家遂名之曰羅生。趙子求為親屬，自此往來饋遺[30]，音問[31]不絕云。

【章　旨】趙六歸家，愛愛的鬼魂與之相見，暢述別後情懷，而後依依道別，去無錫宋家投生。趙六去無錫探視，與宋家結為親戚。

【注　釋】❶通款　與敵方通和言好。❷麾下　部下。❸間關　輾轉。❹巋然　高大獨立的樣子。❺塋壠　墳墓；墓地。❻經理　治理；經營管理。❼卜葬　占卜選擇吉祥的日子與墓地後埋葬死者。❽衰麻　「衰衣麻絰」的省稱。指喪服。❾棺櫬　泛指棺材。❿流輩　同輩；同一流的人。⓫九原　九泉；黃泉。⓬幽冥　地府；陰間。⓭惻愴　哀傷。⓮知聞　交結；交往。⓯三貞　古代三節婦。東晉常璩《華陽國志‧巴志》載：「永初中，廣漢、漢中羌反，虐及巴郡。有馬妙祈妻義、王元憒妻姬、趙蔓君妻華，夙喪夫，執共姜之節，守一醮之禮，號曰三貞。遭亂兵，迫匿，懼見拘辱，三人同時自沉于西漢水而沒死。」⓰崔徽　唐代歌妓名，蒲州人，與裴敬中相愛。分別後，怨抑成病，請人為她畫像寄給裴敬中，說：「崔徽一旦不及畫中人，且為郎死。」後抱恨而卒。事見唐人元稹〈崔徽歌序〉。⓱倚門而獻笑　指妓女賣淫。⓲舉案以齊眉　指夫妻相互敬愛。《後漢書‧梁鴻傳》：「每歸，妻為具食，不敢於鴻前仰視，舉案齊眉。」案，有腳的托盤。⓳井臼　汲水和舂米。泛指操持家務。⓴蘋蘩　兩種可供食用的水草蘋與蘩。古代祭祀時常用。《詩經‧召南》有〈采蘋〉、〈采蘩〉兩篇。〈采蘩序〉：「〈采蘩〉，夫人不失職也。夫人可以奉祭祀，則不失職矣。」後代以蘋蘩借指遵循祭祀之儀或謹守婦道。㉑昊天不弔　意謂不為上天哀憫和保佑。語本《詩經‧小雅‧節南山》：「不弔昊天，不宜空我師。」後常用作哀悼死者之詞。昊天，蒼天。㉒毒手　兇狠的毆打。㉓老拳　結實有力的拳頭。㉔據李崧之居　意謂占據他人住宅。五代時李崧的住宅被後漢皇帝劉知遠贈給蘇逢吉，屋中所埋金寶全為蘇氏所奪。㉕奪韓翃之婦　意謂搶奪他人之妻。唐代詩人韓翃與柳氏相愛，後韓翃回鄉省親，柳氏被蕃將沙吒利劫去。事見唐許堯佐〈柳氏傳〉。㉖冥司　陰間官員。㉗款　親熱。㉘欻然　忽然。㉙促裝　急忙整理行裝。㉚饋遺　饋贈。㉛音問　音訊；書信。

【語譯】不久，張士誠與元朝通好言和，浙江省的參政楊完者被張士誠害死，楊完者的部下也四處逃散。趙公子這才開始輾轉海道，從太倉登陸，直接回到嘉興。城裡的景象、城中的百姓和幾年前他離開時相比早已面目全非。趙公子回到自己的故宅，故宅早已荒廢，無人居住了。只見老鼠在屋梁上竄來竄去，貓頭鷹在樹上鳴叫，掩映著臺階庭院的，只有蒼苔綠草而已。他尋找母親和妻子，都已不知去向。只有正中的廳堂還獨自矗立在庭院中，於是就把它打掃乾淨，在裡面休息。

第二天，趙公子來到東門外，在紅橋旁邊的路上遇見昔日的老僕人，便叫住他向他詢問。老僕人詳細地講述了公子家中發生的事情，原來老母親已經歸天，妻子也去世了。老僕人還領趙公子來到白苧村他母親的安葬處，指著松柏告訴他說：「這些樹都是六娘子所種植的。」老僕人又指著墳墓告訴他說：「這墳墓也是六娘子修起來的。太夫人因為郎君赴京不歸，思念成病，六娘子侍奉老人家極其周到。老夫人不幸亡故，就選擇了吉利的時間和地點將她安葬在這裡。六娘子身披喪服，手扶棺材，親自背土築墳，在墓下號哭。老夫人安葬後三個月，苗軍入城，公子家中的住宅被強占。有一個叫劉萬戶的武官，對六娘子欲行非禮，六娘子誓死不從，自縊而死，就埋在後花園裡。」

趙公子哀痛萬分，隨即到銀杏樹下挖出愛卿的屍體，只見愛卿的儀容面貌同活著的時候一樣，肌膚的顏色一點也沒有改變。趙公子撫摸著屍體大聲痛哭，傷心得昏死過去好久才甦醒過來。於是用香湯給愛卿沐浴，給她穿上華麗的衣服，買棺材將她陪葬在母親的墳邊。趙公子哭著說：「娘子平日的聰明才智，同輩人都遠遠比不上。現在雖然死了，怎麼就可以將自己混同於一般的人，從此斷絕音訊了呢？如果你九泉之下有知的話，希望你能和我見上一面。雖然陰陽殊途，人人都有所顧忌畏懼，但你我恩愛之情深厚到了極點，實在沒有什麼可疑的了。」此後，趙公子出門就在墓下祈禱，回家就在花園中痛哭。

過了將近十天，一個月光陰暗的晚上，趙公子獨自一人坐在中堂上，想睡又睡不著。忽然聽到暗中有哭聲傳來，由遠而近。趙公子覺得有點奇怪，就站起來祝禱說：「如果是六娘子的神靈，為什麼捨不得同我見上一面敘敘舊呢？」當即就聽到有人說：「我就是羅氏，被郎君的思念之情所感動。雖在陰間地府，但確實非常哀傷，所以今天晚上來與郎君相會。」聽清這些話之後，趙公子又覺得好像有人在走路，緩緩而來。相隔五六步的時候，已可以辨認出她的體態、相貌，果然就是愛卿。淡雅的妝飾，日常穿的便服，一切都和以前一樣，只是用絲巾圍住了脖子。愛卿見到趙公子，施禮完畢，就哭著唱了一曲〈沁園春〉，歌詞是她自己寫的。愛卿唱道：

一別三載，我度日如年，夫君為何不把家還？想當初，婆婆抱病，我親自日夜侍奉湯藥；安葬婆婆，我身披麻衣把墳填。我日夜占卜盼你歸，足不出戶閉門扉。誰知你把恩情割絕，幾年來全無消息！　干戈遍地兵禍連年，無奈我命薄背時遇兇險。銷金帳裡，我拒不相從哀怨悲啼，香羅巾下，我從容自縊花飛玉碎。為保貞節我拼卻一死，免得旁人說三道四。夫君若是將我思念，也只能在畫中與我相見。

愛卿每唱一句，就悲傷地痛哭數聲，悽楚惶恐，哀怨嗚咽，幾乎不成腔調。趙公子將她引入內室，對她侍奉老母的孝順、修築墳墓的辛勞和殺身守貞的節操表示深深的感謝，並表達自己感動和慚愧不已的心情。愛卿收起眼淚說：「我本屬倡優之流，向來不是良家子女。山雞野鴨，家中不能馴養；路柳牆花，人人都可攀折。只知道倚門賣笑，哪懂得舉案齊眉？用媚態假情和花言巧語來取悅別人，迎來新的，就送走舊的。在東家吃飯而在西家住宿，早已習慣了倡門遺留的風氣；既是張郎之婦又是李郎之妻，本來就沒有安分的品性。有幸承蒙郎君不棄，請求娶我作為妻室，隨即便拋棄了以往習染的惡習，改正從前行事的過失。操持家務，備辦祭品，嚴格遵守祭祀祖先的禮儀，切實履行侍奉婆母的職責。以禮伺候長輩，以禮安葬長輩，問心無愧。在家歌唱，在家哭泣，雙腳從不邁出大門一步。哪裡料到老天不加以憐憫保佑，突然大禍降臨！毒手猛拳，於四境之內交相爭鬥；長槍大戟，在三軍之中耀武揚威。既強占他人的住宅，又搶奪別人的妻子。良人遠在萬里之外，賤妾只是孤身一人。難道不知道苟且求生可得安寧，忍垢含辱可以活得長久？只是我心甘情願地像美玉一樣破裂粉碎，下定決心像寶珠一樣永沉水底。這樣做猶如飛蛾撲火，好似幼兒投井，但都是出於自己的選擇，並非是他人容不得自己。只是因為覺得最愧心的是做人妻妾而背叛主人，拋棄家庭，接受別人爵位俸祿而忘記君王，辜負國家。」

趙公子安慰了愛卿好久時間，接著又問起太夫人現在在什麼地方？愛卿回答說：「婆婆在世時沒有罪過，聽說已經託生於人間了。」趙公子又問：「既然這樣，你為什麼至今還流落在鬼域呢？」愛卿回答說：「我死了之後，陰間的長官認為我堅貞剛烈，立即讓我去無錫宋家，託生為男子。我因為與郎君的情義深厚，緣分未盡，一定要等待時機與郎君見上一面，互相暢敘心懷，所以推遲了一些時間。現在既然已經見到郎君了，明天就立即前去投生。郎君如果不忘舊情的話，可以前往他家去尋訪，我可以用見面一笑來加以驗證。」說完以後，愛卿與趙公子一起入內室歡會，像平時一樣親熱。到雞叫的時候，愛卿就起床了。下臺階走了幾步，又回過頭來擦著眼淚說：

「趙郎你多加保重，我們從此永別了。」悲痛氣塞，說不出話來，默默地站立在那裡。等到天色漸明的時候，愛卿忽然消失，再也看不到她的身影，只剩下靜悄悄的空房，一盞半明半滅的油燈而已。

趙公子急忙起床整理行裝，直接趕赴無錫，找到了宋家的住處。敲開門一問，宋家果然生下一個男孩，這孩子在母腹中已經二十個月了。自從生下來以後，一直不停地哭。趙公子詳盡地講述了事情的始末，希望能見見小孩。見面後小孩果然笑了一笑，哭聲也就此停止。宋家就給小孩起名為羅生。趙公子請求與宋家結為親戚，從此以後，兩家相互往來，饋贈禮品，書信不絕。

【賞　析】本篇敘述了一個悽楚哀怨的婚姻故事。色貌才藝獨步一時的嘉興名妓羅愛愛與貴家公子趙六結婚不久，趙六應親友之召離鄉赴京求取功名，持家養親的重任全部落在愛愛一個人身上，而厄運又接連不斷地向愛愛襲來。先是婆母因思念兒子而身染重病，半年後婆母溘然長逝。接著又遭逢戰亂，嘉興一帶被苗軍占據。苗軍軍官劉萬戶霸占了趙家住宅，企圖強納愛愛為妾。愛愛堅拒不從，以羅巾自縊，用終結生命的方式對黑暗社會和邪惡勢力進行無聲而又痛切的控訴。這個令人扼腕的悲劇故事告訴我們，亂離之世給人民帶來的沉重災難，是造成許多愛情、婚姻悲劇的重要原因之所在，小說通過美的被毀滅來揭露戰爭的罪惡，表彰了羅愛愛堅貞守節的行為。羅愛愛的鬼魂對趙六說：「良人萬里，賤妾一身。豈不知偷生之可安，忍辱之耐久？而乃甘心玉碎，決意珠沉。若飛蛾之撲燈，似赤子之入井，乃己之自取，非人之不容。蓋所以愧夫為人妻妾而背主棄家，受人爵祿而忘君負國者也。」作者有意將羅愛愛與元明鼎革之際改事新朝的元代舊臣相對比，抨擊他們連「東家食而西家宿」、「張郎婦而李郎妻」的妓女都不如，諷刺是十分尖刻的。這充分體現了《剪燈新話》一書「勸善懲惡」的創作主旨。

小說中的羅愛愛是一個值得同情和讚歎的女性形象。她本是人皆敬慕的才女，從良之後，體貼丈夫，對婆母孝敬有加。婆母臥病期間，她「事之甚謹，湯藥必親嘗，饘粥必親煮」，還求神禮佛以求消災，不得已還編造出一些話來寬慰老人。婆母病逝後，她獨自一人料理喪事，先是親造棺槨，安葬時她「身被衰麻，手扶棺櫬，親自負土，號哭墓下」。葬後，她又「旦夕哭臨靈几前」。在她身上，充分地體現了中國婦女勤勞善良、貞烈賢淑的傳統美德。讀者可以影影綽綽地看到南戲《琵琶記》中趙五娘的影子。對於這一形象，作者除了進行正面描寫之外，還通過老蒼頭的回憶，從側面加以追敘補充，使這一形象更顯得淒美而豐滿。小說讓羅愛愛死後有一個較好的結局，到無錫宋家託生為男子，表現了作者對這一人物的同情與關愛。

小說中的另一位主人公趙六是一個不為傳統觀念束縛的人物。他雖出身於簪纓之族，家貲巨萬，擇偶卻不論出身門第，不受制於傳統的貞節觀念，大膽地娶妓女為妻。妻子被害致死後，他極為哀痛，「撫屍大慟，絕而復甦」，「出則禱於墓下，歸則哭於圃中」，對亡妻的哀悼懷念之情顯得深沉而真摯。這是瞿佑筆下的一位「志誠種」。

本篇具有濃郁的抒情色彩。「逕回嘉興，則城郭人民皆非舊矣。投其故宅，荒廢無人居，但見鼠竄於梁，鴞鳴于樹，蒼苔碧草，掩映階庭而已。」雖是短短的幾句景物描寫，卻準確地傳達了趙六戰亂之後重歸故園時那種人事全非、人去樓空的愴痛之情。老蒼頭指點塋壠、追憶往事的情景及趙子重新安葬亡妻的場面，都寫得沉重哀傷，如泣如訴。小說結尾又在以世情為主的故事中加入了神怪成分，讓愛愛的鬼魂在一個「月晦之夕」與趙子相聚，吐訴別後情懷和心中積怨，告知趙子自己將往無錫宋家託生，約公子前往探訪，「以一笑為驗」，並與趙子「入室歡會，款若平生」，然後依依道別。這個根據佛家生死輪迴觀念虛構出來的略帶亮色的結尾，豐富了小說的故事情節，對沉浸在悲劇中的讀者來說，也具有一定的情感調節作用。

翠翠傳

瞿佑

【題解】本篇選自《剪燈新話》卷三。敘述元末戰亂中一對青年夫妻生離死別的愛情悲劇。凌濛初根據這篇故事，寫成白話小說〈李將軍錯認舅，劉氏女詭從夫〉，收入《二刻拍案驚奇》卷六。明代葉憲祖的雜劇《金翠寒衣記》和清代袁聲的傳奇《領頭書》，皆據本篇鋪演而成。

翠翠，姓劉氏，淮安❶民家女也。生而穎悟，能通詩書，父母不奪其志，就令入學。同學有金氏子者，名定，與之同歲，亦聰明俊雅。諸生戲之曰：「同歲者當為夫婦。」二人亦私以此自許。金生贈翠翠詩曰：

十二闌干❷七寶臺❸，春風到處艷陽開。東園桃樹西園柳，何不移教一處栽？

翠翠和曰：

平生每恨祝英臺❹，淒抱何為不肯開？我願東君❺勤用意，早移花樹向陽栽。

已而，翠翠年長，不復至學。年及十六，父母為其議親，輒悲泣不食。以情問之，初不肯言，久乃曰：「必西家金定。妾已許之矣，若不相從，有死而已，誓不登他門也。」父母不得已，聽焉。然而劉富而金貧，其子雖聰俊，門戶甚不敵❻。

及媒氏至其家，果以貧辭，慚愧不敢當。媒氏曰：「劉家小娘子，必欲得金生，父母亦許之矣，若以貧辭，是負其誠志，而失此一好因緣也。今當語之曰：『寒家有子，粗知詩禮，貴宅見求，敢不從命。但生自蓬蓽❼，安於貧賤久矣，若責其聘問之儀，婚娶之禮，終恐無從而致。』彼以愛女之故，當不較也。」其家從之。

媒氏復命，父母果曰：「婚姻論財，夷虜❽之道，吾知擇婿而已，不計其他。但彼不足而我有餘，我女到彼，必不能堪，莫若贅之入門可矣。」媒氏傳命再往，其家幸甚。

遂涓日❾結親，凡幣帛之類，羔雁❿之屬，皆女家自備。過門交拜，二人相見，喜可知矣！是夕，翠翠於枕上作〈臨江仙〉一闋贈生曰：

曾向書齋同筆硯，故人今作新人。洞房花燭十分春！汗沾蝴蝶粉，身惹麝香塵。

殢雨尤雲⓫渾未慣，枕邊眉黛羞顰⓬。輕憐痛惜莫嫌頻。願郎從此始，日近日相親。

邀生繼和。生遂次韻曰：

記得書齋同講習，新人不是他人。扁舟來訪武陵⓭春：仙居鄰紫府⓮，人世隔紅塵。

誓海盟山心已許，幾番淺笑輕顰。向人猶自語頻頻。意中無別意，親後有誰親？

二人相得之樂，雖孔翠之在赤霄，鴛鴦之游綠水，未足喻也。

【章旨】淮安民女劉翠翠與金氏子金定自幼相愛，長大後結為夫妻。

【注釋】❶淮安　元代州名。今江蘇淮安。❷闌干　欄杆。❸七寶臺　裝飾華美的樓臺。❹祝英臺　民間傳說中東晉上虞（今浙江上虞）的一個青年女子，曾女扮男裝外出求學，與會稽人梁山伯同窗三載。梁發現祝是女子後，向其求婚，但祝已許配馬家。後來梁不幸病死，祝出嫁時路過梁的墳墓，祭奠痛哭。墳忽然裂開，祝跳入墓中而死。後世傳說他們化成了一對雙雙飛舞的蝴蝶。❺東君　春神。❻敵　相當。❼蓬蓽　「蓬門蓽戶」的省略語。指窮苦人家簡陋的居處。蓬，茅草屋。蓽，以荊、竹等枝條編成的籬笆門。❽夷虜　對少數民族的蔑稱。❾涓日　選擇吉日。❿羔雁　羊羔和大雁。本為古代卿大夫相見時的禮品，後來用作婚配時男方的聘禮。⓫殢雨尤雲　指男女歡合。⓬顰　皺眉頭。⓭武陵　郡名。治所在今湖南常德。陶淵明〈桃花源記〉中所寫的桃花源即在此處。這裡借指仙境。⓮紫府　道家指天上神仙居住的地方。

【語　譯】翠翠姓劉，是淮安的一個民家女子。她從小聰明有悟性，知書懂詩，父母順從她的志願，讓她入學讀書。同學中有個姓金的，單名為定，與翠翠同歲，也生得聰明俊美，文文雅雅。同學們取笑他們說：「同歲的人應當結為夫妻。」翠翠與金定兩人自己也私下認為他們是夫妻。金定寫詩送給翠翠說：

彎彎曲曲的欄杆圍繞著七寶樓臺，處處豔陽高照春風拂面來。東園的桃樹西園的楊柳，為什麼不移到一處栽？

翠翠按照金定的詩韻作了一首和詩：

平日一直為祝英台的婚事感傷，淒涼的心情為何不能舒暢？只希望春神多多留意，早點將花樹移栽到向陽的地方。

不久，翠翠因歲數大了，不再來上學了。到了十六歲那年，父母為翠翠說親，她就哭哭啼啼，連飯也不吃。問她什麼原因，開始時不肯說，過了好久才說：「一定要嫁給西鄰的金定，我已經答應他好久了。父母如果不同意，我只有死路一條。我堅決不登別人家的門。」她父母沒有辦法，只好聽從她。但劉家富裕，金家貧窮，金家兒子雖聰明俊美，兩家門戶卻很不相當。

等到媒人去金家做媒時，金家果然以自家貧寒為理由加以推託，說是慚愧得很，實在承當不起。媒人勸說道：「劉家姑娘一定要嫁你家金定，她父母親也已經同意了。如果以貧窮來推辭，那就辜負了人家的一片誠心，而且也就失掉了這樣一段美好的姻緣。現在你們應該這樣回話說：『貧寒之家的兒子，略微懂些詩書禮儀，既蒙貴府前來求親，哪裡敢不從命呢？但我家兒子是在茅草屋中長大的，早就安於過窮苦的生活。如果要什麼訂婚的聘禮，講究成親的儀式排場，最終恐怕我們會沒有能力辦到。』他家因為愛女兒的緣故，想來不會計較這些的。」金家就聽從了媒人的建議。

媒人到劉家去回話。翠翠的父母果然說：「如果婚嫁聯姻只考慮錢財，那是不開化的蠻夷人的做法。我們只知道挑選一個好女婿，其他都不計較。只是他金家日子過得緊一些，我們家還算富裕，女兒嫁到他們金家，一定受不了那分苦，倒不如讓金定入贅到我們家來吧！」媒人再到金家去轉告劉家的意思，金家聽了，非常高興。

於是，就選定了吉日成親，辦婚事所需要的錢幣、絲綢、羊羔、大雁之類物品，全由女家備辦。金定來到劉家與翠翠互相對拜，二人相見，心中的高興可想而知。成婚這天晚上，翠翠在枕邊作了一首〈臨江仙〉詞，送給金定：

昔日在書房共用筆硯，老同學今日作了新娘。洞房花燭夜，春意暖洋洋。香汗沾濕胭脂粉，遍體散發麝臍香。　還不習慣繾綣纏綿，枕頭邊皺起眉頭羞紅了臉。願郎能有憐香惜玉心，不要嫌我眉頭皺得頻。但願我們從今日起，心一天比一天貼近，人一天比一天相親。

翠翠要金定和一首，金定也就依原韻作了一首：

記得我們曾一起讀書在書房，如今是你而不是他人做了我的新娘。彷彿駕一葉扁舟來把武陵春色尋訪，遠離紅塵來到紫府仙山上。　早已立下山盟海誓兩心緊緊相連，雖幾番眉頭輕皺卻笑意綿綿，對著你不停地自語自言：除了和你有意之外再無別的情意，和你相親之後還能和誰相親？

兩人成親之後的歡樂，就是孔雀在布滿紅霞的天空中作伴飛翔，鴛鴦在清澈碧綠的水中成對嬉游，也不能與他們相比。

未及一載，張士誠❶兄弟起兵高郵❷，盡陷沿淮諸郡，女為其部將李將軍者所擄。至正❸末，士誠闢土益廣，跨江南北，奄有浙西，乃通款❹元朝，願奉正朔❺，道途始通，行旅無阻。生於是辭別內、外父母❻，求訪其妻，誓不見則不復還。

行至平江❼，則聞李將軍見❽為紹興守禦❾；及至紹興，則又調屯兵安豐❿矣；復至安豐，則回湖州⓫駐紮矣。生來往江淮，備經險阻，星霜屢移，囊橐⓬又竭，然此心終不少懈；草行露宿，丐乞於人，謹而得達湖州。則李將軍方貴重用事，威焰赫弈。

生佇立門牆，躊躇窺俟，將進而未能，欲言而不敢。閽者⓭怪而問焉。生曰：「僕，淮安人也，喪亂以來，聞有一妹在於貴府，是以不遠千里至此，欲求一見耳。」閽者曰：「然則，汝何姓名？汝妹年貌若干？願得詳言，以審其實。」生曰：「僕姓劉，名金定，妹名翠翠，識字能文。當失去之時，年始十七，以歲月計之，今則二十有四矣。」閽者聞之，曰：「府中果有劉氏者，淮安人，其齒⓮如汝所言，識字善為詩，性又通慧，本使寵之專房。汝信不妄，吾將告於內，汝且止此以待。」遂奔趨入告。

須臾，復出，領生入見。將軍坐於廳上，生再拜而起，具述厥由⓯。將軍，武人也，信之不疑，即命內豎⓰告於翠翠曰：「汝兄自鄉中來此，當出見之。」翠翠承命而出，以兄妹之禮見於廳前，動問父母外，不能措一辭，但相對悲咽而已。

將軍曰：「汝既遠來，道途跋涉，心力疲困，可且於吾門下休息，吾當徐為之所。」即出新衣一襲，令服之，並以帷帳衾席之屬，設於門西小齋，令生處焉。

翌日⑰，謂生曰：「汝妹能識字，汝亦通書否？」生曰：「僕在鄉中，以儒為業，以書為本，凡經史子集，涉獵盡矣，蓋素所習也，又何疑焉？」將軍喜曰：「吾自少失學，乘亂崛起。方嚮用於時，趨從者眾，賓客盈門，無人延款⑱，書啟堆案，無人裁答⑲。汝便處吾門下，足充一記室⑳矣。」

生，聰敏者也，性既溫和，才又秀發，處於其門，益自檢束，承上接下，咸得其歡，代書回簡，曲盡其意。將軍大以為得人，待之甚厚。

【章旨】翠翠在動亂中被張士誠的部下李將軍擄走。金定四處尋妻，歷盡艱辛，終於找到了翠翠的下落。但二人只能以兄妹相稱。金定留下為李將軍掌管文書。

【注釋】❶張士誠　元末泰州白駒場（今屬江蘇大豐）人，鹽販出身。元至正十三年（西元一三五三年），與其弟士信、士德率鹽丁起義，攻下高郵等地。次年稱王，立國號周，後降元，為朱元璋所敗。❷高郵　今江蘇高郵。❸至正　元順帝妥懽帖睦爾的年號（西元一三四一～一三六八年）。❹通款　與敵方通好言和。❺奉正朔　採用元朝的曆法。亦即尊奉元朝皇帝為正統的君主，接受元朝的統治。正朔，正月初一。古代各個朝代的正朔互不相同，每一個新的朝代建立，都要重新頒布曆法，改變正朔，意為從我開始，改故用新。❻內外父母　即親生父母和岳父母。❼平江　元代路名。治所在今江蘇蘇州。❽見　同「現」。❾守禦　武官名。即「防禦」。掌管一州的軍事。❿安豐　元代路名。治所在今安徽壽縣。⓫湖州　元代路名。治所在今浙江湖州。⓬囊橐　口袋；行囊。⓭閽者　守門人。⓮齒　年齡。⓯厥由　來歷；其中的原因。⓰內豎　內侍；童僕。⓱翌日　明日。⓲延款　接待；迎接招待。⓳裁答　處理答覆。⓴記室　文書；祕書。

【語　譯】婚後不到一年，張士誠兄弟在高郵起兵造反，攻下了淮河沿岸的許多州縣，翠翠在戰亂中被張士誠的部下李將軍掠去。到了至正末年，張士誠占據的地盤越來越大，橫跨大江南北，甚至包括整個浙江西部。後來，他又向元朝言和通好，接受了元朝的統治。這時候道路才開始暢通起來，出外旅行方不受阻礙。於是，金定告別了父母和岳父母，外出尋找妻子，並發誓找不到人就堅決不回家。

金定到了平江，聽說李將軍現正在做紹興守禦；等他趕到紹興，李將軍又調防屯兵安豐了；他又趕去安豐，李將軍卻帶兵回湖州駐紮了。金定往來於江淮之間，經歷了許多艱難險阻，前後共有好幾個年頭，囊中早已空空如洗，但尋找妻子的決心絲毫沒有鬆懈。他野行露宿，沿途乞討，好不容易才到達湖州。李將軍這時正受重用，權勢熏天。

金定站在李將軍府第的門牆之外，猶豫張望，等待機會。想進去卻不行，想說話又不敢，守門人對此感到奇怪而問他。金定回答說：「我是淮安人，兵荒馬亂的時候有個妹妹失蹤了。聽說就在貴府，所以不遠千里找到這兒，想要見她一面。」守門人問道：「既然這樣，你的姓名是什麼？你妹妹多大年齡，相貌如何？希望你說詳細一點，以便我們幫你查清真實情況。」金生回答說：「我姓劉，名金定。妹妹名字叫翠翠，能識字，還能寫文章。失蹤的時候才十七歲。根據歲月推算，今年已二十四歲了。」看門人聽了說：「我們府中確實有一個姓劉的小夫人，年齡和你所說的差不多，識得字，詩也寫得很好。性情通達聰慧，我家老爺非常寵愛她，專門由她侍寢。你說的果真不假，我就進去稟告，你暫且在這裡等候一下。」說著就飛快地進去報告了。

不一會兒，守門人從裡面出來，領金定進去見主人。李將軍坐在廳上，金定向他連拜兩次才起身，具體地述說了來訪的原由。將軍是個武夫，完全相信金生的話，一點也不懷疑，馬上就叫內侍告訴翠翠說：「你家哥哥從鄉下來到這裡，你應當出來看看。」翠翠聽到這話就從裡面出來，與金定以兄妹的禮節在廳堂前相見，除了問一些父母的情況外，不能說一句其他的話，只是相對悲泣哽咽而已。

將軍對金定說：「你既然遠道而來，路途跋涉，精神和體力一定都很疲憊。可以暫且在我的衙門裡休息，我還要慢慢地為你安排一個去處。」當時就叫僕人拿出一套新衣服，讓金定換上，並命人將帷帳席褥一類的用品，鋪設在大門西面的小書房內，讓金定住在那裡。

第二天，李將軍對金定說：「你妹妹能識字，你是不是也通曉文墨？」金生回答說：「我在鄉間，以讀書應舉為業，詩書是我的立身之本。凡是經、史、子、集的書，我都粗略地閱讀過了。這是我平時專門學習的，又有什麼可懷疑的呢？」將軍高興地說：「我從小失學，在戰亂中乘時而動，現在正受到重用。趨奉、跟隨我的人很多，門前常擠滿了賓客，卻沒有人接待；書案上堆滿了文書信件，也無人為我處理回覆。你就留在我的門下，做一個祕書是足足有餘的了。」

金定是個聰明靈活的人，性情溫和，才華出眾。投身於李將軍的門下，行為更加檢點，無論是承應上司還是接待下級，都能討得他們的歡心。代李將軍所寫的信函，也能充分表達主人的意思。將軍滿以為得到了一個人才，待他十分優厚。

然生本為求妻而來，自廳前一見之後，不可再得，閨閣深邃，內外隔絕，但欲一達其意，而終無便可乘。

荏苒❶數月，時及授衣❷，西風夕起，白露為霜，獨處空齋，終夜不寐，乃成一詩曰：

好花移入玉闌干，春色無緣得再看。樂處豈知愁處苦，別時雖易見時難！何年塞上重歸馬？此夜庭中獨舞鸞❸！霧閣雲窗深幾許，可憐辜負月團圓！

詩成，書於片紙，折布裘之領而縫之，以百錢納於小豎而告曰：「天氣已寒，吾衣甚薄，乞持入付吾妹，令浣濯而縫紉之，將以禦寒耳。」

小豎如言持入。翠翠解其意，折衣而詩見，大加傷感，吞聲而泣，別為一詩，亦縫於內以付生。詩曰：

一自❹鄉關動戰鋒，舊愁新恨幾重重！腸雖已斷情難斷，生不相從死亦從。長使德言藏破鏡❺，終教子建賦游龍❻。綠珠❼碧玉❽心中事，今日誰知也到儂❾！

生得詩，知其以死許之，無復致望，愈加抑鬱，遂感沉痼。翠翠請於將軍，始得一至床前問候，而生病已亟矣。翠翠以臂扶生而起，生引首側視，凝淚滿眶，長吁一聲，奄然❿命盡。將軍憐之，葬於道場山麓。

翠翠送殯而歸，是夜得疾，不復飲藥，展轉衾席，將及兩月。一旦，告於將軍曰：「妾棄家相從，已得八載；流離外境，舉目無親，止有一兄，今又死矣。妾病必不起，乞埋骨兄側，黃泉之下，庶有依托，免於他鄉作孤魂也。」言盡而卒。將軍不違其志，竟附葬於生之墳左，宛然東西二丘焉。

【章 旨】金定與翠翠不得見面，借秋涼換衣之機寫詩轉交翠翠。翠翠在和詩中表達以死相從的決心。金定抑鬱而死，翠翠送殯後二個月亦含恨黃泉。兩人被葬於道場山麓。

【注 釋】❶荏苒　時光漸漸流逝。❷授衣　指農曆九月。語出《詩經・豳風・七月》：「七月流火，九月授衣。」❸鸞　傳說中鳳凰一類的鳥。舊時以「鸞鳳和鳴」比喻夫妻和樂。❹一自　自從。❺德言藏破鏡　南朝陳將亡時，太子舍人徐德言將一銅鏡剖開，與其妻樂昌公主各藏一半。德言離散後憑破鏡找到了妻子，夫妻重得聚首。❻子建賦游龍　三國時曹操子曹植字子建，曾作〈洛神賦〉，寫自己與洛水女神相見。賦中有「翩若驚鴻，婉若游龍」之句。❼綠珠　人名。西晉石崇的愛妾，美而善吹笛，權貴孫秀欲奪之，假傳聖旨將石崇下獄，綠珠墜樓自盡。❽碧玉　唐人喬知之的婢女，貌美而善歌舞，為貴戚武承嗣所奪，投井而死。❾儂　我。❿奄然　氣息微弱的樣子。

【語 譯】然而金定原本是為了尋找妻子而來的，自從初到時在前廳見過一面後，就再也見不到妻子了。閨閣幽深，內外阻隔，想向妻子表達一下心意，卻始終沒有機會。

歲月流逝，轉眼間過去了幾個月，已經到了秋天準備寒衣的季節。傍晚刮起了秋風，清晨露水凝成白霜。金定一人獨居空房，終夜不能入睡，就吟成了一首詩：

自從好花移入玉欄圍繞的富家花園，春色再美他人也無緣賞看。快樂的人哪知愁人的苦，分別容易見面難！塞翁丟失的馬何時才能重新歸來？鳳凰不在，只有孤鸞獨舞庭園。煙雨朦朧樓閣深深意中人難接近，可惜今夜月亮圓圓人卻不能團圓。

詩成後，寫在一張紙上，又拆開布袍的領子，將紙縫在裡面。給了童僕一百文錢，告訴他說：「天氣已經冷了，我的衣服很單薄，求你帶進去交給我妹妹，讓她拆洗一下再縫補好，我要用它禦寒過冬。」童僕按照他所說的那樣帶著衣服進入內宅，將話轉告翠翠。翠翠明白金定的用意，拆開衣服看到了那首詩，內心非常悲傷，忍不住吞聲哭泣。她自己另寫了一首詩，也縫在棉衣內，託童僕拿出去交給金定。詩中寫道：

自從家鄉戰火點燃，新愁舊恨接連不斷！肝腸寸斷情卻難以了斷，活著不能相隨死了也要相從。總想能像徐德言那樣破鏡重圓，最終卻只能像曹子建那樣抱恨作〈洛神賦〉。綠珠碧玉捨身保節的事，沒想到今日也輪到了我！

金定看到了翠翠的詩後，知道翠翠將以死相報，料定再也沒有團圓的希望了。心情越來越抑鬱，因而染上了重病。翠翠向李將軍請求，才被允許到金定的病榻前問候。而此時金定的病情已經很危急了。翠翠用手臂扶著金定坐了起來，金定伸著脖子側視翠翠，淚水滿眶，長歎了一口氣，便氣息微弱，咽氣而亡。李將軍可憐他，將他葬在道場山下。

翠翠送殯回來，當天晚上就得了病，也不再服藥。臥床不起將近兩個月。一天，翠翠對李將軍說：「我拋棄家庭跟隨你，到如今已經八年了。流落他鄉，舉目無親，只有一個哥哥，現在又死了。我這次生病，肯定起不來了。死後請求你將我的屍骨埋在哥哥的墳墓旁，這樣，我在黃泉之下，也許能有個可以依靠的親人，免得一個人流落外鄉作遊魂孤鬼。」話說完，也就死了。李將軍沒違背她的意願，果然將她陪葬在金定墳的左邊。遠遠看去，兩座墳就好像一東一西兩座小丘。

洪武❶初，張氏既滅，翠翠家有一舊僕，以商販為業，路經湖州，過道場山下，見朱門華屋，槐柳掩映，翠翠與金生方憑肩而立。遽呼之入，訪問父母存歿，及鄉井舊事。僕曰：「娘子與郎安得在此？」翠翠曰：「始因兵亂，我為李將軍所擄，郎君遠來尋訪，將軍不阻，以我歸焉，因遂僑居於此耳。」僕曰：「予今還淮安，娘子可修一書以報父母也。」翠翠留之宿，飯吳興❷之香糯，羹苕溪❸之鮮鯽，以烏程❹酒出飲之。明旦，遂修啓以上父母曰：

伏❺以父生母育，難酬罔極❻之恩；夫唱婦隨，夙著三從❼之義。在人倫而已定，何時事之多艱！曩者漢日將頹❽，楚氛甚惡❾；倒持太阿之柄❿，擅弄潢池之兵⓫。封豕長蛇⓬，互相吞併；雄蜂雌蝶，各自逃生。不能玉碎於亂離，乃至瓦全於倉卒。驅馳戰馬，隨逐征鞍。望高天而八翼莫飛，思故國而三魂屢散。良辰易邁，傷青鸞之伴木鷄；怨偶為仇，懼烏鴉之打丹鳳。雖應酬而為樂，終感激而生悲。夜月杜鵑之啼，春風蝴蝶之夢。時移事往，苦盡甘來。今則楊素覽鏡而歸妻，王敦開閤而放妓[13]，蓬島踐當時之約，瀟湘有故人之逢。自憐賦命[14]之屯[15]，不恨尋春之晚。章臺之柳，雖已折於他人；玄都之花，尚不改於前度[16]。將謂瓶沉而簪折，豈期璧返而珠還[17]。殆同玉簫女兩世因緣[18]，難比紅拂妓一時配合[19]。天與其便，事非偶然。煎鸞膠而續斷弦[20]，重諧繾綣；托魚腹而傳尺素[21]，謹致丁寧[22]。未奉甘旨[23]，先此申覆。父母得之，甚喜。其父即賃舟與僕自淮徂[24]浙，徑奔吳興，至道場山下疇昔留宿之處，則荒煙野草，狐兔之跡交道，前所見屋宇，乃東西兩墳耳。

方疑訪問，適有野僧扶錫[25]而過，叩而問焉。則曰：「此故李將軍所葬金生與翠娘之墳耳，豈有人居乎？」大驚。取其書而視之，則白紙一幅也。時李將軍為國朝[26]所戮，無從詰問其詳。

父哭於墳下曰：「汝以書賺我，今我千里至此，本欲與我一見也。今我至此，而汝藏蹤秘跡，匿影潛形，我與汝生為父子，死何間焉？汝如有靈，毋吝一見，以釋我疑慮也。」是夜，宿於墳。以三更後，翠翠與金生拜跪於前，悲號宛轉。父泣而撫問之，乃具述其始末曰：「往者，禍起蕭牆㉗，兵興屬郡。不能效竇氏女之烈㉘，乃致為沙吒利㉙之軀。忍恥偷生，離鄉去國。恨以蕙蘭之弱質，配茲駔儈㉚之下材。惟知奪石家買笑之姬㉛，豈暇憐息國不言之婦㉜？叫九閽㉝而無路，度一日如三秋。良人不棄舊恩，特勤遠訪。託兄妹之名，而僅獲一見；隔伉儷㉞之情，而終遂不通。彼感疾而先殂㉟，妾含冤而繼殞㊱。欲求祔葬㊲，幸得同歸。大略如斯，微言莫盡。」

父曰：「我之來此，本欲取汝還家，以奉我耳。今汝已矣，將取汝骨遷于先壠㊳，亦不虛行一遭也。」復泣而言曰：「妾生而不幸，不得視膳庭闈㊴；歿且無緣，不得首丘㊵塋壠。然而地道尚靜，神理宜安，若更遷移，反成勞擾。況溪山秀麗，草木榮華，既已安焉，非所願也。」因抱持其父而大哭。

父遂驚覺，乃一夢也。明日，以牲酒奠於墳下，與僕返棹而歸。至今過者，指金、翠墓云。

【章　旨】金定與翠翠死後，鬼魂得以團圓。他們的鬼魂顯形，託行商路過湖州的舊僕帶書信給翠翠父母。翠翠父親來湖州尋女，與翠翠、金定在夢中相見。

【注　釋】❶洪武　明太祖朱元璋的年號（西元一三六八～一三九八年）。❷吳興　今浙江吳興。❸苕溪　溪水名。在今浙江北部。有東西兩源，東源出於天目山南，西源出於天目山北，在湖州附近匯合注入太湖。❹烏程　舊縣名。治所在今浙江吳興南。相傳善釀酒的烏、程二姓居住於此，故名。❺伏　拜伏。後輩對長輩、下級對上級的敬詞。❻罔極　無邊。❼三從　舊時婦女遵守的道德規範：在家從父，出嫁從夫，夫死從子。❽漢日將頹　喻指元朝將亡。❾楚氛甚惡　語出《左傳》襄公二十七年。原為晉大夫伯夙對趙孟所說的話，言楚國有襲晉的跡象。這裡指張士誠等起兵造反引起的戰亂。❿倒持太阿之柄　比喻授人權柄而反受其害。太阿，寶劍名。又作「泰阿」。相傳是春秋時著名工匠干將、歐冶子所鑄。⓫擅弄潢池之兵　語出《漢書．龔遂傳》。意謂小孩偷竊兵器在池塘邊耍弄，後用以指叛亂、造反。潢池，積水塘。⓬封豕長蛇　大豬和長蛇。比喻貪暴之人。⓭今則楊素覽鏡而歸妻二句　言自己被李將軍放還，與金定夫妻團圓。楊素，隋朝高官。陳代樂昌公主與丈夫徐德言在戰亂中夫妻失散，樂昌公主為楊素所得。徐德言尋妻到京，楊素得知徐德言夫婦在分離前曾將銅鏡剖開各持一半之事後，將樂昌公主歸還徐德言。王敦，東晉權臣，好色，後房多婢妾。後聽從左右勸諫，開後閣放出婢妾數十人。⑭賦命　命運。⑮屯　艱難。⑯章臺之柳四句　意謂自己雖曾被李將軍霸占，但夫妻重逢後感情依舊。章臺柳，用唐人許堯佐〈柳氏傳〉的故事。柳氏與韓翊相愛，因遭安史之亂，柳氏削髮寄跡寺院。韓作詩寄柳氏：「章臺柳，章臺柳，往日青青今在否？縱使長條似舊垂，亦應攀折他人手。」後柳氏曾被蕃將沙吒利奪去，歷盡艱辛終得與韓翊團圓。章臺，漢代古臺名。在長安城內，臺下有章臺街，舊時用為妓院的代稱。玄都之花，長安玄都觀的桃花。唐代詩人劉禹錫遭貶謫離開長安，後被召回，作〈游玄都觀〉詩，有句云：「玄都觀裏桃千樹，盡是劉郎去後栽。」因該詩得罪當權者，又遭貶謫。十四年後方得再回長安，作〈再游玄都觀〉詩云：「種桃道士歸何處，前度劉郎今又來。」⑰璧返而珠還　喻指夫妻重新團聚。璧返，用藺相如完璧歸趙的典故。戰國時，秦國提出用十五座城換取趙國的和氏璧，趙王不敢拒絕。但秦王得璧後，不想將城池交割給趙國。趙國使臣藺相如先假稱璧上有斑點，從秦王手中拿回了和氏璧，又向秦王提出齋戒五日後正式獻璧的要求。他藉此機會暗中派人帶璧逃回趙國。珠還，用合浦珠還的典故。東漢時合浦盛產珠寶，但因官吏貪酷，極力搜刮，人們不得已而採珠過度，致使珍珠移往他郡。孟嘗任合浦太守後，革除弊政，禁止搜刮，不到一年，珍珠又大量地返回合浦。⑱玉簫女兩世因緣　事出唐范攄《雲溪友議》。唐代韋皐少年時，與友人家的婢女玉簫相愛，臨別時贈以玉指環，約定七年後來娶她。由於韋皐沒有按時前來，玉簫絕食而死。後韋皐任西川節度使，有人送給他一個歌妓，名字也叫玉簫，容貌和以前的玉簫一模一樣，女子中指所戴玉環，也與韋皐當年所贈的玉環相同。後人稱他們是兩世姻緣。因，同「姻」。⑲紅拂妓一時配合　典出唐杜光庭〈虬髯客傳〉。隋末李靖謁見趙國公楊素，楊素身旁一位手執紅拂的女子認定李靖是英雄，當夜就來到李靖的住所，與李靖一起私奔。⑳煎鸞膠而續斷弦　指夫妻關係斷絕後又重新恢復。鸞膠，一種神奇的黏膠，能將已斷的弓弦黏接起來。《漢武帝外傳》：「西海獻鸞膠。武帝弦斷，以膠續之，弦兩頭遂相著，終日射，不斷。」後用以指男子續娶。㉑托魚腹而傳尺素　指傳遞書信。古人認為魚和雁都可以傳遞信件，有詩云：「客從遠方來，遺我雙鯉魚。」

呼童烹鯉魚，中有尺素書。」尺素，書信。㉒丁寧　叮囑。㉓甘旨　指獻給父母的食品。㉔徂　往。㉕錫　僧人手中所持的錫杖。杖高齊眉，頭有錫環。㉖國朝　指明朝。㉗禍起蕭牆　內部發生禍亂。蕭牆，國君宮門內當門的小牆。又稱「屏」。㉘不能效竇氏女之烈　意謂自己未能保持貞潔。竇氏女，指唐代宗永泰年間奉天縣（今陝西乾縣）竇氏二女伯娘、仲娘。二人被賊人劫奪，為免遭姦汙，相繼跳入山谷而死。㉙沙吒利　唐時蕃將，曾擄走韓翃的寵妾柳氏。㉚駔儈　馬市交易的中間介紹人。泛指市儈。此處比喻李將軍。㉛石家買笑之姬　指西晉石崇的愛妾綠珠。㉜豈暇憐息國不言之婦　意謂哪裡有時間來憐惜被擄掠的婦女。息國不言之婦，即息夫人。春秋時，楚文王滅息國，擄息夫人歸，息夫人為楚文王生下二子，但始終不開口說話。㉝九閽　九天之門。神話傳說中天帝所居之處。㉞伉儷　夫妻。㉟殂　死亡。㊱殞　死亡。㊲祔葬　合葬。㊳先壠　祖墳。㊴視膳庭闈　指子女侍奉父母，視寒暖，問飲食。㊵首丘　指歸葬故鄉。語出《禮記・檀弓》：「狐死正丘首」意謂狐死時，頭必定朝向狐穴所在的土丘。

【語　譯】本朝洪武初年，張士誠被消滅。翠翠家的一個舊日的僕人，在外做商販謀生。一次路過湖州，從道場山下經過，看到一座豪華的住宅，朱漆大門，槐柳掩映成蔭，而翠翠和金定正肩靠肩地站在那兒。見到舊日的僕人，兩人急忙將他叫進屋去，詢問父母是否健在，還問了一些鄉里的舊事。僕人問：「娘子和姑爺怎麼會在這裡呢？」翠翠說：「當初因為兵亂，我被李將軍搶去，郎君遠道前來尋訪。李將軍也沒有阻攔，讓我仍回到郎君身邊。因此我們就僑居在這裡。」僕人說：「我現在就要回淮安，娘子可以寫一封家書讓我帶回家，將情況告知你們的父母。」翠翠留僕人在家過夜，煮的是香噴噴的吳興糯米飯，做的是鮮美的苕溪鯽魚湯，又拿出烏程美酒招待他。第二天一早，就寫了一封家信給父母。信中說：

父母的養育之恩，廣大無邊，難以報答；夫唱婦隨，這早就寫在「三從四德」的規範之中了。這在人倫綱常中已有明確規定，為什麼世道卻是如此艱難多變。昔日元朝國運衰微，楚地的氣氛惡劣兇險。當權者倒持太阿寶劍授人以權柄，叛逆者紛紛起兵謀反如小兒偷竊兵器在池邊耍弄。軍閥們像大豬長蛇一般互相爭鬥併吞，動亂中夫婦像蜂蝶一樣因逃生而相互離散。離亂時我未能寧可玉碎而保持貞操，匆忙中因求生存而身受汙辱。長年馳驅著戰馬，跟隨他人在馬鞍上征逐顛簸。仰望高天，即使有八張翅膀也難以高飛；思念故鄉，一次次悲傷得三魂飛散。美好的時光易於流逝，為美麗的青鸞鳥竟陪伴著醜陋的木雞而哀傷；互懷怨恨的夫婦實為仇人，時時為烏鴉啄擊丹鳳而害怕擔心。雖然假意應酬而強作歡樂，終究因為感情激憤而心生悲傷。月夜中杜鵑的啼叫令人思念故鄉，春風中飛舞的蝴蝶使人深感人生如夢。時光推移，世事變遷，備嘗艱苦，幸福到來。今天，李將軍如同楊素見到破鏡而歸還他人之妻，又如王敦開後閣而釋放眾多的婢妾，蓬萊島上，一對夫妻重新履踐當時的盟約；瀟湘之濱，昔日的好友再度相逢。哀憐自己命運的艱難坎坷，並不怨恨男女歡情的遲遲到來。章臺的柳枝，雖然已被他人攀折；玄都觀裡的桃花，卻依然像往日一樣豔麗。本以為瓶入水底、金簪折裂，夫妻情分已斷，哪裡料到完璧歸趙、合浦珠還，夫妻重新團聚。我與夫君，如同玉簫女與韋皋一樣有兩世姻緣，不似紅拂女因一時情生而私自出奔。夫妻重逢，本是上天賜予的方便，事情並非出於偶然。煎熬鸞膠黏合折斷的弓弦，重諧夫妻繾綣之情；藉魚腹來傳遞家書，恭敬地致以問候和叮嚀。未能以美食供奉二老，先以此信表達思念之情。

父母收到信後，非常高興，立即租了一條船，與僕人一起從淮安趕往浙江，直奔吳興。來到道場山下僕人曾經住過的地方，只見一片荒野，雜草叢生，滿地都是狐狸野兔的足跡。僕人當時看到的華屋高宅，如今只是東西兩座墳墓而已。

正在疑惑驚訝之時，剛好一個野寺僧人拄著禪杖過來。向他打聽情況，僧人說：「這是過去李將軍所葬的金生與翠翠娘子的墳墓，怎麼會有人居住呢？」翠翠父親大吃一驚，取出那封信來看，卻是白紙一張。這時李將軍已經被國朝誅殺，無法打聽詳細情況了。

老父親在墓前哭著說：「你用書信騙我，讓我千里迢迢來到這裡，本來是想和我見上一面。現在我來到這裡，你卻又將自己的蹤跡隱蔽起來，形影不見。你生前和我是父女，死了為什麼就和我隔絕開來呢？你如果有靈的話，千萬要見我一面，以消除我的疑慮。」這天夜裡，劉父就在墳前留宿。三更之後，翠翠與金定跪拜在父親面前，嚎啕大哭。父親哭著用手撫摸他們，並詢問他們的經歷，翠翠這才將事情的前後經過詳細地講了出來：「從前身邊發生禍患，兵災從鄰近的郡縣興起。我不能像竇氏二女那樣為保全貞節而死，以至被沙吒利那樣的好色之徒所劫持，我被迫忍辱偷生，背井離鄉。可恨的是蕙草蘭花般的弱小女子，竟然配給了下等粗俗的市儈之人。這種人只知道像孫秀搶奪石崇的愛妾綠珠那樣搶奪他人的妻室，哪裡會憐惜息夫人那樣的被掠奪來的女子？我要找老天申冤卻又無路可走，每度一日就如同熬過三秋。夫君不忘舊日恩情，特地不辭勞苦地遠道前來尋訪。雖然假託兄妹的名分，也僅僅能見上一面；夫妻之情被阻隔，始終不得相通。夫君感染疾病先我而逝，我也緊接著含冤負屈地離開人世。我臨死前要求與夫君合葬，夫妻死後總算僥倖地待在一起。情況大致就是這樣，至於詳細的情況，不是三言二語就能說得完的。」

父親說：「我到這裡來，本想接你回家，侍奉我養老。現在你已經去世，我就將你的屍骨帶回去葬到祖墳上，也算沒有白跑這一趟。」翠翠聽了又哭著說：「小女生來不幸，不能在家侍奉父母，死了尚且沒有福分，不能歸葬祖墳。但是地府之中崇尚平靜，鬼神之道宜於安寧。如果再遷屍移骨，反而使我們勞累困擾。況且這裡溪流山川秀美，草木蔥蘢，既已安葬在這裡，也就不願意再遷移了。」說著，就抱著父親大哭。父親頓時驚醒過來，原來是做了一場夢。

第二天，翠翠的父親備辦了牲肉和醴酒在墳前祭奠，然後和僕人一起坐船返回故鄉。直到今天，從這裡經過的人，還指著說這是金定和翠翠的墳墓。

【賞　析】這篇小說描寫了一對平民男女的愛情悲劇。作者將這對青年的命運與元末社會大動亂的現實緊密結合在一起，深刻地控訴了社會動亂給下層民眾帶來的深重災難。劉翠翠與金定這對青梅竹馬的年輕男女結成美滿婚姻還不到一年，就被突如其來的戰爭活生生地拆散了。翠翠被張士誠的部下李將軍擄為姬妾，金定循跡尋妻，備嘗艱辛，歷時多年，於湖州尋得妻子後卻又不能相認，只能以兄妹之禮見了一面，此後便咫尺天涯，難以相會。金定最終在夫妻無法團圓的悲苦中絕望而死，翠翠不久亦含恨九泉。這一故事反映了元末大動亂中百姓家破人亡、妻離子散的悲慘遭遇，反映了明初久亂思定的社會心理。小說採用了對比手法，開始極寫金定與翠翠在動亂前幸福美滿的愛情生活，此後則全力展現家庭被拆散的悽楚悲慘。苦樂之間強烈的反差，有力地凸顯了全篇揭露戰爭罪惡的主旨。

小說中表現出來的婚姻愛情觀是值得肯定的。翠翠與金定的愛情，不是那種一見傾心的才子佳人式的愛情，而是建立在自幼同窗、互相愛慕、相互了解的基礎之上。翠翠父母要為翠翠議婚，她明確表示：「必西家金定。妾已許之矣，若不相從，有死而已。」翠翠的父母也開明通達，儘管金定家境貧寒，他們仍然尊重翠翠的意見，並明確表示：「婚姻論財，夷虜之道，吾知擇婿而已，不計其他。」翠翠與金定的結合，衝破了門當戶對的傳統觀念和種種社會偏見，也打破了「洞房花燭、金榜題名」的俗套。雖然後來翠翠在動亂中失身，金定仍然對她真情不改，表現了一種重人情而輕貞節的豁達態度。小說中翠翠和金定的愛情，明顯帶有一些近現代的特徵，這在崇尚程朱理學的明代是十分可貴的。

太虛司法傳

瞿 佑

【題解】本篇選自《剪燈新話》卷四。敘述狂士馮大異遭群鬼欺凌折磨、死後復仇的故事。這一故事對蒲松齡《聊齋誌異・席方平》的創作有一定的影響。

馮大異，名奇，吳楚❶之狂士❷也。恃才傲物，不敬鬼神。凡依草附木之妖，驚世而駭俗者，必攘臂❸當❹之，至則凌慢毀辱❺而後已，或火❻其祠，或沉其像，勇往不顧，以是人亦以膽氣許之。

至元丁丑❼，僑居上蔡❽之東門，有故之近村。時兵燹❾之後，蕩無人居，黃沙白骨，一望極目。未至而斜日西沉，愁雲四起。既無旅店，何以安泊？道旁有一古柏林，即投身而入，倚樹少憩。鵂鶹❿鳴其前，豺狐嗥其後。頃之，有群鴉接翅而下，或跋⓫一足而啼，或鼓雙翼而舞，叫噪⓬怪惡，循環作陣。復有八九死屍，僵臥左右。陰風颯颯，飛雨驟至。疾雷一聲，群屍競起，見大異在樹下，踴躍趨附。大異急攀緣上樹以避之，群屍環繞其下，或嘯或詈，或坐或立，相與大言曰：「今夜必取此人！不然，吾屬將有咎！」已而雲收雨止，月光穿漏。見一夜叉自遠而至，頭有二角，舉體青色，大呼闊步，逕至林下，以手撮死屍，摘其頭而食之，如啖瓜之狀。食訖飽臥，鼾睡之聲動地。大異度不可久留，乘其熟寐，下樹迸逸。行不百步，則夜叉已在後矣，捨命而奔，幾為所及。

遇一廢寺，急入投之。東西廊皆傾倒，惟殿上有佛像一軀，其狀甚偉。見佛背有一穴，大異計窮，竄身入穴，潛於腹中。自謂得所托，可無虞⑬矣。忽聞佛像鼓腹而笑曰：「彼求之而不得，吾不求而自至。今夜好頓點心，不用食齋也！」即振迅⑭而起，其行甚重，將十步許，為門限所礙，蹶然⑮仆地，土木狼藉，胎骨糜碎矣。大異得出，猶大言曰：「胡鬼弄汝公，反自掇其禍！」即出寺而行。

遙望野中，燈燭熒煌⑯，諸人揖讓而坐。喜甚，馳往赴之。及至，則皆無頭者也。有頭者則無一臂，或缺一足。大異不顧而走。諸鬼怒曰：「吾輩方此酣暢，此人大膽，敢來衝突！正當執之以為脯胾⑰耳。」即踉蹌⑱哮吼，或摶⑲牛糞而擲，或攫人骨而投，無頭者則提頭以趁⑳之。前阻一水，大異亂流㉑而渡，諸鬼至水，則不敢越。驀及半里，大異回顧，猶聞喧嘩之聲，靡靡㉒不已。

【章　旨】狂士馮大異有膽有識，不信鬼神，夜間外出時在荒郊野外遭死屍、夜叉及佛像的追逐和捉弄。

【注　釋】❶吳楚　泛指春秋時代吳國、楚國的故地。即今長江中下游地區。❷狂士　狂放之士。❸攘臂　捋起衣袖，伸出胳膊。❹當　對著；向著。❺毀辱　詆毀汙辱。❻火　燒。❼至元丁丑　即元順帝至元三年（西元一三三七年）。❽上蔡　今河南上蔡。❾兵燹　戰火。❿鵂鶹　俗名貓頭鷹。⓫跂　腳翹起。⓬叫噪　喧鬧；喧叫。⓭虞　憂慮。⓮振迅　抖動。⓯蹶然　跌倒的樣子。⓰熒煌　輝煌。⓱脯胾　乾肉和切成大塊的肉。泛指肉食。⓲踉蹌　走路不穩、跌跌撞撞的樣子。⓳摶　把碎東西捏成團。⓴趁　追逐；追趕。㉑亂流　橫渡江河。㉒靡靡　綿延不絕。

【語　譯】馮大異，姓馮名奇，是吳楚一帶有名的狂放之士。他依仗著自己的才能而傲視一切，從來不相信什麼鬼神。凡是碰到依附於草木的妖怪或使世人震驚駭怕的東西，他必定要對著它們捋起衣袖、露出臂膀，跑過去凌辱詆毀一番才罷休，或是燒掉祠堂，或是將神像扔到水中。他大膽地去做這些事而沒有絲毫的顧慮，所以人們也總是以膽氣豪壯來稱許他。

元朝至元三年，馮大異寄居在河南上蔡的東門，因有事到不遠的村莊去。當時正值戰火之後，到處空空蕩蕩，無人居住。放眼望去，滿目都是黃沙和白骨。大異還沒有到達要去的村莊，就已經是太陽西沉，陰雲四起，令人愁悶頓生。大異想，這裡又沒有旅店，夜中如何安歇呢？剛好路旁有一片古柏樹林，大異便進了林子，靠在樹上稍微休息一會兒。朦朧中，只聽見貓頭鷹在前面叫，豺狼狐狸在後面嗥。過了一會兒，又發現一群烏鴉在一隻挨一隻地向下降落。有的翹起一隻腳在鳴叫，有的扇動雙翅在盤旋起舞，喧叫聲怪異刺耳，令人厭惡，但牠們卻排成了陣勢不停地飛來飛去。還有八九具死屍，也都僵臥在大異的左右。陰風颯颯作響，暴雨驟然而至。突然一聲巨雷，群屍都爭著站了起來。它們看見大異在樹下，就跳躍著向前，圍攏到大異身邊。大異連忙爬上樹去躲避，那些屍體就環繞在大樹下面，有的發出嘯聲，有的高聲詈罵，有的坐，有的站，一起高聲嚷道：「今天夜裡一定要抓住這個人！不然的話，我們將有災禍。」一會兒雲收雨停，月光從雲縫中透了出來，大異又看見一個頭上長著兩隻角、渾身青色的夜叉從遠處走過來，它邁著大步，大呼大叫地逕直來到樹林之中，用手抓起屍體，摘下頭來就吃，就像是吃瓜的樣子。夜叉吃完之後，肚子飽了，就躺在地上，打呼嚕的聲音彷彿連大地都給震動了。大異心想此處不可久留，就乘夜叉睡著的時候，從樹上爬下來拔腿便逃。跑了不到一百步，夜叉已經在後面追過來了，大異拚命地奔跑，差一點就被夜叉追上。

大異在逃的時候，發現一個荒廢的寺廟，連忙逃了進去。廟中的東西廊屋都已倒塌，只有大殿上還有一座佛像，狀貌十分魁偉。大異發現佛像的背上有一個大洞，在無計可施的情況下，就鑽入了洞中，潛藏在佛像的肚子裡，自以為找到一個藏身的地方，這下子可以沒有憂慮了。忽然聽到佛像挺了挺肚子笑著說：「那夜叉是要吃人卻找也找不到，我是不找而自有送上門來。今天夜裡有一頓好點心吃，用不著吃素齋了！」說完就抖動著身體站起來。佛像走路非常笨重，才走了十步左右，就被門檻絆了一跤，跌倒在地上，身體跌壞了，泥土木頭縱橫滿地，內部的胎骨全被摔得粉碎。大異也因此而從佛像的肚子中逃出來，但他還要說大話：「你這胡鬼，竟來捉弄你爺爺，結果反而自取其禍！」接著，就走出寺廟繼續趕路。

大異逃出寺廟，遠遠地看到田野中燈火輝煌，一些人正在那裡行禮謙讓著就坐。大異十分高興，連忙奔過去。等到了那兒一看，這批人竟然是一些無頭的鬼。也有少數有頭的，但不是少一隻臂膀，就是缺一條腿。大異頭也不回，拔腿就跑。群鬼發怒說：「我們正在這裡暢飲美酒，這個人居然如此大膽，竟敢來衝撞我們！我們應該把他抓起來，吃掉他的肉。」接著，眾鬼都起身跌跌撞撞地跑過來抓人，它們咆哮吼叫著，有的把牛糞揑成團擲過來，有的抓起死人骨頭對著大異砸，沒有頭的鬼就提著頭來追趕。幸好前面有一條河擋住了去路，大異下水渡河，眾鬼到了水邊，卻不敢過河。大異很快走出了半里多路，回過頭去，還能聽到眾鬼的喧鬧聲不斷傳來，亂哄哄地響個不停。

須臾，月墮，不辨蹊徑，失足墜一坑中。其深無底，乃鬼谷也。寒沙眯目，陰氣徹骨，群鬼萃焉。有髮赤而雙角者，綠毛而兩翼者，鳥喙而獠牙❶者，牛頭而獸面者，皆身如藍靛❷，口吐火焰。見大異至，相賀曰：「仇人至矣！」即以鐵紐繫其頸，皮縴❸拴其腰，驅至鬼王之座下，告曰：「此即在世不信鬼神、凌辱吾徒之狂士也。」鬼王怒責之曰：「汝具五體❹而有知識，豈不聞鬼神之德其盛矣乎？孔子，聖人也，猶曰『敬而遠之❺』，大《易》所謂『載鬼一車❻』，〈小雅〉所謂『為鬼為蜮❼』，他如《左傳》所紀晉景之夢、伯有之事❽，皆是物也。汝為何人，獨言其無？吾受汝侮久矣，今幸相遇，吾烏得而甘心焉？」即命眾鬼卸其冠裳，加以棰楚❾，流血淋漓，求死不得。鬼王乃謂之曰：「汝欲調泥成醬乎？汝欲身長三丈乎？」大異念泥豈可為醬？因願身長三丈。群鬼即捽❿之於石床之上，如搓粉之狀，眾手反復而按摩之，不覺漸長，已而扶起，果三丈矣，裊裊如竹竿焉。眾笑辱之，呼為長竿怪。王又謂之曰：「汝欲煮石成汁乎？汝欲身矮一尺乎？」大巽方苦其長，不能自立，即願身矮一尺。群鬼又驅至石床上，如按麵之狀，極力一捺，骨節磔磔[11]有聲，乃擁之起，果一尺矣，團圞[12]如巨蟹焉。眾又笑辱之，呼為蟛蜞[13]怪。大巽蹣跚[14]於地，不勝其苦。旁有一老鬼撫掌大笑曰：「足下平日不信鬼怪，今日何故作此形骸？」乃請於眾曰：「彼雖無禮，然遭辱亦甚矣，可憐許，請宥之！」即以兩手提挈大巽而抖擻之，須臾復故。

大巽求還，諸鬼曰：「汝即到此，不可徒返，吾等各有一物相贈，所貴人間知有我輩耳。」老鬼曰：「然則以何物贈之？」一鬼曰：「吾贈以撥雲之角。」即以兩角置於大巽之額，岌然相向。一鬼曰：「吾贈以哨風之嘴。」即以一鐵嘴加於其唇，尖銳如鳥喙焉。一鬼曰：「吾贈以朱華之髮。」即以赤水染其髮，皆鬅鬙[15]而上指，其色如火。一鬼曰：「吾贈以碧光之睛。」即以二青珠嵌於其目，湛湛[16]而碧色矣。老鬼遂送之出坑，曰：「善自珍重，向者群小溷瀆⑰，幸勿記懷也！」

【章旨】馮大異失足墮入鬼谷深坑，鬼王對他施加棰楚、搓長、壓矮等種種酷刑。最後又給他插上雙角，安上鳥嘴，染紅頭髮，換上碧光眼，使其面目變得如奇鬼一般醜陋不堪。

【注釋】❶獠牙　可怕的長牙。❷藍靛　青藍色染料。❸皮縴　皮繩。❹五體　頭和四肢。❺敬而遠之　很尊敬卻又遠遠避開。語出《論語・雍也》。❻載鬼一車　裝了一車子的鬼。語出《周易・睽》。❼為鬼為蜮　語出《詩經・小雅》。蜮，又名短狐。能含沙射人，被射者患重病。❽晉景之夢伯有之事　春秋晉景公夢見一個披頭散髮的大鬼進入其臥室，不久就得病而死。事見《左傳》成公十年。鄭國大夫良霄良伯有被貴族駟帶等人殺於羊肆，死後化為厲鬼作祟，事先託夢要殺駟帶和公孫段，後兩人果然很快死去。事見《左傳》襄公三年、《左傳》昭公七年。❾棰楚　本指施刑的棍杖。引申為拷打。❿捽　抓；揪。⓫磔磔　狀聲詞。此處指骨節的聲音。⓬團圞　圓圓的樣子。⓭蟛蜞　形狀似蟹而體小的甲殼類動物。⓮蹣跚　行步搖晃跌撞的樣子。⓯鬅鬙　頭髮散亂。⓰湛湛　清明澄澈的樣子。⓱溷瀆　冒犯。

【語譯】過了不久，月亮落下去了，四處一片漆黑，路也看不清楚，大異一失足，跌入一個坑中。那坑深不見底，原來是個鬼谷。漫天的沙塵迷人眼目，陰森之氣透入骨髓，許多鬼都聚集在這裡。有的鬼紅頭髮而長著雙角，有的鬼渾身綠毛而長著兩隻翅膀，有的鬼嘴巴似鳥，露出獠牙，還有的鬼配著牛頭獸臉，渾身青藍色，嘴裡噴著火焰。看到大異到來，眾鬼都互相祝賀說：「仇人到這裡來自投羅網了！」它們馬上就用鐵索套住大異的脖子，用皮帶拴住大異的腰，趕著他走到鬼王的座位前，報告說：「這就是在陽世不信鬼神、欺凌侮辱我們同伙的狂妄之人。」鬼王怒斥大異說：「你具有人的頭和四肢，又有知識，難道沒有聽說鬼神德行的盛大無比嗎？孔子是個聖人，還說過對鬼神要『敬而遠之』，《易經》中有『載鬼一車』之語，《詩經．小雅》中也有『為鬼為蜮』的詩句，其他如《左傳》中記載的晉景公夢大鬼找他報仇、伯有死後化為厲鬼殺死仇人的事情，都證明有鬼存在。你是什麼人，偏偏要說沒有鬼？我受你侮辱已經很久了，今天有幸遇到你，我怎麼能甘心饒過你呢？」說完，鬼王立即命令眾鬼脫去大異的衣帽將其嚴刑拷打。大異被打得鮮血淋漓，求生不能，求死不得。鬼王對大異說：「你想把泥調成醬呢？還是想使自己的身體長到三丈？」大異想，泥土怎麼能變成醬呢？於是回答說願意身長三丈。眾鬼馬上抓住大異放在石床上，像揉粉一樣，許多手在他身上反覆按摩，不知不覺之中他的身體漸漸長了起來。一會兒，那些鬼把他從床上扶起來，大異的身體果然已經有三丈高了，細長得像根竹竿，眾鬼笑著侮辱他，叫他長竿怪。鬼王又對大異說：「你想把石頭煮成湯汁呢？還是讓自己的身體矮到一尺？」大異正苦於身體太長，不能站立，便表示願意讓身體矮到一尺。群鬼又把他趕到石床上，像按麵團一樣，使勁地往下按，大異全身的骨節都發出格格的聲音，眾鬼又將他扶起來，果然身體只有一尺長了，圓圓地像隻大螃蟹。眾鬼又恥笑他，稱他蟛蜞怪。大異搖搖晃晃、跌跌撞撞地在地上走，痛苦得實在難以忍受。旁邊有一個老鬼拍手大笑說：「先生平時不信鬼怪，今天為什麼變成這種模樣？」於是老鬼向眾鬼請求說：「他雖然對我們沒有禮貌，但這次受到的屈辱也夠大的了，怪可憐的。請你們饒了他吧！」說著，就用兩手將大異提起來抖了幾抖，不一會，大異就恢復了原來的樣子。

大異請求回家。眾鬼說：「你既然到了這裡，不能空手回去。我們各有一樣東西送給你，我們所看重的是要讓世人知道我們的存在。」老鬼說：「那麼拿什麼東西送給他呢？」一個鬼說：「我送給他撥雲角。」說著，就將兩隻角插在大異的額頭上，雙角高高相對。一個鬼說：「我送給他哨風嘴。」隨即就將一副鐵嘴安在大異的嘴唇上，鐵嘴十分尖利，形狀與鳥嘴差不多。一個鬼說：「我送給他朱華髮。」說完，便用紅水給大異染頭髮，使大異的頭髮散亂上翹，顏色紅得像火。一個鬼說：「我送給他碧光睛。」然後馬上將二顆青珠嵌進大異的眼眶，大異的雙目頓時清明澄澈，閃耀著碧綠的光芒。老鬼將大異送出坑外，對他說：「你好好保重，剛才那些小東西冒犯了你，希望你不要記在心上。」

大異雖得出，然而頂撥雲之角，戴哨風之嘴，被朱華之髮，含碧光之睛，儼然成一奇鬼。到家，妻孥不敢認。出市，眾共聚觀，以為怪物；小兒則驚啼而逃避。遂閉戶不食，憤懣而死。臨死，謂其家曰：「我為諸鬼所困，今其死矣！可多以紙筆置柩中，我將訟之於天。數日之內，蔡州❶有一奇事，是我得理之時也，可瀝酒❷而賀我矣。」言訖而逝。

過三日，白晝風雨大作，雲霧四塞，雷霆霹靂，聲振寰宇，屋瓦皆飛，大木盡拔，經宿始霽。則所墮之坑，陷為一巨澤，彌漫數里，其水皆赤。忽聞柩中作語曰：「訟已得理，諸鬼皆夷滅❸無遺。天府以吾正直，命為太虛❹殿司法❺，職任隆重，不復再來人世矣。」其家祭而葬之。肸蠁❻之間，如有靈焉。

【章　旨】馮大異回家後憤懣而死，死後向天庭起訴獲勝，群鬼被誅滅，大異本人因正直而被任命為太虛殿司法。

【注　釋】❶蔡州　今河南汝南。❷瀝酒　灑酒於地，表示祝願。❸夷滅　誅殺；消滅。❹太虛　天；天空。❺司法　官名。主管刑法。❻肸蠁　響聲四處傳播。

【語　譯】大異雖然離開了鬼谷，但額上頂著撥雲角，唇上安著哨風嘴，頭上披著朱紅色的頭髮，眶中裝著碧光睛，十足是一個奇形怪狀的鬼。到了家中，老婆孩子都不敢認他；出門上街，眾人一起圍觀，把他當作怪物，小孩看見了都又驚又哭地逃走。於是，馮大異就閉門鎖戶，不吃不喝，煩悶怨憤而死。臨死前，他對家人說：「我受那些惡鬼折磨，現在快死了。你們可以在我的棺材裡多放一些紙筆，我將到天上去告它們。幾天之內，如果蔡州發生一件奇怪的事，那就是我告狀勝訴的時候。你們可以灑酒於地為我祝賀。」說完這些話，他就死了。

過了三天，突然間白日裡風雨交加，雲霧彌天蓋地，雷霆霹靂，響徹天地，屋上的瓦片全被吹得滿天亂飛，地上的大樹都被連根拔起。過了一夜，天才放晴。大異當初跌進去的那個坑，陷塌為一個方圓數裡的湖泊，大水瀰漫，湖中的水全是紅的。大異的家人忽然聽到棺材中發話說：「我到天上告狀已經獲勝，害我的那些惡鬼全被誅殺了，沒有一個遺漏的。天府因我為人正直，任命我做太虛殿的司法官。職位很高，我不能再回人間了。」家裡人祭奠一番後便給他舉行葬禮。下葬時響聲四處傳播，好像真有神靈一樣。

【賞　析】本篇運用了象徵和寓言的手法，以令人驚異的筆墨敘述了一個狂傲書生與鬼怪鬥爭的故事，在形象的表層之內寄寓著深刻的思想意蘊。

作者瞿佑的青少年時代是在元末的大動亂中度過的，本篇對亂世的黑暗與恐怖有非常深刻的反映。小說一開始，便通過主人公馮大異的眼睛，描繪了上蔡近郊荒涼陰慘的景象：「時兵燹之後，蕩無人居，黃沙白骨，一望極目。未至而斜日西沉，愁雲四起。」小說著重描寫了馮大異在妖魔鬼怪世界中所受到的種種折磨和摧殘。在屍橫遍野的荒郊野外，一群屍體突然都站立起來對馮大異進行圍攻，「舉體青色」的夜叉如啖瓜一般摘下群屍的腦袋吞食。夜叉發現馮大異後，便對他緊追不放。大異逃入廢寺，情急之中潛入佛像腹中，自以為有神佛保佑，可以免遭禍殃，不料佛像也在算計他，想用他作一頓點心。大異從佛寺出來，又遭到另一群惡鬼的攻打追擊，欲用他作下酒的肉肴。大異失足墮入鬼谷，被眾鬼擒獲，鬼王對他濫施酷刑，先是痛罵，繼而捶楚，打得大異渾身鮮血淋漓。然後問大異是要調泥成醬還是要身長三丈？大異選擇身長三丈後，眾鬼就像搓粉條一樣把他搓成三丈高的「長竿怪」；鬼王又問大異是願意煮石成湯汁還是想身矮一尺？大異選擇後者後，又被眾鬼像按麵團一樣捺成了一尺高的「蟛蜞怪」。後來大異雖被寬囿放還，但眾鬼在他臨走前又給他插上雙角，安上鳥嘴，染紅頭髮，換上碧光眼睛，使他變成了一個醜陋不堪的奇鬼。到家後妻子兒女不敢相認，去集市便引來眾人的圍觀，大家都認為他是怪物，小孩看到他嚇得哭叫著逃走。他實在難以忍受這精神與肉體的雙重折磨，於是閉門不食，憤懣而死。小說借鬼域的世界來影射人間現象，種種鬼怪實際上是社會惡勢力的化身。群屍亂舞的陰森氣氛，透射著亂世的黑暗和恐怖；馮大異所受的種種折磨，則象徵著惡人當道、善人受欺。作者借此曲折地表現了自己的憤世之情，對身處亂世、遭到許多壓迫和痛苦的善良民眾寄予了深切的同情。

本篇中的馮大異是一個敢於毀神罵佛的強項書生。他以「狂」而出名，恃才傲物，不信鬼神，凡草木之妖，必「攘臂當之」，甚至敢於燒毀祠廟，把神像沉入水底，他大膽行事，無所顧忌，因此而得罪了鬼神，外出時遭到了眾鬼的圍追堵截和種種凌辱折磨，但他始終頑強不屈，臨死前讓家人在棺材裡多放一些紙筆，死後還要到天庭去打官司，終於討還了公道，使為非作歹的眾鬼受到天庭的懲處而夷滅無遺，他本人也因正直而被天府任命為太虛殿司法之職。這一形象可以說是蒲松齡《聊齋誌異》中席方平的雛形。小說歌頌馮大異不屈不撓的鬥爭精神，對文人的價值作了有力的張揚，這實際上也是對統治者壓抑人才的種種做法表示了一種含蓄的不滿和抗爭。

本篇筆調幽默風趣，眾鬼的奇形怪狀，鬼王的種種刑罰，佛像摔跤的情景，都描寫得歷歷如繪，極富想像力，非但不使人感到陰森可怕，而且還生了妙趣橫生的審美效果。作者比較注意在事中刻劃人物的性格，小鬼的野蠻瘋狂，鬼王的殘暴狠毒，老鬼的世故奸滑，都描寫得入木三分，躍然紙上。

修文舍人傳

瞿佑

【題解】本篇選自《剪燈新話》卷四。篇中通過以陰間反襯陽世的手法，抨擊了當時社會的黑暗和腐敗，傾吐了文士的牢騷與不平。

夏顏，字希賢，吳之震澤❶人也。博學多聞，性氣❷英邁❸，幅巾❹布裘，遊於東西兩浙間。喜慷慨論事，亹亹❺不厭，人每傾下❻之。然而命分甚薄，日不暇給，嘗喟然❼長歎曰：「夏顏，汝修身謹行，奈何不能潤其家乎？」則又自解曰：「顏淵❽困於陋巷❾，豈道義之不足也？賈誼❿屈於長沙，豈文章之不贍⓫也？校尉⓬封拜而李廣⓭不侯，豈智勇之不逮也？侏儒⓮飽死而方朔⓯苦饑，豈才藝之不敏也？蓋有命焉，不可幸而致。吾知順受而已，豈敢非理妄求哉？」

至正初，客死潤州⓰，葬於北固山⓱下。友人有與之契厚⓲者，忽遇之於途，見顏騶高車，擁大蓋，峨冠曳珮，如侯伯狀，從者各執其物，呵殿⑲而隨護，風彩揚揚，非復往日，投北而去。友人不敢呼之。一日，早作⑳，復遇之於里門，顏遽搴帷㉑下車而施揖曰：「故人安否？」友人遂與敘舊，執手款語㉒，不異平生。乃問之曰：「與君隔別未久，而能自致青雲㉓，立身要路㉔。車馬僕從，如此之盛；衣服冠帶，如此之華，可謂大丈夫得志之秋矣！不勝健羨㉕之至！」顏曰：「吾今隸職冥司，頗極清要㉖。故人下問，何敢有隱？但途路之次㉗，未暇備述，如不相棄，可於後夕會於甘露寺㉘多景樓㉙，庶得從容時頃，少敘間闊㉚，不知可乎？望勿以幽冥㉛為訝，而負此誠約也。」友人許之。告別而去。

【章旨】震澤書生夏顏博學多才，卻懷才不遇，經常哀窮悼屈，後抑鬱而死。死後到陰間作了修文舍人。

【注釋】❶震澤　縣名。位於太湖之濱，今已併入江蘇吳江和江蘇吳縣。❷性氣　志氣；性情脾氣。❸英邁　才智超群。❹幅巾　古代男子以全幅細絹裹頭的頭巾。❺亹亹　勤勉不倦。❻傾下　欽佩；敬重。❼喟然　感歎；長長歎息。❽顏淵　孔子著名弟子，後世尊為復聖。春秋末魯國人，一名回，字子淵。敏而好學，問一知十。雖貧居陋巷，簞食瓢飲，卻不改其樂。❾陋巷　簡陋偏僻的巷子。❿賈誼　西漢人，才華出眾，二十歲時被漢文帝徵為博士，不久升任太中大夫，甚受寵愛。後被大臣周勃、灌嬰等人排擠，貶為長沙王太傅。⓫贍　這裡指文章富麗華美。⓬校尉　軍職名。漢代校尉地位略低於將軍，隋唐以後地位逐漸下降，明清時代衛士也稱校尉。⓭李廣　西漢名將，善騎射，身經百戰，屢建奇功。他屬下許多功勞不及他的校尉都封侯拜爵，李廣卻一生不得封侯。⓮侏儒　身材特別矮小的人。⓯方朔　即西漢人東方朔。字曼倩，性格滑稽，玩世不恭。漢武帝待之如俳優。初被徵召入京，與眾侏儒同住一處，每人每月發米一斗。東方朔發牢騷說：「侏儒飽欲死，臣朔饑欲死。」⓰潤州　今江蘇鎮江。⓱北固山　位於江蘇鎮江北長江邊，山壁陡峭，形勢險要，有「京口第一山」之稱。⓲契厚　交往密切，感情深厚。⓳呵殿　古代官員出行時，前後都有隨從喝令行人讓道，在前者稱「呵」，在後者稱「殿」。⓴早作　早起。㉑褰帷　拉開車上的帷幕。㉒款語　親切交談；懇談。㉓青雲　比喻高官顯爵。㉔要路　顯要的地位。㉕健羨　非常羨慕。㉖清要　地位顯貴、職司重要而政務不繁的官職。㉗次　旁邊。㉘甘露寺　位於鎮江北固山上。寺中有七層鐵塔，建於唐代寶曆年間。㉙多景樓　位於鎮江北固山甘露寺內，又名「相婿樓」，相傳三國時劉備曾在此招親。㉚間闊　久別遠隔。㉛幽冥　陰間；地府。

【語　譯】夏顏，字希賢，吳地震澤人。博學多聞，性格豪邁，才氣超群，常常頭戴方巾，身穿布衣，漫遊於浙東與浙西之間。他喜歡慷慨激昂地議論時事，滔滔不絕，從不感到厭倦，人們對他很尊重。然而他的命運不好，經常缺吃少穿。他曾經長歎道：「夏顏啊，你修身養性，謹慎行事，怎麼不能使家庭富裕起來呢？」接著又自我解釋說：「顏淵住在偏僻的小巷裡過著窮困的生活，難道是他的道義不夠嗎？賈誼遭貶屈居長沙，難道是他的文章不富麗華美嗎？屬下的校尉們都封官拜爵而李廣本人卻不得封侯，難道是他的智謀和勇氣比不上別人嗎？侏儒飽食終日而東方朔忍饑挨餓，難道是他的才能技藝不敏捷嗎？這些都是命中註定的，不可能僥倖地得到。我知道只能順從地接受，哪裡敢違背事理而不安本分地去求取呢？」

至正初年，夏顏在潤州作客時突然死去，葬在城北的北固山下。一天，一個與他交情很深的朋友忽然在路上遇見了他，見到夏顏坐在高大的車子上，頭上遮蔽著大傘，戴著高高的帽子，身上掛著玉佩，就像個公侯的樣子。他的隨從人員手裡各自拿著儀仗武器等物，或在他的前後喝令開道，或緊緊跟隨著保護他。夏顏則神采飛揚，與往日大不相同。他的車子一直向北而去，朋友也不敢隨便地叫他。又有一天，朋友早上起來，又在巷口遇到了夏顏。夏顏馬上拉開車上的帷幕，下車來對老友施禮作揖說：「老朋友一向好嗎？」朋友就和他一起敘舊，手拉手親切地交談，和平時沒有什麼不同。朋友問他說：「我和你分別不久，你就靠自己的努力青雲直上，身居要位。車馬隨從，如此盛大；衣帽首飾，如此華麗，真可以說是大丈夫得志的時候啊。我真是非常羨慕。」夏顏說：「我現在在陰間任職，職位顯要而政務不多。既然老朋友問起，哪裡敢有什麼隱瞞呢？但是道路旁邊，沒有時間詳細敘述。如果你不嫌棄的話，我們可以後天晚上去甘露寺的多景樓相會。希望能夠在一起多待一會兒，敘一敘久別之情，不知可以嗎？希望你不要因為我在陰間而驚訝，辜負我真誠的約請。」朋友答應了，兩人告別而去。

是夕，攜酒而往，則顏已先在，見其至，喜甚，迎謂曰：「故人真信士，可謂死生之交矣！」乃言曰：「地下之樂，不減人間，吾今為修文❶舍人❷，顏淵、卜商❸舊職也。冥司用人，選擢甚精，必當其才，必稱其職，然後官位可居，爵祿可致；非若人間可以賄賂而通，可以門第而進，可以外貌而濫充，可以虛名而躐取❹也。試與君論之：今夫人世之上，仕路之間，秉筆中書❺者，豈盡蕭、曹、丙、魏❻之徒乎？提兵閫外❼者，豈盡韓、彭、衛、霍❽之流乎？館閣❾摛文❿者，豈皆班、揚、董、馬⓫之輩乎？郡邑牧民⓬者，豈皆龔、黃、召、杜⓭之儔乎？騏驥服鹽車⓮而駑駘⓯厭芻豆⓰，鳳凰棲枳棘⓱而鴟鴞⓲鳴戶庭，賢者槁項黃馘⓳而死於下，不賢者比肩接跡⓴而顯於世，故治日常少，亂日常多，正坐此也。冥司則不然，黜陟必明，賞罰必公，昔日負君之賊，敗國之臣，受穹爵而享厚祿者，至此必受其殃；昔日積善之家，修德之士，阨㉑下位而困窮途者，至此必蒙其福。蓋輪迴之數，報應之條，至此而莫逃矣。」遂引滿而飲，連舉數觥㉒，凭欄觀眺，口占律詩二章，吟贈友人曰：

笑拍闌干扣玉壺，林鴉驚散渚禽呼。一江流水三更月，兩岸青山六代㉓都。富貴不來吾老矣，幽明㉔無間子知乎？旁人若問前程事，積善行仁是坦途。

滿身風露夜茫茫，一片山光與水光。鐵甕城㉕邊人翫月，鬼門關外客還鄉。功名不博詩千首，生死何殊夢一場！賴有故人知此意，清談終夕據藤床。

【章旨】夏顏與生前的友人在鎮江甘露寺多景樓會面，述說陰間如何賞罰分明、唯才是舉，並揭露了陽間賢愚倒置的黑暗現象。

【注釋】❶修文　舊以「修文郎」稱陰間掌著作之官。《太平廣記》卷三一九引晉王隱《晉書》載，晉蘇韶死後現形，對他兄弟說：「顏淵、卜商，今見在為修文郎。修文郎凡有八人，鬼之聖者。」後常以「修文」指文人之死。❷舍人　官名。本宮內人之意。後世指王者親近左右之官。❸卜商　即孔子的著名弟子子夏。姓卜，名商，字子夏，以文學見稱，對孔子學說多有繼承和發展。❹躐取　用不正當的手段非分獲取。❺中書　「中書令」的省稱。漢代始設，負責傳宣詔令，多任用有名望之士。隋唐以後稱宰相為中書。❻蕭曹丙魏　指漢代著名的宰相蕭何、曹參、丙吉、魏相。❼閫外　京城之外。此處指外任將吏駐守管轄的地方。❽韓彭衛霍　指西漢戰功顯赫的大將韓信、彭越、衛青、霍去病。❾館閣　北宋時掌管圖書經籍和編修國史等事務的昭文館、史館、集賢院三館以及祕閣、龍圖閣等，通稱「館閣」。明清時的翰林院亦稱館閣。❿摛文　鋪陳文采；作文。⓫

班揚董馬　指西漢的史學家班固，經學家董仲舒，辭賦家揚雄和司馬相如。⑫牧民　治理百姓。⑬龔黃召杜　指漢代政績顯著的地方官龔遂、黃霸、召信臣、杜詩，四人都曾擔任過太守一類的職務，都能為民興利除弊。⑭騏驥服鹽車　日行千里的駿馬被用來拖拉鹽車。比喻賢士遇壓抑，處境艱難。⑮駘　劣馬。⑯芻荳　草和豆料。指牛馬的飼料。⑰枳棘　枳木和棘木。多刺，被稱為惡木。⑱鴟鴞　俗稱貓頭鷹。⑲槁項黃馘　面黃肌瘦。語出《莊子・列禦寇》：「夫處窮閭陋巷，困窘織屨，槁項黃馘，商之所短也。」⑳比肩接跡　肩膀相靠，足跡相連。形容人多。㉑阨　困厄；困窘。㉒觥　古代酒器。用獸角或青銅製成。㉓六代　指三國吳、東晉和南朝之宋、齊、梁、陳。㉔幽明　陰間和人間；人與鬼神。㉕鐵甕城　江蘇鎮江北固山前一座古城，為三國時孫權所築。

【語　譯】到了那天晚上，友人攜酒來到多景樓。夏顏已經先在那兒了，見到朋友來了，十分高興，上前迎接說：「老朋友真是守信用的人，你我可以說是生死之交了。」於是對友人說：「陰間的快樂，絲毫不比人間少。我現在做修文舍人的官。這是顏淵、卜商曾經擔任過的職務。陰間用人，選拔提升十分嚴格，必須有相應的才能，能勝任所擔當的職務，這樣才能居官任職，封爵進祿。不像人間那樣可以用賄賂來打通關節，可以憑藉門第而青雲直上，可以靠外貌來濫竽充數，可以借助於虛名用不正當的手段非分獲取。我試著與您議議吧：當今人世之間、仕途之中，那些代皇帝起草詔書、批發奏章的宰相，難道都是蕭何、曹參、丙吉、魏相一類的賢相嗎？那些率領大軍駐守在京師之外的將領，難道都是韓信、彭越、衛青、霍去病一流的猛將嗎？在翰林院寫詩作文的文臣，難道全是班固、揚雄、董仲舒、司馬相如一類的大文豪嗎？那些在州郡治理百姓的地方官，難道都和龔遂、黃霸、召信臣、杜詩等古代的賢太守一樣嗎？日行千里的駿馬拉鹽車而劣馬飽食草和豆料，鳳凰被迫棲息在荊棘叢中而貓頭鷹卻在庭院裡鳴叫。有才能的人面黃肌瘦死於社會底層，沒有才能的人肩並肩、腳跟腳地一個個顯耀於世，所以天下太平的日子常常很少，動亂的日子常常很多，原因正在於此。陰間卻不是這樣。官員的進退升降必定透明公開，賞罰必定公平合理。昔日背叛國君的賊人、敗壞國家的奸臣，他們在世間得到高官顯爵並享受優厚俸祿，到這裡必然遭殃；昔日積善人家的子弟、修養德行的人士，他們在人間困苦危難，地位低下，到這裡必定要賜予福祿。輪迴的命運，報應的條例，到這裡是沒有人能夠逃避的。」於是夏顏斟滿了酒暢飲，一連乾了好幾杯，靠著欄杆向遠處眺望，隨口吟誦了兩首律詩，唱著贈送給友人：

笑著拍打欄杆，手中提著酒壺，驚散林中烏鴉，沙洲飛禽驚呼。一江流水，處處閃耀著三更的月光，兩岸青山逶迤，這兒是六朝的故都。功名富貴未來到，人卻已經先老；冥府人世無間隔呵，朋友你可曾知道？他人若要問起如何才能前程輝煌，積善行德是光明大道。

滿身風露夜色茫茫，唯見山色與水光。鐵甕城邊人們在欣賞月亮，鬼門關外的客人又回到了故鄉。功名未能博取，枉自留下了千首詩章，人生在世，生生死死何異於大夢一場！幸虧有老朋友理解我的心思，安坐藤床清談到天亮。

吟訖，搔首❶而言曰：「太上❷立德❸，其次立功❹，其次立言❺。

僕在世之日，無德可稱，無功可述，然而著成集錄，不下數百卷；作為文章，將及千餘篇，皆極深研幾❻，盡意而為之者。奄忽❼以來，家事零替❽，內無應門之童❾，外絕知音之士，盜賊之所攘竊❿，蟲鼠之所毀傷，十不存一，甚可惜也。伏望⓫故人以憐才為念，恤交⓬為心，捐季子之寶劍⓭，付堯夫之麥舟⓮，用財於當行，施德於不報，刻之桐梓⓯，傳於好事⓰，庶幾⓱不與草木同腐，此則故人之賜也。興言⓲及此，慚愧何勝！」友人許諾。顏大喜，捧觴拜獻，以致丁寧之意。

已而，東方漸曙，告別而去。友人歸吳中，訪其家，除散亡零落外，猶得遺文數百篇，并所著《汲古錄》、《通玄志》等書，亟命工鏤版⓳，鬻之於肆，以廣其傳。顏復到門致謝。自此往來無間⓴，其家吉凶禍福，皆前期報之。三年之後，友人感疾，顏來訪問，因謂曰：「僕備員修文府，日月已滿，當得舉代。冥間最重此職，得之甚難。君若不欲，則不敢強；萬一欲之，當與盡力。所以汲汲㉑於此者，蓋欲報君鏤版之恩耳。人生會當有死，縱復強延數年，何可得居此地也？」友人欣然許之，遂處置家事，不復治療，數日而終。

【章　旨】夏顏請求友人為他整理文稿並梓行傳達。在友人臨死前，薦舉友人代替自己出任修文舍人之職。

【注　釋】❶搔首　以手搔頭。焦急或若有所思的神態。❷太上　最好。❸立德　樹立德業。❹立功　建立功勳。❺立言　著書立說。❻研幾　窮究精微之處。❼奄忽　指死亡。❽零替　衰敗。❾應門之童　照看門戶、接待客人的兒童。❿攘竊　盜竊；搶奪。⓫伏望　敬詞。表希望。多用於下對上。⓬恤交　體恤朋友。⓭捐季子之寶劍　春秋時吳王壽夢的小兒子季札出使路過徐國，徐君喜愛季札的寶劍，但沒有說出口。季札知道徐君的意思，但因為要出使大國，沒有將寶劍送給徐君。季札出使回來，再次路過徐國時，徐君已死，季札便將寶劍解下來掛在徐君墓前的樹上。季子，即季札。事見《史記・吳太伯世家》。⓮付堯夫之麥舟　北宋范仲淹派兒子堯夫去蘇州取麥五百斛，回來時路過丹陽，拜訪石曼卿，石告之無資辦喪事，堯夫就將船和麥子一起送給石曼卿。事見宋人惠洪《冷齋夜話》卷一〇。⓯桐梓　桐木和梓木。二者皆良木，可用於刻書。後以桐梓指製版印刷。⓰好事　喜歡某種事情的人。⓱庶幾　也許可以。⓲興言　心有所感而發於言。⓳鏤版　雕版印刷。⓴無間　沒有隔閡。㉑汲汲　心情急切的樣子。

【語　譯】夏顏吟罷，以手搔頭，若有所思地說：「人生在世，最好是樹立德業，其次是建立功勳，再其次是著書立說。我在世的時候，沒有什麼德業可以稱頌，也沒有什麼功績可以敘述，然而編著的書，卻不下數百卷；寫出來的文章，也將近千餘篇，都是深刻研究事物的精微之處後，嘔心瀝血寫出來的。我死了以後，家業衰敗，家中沒有照應門戶的兒童，外面沒有知心的朋友。文稿有的被盜賊偷走，有的被蟲鼠咬壞，保存下來的不到十分之一，這是非常可惜的事。希望老朋友以愛惜人才為念，以同情朋友為懷，像季札解下寶劍掛於徐君的墓樹、范堯夫將整船的麥子送給石曼卿辦喪事那樣幫助我，把錢用在該用的地方，給別人布施恩德而不求報答，將我的書付梓印刷，傳給那些喜歡讀書的人。這樣，我也許可以不與草木一起腐爛，這是老朋友給我的恩惠啊！我因為有所感慨才講了這些話，心中十分慚愧。」友人答應了夏顏的要求。夏顏喜出望外，捧著酒杯向友人拜謝，表達叮囑之意。

一會兒，東方漸漸亮了，夏顏告別而去。友人到了吳中，尋訪到夏顏的家中。夏顏的著作除散失零落的以外，還留下來詩文數百篇，他所著的《汲古錄》、《通玄志》等書也還在。友人立即請工人雕刻印刷，並將印好的書在店鋪裡發賣，使之廣為流傳。夏顏再次上門向友人表示感謝，從此以後來來往往沒有什麼隔閡。友人家有什麼吉凶禍福，夏顏都預先向朋友通報。三年以後，友人生病，夏顏前來探望，對他說：「我在修文府供職，年限已經滿了，應當推薦一個人代替。陰間最重視這個職務，要得到它很困難。如果你不想要，我不敢勉強。萬一你願意的話，我一定盡力推薦你。我之所以對這件事如此關切著急，是想報答你為我刻書的恩德。人生終有一死，即使你再勉強延長幾年壽命，卻怎麼能得到這麼好的位置呢？」友人高興地答應了他。於是處理完家中的事情後，就不再治病。沒過幾天就去世了。

【賞　析】本篇幾乎沒有什麼情節，但所表達的思想卻較為深刻，可以說是一篇用小說形式寫成的〈感士不遇賦〉，《剪燈新話》一書中哀窮悼屈的主題在本篇中體現得最為充分。

儘管小說的主人公夏顏死後在冥司受到重用，擔任了「修文舍人」的清要之職，但這只是出於作者的幻想。夏顏實際上是一個帶有濃重悲劇色彩的人物，他一生的遭遇是極其悲慘的。他博學多聞，性氣英邁，「喜慷慨論事」，「人每傾下之」，且著書數百卷，作文千餘篇，連他的姓名都是用孔子的賢弟子子夏和顏淵的名字合起來的，足見其才學與品德非同一般。然而，他卻「命分甚薄，日不暇給」，因貧窮困窘而客死潤州，一生竭精敝神寫下的書稿也遭盜賊攘竊和蟲鼠毀傷，結果十不存一。夏顏的遭遇在封建社會的知識分子中很有代表性，與作者瞿佑本人的經歷也有類似之處。小說通過夏顏坎坷淒涼的身世，為受歧視、受排擯的才士鳴不平，表現了強烈的批判意識和抗爭精神。文中還借助於夏顏之口，列舉了古代顏淵、賈誼、李廣、東方朔四位賢能之士偃蹇、淪落的事例，增強了批判與揭露的深度和廣度；小說的結尾又安排了夏顏友人為早日去任人唯賢的陰間做官，染病後竟然不復治療的情節，使批判和抗爭具有了令人震驚的力度。

「學成文武藝，貨與帝王家」，這幾乎是中國古代所有賢能之士共同追求的人生道理，推賢任能，唯才是舉，這是他們共同的政治要求。但由於中國封建社會是一種「人治」的社會，封建官僚主義的運行機制本身沒有選優汰劣的功能，因而任人唯私、諂媚奔競等官場惡習泛濫成災，賢愚倒置、庸才當政、才智之士遺落草莽的現象非常普遍。對此，小說中的夏顏也以形象化的語言進行了揭露。他用千里馬拉鹽車而劣等馬飽食豆料、鳳凰棲息於荊棘叢中而貓頭鷹卻在庭院中鳴叫，來比喻有才有德之士面黃肌瘦累死於社會底層，而宵小之徒比肩接跡充斥官場的現實，並指出這正是社會不能安定、「治日常少，亂日常多」的根本原因，議論犀利深刻，字裡行間流露出憤激難抑的情緒。

本文寫得最為精彩的是如下一段文字：「冥司用人，選擢甚精，必當其才，必稱其職，然後官位可居，爵祿可致；非若人間可以賄賂而通，可以門第而進，可以外貌而濫充，可以虛名而躐取也。」作者將冥司作為自己的理想王國，以陰間的公道反襯陽世的腐敗，用洞幽燭微之筆，揭露封建社會在取士用人制度上存在的種種弊端，鞭辟入裡，深中肯綮，具有囊括無遺的巨大穿透力。作者生活在封建專制的年代，卻能一下子撕下封建吏治的黑幕，其膽略和識見確實不同凡響，小說也因此而閃耀著強烈的社會批判的鋒芒。

本篇中的人物對話旁徵博引，雄辯滔滔，激情與雄辯熔於一爐，有似一篇討伐腐敗吏治的檄文。這在明代的文言傳奇小說中是別具一格的。

綠衣人傳

瞿佑

【題解】本篇選自《剪燈新話》卷四。小說描寫了綠衣女與趙源人鬼相戀的動人故事，深刻揭露了奸相賈似道殘忍暴虐的行徑，歌頌了青年男女追求戀愛自由的精神。本篇對後代小說、戲曲頗有影響，明代馮夢龍《喻世明言》卷二二〈木綿庵鄭虎臣報冤〉、明人周朝俊的傳奇《紅梅記》等，均由本篇敷衍而成。

天水❶趙源，早喪父母，未有妻室。延祐❷間，游學至於錢塘❸，僑居❹西湖葛嶺❺之上，其側即宋賈秋壑❻舊宅也。源獨居無聊，嘗日晚徙倚❼門外，見一女子，從東來，綠衣雙鬟❽，年可十五六，雖不盛妝濃飾，而姿色過人，源注目久之。明日出門，又見，如此凡數度，日晚輒來。源戲問之曰：「家居何處，暮暮來此？」女笑而拜曰：「兒❾家與君為鄰，君自不識耳。」源試挑❿之，女欣然而應，因遂留宿，甚相親昵。明旦，辭去，夜則復來。如此凡月餘，情愛甚至。源問其姓氏居址，女曰：「君但得美婦而已，何用強知？」問之不已，則曰：「兒常衣綠，但呼我為綠衣人可矣。」終不告以居址所在。源意其為巨室妾媵⓫，夜出私奔，或恐事跡彰聞，故不肯言耳，信之不疑，寵念轉密。

【章旨】天水書生趙源在西湖葛嶺遇到一綠衣女子，兩人一見鍾情，夜夜相聚。

【注釋】❶天水　今甘肅天水。❷延祐　元仁宗愛育黎拔力八達的年號（西元一三一四～一三二〇年）。❸錢塘　今浙江杭州。❹僑居　客居；寄居。❺葛嶺　位於杭州西湖北岸，相傳為晉代葛洪學道煉丹處，故名。❻賈秋壑　即賈似道。南宋末年擅權禍國的奸相，宋理宗賈貴妃之弟，為人陰狠毒辣，曾官左丞相兼樞密使，總攬朝政。他在西湖葛嶺建有秋壑堂，故稱。❼徙倚　徘徊。❽鬟　古代女子的環形髮髻。❾兒　舊時女子自稱。❿挑　挑逗。⓫妾媵　侍妾。

【語譯】天水人趙源，父母早就去世，未娶妻室。元朝延祐年間，趙源外出求學到了杭州，借居在西湖的葛嶺，他住所的旁邊就是宋朝權奸賈似道的舊居。

趙源一人獨居，感到寂寞無聊。一天晚上在門外徘徊，看見一個女子從東面走過來。一身綠色的衣服，梳著兩個環形的髮髻，年齡大約十五六歲。妝飾雖然不太豔麗，但容貌遠遠超過一般人，趙源兩眼盯住她看了好久。第二天趙源出門，又遇見了這位女子。這樣一共相遇了好幾次，每到傍晚女子就會出現。趙源打趣地問她說：「你家住在哪裡，怎麼天天晚上到這裡來？」那女子笑著答禮說：「我與你是鄰居，只是你不認識我罷了。」趙源又試著挑逗她，那女子高興地接受了。於是就留在趙源的住處過夜，相互間十分親熱。第二天早晨女子告辭而去，夜裡又到趙源這裡來。這樣交往了一個多月，彼此間的恩愛很深。趙源問女子的姓氏和住址，女子回答說：「你只要得到一個漂亮的女子就行了，何必非要知道這些情況呢？」趙源不斷地問她，那女子就說：「我經常穿綠衣服，你只要叫我綠衣人就行了。」始終不肯告訴趙源她住在哪裡。趙源猜想她大概是豪門的侍妾，夜裡出來與人幽會，可能是害怕事情洩露，所以不肯說。趙源從此就不再懷疑她，對她也更加寵愛。

一夕，源被酒❶，戲指其衣曰：「此真可謂『綠兮衣兮，綠衣黃裳』❷者也。」女有慚色，數夕不至。及再來，源叩之。乃曰：「本欲相與偕老，奈何以婢妾待之，令人忸怩❸而不安！故數日不敢侍君之側。然君已知矣，今不復隱，請得備言之。兒與君，舊相識也，今非至情相感，莫能及此。」源問其故，女慘然曰：「得無❹相難乎？兒實非今世人，亦非有禍於君者，蓋冥數❺當然，夙緣❻未盡耳。」源大驚曰：「願聞其詳。」

女曰：「兒故宋秋壑平章❼之侍女也。本臨安❽良家子，少善弈棋，年十五，以棋童入侍。每秋壑朝回，宴坐半閒堂❾，必召兒侍弈，備見寵愛。是時君為其家蒼頭❿，職主煎茶，每因供進茶甌，得至後堂。君時年少，美姿容，兒見而慕之，嘗以綉羅錢篋⓫，乘暗投君。君亦以玳瑁⓬脂盒為贈，彼此雖各有意，而內外嚴密，莫能得其便。後為同輩所覺，讒於秋壑，遂與君同賜死於西湖斷橋之下。君今已再世為人，而兒猶在鬼錄⓭，得非命歟？」

言訖，嗚咽泣下。源亦為之動容。久之，乃曰：「審⓮若是，則吾與汝乃再世因緣也，當更加親愛，以償疇昔之願。」自是遂留宿源舍，不復更去。源素不善弈，教之弈，盡傳其妙，凡平日以棋稱者，皆不能敵也。

每說秋壑舊事，其所目擊者，歷歷甚詳。嘗言：秋壑一日倚樓閒望，諸姬皆侍，適二人烏巾素服，乘小舟由湖登岸。一姬曰：「美哉二少年！」秋壑曰：「汝願事之耶？當令納聘。」姬笑而無言。逾時，令人捧一盒，呼諸姬至前曰：「適為某姬納聘。」啟視之，則姬之首也，諸姬皆戰慄而退。又嘗販鹽數百艘至都市貨之，太學有詩曰：

昨夜江頭湧碧波，滿船都載相公鹺[15]。雖然要作調羹用[16]，未必調羹用許多！

秋壑聞之，遂以士人付獄，論以誹謗罪。又嘗於浙西行公田法[17]，民受其苦，或題詩於路左云：

襄陽累歲困孤城，豢養湖山不出征。不識咽喉形勢地，公田枉自害蒼生[18]。

秋壑見之，捕得，遭遠竄[19]。又嘗齋雲水[20]千人，其數已足，末有一道士，衣裾藍縷，至門求齋，主者以數足，不肯引入，道士堅求不去，不得已於門側齋焉；齋罷，覆其鉢於案而去；眾悉力舉之，不動。啟於秋壑，自往舉之，乃有詩二句云：「得好休時便好休，收花結子在漳州㉑。」始知真仙降臨而不識也。然終不喻漳州之意，嗟乎，孰知有漳州木綿庵之厄㉒也！

又嘗有梢㉓人泊舟蘇堤㉔，時方盛暑，臥於舟尾，終夜不寐，見三人長不盈尺，集於沙際，一曰：「張公至矣，如之奈何？」一曰：「賈平章非仁者，決不相恕！」一曰：「我則已矣，公等及見其敗也！」相與哭入水中。次日，漁者張公獲一鱉，徑二尺餘，納之府第，不三年而禍作。蓋物亦先知，數而不可逃也。

【章　旨】綠衣女子告知趙源自己的鬼魂身分和兩人前世的關係。綠衣女子還歷數賈似道的種種罪惡及最終在漳州被打死的下場。

【注　釋】❶被酒　喝醉了酒。❷綠兮衣兮二句　見於《詩經・邶風・綠衣》。衣，上衣。裳，下裙。古代以黃色為正色，綠色為間色（雜色）。上衣用雜色，下裙用正色，比喻尊卑顛倒，婢妾受寵。後代以綠衣黃裳作為侍妾顯貴的典故。綠衣人聽了這兩句詩後，知道對方將自己看作是豪門的侍妾，故感到不快。❸忸怩　羞愧。❹得無　豈不；莫非。❺冥數　上天所定的氣數或命運。❻夙緣　昔日的緣分。❼平章　宋官名。「平章軍國重事」的簡稱。宋哲宗元祐年間置，授予有重望的老臣，地位相當於宰相。❽臨安　即杭州。❾半閒堂　賈似道在西湖葛嶺的府第。❿蒼頭　僕人。因戴蒼色頭巾，故名。⓫錢篋　錢包。⓬玳瑁　海中龜類爬行動物，背面角質板光滑有花紋，可製成裝飾品。⓭鬼錄　鬼的名冊。⓮審　真的。⓯鹺　鹽。⓰調羹用　用以調和羹湯的味道。《尚書・說命下》：「若作和羹，爾惟鹽梅。」後以「調羹」比喻治理國家。⓱公田法　賈似道推行的一種土地政策，按官階高低限定各級官員的占地數量，官府用低價收購超額的土地，雇人耕種，稱為「公田」。⓲襄陽累歲困孤城四句　此為南宋史嵩所作的〈刺賈似道〉詩。南宋咸淳四年（西元一二六八年），元兵圍攻襄陽，賈似道隱匿不報，也不出征解圍，而整日在葛嶺遊玩淫樂。襄陽，府名。治所在今湖北襄樊。豢養，供養。⓳遠竄　充軍到邊遠地區。⓴雲水　原指行蹤不定的行腳僧或遊方道士。此處指道士。㉑漳州　今福建漳州。㉒木綿庵之厄　指賈似道被謫配漳州。監押官鄭虎臣為父報仇，將賈殺死於漳州木綿庵。木綿庵，位於今福建龍海九龍嶺下。㉓梢　通「艄」。㉔蘇堤　又稱蘇公堤。在杭州西湖中，分西湖為內外兩湖。北宋元祐年間，蘇軾知杭州時，疏浚西湖，堆泥築成此堤，故稱。

【語譯】一天晚上，趙源喝醉了酒，指著女子的衣服開玩笑說：「這真如《詩經》上說的『綠兮衣兮，綠衣黃裳』啊！」女子聽了，面有愧色，連續幾個晚上都沒有來。等她再來的時候，趙源問她不來的緣故，她才說：「我本想和您白頭偕老，誰知道您把我當作侍妾對待，叫人羞愧不安，所以幾個晚上不敢伺候在您的身邊。既然您已經知道了我的身分，如今就不必再隱瞞了。請讓我詳細地告訴你吧！我與郎君，原來就是老相識，現在要不是深厚的情意互相感應，我們的關係不會發展到今天這個地步。」趙源追問其中的原因，女子神情淒慘地說：「這豈不是為難我嗎？我如今實在不是這個世界上的人，但也不會給你帶來什麼災禍。只是因為上天定下來的命運應該如此，昔日的緣分尚未了結而已。」趙源聽後大吃一驚說：「我想聽聽其中的詳細情況。」

綠衣女說：「我過去是宋朝宰相賈似道的侍女，原本是杭州一個清白人家的女兒，自小擅長下棋，十五歲的時候，以棋童的身分進賈府侍候賈似道。每當賈似道上朝回來，在半閒堂閒坐，必定要召我去陪他下棋，備受他的寵愛。當時您是賈家的僕人，專管燒茶之事，因為給主人端茶送水，所以能夠進入後堂。您那時候年紀很輕，姿容美好，我見了十分愛慕，曾經將一個綾羅做的繡花錢包暗中送給郎君，您也將一個玳瑁脂粉盒回贈給我。你我雖然各自有意，但由於賈府內外有別，防範嚴密，始終沒有傾訴衷情的機會。後來我們的事情被同伴發現後向賈似道告密，於是我和郎君同時被處死於西湖的斷橋之下。現在郎君已經轉世做人，而我的姓名仍在鬼的名冊上，這不是命中註定的嗎？」

綠衣女說完，就嗚嗚咽咽地哭了起來，趙源的臉上也出現了受感動的神情。過了好久，才說：「真的是這樣的話，我和你就是兩世的姻緣了，應當更加相親相愛，以此來補償前世沒有了結的心願。」從此以後，綠衣女就住在趙源的房子裡，不再離開了。趙源向來不善於下棋，綠衣女就教他，將下棋的訣竅全部傳給他，所有那些平時下棋有點名氣的人，也都下不過趙源。

每當說起賈似道的往事，綠衣女就將她親眼看到的事情，一件一件詳細地向趙源講述。她曾經講過這樣一些事：有一天，賈似道在樓上靠著欄杆遠眺，侍妾們都在旁邊侍候。剛好有兩個戴著黑色頭巾、身穿便服的人乘著小船從西湖邊登岸。一個侍妾說：「多漂亮的兩個小伙子啊！」賈似道就說：「你願意嫁給他嗎？應該讓他送聘禮來。」那個侍妾笑了笑沒有說話。過了一會兒，賈似道令人捧來一個盒子，將侍妾們都叫到跟前，說：「這是剛才為某侍妾收下的聘禮！」打開一看，裡面裝的竟然是那個侍妾的頭。侍妾們無不嚇得渾身發抖，膽戰心驚地退了下去。賈似道又曾販運幾百船的私鹽到各個大城市去出賣，有個太學生寫詩諷刺道：

昨夜江上碧波翻，滿船都裝著宰相家的鹽。雖然宰相要用鹽調羹湯味，但是調味也用不了這麼多！

賈似道聽說後，就將那個寫詩的太學生抓進監獄，定了誹謗罪，嚴加處罰。賈似道又曾經在浙西推行「公田法」，百姓深受其害。有人就在路邊題了一首詩，詩中寫道：

襄陽連年被圍，將士困守孤城；賈似道卻遊山玩水，不想派兵出征。宰相竟不知道襄陽是地勢險要的咽喉地，只知道頒布公田法殘害天下百姓。

賈似道看到以後，逮捕了寫詩人，將他發配充軍到邊遠地區。賈似道曾經給一千個遊方道士布施飯食。受布施的人數已經滿了，可最後又來了一個道士，穿著破爛的衣服，到門前請求施捨飯食。管事的人認為數額已滿，不肯領他進內用齋。道士堅決請求，不肯離開，管事的人沒辦法，就讓他在門旁用齋。那道士吃完，把飯缽倒扣在桌子上就走了。眾人用盡全力想把飯缽翻過來，卻怎麼也翻不動。家人去報告賈似道，賈自己提來，才把飯缽翻了過來，發現飯缽底下題著兩句詩：「得好休時便好休，收花結子在漳州。」這時大家才知道是真仙降臨，可是誰也沒有將他認出來。人們也始終不明白「漳州」二字的意思。唉，誰知道賈似道日後要在漳州木綿庵遭殺身之禍呢？

此外，曾有一個船夫將船停泊在蘇堤旁。當時正值盛夏天氣，船夫睡在船尾，整夜都睡不著，無意間看見三個身高不滿一尺的矮人，聚集在湖邊沙灘上。一個說：「張公來了，怎麼辦呢？」

一個說：「賈似道不是仁厚的人，他是決不會饒恕我們的。」還有一個說：「我已經完了。你們還能看得到賈似道的垮臺。」說著，三個人一起哭著潛入水中。第二天，漁夫張某捕到一隻老鱉，直徑有二尺多，將它送到賈似道的府上。這事過去不到三年，賈似道的災禍就發生了。所以動物也有先知，人的命運是不能逃脫的。

源曰：「吾今日與汝相遇，抑豈非數❶乎？」女曰：「是誠不妄矣！」源曰：「汝之精氣❷，能久存於世耶？」女曰：「數至則散矣。」源曰：「然則何時？」女曰：「三年耳。」源固未之信。

及期，臥病不起。源為之迎醫，女不欲，曰：「曩固已與君言矣，因緣之契，夫婦之情，盡於此矣。」即以手握源臂，而與之訣曰：「兒以幽陰之質❸，得事君子，荷蒙不棄，周旋許時。往者一念之私，俱陷不測之禍，然而海枯石爛，此恨難消，地老天荒，此情不泯！今幸得續前生之好，踐往世之盟，三載於茲，志願已足，請從此辭，毋更以為念也！」言訖，面壁而臥，呼之不應矣。

源大傷慟，為治棺櫬而殮❹之。將葬，怪其柩甚輕，啓而視之，惟衣衾釵珥在耳。乃虛葬於北山之麓。源感其情，不復再娶，投靈隱寺❺出家為僧，終其身云。

【章旨】三年以後，綠衣女鬼亡去，趙源將其安葬後仍不忘舊情，不再娶妻，投靈隱寺為僧。

【注釋】❶數 天命；命運。❷精氣 精靈之氣。古人認為，鬼是由人的精靈之氣形成的。❸幽陰之質 即鬼魂。❹殮 給死者穿衣入棺。❺靈隱寺 位於杭州西湖西北武林山麓飛來峰前，始建於東晉咸和元年（西元三二六年），是我國佛教名寺之一。

【語譯】趙源問：「我現在與你相會，難道不也是命運註定的嗎？」綠衣女說：「這確實不錯。」趙源又問：「你的精靈之氣，能夠長久地留在人世嗎？」綠衣女回答：「氣數盡了，我的精靈之氣也就散了。」趙源問：「那麼什麼時候到期？」綠衣女說：「只有三年。」，趙源聽了，根本就不相信。

三年時間一到，綠衣女就病得臥床不起。趙源要為她請醫生，綠衣女不讓，說：「本來我已經和你說過，我們兩世婚姻的緣分，夫妻之間的情義，到今天已經全部了結了。」說著就用手抓住趙源的手臂，與他訣別說：「我用鬼魂的身體來侍奉你，承蒙你不嫌棄，與我共同生活了這麼長的時候。以往我們因為一點私情，都陷入了難以預測的災禍之中。然而海枯石爛，怨恨也難以消除；地老天荒，愛情也不會泯滅。現在我們有幸續上了前生的姻緣，履行了往世的盟約，到今天共度了三年美好的時光，我的心願已經滿足了。請允許我就此向你告別，更不要再想念我了。」說完以後，綠衣女就對著牆壁而睡，趙源再也叫不應她。

趙源非常悲痛，親自置辦棺材，給綠衣女穿衣入棺。將要下葬的時候，趙源覺得棺材很輕，他感到奇怪，打開一看，發現裡面只有衣服、被子、金釵和耳環，其他什麼也沒有了，於是就將空棺材葬在北山的山腳下。趙源被綠衣女的深情所感動，再也沒有娶妻，後來到靈隱寺出家當和尚，在那裡度過了一生。

【賞 析】中國古代小說中有不少寫人鬼相戀的作品，著名的有魏曹丕《列異傳》中的〈談生〉、晉干寶《搜神記》中的〈盧充〉、陶淵明《搜神後記》中的〈徐玄方女〉、〈李仲文女〉、唐戴孚《廣異記》中的〈張果女〉、〈王玄之〉等。在這些小說中，女主人公一般都是女鬼，她們主動與生活在陽世的男子相識結合，然後等待時機，還魂復生。有的女鬼雖然最終由於種種原因未能重返人間（如〈談生〉、〈盧充〉中的女主人公），但卻能為男主人公生女育男。〈綠衣人傳〉中人鬼相戀的情況要比上述諸篇複雜得多，故事所包含的思想意蘊也更為深刻和豐富。綠衣女和趙源不但在今世是人鬼殊途而相親相愛，而且前世他們同在陽世時就曾熱戀過。綠衣人本為南宋都城臨安的民女，因精通棋藝，被奸相賈似道選為棋童，甚受寵愛。她與司茶的奴僕相互愛慕，互贈信物，被賈似道發現後，雙雙被殺害於西湖斷橋之下。男僕轉世再生為書生趙源，綠衣人卻不得超生。但是，真正的愛情是暴力摧不垮、生死隔不斷的。綠衣人雖名隸鬼籍，卻仍然執著地追求自己的愛情。她的遊魂憑著僅存的一點精氣來到人間，與情人轉生的趙源結合，「續前生之好，踐往世之盟」，情深意篤，相契三載。「海枯石爛，此恨難消；地老天荒，此情不泯」。小說肯定了男女真情的正當合理和不可遏制，歌頌了男女主人公對愛情生死不渝的態度，宣揚愛情具有超越生死界限的巨大力量，同時也憤怒地控訴了兇狠殘暴、喪失人性的權奸賈似道和封建奴婢制度摧殘、扼殺美好愛情的罪行。綠衣女與趙源的人鬼之戀，是建立在反抗強暴的思想基礎之上的，因而顯得彌足珍貴。

與一般的風情小說不同的是，本篇將故事置於南宋末年奸相賈似道竊權亂政的背景之下，在淒惻動人的愛情小說中融入了反權奸的政治內容。在小說後半部分中，綠衣女根據自己生前的所見所聞，揭露了賈似道濫殺無辜、禍國殃民的種種罪行，說明其絕無好下場，這些內容雖難免有遊離於故事主線之嫌，但它們進一步昭示了綠衣女生前愛情理想不能實現的原因，更能表現女主人公對權奸的痛恨，強化了小說的政治批判色彩，對小說的質量並無多大影響。而這種將愛情與時政相結合的寫法，對後來的《紅梅記》、《桃花扇》等作品是有啓示作用的。

綠衣女是一個寫得非常成功的女鬼形象。她美麗而聰慧，善良多情而又愛憎分明。因為她是鬼，所以完全擺脫了封建禮教的束縛；因為她已經死過一回，也無須怕死，因而她對愛情的追求顯得自由而又大膽。她又十分自尊自愛，當趙源酒醉後以「綠衣黃裳」譏笑她是巨室婢妾時，她就幾天不理睬趙源以示抗議。這一形象哀怨而淒美，雖然是鬼卻絲毫沒有鬼氣，使讀者感到和易可親。

本篇沒有採用常見的順敘手法，而是先敘當前之事，前世之事則通過追敘手法娓娓道來。這種敘述方式在古代小說中是甚為少見的，它有利於增加事的波瀾和力度。作者的描寫手法較為細膩，「戲指其衣曰」、「女慘然曰」、「源大驚曰」、「與之訣曰」等人物對話的指示詞，較準確地傳達了人物說話時的神情語態和內心情感。

長安夜行錄

李昌祺

【題解】本篇選自李昌祺《剪燈餘話》卷一。篇中對唐人孟棨《本事詩》中〈長安餅師之妻〉的故事作了徹底的改造，藉賣餅師夫妻的鬼魂，揭露了唐皇宗室「窮極奢淫，滅棄禮法」的種種行徑。

【作者】李昌祺（西元一三七六～一四五一年），名禎，以字行。廬陵（今江西吉安）人。永樂二年（西元一四〇四年）進士，選翰林庶吉士，參加編修《永樂大典》。歷任禮部郎中，廣西、河南左布政使。為官廉潔寬厚，能體恤民情，政聲顯著，英宗正統四年（西元一四三九年）因病致仕後，安貧樂道，自甘淡泊，足跡不入公府。《剪燈餘話》是他有意仿效瞿佑《剪燈新話》而作，成書時間大約在永樂十八年（西元一四二〇年）前後。書中多藉鬼神怪異的故事議論古今政事，具有反君主專制和反貪官汙吏的思想傾向。此外還有許多描寫愛情婚姻的作品。小說中多用詩詞典故，頗顯才學。因曾作《剪燈餘話》這部傳奇小說，死後不得享祭於鄉賢祠。除《剪燈餘話》外，另撰有《運甓漫稿》、《容膝軒草》、《僑庵詩餘》等。

洪武初，湯公銘之與文公原吉，俱以老成❶練達❷，學問淵源，政事文章，推重當代。未幾而秦邸❸之國❹，湯公拜右輔❺，文公拜左輔，隨從以行。時天下太平，人物繁庶❻，關中❼又漢、唐故都，遺跡俱在，二公導翊❽之暇，惟從容❾於詩酒中，臨眺❿於山川，訪古尋幽，未嘗相舍。

一日，文公謂湯公曰：「漢代諸陵，盡在於此，吾徒幸無案牘⓫之勞，且有休退⓬之日，登高能賦，此其時乎？」府僚洛陽巫馬期仁對曰：「長陵⓭、安陵⓮、陽陵⓯、平陵⓰，皆在渭北咸陽原上，高十二丈，百二十七步。惟茂陵⓱在興平縣⓲東北十七里，高十四丈，百四十步，其形方正，狀類覆斗；陵東為衛將軍青⓳墓；又少東為霍去病⓴墓，所謂象祁連山者；西北，為公孫弘㉑墓；西一里為李夫人㉒墓；山川雄秀，與他處異。公若欲遊，宜先於是。且興平去此十八里，一日可到。」二公然之。

翌日㉓遂往，期仁從焉，時九月二十日也。暨㉔歸，至半途，期仁馬乏，追公不及，因緩轡㉕徐行，不覺暝矣。路遙天黑，將近二更，禽烏飛鳴，狐兔銜斥，心甚恐，且畏且行。俄而望中隱隱有火光，意謂人家不遠，策馬以進，至則果民舍也。雙戶洞開，燈猶未滅。期仁下馬，拴於庭樹之上，入坐客次㉖，良久寂然，不敢叩門；惟屢謦欬㉗，使其家知之。少傾，蒼頭㉘自便戶出，問客何來，期仁以實告，蒼頭唯唯而去。未幾，主人出，乃一少年，韋布㉙翛然㉚，狀貌溫粹㉛，揖客與語，言辭簡當，問勞而已。茶罷，延入中堂，規制㉜幽雅可愛，花卉芬芳，几席雅潔。坐定，少年呼其妻出拜，視之，國色也，年二十餘，靚妝㉝常服，不屑朱鉛，往來於香烟燭影中，綽約㉞若仙姝㉟神女。期仁私念彼尋常人，而妻美若此，必怪也；亦不敢問。逡巡㊱，設酒饌，杯豆羅列，雖不甚豐腆㊲，而奇美精致，迨㊳非人間飲食。少年相勸，意甚殷勤。

【章旨】秦王府幕僚巫馬期仁陪同王府左右相遊茂陵，歸途中期仁因馬乏落後，投宿一青年夫婦家。

【注　釋】❶老成　年高有德。❷練達　閱歷豐富；通曉人情世故。❸秦邸　指朱元璋的次子朱樉。洪武三年被封為秦王。邸，王侯府第。此處指王侯。❹之國　到封國去。秦王去封國為洪武十一年。❺輔　宰輔；宰相。這裡指藩王的相。❻繁庶　眾多。❼關中　指陝西渭河流域一帶，位於函谷關以東。❽導翊　輔導佐理。❾從容　盤桓；逗留。❿臨眺　登高遠望。⓫案牘　官府文書。⓬休退　休假賦閒。⓭長陵　漢朝劉邦（高祖）的陵墓。⓮安陵　漢朝劉盈（惠帝）的陵墓。⓯陽陵　漢朝劉啟（景帝）的陵墓。⓰平陵　漢朝劉弗陵（昭帝）的陵墓。⓱茂陵　漢朝劉徹（武帝）的陵墓。⓲興平縣　今陝西興平。⓳衛將軍青　指西漢名將衛青。漢武帝衛皇后之弟，曾先後七次率兵出擊匈奴，都大勝而歸。官至大將軍，封長平侯。⓴霍去病　西漢名將，衛青外甥，曾六次率兵出擊匈奴，每戰皆勝。官至驃騎將軍，封冠軍侯。㉑公孫弘　西漢大臣。年青時以放牧為生，四十歲始學《春秋》雜學，武帝時以賢良徵為博士，歷任左內史、御史大夫、丞相等職，封平津侯。㉒李夫人　漢武帝劉徹的寵姬，樂官李延年之妹，美貌善歌舞。早卒，武帝思念不已，方士少翁自稱能致其神，於夜中張燈設帷，令武帝坐帳中。武帝遠遠望見一妙齡女子，狀貌似李夫人。㉓翌日　明日。㉔暨　至；到。㉕緩轡　放鬆韁繩，騎馬緩行。㉖客次　接待賓客的地方。㉗謦欬　咳嗽。㉘蒼頭　僕人。㉙韋布　韋帶布衣。古代未做官者或平民的粗陋服裝。韋，熟牛皮。㉚翛然　無拘無束、自由自在的樣子。㉛溫粹　溫和純粹。㉜規制　此處指房屋的規模格局。㉝靚妝　美麗的裝束。㉞綽約　風姿輕盈美好的樣子。㉟仙姝　仙女。㊱逡巡　頃刻。㊲豐腆　指食物豐盛。㊳迨　大約。

【語　譯】洪武初年，湯銘之和文原吉都年高有德，閱歷豐富，學問淵博，政績卓著，文章出眾，因而深受世人的推崇。不久秦王到封國去，湯銘之被封為秦王的右相，文原吉被封為秦王的左相，跟隨秦王一起到了秦地。當時天下太平，人口眾多，關中地區又是漢、唐兩代的舊都，歷史遺跡都保留完好。湯、文二公在輔佐秦王處理政務的空閒時間，就飲酒賦詩，登高眺望山川美景，探訪古跡，尋求幽勝之景，從來沒有停止過。

一天，文公對湯公說：「漢代那些皇帝的許多陵墓，都集中在這裡。我們幸好沒有處理官府文書的勞累，而且還有休假賦閒的日子，這不正是登高賦詩的好時候嗎？」府中的幕僚洛陽人巫馬期仁插話說：「漢高祖劉邦的長陵、漢惠帝劉盈的安陵、漢景帝劉啟的陽陵、漢昭帝劉弗陵的平陵，都在渭河北面的咸陽原上，高十二丈，邊長一百二十七步。只有漢武帝劉徹的茂陵在興平縣東北十七里，高十四丈，邊長一百四十步，它的形狀方方正正，像一只倒過來放著的斗。茂陵的東邊是大將軍衛青的墓，再向東不遠是大將軍霍去病的墓，人們說這些陵墓像祁連山。而西北方向，是丞相公孫弘的墓；再向西一里，是漢武帝寵幸的美人李夫人的墓。這一帶山川雄奇秀麗，與其他地方大不相同。您們如果要遊覽，應該先去茂陵。再說興平離這裡只有十八里，一天就可以到了。」湯、文二人都認為期仁說得對。

第二天，湯、文二人就去茂陵，期仁跟隨他們一起去。當時是九月二十日。回來時走到半路，期仁的馬走累了，沒有趕上湯、文二人，於是他索性放鬆轡繩，任馬緩慢行走，不知不覺天已經晚了。路途遙遠，四周又一片漆黑，將近二更的時候，天上禽鳥邊飛邊叫，地上到處是狐狸和野兔，期仁心中很害怕，提心吊膽地向前走。一會兒，他隱隱地看到前面有燈光，心想不遠的地方就有人家，於是就揮動鞭子，策馬向前。期仁到了那個地方，看見的果然是一所老百姓的住宅。庭院的兩扇門大開著，燈還沒有熄。期仁下了馬，將馬拴在庭院裡的大樹上，自己坐在院內客人的坐席上。可他好久都沒聽見裡面有聲音，又不敢隨便敲門，所以只好不斷地咳嗽，想讓裡面的人知道。一會兒，一個僕人從便門出來，問客人是從哪裡來的。期仁如實相告，僕人應答著走了進去。一會兒，主人出來了，竟是一個青年男子。他身穿粗布衣服，腰束皮帶，一副無拘無束、自由自在的樣子，態度十分溫和。青年男子向客人行禮後又進行了交談，他說話不多，但很精當，只是問候旅途辛勞而已。喝完茶以後，青年人將客人請入中堂。中堂的格局和布置都顯得十分幽雅可愛，花卉芳香宜人，桌椅雅致潔淨。坐定以後，青年人叫妻子出來拜見客人。期仁一看，竟是一個絕色女子。二十多歲的年紀，穿著普通的衣服，但打扮得非常得體。女子不塗胭脂鉛粉，往來於焚香的煙霧和燈燭的光亮之中，風姿輕盈美好，就像天上的仙女。期仁暗暗地想，那青年男子是個很平常的人，而他的妻子卻如此美麗，他們必定都是精怪。但他也不敢多問。頃刻之間，主人擺下了酒肴，杯盤羅列。雖然不怎麼豐盛，卻非常新奇精美，不像是人間的飲食。青年人給期仁勸酒，顯得十分殷勤。

酒半，夫妻俱起拜曰：「公貴人，前程遠大。某有少懇，欲託公以白于世。」期仁曰：「子夫婦為誰？所懇者何事？」少年曰：「公無恐，當以誠告。某唐人，處此已七百餘年，未嘗有至此者。今公臨降，迨天意歟？某白於世，必矣。」期仁曰：「願卒聞之。」少年羞赧❶低回，欲說復止。其妻曰：「何害！我則言之。妾夫開元❷間長安鬻餅師也，讓皇帝❸為寧王❹時，建第興慶坊❺，吾家適近王邸。妾夫故儒者，知有安、史之禍❻，隱於餅以自晦。妾亦躬操井臼❼，滌器當壚❽，不敢以為恥也。王過，見而悅之，妾夫不能庇其伉儷❾，遂為所奪，從入邸中，妾即以死自誓，終日不食，竟日不言，王使人開諭❿百端，莫之顧也。一夕，召妾，託以程姬之疾⓫獲免。如此者月餘，王無奈何，叱遣歸家。當時史官既失妾夫婦姓名，不復登載，惟《本事集》⓬云：『唐寧王宅畔，有賣餅者妻美，王取之經歲，問曰：頗憶餅師否？召之使見，淚下如雨，王憫而還之。』殊不知妾入王宮中，首尾只一月，而謂經歲；妾求死而得出，而謂召之使見；王實未嘗問妾，亦未嘗召妾夫至也；厚誣⓭若此，何以堪之？而世之騷人墨客有賦〈餅師婦吟〉詠妾事者，亦皆逞其才思，過於形容⓮，至有句云：『當時夫婿輕一諾，金屋茆簷⓯兩迢遞⓰。』嗚呼！回思爾時，事出迫奪，薰天之勢，妾夫尚敢喘息耶？

今以輕一諾為妾夫罪，豈不冤哉？所謂有懇託公者，此也。」期仁曰：「若爾守義，實為可嘉，正須直筆，以勵風俗，而使之昧昧[17]無聞，安得不飲恨於九原[18]，抱痛於百世哉？期仁不敏，濫以文辭稱，當為子表而出之。但恐相傳已久，膠[19]於見聞，一旦釐正[20]，不免人疑，願得子姓字，以補史氏之缺，可乎？」少年愀然[21]不樂，曰：「若顯余姓名人間，則負愧愈無盡矣，非所願也。」期仁曰：「然則如之何？」少年曰：「乞以前所云者，辯正足矣。」期仁復問曰：「史稱寧王明炳機先，固讓儲副[22]，號稱宗英[23]，乃亦為是不道[24]耶？」少年曰：「此是其常態，尚足怪乎？然在當時諸王中，最為讀書好學，雖其負恃恩寵，昧於自見，然見余拙婦以禮自持，終不忍犯。其他宗室[25]所為，猶不足道。若岐王[26]進膳，不設几案，令諸妓各捧一器，品嘗之。申王[27]遇冷不向火，置兩手於妓懷中，須臾間易數人。薛王[28]則刻木為美人，衣之青衣，夜宴則設以執燭，女樂紛紜，歌舞雜遝[29]，其燭又特異，客欲作狂，輒暗如漆，事畢復明，不知其何術也？如此之類，難以悉舉，無非窮極奢淫，滅棄禮法，設若墮其手中，寧復得出？則王之賢又不可不知也。」酒罷，夫婦各贈一詩，其夫詩云：

少年十五十六時，隱身下混屠販兒。乍可無營坐晦跡[30]，不說有學行求知。四時活計看爐鏊[31]，八節[32]歡情對酒卮[33]。紫糖旋瀉光滴乳，白麵新和軟截脂。大堪納吉[34]團遮笸[35]，小可充盤圓疊棋。火中幻出不虧缺，素手纖纖擎日月。漢賢逃難親曾賣[36]，今我和光[37]還自匿。室中萊婦[38]知同調，窗下儒仲[39]敦高節。自從結髮[40]共糟糠[41]，長能舉案供薇蕨[42]。怡怡伉儷真難保，布服荊釵[43]有人悅。樂昌明鏡一朝分[44]，奉倩寸腸中夜絕[45]。內家非是少明眸[46]，外舍寒微[47]豈好逑[48]？寶位[49]鴻圖[50]既云讓，柳姿蒲質[51]底須留？貧賤只知操井臼，凡庸未解事王侯。去劍俄然得再合[52]，覆流信矣可重收[53]。願揮董筆[54]袪疑惑，聊為陳人[55]洗愧羞。

其妻詩曰：

妾家閥閱[56]本尋常，蓽屋衡門[57]環堵牆。辛勤未暇事妝飾，婉娩[58]惟知佩禮章[59]。前年嫁得東鄰子，博學多才貫經史。致身不願取功名，鬻餅寧甘溷[60]閭里。朝朝日出肆門開，童子高僧雜遝來。得錢即已隨閉戶，促席[61]相看同舉杯。何期忽作韓憑別[62]，赴水墜樓心已決。紅蓮到處潔難汙，白璧歸來完不缺。當代豪華久已亡，貞魂萬古抱悲傷。煩公一掃荒唐論，為傳梁鴻與孟光[63]。

【章　旨】青年夫婦講述了他們於唐開元年間在長安賣餅、妻子被寧王搶奪入府、因以死抗爭方被寧王放還的事實真相，指出《本事詩》歪曲歷史、將女主人公說成是失貞之婦的錯誤，請求巫馬期仁為其辯誣。臨別時，夫妻兩人各贈詩一首。

【注　釋】❶羞赧　因羞愧而臉紅。❷開元　唐玄宗李隆基的年號（西元七一三～七四一年）。❸讓皇帝　唐代李憲因弟李隆基有平韋氏之功，懇讓儲位於李隆基，死後被追諡為讓皇帝。❹寧王　唐睿宗李旦之長子李憲，唐玄宗李隆基之兄，曾被封為寧王。❺興慶坊　長安市內坊名。❻安史之禍　指唐代的安史之亂。天寶十四年（西元七五五年），平盧、范陽、河東三鎮節度使安祿山和他的部將史思明起兵反唐，直至七六三年，叛亂方平息，歷時九年。史稱「安史之亂」。❼躬操井臼　親自操持家務。井臼，汲水與舂米。泛指家務。❽滌器當壚　洗滌器物，當壚賣酒。壚，酒店內放酒壇的土墩。❾伉儷　配偶；妻子。❿開諭　勸告；啟發勸說。⓫程姬之疾　婦女月經的諱稱。《史記・五宗世家》：「景帝召程姬，程姬有所避，不願進，而飾侍者唐兒使夜進。」司馬貞〈索隱〉引姚氏曰：「《釋名》云：天子諸侯群妾以次進御，有月事者止不御。」⓬本事集　即唐代孟棨所作的筆記小說集《本事詩》，分七類敘述有關詩歌的本事。本文所敘餅師婦之事見於此書。⓭厚誣　深加誣衊。⓮形容　描摹；描述。⓯茆簷　茅屋屋簷。茆，同「茅」。⓰迢遞　遙遠。此處意謂隔離。⓱昧昧　無聲無息。⓲九原　九泉；黃泉。⓳膠　拘泥；固執。⓴釐正　考正；訂正。㉑愀然　因憂愁而面容改色。㉒儲副　國家的副君，指太子。㉓宗英　皇族中才能傑出的人。㉔不道　無道；胡作非為。㉕宗室　皇族，特指與君主同宗族的人。㉖岐王　唐玄宗李隆基的弟弟李範，曾被封為岐王。㉗申王　唐玄宗李隆基的次兄李撝，曾被封為申王。㉘薛王　唐玄宗李隆基的幼弟李業，曾被封為薛王。㉙雜遝　紛雜繁多。㉚晦跡　隱居匿跡。㉛鏊　烙餅的鍋。㉜八節　古代以立春、立夏、立秋、立冬、春分、夏至、秋分、冬至為八節。㉝酒卮　酒杯。㉞納吉　古代婚禮的六禮之一，男方卜得吉兆後，備禮通知女方，決定締結婚姻。㉟筥　竹製的圓形容器。㊱漢賢逃難親曾賣　東漢趙岐曾逃難北海，賣餅為生。㊲和光　隨俗而處，不露鋒芒。㊳萊婦　即萊妻。春秋時楚國人老萊子之妻。老萊子隱居於蒙山之下，楚王前來聘其出仕，老萊子心有所動，被其妻勸止。後因此以萊婦指稱賢妻。事見劉向《列女傳・賢明》。㊴儒仲　指東漢人王霸（字儒仲）。王霸有清高的節操，看到別人榮華富貴後隱居的念頭有所動搖，在其妻的激勵下堅定了終身不仕的決心。㊵結髮　成婚。古代成婚之時，男左女右共髻束髮，故稱。㊶共糟糠　意謂貧困時共食糟糠。後用以指共患難的妻子。《後漢書・宋弘傳》：「貧賤之知不可忘，糟糠之妻不下堂。」糟糠，酒滓、穀皮等粗劣的食物。㊷薇蕨　指野菜。㊸布服荊釵　粗布為衣，荊枝為釵。貧窮人家女子的服飾。㊹樂昌明鏡一朝分　唐代孟棨《本事詩・情感》載，南朝陳中書舍人徐德言之妻樂昌公主為後主叔寶之妹，兩人恐國亡後不能互保，於是將一銅鏡一分為二，夫妻各執一半，約定他年正月望日賣破鏡於都市。

後陳亡，樂昌公主入越國公楊素家。德言按期至京，見一老僕人賣破鏡。一看，果然是其妻所執的一半。便題詩云：「鏡與人俱去，鏡歸人不歸。無復嫦娥影，空留明月輝。」公主得詩，悲泣不食，楊素知之，將公主歸還了德言。㊺奉倩寸腸中夜絕　《三國志・魏志・荀惲傳》裴松之注引晉人孫盛《晉陽秋》載，三國時魏人荀粲，字奉倩，因妻病逝，痛悼不能已，不哭而傷神，一年後也死，年僅二十九歲。㊻明眸　明亮的眼睛。形容女子貌美，也指代美女。㊼寒微　出身貧賤，門第低微。㊽好逑　好配偶。㊾寶位　帝位。語出《易・繫辭下》：「聖人之大寶四位。」㊿鴻圖　宏大的基業。多指王業帝位。51柳姿蒲質　比喻未老先衰或體質衰弱。語出《世說新語・言語》：「蒲柳之姿，望秋而落；松柏之質，經霜彌茂。」52去劍俄然得再合　比喻別後重逢，因緣會合。據《晉書・張華傳》載，豐城（今江西豐城）令雷煥在牢獄地下掘得龍泉、太阿二劍，以一劍贈張華。後張華被誅，劍即失其所在。雷煥死後，其子持劍路過延平津（晉時屬延平縣，位於今福建南平），劍忽然躍出墮水。使人入水尋劍，只見二龍，不見寶劍。53覆流信矣可重收　此處反用覆水難收的典故，比喻夫妻離而復合。相傳漢代朱買臣之妻因家貧而離去，後買臣為會稽太守，其妻要求再合，買臣取盆水潑地，令妻收取，表示潑水難收，夫妻不能再合。事見《漢書・朱買臣傳》。54董筆　又作「董狐筆」。指史家不畏權勢、尊重史實、如實記事的寫作原則。據《左傳》宣公二年載，晉國趙穿殺晉靈公於桃園。上卿趙盾尚未逃出國境，聽說靈公被殺便返回朝廷。太史董狐書「趙盾弒其君」在朝廷上公示，趙盾不服，董狐反駁說：「子為正卿，亡不越境，反不討賊，非子而誰？」孔子曾稱讚說：「董狐，古之良史也，書法不隱。」55陳人　古人。56閥閱　門第；家世。57茆屋衡門　茅草蓋房，橫木為門。指簡陋的房屋。茆，同「茅」。58婉娩　柔順貌。59禮章　禮儀規章。60溷　同「混」。苟且過活。61促席　坐席互相靠近。62韓憑別　喻指夫妻離散。相傳戰國時宋國大夫韓憑妻何氏貌美，康王奪之，因韓憑。韓憑自殺。何氏暗中將衣服弄爛，在與康王一起登臺時跳臺自殺。康王左右抓何氏衣服未抓住。何氏在衣帶上留言，希望死後與韓憑合葬。康王不聽，將他們分葬兩處。一夜之間，兩座墳上分別長出了兩棵大樹，根交於下，枝連於上。又有一對鴛鴦經常棲息樹上，交頸悲鳴，人稱相思樹。事見晉人干寶《搜神記》。63 梁鴻與孟光　東漢梁鴻家貧好學，節操高尚，不仕，夫妻以耕織為業，相敬如賓。梁鴻外出幹活，歸家時，孟光為之備食，舉案齊眉。後人以梁鴻、孟光喻指賢夫賢妻。

【語　譯】酒喝了一半，青年夫妻都從坐席上站起來，拜倒在期仁的面前，說：「您是個貴人，前程遠大光明。我們有個小小的請求，那就是想拜託您將一件事情的真相大白於世。」期仁說：「你們夫婦是什麼人？託我辦的是什麼事？」青年人說：「您不要怕，我把真實情況告訴您。我是唐人，住在此地已經七百多年了，從未看見有人到過這裡。現在您大駕光臨，大概是天意吧？我能昭雪於世，那是必然的了。」期仁說：「我希望聽聽這件事的詳細經過。」青年人的臉突然紅了起來，露出了羞愧而又複雜的神情，欲言又止。他的妻子說：「有什麼要緊的，我來說。我的丈夫，是開元年間長安的賣餅師傅。讓皇帝李憲做寧王時，在興慶坊建造府第，我家剛好在寧王府附近。我丈夫本來是一個儒生，知道安史之亂將會發生，就隱居起來，借賣餅來掩蔽自己的身分。我也親自操持家務，洗滌器物，當壚賣酒，並不以此為恥。寧王從酒店門口經過，看上了我。我的丈夫不能保護自己的妻子，眼睜睜地看著我被寧王奪走。自從進入寧王府中，我就發誓以死相抗，整日不吃飯也不說話。寧王派人來百般勸說，我都不予理睬。一天晚上，寧王召我，我推託正當經期而獲免。這樣過了一個多月，寧王無可奈何，將我叱罵一頓便遣送回家。當時史官不知道我們夫婦的姓名，也就沒有記載。只有《本事詩》說：『唐代寧王的住宅旁邊，有個賣餅人的妻子貌美，寧王將她帶回家一年多，問她說還想賣餅的師傅嗎？並將賣餅師召來，讓他們夫妻相見。兩人相見後淚下如雨，寧王動了憐憫之心，就將賣餅人的妻子放回家。』竟然不知我進入王宮，前後只有一個月，而書中卻說過了一年。我是因為尋死覓活才被放出王府的，書中卻說寧王把我丈夫召來，讓我們夫妻相見。寧王其實根本沒有問過我，也沒有召我丈夫來過。書中對我如此大肆汙蔑，叫我如何忍受得了？而世上那些舞文弄墨的文人卻去作什麼〈餅師婦吟〉的詩來敘述我的事情，也都想藉此顯耀他們的才華，過於渲染誇張，甚至有詩句說：『當時夫婿輕一諾，金屋茆簷兩迢遞。』唉，回想那個時候，我是被強迫奪走的。寧王權勢薰天，我丈夫還敢喘一口氣嗎？現在卻給我丈夫加上以輕易許諾的罪名，豈不是太冤枉嗎？我們剛才說要誠懇地拜託您的，就是這件事。」期仁說：「像你這樣堅守節操，確實值得嘉獎。正需要用直筆如實地記載下來，以此來勉勵世人，改變風俗。現在卻讓這件事無聲無息，你們怎麼能不飲恨黃泉、痛心百世呢？我很不聰明，濫竽充數也有一個能寫文章的名聲，我理當把你們的事情記述下來加以宣揚。但恐怕錯誤的記載相傳已久，世人拘泥於以往的所見所聞，真相一旦披露出來以後，有人仍然免不了會生懷疑。我希望能知道你們的姓名字號，以此來彌補史家的缺失，可以嗎？」年青人頓生憂愁，面容改色，說：「如果在世上顯揚我的姓名，那麼我的慚愧更加無窮無盡，我不願意這樣做。」期仁說：「那怎麼辦呢？」年青人說：「請求您按剛才所說的寫，事情也就完全能夠辨明糾正了。」期仁又問道：「史書上說寧王能明察事物發展的先兆，堅決地將太子之位讓給弟弟，號稱是皇族中才能傑出的人物，竟然也如此胡作非為嗎？」年青人說：「這對他來說是正常的事情，還有什麼值得奇怪的呢？然而在當時的諸侯王之中，寧王還是最愛讀書、最好學的。雖然他依仗皇帝的恩寵，固執己見而做了些昏昧糊塗的事，然而看到我妻子能以禮自守、不肯受辱，終於不忍心加以侵犯。至於其他皇族成員的所作所為，那就更難以啟齒了。例如岐王就餐時，從來不用桌子，而是讓許多歌女舞女每人捧一個盤子，讓他逐一品嘗。申工冷的時候從來不烤火，而是將兩手放在歌女的懷中取暖，片刻功夫就要換上好幾個人。薛王則將木頭雕刻成美人，再給木雕穿上青色的衣服，晚上宴飲時則讓這些木頭人手持蠟燭。宴會上女樂如雲，歌舞紛呈。那蠟燭又特別奇怪，如果客人想幹放蕩之事，室內馬上就黑暗如漆，事情完畢後蠟燭馬上又亮起來，不知他玩的是什麼把戲？諸如此類的事情，難以一一列舉，無非是極端的奢侈淫樂，毀壞並拋棄禮義法度。假如我妻子落入這些人的手中，難道還能再出來嗎？如此看來，寧王要比其他諸王稍微好一點也是不可不知的。」酒喝完以後，夫婦二人各自贈給期仁一首詩。丈夫的詩寫道：

我在十五十六少年時，隱身下層屠夫商販中。不說自己曾讀書求學問，怎麼能無所謀求就隱跡潛蹤。一年四季看守在餅爐旁邊，逢時過節開心地端起酒盅。傾瀉的紫糖色似光照乳汁，剛和的白麵軟如刀切脂肪。大的餅可作為聘禮祭品置於圓形竹筐，小的餅可以像棋子一樣在圓盤中堆放。火中取出的炊餅圓圓整整無虧缺，一餅在手猶如舉著日月。漢賢趙岐逃難北海曾賣餅為生，今我隨俗而處借賣餅掩蔽身份。家中的賢妻與我堪稱同調，我要像漢代的王霸一樣砥礪節操。婚後夫妻甘守貧賤共食糟糠，吃野菜也能夠舉案齊眉學孟光。和睦怡悅的夫妻生活難久長，荊釵布裙的妻子竟然也會被權貴看上。妻子好似樂昌公主突然與我離散，我就像漢代荀粲一樣摧心傷肝。王侯宅並非沒有明眸皓齒的佳麗，豪宅外貧賤人家哪能找到什麼美女？帝王的室位、國家的基業都能拱手相讓，蒲柳那樣柔弱易衰的女子何須勉強？貧家女只知道汲水舂米為家務奔忙，平凡庸俗未見世面不會伺候君王。分離的寶劍頃刻間會合一起，潑出去的水確也能再度收取。希望先生揮動如實記事的董狐筆，為世人解除疑惑，替古人洗去羞愧。

妻子的詩寫道：

論門第小女子本屬平常，茅草房橫木門四面土牆。整日裡勤勞作無暇梳妝，只知道溫和柔順循禮遵章。前年裡嫁給了東鄰之子，夫君他博學多才熟讀經史。不情願出仕做官謀取名利，卻寧可烤賣炊餅混跡市井鄉里。每天太陽一出就打開店門，童子進高僧來顧客盈門。賣了餅得了錢關門打烊，夫妻倆靠近坐相互看舉杯共飲。哪料到突然間夫妻離散，或投水或跳樓我殉節意堅。是紅蓮處處都潔淨難汙，無暇璧終歸來完整無缺。想當年豪華族久已消亡，貞潔魂千年來抱悲含傷。煩貴手作華文一掃荒唐，將我們夫妻事永遠傳揚。

期仁玩之再四，收拾囊中。少年即命蒼頭導客東廳就榻。斯須，遠寺鐘敲，近村雞唱，曙色熹微，晨光晻靄❶，開目視之，但見身沾露以猶濕，馬齕❷草而未休，四顧闃然❸，咸無所睹。乃以詩呈二公，皆加賞異，以為真得唐體，命刻之郡東，以永其傳。期仁果以文學陞❹至翰苑，八十九而終，遂符遠大之說。湯公後守吉安，屢為人道其詳如此云。

【章旨】巫馬期仁醒來後發現自己睡於荒野之中，回城後將賣餅師傅夫妻的詩加以傳揚。

【注　釋】❶晻靄　昏暗的雲氣。❷齕　咬。❸闃然　寂靜無聲貌。❹陞　同「升」。

【語　譯】期仁將夫妻倆的詩反覆吟誦玩味，然後放在口袋內，年青人就讓僕人帶客人到東面的客房裡就榻。沒多久，遠處的寺院裡響起了鐘聲，附近村莊裡的雞也開始叫起來。東方熹微，晨光暗淡，期仁睜開眼睛一看，只見身上沾滿了潮濕的露水，馬還在不停地嚼著草料。四周寂靜無聲，夜裡看到的景物再也看不見了。期仁回去後將青年夫婦贈給的詩給湯、文二人看，兩人都大加讚賞，認為真正是唐人的詩體。於是令人將詩刻在長安郡府的東壁上，讓它永遠流傳。期仁後來果然因為文學方面的才華而升遷到翰林院供職，活到八十九歲才去世，與青年夫婦的前程遠大之說相符合。湯銘之後來任吉安太守，屢次向別人詳細講述這件事。

【賞　析】本篇敘述明初藩王的幕僚巫馬期仁遊覽漢陵時迷路，見到唐代開元年間長安賣餅師夫婦的鬼魂。賣餅師夫婦追憶往事，澄清事實真相，指出《本事詩》的有關記載乖謬失實，請求巫馬期仁為其辯誣。小說有意將時空顛倒錯亂，讓前後相隔七百餘年的人物在一起飲酒交談，伸冤自辯，顯得想像豐富，文思活躍。

唐孟棨《本事詩・情感》第一記載了〈餅師妻吟〉一詩的本事：「寧王曼貴盛，寵妓數十人，皆絕藝上色。宅左有賣餅者妻，纖白明媚。王一見注目，厚遺其夫，取之，寵惜逾等。環歲，因問之：『汝復憶餅師否？』默然不對。王召餅師，使見之，其妻注視，雙淚垂頰，若不勝情。時王座客十餘人，皆當時文士，無不淒異。王命賦詩，王右丞維詩先成：『莫以今時寵，寧忘昔日恩。看花滿眼淚，不共楚王言。』」據〈餅師妻吟〉和《本事詩》所言，寧王李憲是在送了許多錢禮給賣餅師，徵得其同意後才帶走其妻子的，所謂「當時夫婿輕一諾，金屋茆簷兩迢遞」。在李昌祺看來，這完全是胡說八道。餅師妻完全是寧王憑權勢搶掠來的，「事出迫奪，薰天之勢，妾夫尚敢喘息也？今以『輕一諾』為妾夫罪，豈不冤哉！」《本事詩》又說餅師妻在寧王府有一年多時間，寧王對她「寵惜逾等」，言下之意，餅師妻曾失身於寧王。《本事詩》還說是寧王主動問餅師妻是否思念丈夫，並召來賣餅師，發善心放出了賣餅師的妻子。對所有這些記載，小說全部予以推翻。作者通過餅師之妻的自述，說明她在寧王府中前後只有一個月時間。她一進入王府，便「以死自誓，終日不食，竟日不言」；寧王派人百般哄騙誘惑，她也不為所動；寧王欲對她圖謀不軌，又被她機智地拒絕；最終寧王只得無可奈何地將她「叱遣歸家」。寧王從未問過她思夫與否，也從未召見過她的丈夫。她之所以能跳出火坑，是她以死抗爭的結果，寧王根本沒有發過什麼善心。小說中的餅師妻，是一個不為淫威所屈的堅貞女子，正如她自己在詩中所說的那樣，「紅蓮到處潔難汙，白璧歸來完不缺」。小說將加在她身上的汙蔑與不實之詞一筆推翻，批判了那些歪曲事實、把統治者的醜行說成是美德的御用文人，體現了難能可貴的懷疑、抗爭精神和平民意識。

本篇的作者李昌祺是一位能關心民生疾苦的正直官員。他在任河南左布政使期間，能嚴懲貪墨，打擊豪強，救災恤貧，深受百姓愛戴。明宣宗宣德初年，河南大災，此時他正居母喪在家。百姓懷念李昌祺，紛紛要求朝廷起用他。李昌祺奪喪赴官後，立即開倉賑民，減免百姓的租稅勞役，組織百姓抗災自救，對百姓「撫恤甚至」。在本篇中，他又力翻陳案，為受欺凌、受侮辱的下層平民鳴不平，這也是他憫民愛民思想的一種體現。

小說中所寫的寧王李憲，是唐睿宗李旦的長子，曾將皇位讓給弟弟李隆基，被史書稱為唐皇室中的傑出人物。這樣一個以賢讓馳名的皇室成員，竟然公開搶掠民間女子，而且這對他來說是很正常的事，由此可見唐代皇族子弟驕奢淫逸的程度。小說借人物之口進一步指出，「其他宗室所為，猶不足道」，並列舉了歧王進膳讓美人捧器皿供食、申王將手伸入諸妓懷中取暖、薛王舉辦淫蕩舞會等種種「窮極奢淫，滅棄禮法」的劣行，矛頭直指最高統治集團。作者寫作本篇的目的，除了篇中所說的「補史氏之缺」、「感發人之善心」以及「懲創人之佚志」（劉欽〈剪燈餘話序〉）外，恐怕還寄託了他本人對於國事的感慨。明代初年，朱元璋把自己的二十四個兒子和一個孫子分封到全國各重要地區，給予他們很大的權力，想用他們來輔佐皇朝。但這些藩王們與唐代宗室諸王完全是一丘之貉，他們的種種作為同樣令人髮指，這在《明實錄》等書中多有披露。作者將本篇置於《剪燈餘話》全書之首，其借唐諷明的寓意可以想見。

聽經猿記

李昌祺

【題解】本篇選自《剪燈餘話》卷一。敘述一老猿投身佛門及其轉世為人、成為高僧的故事。《孤本元明雜劇》卷四無名氏《龍濟山野猿聽經》雜劇與本篇的情節相同。

廬陵❶之屬邑吉水❷，有東山焉，根盤百里，作鎮一方，秀麗清奇，望之如畫。後唐天成❸間，有修禪師者，結草庵於山之絕處。樹木蒙密，路徑崎嶇，曠歲彌年❹，人跡罕至。惟樵夫深入時，見師坐松下，輒有群鳥銜果集於前，師一一取食，食訖，飛去。樵夫間以語人，好事者相率造庵訪之。師方鼾睡，撲握❺暖足，伊尼❻衛床。眾異之，競為除地集材，建大蘭若❼。

興工之始，師召匠戒之曰：「汝手作人，必飲酒食肉，此處山神利害，不可輕犯，如何？」匠齊應曰：「請斷葷酒以從事。」師許之。

經月餘，一匠忽思肉不可忍，因下山數日復來。政斲削間，兩虎踰垣而入，立匠者前，左右視，作哮吼聲。其人驚怖。師曰：「必汝犯戒，首實❽為宜，吾當遣去也。」匠者解腰間布囊付師，曰：「適過廖橋市中，買熟牛肉一塊，帶來作下飯❾，無他也。」師曰：「是矣。」因截作二段餵虎，撫其背曰：「山子❿且去。」言訖，虎隱。人愈敬之。由是金帛之施，川匯河輸，棟宇莊嚴，不日而就。

既落成，師說法以報檀施⓫，講演妙義，諸天⓬雨花⓭。俄而堂下涌出五井，皆滿貯米、麵、油、鹽、蔬菜，取以飯眾，不欠不餘。師曰：「此五方龍王獻供，以濟匱乏，可名此山曰龍濟，寺曰清涼。」今四井已湮，惟一尚在。

【章旨】吉水東山的修禪師神通廣大，主持修建清涼寺，改山名為龍濟山。

【注釋】❶盧陵　郡名。即吉州。治所在今江西吉安。❷吉水　今江西古水。❸天成　五代時後唐明宗李嗣源的年號（西元九二六～九三〇年）。❹曠歲彌年　年復一年。❺撲握　指兔子。❻伊尼　指鹿。❼蘭若　指寺院。梵語「阿蘭若」的省稱。❽首實　自首交代。❾下飯　佐餐。❿山子　古代泛指良馬。此處指虎。⓫檀施　施主。⓬諸天　佛教語。指護法的眾天神。佛經說欲界有六天，色界有四禪十八天，天色界有四天，此外尚有日天、月天、韋馱天諸天神，總稱為諸天。⓭兩花　天上降下花來。傳說佛祖說法時，諸天降眾花，滿空而下。

【語譯】江西廬陵郡的屬縣吉水境內有一座東山，方圓百餘里，雄鎮一方，風景秀麗清奇，遠遠望去如同山水畫一樣美麗。後唐天成年間，有一人稱修禪師的高僧，在東山的絕頂上蓋了一座草屋。草屋周圍樹木茂密，道路崎嶇。一年又一年過去了，很少有人到過這裡。只是偶爾有砍柴人進入深山時，看到禪師坐在松樹下，常有群鳥啣著野果聚集在他的面前。禪師將果子一一取來食用，禪師吃完後鳥才飛走。砍柴人偶爾將所看到的情況告訴別人，於是一些喜歡多事的人就結伴到庵中拜訪禪師。他們到達庵中時，禪師正在睡覺，兔子給他暖腳，群鹿守衛在床邊。眾人十分驚異，於是競相在這裡平整土地，聚集材料，準備造一座大寺院。

開始動工的時候，禪師召集工匠，告誡他們說：「你們手藝人，肯定要飲酒吃肉，但這裡的山神特別厲害，不可輕易冒犯，你們看怎麼樣？」眾工匠齊聲回答說：「我們在這裡幹活時，一定戒掉葷戒掉酒。」禪師答應了。

一個多月以後，一個工匠忽然想吃肉而且忍耐不住，就下山去了幾天再回來。這天，他正在砍削木材的時候，兩隻老虎翻牆而入，站在這個工匠面前，左看右看，發出咆哮怒吼的聲音。工匠非常害怕。禪師說：「肯定是你觸犯了戒律，還是自己老老實實說出來為好。我理應叫牠們自己走開。」工匠解下腰間的布口袋交給禪師，說：「我剛才經過醪橋集市的時候，買了一塊熟牛肉，帶到這裡來做下飯的菜，其他沒有了。」禪師說：「這就對了。」於是把牛肉切成兩塊餵虎，又摸著老虎的背說：「山子，你們暫且回去吧。」話剛說完，老虎就不見了。於是人們更加敬重禪師。從此以後，人們施捨的金銀財帛越來越多，像河川一樣匯集起來運到山上。莊嚴雄偉的寺廟，沒有多少日子就竣工了。

寺廟落成以後，禪師在廟中講經說法以報答各位施主，他闡述佛經妙義，感動天神，天上紛紛揚揚地降下花來。一會兒禪堂下又突然出現了五口井，井裡貯滿了米、麵、油、鹽和蔬菜，將這些食品取出來供眾人食用，正好不多也不少。禪師說：「這是五方龍王奉獻出來的東西，是用來濟助我們的，此山可以取名為龍濟山，寺可以取名為清涼寺。」現在有四口井都已經湮沒了，只有一口井還在。

師庵前喬木千章，蔽翳❶雲日，樹下磐石坦平，師每據之誦經，日以為常。有老猿棲樹間，潛聽，且窺師熟。一日，師偶出，猿下著袈裟，取經石上，閱之。師還望見，猿踉蹌❷走去，師不問，亦不以告諸僧，但心識之曰：「此已解悟矣。」明日，果有峽州❸袁秀才來謁。師知之，請入相見，緇衣❹玄巾，風致❺樸野❻。敘禮竟，白師曰：「遜姓袁，字文順，峽中人也。族大以蕃，不樂仕進。獨遜有志功名，求官輦下❼。明宗❽胡人，暮年昏惑，賢士良才，莫得而進，留滯數年，竟無所就。有知己者，薦為端州❾巡官。念瘴鄉❿惡土，實不願行。彼又勸之曰：『子蹇困⓫如此，尚暇擇地哉？』不得已挈家抵任。未逾年，妻妾子女喪盡，憔悴一身，遂不復仕。往來江湖間，惟尋山望水，謝擾擾⓬於名場；問道⓭參禪⓮，談空空⓯於釋部⓰。側聞尊宿⓱建大法幢⓲，不憚遠來，求依淨社⓳。攢眉⓴蹙頞㉑，固非嗜酒之淵明㉒；舉手推敲㉓，頗類苦吟之賈島㉔。如蒙不棄，夫復何求？」即取書一幅呈師，乃贄啟㉕也。其詞曰：

竊以生一拳㉖夢幻㉗之身，蓋由惡業㉘；熟三峽烟霞之路，亦自善緣㉙。凡居覆載㉚之間，悉在輪迴之內。恭維㉛龍濟山主，修公大禪師座下：性融朗月，目泯空花㉜。衍術數㉝則允㉞過於圖澄㉟，逞神通則端㊱逾於杯渡㊲。菩提本無樹㊳，機鋒㊴肯讓於同袍㊵；

松柏摧為薪，泡影㊶等觀於浮世㊷。十方㊸瞻仰，四眾㊹歸依。若如遜者，天地毫毛，山林踪跡。悲來抱樹，誰憐淒惻其傷弓；窮則投林，疇暇㊺從容於擇木。無家可返，有佛堪依。痛茲妻子之淪亡，坐此功名之汩沒㊻。逢人舞劍，素非通臂㊼之才；過寺題詩，忽動歸山㊽之興。乾旋坤轉，無端變化幾湮沉㊾；春去秋來，管得繁華有枯槁。伊欲出類而拔萃，除非捨妄以歸真㊿。指示迷途，使入涅槃(51)之路；引登覺岸，遄(52)登般若(53)之舟。惟願慈悲，和南(54)攝受(55)！

師覽畢，謂之曰：「絕好俊才，兼通內典(56)，辱公不鄙，壯觀山門(57)。第有一事未便，不敢不以相聞。」遜曰：「何事？伏請見喻。」師曰：「公若頂巾束髮，在我教謂之沐猴而冠(58)；遽使削髮被緇(59)，在公教謂之儒名墨行(60)。若斯二者，何以處之？」遜踧踖(61)若有慚色，久之，乃曰：「但使心向禪宗(62)，何妨俗扮？願勿以形跡見拘也。倘得食已殘之芋，長源自是俗人[63]；補未了之經，次律豈非道者[64]？法門廣大，何所不容？」師曰：「若公之言，真所謂朝三而暮四[65]者也。」遜曰：「何見識之深也？」師曰：「偶然耳。」遂留之西館，俾教行童[66]。

遜雖性識聰明，文詞敏捷，然戲舞跳梁，好為兒態。有時跏趺[67]床上，以被蒙頭，使僧徒禮拜，曰：「此白衣觀音見身也。」有時箕踞[68]龕[69]中，以靛[70]塗面，令廚人致敬，曰：「此洪山大聖監齋也。」或納蛇鉢中，謂之降龍；或縛猫座下，謂之伏虎；如此者不一。僧頗苦之，以白於師。師笑曰：「故態也，善視之。」眾遂不敢言，遜亦自若也。然山中景物，經其題詠者甚眾，多不悉錄，紀其一二尤者焉。

〈題解空寺〉

古塔凌空玉筍[71]高，斜陽半壓水嘈嘈。老禪掩卻殘經坐，靜聽松聲沸海濤。

〈書方丈〉

幾曲風琴響暗泉，亂紅飛墜佛龕前。白雲深護高僧榻，不許人間俗客眠。

〈送僧出山〉

松翠侵衣屐印苔，杖藜幾度此徘徊？山僧忘卻山中好，去入紅塵莫再來。

〈詠鶴〉

遠辭華表[72]傍玄關[73]，別卻浮丘[74]伴懶殘[75]。金磬數聲秋日晚，雙飛帶得白雲還。

〈贈僧〉

一瓶一鉢一袈裟，幾卷《楞嚴》[76]到處家。坐穩蒲團[77]忘出定，滿身香雪墜曇華[78]。

〈布袋和尚〉[79]

童子牽衣也不管，放下布袋打鼾睡。縈纏只是貪嗔痴[80]，解脫無過戒定慧[81]。

〈毛女[82]圖〉

衣紉槲[83]葉不須裁，蘿月[84]秋懸寶鏡[85]開。鶴背[86]幾隨王母去，蛾眉[87]曾識祖龍[88]來。蟠桃結子三回熟，若木[89]為薪十度摧。回首同時金屋伴，重泉[90]玉匣葬寒灰！

〈落葉〉

萬片霜紅照日鮮，飛來堦下覆苔磚。等閒不遣僧童掃，借與山中麑[91]鹿眠。

〈方丈巢燕〉

花正開，雨霽春欲回，緝壘成雙到，穿簾作對來。飛上下，上下去又還，白門[92]辭王謝[93]，出入傍禪關[94]。鐘梵[95]定，長廊清晝靜，遠近雛學飛，呢喃語堪聽。棲寺好，畫棟雕梁巢莫保，秋去春復來，永伴山僧老。

〈山中四景〉

門徑苔深客到稀，游絲低逐軟紅飛。松梢零落飄金粉，童子枝頭曬衲衣。

風敲窗竹驚僧定，鳥觸殘花墜澗香。《圓覺》96半函看已了，紉針自補舊衣裳。

幾點歸鴉幾杵鐘，紛紛涼月在孤峰。清霜獨染千林樹，明月漫山一片紅。

十笏97房清百衲98溫，名香長是夜深焚。道人愛看梅梢月，分付山童莫掩門。

【章旨】修禪師每日誦經，有老猿在樹間偷聽。日久老猿解悟，化身為黑衣秀才來見禪師，自稱姓袁名遜，請求修禪師收留。禪師留他教小和尚。袁遜平時猿性難改，好為兒態，但又寫了許多詩歌題詠山中景物。

【注釋】❶蔽翳　遮蔽；隱蔽。❷踉蹌　走路不穩，跌跌撞撞的樣子。❸峽川　古州名。治所在今湖北宜昌。❹

緇衣　黑布做的衣服。指僧尼服裝。❺風致　風度品格。❻樸野　質樸而不矯飾。❼輦下　「輦轂下」的省稱。意謂在皇帝的車輿之下。代指京城。❽明宗　指後唐明宗李嗣源。❾端州　古州名。治所在今廣東高要。❿瘴鄉　南方有瘴氣的地方。瘴，瘴氣。指中國西南地區山林中因溫熱而蒸發出來的能使人生病的毒氣。⓫蹇困　困頓；不順利。⓬擾擾　紛亂貌；繁亂貌。⓭問道　請教道理和道術。⓮參禪　佛教禪宗的修持方法，有遊訪問禪、參究禪理、打坐禪思等形式。⓯空空　佛教認為一切事物皆無實體，叫做空。但空是假名，假名亦空，因稱「空空」。⓰釋部　指佛教經典。⓱尊宿　指年老而有名望的高僧。⓲法幢　寫有佛教經文的長筒形的綢傘或刻有佛像、佛教經文的石柱。亦用以比喻佛法。⓳淨社　意同淨土。指佛所居住的無塵世汙染的清靜世界。⓴攢眉　皺起眉頭，不快或痛苦的神情。㉑蹙頞　皺縮鼻翼，愁苦的樣子。㉒淵明　指東晉大詩人陶淵明。陶淵明棄官後隱居於廬山附近，與廬山東林寺的高僧慧遠有交往，但不願加入慧遠組織的白蓮社。《蓮社高賢傳・陶潛傳》載：「(陶淵明)常往來廬山，使一門生二兒舁(抬)籃輿以行。遠法師與諸賢結蓮社，以書招淵明。淵明曰：『若許飲則往。』許之，遂造焉，忽攢眉而去。」㉓推敲　指斟酌字句。唐代詩人賈島一日於驢上吟得「鳥宿池邊樹，僧敲月下門」，又欲改敲為推，鍊字未定，在驢背上作推字手勢，又作敲字手勢，誤衝韓愈車駕。韓愈問清緣由後，沉思良久，告訴賈島用敲字比用推字好。事見後蜀何光遠《鑒戒錄》。㉔賈島　中唐詩人，創作態度認真，注意詩句的修煉，是唐代著名的苦吟詩人。㉕贄啟　初次拜見師長時所呈送的書札。㉖一拳　指體積小而形如拳頭的物件。㉗夢幻　佛教語。認為世上一切事物都如夢境幻術一樣空虛無常。㉘惡業　罪孽；冤業。佛家謂出於身、口、意三方面的壞事、壞話、壞心等。㉙善緣　佛家語。指與佛門有緣分。㉚覆載　指天地。㉛恭維　下對上的敬詞，一般用於文章的開始。㉜空花　亦作「空華」。佛教語。指眼睛不好的人視覺中出現的繁花一般的虛影。比喻紛繁的妄想和假相。㉝衍術數　以種種方術來觀察自然界的現象，並以此推測人和國家的氣數和命運。衍，推演。術，方法。數，氣數。㉞允　確實。㉟圖澄　晉時天竺高僧，後歸後趙，甚受後趙皇帝石勒的敬重。㊱端　正好；的確。㊲杯渡　據南朝梁慧皎《高僧傳・神異下》載，晉宋時有一僧人，不知姓名，傳說他常乘木杯渡水，人稱其為杯渡。後因以杯渡稱僧人出行。㊳菩提本無樹　佛教《六祖壇經》中偈語：「菩提本無樹，明鏡亦非臺。本來無一物，何處著塵埃。」㊴機鋒　佛教禪宗用語。指問答迅速、機警鋒利、不落跡象而又意義深刻的言辭。㊵同袍　兄弟。亦用以指志同道合的人。㊶泡影　泡沫和影子。佛家用以比喻事物虛幻不實，生滅無常。後用以比喻希望或事情落空。㊷浮世　人世；人間。舊時認為人世浮沉聚散不定，故稱。㊸十方　佛教語。指東、南、西、北及四維（東南、西南、西北、東北）、上、下。㊹四眾　即四部眾。指比丘、比丘尼、優婆塞、優婆夷。㊺疇暇　空閒。㊻汩沒　埋沒；湮滅。㊼通臂　長臂。㊽歸山　退隱。㊾湮沉　埋沒；沉淪。㊿歸真　返還其本來狀態。(51)涅槃　梵文音譯，意為「寂滅」、「圓寂」、「入滅」等，為佛教所宣揚的最高理想。指信仰佛教的人經過長期修道，就能熄滅一切煩惱，超越生死輪迴的境界。後亦用作逝世的美稱。(52)遄　速。(53)般若　佛教名詞，意為「智慧」。指正確認識和理解一切事物的智慧，但與世俗人所具有的智慧不同，是成佛所需要的特殊認識。(54)和南　佛教語。指稽首、敬禮的動作。(55)攝受　佛教語。謂佛以慈悲之心收取和護持眾生。(56)內典　佛教徒對佛家經典的稱呼。(57)山門　指寺院。(58)沐猴而冠　獮猴戴帽子。言雖穿戴人的衣冠，但本質上卻不是人。沐猴，獮猴。(59)削髮被緇　剃去頭髮，身著黑衣。表示出家。(60)儒名墨行　即外儒內墨。打著儒家的旗號，而所作所為卻與墨家類似。(61)踧踖　恭敬而不安的樣子。(62)禪宗　佛教宗派名。又名佛心宗或心宗，以印度菩提達摩為始祖。(63)倘得食已殘之芋二句　唐人李泌字長源，嘗讀書寺中。一日夜中拜訪寺僧懶殘，懶殘撥火取山芋給李泌吃，並說：「謹勿多言，領取十年宰相。」事見宋人贊寧等《宋高僧傳・感通傳二》。(64)補未了之經二句　唐人房琯，字次律，相傳他前世為僧，寫經未完，轉世為繼續補寫，字跡如一。(65)朝三暮四　語出《莊子・齊物論》。養猴者用橡子餵猴，對猴說：「早上吃三個，晚上吃四個。」猴子聽了都很生氣。養猴者又說：「早上給四個，晚上給三個。」猴子就都高興了。原比喻用詐術騙人，後用以比喻變化多端或反覆無常。這裡暗諷袁遜本為猿猴。(66)行童　供寺院役使的小和尚。(67)跏趺　佛教修禪者的坐法。兩足交叉置於左右大腿上，為「全跏坐」；單以一足置於另一側的大腿上，為「半跏坐」。佛經稱跏趺可以集中思想，減少妄念。❻❽箕踞　一種輕慢、不拘禮節的坐姿。坐時兩腿隨意張開，形似簸箕。❻❾龕　供奉佛像或神像的石室或櫃子。❼⓿靛　青藍色染料。❼❶玉筍　筍的美稱。此處喻秀麗高聳的山峰。❼❷華表　古代建在殿、城垣、陵墓或橋梁前具有標誌和裝飾作用的巨大石柱。❼❸玄關　佛教稱入道的法門。《文選》李善注：「玄關幽鍵，喻法藏也。」❼❹浮丘　即浮丘公。古代傳說中的仙人。《文選》李善注引《列仙傳》：「王子晉好吹笙，道人浮丘公接以上嵩山。」❼❺懶殘　唐代衡岳寺中和尚明瓚，性疏懶，又好食殘餘飯菜，但神通頗廣，人稱懶殘。見宋人贊寧等《宋高僧傳・感通傳二》。❼❻楞嚴　佛經名。❼❼蒲團　用蒲草編成的圓形墊子，為僧人坐禪或拜跪時所用。❼❽曇華　又作「曇花」。梵語「優曇缽花」的簡稱。一種開放時間很短的花。❼❾布袋和尚　五代時僧人，世傳為彌勒菩薩的化身。《景德傳燈錄》謂其自稱契比，時號長汀子布袋師。宋莊季裕《雞肋編》卷中：「昔四明有異僧，身矮而皤腹，負一布囊，中置百物，於稠人中時傾瀉於地，曰：『看，看！』人皆目為布袋和尚，然莫能測。」❽⓿貪嗔痴　佛家語。嗔當為「瞋」之誤。瞋，生氣；惱火。佛家認為，貪欲、瞋怒與愚癡是人生的三大煩惱，它們對人的毒害最重，被稱為「三毒」。❽❶戒定慧　佛家語。指「三無漏法」。防非止惡為戒；六根涉境，心不隨緣名定，心境俱空，照覽無惑名慧。《壇經・般若品》：「變三毒為戒定慧。」❽❷毛女　傳說中的華山仙女。字玉姜，居華陰山中，獵人常能見到。毛女自稱是秦始皇時宮人，秦亡後入山避難，遇道士谷春，教其食松葉，從此不饑不寒，身輕如飛。事見漢人劉向《列仙傳・毛女》。❽❸槲　落葉喬木，高可達二十五公尺。葉大，小枝粗，木材堅實。❽❹蘿月　藤蘿間的明月。❽❺寶鏡　喻月亮或太陽。❽❻鶴背　傳說為修道成仙者的騎坐處。❽❼蛾眉　美人細長如蠶蛾的眉毛。借指美人。❽❽祖龍　指秦始皇。《史記》裴駰《集解》引蘇林語：「祖，始也；龍，人君象。謂始皇也。」❽❾若木　古代神話中的樹木。生於大荒之中，樹身赤色，青葉，紅花。見《山海經・大荒北經》。一說此樹即扶桑。❾⓿重泉　九泉。指死者所居。❾❶麀　小型鹿類，雄者有角。❾❷白門　今江蘇南京的別稱。❾❸王謝　王氏和謝氏的並稱。東晉時有名的世家大族。❾❹禪關　此處指禪門。❾❺鐘梵　佛寺中的鐘聲和誦經聲。❾❻圓覺　此處指佛家經典《圓覺經》。❾❼笏　條；塊。此處作「間」解。❾❽

百衲　亦作「百納」。指僧衣。百衲，形容補綴之多。

【語譯】禪師的庵前有千餘棵高大的樹木，掩雲蔽日。樹下有一塊巨大的石頭，石面十分平坦，禪師常常在石頭上誦經，每天如此，已是常例。有一隻老猿猴棲息在樹間，偷偷地聽禪師誦經，並且偷看禪師。看得多了，對禪師也就熟悉了。一天，禪師偶然外出，老猿猴從樹上下來穿起禪師的袈裟，從石頭上拿起佛經來閱讀。禪師回來時正好看見，老猿猴跌跌撞撞地逃走。禪師不去問牠，也不把這件事告訴其他和尚，但心裡已經記住了這隻老猿猴，說：「這隻老猿已經了悟了佛理。」第二天，果然有個峽州的袁秀才來拜見。禪師知道這個袁秀才的身分，將他請進寺內相見。袁秀才身穿黑衣，頭戴玄巾，風度質樸無華。敘禮完畢，秀才對禪師說：「我姓袁，名遜，字文順，祖籍峽州，家族龐大，成員眾多，但都不願做官。只有我袁遜有志於功名，到京城去求官。但明宗皇帝是胡人，晚年昏庸糊塗，有才有德的賢良之士沒有一個得到重用提拔。我在京城滯留數年，竟然沒有任何成就。後來有知己的朋友推薦我做端州的巡官，我想那個地方是瘴癘之鄉，窮山惡水，實在不願意去。朋友又勸我說：『你現在如此困頓，還有時間去選擇地方嗎？』我不得已只好攜帶全家赴任。不到一年，妻妾子女死喪淨盡。我一個人困苦憔悴，於是就不再做官。我往來於江湖之間，只是遊山玩水，告別了紛繁擾亂的官場；修禪問道，潛心於佛經談論萬物虛幻不實的道理。聽說高僧要光大佛法，我不怕路途遙遠跋涉而來，請求依託於不受塵世汙染的清靜世界。我不會效法貪杯好飲的陶潛，皺眉縮鼻不肯加入蓮社；而十分類似於苦苦吟詩的賈島，寫詩作文都要反覆推敲。如若承蒙高僧不嫌棄我，我還有什麼可要求的呢？」袁遜說著就取出一張紙呈獻給禪師。原來是拜見師長的書札。上面寫道：

我私下裡認為自己一生之所以如夢幻一般空虛無常，是因為前世造孽作惡的緣故；我能夠熟悉三峽的煙霧雲霞，也是因為我和佛門本來就有緣分。凡是居住在天地之間的，全都在輪迴報應的範圍之內。恭敬地呈書龍濟山主、修公大禪師座下：禪師性情如明月一樣澄澈，眼中沒有任何虛影和假相。推演術數確實超過了天竺高僧圖澄，施展神通則完全能勝過乘木杯渡水的杯渡。菩提本無樹，機警深刻的言辭不肯輸給志同道合的同行；松柏枯敗成柴薪，浮沉聚散不定的人世可以與泡沫和影子等量齊觀。十方之人都仰慕您，四部之眾都要來投靠。像我袁遜這樣的人，不過是天地之間的一根毫毛，在山林之中往來奔波，悲傷起來就抱樹痛哭，有誰可憐我這傷弓之鳥的淒慘；無路可走就投奔樹林，空閒時不慌不忙地擇木而棲。沒有家可以返回，只有佛可以依靠。痛悼妻子兒女的逝世，功名因此而埋沒。逢人舞劍，向來不是什麼通臂之才，過寺題詩，忽然生了退隱的念頭。天旋地轉，無始無終的變化使它多次毀滅；春去秋來，管什麼人世間的繁華與枯敗。你要想出類拔萃，除非你捨棄妄想，返回本真。請禪師為我指引迷途，使我進入超越生死輪迴的涅槃境界；引導我從迷惘走向覺悟，快速登上代表智慧的般若之舟。衷心希望禪師能大慈大悲，我對禪師的收留稽首拜謝。

禪師看完了信，對秀才說：「您有卓越的才華，又精通佛家經典，承蒙您不鄙棄，使這個小小的寺院壯觀生輝。只是有一件事不太方便，不敢不說出來讓您知道。」袁遜問：「什麼事？敬請告知。」禪師說：「您如果頭頂方巾，束紮髮髻，我們佛教稱之為獼猴戴帽；您如果突然剃去頭髮，身穿黑衣，在你們儒教稱之為藉儒家之名行墨家之實。像這麼兩種情況，您怎麼處理呢？」袁遜頓時顯得恭敬而不安，好像是面有愧色。過了好久，才說：「只要一心向佛，即使是世俗的打扮又有什麼關係呢？希望禪師看人時不要拘泥於外表的形跡。如果只看吃別人殘剩下來的山芋這一點，有佛性的李長源難免要算是俗人；能夠補寫前世沒有寫完的經，未入佛門的房次律難道不算是信佛的人？佛門廣大無邊，什麼不能容納？」禪師說：「你說的話，正是人們所說的朝三暮四了。」袁遜說：「為什麼諷刺這麼尖刻呢？」禪師說：「這是偶然的。」於是將袁遜留在西館，讓他教寺院裡幹雜活的小和尚。

袁遜雖天資聰明、文辭敏捷，然而常常戲耍亂舞，有時還跳上屋梁，表現出一副頑童的樣子。有時在床上盤腿打坐，用被子蒙住頭，讓和尚們行禮拜見，說：「這是白衣觀音現身。」有時輕慢地坐在神龕中，兩腿張開，形似簸箕，將青藍色的染料塗在臉上，叫廚師們向他致敬，說：「這是洪山大聖在監視齋食。」有時將蛇放在飯缽中，說是降龍；有時將貓綁在座位底下，說是伏虎。諸如此類的事情甚多，不一而足。和尚們深受其苦，將這些事報告給禪師。禪師笑著說：「他這是故態復萌，你們好好看看他。」於是眾人不敢再說了。袁遜也一如既往，依然如故。然而山中的景物，有不少都被他題詠過。因為太多不能全部抄錄，這裡只記下一些寫得較好的詩歌。

〈題解空寺〉

古塔凌空青山高聳，夕陽斜照流水淙淙。老僧合上經書靜心坐，只聽得松濤聲似海潮湧。

〈書方丈〉

暗泉流淌似風琴響，亂花飛落佛寺旁。高僧睡榻邊白雲繚繞，世間俗客不許來此睡覺。

〈送僧出山〉

翠綠的松樹拂動衣服，腳印刻上了蒼苔，曾經多少次拄著拐杖在這裡徘徊？山中的和尚忘記了山中的好處，離開了這裡進入塵世就不再回來。

〈詠鶴〉

遠離宮中華表靠近了佛家的玄關，告別了仙人浮丘公與懶殘和尚相伴。伴著秋天的傍晚的金磬之聲，帶著白雲片片雙雙飛還。

〈贈僧〉

一隻水瓶一個飯缽一領袈裟，隨身帶著幾卷《楞嚴經》處處為家。穩穩坐在蒲團上忘記結束打坐，全身沾滿了雪一般落下的曇花香。

〈布袋和尚〉

頑童牽扯僧衣也全不理會，放下布袋就打鼾熟睡。縈繞心中的三毒是貪、嗔、癡，解脫之道就是戒、定、慧。

〈毛女圖〉

槲葉縫衣不用裁剪，蘿藤間露出的明月如寶鏡高懸。好幾次騎鶴背隨西王母遠去，曾經是秦宮美女認識始皇帝。王母娘娘的蟠桃樹已經三次結果，大荒山的若木已十次被砍作柴火。想想當年皇宮中的女伴，都已化作玉匣中的寒灰葬於九泉。

〈落葉〉

萬片經霜楓葉在日光的照耀下分外鮮豔，飄落到臺階下覆蓋了長滿綠苔的地磚。不輕易叫僧童打掃乾淨，留下來借給山中的麋鹿棲眠。

〈方丈巢燕〉

花兒露臉笑，雨過天晴春將到。結伴到此為築巢窩，成雙成對穿簾過。忽上忽下自由飛，來來往往去又回。辭別王謝離開白下，出入寺院在此安家。敲鐘誦經聲音停，長廊白晝好清靜。處處雛燕學飛翔，呢呢喃喃真動聽。還是棲息寺院好，畫棟雕梁裡巢難保。秋天離開春天又回來，陪伴山僧到終老。

〈山中四景〉

門前小路長滿青苔客來少，蛛絲隨著塵土到處飄。松樹枝頭金色粉末揚下來，小和尚僧衣掛在枝頭曬。

風兒吹響窗邊的竹枝驚動了打禪的和尚，鳥兒碰落了殘花山間一片幽香。半部《圓覺經》已經看完，拿起針線縫補破了的衣裳。

幾隻烏鴉在鐘聲中回到寺院中，帶著寒意的月亮懸掛在孤獨的山峰。寒霜存心要將千林樹木染，月光下漫山遍野一片紅。

僧房清靜袈裟尚溫，深夜裡總將名香焚。出家人愛看梅樹枝頭的月色，吩咐僧童不要關上寺門。

師一日忽升堂，命侍者[1]召袁秀才來，告之曰：「秀才，臘月三十日到矣。」遜曰：「某亦知之。」師即唱偈❷示之曰：

萬法千門總是空，莫思嘯月更吟風。這遭打個翻筋斗，跳入毗盧❸覺海❹中。

遜言下大悟，亦作二偈以答師，曰：

泉石煙霞水木中，皮毛雖異性靈同。勞師為說無生❺偈，悟到無生始是空。

萬種嘍囉林大節，千般伎倆木巢南❻。從今踏破三生路，有甚禪機❼更要參？

唱訖，端坐而化。師集大眾曰：「此人有異，汝等不可草草，須要諦視❽。」僧乃群聚細觀，則一猿也。師始為說前事，眾皆嗟異！舉火荼毗❾之際，師親摩其頂曰：「二百年後，還汝受用。」

至宋南渡末，有民家婦，懷姙將產，夢猿入室，而誕一男，貌與猿肖。及長，不樂婚娶，堅求出家，父母從之，送入龍濟為僧，名宗鏊。

其後道價❿高重，虎侍猿隨，變幻神奇，不可勝述，世稱為肉身菩薩。果能重修梵宇⓫，大轉法輪⓬，如吉之螺山接待庵、永寧橋，皆其所建。號支雲，叢林⓭稱為支雲蠡禪公。有《語錄》十卷，《文集》四卷，其〈蛇穢說〉，尤行四方。迨今龍濟奉為重開山祖師。忌日，猶有群虎繞塔之異。後人以蠡生時計之，正協修公所記，亦神矣哉！

【章旨】老猿與禪師互贈偈詩後端坐而逝，焚化前，修禪師為其摩頂。二百年後，老猿投胎於一民家，長大後入龍濟山為僧，道行高深，被奉為龍濟重開山祖師。

【注釋】❶侍者　佛門中侍候長老的隨從僧徒。❷唱偈　唱頌偈詞。偈，佛經中的唱頌詞。❸毗盧　佛名。「毗盧捨那」的省稱，即大日如來。一說為法身佛的通稱。❹覺海　指佛教。佛教以覺悟為宗。海，喻其教義深廣。❺無生　佛教語。謂沒有生滅，不生不滅。❻萬種嘍囉林大節二句　指猿化為人者。據《樹萱錄》載，唐人王縉在嵩陽觀讀書，有四人攜酒來訪，自稱林大節、木巢南、孫文蔚、石媚虬，高談暢飲，醉後都化為猿猴而去。❼禪機　佛教名詞。佛教禪宗的傳教方法。在談禪說法時，不用正常的語言表明觀點，而是在言辭行動中暗含「機要祕訣」來暗示啟發對方，令其觸機生解，故名。❽諦視　仔細察看。❾荼毗　火化。❿道價　指僧家在修持方面的聲望。⓫梵宇　佛寺。⓬法輪　佛教語。比喻佛法。意謂佛者說法，圓通無礙，運轉不息，能摧破眾生的煩惱。釋迦牟尼佛成道之初，三度宣講「苦、集、滅、道」四諦，稱為「三轉法輪」。⓭叢林　僧徒聚居之處。

【語　譯】禪師有一天忽然登上佛堂，命令侍候自己的和尚把袁秀才召過來，對他說：「秀才，臘月三十日到了。」袁遜說：「我也知道了。」禪師隨即唱頌偈詞暗示他說：

世間千千萬萬的法門都是虛空，不要再想著賦詩作詞詠月吟風。這輩子在世上翻個筋斗，跳進了無邊無盡的佛海之中。

袁遜聽了之後立即大悟，也作了兩首偈詩回答禪師。詩中寫道：

生活在泉石煙霞水木之中，與人皮毛相異卻靈性相同。有勞師傅講解不生不滅的偈語，我悟到了擺脫生死的羈絆才是真正的「空」。

林大節、木巢南曾經變猿為人，千般手段萬種本領全都使盡。從今往後要踏遍前生、今生、來生的道路，還有什麼禪機再需要參悟？

袁遜唱完以後，端端正正地坐在座位上圓寂了。禪師將和尚們集中起來，說：「此人不同尋常，你們須要仔細察看，不能馬馬虎虎。」和尚們就聚集在一起細細地看，發現袁遜原來是一隻猿猴。禪師開始講起以前的事情，大家都感歎驚異。點火火化的時候，禪師親自撫摩著牠的頭頂說：「二百年以後，還讓你繼續受用。」

到南宋末年，有一個普通百姓家的婦女，在懷孕即將分娩時，夢見一隻猿猴進入房間。後來生下一個男孩，面貌與猿猴相似。這個小孩長大以後，不願意結婚娶妻，堅決要求出家。父母聽從了他，把他送到龍濟山做和尚，法名叫宗鍪。以後這個和尚在修持方面聲望很高，身邊有老虎伺候，猿猴跟隨，變化神奇莫測。他的事情講也講不完，世人稱他為肉身菩薩。他以後果然能夠重新修建佛寺，大力弘揚佛法，如吉水的螺山接待庵、永寧橋，都是他所建造的。宗鍪號支雲，和尚們都稱他為支雲鍪禪公。有《語錄》十卷，《文集》四卷。他的〈蛇穢說〉流行尤其廣泛，暢銷四方，至今龍濟山將他奉為重開山祖師。在他逝世的紀念日，還有許多虎繞塔而行的奇異跡象。後人根據宗鍪出生的時間計算，正和修公的預言相吻合。真是神奇啊！

【賞　析】明以前的文言短篇小說中寫猿猴化人的故事，最早當數東漢趙曄《吳越春秋．越女試劍》中的袁公。袁公與越女比試劍術，被擊敗後便飛身上樹，化為白猿。其後有張讀《宣室志》卷八中的〈楊叟〉（又作〈求心錄〉）。該篇敘富民楊叟病危，醫生診斷須食生人心方可救治。楊叟之子宗素在山中遇見一位自稱願意捨身餵虎狼的僧人，便請求老僧捨心救人。老僧慨然應允，只是要求吃一頓飯以後再死。等他吃完宗素帶來的食物之後，忽然躍上高樹說：「《金剛經》云：『過去心不可得，現在心不可得，未來心不可得。』檀越若要取吾心，亦不可得矣。」說罷跳躍大呼，化為一猿而去。該篇情節離奇，寫得詼諧幽默，極富諷刺意味。

〈聽經猿記〉與〈楊叟〉有三點共同之處。一是兩篇中的主人公都自稱姓袁，都曾用諧隱的手法暗示自己的身分。〈楊叟〉中的老僧自稱：「本是袁氏，祖世居巴山，其後子孫，或在弋陽，散遊諸山谷。」〈聽經猿記〉中的袁遜也自我介紹說：「遜姓袁，字文順，峽中人也，族大以蕃。」二是老僧和袁遜都精通佛家經典。老僧誦《金剛經》為自己食言的行為辯解，袁遜則在詩文中嫻熟地運用了許多有關佛教的典故和傳說。三是老僧和袁遜都猴性未泯。老僧捉弄楊宗素，騙得食物後一飛了之，而袁遜的形象則更是較充分地體現了人性和猴性的結合。他一方面心向禪宗，常棲於樹間潛聽修禪師誦經，另一方面又喜歡調皮搗亂，「戲舞跳梁，好為兒態」。對袁遜平時在寺院中的行為舉止，小說中有一段很精彩的細節描寫：「有時跏趺床上，以被蒙頭，使僧徒禮拜，曰：『此白衣觀音見身也。』有時箕踞龕中，以靛塗面，令廚人致敬，曰：『此洪山大聖監齋也。』或納蛇鉢中，謂之降龍；或縛猫座下，謂之伏虎；如此者不一。」這段細膩生動的描寫，將一個亦僧亦猿的人物活靈活現地展現在讀者面前。可以說，在《西遊記》中的孫悟空身上，也有這一形象的性格因子。

小說中猿猴所化的袁遜本「有志功名，求官輦下」。然而「明宗胡人，暮年昏惑，賢士良才，莫得而進，留滯數年，竟無所就」。後來他僥倖得到了端州巡官的微職，「未逾年，妻妾子女喪盡，憔悴一身，遂不復仕」，於是「問道參禪，談空空於釋部」。袁遜下世託生於民家，成人後「不樂婚娶，堅求出家」，最終修成大道，被後人奉為龍濟寺的重開山祖師。小說通過袁遜的兩世經歷，勸人不要留戀紅塵，而應奉佛出家，誦經修行，其中有宣揚佛教的成分，也包含著作者對才智之士倍受壓抑這一社會現象的不滿。

本篇較多地描寫了高僧的奇行神跡。修禪師結草庵於深山絕處，野兔為其暖足，山鹿在他床前侍衛，群鳥為他啣來鮮果，他還能自由地驅遣山中猛虎。他為龍濟寺的施主們講解佛經要義時，天花紛紛降落，堂上湧出貯滿米、麵、油、鹽、蔬菜的五口井。他甚至還能預知幾百年後的事情。而由猿猴轉世的支雲鏊禪師，也是「虎侍猿隨，變幻神奇，不可勝述」。小說極力渲染佛家的靈異事跡，宣揚釋氏法力廣大無邊，崇佛宣教的傾向十分突出。

在情節佈局方面，本篇能力避平直，沒有像一般的古代小說那樣將故事的來龍去脈都交代得清清楚楚，而是有意識地給讀者留下一些懸念，並運用了一些暗示性的手法，如小說的前半部分在敘述老猿躲在樹間潛聽禪師誦經又偷披袈裟取經閱讀，因被發現而踉蹌逃走後便按下不表，轉而敘述黑衣秀才袁遜前來投奔禪師。兩個片斷之間似乎有點前後脫節，但實際上是明斷暗續。直至袁遜端坐而化，修禪師指點眾僧人諦視，發現袁秀才竟然是一隻老猿時，讀者也才恍然大悟，疑竇頓消。小說曾多次暗設伏筆，如袁遜「熟三峽烟霞之路」、「悲來抱樹」、「從容擇木」、「非通臂之才」的自述，及其他「戲舞跳梁」的「故態」，修禪師「公若頂巾束髮，在我教謂之沐猴而冠」及「朝三暮四」的諷刺之語，都有一定的暗示作用。由於小說伏應鋪墊絲絲入扣，因而結局並不顯得生硬突兀，敘述也平添了巧妙靈動之趣。

鸞鸞傳

李昌祺

【題解】本篇選自《剪燈餘話》卷三。小說以元末的社會大動亂為背景，描寫了鸞鸞與柳穎的婚姻悲劇，表現了他們夫妻之間相濡以沫、生死與共的深摯感情。無名氏所作南戲《柳穎》，與本篇題材相同。

趙鸞鸞，字文鵷，東平❶趙舉女也。幼時，家人以香屑雜飲食中啖之，長而體香，故又名香兒。有才貌，喜文詞，尤精于剪製刺繡之事。父欲以嫁近鄰之才子柳穎，而鸞亦深願事焉，許而未聘；會穎家坐事❷，日就零替❸，鸞母悔之，以適繆氏。繆雖富室，而子弟村樸❹，目不知書，鸞既嫁，而鬱鬱不得志，凡佳辰令節，異卉奇葩，輒對之掩鏡悲吟，閉門愁坐，景之接于目，事之感於心，一寓於詩，積而成帙，名曰《破琴藳》。

既三月，而繆生死，鸞回父母家；次年冬，穎亦喪耦，乃遣人復申前約，而求娶之。舉夫婦弗許，穎必欲成其姻，蓋聞鸞之賢，而悅鸞之貌也。乃廉⑤得穿珠匠婦王媽媽者，出入趙氏甚熟，且言聽計從，重賄媽媽，求勸親焉；兼使私問于鸞，微觀其意。媽媽許諾，往趙氏說之曰：「老身久懷一事，屢欲奉告於君，以多故未暇，今適其時，不容更緩，未審公夫婦尊意若何？」舉曰：「何事？」媽媽曰：「賢女孀居，服將闋⑥矣，薄聞柳氏復舉前盟，公堅執不從，不知成算⑦何向？且始先開口，出自名門，因其家為事貧窘，遂負初意，兩下各自締姻，固已絕望矣。誰想今愛喪夫，穎亦喪婦，殆出前定，似非偶然；況穎學問文才，視昔繆生百倍，不可同年而語。鸞鸞心事，諒⑧必無嫌，更其家溫裕，大勝曩時，如穎少年，豈終困者？有婿若此，何忍棄乎？」舉聞語，慨然而從。

媽媽復密勸於鸞曰：「穎之慕爾，若大旱之望雲霓⑨，今尊君既許，好事即諧，然既遇知音，爾不可無一語以答其深意；第恐他日相從，悔之遲矣。」鸞甚然之，而難於啟口，乃作書附媽媽曰：

妾本良家，幼承慈訓，調鉛傅粉，深處中閨；執枲[10]治絲，謹循〈內則〉[11]。惟知紉針而補綴，未解舉案以齊眉！天與榮華，親憐巧慧，冰為神而玉為骨，蝤如領而手如荑[12]。正及芳年，遴選佳婿，詎期[13]薄命，竟配下流[14]，遂爾辜其出眾之才，屈其傾城之貌；斂茲怨悔，寓厥詩詞。對月白之宵，遇風清之旦，強與語，強與笑，鸞伴山雞；觸於目，觸於心，鵷隨野鶩。孰料庸才短折，孱質[15]孤嫠[16]，土木形骸[17]，惡況暫空於眼底；風花情性，幽悰[18]尚鬱於尊前。徒懷蔡琰[19]之悲，永抱淑真[20]之恨。已甘棄置，過辱聘求，蓋以伸前時之好言，作後日之佳話，誠願託身貴族[21]，委質[22]明公[23]，挽桓君之鹿車[24]，吹秦娥[25]之鳳管[26]，願畢志以偕老，冀投身而相從；未侍光儀[27]，先申愚悃[28]，惟高明[29]其諒之！

媽媽還賀曰：「可諧矣！請以百金為賞。」穎曰：「若餘事濟，百金豈敢恡惜！」乃出鸞箇付穎。穎讀而雀躍曰：「真所謂窈窕淑女㉚，吾其可不以琴瑟友之㉛乎？」即卜日納聘，而續其弦焉。

御輪㉜之夕，鸞乃私語于穎曰：「妾雖孀婦，然尚處子，郎不可不知。」穎愕然曰：「何謂耶？」鸞云：「昔繆生有疾，不能近婦人，雖與為夫婦將四月，而無人道㉝，卒以喪身。然此事獨吾母知之，他人不知也。」穎未信，鸞請驗之，而果不謬。

既歸之後，孝敬奉於舅姑㉞，雍和㉟友于㊱娣姒㊲，遇婢僕以恩惠為先，相夫子以勤儉為本；鄉鄰之貧乏者，則隨力相周；親戚之往還者，則以禮相待。由是內外交譽，稱道其賢。暇則與穎玩繹㊳詩騷，吟詠情性，若吳絳仙㊴之容華，曹文姬㊵之藻思㊶，不屑論也。穎中表兄弟，有自都下回者，錄得貫學士㊷〈蘭房謔咏〉六題曰：〈雲鬟〉㊸、〈檀口〉㊹、〈柳眉〉、〈酥乳〉、〈纖指〉、〈香鉤〉㊺凡六首。穎借歸，與鸞觀之，將效其體制，而構思未就。鸞輒先賦曰：

擾擾[46]香雲濕未乾，鴉翎蟬翼膩光寒。側邊斜插黃金鳳，妝罷夫君帶笑看。

右〈雲鬟〉

彎彎柳葉愁邊蹙，湛湛菱花照處顰。嫵媚不煩螺子黛[47]，春山[48]畫出自精神。

右〈柳眉〉

銜杯微動櫻桃顆，咳唾輕飄茉莉香。曾見白家樊素[49]口，瓠犀[50]顆顆綴榴房。

右〈檀口〉

粉香汗濕瑤琴軫，春逗酥融白鳳膏。浴罷檀郎[51]捫弄處，露華涼沁紫葡萄。

右〈酥乳〉

纖纖軟玉削春葱，長在香羅翠袖中。昨日琵琶絃索上，分明滿甲染猩紅。

右〈纖指〉

春雲薄薄輕籠笋，晚月娟娟巧露錐。簇蝶裙長何處見？秋千架上下來時。

右〈香鈎〉

寫以呈穎。穎服其敏妙，為之擱筆。

【章旨】鸞鸞父親將女兒許配給才子柳穎，因柳家敗落，鸞母悔約，將鸞鸞改嫁富室之子繆生，數月後繆生病亡。次年柳穎喪偶，兩人經媒婆撮合，重新結為夫妻。

【注釋】❶東平　今山東東平。❷坐事　因事獲罪。❸零替　衰敗。❹村樸　粗俗鄙陋。❺廉　察訪；了解。❻服將闋　守喪期將滿，除去喪服。闋，終了。❼成算　打算；已訂的計劃。❽諒　料想；估計。❾大旱之望雲霓　久旱盼望下雨。比喻急切地盼望，語本《孟子・梁惠王》下：「民望之，若大旱之望雲霓也。」霓，虹。❿枲　大麻的雄株。此處泛指麻。⓫內則　《禮記》篇名。主要講婦女在家中必須遵守的規則。⓬蝤如領而手如荑　意謂頸項像蝤蠐一樣潔白豐潤，手像茅草的嫩芽一樣白嫩柔軟。語出《詩經・衛風・碩人》：「手如柔荑，膚如凝脂，領如蝤蠐，齒如瓠犀。」蝤，即蝤蠐。天牛的幼蟲，色白身長。荑，茅的嫩芽。⓭詎期　豈料。⓮下流　下品；劣等。⓯孱質　瘦弱的身體。⓰孤嫠　孤兒寡母。此處指寡婦。⓱土木形骸　形體如同土木一樣。⓲幽悰　隱藏於內心的情感。⓳蔡琰　字文姬，東漢末文學家、音樂家。文學家蔡邕之女，博學有才辯，妙於音律。漢末動亂中被擄入南匈奴，為左賢王妃，生二子。後被曹操贖回。作有〈悲憤詩〉，敘述流亡之苦和還鄉時惜別稚子之痛。琴曲〈胡笳十八拍〉也被認為是她所作。⓴淑真　即南宋女詞人朱淑貞。杭州人，係民家婦女，能詩詞，善繪畫，通音樂。有《斷腸詞》傳世。㉑貴族　對他人家族的敬稱。㉒委質　獻身。㉓明公　對有名位者的敬稱。㉔桓君之鹿車　東漢桓少君嫁給鮑宣後，將嫁妝還給娘家，改穿粗布衣，與鮑宣同拉鹿車回鄉。事見劉向《列女傳》。鹿車，古代的一種小車，窄小僅容一鹿，故稱。㉕秦娥　相傳為古代著名的歌女。㉖鳳管　笙、簫之類的管樂器。㉗光儀　光彩煥發的儀容。對人容貌的敬稱。㉘愚悃　謙稱自己的誠意。㉙高明　崇高明睿之人。對人的敬稱。㉚窈窕淑女　容貌美好而又品德善良的女子。語出《詩經・周南・關雎》：「窈窕淑女，君子好逑。」㉛琴瑟友之　彈琴鼓瑟和她親近相愛。語出《詩經・周南・關雎》：「窈窕淑女，琴瑟友之。」㉜御輪　結婚。㉝人道　男女歡合之事。㉞舅姑　公婆。㉟雍和　和睦融洽。㊱友于　兄弟。㊲娣姒　妯娌。娣，弟之妻。姒，兄之妻。㊳玩繹　玩味探究。㊴吳絳仙　隋代美女名。隋煬帝宮妃，煬帝曾倚簾視絳仙，移時不去，云：「古人云秀色可餐，若絳仙真可療饑矣。」見唐顏師古《隋遺錄》上。㊵曹文姬　唐代長安的歌伎，姿色豔美，長於書法，人稱書仙。見《情史類略》卷一八情疑類。㊶藻思　寫文章的才華。藻，華麗的文辭。㊷貫學士　指元代文學家貫雲石。號酸齋，維吾爾族，官至翰林侍讀學士、中奉大夫、知制誥等，晚年隱居錢塘。作品大多散佚。今存部分散曲作品。後人將其散曲與徐再思（號甜齋）散曲合編一集，名為《酸甜樂府》。㊸雲鬟　如雲的鬢髮。㊹檀口　紅豔的嘴唇。多形容女子嘴唇之美。㊺香鉤　比喻舊時婦女裹過的腳。㊻擾擾　紛亂的樣子。㊼螺子黛　古代女子用以畫眉的一種青黑色礦物顏料。㊽春山　春日山色黛青。用以比喻女子眉毛的姣好。㊾樊素　唐代白居易家的歌伎，善唱〈楊枝〉，名聞洛下。白居易詩中有「櫻桃樊素口，楊柳小蠻腰」之句。[50]瓠犀　瓠瓜的子。因其方正潔白，排列整齊，故用以比喻美人的牙齒。《詩經・衛風・碩人》：「齒如瓠犀。」[51]檀郎　女子對夫婿或所愛慕的男子的美稱。西晉時潘岳姿容甚美，每次出行，婦人圍觀，紛紛將果子拋在他的車子裡。潘岳小字檀奴，故稱。

【語譯】趙鸞鸞，字文鵷，是東平人趙舉的女兒，小時候家裡人將香屑拌在飯裡讓她吃，長大後渾身散發著香氣，所以又名香兒。香兒才貌雙全，喜歡寫詩作文，尤其擅長於剪紙和刺繡等手工活。父親想把她嫁給近鄰的才子柳穎，鸞鸞本人也很願意。這門親事口頭上答應了，但是沒有正式送聘禮。不巧碰上柳穎家因事獲罪，家境日漸衰敗，鸞鸞的母親後悔了，將女兒另外嫁給繆家。繆家雖然很富有，但兒子粗鄙庸俗，目不知書。鸞鸞過門以後，心情鬱悶，很不愉快。每逢良辰佳節，面對奇花異草，便一個人照著鏡子掩面流淚，悲傷地吟詠詩詞。她滿腹憂愁，閉門獨坐，將眼中看到的景物和心中感觸的事情，都一一寫進詩裡。詩稿積成了厚厚的一卷，取名叫《破琴稿》。

三個月以後，繆家的兒子死了，鸞鸞回到父母家。到了第二年冬天，柳穎也死了妻子。於是，柳穎請人到趙家，再次提起以前的婚約，要求娶鸞鸞為妻。趙舉夫婦不同意，而柳穎定要結成這門婚事，因為他聽說鸞鸞很賢慧，又喜歡鸞鸞的容貌。他打聽到有一個穿珠工匠的妻子王媽，經常出入趙家，與趙家關係很熟，而且趙舉夫婦對她言聽計從，就送了好多禮給王媽，求她到趙家去說親，並請她私下裡問問鸞鸞，看看她的意思。王媽答應了，便到趙家去對趙舉說：「我心裡早就想著一件事，幾次想對您說，因為事多沒有時間而耽擱到現在。今天正是時候，也不能再拖延了，只是不知您們夫婦意向如何？」趙舉問：「什麼事？」王媽說：「您的女兒守寡在家，現在喪期快要滿了。聽說柳家又提起了以前的婚約，您卻堅決不同意，不知您有何打算？再說當初訂親是你家先開口，而對方也是出自名門。柳家只是由於受牽連獲罪才弄得有點貧窮困窘，於是改變了當初的意願，雙方各自結婚，對聯姻這事本來都已經絕望了。誰想到您的女兒死去了丈夫，而柳穎也死了妻子，這恐怕是前世命中注定的，不像是偶然的事情。況且柳穎的學問和文才，比起以前的繆生來要高出百倍，兩人絕對不能相提並論，鸞鸞的心事，料想也不會嫌棄柳穎。再說柳家現在生活富足，大大超過了以前。像柳穎這樣的年青人，難道會終生窮困嗎？好不容易有這麼一個女婿，怎麼能忍心捨棄呢？」趙舉聽了王媽這麼一說，也就爽快地答應了。

王媽又私下裡勸鸞鸞說：「柳穎愛慕你，就像久旱之後盼望雲和彩虹一樣。現在你父親已經答應了，好事即將辦成。但是既然遇到了知音，你不能沒有一句話來答謝他的深情。不然的話，恐怕以後在一起的時候，後悔就晚了。」鸞鸞認為王媽說得很對，但是難以開口說出來。於是就寫了一封信交給王媽帶去，信中寫道：

我生於良家，自幼受到父母的教誨，調脂弄粉，長期處於深閨之中；績麻繅絲，謹守〈內則〉所規定的為婦之道。只知道女子要學會縫縫補補，未懂得夫妻要舉案齊眉。上天賜與我美麗的容貌，雙親喜歡我的靈巧和智慧。品質清純如冰雪，體膚瑩潔似白玉，脖子潔白如蝤蠐，雙手柔美像茅芽。正值美好的青春年華，理當挑選志同道合的如意郎君，哪裡料到福分淺薄，竟然許配給才能低下的蠢夫俗子，以致辜負了超群脫俗的才華，委屈了傾國傾城的容貌，只能強忍住怨恨和後悔，將其寄寓於詩歌詞曲。對著月光皎潔的夜晚，遇上清風徐來的早晨，都得勉強交談，強作笑顏，如同鸞鳳陪伴山雞；目中所見，心中所感，無非是鳳凰跟隨野鴨。誰料平庸的丈夫短命早逝，弱小的女子又孤寡獨居。形體枯槁如同泥塑木偶，情性多愁善感恰似風中之花；暫時擺脫了所嫁非人的惡劣狀況，隱藏於內心的情思卻藉美酒也無法化解。懷有與蔡琰一樣的悲憤，抱著同朱淑貞一樣的遺憾。早已經心被人棄置，卻承蒙您屈尊前來聘求，重申以往誠摯美好的諾言，續寫今後傳頌人口的美談。我真誠的願意依託於華貴的家族，獻身於賢明的主公，拉起桓少君的小車，吹起秦娥的笙簫，希望實現白頭偕老的志向，願意傾心投靠並永遠跟隨。尚未陪伴您光彩煥發的儀容，便預先表達我心中卑微愚蠢的誠意，希望崇高明睿之人能夠體諒理解。

王媽回來後向柳穎祝賀說：「事情可以成功了，請給我一百兩銀子作為獎賞。」柳穎說：「如果我的事情能夠成功，我怎麼敢吝嗇一百兩銀子呢？」於是王媽拿出了鸞鸞的信交給柳穎。柳穎讀了以後，高興得跳起來，說：「真是一個窈窕淑女，我怎麼能不彈琴鼓瑟和她相親相愛呢？」馬上就選擇吉日送聘禮，續娶了鸞鸞。

新婚之夜，鸞鸞偷偷地對柳穎說：「我雖然是個寡婦，然而還是個處女，郎君不能不知道。」柳穎驚訝地說：「你說的是什麼意思？」鸞鸞說：「以前繆生有病，不能近女色。我雖然與他做了將近四個月的夫妻，卻沒有男女歡合之事。後來繆生就身亡了。這件事只有我母親一個人知道，其他人都不清楚。」柳穎不相信，鸞鸞請他檢查。一查，鸞鸞說的果然不錯。

鸞鸞嫁過來以後，孝敬公婆，與兄弟妯娌們和睦相處，對奴僕婢女們首先考慮的是施加恩惠，協助丈夫則以勤勞儉樸為根本；對於貧困的鄉鄰，根據自己的力量予以周濟；對於往來的親戚，也都能做到以禮相待。於是裡裡外外的人一起讚揚她，稱道她的賢能。鸞鸞有空就和柳穎一起鑒賞和研究詩賦，寫詩詞抒發自己的感情，吳絳仙的秀色，曹文姬的文才，都不能和她相比。剛好柳穎有一個從京城回來的中表兄弟，抄下了貫雲石學士的〈蘭房謔咏〉六題，題目是〈雲鬟〉、〈檀口〉、〈柳眉〉、〈酥乳〉、〈纖指〉、〈香鈎〉，一共六首。柳穎借了回來，與鸞鸞一起閱讀，想仿照它的體制寫，但還沒有構思出來。鸞鸞就先朗誦道：

紛亂如雲的香髮濕潤未乾，像烏鴉的羽毛和蟬的雙翼一樣光澤閃閃。旁邊斜插著鳳頭金釵，梳妝完了夫婿帶著笑意仔細觀看。

以上〈雲鬟〉

彎彎的柳葉眉因憂愁而皺縮不展，明亮的菱花鏡照出了一副愁顏。為了嫵媚用螺子黛畫眉不怕麻煩，春山般黛青色的雙眉畫好後精神頓現。

以上〈柳眉〉

像一顆櫻桃微微顫動在酒杯旁，咳唾時輕輕飄來陣陣茉莉花香。曾見過白家樊素美麗的唇與口，潔白的牙齒如瓠瓜子整齊地排列在石榴的榴房。

以上〈檀口〉

和著粉香的汗水沾濕了玉琴的弦柱，潔白潤滑就像鳳凰的油膏。沐浴之後夫婿撫摸的地方，就像被露水的涼氣滲透了的紫色葡萄。

以上〈酥乳〉

纖細柔軟的玉手如削過的春蔥，藏在香羅衣的翠袖之中。昨日在琵琶弦上撥動，指甲染成了一片猩紅。

以上〈織指〉

薄薄的春雲輕輕地籠罩著玉筍，明媚的月光中隱隱地露出了圓錐。藏在繡有蝴蝶的長裙中何時才能看見？要等到她玩得盡興走下秋千。

以上〈香鉤〉

寫好之後給柳穎看，柳穎佩服她的敏捷穎悟，就擱筆不寫了。

明年，至正戊戌❶，田豐❷破東平，穎與鸞相失，莫知所在。已而毛貴❸復陷東昌❹，留偽將俞左丞者鎮守，俞頗知道理，凡所掠男女，出榜召人識認給還。穎聞之，意鸞或者在彼，衝冒❺白刃中，求而未得。正憂窘間，有指女冠院❻語之曰：「盍不於此訪求乎？」穎如言去，果見婦女十餘人，纍然❼監繫；穎問鸞姓名存歿，一婦人答云：「數月前喚去，不在此，蓋賢婦人也。可惜！可惜！」穎又問：「娘子何以悉之？」曰：「妾亦良家遭虜，與趙氏處者五閱月；其他人家宅眷，皆汙辱於寇，輒得放還；獨吾與趙氏及在此數人，誓死不辱，故被囚禁。何時復得見天日也！」言訖，淚下如雨。穎亦灑泣，低聲語婦云：「趙氏，余妻也，不知今在何處？」婦曰：「聞有周萬戶❽者領去，莫測所之。但臨行時，知君必來相覓，留書託我，俾以授君。」即於衣領中取付穎，使急持去，蓋恐監者知覺，必遭箠罵。穎開而讀之，果妻手筆也。書云：

妾鸞，爰從出適❾，忽值凶徒，顛沛流離，艱難痛苦，殘骸餘喘，與死為鄰。備歷危疑❿，幸存貞節。皇天后土⓫，實所鑒臨！將殞滅微軀，則自經⓬溝瀆；將混同末俗⓭，則褻慢⓮綱常。是以毀壞形容，偷存視息⓯，雖落花無主，暫爾隨風；畜犬喪家，終然戀主。愴惶四顧，憔悴半生，肢體苟完，心膽俱喪。每遇窮簷夜雨，古道秋風，但有凝望眼穿，憶歸腸斷。壁燈半滅，淚盡眼枯，戰鼓爭喧，魂飛魄散。已分膏塗野草，血染沙泥，寧飼肉於烏鳶，肯委身於狗彘？效投崖之烈女⓰，慕斷臂之貞妻⓱。詎意復被播遷，忽聞消耗，知君無恙，贖妾有期，敢遽捐生，遂更忍死。妾即今見在濟南，周其姓氏，萬戶其官，緣係漢人，差若良善。君得書之後，速備金帛來贖，不宜遷延稽緩，恐一時調撥[18]，則轉移他處矣。百年伉儷，一旦分張，覆水再收，拳拳盼望；所宜深慮，早致良圖，毋俾妾為陽臺不歸之雲[19]也。伏楮淒斷[20]，不知所云。

穎得書，則又間關[21]跋涉，達於彼中[22]。萬戶方擁重兵，赫然聲勢，未敢輕進，投其鄰而安下焉。越數日，緝知鸞之在也，而無由以通消息，乃日伺於門。見一巫媼[23]，往來頻數，意必府中之親信人也，候媼出，潛隨至家，奉銀一錠為壽，而以情告焉。媼曰：「將軍夫人妒忌，所擄婦女，皆處於別室，除浣洗衣裳，炊造飲食之外，不容輒出，近亦有給還其親屬者。今妻若在，吾當為玉成。」

次日，媼詣第潛問，果得鸞而私報焉。鸞密出一緘，付媼，媼持出以授穎，題曰：〈悲笳四拍〉。讀之流涕，乃就懇媼請於夫人贖鸞。夫人曰：「吾無所用，況其夫在，何忍留之？當即遣還。」穎乃奉珍珠耳璫、黃金排釵各一事於夫人，夫人即呼鸞使穎領去，於是夫婦相攜拜辭而出。其曲亦錄于此。

我生之初尚無為，我生之後元運衰，夫與妻兮忽仳離㉔，父與母兮生死安可知！狼烟㉕四起兮沸鼓鼙㉖，鋒鏑㉗成林兮盛旌旗，人民塗炭兮城郭壞，禮義滅亡兮法度隳㉘。身流落兮天一涯，腸欲絕兮心孔悲！山可平兮河可塞，妾怨苦兮無窮期！

右一拍

蜂蟻屯聚㉙兮豺虎嘷，心毒狠兮體腥臊。烟塵澒洞兮人竄逃，寒沙暴骨兮沒蓬蒿。亡家遇亂兮傷吾曹，義重命輕兮如鴻毛㉚。誓捐此生兮期不汙，仰天俯地兮獨煩勞。

右二拍

棄賢俊兮逐凶愚，東西轉徙兮卒無寧居。貪淫是樂兮殺戮是娛，所在剽掠兮所過為墟。發冢墓兮焚毀室廬，閨門孱弱兮被虜驅。
捨生取義兮捐微軀，誰云女婦兮丈夫弗如？

右三拍

行處坐處兮，思念我鄉曲。地角天涯兮，不見我骨肉！姑亡舅歿兮家傾覆，逃竄苟活兮被驅逐！伉儷離背兮何時復？幸茲陋軀兮免汙辱。誰為義士兮揮金玉？歌行路兮弃身贖。

右四拍

【章旨】鸞鸞與柳穎在戰亂中失散，鸞鸞被亂軍擄去，誓死不受辱，後為周萬戶所得。柳穎長途跋涉，幾經周折方找到鸞鸞，將其贖回。

【注釋】❶至正戊戌　指元順帝至正十八年（西元一三五八年）。❷田豐　元末北方紅巾軍將領，原為元鎮守黃河義兵的萬戶，後隨毛貴起兵反元。❸毛貴　元末北方紅巾軍將領。至正十七年（西元一三五七年），從海道攻入山東，占有山東大部分土地。❹東昌　元代設有東昌路，治所在今山東聊城。❺衝冒　冒著；頂著。❻女冠院　女道士住的道院。❼纍然　被繩索捆綁的樣子。纍，通「縲」。捆綁犯人的繩索。❽萬戶　官職名。取「萬夫之長」之義。元代於諸路設萬戶府，分屬於行省。❾出適　出嫁；山行。❿危疑　疑懼。⓫皇天后土天神地祇。⑫自經　上吊自殺。⑬末俗　一般平庸之人。⑭褻慢　輕慢。⑮偷存視息　僅存視覺和呼吸。意謂苟全性命。⑯投崖之烈女　指唐代之竇伯娘與竇仲娘。代宗永泰年間，奉天縣（今陝西乾縣）竇氏二女伯娘、仲娘被賊人劫奪，兩人相繼跳入山崖自盡。⑰斷臂之貞妻　指五代時王凝之妻李氏。王凝卒於官，李氏攜幼子負遺骸歸鄉。過開封，旅舍主人見婦人獨攜一子而起疑心，不讓其住宿。李氏因天已黑，不肯離去。店主拉其手臂趕她，李氏認為臂已被汙，便當即用斧頭砍斷自己的手臂。⑱調撥　調動分撥。⑲陽臺不歸之雲　此處意指不能歸家。戰國時楚人宋玉〈高唐賦序〉謂昔老先王遊高唐，夢見巫山神女，神女自稱：「妾在巫山之陽，高丘之阻，旦為朝雲，暮為行雨，朝朝暮暮，陽臺之下。」⑳淒斷　極其悲涼淒傷。㉑間關　輾轉。㉒彼中　那裡。㉓巫媼　巫婆。㉔仳離　別離。㉕狼烟　燃燒狼糞而升起的煙，古代用作軍事上的報警信號。常用以比喻戰火或戰爭。㉖鼓鼙　即鼙鼓。古時軍中所用的一種小鼓。常用以指戰爭。㉗鋒鏑　刀刃和箭簇。借指兵器。㉘隳　毀壞。㉙蜂蟻屯聚　像胡蜂和螞蟻一樣成群成堆地聚合在一起。㉚鴻毛　鴻雁的羽毛。比喻事物輕微或不足道。

【語　譯】第二年正是至正十八年。紅巾軍的頭領田豐攻下了東平，柳穎和鸞鸞夫妻在戰亂中離散，柳穎不知道鸞鸞流落到了哪裡。不久毛貴又攻占了東昌，留下偽將俞左丞在這裡鎮守。俞左丞頗懂道理，凡是搶掠來的男男女女，張榜讓他們的家人前來認領。柳穎聽說後，心想鸞鸞或許在東昌，於是冒著刀槍的危險到了那裡，卻找不到鸞鸞。正在憂愁為難的時候，有人指著女道士住的道院對他說：「你為什麼不到那裡去找找呢？」柳穎按照那人的指點到了道觀，果然看到十幾個婦女被綁著關押在那裡。柳穎問起鸞鸞的姓名和生死情況，一個婦女回答說：「幾個月前剛被帶走，現在不在這裡了。這真是一個賢慧的婦人啊。可惜，可惜！」柳穎又問：「娘子怎麼會知道得如此詳細呢？」那婦人回答說：「我也是一個被擄掠的良家女子，與趙氏一起住了五個多月。其他人家的眷屬，都被強盜所侮辱，因而也就能夠被放回家。只有我與趙氏以及在這裡的幾個人，寧死也不肯辱身，所以被囚禁，不知何時才能重見天日啊！」說完，淚如雨下。柳穎也流下了眼淚，低聲對那個婦人說：「趙氏是我的妻子，不知她現在在什麼地方？」婦人說：「聽說被周萬戶領去了，我也不知她現在到哪裡去了。但她在臨走的時候，知道您必定要來尋找，留了一封信託付給我，讓我轉交給您。」說著馬上從衣領中取出信來交給柳穎，讓他趕快拿走。因為怕萬一給看守的人知道了，必定要遭到鞭打和辱罵。柳穎拆開信來一看，果然是妻子的手筆。信中寫道：

我從家裡出來以後，忽然碰上了兇暴之徒。生活窘迫，四處流浪，備嘗艱難困苦。如今只有殘留的骸骨和一口氣，與死已經相去不遠。雖然歷盡疑懼，幸而還能保持貞節。天地神靈，實在是看得清清楚楚！在動亂之中，如果要毀滅微賤的身軀，那麼可以在小河溝邊上吊投河；如果將自己混同於塵俗之人，那就會褻瀆綱常倫理。所以我毀壞自己的形體容貌，苟且求活保住性命，雖然好似落花無主，暫時隨風飄蕩；卻又如喪家之犬，始終依戀著舊日的主人。傷心惶恐地四面環視，困頓煩惱伴隨半世人生，雖然肢體還勉強保全，但心膽卻早已破碎喪失。每當聽到屋簷外潺潺的雨聲，面對著古道上刮起的陣陣西風，只能注目遠視，望穿雙眼，憶鄉思歸，柔腸寸斷。壁燈半明半暗，雙眼淚盡乾枯，聽到戰鼓聲聲，頓時魂飛魄散，已經料定此生要死於野草叢生的荒野，鮮血將染紅泥沙。我寧願讓自己的肉餵鷹餵烏，怎麼肯將身體託付給豬狗之人？想效法為保持節操而跳崖的竇氏二烈女，敬慕不肯受辱而砍斷手臂的貞婦李氏。沒想到又再次流離遷徙時，忽然聽到消息，知道夫君沒有災禍，總有一天要來贖我回家，所以不敢貿然捨棄生命，忍著痛苦堅持活了下來。我現在人在濟南，所在的人家姓周，主人的官職是萬戶，只緣也是漢人，對我還算和善。夫君看到我的信以後，迅速準備銀兩財物來贖我，不能拖延遲緩。恐怕軍隊臨時調動分撥，我就要被轉移到其他地方。百年夫妻，情深義重，頃刻之間卻被迫分離，潑出去的水再收回來，這就是我誠心誠意盼望的結局。希望您深思熟慮，早點想出一個好的辦法，不要使我成為不得歸家的孤魂。面對信箋，淒傷已極，不知說了些什麼。

柳穎看到信後，又輾轉跋涉，到達了濟南。周萬戶這時正擁有重兵，聲威顯赫。柳穎未敢直接進入他家，只是在萬戶府旁邊找個地方先住下來。過了幾天，得知鸞鸞就在萬戶府，卻沒有辦法與裡面互通消息，於是就天天在萬戶府門口等候。柳穎看到一個巫婆頻頻出入萬戶府，心想她必定是府中的親信。等到巫婆出來，就祕密地跟隨著到了她家，拿出一錠銀子作為禮物，祝她長壽，而且將實情告訴了她。女巫說：「將軍夫人生性妒忌，所擄掠來的婦女，都安排在外面的房子裡住。除了洗衣服、做飯以外，不許她們隨便出來，最近也有幾個人被周萬戶還給了她們的親屬。令妻如果真在裡面，我一定成全你們的好事。」

第二天，女巫到周萬戶家悄悄打聽，果然找到了鸞鸞，並私下裡向她通報消息。鸞鸞祕密地拿出一封信函，交給女巫，女巫帶出來給了柳穎，柳穎打開一看，原來是一首騷體詩，題為〈悲笳四拍〉。柳穎讀了之後眼淚直流，於是就請女巫向夫人求情，讓他贖出鸞鸞。夫人說：「這個人我也用不著，何況她的丈夫還在，我怎麼忍心留她呢？馬上遣送她回去。」柳穎向夫人送上珍珠耳環和黃金排釵各一副，夫人馬上叫出鸞鸞讓柳穎領出去。於是夫妻兩人手拉手拜謝夫人，告辭而去。鸞鸞寫的曲子現抄錄在這裡：

我年幼之時沒有什麼作為，我成人之後命運衰微。夫與妻呵忽然分離，父母生死呵哪裡能知？烽火四起呵戰鼓聲聲，刀槍如林呵旌旗似雲，城廓被毀呵生靈塗炭，禮義滅亡呵法紀蕩然。隻身飄流在天之一方，內心悲痛呵摧肝斷腸！山可削平呵河可填滿，我的怨苦呵永遠沒完！

以上為一拍

胡蜂螞蟻聚合呵虎狼嗥叫，心腸狠毒呵身體又腥又臊。煙塵彌漫呵百姓四處逃，屍骨拋在荒漠呵埋沒蓬蒿。身逢亂世家庭破滅呵我輩受傷害，重視大義呵把性命看得輕如鴻毛。發誓寧願拋棄生命呵也決不受辱，仰望天空俯視大地呵我獨自煩勞。

以上為二拍

與賢俊的丈夫離散呵被迫跟隨愚蠢的凶徒，到處流浪呵沒有安定的住處。兇徒以貪淫為快呵視殺人為娛，四處搶掠呵所到之處一片廢墟。挖掘墳墓呵焚燒房屋，閨門弱女呵被兇徒驅趕。我願捨生取義呵將微賤的身軀拋，誰說女子呵比不上兒男？

以上為三拍

無論行走還是坐下，家鄉都在我心頭掛。走遍天涯與海角，我的親人卻見不到。公婆離世呵家已被顛覆，四處逃竄苟且偷生呵到處遭驅逐。夫妻離散呵何時才能相聚，幸虧醜陋的軀體呵未受汙辱。誰是義士呵能夠揮金如土，高歌行路難呵將我救贖。

以上為四拍

穎、鸞既復合，乃相與謀曰：「世方離亂，人不聊生，吾夫婦雖重得團圞，而前途向去❶，端未可保，莫若遠遁於深林大壑中，少避氛埃❷，以需時泰。」乃隱於徂徠山❸麓，夫耕於前，妻耘於後，同甘共苦，相敬如賓，冀缺❹、梁鴻❺、龐公❻、王霸❼，亦未可以優劣論也。鄉閭遠近，頗化其風。

一日，穎出城負米，遇賊獲之。曰：「聞公名久矣！當送田將軍，任以官職，不患不富貴也。」穎瞠目❽大罵曰：「斫頭賊！吾豈從汝反哉？」賊怒，殺之道上。鄰舍奔告鸞，鸞走哭，負其屍以歸，親舐其血而手殮之，積薪焚穎，焰既熾，鸞亦投火中死焉。見者驚駭，為之竦然❾，曰：「古稱烈婦，何以加之！」火滅，鄰里拾其遺骸葬之，伐石表其塚曰：「雙節之墓。」

君子曰：「節義，人之大閑⑩也，士君子講之熟矣，一旦臨利害，遇患難，鮮能允蹈⑪之者。鸞幽女婦，乃能亂離中全節不汙，卒之夫死於忠，妻死於義。惟其讀書達禮，而賦質⑫之良，天理民彝⑬，有不可泯。世之抱琵琶過別船⑭者，聞鸞之風，其真可愧哉！」

【章　旨】鸞鸞夫婦因避亂而到徂徠山隱居。一日，柳穎出城背米，不幸被亂兵所殺。鸞鸞火葬其夫，自己也投火自焚。鄰里為其安葬，並於墓前立「雙節之墓」的石碑。

【注　釋】❶向去　今後；以後。❷氛埃　汙濁之氣；塵埃。比喻戰亂。❸徂徠山　又名尤來山。在山東泰安東南。❹冀缺　即郤缺。春秋時晉國人，因其父被封於冀，故又稱冀缺。曾躬耕於冀，夫妻相敬如賓。被人向晉文公推薦，後代趙盾為政。❺梁鴻　指東漢時高士梁鴻，字伯鸞。❻龐公　指龐德公。東漢襄陽人，躬耕於襄陽峴山之南，曾拒絕劉表的禮請。後隱居鹿門山，採藥以終。❼王霸　東漢時的隱士王霸，字儒仲。❽瞠目　瞪著眼睛。❾竦然　肅然起敬的樣子。❿大閑　基本的行為準則。⓫允蹈　遵循；恪守。⓬賦質　天賦資質。⓭民彝　人倫。舊指人與人之間相處的倫理道德。彝，常規；法度。⓮抱琵琶過別船　比喻婦女再嫁。

【語　譯】柳穎、鸞鸞再次相聚後，兩人相互商量說：「現在正當亂離之世，人民都無法生活下去。我們夫妻雖然得以重新團圓，但今後的前途其實還沒有得到保障。現在還不如遠遠地躲避到深山大壑裡去，避開戰亂，等待時局的安定。」於是夫妻兩人就隱居在徂徠山下，丈夫在前面耕地，妻子在後面除草，同甘共苦，相敬如賓，古代的冀缺、梁鴻、龐公、王霸，也不能與他們相比。家鄉故里，遠遠近近，都被他們的風操節守所感化。

一天，柳穎出城背米，路上遇到一夥強盜，不幸被抓。強盜說：「我們聽到您的大名已經很久了！我們要把您送到田將軍那裡去，給您一個官職，您不愁不富貴。」柳穎瞪大眼睛罵道：「該殺頭的盜賊，我難道跟從你們造反嗎？」強盜惱怒了，將他殺死在路上。鄰居奔過來告訴鸞鸞，鸞鸞邊跑邊哭，背著柳穎的屍體回家，親自用舌頭舔乾淨他身上的血跡，又親自給他穿衣下棺，堆積柴薪為柳穎火葬。火燒旺後，鸞鸞自己也跳入烈火中自焚而死。當時看到的人都十分驚慌害怕，對鸞鸞肅然起敬，說：「古代稱為烈婦的人，又怎麼能超過她！」火熄滅以後，鄰居將鸞鸞夫婦的遺骨撿起來安葬，並在墓前立一塊石碑，碑上寫著「雙節之墓」。

君子說：「節義，是人基本的行為準則，讀書人講得太熟了，可是一旦面臨利害的選擇、遇到患難的時候，很少有人能夠恪守它。鸞鸞是個深居寡出的婦人女子，卻能在遭亂流離之時保全節操而不受汙辱，最終丈夫死於忠，妻子死於義。正因為她讀書知禮，天賦的資質良善，所以天性人倫，最終能夠不被泯滅。世上那些琵琶別抱、換乘別人船的改嫁者，聽說鸞鸞的風操，真應該慚愧啊！」

【賞　析】本篇描寫了一個由戰亂災禍造成的愛情悲劇，與瞿佑《剪燈新話》中〈翠翠傳〉、〈愛卿傳〉的題材十分相似。但作者規仿前人體格而能有所創新，相比而言，本篇的情節更為曲折，譏時刺世的寓意也更為豐富。在本篇中，釀成趙鸞鸞和柳穎愛情悲劇的原因是雙重的，除了社會動亂、壞人橫暴之外，還有鸞鸞父母頭腦中嫌貧愛富的世俗觀念在起作用。而在〈翠翠傳〉和〈愛卿傳〉中，引發悲劇的原因只有社會動亂一個方面。

小說自始至終將人物的命運作為藝術的聚焦點，集中筆力描寫他們在愛情上遭到的波折、痛苦以及他們對不幸命運的抗爭。趙鸞鸞和柳穎先後遭遇了三次厄運，前兩次由於頑強不屈地抗爭，使得他們的命運曾經出現過轉機，離散之後又得以復合。第一次厄運是因為柳家家勢敗落，趙家父母悔婚，鸞鸞被迫改嫁給目不知書的富室繆某之子，柳穎也只得改娶他姓之女。面對這次厄運，鸞鸞掩鏡悲吟，閉門愁坐，將百般愁苦寄寓之於詩，用詩歌來表達對無愛婚姻的不滿。後繆某夭亡，柳穎喪偶，柳穎不失時機地向趙家求婚，遭拒絕後仍不灰心，鸞鸞也大膽給柳穎寫信，吐露自己的心願。在媒婆王媽媽的幫助下，兩人終於得諧連理。鸞鸞與柳穎遭遇的第二次厄運是在戰亂之中夫妻離散，鸞鸞被亂軍擄去。鸞鸞堅貞自守，誓死不受辱，受盡折磨，後被軍閥周萬戶領去，留在府中幹洗衣、做飯等雜活。柳穎冒著生命危險四出尋妻，幾經周折，終於在濟南找到了鸞鸞，用重金將其贖出，他們的命運又出現了第二次轉機。為了躲避亂世，夫妻一起隱居於徂徠山麓躬耕度日，「夫耕於前，妻耘於後，同甘共苦，相敬如賓」。他們原以為這樣可以苟全性命於亂世，誰知又有更大的厄運從天而降。柳穎出城負米，被亂軍擄獲後決不屈服，最後罵賊而死。鸞鸞積薪為柳穎舉行大葬，自己也同時投身烈火。小說具體地展示了鸞鸞夫婦人生命運的憂患苦難和變化莫測，並將其與動盪的時代風雲聯繫起來，控訴和詛咒那個黑暗動亂的時代和社會邪惡勢力，對不能把握自己命運的下層平民寄予了深深的同情。

趙鸞鸞是作者全力稱頌的人物。她才貌出眾，精於剪製刺繡之事，長於寫詩填詞。所作〈悲笳四拍〉，哀婉酸楚，慘痛之情從肺腑中流出。小說突出地表現了她的「德」和「節」。她孝敬公婆，勤儉持家，善待婢僕，與合家上下和睦相處。鄉鄰有困難，竭力周全；親戚往來，以禮相待，因而「內外交譽，稱道其賢」。她最後投身烈火，這是對黑暗現實的激烈抗爭，同時也體現了夫妻間生死與共的深摯感情，不能簡單地看作是烈女殉夫。作者極力稱讚鸞鸞的貞節行為，並藉此大做文章，譏時刺世，並在篇末發表議論說：「節義，人之大閑也，士君子講之熟矣，一旦臨利害，遇患難，鮮能允蹈之者。鸞幽女婦，乃能亂離中全節不汙，卒之夫死於忠，妻死於義。惟其讀書達禮，而賦質之良，天理民彝，有不可泯。世之抱琵琶過別船者，聞鸞之風，其真可愧哉！」將這段話與「靖難之役」中朝廷文臣武將紛紛迎附燕王朱棣的實際聯繫起來，作者的意圖是十分清楚的。祝允明在《野記》中說：「李布政昌祺，為人正直，不同於時，才學亦贍雅少雙。其作《剪燈餘話》，雖寓言小說之靡，其間多譏失節，有為作也。同時諸老，多面交而心惡之，李不屑意也。」這裡所說的「失節」、「諸老」、可能指的就是那些背棄故主、改事新君的建文帝朱允炆的「舊臣」。

鳳尾草記

李昌祺

【題　解】本篇選自《剪燈餘話》卷三。小說描寫了一對青年男女傾心相愛卻不能結合的愛情悲劇。鳳尾草，即鳳尾蕉，一名鳳尾松，俗稱鐵樹。

洪武❶中，有龍生者，本建康❷人。遠祖仕宋為京官，從隆祐孟太后❸南遷，留家江右❹，子孫蕃衍❺，世守詩書。生行第八，六七歲時，長者教以詩，輒能成誦；九齡曉屬對❻，作五、七言絕句詩皆可觀，眾以聰明許之。

生有姑適❼祖氏者，特愛生，生往來姑家甚熟。祖有異母兄弟，同居各爨❽。兄歿，惟嫂練氏及二子三女存。長女、次女皆適人，惟幼女在室，絕有姿容，長生三歲。生雖少年，穎敏而馴謹❾，不好玩弄，且善伺人意，故祖氏一家聞生來，莫不歡喜，女亦視生如弟兄，不復迴避。

女母聞生姑稱生長進好學，深欲婿生，女亦眷眷⑩屬目。

祖中庭植鳳尾⑪一株，已百年，生吟嘯其側。女窺無人，出就生鳳尾下，謂生曰：「老母聞令姑說子聰明，欲以我結好，我亦願為子妻，託令姑主張，第未審子父母之意然否？倘姻緣會合，得為夫婦，雖死無憾。不然，我之嫁人，非商家郎，則耕家子，縱金玉滿堂，田連阡陌，不願也。」生應曰：「得子為配，足慰平生。」因指鳳尾誓之曰：「若余事成，開花結子；事若不成，根枯葉死。」誓畢，散去。

生盤桓⑫祖氏，大小悅之，婦尤敬慕。嘗親奉茶與生，生取茶，戲曰：「茶已吃矣⑬，不患不成。」家人聞之，亦不問也。

【章旨】龍生與姑母祖氏的侄女相愛，兩人在堂前鳳尾草下互表衷情，立下婚誓。

【注釋】❶洪武　明太祖朱元璋的年號（西元一三六八～一三九八年）。❷建康　今江蘇南京。❸隆祐孟太后　宋哲宗趙煦的皇后孟氏，曾被廢。宋高宗趙構即位後，尊其為隆祐太后。❹江右　長江下游以西地區。後亦稱江西為江右。❺蕃衍　繁盛眾多。❻屬對　對對子。❼適　出嫁。❽同居各爨　住在一起但分開吃飯。爨，燒火煮飯。❾馴謹　性情溫順，待人有禮貌。❿眷眷　依戀不捨；一心一意。⓫鳳尾　即鳳尾蕉。一名鳳尾松，俗稱鐵樹。⓬盤桓　逗留。⓭茶已吃矣　舊時以受茶、吃茶作為女方許婚的代稱。

【語　譯】洪武年間，有一個姓龍的書生，本來是南京人。他的遠祖在宋朝時做京官，後來跟隨隆祐孟太后南遷，在江西安了家。子孫興旺，世世代代都以詩書傳家。龍生排行第八，六、七歲時，長輩教他讀詩，他很快就能背誦出來。九歲時學會了對對子，寫出的五、七言絕句都很不錯，大家都稱讚他天資聰明。

龍生有一個姑母嫁給姓祖的人家，她特別喜歡龍生，龍生也常常到姑母家作客，和他們家的人都很熟。龍生的姑父有一個同母異父的哥哥，兄弟住在一起但分竈吃飯。後姑父的哥哥亡故，只有嫂嫂練氏和兩個兒子、三個女兒。大女兒、二女兒都已嫁人，只有小女兒還在家中。她的容貌出眾，比龍生大三歲。龍生雖是少年，但聰慧敏捷而又和順謹慎，不喜歡調皮戲耍，且又善解人意，所以祖氏一家聽說龍生來，沒有一個不喜歡，祖家的三姑娘也將龍生當作自家兄弟看待，不再相互迴避。三姑娘的母親練氏聽到龍生的姑母稱讚龍生上進心強，讀書刻苦，很想讓龍生做自己的女婿，姑娘也對龍生含情脈脈，特別關注。

祖家庭院中種了一棵鳳尾樹，已經一百年了。有一天，龍生在樹旁吟唱誦讀，姑娘看到周圍沒人，便從閨房出來走近龍生，兩人在鳳尾樹下相會。姑娘對龍生說：「我家老母親聽到你的姑媽說你聰明，想讓我和你結成百年之好，我也願意做你的妻子，所以現在已經託你姑媽作主去說，只是不知道你的父母會不會同意？如果我們有緣分相合，得以成為夫妻，我即使死了也沒有什麼可遺憾的。不然的話，我另外嫁人，不是商人的兒子，就是農民的兒子，縱然是滿堂堆滿金玉、良田阡陌相連的富貴人家，也不是我所願意的。」龍生回答說：「能有你作為我的配偶，我一生也就滿足了。」於是指著鳳尾樹發誓說：「如果我們的婚事能夠成功，鳳尾樹就會開花結果；如果不成功，鳳尾樹就根枯葉死。」發完誓，兩人才分開。

龍生在祖家逗留，一家大大小小都很喜歡他。姑娘對他尤為敬重愛慕，曾經親自給龍生端茶。龍生接過茶，開玩笑說：「茶已經吃過了，不怕事情不成功。」家裡人聽了，也不管這些事。

會生姑與練妯娌參商❶，陽為慫恿，陰實沮❷之，故生父母猶豫，女未知也。生以告女曰：「子既未便開親，我亦不即納聘，當與老母謀，必得子為婦而後已。」

女家貧，未嘗有繒纊❸之飾，粉黛之施，而荊釵布裙，略無垢汙，下至足纏，亦潔白如雪。兼之賦性和柔，婉娩❹特甚，機杼❺之精，剪製之巧，為一族冠；二嫂酷妬之，女不較也。生重其為人，愈有伉儷意，然艱得良媒，姑又不力贊，兩下遷延，遲遲歲月。

生既冠❻，去事舉子業，女家蹤跡稀矣。然女念生，未嘗去懷，惟母知其情，喻之曰：「吾又遣人往彼，談汝姻事，早晚當有定議，汝勿煎熬，徒損容貌。」

逾時，生至，雖主姑家，而意在於女。留數日，二嫂俱歸寧❼，女獨紡小樓上。樓下一深巷，通後園，巷半磚砌磴道❽以登。生從園中還，聞女紡聲，徑奔女所。女見生來，喜氣溢面，輟紡敘禮，與生對坐，且紡且談。因以己年庚告生，使生推算，卜其諧否，又與生話家世甚悉。生感其意，口占一詩贈之。詩曰：

曲闌深處一枝花，穠艷❾何曾識露華❿！素質白攢千瓣玉，香肌
紅映六銖紗⓫。金鈴有意頻相護，繡幄無情苦見遮⓬。憑仗東皇⓭
須著力，向人開處莫教差⓮。

女不甚讀書，識字而已，語生曰：「子宜解說，俾⓯我聞之。」生一一敷繹其義。女笑曰：「他日得侍帷房❿，子必教我，我雖愚暗，久

當能之。」生曰：「婦人女子，偏是聰明，以子慧心，學之易易。」因代為答詩曰：

深謝韶光⑰染色濃，吹開準擬倩⑱東風。生愁夕露凝珠淚，最怕春寒損玉容。嫩蕊折時飄蝶粉，芳心破處點猩紅。金盤華屋如堪薦⑲，早入雕欄十二重。

生復縷縷⑳為詳詩意。女曰：「常聞子才調㉑敏捷，今觀信然，使我傾仰彌切！」因目生久之，曰：「子精神意氣，決非庸人，後當貴顯。我欲以蒲柳之質㉒為託者，非有他也，以父早亡，母年漸老，長兄書寫公門，次兄陷身吏役，二嫂悍惡，子所深知；但得遠離凶獷㉓，獲託絲蘿㉔，子縱無官，不為命婦㉕，亦不失為士君子妻。萬一流落俗子手中，有死而已！惟子念之圖之。」生自初悅其貌，不料其淑懿㉖有識若此，自是拳拳㉗婚議，惟恐蹉跎㉘。

俄而女兄果以吏敗，家事亦落。生父母無意締盟，謝而辭之，遂觖望㉙矣。生私作長歌一篇寄焉。歌曰：

我昔正髫年㉚，笑騎竹馬㉛君床邊。手持青梅共君戲，君身似玉顏如蓮。愛我聰明耽筆硯，鸑鷟㉜文章紫騮㉝健，風鬟霧鬢㉞緋㉟染脣，鳳尾叢邊幾回見。層樓窈窕洞房深，春纖縷縷抽冰綫。蹇脩㊱不來奈若何？羅帶同心竟乖願㊲！綉襦甲帳隔天涯㊳，未解離魂學張倩㊴。君知許嫁誰人家，我行射策㊵黃金殿。回首清河夢寐中，目斷㊶巫山㊷淚如霰㊸。

一日，女母留姻戚家，二嫂尋釁，與女大鬧。女深處閨閣，性復善良，莫敢出言，又不能罵，然不勝憤。兼之秦約晉盟㊹，遽然斷絕，淒涼憔悴，踽踽㊺無聊，是夕，竟縊死樓上。母歸，哭之慟，手自洗殮，於胸前得一綉囊，密貯杏箋一幅，視之，乃生所寄之詩也。母不違其意，仍置棺中。生聞女死，託以省姑，走弔焉。至則珠沉璧碎，玉殞花飛㊻，將入木矣。生涕淚如雨，悲不能堪，送歸葬所，掩壙㊼成墳而歸。

【章　旨】因龍生姑母與祖氏女之母不和睦，兩人婚事受阻；後祖家家道敗落，婚事不成。祖氏女又因二嫂尋釁，於悲憤絕望之際，自縊身亡。

【注　釋】❶參商　參星和商星。兩星此出彼沒，互不相見，用以比喻不和睦。❷沮　阻止。❸繒纊　絲織品。指華美的衣服。繒，絲織品的總稱。纊，絲棉。❹婉娩　柔順的樣子。❺機杼　織布機。此處指紡織。❻冠　古代男子二十歲結髮戴冠，表示成年。❼歸寧　女子歸家探望父母。❽磴道　登山石級。❾穠豔　鮮豔。❿露華　露水。⓫六銖紗　指質地輕薄的紗衣。六銖，言重量輕。古代二十四銖為一兩，六銖為四分之一兩。⓬金鈴有意頻相護二句　意謂二人的婚事，有人支持，也有人阻撓。金鈴，典出《開元天寶遺事》。唐玄宗的長兄寧王喜愛花木，每到春天，就將拴有金鈴的紅絲繩，繫於花梢。有鳥雀來停憩，就讓人拉動絲繩振響金鈴，以此來驚走鳥雀。繡幄，繡花的帳幕。⓭東皇　又作東君。指春神。⓮差　差池；錯失。⓯俾　使。⓰帷房　張掛帷幕的內室。⓱韶光　春光。⓲倩　請。⓳薦　進奉。⓴縷縷　一條一條；詳詳細細。㉑才調　才氣。多指文才。㉒蒲柳之質　比喻身分低賤或體質衰弱。蒲柳，樹名。俗名水楊，入秋後便凋零。㉓凶獷　兇悍。㉔絲蘿　菟絲和女蘿。都是蔓生植物，纏繞在一起，難以分開。常用以比喻男女相愛，結為夫妻。《古詩十九首・冉冉孤生竹》：「與君為新婚，兔絲附女蘿。」㉕命婦　古代因丈夫或子孫做官有功績而受到朝廷封贈的婦女。㉖淑懿　美德。㉗拳拳　勤勉貌。㉘蹉跎　耽誤；錯過時機。㉙觖望　抱怨；怨恨。㉚髫年　童年。㉛竹馬　以竹枝當馬騎，兒童的一種遊戲。語出李白〈長干行〉詩：「郎騎竹馬來，繞床弄青梅。」後常以青梅竹馬形容男女孩童親暱嬉戲之狀。㉜鸑鷟　鳳凰的別名。㉝紫騮　古駿馬名。㉞風鬟霧鬢　形容女子頭髮美麗。㉟緋　大紅色。㊱蹇脩　指媒人。㊲乖願　不能如願。㊳綉襦甲帳隔天涯　意謂男女相距遙遠。綉襦，繡花的短衣。借指女方。甲帳，帷帳。㊴未解離魂學張倩　典出唐人陳玄祐〈離魂記〉。張倩娘病倒在床，其靈魂卻跟隨王宙奔蜀，結為夫妻，生有二子。五年後同返故里，倩娘之靈魂與臥病數年的倩娘相見而笑，頃刻間合為一體。元雜劇《倩女離魂》取材於此。㊵射策　漢代取士的一種考試方法。考試時將題目寫在策上，按題目大小分為甲乙科。考生隨其所取而解答。此處泛指科舉考試。㊶目斷　望斷。㊷巫山　指男女幽會之處。戰國時楚人宋玉〈高唐賦序〉謂楚王遊高唐，倦而晝寢，夢中與一婦人相遇，婦人自稱「巫山之女」，並自薦枕席。㊸霰　雪珠。㊹秦約晉盟　即「秦晉之好」。指婚約。春秋時秦晉兩國世為婚姻，故稱。㊺踽踽　孤獨的樣子。㊻珠沉璧碎二句　皆比喻美人死亡。㊼壙　墓穴。

【語　譯】正巧碰上龍生的姑母與練氏妯娌不和睦，龍生的姑母表面上贊成和鼓勵他們結親，暗中卻加以阻撓和反對，所以龍生的父母猶豫不決，三姑娘卻不知道。龍生對姑娘說：「你那邊既然不會與別人訂親，我也不會馬上給其他人家送聘禮，我去同老母親商量，一定要娶你為妻才罷休。」

姑娘家比較窮，從來沒有華麗的絲綢服裝，也不塗脂畫眉。雖是荊枝為釵、粗布為裙，卻乾乾淨淨，衣服上沒有一點髒斑，甚至連裹腳布也潔白如雪。加上她天性溫和，特別柔順，織布和裁剪的手藝十分精巧，在全族中沒有人能同她相比。二位嫂嫂非常妒忌她，她也不計較。龍生敬重姑娘的為人，與她結為伉儷的願望越來越強烈。但是很難找到一個好的媒人，姑母又不肯盡力幫助，結果兩邊都耽擱了下來，時間卻一天天地過去了。

龍生到了二十歲行冠禮以後，開始準備參加科舉考試，姑娘家也就去得少了。但是姑娘想念龍生，從來未曾忘懷過。只有她母親知道她的心思，開導她說：「我又請人去龍家商議你的婚事了，早晚就會有定論。你不要在相思中煎熬，苦苦折磨自己，這樣會白白地毀壞自己的容顏。」

又過了好長時間，龍生來了。雖然名義上是到姑母家來，而他的本意卻是來看望姑娘。龍生在祖家住了幾天，剛好姑娘的兩個嫂嫂都回娘家去了，姑娘獨自一人在小樓上紡紗。樓下有一條很深的巷子，直通到後園，巷子中間有一條磚砌的臺階可以上樓。龍生從園中回來，聽到姑娘紡車的聲音，就直接來到姑娘的房中。姑娘看見龍生到來，滿面喜氣，停止紡紗與龍生施禮，然後與龍生面對面地坐著，邊紡紗邊談心。她趁此機會將自己的生辰八字告訴龍生，讓他推算一下，預測他們的婚事是否圓滿，又與龍生詳細地談論了家中的事情。龍生被姑娘的情意所感動，就隨口吟成了一首詩贈給她。詩中寫道：

曲折的欄杆深處開著一枝花，色彩豔麗彷彿未經露水的侵打！花瓣如玉潔白素雅，芬香紅潤的肌膚掩映著輕紗。紅絲繩上的金鈴有意頻頻相護，繡花的帷帳無情無義將花死死遮住。還得仰仗春神東君大力相助，讓它向人開放不要將它耽誤。

姑娘沒有讀過多少書，只是認識一些字而已。就對龍生說：「你應該給我解釋一下，使我能夠理解詩中的意思。」龍生就逐字逐句地講解給她聽。姑娘笑著說：「以後我如果能夠在內室侍候你，你一定要教我寫詩。我雖然愚鈍而不明事理，但時間長了也能夠學會。」龍生說：「女孩子偏偏就是聰明，憑你一顆聰慧的心，學詩是件很容易的事。」於是又代姑娘寫了一首答詩。詩中寫道：

感謝春光將花的色彩染得很濃，要燦爛開放還得去請東風。晚露凝成的水珠恰似憂愁的眼淚，最害怕春天的寒氣損傷玉容。嫩蕊折斷時蝶粉飄動，芳心破損處有一點猩紅。此花若能向金盤美屋進奉，應該早點移入重重雕欄的花園之中。

龍生又一句一句詳盡地為姑娘分析詩中的意思，姑娘說：「曾經聽說你才思敏捷，現在看來確實如此，使我對你的傾倒仰慕之心更加深切。」接著又久久地凝視著龍生，說：「你的神色、氣概，看上去絕不是一個平庸的人，將來一定富貴顯耀。我想把自己低賤而衰弱的身體託付給你，並沒有什麼別的意思，只是因為父親早亡，母親也漸漸年老，大哥在衙門中抄抄寫寫，二哥又陷身官府，當衙役謀生。兩位嫂嫂強悍惡毒，這是你深深知道的。我現在只是想遠離這些凶悍的人，和你結為夫妻，就像菟絲女蘿互相纏繞一樣有個依靠。即使你做不了官，我成不了朝廷的命婦，但還是一個讀書人的妻子。萬一如果我落入俗人的手中，那我只有一死而已。希望你能想到我的處境，想辦法早點促成我們的婚事。」龍生起初只是被姑娘的外貌所吸引，沒有想到她是如此賢慧有見識。從此之後對婚姻之事更加放在心上，惟恐耽誤了終身大事。

不久，姑娘的哥哥果然因為作吏犯法而被懲處，家境也就此破落。龍生的父母不願意與祖家結親，謝絕了這門親事，姑娘對此十分怨恨。龍生私下裡寫了一首長詩寄給姑娘。詩中寫道：

昔日我正當童年，笑騎竹馬繞在你床邊。手持青梅共玩弄，你身似白玉貌如紅蓮。愛我聰明整日伴筆硯，文章華美身體又強健。你秀髮如雲紅唇美，你我鳳尾樹下幾回見。小樓深深閨房幽遠，春天裡纖纖素手一縷縷紡絲線。媒人不來我無可奈何，羅帶結同心的美願難以實現。你我兩相分離隔天涯，不能像張倩娘那樣靈魂離體來相見。你是否知道自己許配誰家，我將趕考奔赴黃金殿。回首往事如在夢中，望斷巫山淚下如飛霰。

一天，姑娘的母親在親戚家留宿，兩個嫂嫂就尋事挑釁，與姑娘大吵大鬧。姑娘平時深處閨中，性情又善良，不敢說什麼，也不能罵人，然而心裡的怨憤卻實在難以忍受。加上與龍生的婚約突然斷絕，她更感淒涼煩惱，孤獨空虛，當天晚上竟然吊死在樓上。母親回到家中，哭得非常傷心，親自為女兒梳洗穿衣。母親在她胸前發現了一個繡花香囊，裡面祕密地藏著一張杏黃色的信箋。打開一看，原來是龍生寄給姑娘的詩。母親不忍心違背女兒的意願，仍然將詩箋放入棺材中。龍生聽到姑娘的噩耗，就以探望姑母為藉口前來弔唁。看到自己心愛的姑娘已經珠沉璧碎、玉殞花飛，馬上就要入棺下葬了，龍生淚如雨下，悲傷得幾乎承受不了。他將姑娘的棺材送到安葬的地方，取土將墓穴填成高墳後才回去。

後數年，生果高科要職，烜赫于時，雖別娶妻妾，意不忘女。常與天師無為張真人❶論鬼神，偶及女事。真人見生切切，為飛章❷拔之。載數日，生夢女曰：「妾從辭世，二十餘年，陰府查籍，以妾當生三子，壽至六十，數未克終，卒於非命，俾再為女人，了其夙業。而昨蒙真人道力，天符❸忽下，今往河南府洛陽縣在城胡氏家為男子矣。感君深愛，生死不忘，但恨無以奉報耳。然君方當富貴，位極人臣，福壽豐隆，子孫昌盛。」言訖，拜謝而去，行數步，復回顧曰：「郎善自珍，妾永逝矣！」倏然❹而滅。生既覺，殆無以為懷。遣人往女家，視鳳尾，枯死已數年矣。生遂作〈哀鳳尾歌〉云：

有草有草名鳳尾，仙人種在丹山裏。世間百卉避芳菲，珊瑚寶樹差堪比。鬖髿❺絕似鳳凰翎，號以佳名同鳳稱。海上行遲珠露濕，洞簫品徹綵雲停。娟娟❻旎旎❼猶貞靜，琉璃刻葉琅玕❽柄。九苞❾健翮❿時下來，五色奇文爛相映。日影照耀晴飾金，盛夏翛翛⓫風滿林。艷陽不作桃李態，晚歲實堅松柏心。華堂清處搖新翠，曾與飛瓊⓬翠陰會。倚叢未許暫偷香⓭，指樹惟期終作配。那知萬事終非真，幽芳淑質俱成塵。綺檻⓮靈根凋百歲，綉房麗色殞三春。鳳兮偶昨來過此，弄玉臺傾鳳尾死。鴛鴦瓦⓯落野棠青，孔雀屏欹土花紫。感時撫舊恨悠悠，碧羽瓊蕤⓰萬古休。敗砌頹垣蛩⓱弔月，荒烟老樹鳥啼秋。花草重栽春又綻，鏡破釵離⓲永分散。因歌鳳尾寓深衷，留與多情後人嘆。

【章旨】數年後，龍生榜登高科，身居要職，請道士張真人超拔祖氏女。女子夜間給龍生託夢，感謝龍生的一片真情，告知自己將前往洛陽胡氏家託生。龍生作〈哀鳳尾歌〉以紀念祖氏女。

【注　釋】❶天師無為張真人　似指張道陵的後裔張正常，號無為子。明洪武元年被封為宏德大真人，秩二品。天師，東漢張道陵創五斗米道，信奉者稱其為天師。張道陵的後裔亦有此封號。❷飛章　原指報告急變或急事的奏章。此處指道家畫符焚燒以通於神明。❸天符　上天的符命。❹倏然　突然。❺鬖髿　蓬鬆散亂的樣子。❻娟娟　姿態柔美的樣子。❼旎旎　柔順美麗的樣子。❽琅玕　美石。❾九苞　鳳的九種特徵。後為鳳的代稱。❿翽翽　鳥的翅膀。⓫翛翛　狀聲詞。猶「蕭蕭」。⓬飛瓊　即許飛瓊。傳說中的仙女，亦泛指仙女。⓭偷香　指男女私通。典出《世說新語・惑溺》，韓壽越牆與賈午私通。賈午偷晉武帝賜給其父賈充的異香贈韓壽，此香著體後數日不散，因而被賈充發現。⓮綺檻　華美的欄杆。⓯鴛鴦瓦　一俯一仰成對地扣合在一起的瓦。又稱陰陽瓦。⓰蕤　草木之花下垂的樣子。⓱蛩　蟋蟀。⓲鏡破釵離　比喻夫妻離散。

【語　譯】過了幾年，龍生果然在科舉考試時中了高第，身居要職，聲名顯赫於一時。雖然他另外娶了妻妾，卻始終不能忘記祖家姑娘。他常常與天師張真人談論鬼神，偶然也談到姑娘的事。張真人見他對姑娘的感情如此深切，就畫符焚燒來超拔姑娘。過了幾天，龍生夢見姑娘對他說：「我自從離開人世，至今已經二十多年了。地府查了簿冊，說我應該生三個兒子，活到六十歲，結果氣數還沒有盡就死於非命，所以讓我再轉世女人，以了卻前世的緣分。而昨天承蒙張真人道法的威力，上天的符命突然來到，讓我投生到河南府洛陽縣縣城的胡家去作男子。感謝郎君對我的一片深情，對此我生死難忘。只是恨自己無法報答你。然而郎君現在正是榮華富貴的時候，將來必定位極人臣，福大壽高，子孫滿堂。」說完以後，就行禮告辭而去。走了幾步，又回過頭來說：

「郎君好好保重自己，我就此永遠離去了！」說完，就突然消失了。龍生醒來，心中無限感傷，悵然若失，派人到姑娘家去看鳳尾樹，早已枯死好幾年了，龍生於是寫了一首〈哀鳳尾歌〉以紀念祖姑娘：

有種草兒名鳳尾，仙人種在仙山裡。世間百草都不如它的芳菲，唯有珊瑚寶樹才可勉強相比。枝葉蓬鬆極似鳳凰的羽毛，還有一個與鳳凰一樣的好名號。鳳凰帶著露珠從海上飛來，悠揚的簫聲逗引得彩雲為之停飛。姿態旖旎婉約而又端莊嫻靜，葉子如琉璃刻就葉柄像美石雕成。展翅的鳳凰時常停下來，奇異的五彩花紋與鳳尾草交相輝映。晴好天氣日光透過枝葉猶如篩金，盛夏時節樹林中傳來蕭蕭風聲。豔陽春日不像桃李那樣妖嬈作態，歲末寒冬如同松柏一般常綠常青。華堂外清靜處搖動著翠綠的身影，曾與仙女趙飛瓊相會於翠蔭。鳳尾樹下相倚相從決不偷香竊玉，指樹發誓盼望結為終生伴侶。哪知萬事難以成真，芳樹美女皆化為灰塵。欄杆旁鳳尾乾枯凋零，繡房中美女香消玉殞。鳳凰昨日偶然從此經過，鳳凰臺倒塌鳳尾樹乾枯。鴛鴦瓦落地海棠青青，孔雀屏風歪斜地上青苔一片。懷舊傷今長恨悠悠，碧羽般的枝葉美玉般的花朵化為烏有。只有月亮憑弔著毀壞的臺階倒塌的牆壁和沉吟的寒蟬，荒野的煙霧中枯老的樹木上鳥兒在秋風中鳴唱。花草移栽來年春天花兒重新綻，鏡子破了金釵裂了就會永分散。寫下鳳尾歌寄寓深衷，留給多情的後人感歎吟誦。

【賞析】龍生去看望嫁到祖家的姑母，認識了姑母的侄女祖家三姑娘。龍生善解人意，長進好學；三姑娘聰穎善良，勤勞儉樸，識見不凡，兩人志趣投合，相互愛慕。三姑娘主動向龍生吐露

「我亦願為子妻」、「得為夫婦，雖死無憾」的心意，龍生也表示「得子為配，足慰平生」，並指著鳳尾草（鐵樹）發誓說：「若余事成，開花結子；事若不成，根枯葉死。」龍生與三姑娘的愛情完全建立在相互瞭解、心靈相契的基礎之上，雙方在擇偶時都能鄙棄庸俗，不論錢財門第而只重人的精神氣質，這在中國古代是十分少見的，他們本應該能建立一個幸福美滿的家庭。然而，由於沒有一個好的媒人；加上龍生的姑母與三姑娘的母親練氏妯娌之間心存芥蒂，姑母明裡贊成，暗中反對；特別是後來女方家勢敗落，龍生父母從嫌貧愛富的世俗觀念出發，最終拒絕了這門親事。三姑娘在愛情理想破滅後又遭兩位悍嫂的欺侮而自縊身死，她與龍生的愛情還沒有來得及綻開花朵，就被無情地摧殘夭折了。小說中充滿了對有情人難成眷屬的遺憾和同情，極具情感力度。篇末的〈哀鳳尾歌〉，寫得哀痛悽愴，抒發了一種刻骨銘心的人生長恨，對讀者具有很強的感染力。

通過細節化、生活化的場景來描寫小兒女之間相戀相愛的情狀，是本篇的一個顯著的特點。篇中樹下訂盟、姑娘奉茶、機房卜吉、龍生講詩等片斷，細致而逼真地寫出了男女主人公互相接觸時的親暱無間和無所不談，表現了他們對未來生活的憧憬和嚮往，清新自然，真實感人，洋溢著人情、人性之美。這些歡娛的場景又與故事悲慘的結局形成鮮明的對照，使小說更顯得哀婉動人。本篇還成功地運用了象徵手法，以百年老樹鳳尾松貫穿全篇。鳳尾松既是龍生與三姑娘訂情的見證，也是三姑娘愛情與命運的象徵。三姑娘的生命被毀滅後，鳳尾松也就隨後枯萎而死。象徵手法的運用，使小說具有了更雋永的餘味和更深遠的意境。

瓊奴傳

李昌祺

【題解】本篇選自《剪燈餘話》卷三。小說通過王瓊奴與徐苕郎的愛情悲劇，歌頌了堅貞不渝的愛情，猛烈抨擊了製造這一悲劇的社會邪惡勢力。本篇被馮夢龍收入《情史類略》卷一四，題為〈王瓊奴〉。《龍圖公案》中〈遼陽軍〉一篇，內容與本篇相似。

瓊奴，姓王氏，字潤貞，常山❶人。二歲而父歿，母童氏，攜瓊奴適富人沈必貴，沈無子，愛之過己生。年十四，雅❷善歌辭，兼通音律，德、言、容、功❸，四者咸備，遠近爭求納聘焉。時同里有徐從道、劉均玉者，請婚尤切。徐本華胄❹而清貧，劉實白屋❺而暴富。徐之子名苕郎，劉之子名漢老，皆儀容秀整，且與瓊奴同年。必貴欲許劉，則鄙其閥閱❻之卑微；欲許徐，則慮其家道之窮迫，猶豫遲疑，莫之能定。

一日，謀於族人之有識者，彼為之畫策曰：「但求佳婿，勿論其他。」

必貴曰：「然則何以知其佳乎？」曰：「易耳！子盛為酒食，特召二生，仍請前輩之善藻鑑❼者，使潛窺之，一則觀器量之如何，二則試詞翰❽之能否，擇其善者而從焉，於選婿乎何有？」必貴深然之。

至二月花晨❾，開筵會客，凡鄉里之號名勝❿者，咸集於庭。均玉、從道，亦各攜其子而至。漢老雖人物整然，雍容⓫應對，而登降⓬揖讓，未免矜持；苕郎則眉目清新，言談儒雅，衣冠樸素，舉止自如。席中有耕雲者，沈之族長也，號知人，一見二生，已默識其優劣矣，乃揚言於眾曰：「宗侄必貴，有女及笄⓭，徐、劉二公，欲求締好，兩門子弟，人物並佳，但未審姻緣果在誰耳？」必貴起對曰：「此事尊長主之，則善矣。」耕雲曰：「古人有射屏⓮、牽絲⓯、設席⓰等事，皆所以擇婿也，吾則異於是。」因呼二生至前，指壁間所挂「惜花春起早」、「愛月夜眠遲」、「掬水月在手」、「弄花香滿衣」四畫曰：「二郎少攄⓱妙思，試為詠之，中目、奪衣⓲，在此一舉。」奈何漢老生居富室，懶事詩書，聞命睢盱[19]，久而不就。苕郎從容染翰，頃刻而成，呈上，耕雲嘖嘖稱賞。

其詩曰：

胭脂曉破湘桃萼，露重荼蘼[20]香雪落。媚紫濃遮刺綉窗，嬌紅斜映秋千索。轆轤[21]驚夢起身來，梳雲未暇臨妝臺，笑呼侍女秉明燭，先照海棠開未開。

右〈惜花春起早〉

香肩半嚲[22]金釵卸，寂寂重門鎖深夜。素魄初離碧海壖[23]，清光已透朱簾罅[24]。徘徊不語倚闌干，參橫斗落[25]風露寒。小娃低語喚歸寢，猶過薔薇架後看。

右〈愛月夜眠遲〉

銀塘水滿蟾光[26]吐，嫦娥夜入馮夷[27]府。蕩漾明珠若可捫，分明兔穎[28]如堪數。美人自把濯春葱[29]，忽訝冰輪[30]在掌中。女伴臨流笑相語，指尖擎出廣寒宮[31]。

右〈掬水月在手〉

鈴聲響處東風急，紅紫叢邊久凝立。素手攀條恐刺傷，金蓮移步嫌苔濕。幽芳擷罷掩蘭堂，馥鬱馨香滿綉房。蜂蝶紛紛入窗戶，飛來飛去繞羅裳。

右〈弄花香滿衣〉

均玉見漢老一辭莫措，大以為恥，父子竟不終席而逸[32]矣。於是四座合詞，皆以苕郎為好，而苕郎之婚議，亦自此而成；不出月餘，已擇日送聘矣。既而必貴以愛婿之故，欲其數相往還，遂招置館中，讀書進學。偶童氏小恙，苕郎入問疾，而瓊奴正侍母湯藥，不虞苕之至也，迴避弗及，乃相見於母榻前。苕郎盼之，姿色絕世。出而私喜，封紅箋一幅，使婢送與瓊奴。拆之，空紙也。瓊奴笑成一絕，以答苕曰：

茜色霞箋照面頳[33]，玉郎[34]何事太多情？風流不是無佳句，兩字相思寫不成。

【章　旨】王瓊奴美麗聰慧，德言容工俱備，同鄉徐從道、劉均玉均來為其子求婚。結果家道清貧而才思不凡的徐苕郎被選中。

【注　釋】❶常山　今浙江常山。❷雅　向來；素常。❸德言容功　舊時對婦女在德行方面的四條要求。《周禮・天官・九嬪》：「掌婦學之法，以教九御婦德、婦言、婦容、婦功。」鄭玄注：「婦德，貞順也；婦言，辭令也；婦容，婉娩也；婦工，絲麻也。」❹華胄　顯貴者的後代。❺白屋　平民。古代平民的房屋以白茅蓋頂，故稱。❻閥閱　門第；家世。❼藻鑒　品評和鑒別人才。❽詞翰　詩文；辭章。❾花晨　即花朝、花朝節。舊俗以農曆二月二十五日為百花的生日，稱此日為花朝。❿名勝　名流；有名望之士。⓫雍容　態度溫和大方，從容不迫。⓬登降　進退。⓭及笄　謂女子到了可以出嫁的年齡。古代女子十五歲束髮戴簪，故稱。⓮射屏　指唐高祖李淵射中門屏上孔雀的眼睛而娶竇毅之女之事。⓯牽絲　唐宰相張嘉貞欲將女兒嫁給郭元振，令五女各持一絲藏於幔後，讓郭元振在幔前牽取。郭元振牽了其中一根紅絲，娶了張的第三個女兒。典出《開元天寶遺事》。⓰設席　晉朝郭瑀有弟子千餘人，他想選劉延明為婿，便另設一席，對弟子們說：「我有一個女兒，想找一個快婿，誰坐此席，我就將女兒嫁給誰。」劉延明振衣上座，郭瑀就將女兒嫁給他。⓱攄　施展。⓲奪衣　同「奪袍」。比喻在詩文競賽中獲勝。據《新唐書・文藝傳中・宋之問》載，武后遊洛陽龍門，召從臣賦詩。東方虬詩先成，武后賜以錦袍。一會兒宋之問也寫好獻上，武后讀後大加讚賞，從東方虬手中奪回錦袍轉賜宋之問。⓳睢盱　張目仰視的樣子。⓴荼蘼　一種落葉灌木，幹高四五尺，白花，晚春開放。㉑轆轤　井上汲水的器具。㉒嚲　下垂的樣子。㉓素魄初離碧海壖　月亮剛剛出現在碧海般的天空。素魄，月亮的別稱。壖，河邊空地。㉔罅　縫隙。㉕參橫斗落　參星橫斜，斗星沉落。天將亮時的星象。㉖蟾光　月光。傳說月亮中有蟾蜍（俗稱蛤蟆），故稱。㉗馮夷　傳說中的黃河之神，即河伯。泛指水神。㉘兔穎　月中玉兔身上的毛。㉙春葱　比喻女子纖白的手指。㉚冰輪　指明月。㉛廣寒宮　指月宮。據唐柳宗元《龍城記》載，唐玄宗與申天師、鴻都客於八月十五夜同遊月宮，見宮門口掛著一匾額，上寫「廣寒清虛之府」。㉜逸　跑開。㉝赬　赤色。㉞玉郎　對男子的美稱。

【語譯】瓊奴姓王，字潤貞，浙江常山人。她兩歲的時候父親就去世了，母親童氏帶著瓊奴嫁給富人沈必貴。沈必貴沒有兒子，對瓊奴比自己所生的子女還要喜愛。瓊奴十四歲的時候，早就能詩善歌兼通音律，婦德、婦言、婦容、婦功四個方面全都具備，遠遠近近的人都爭著前來送聘禮求婚。當時同鄉的徐從道、劉均玉兩家，求婚尤為急切。徐家本是名門大族而現在生活清寒貧苦，劉家原是平民卻突然發了財。徐家的兒子苕郎，劉家的兒子漢老，都儀表堂堂，而且與瓊奴同年。必貴想將瓊奴許配給劉家，卻看不起他家門第低微；想將女兒許配給徐家，又考慮到他家窮困窘迫，因而猶豫不決，拿不定主意。

一天，必貴與一個本族中有見識的人商量這件事。那個人為必貴出主意說：「你只求找到一個好女婿，不要考慮其他的問題。」必貴說：「那麼怎樣才能知道好不好呢？」那人說：「這很容易，你擺下豐盛的酒食，專門將兩個男孩叫來，請善於品評和鑒別人才的前輩暗中察看。一看他的度量才識如何，二看他能不能寫詩作文，從中選擇一個好的，然後把女兒嫁給他。選女婿有什麼難的呢？」必貴認為他說得很對。

到了農曆二月二十五百花生日這一天，必貴擺設筵席會集賓客，凡是鄉里有名望的人士，都被請來會聚在他家的庭院中。劉均玉和徐從道也各自帶著兒子來了。漢老雖然人物端莊，酬對應答從容不迫，但進退揖讓，未免有點拘謹；苕郎則眉清目秀，言談時風度溫文爾雅，衣冠雖然樸素，但舉止落落大方。坐席中有個叫耕雲的人，是沈家的族長，以善於識人著稱，一見到苕郎、漢老兩人，心裡就已經暗中識別他們的優劣了。於是就對眾人發話說：「我同宗的侄兒必貴，有個女兒已經到了出嫁的年齡。徐、劉二公，都要求結為秦晉之好，兩家公子，人物都很出色，但是不知道姻緣最後到底該在哪一家。」必貴站起來說：「這件事全由族長作主，一定能辦好。」耕雲說：「古人有射畫屏、牽紅絲、設酒席等辦法，都是用來選擇女婿的，我的辦法卻與此不同。」說著就把兩個青年人叫到跟前，指著牆壁上所掛的〈惜花春起早〉、〈愛月夜眠遲〉、〈掬水月在手〉、〈弄花香滿衣〉四幅畫說：「二位公子略微施展一下自己的才華，試著為這四幅畫各詠一首詩，要想獲勝奪魁，像古人那樣射中孔雀雙目、奪取衣袍，就在此一舉了。」無奈漢老生在富裕人家，平時懶讀詩書，拿到題目後瞪著兩眼看天，好久也寫不出來。苕郎從容不迫地以筆蘸墨，頃刻間就寫成四首詩送了上來，耕雲看後讚不絕口。詩中寫道：

胭脂般的朝霞照耀著湘桃的花萼，沾滿露水的荼蘼花如香雪紛紛飄落。嫵媚的紫色濃濃地遮住繡花的窗戶，嫩紅的顏色斜映著秋千的繩索。轆轤打水的聲音驚醒了夢中的美人，起身後未有空顧及梳妝照鏡。笑著叫來侍女將蠟燭點亮，先照照海棠花是否開放。

以上〈惜花春起早〉

卸下金釵香髮垂肩，深夜重門緊鎖四處寂靜。潔白的月亮剛剛離開海邊，清亮的光輝已透朱簾。美人來回走動默默地倚著欄杆，參星橫斗星落風露徹骨寒。侍女低聲喚她回房就寢，走過了薔薇架還要回頭再看。

以上〈愛月夜眠遲〉

滿滿的水塘泛著月光，嫦娥夜往河伯府中拜訪。水中蕩漾的明珠彷彿可以抓住，清清楚楚的兔毛能一根根細數。美人捧水洗手如洗纖纖春蔥，忽然驚訝明月就在掌中。女伴們在水邊嬉戲笑語，手指間擎出了一座廣寒宮。

以上〈掬水月在手〉

東風吹得鈴兒叮噹響，美人花叢旁久久佇立凝望。玉手攀花枝生怕被刺傷，小腳止住步只因青苔濕。採完鮮花回到芳潔的廳堂，濃郁的馨香頓時充滿了繡房。蜜蜂與蝴蝶紛紛進入了窗戶，飛來飛去總繞著姑娘的衣裳。

以上〈弄花香滿衣〉

均玉看到漢老連一句話也寫不出來，深深感到羞恥，父子兩人竟然不等宴會結束就逃走了。這時坐席上眾口一詞，都認為苕郎好，苕郎求婚也就此成功。不出一個月，已經選擇吉日送聘禮了。不久，必貴因為喜歡女婿的緣故，想讓他與自家多多來往，就把他招來送進學館，讓他讀書並準備參加科舉考試。一次，瓊奴的母親童氏偶然生了小病，苕郎進內宅問候。而瓊奴正在侍候母親吃藥，沒有料到苕郎進來，來不及迴避，兩人就在母親的病榻前相見。苕郎一看，自己的未婚妻是一個玉貌花容的絕世佳人，出來以後心裡十分高興，便將一張紅信箋封起來，讓婢女送給瓊奴。瓊奴拆開來一看，竟然是一張空紙，就笑著寫成了一首絕句回答苕郎：

紅色的信箋映紅了臉，玉郎你為何那麼多情？風流的情懷不是沒有佳句來表達，只是相思二字怎麼也說不清。

苕郎持歸，以誇於漢老。漢老正恨其奪己之配，以白均玉。均玉不咎子之無學，反切齒徐、沈，入骨恨之，即誣以事，俱不得白，徐闔室❶役遼陽❷，沈全家戍嶺表❸。訣別❹之際，黯然魂消，觀者莫不為之下淚。遂散去，南北不相聞。

已而必貴傾殂❺，家事零落，惟童氏母女在，蕭然❻茅店，賣酒路傍。雖患難之中，瓊奴無復昔時容態，而青年粹質❼，終異常人。有吳指揮❽者悅之，欲娶以為妾，童氏以許人辭。吳知其故，遣媒謂曰：「徐郎遼海從戍，死生未卜，縱饒❾無恙，又安能至此而成姻乎？與其凝守空營，蹉跎歲月，盍不歸我貴家，任汝母女受用，亦不虛度一生也。」瓊奴堅然不肯。吳又使媒嫗傳言，且壓以官府。童氏懼，與瓊奴謀曰：「一從苕去，五閱星霜❿，地角天涯，魚沉雁杳⓫，真所謂君處北海，寡人處南海，風馬牛之不相及也⓬。汝之身事，終恐荒唐，矧⓭又父遽淪亡，他鄉流落，權門側目⓮，欲強委禽⓯，吾孤兒寡婦，其何術以拒之？」瓊奴泣曰：「徐門遭禍，本自兒身，脫⑯別從人，背之不義。且人之異於禽獸者，以其有誠信也，棄舊好而結新歡，是忘誠信，苟忘誠信，殆犬彘之不若。兒有死而已，其肯為之乎？」因賦〈滿庭芳〉一闋以自誓云：

綵鳳群分，文鴛侶散，紅雲路隔天台⑰。舊時院落，畫棟積塵埃！
謾有玉京離燕⑱，向東風似訴悲哀！主人去，捲簾恩重，空屋亦
歸來。　涇陽憔悴女，不逢柳毅，書信難裁⑲。嘆金釵脫股，
寶鏡離臺⑳！萬里遼陽郎去也，甚日重回？丁香樹，含花到死，
肯傍別人開㉑？

是夜，自縊於房中，母覺而救解，良久方甦。吳指揮者聞之，怒使麾下碎其釀器，逐去他居，欲折困之。時有老驛使杜君，亦常山人，必貴存日，相與善，憐童氏孤苦，假以驛廊一間而安焉。

【章　旨】由於劉均玉的誣陷，徐家充軍遼陽，沈家謫戍嶺南。彼此數年不通消息。瓊奴父親病故，母女路旁賣酒為生。吳指揮欲娶瓊奴為妾，瓊奴誓死不從。

【注　釋】❶闔室　全家。❷遼陽　今遼寧遼陽一帶。❸嶺表　五嶺之外，即嶺南。今廣東、廣西一帶。❹訣別　再無會期的離別；死別。❺傾殂　死亡。❻蕭然　簡陋。❼粹質　純美的素質。❽指揮　軍職名。唐宋時有都指揮使，為禁衛之官，明代內外諸衛皆置指揮使。❾縱饒　縱令；即使。❿五閱星霜　過了五年。⓫魚沉雁杳　比喻書信不通，音訊斷絕。古代有魚雁傳書的說法。⓬真所謂君處北海三句　語出《左傳》僖公四年：「君處北海，寡人處南海，唯是風馬牛不相及也。」風，動物雌雄相誘。⓭矧　何況。⓮側目　斜目而視。此指不懷好意。⓯委禽　下聘禮。禽，指雁。古代男方向女方送求婚禮物時要送雁，故稱。⓰脫　假使；假如。⓱紅雲路隔天台　用劉晨、阮肇入天台山逢仙女的典故。紅雲，傳說仙人所居之處，常有紅雲盤繞。⓲玉京離燕　典出唐李公佐〈燕女墳記〉。南朝劉宋末年有女姚玉京，家有雙燕，一為鷙鳥所獲，另一燕不離庭戶，常停於玉京之臂。數年後，玉京死。燕飛至墳地，悲鳴而絕。此處瓊奴以孤燕自比。⓳涇陽憔悴女三句　用柳毅傳書的典故，比喻無人捎信給苕郎。書生柳毅至涇陽訪友，遇見一面帶愁容的牧羊女。經詢問，知其為洞庭龍君之女，嫁與涇川老龍次子。丈夫荒淫，屢勸不聽。龍女託柳毅捎信給父母。柳毅將信送達後，洞庭龍君之弟錢塘君殺了涇川老龍全家，救回龍女。後柳毅與龍女幾經周折終成夫妻。事見唐傳奇〈柳毅傳〉及元雜劇《柳毅傳書》。⓴金釵脫股二句　比喻夫妻或戀人分離。㉑丁香樹三句　比喻愛情至死不渝。丁香，一種常綠喬木，生於熱帶，春天開紫花或白花，子可以作香料。丁香花不易脫落，花謝結實，故稱其「含花到死」。

【語　譯】苕郎將詩拿回去，在漢老面前誇耀，漢老正恨苕郎奪走了自己的配偶，就把這事告訴父親均玉。均玉不怪自己的兒子不學無術，反而對徐、沈二家咬牙切齒，恨之入骨。隨即捏造事實誣陷徐、沈兩家，兩家無法辯白。最後徐從道全家充軍遼陽，沈必貴全家被發配到嶺南。在生離死別之際，兩家人都心神沮喪，好像丟魂落魄一樣，在旁邊觀看的人也沒有一個不為他們流眼淚。分別之後，兩家一南一北，不能互通信息。

沒多久必貴死去，沈家家道敗落，只剩下童氏母女二人。她們住在簡陋的茅屋裡，以在路邊賣酒為生。雖然處於患難之中，瓊奴不再像以前那樣容光煥發，但她因為年青，又天生麗質，終究和常人不同。有個吳指揮看上了瓊奴，想娶她為妾。童氏以已經許配別人為由回絕了他。吳指揮知道其中的原因，派媒人對童氏說：「徐家的兒子在遼東充軍，生死都難以預料。即使他無災無難，又怎麼能到這裡來成婚呢？與其癡癡地守著空房，虛度光陰，還不如嫁到我家，任憑你家母女享用，也算不虛度一生。」瓊奴堅決不肯，吳指揮又讓媒婆傳言，並且用官府來壓童氏母女，想逼迫她們答應。童氏害怕了，與瓊奴商議說：「自從苕郎離開之後，已經過了五年。他遠在天涯海角，而且音訊斷絕，真可以說是君住北海，我住南海，彼此相距遙遠。即使雌雄相誘而走失的牛馬，也不會走到對方的地界去。你與苕郎的婚事，最終恐怕靠不住。何況你父親又驟然去世，我們正流落他鄉。權豪勢要之家對我們不懷好意，想強行下聘禮訂婚，我們孤兒寡母，能有什麼辦法拒絕他呢？」瓊奴哭著說：「徐家遭受禍害，本來是因我而起。現在假如另嫁他人，背棄他們，這不符合道義。再說人不同於禽獸，是因為人能講誠信，拋棄舊好而另結新歡，這是忘記了誠信。如果忘記了誠信，那恐怕連豬狗都不如了。現在我只有一死而已，怎麼能做背信棄義的事呢？」於是寫了一首〈滿庭芳〉的詞來表明自己的決心：

彩鳳離群，鴛鴦失伴，紅雲塞路天台遠隔。昔日院落，畫棟雕梁積滿塵埃！只有玉京家喪偶的燕子，對著東風淒啼訴說悲哀。主人去世，恩情仍難忘，時時飛回空屋來。在涇陽牧羊的憔悴龍女，若是不遇柳毅，誰能給她帶回消息？可歎的是金釵分成兩股，寶鏡離開鏡臺！郎君遠去萬里遼陽，不知什麼時候才能回來？丁香樹一直含花到死，哪裡肯依附別人而開？

當天晚上，瓊奴在房中上吊自殺，母親發覺後連忙將她救下來，瓊奴過了好長時間才甦醒。吳指揮得知這件事之後大為惱怒，讓手下人砸碎了瓊奴家釀酒的器具，把她們趕到其他地方去住，想折磨、困擾她們。當時有個姓杜的老驛使，也是常山人，沈必貴在的時候，兩人相處得很好。他同情童氏母女孤苦伶仃的處境，就借給她們一間驛站的房子，將她們臨時安頓下來。

一日，客有戎服者三四人，投驛中。杜君問所從來，其人曰：「吾儕❶遼東某衛總小旗❷，差往南海❸取軍，暫此假宿耳。」值童氏偶立簾下，中一少年，特醇謹❹，不類武卒，數往還相視，而淒慘之色可掬。童氏心動，即出問之：「爾誰耶？」對曰：「苕姓徐，浙江常山人，幼時父嘗聘同里沈必貴女，與苕為婚，未成親而兩家緣事：沈謫南海，苕戍東遼，不相聞者數載矣。適因入驛，見媽媽狀貌，酷與苕外母❺相類，故不覺感愴，非有他也。」童氏復問：「沈家今在何處？厥女何名？」曰：「女名瓊奴，字潤貞，開親時年方十四，以今計之，當十九矣。第忘其所寓州郡，難以尋覓耳。」童氏入語瓊奴，瓊奴曰：「若然，天也。」明日，召使至室中，細問之，果苕郎也，今改名子蘭矣，尚未娶。童氏大哭曰：「吾即汝丈母，汝丈人已死，吾母女流落於此，出萬死以得再生，不圖今日再能相見。」遂白於杜君及苕之同伴，眾口嗟歎，以為前緣。杜君乃率錢❻備禮，與苕畢姻。

合巹❼之夕，喜不塞悲，瓊奴訴其衷懷，不任淒斷❽。因誦杜少陵❾〈羌村〉詩❿「夜闌⓫更秉燭⓬，相對如夢寐。」此句殆為今日設也。苕撫之諄切，曰：「第毋傷感，且盡綢繆⓭，姑候來年，挈爾同歸遼東，則魚水歡情，永永相保矣。」

既而苕同伴有丁總旗者，忠厚人也，謂苕曰：「君方燕爾⓮，莫便拋離，勾軍⓯之行，不必渠往，我輩當分詣各府投文；君善撫室⓰，且此相待，公事完日，相與歸遼。」茗置酒餞別，諸人起程。

不料吳指揮者緝知，以逃軍為名，捕茗於獄，杖殺之，藏屍於窖內。亟令媒恐童氏曰：「彼已死矣，可絕念矣，吾將擇日舁轎來迎汝女，若又不從，定加毒手。」媒求諾反命，瓊奴使母諾之，媒去，語母曰：「兒不死，必為狂暴所辱，將俟夜引決⑰矣！」母亦無如之何。

是晚，忽監察御史傅公到驛，瓊奴仰天呼曰：「吾夫之冤雪矣。」乃具狀以告。傅公即抗章⑱以聞。又兩月得請，就命鞫問⑲，而求尸未得。政⑳讞訊㉑間，羊角風㉒自廳前而起。公祝之曰：「逝魄有知，導吾以往。」言訖，風即旋轉，前引馬首，徑奔窖前，吹開炭灰，而屍見矣。公委官檢驗，傷痕宛然，吳遂伏辜㉓。公命州官葬茗於郭外，瓊奴哭送，自沉於冢側池中，因命葬焉。

公言諸朝，下禮部㉔，旌㉕其冢曰：「賢義婦之墓」。童氏亦官給衣廩㉖，優養終身焉。

【章　旨】徐茗郎因軍務去嶺南，在驛站與瓊奴相遇，草草完婚。吳指揮以逃軍的罪名將茗郎監禁杖殺。瓊奴向監察御史傅公告狀，茗郎之冤得以昭雪，瓊奴自己也投水殉夫。

【注　釋】❶吾儕　我們。❷衛總小旗　衛總部下的小旗。衛總，軍職名。一衛的長官，即都司。明代於軍事要地設衛或所。一郡之內設所，跨郡的設衛。大抵五千六百人為一衛，一千一百二十人為千戶所，一百十二人為百戶所。百戶所內設總旗二人、小旗十人管領。小旗，古代軍隊中最底層的頭目，類似於現代軍隊中的班長。見《明史・兵志二》。❸南海　古代指極南的地區。❹醇謹　淳厚謹慎。❺外母　岳母。❻率錢　湊錢；募錢。❼合巹　古代婚禮的一種儀式，將一瓠分為兩瓢，新婚夫婦各執一瓢，斟酒以飲。後用以代指成婚。❽淒斷　極度的悲涼與淒傷。❾杜少陵　唐代詩人杜甫。字子美，曾在少陵一帶住過，自稱「少陵野老」。少陵，在陝西長安，為漢宣帝許皇后的葬地。❿羌村詩　杜甫在安史之亂中與妻子別後重逢時作有〈羌村〉三首，主要寫重見家人時悲喜交集的情景。⓫夜闌　夜深。⓬秉燭　掌燈；點起蠟燭。⓭綢繆　纏綿；情意深厚。⓮燕爾　指新婚。《詩經・邶風・谷風》：「宴爾新昏，如兄如弟。」⓯勾軍　即取軍。⓰撫室　撫慰妻子。⓱引決　自殺。⓲抗章　向皇帝上奏章。⓳鞫問　審問。⓴政　正。㉑讞訊　審訊。㉒羊角風　旋風。㉓伏辜　伏罪。㉔禮部　官署名。掌管國家的典章制度、祭祀、學校、科舉及接待四方賓客等事。長官為禮部尚書。㉕旌　這裡指官府頒賜用以表彰的牌坊或匾額。㉖衣廩　衣食。廩，糧倉。代指糧食。

【語　譯】一天，有三、四個穿著士兵服裝的客人來驛站投宿。杜君問他們從哪裡來的，那些人說：「我們是遼東某衛衛總部下的小旗，奉命出差到南海去招兵，暫時在此借宿。」剛好童氏偶爾站在簾下，看到其中有一個年青人特別淳厚謹慎，不像是武夫。年青人與童氏相互間對視了幾次，臉上流露出淒涼悲慘的神情。童氏心中一動，馬上跑出來問道：「你是誰？」年青人說：「我姓徐名苕，是浙江常山人。小時候父親曾為我聘同鄉沈必貴的女兒為妻，還沒有成親，兩家都因事獲罪。沈家被謫配南海，我家充軍遼東，不能互通消息已經好幾年了。剛才看大娘的容貌，和我的岳母非常像，所以情不自禁地感慨悲傷起來，並沒有其他的原因。」童氏又問：「沈家現在在什麼地方？他家女兒叫什麼名字？」年青人回答說：「姑娘名字叫瓊奴，字潤貞，和我訂親時年紀只有十四歲，現在算起來，應該是十九歲了。但是忘記了他們所去的州郡，很難找到他們了。」童氏進去告訴瓊奴，瓊奴說：「如果真是這樣，那就是天意了。」第二天，童氏將年青人叫到家中，仔細一問，果然是苕郎，現在已改名子蘭了，還沒有娶親。童氏大聲痛哭道：「我就是你的岳母。你岳父已經死了，我家母女流落到這裡，經歷了許許多多的生死危險才得以倖存，沒有想到今天還能和你相見。」童氏就將這件事告訴杜君以及苕郎的同伴，眾人都歎息不已，認為這是前世的緣分。杜君就湊錢備辦禮品，給苕郎和瓊奴完婚。

成婚那天晚上，新婚之喜也抑制不了瓊奴內心的悲傷，她向苕郎傾訴自己內心的真情，簡直承受不了這極度的悲涼和淒傷。她吟誦杜甫〈羌村〉中「夜闌更秉燭，相對如夢寐」的詩句，覺得這兩句詩就好像是專門為他們今天而寫的。苕郎撫慰著她，真誠懇切地說：「不要只是悲傷，還是暫且盡情地溫存吧。等到明年，我帶你一同回遼東，那麼我們魚水般的歡情，就能永遠保持下去。」

苕郎的同伴丁總旗，是一個忠厚人。他對苕郎說：「你剛新婚燕爾，不要隨便離開新娘。領兵的差事，你不必匆忙前往。我們分別到各個府中去投送公文，你就好好在這裡撫慰新婚的妻子。姑且在這裡等待我們，等公事辦完了，我們再一起回遼東。」苕郎備辦了酒席為同伴們餞行，丁總旗等人與苕郎告別後便起程上路。

不料這事又被吳指揮打探到了，就以逃軍的罪名，將苕郎逮捕入獄，用棍子打死，將屍體藏在磚窯內。又急忙讓媒人去嚇童氏說：「你家女婿已經死了，你們可以斷絕等他回來的念頭了。我將揀個吉日抬轎子來接你家女兒。如果再不聽從，我一定要對你們下毒手。」媒人請求童氏答應這個要求，她好回去交差，瓊奴讓母親先答應她。媒人走了，瓊奴對母親說：「我如果不死的話，必然被吳指揮這個狂暴之徒所汙辱。我準備在夜裡自盡了！」母親也不知如何是好。

當天晚上，監察御史傅公突然來到驛站。瓊奴仰頭朝天大呼道：「我丈夫的冤枉可以洗雪了。」於是寫好狀紙告到傅公那裡，傅公馬上向皇帝上奏章請求查辦此事。又過了兩個月，傅公的奏章得到了皇帝的批准，傅公就根據皇帝的命令審理此案，可就是找不到被害者的屍體。正在審訊時，廳前刮起了一陣旋風，傅公禱告說：「冤死者的魂魄如果有知的話，請引導我前去勘查。」話音剛落，風立即又旋轉起來，在前面引導著馬，逕直刮到磚窯前，吹開窯中的炭灰，苕郎的屍體露了出來。傅公將屍體交給官府查驗，屍體上的傷痕清清楚楚，吳指揮只得低頭認罪。傅公命令州官將苕郎葬在城外，瓊奴哭著送葬，然後跳到墓旁的池塘裡自盡。傅公命人安葬了瓊奴。

傅公在朝廷上講了這件事，皇帝下旨，將此事交給禮部辦理。禮部批准在瓊奴墓前建立一塊「賢義婦之墓」的牌坊，由官府供應童氏衣食，讓她終生享受優厚的待遇。

【賞　析】在《剪燈餘話》中，絕大多數描寫愛情與婚姻的作品都以悲劇而告終，本篇也不例外。在本篇中，瓊奴的父母實際上非常開通，造成瓊奴與徐苕郎愛情婚姻悲劇的原因，不在於封建禮教或父母包辦，而完全是由於武夫惡霸的橫行不法和官府的腐敗不公造成的。因而本篇既是一篇愛情小說，又可以歸入公案小說一類。問世於萬曆年間的《龍圖公案》中有〈遼陽軍〉一篇，內容與本篇十分相似，可見本篇對後世的公案小說是有影響的。

同情和痛惜美與善良的被毀滅，這是本篇的一個重要的思想傾向。瓊奴是一個聰穎美麗的少女，自幼能詩善歌，精通音律，婦德、婦言、婦容、婦功，四者皆備，其父以才擇婿，將她許配給儒雅大方、才華出眾的徐苕郎，瓊奴本人對此也非常滿意，這從她寫給苕郎的詩中可以看出。如果沒有外來干涉，瓊奴完全可以過上美滿的生活。然而，劉均玉、劉漢老父子因向瓊奴求婚不成，竟然反目為仇，誣告陷害沈、徐兩家。腐敗的官府聽信誣告，將兩家分別發配遼陽和嶺南充軍，一對青年男女從此天各一方，音訊斷絕。瓊奴全家到嶺南不久，繼父沈必貴便撒手歸天，瓊奴只好與母親童氏在路旁賣酒為生。橫霸一方的嶺南武官吳指揮看中了瓊奴，企圖將瓊奴霸占為妾，並藉官府的威勢逼迫瓊奴就範，瓊奴被迫自縊。獲救後，吳指揮又派人搗毀酒器，將瓊奴母女逐出住所，使瓊奴母女只能寄居於驛站。適逢徐苕郎自遼陽赴南海領軍，在驛站巧遇瓊奴，兩人草草完婚。吳指揮又以抓逃軍為名，將苕郎關進牢獄活活打死，然後再一次向瓊奴逼婚，並揚言「若又不從，定加毒手」。瓊奴讓母親假裝答應這門親事，自己準備在夜裡自殺。剛好當晚監察御史路過驛站，瓊奴向監察御史告狀，為丈夫洗雪沉冤。仇人被懲處後，瓊奴也「自沉於冢側池中」。一對善良的年青人無端地遭遇了一場奇禍巨劫，他們的人生自由和人生選擇不斷地被剝奪和扼殺，歷盡了種種非人的磨難，雖然他們不斷地掙扎與反抗，但最終仍歸於被毀滅。瓊奴善良堅貞的品格和對愛情生死不渝的態度令人讚歎。小說沉痛地控訴了摧殘善良與美的黑暗社會，對以吳指揮之流的兵痞惡棍欺壓良善的暴行和獸行進行了抗議與鞭撻。

本篇的情節設計具有突兀多變的特點，情節發展中的突變接踵而來，整個故事顯得開闔動盪，曲折感人，作品的主題也由此得到了淋漓盡致的展示。小說敘述的是一個催人淚下的悲劇，但文中不少片斷卻採用了喜劇化的筆調。如一開始沈必貴以詩選婿，劉均玉父子在賽詩會上大出洋相，「不終席而逸」的描寫，輕鬆活潑，引人發噱，嘲諷了不學無術者。茗郎與瓊奴在童氏病榻前相見，送給瓊奴一幅無字紅箋，瓊奴「笑成一絕」回贈茗郎的描寫，也有較濃的喜劇色彩，將一對天真無邪的小兒女之間純潔美麗的愛情寫得詩意盎然。而瓊奴、茗郎劫後相逢的場面，則寫得悲喜交織，喜中有悲，悲中有喜。作者有意識地讓悲與喜互相對照映襯，相互滲透和調節，這就對讀者形成了一種巨大的情感衝擊力，使作品顯得更為悽惻動人。

胡媚娘傳

李昌祺

【題解】本篇選自《剪燈餘話》卷三。敘述狐精幻化成美女並嫁人為妾的故事，是較早出現的以人狐相戀為題材的小說，對蒲松齡《聊齋誌異》中的狐仙故事深有影響。

黃興者，新鄭❶驛卒❷也。偶出，夜歸，倦憩林下，見一狐拾人髑髏❸戴之，向月拜，俄化為女子，年十六七，絕有姿容，哭新鄭道上，且哭且行。興尾其後，覘之，狐不意為興所窺，故作嬌態。興心念曰：「此奇貨可居。」乃問曰：「誰氏女子，敢深夜獨行乎？」對曰：「奴杭州人，姓胡，名媚娘，父調官陝西，適被盜於前村，父母兄弟，俱死寇手，財物為之一空。獨奴伏深草，得存殘喘至此。今孤苦一身，無所依託，將投水而死，故此哭耳。」興曰：「吾家雖貧賤，幸不乏饘粥❹，荊妻❺復淳善，可以相容，汝能安吾家乎？」女忍淚拜謝曰：「長者見憐，真再生之父母也。」隨至興家，復以前語告興妻。妻見女婉順❻，亦善視之，而興終不言其故。

【章旨】河南新鄭郊外的老狐頭戴髑髏幻化為女子，自稱胡媚娘，被驛卒黃興帶至家中。

【注釋】❶新鄭　今河南新鄭。❷驛卒　驛站中服役的差人。❸髑髏　死人的頭蓋骨。據唐人段成式《酉陽雜俎》載，狐妖戴上死人的頭蓋骨而不掉下來，就可以變化為人。❹饘粥　稀飯。❺荊妻　舊時對自己妻子的謙稱。又可稱為「山荊」、「拙荊」。❻婉順　溫順。

【語譯】有一個叫黃興的人，是河南新鄭縣驛站的差役。一次他偶然有事外出，晚上回來時走累了，就坐在樹林裡休息。忽然看見一隻狐狸撿起死人的頭蓋骨戴在頭上，又對著月亮拜跪禱告，一會兒就變成了一個姑娘，年齡大約有十六、七歲，姿容豔美妖嬈，在新鄭的道路上邊哭邊行。黃興尾隨在她的後面，暗中觀察她到底想幹什麼。狐狸沒有想到自己被黃興識破了祕密，故意作出嬌媚的樣子。黃興心想：「這是個稀有的奇貨，有了她可以賺大錢。」就問道：「你是誰家的女子？怎麼敢一個人深更半夜在外面獨自行走呢？」女子回答說：「奴家是杭州人，姓胡，名字叫媚娘。我父親被調往陝西做官，途經這裡，剛才在前邊一個村莊被盜，父母兄弟都死在強盜手中，財物也被搶劫一空。奴家一個人獨自躲藏在草叢裡，才能夠活著逃到這兒。現在孤苦伶仃一個人，沒有誰可以依靠，正準備投水自盡，所以在此痛哭。」黃興說：「我家雖然貧賤，幸而還有米粥可喝。我家妻子也很淳樸善良，可以容得下你。你能夠安心地待在我家嗎？」女子含著眼淚拜謝說：「長輩如此可憐我，真正是我的再生父母啊！」說著，就跟隨著到了黃興家，將前面說的話又對黃興的妻子說一遍。黃妻見姑娘溫順秀美，也對她照顧得很好，而黃興始終不向妻子講明收留胡媚娘的原因。

時進士蕭裕者，八閩❶人，新除❷耀州❸判官❹，過新鄭，與新鄭尹❺彭致和為中表兄弟，因訪致和；致和宿之館驛。黃興供役驛中，見裕年少，迭宕❻非端士❼，且所攜行李甚富，乃語妻曰：「吾貧行可脫矣。」因欲動裕，數令媚娘汲水井上，使裕見之。裕果喜其艷也，即求娶為妾。興曰：「官人必欲娶吾女，非十倍財禮不可。」裕不吝，傾貲成之，攜以抵任。

媚娘賦性聰明，為人柔順，上自太守之妻，次及眾官之室❽，各奉綠羅一端，胭脂十帖。事長撫幼，皆得其歡心，由是內外稱譽，人無間言。其或賓客之來，裕不及分付，而酒饌之類，隨呼即出，豐儉舉得其宜。暇則躬自紡績，親繅⑨蠶絲，深處閨房，足不履外閾⑩。裕有疑事，輒以咨之，即一一剖析，曲盡其情。裕自託得內助，而僚宷⑪之間，亦信其為賢婦人也。

未幾，藩府⑫聞裕才能，檄⑬委催糧於各府。媚娘語裕曰：「努力公門，盡心王事。閨闈細務，妾可任之。惟當保重千金之身，以圖報涓埃⑭之萬一，慎勿以家自累也。」裕領之而別。

【章旨】新任陝西耀州判官蕭裕迷上了媚娘，用高於常人十倍的財禮納媚娘為妾。媚娘聰明賢慧、善解人意，操持家務不辭辛勞，被公認為是「賢婦人」。

【注釋】❶八閩　福建省的別稱。福建古為閩地，元代福建分為福州、興化、建寧、延平、汀州、邵武、泉州、漳州八路，明代改為八府，故稱。❷除　拜官授職。❸耀州　今陝西耀縣。❹判官　官職名。元代在各州、府設置判官，為地方行政長官的下屬，佐理政事。❺尹　縣令。❻迭宕　行為放蕩，不受拘束。❼端士　端莊正派的人。❽室　妻子。❾繅　煮繭抽絲。❿閾　門檻。⓫僚宷　同僚。⓬藩府　明清時布政使的俗稱，主管一省民政與財務的官員。⓭檄　用檄文徵召、曉諭。⓮涓埃　細流與微塵。比喻微小。

【語譯】當時有個進士叫蕭裕，福建人氏，剛被任命為耀州判官，路過新鄭。他與新鄭縣令彭致和是中表兄弟，因而前往拜訪致和。致和將他安排在館驛中住宿。黃興正好在驛站當差，他見到蕭裕年青，行為放蕩不羈，不像一個端莊正派的人，而且所帶的行李很值錢，就對妻子說：「我們馬上就要脫離貧困了。」為了讓蕭裕動心，黃興屢次讓媚娘到井臺上去打水，有意讓蕭裕看到。蕭裕果然喜歡媚娘的豔美，當即就請求娶媚娘為妾。黃興說：「官人一定要娶我家女兒，沒有高於常人十倍的財禮是不行的。」蕭裕毫不吝惜，將所帶的錢全部拿出來做成了這門親事，並帶媚娘去耀州赴任。

媚娘天性聰明，為人溫柔和順，到了耀州之後，上自太守的妻子，下至眾官的家眷，每人都贈送綠綾羅一匹，胭脂十盒。無論是伺候長輩還是撫育小孩，都能盡心盡意，討得他們的歡心。因此內內外外都稱讚她，人們對她沒有任何非議。有時有客人突然到來，蕭裕來不及吩咐，但招待客人的酒和菜肴之類的東西，她能做到隨叫隨有，有時豐盛，有時儉樸，一切都很得宜。她空下來就親自紡紗織布，煮繭抽絲，平時一直深居閨房之中，雙腳從不邁出大門一步。蕭裕有疑難的事情，就去向媚娘諮詢，她都能一一詳細剖析，全面而又深入地將其中的情理充分揭示出來。蕭裕為自己得到一個這樣好的內助而驚異，蕭裕的同僚也都確信媚娘是一個賢婦人。

沒多久，省裡的布政司聽說蕭裕有才能，發公文委派蕭裕到各州府去催繳錢糧。媚娘對蕭裕說：「郎君在官府辦事要努力，全心全意將王命差遣的公事辦好，家中的具體的事務，我完全可以擔當。只是你應該多多保重自己的身體，這樣才能以微小的貢獻來報答國家恩德的萬分之一。千萬不要被家中的事情牽累。」蕭裕點頭答應了，與媚娘告別上路。

因前進，宿於重陽宮。道士尹澹然見之，私語裕吏周榮曰：「爾官妖氣甚盛，不治將有性命之憂。」榮以告，裕叱之曰：「何物道士，敢妄言耶？」是年冬末，糧完回州署。時居春暮，而裕病矣，面色萎黃❶，身體消瘦，所為顛倒❷，舉止倉皇❸。同寅為請醫服藥，百無一效，然莫曉其染疾之因。周榮忽憶尹澹然之言，具白於太守。太守以問裕，裕曰：「然！」於是謂同知❹劉如曰：「蕭君臥病，皆云有祟，吾輩不可坐視。」劉曰：「盍請尹道士而治之乎？」守即具書幣，遣周榮賫詣重陽宮，請澹然，澹然曰：「渠❺不信吾語，致有今日。然道家以濟人為事，可吝一行乎？」便偕榮至，守出迎，以裕疾求救為請。澹然屏人告守曰：「此事吾久已知。彼之宅眷，乃新鄭北門老狐精也，化為女子，惑人多矣，若不亟去，禍實叵測❻。」守驚愕曰：「蕭君內子，眾所稱賢，安得遽有此論哉？」澹然曰：「姑俟明朝，便可見矣。」乃就州衙後堂結壇。次日午，澹然按劍書符❼，立召神將，須臾鄧、辛、張三帥，森立❽壇前。澹然焚香誓神曰：「州判蕭裕，為妖狐所惑，煩公等即為剿除。」乃舉筆書檄，付帥持去。其文曰：

上清❾殺伐雷府分司❿，照得⓫：二氣⓬始判，而天高地下，自此奠其儀；三才⓭已分，而物化人生，亦各從其類。念幅員之既廣，慨狐魅之滋多。緝木葉以為衣，冠髑髏而改貌。擊尾出火⓮以作祟⓯，聽冰渡水⓰而致疑。所以百丈⓱破因果之禪，大安⓲入羅漢⓳之地。再思多佞，難逃兩腳之譏⓴；司空博聞，能識千年之怪㉑。況蕭裕乃八閩進士，七品命官㉒，而敢薦爾腥臊，奪其精氣，投身驛傳之卒，作配縉紳㉓之流，恣烏合㉔而弗慚，懷豕心㉕而未已。綏綏㉖厥㉗狀，紫紫其名㉘，過可文乎？言之醜也！郡城隍失於覺察，權且姑容，衙土地乃爾隱藏，另行究治。其青丘㉙之正犯，論㉚黑簿㉛之嚴刑，押赴市曹㉜，斃於雷斧㉝。使虎威之莫假，庶兔悲而有懲㉞。九尾㉟盡誅，萬劫㊱不赦。燿州衙速令清淨，新鄭驛永絕根苗。長閉鬼門之關㊲，一準㊳酆都之律。布告㊴廟社，咸使風聞㊵。

俄而黑雲滃墨㊶，白雨翻盆，霹靂一聲，媚娘已震死闤闠㊷矣。守卒僚屬往視，乃真狐也，而人髑髏猶在其首。各家宅眷，急取其所贈諸物觀之，其綠羅則芭蕉葉數番，胭脂則桃花瓣數片，以示於裕，裕始釋然㊸。尹公命焚死狐，瘞之僻處，鎮以鐵簡㊹，使絕跡焉。然後取丹砂㊺、蟹黃、篆香㊻與裕服，而拂袖歸山，飄然不顧矣。

裕疾愈，始以娶媚娘事告太守，遣人於新鄭問黃興。興已移居，家道殷富，不復為驛卒，蓋得裕聘財所致耳。始略言嫁狐之實於人。詢者歸，具以告太守。眾乃信狐之善惑，而神澹然之術焉。

【章旨】蕭裕染病臥床，太守請道士尹澹然為其除祟。道士作法，媚娘被雷劈死，現出狐狸原形。

【注釋】❶萎黃　憔悴。❷顛倒　混亂；錯亂。❸倉皇　匆忙急迫。❹同知　官職名。明清時為州、府行政長官的副職。❺渠　他。❻叵測　不可預料。叵，不可二字的合音。❼符　指符籙。道士、巫師所畫的一種圖形或線條，相傳可以驅使鬼神，治病祛邪。❽森立　威嚴地排立。❾上清　道家所謂的三清境之一。三清境為玉清、上清、太清。❿分司　分掌；分管。⓫照得　查察而得。舊時布告和下行公文中的常用語。⓬二氣　陰氣和陽氣。⓭三才　天、地、人。⓮擊尾出火　據《玄中記》載，狐到百歲後，能變化為男女以迷惑人，又能擊尾出火。⓯作祟　作怪害人。⓰聽冰渡水　據酈道元《水經注・河水一》引晉郭緣生《述征記》載，狐善聽，聽冰下無水聲，方才過河。人看見狐走後也才走。後常用以指多慮或處事謹慎。⓱百丈　唐代名僧懷海。住洪州百丈山（位於今江西奉新），人稱百丈禪師。⓲大安　唐代高僧。常在市中擊銅缽唱「大安」，人稱其為大安。⓳羅漢　梵語「阿羅漢」的省稱。佛家稱斷絕了一切嗜欲、解脫人間的煩惱、超越三界輪迴的尊者。⓴再思多佞二句　唐代楊再思，善於迎合取媚，受到時人的輕賤。戴令宗作〈兩腳狐賦〉譏刺他。後以兩腳狐比喻狐媚無恥之人。㉑司空博聞二句　晉代司空張華，博學多聞，著有《博物志》一書。據干寶《搜神記》載，燕昭王墓前一隻千年斑狐，變成書生去見張華，被張華識破，用千年華表木照出原形。司空，官職名。漢以後司空掌管全國監察之事，清代稱工部尚書為司空。㉒命官　朝廷的官員。㉓縉紳　同「搢紳」。插笏於帶。古代官宦的裝束，因而用作官宦的代稱。縉，插。紳，大帶。㉔烏合　像烏鴉暫時聚集那樣臨時湊合而無組織紀律。此處指倉卒湊合成婚。㉕豕心　貪婪之心。豕，豬。㉖綏綏　緩慢行走的樣子。一說，獨行求偶的樣子。語出《詩經・衛風・有狐》：「有狐綏綏，在彼淇梁。」㉗厥　其。㉘紫紫其名　它的名字叫阿紫。晉干寶《搜神記》卷一八引《名山記》曰：「狐者，先古之淫婦也，其名曰阿紫，化而為狐，故其怪多自稱阿紫。」㉙青丘　神話傳說中的古國名，傳說九尾狐出於此國。《山海經・南山經》：「（青丘之山）有獸焉，其狀如狐而九尾，其音如嬰兒，能食人，食者不蠱。」㉚論　定罪。㉛黑簿　同「黑籍」。神佛所保存的壞人名冊。㉜市曹　市內商肆集中的地方。古代常在此處決犯人。㉝雷斧　傳說中雷神用以發霹靂的工具，形狀似斧，故稱。㉞懲　克制；鑒戒。㉟九尾　即九尾狐。傳說中的奇獸。㊱萬劫　萬世。極言時間之長。劫，佛經稱世界從生成到毀滅的過程為一劫。㊲鬼門之關　傳說中陰世和陽世的交界處。㊳一準　完全按照；完全遵循。㊴布告　遍告；宣告。㊵風聞　經傳聞而得知。㊶滃墨　雲氣四湧的樣子。㊷闤闠　街市；街道。闤，市區的牆。闠，通往市區的門。㊸釋然　疑慮消除貌。㊹鐵簡　又作鐵鐧。與鞭類似的古兵器，長而無刃，有四棱，上端略小，下端有柄。㊺丹砂　朱砂。㊻篆香　盤香。這裡指香灰。

【語　譯】蕭裕向前行進，夜宿於重陽宮，道士尹澹然見了蕭裕後，私下裡對蕭裕的部下周榮說：「你上司身上的妖氣很重，不治的話將會連性命也保不住。」周榮將道士的話告訴蕭裕，蕭裕怒斥道士說：「這個道士是什麼東西，竟敢胡言亂語！」這年冬天，他收完錢糧回到了州府衙門。到了第二年暮春時節，蕭裕已經得病了，面容憔悴，身體消瘦，行為錯亂，舉止匆忙急迫。同僚們為他請醫生治療，服藥後沒有任何療效，也沒有人知道他染病的原因。周榮忽然想起尹澹然的話，便將此全部報告了太守。太守問蕭裕，蕭裕說：「是有這麼回事。」於是，太守就對同知劉恕說：「蕭裕臥病在床，都說有鬼作祟，我們不能坐視不管。」劉恕說：「為什麼不請尹道士為他治病呢？」太守立即寫好書信，準備了禮物，派周榮帶著到重陽宮去請尹澹然。澹然說：「他當初不聽我的話，以致有今日。但是道家以救人性命作為自己的職責，我怎麼能不去呢？」便和周榮一起到了州府衙門。太守出來迎接，向澹然求救，請求他為蕭裕治病。澹然讓旁邊的人退去後對太守說：「這件事我早就知道了。他的家眷，原來是新鄭北門外的老狐精，能夠變成女子，已經迷惑了許多人。如果不趕快把它除掉，禍害實在是不可預測。」太守驚異地說：「蕭裕的妻子，大家都稱讚她賢慧，怎麼現在會突然有這麼個說法呢？」澹然說：「您等到明天就可以看到了。」接著，就在州府衙門的後堂築了一個法壇。第二天中午，澹然按著寶劍畫了一道符籙，立即召集神將。一會兒，鄧忠、辛環、張節三位雷部元帥就威嚴地排立在法壇前。澹然焚香對眾神說：「州中的判官蕭裕，被妖狐所迷惑，麻煩你們諸位立即將它剿滅。」說完，就拿起筆寫了一篇檄文，交給神帥拿去。檄文寫道：

上清界專管殺戮征伐的雷部諸神，查察得知：陰氣和陽氣開始分開，天上地下的格局從此奠定；天、地、人三才一旦確立，世界上的萬物，也都各從其類。想到中國幅員無比遼闊，感歎妖狐怪魅實在太多。它們常常縫樹葉來作為衣服，戴死人頭骨而變幻成人。能擊尾冒出火星作怪害人，又多疑多慮，聽冰下無聲方敢過河。所以百丈禪師參透了因果報應的佛家義理，大安和尚進入了解脫煩惱、超越輪迴的境界。唐人楊再思常以巧語媚人，難逃兩腳野狐的譏諷；晉人張華博學多聞，能夠識破千年的斑狐。何況蕭裕本是福建的進士，朝廷任命的七品官員，而狐精竟敢以腥臊之身自薦枕席，肆無忌憚地奪取他的精氣。投身於驛站的差役之家，與官宦之流配對成雙。像烏鴉聚集那樣會促成婚而不知羞愧，像蠢豬一樣懷有貪婪之心而沒有止境。古人用「綏綏」來形容狐狸緩慢行走的狀貌，並給它起了阿紫這麼一個名字。然而罪過可以掩飾嗎？要說出來的話也太醜惡了。州郡裡的城隍沒有覺察，暫且姑息寬容；衙門的土地竟然讓妖狐隱藏，另行追究處治。這個來自青丘國的正犯，理應將其列入壞人名冊判處嚴刑，押赴鬧市之中，用雷神的霹靂將其擊斃。讓它不能再借老虎的威風嚇人，使兔子也物傷其類而有所警戒。凡九尾狐全部誅殺，千載萬世也不予赦免。讓耀州的衙門迅速清淨，使新鄭的驛站永遠斷絕妖魅的根苗。將鬼門關永遠關閉，一切按地府的法律執行。特將此在廟社前宣布，希望眾人相互傳告。

一會兒，黑雲翻捲，大雨傾盆而下。一聲霹靂，媚娘已經震死在街市之中了。衙門中的士兵和官吏前往觀看，竟是一條真正的狐狸，而死人的頭蓋骨仍然戴在頭上。各家的眷屬，連忙取出媚娘所贈的那些東西檢查，原來她送的綠綾羅竟是幾片芭蕉葉，胭脂只是幾片桃花瓣。將這些東西拿給蕭裕看，蕭裕才消除疑慮。尹道士命令焚燒死狐，埋在偏僻的地方，並用鐵鐧來鎮妖，使之絕跡。又取來朱砂、蟹黃、香灰給蕭裕服用，然後他拂袖歸山，飄然而去，頭也不回地走了。

蕭裕病好之後，才把娶媚娘的經過告訴太守。太守派人到新鄭去找黃興查問，黃興已經搬家。他現在家庭富裕，早就不當驛卒了，這是因為得到蕭裕聘禮的緣故。這時他才將嫁狐女的實情稍稍告訴別人。派去查訪的人回到耀州，將問來的情況全部報告太守，眾人這才確信狐精善於迷惑人，稱讚尹澹然的法術神通廣大。

【賞　析】在中國，和人的關係最為微妙的野生動物當數狐了。在先秦時代，就有「狐假虎威」的寓言。北朝後魏時代，「婦人著彩衣者，人指為狐魅」(《洛陽伽藍記》)。「唐初以來，百姓多事狐神。房中祭祀以乞恩，食飲與之同之，事者非一主。當時有諺曰：無狐魅，不成村」(《朝野僉載》)。至遲在產生《詩經》的年代，狐的形象便開始進入了文學的畫廊。《詩經・衛風》中有〈有狐〉一詩，第一章為：「有狐綏綏，在彼淇梁。心之憂矣，之子無裳。」在古人的心目中，狐是一種妖媚之獸，故詩中用狐比喻尋求配偶的男子。而《詩經・齊風・南山》則用狐比喻荒淫無恥、與同父異母的妹妹文姜私通的齊襄公，該詩的首章云：「南山崔崔，雄狐綏綏。魯道有蕩，齊子由歸。」此後，關於狐的傳說的故事更是不計其數，在本篇的討狐檄文中，有關狐的典故就有十個以上。

魏晉南北朝以及隋唐的志怪小說中，狐是出現最多的一種精怪。但除了〈任氏傳〉等少數篇章外，大多數作品都內容荒誕怪異，情節簡單粗陋，狐精基本上都是以作孽害人的否定性形象出現的。它們大都以「胡」為姓，狡猾善變，能知千里外事，能迷人、惑人乃至害人，往往給讀者帶來一種恐懼感。隨著人類思想意識的進步和小說藝術的發展，靈怪類小說逐漸脫離了單純志怪的窠臼，怪異成分和恐怖氣氛也不斷從小說中剝離了出來，幻化通靈的狐精形象開始向人性化、人情化的方向發展。它們不僅不再為禍作祟，而且平時基本上同常人一樣，妖異行為只是偶然地顯露一下。在《聊齋誌異》等書中，就有許多善良美麗、溫柔多情的狐女。狐精小說的這一發展趨勢，同其他的靈怪類小說（如蛇精小說、猿精小說）的發展趨勢是完全一致的。

本篇對胡媚娘的人性作了較多的描寫。她絕有姿容，賦性聰明，為人柔順，被賣給耀州判官蕭裕作妾之後，能不辭勞苦，謹守婦道，「躬自紡績，親繰蠶絲，深處閨房，足不履外閾」。她又通達人情，善於處理人際關係，顯得慷慨大方。到耀州後，從太守到眾官的家室，每人都奉送綠羅一匹，胭脂十帖，「事長撫幼，皆得其歡心，由是內外稱譽，人無間言」。她又十分能幹，有客人突然來訪，蕭裕來不及安排，媚娘卻能隨時拿出酒和菜肴來招待客人。尤其可貴的是，她能明析事理，幫助丈夫排難解憂。蕭裕有疑難問題同她商量，她能夠立即「一一剖析，曲盡其情」。她還深明大義，勉勵丈夫「努力公門，盡心王事」，自己則承擔了一切家務，不想讓家事來拖累蕭裕。這裡的媚娘，完全是一個善於理家相夫的賢慧女子，使人感到可親可愛。

小說也寫了媚娘的一些「妖」狐特徵。如戴了髑髏後幻化為妙齡少女；將芭蕉葉、桃花瓣變為綠羅、胭脂；媚惑蕭裕，使其身纏重病，等等。媚娘最後被尹道士作法震死，現了狐形。令人遺憾的是，作者未能將「人性」與「狐性」很好地結合起來，胡媚娘的形象給人以前後割裂之感，作者對她的褒貶態度也顯得游移不定。這可能是由於作者受以前志怪作品的影響，也可能是由於作者頭腦中勸人戒色的倫理觀念在起作用。但不管怎樣，胡媚娘這一形象仍能讓今天的讀者感到可愛和值得同情，她在古代小說狐女形象的發展過程中起到了一定的過渡作用。

芙蓉屏記

李昌祺

【題　解】本篇選自《剪燈餘話》卷四。小說敘述崔英夫妻遭江湖大盜搶劫而相互離散，最終因芙蓉圖得以團圓的故事。凌濛初曾將本篇改寫成白話小說〈顧阿秀喜捨檀那物，崔俊臣巧會芙蓉屏〉，收入《拍案驚奇》卷二七。根據本篇改編的戲曲甚多，其中較著名的是明人葉憲祖的雜劇《芙蓉屏》。

至正辛卯❶，真州❷有崔生名英者，家極富。以父蔭❸，補浙江溫州永嘉❹尉❺，攜妻王氏赴任。道經蘇州之圌山❻，泊舟少憩，買紙錢牲酒，賽❼於神廟。既畢，與妻小飲舟中。舟人見其飲器皆金銀，遽起惡念。是夜，沉英水中，並婢僕殺之，謂王氏曰：「爾知所以不死者乎？我次子尚未有室，今與人撐船往杭州，一兩月歸來，與汝成親，汝即吾家人，第安心無恐。」言訖，席捲其所有，而以新婦呼王氏。王氏佯應之，勉為經理❽，曲盡殷勤。舟人私喜得婦，漸稔熟❾，不復防閑❿。

將月餘，值中秋節，舟人盛設酒肴，雄飲痛醉。王氏伺其睡熟，輕身上岸，行二三里，忽迷路，四面皆水鄉，惟蘆葦菰蒲[11]，一望無際；且生自良家，雙彎[12]纖細，不任跋涉之苦，又恐追尋至，於是盡力狂奔。久之，東方漸白，遙望林中有屋宇，急往投之。至則門猶未啟，鐘梵[13]之聲隱然，少頃開關[14]，乃一尼院。王氏徑入，院主問所以來故，王氏未敢以實對，紿[15]之曰：「妾真州人，阿舅[16]宦游江浙，挈家偕行，抵任而良人歿矣。孀居數年，舅以嫁永嘉崔尉為次妻，正室悍戾[17]難事，箠辱萬端。近者解官，舟次于此，因中秋賞月，命妾取金杯酌酒，不料失手墜於江，必欲置之死地，遂逃生至此。」尼曰：「娘子既不敢歸舟，家鄉又遠，欲別求匹配，卒乏良媒，孤苦一身，將何所託？」王惟涕泣而已。尼又曰：「老身有一言相勸，未審尊意如何？」王曰：「若吾師有以見處，即死無憾！」尼曰：「此間僻在荒濱，人跡不到，茭葑[18]之與鄰，鷗鷺之與友，幸得一二同袍[19]，皆五十以上，侍者數人，又皆淳謹⑳。娘子雖年芳貌美，奈命蹇時乖㉑，盍㉒若捨愛離痴，悟身為幻，被緇削髮㉓，就此出家，禪榻佛燈，晨餐暮粥，聊隨緣以度歲月，豈不勝於為人寵妾，受今世之苦惱，而結來世之仇讎㉔乎？」王拜謝曰：「是所志也。」遂落髮於佛前，立法名慧圓。

王讀書識字，寫染㉕俱通，不期月間，悉究內典㉖，大為院主所禮待，凡事之巨細，非王主張，莫敢輒自行者。而復寬和柔善，人皆愛之。每日於白衣大士㉗前禮百餘拜，密訴心曲，雖隆寒盛暑弗替㉘。既罷，即身居奧室㉙，人罕見其面。

【章旨】真州書生崔英在赴任途中遭船家打劫，被推入江中，其妻王氏被船夫留下作兒媳。中秋之夜，王氏趁船夫醉酒之機逃出，流落尼庵削髮為尼。

【注釋】❶至正辛卯　元順帝至正十一年（西元一三五一年）。❷真州　今江蘇儀真。❸蔭　兒孫因父祖的功績、官爵而被授官。❹溫州永嘉　今浙江永嘉。❺尉　縣尉。掌管一縣的軍事與治安。❻圌山　山名。在今江蘇丹徒東。文中說「蘇州之圌山」，有誤。❼賽　祭祀神佛。❽經理　經營管理。此處指操持家務。❾稔熟　熟悉。❿防閑　防備限制。⓫菰蒲　茭白和蒲草。茭白的根莖可食。⓬雙彎　雙腳。⓭鐘梵　寺院裡的鐘聲和誦經聲。⑭開關　打開門。關，門閂。⑮紿　欺騙；說謊。⑯阿舅　丈夫的父親。即公公。⑰悍戾　兇悍暴虐。⑱茭葑　指雜草。茭，茭白。葑，茭白根。⑲同袍　語出《詩經・秦風・無衣》：「豈曰無衣，與子同袍。」後用以指志同道合的友人。這裡指同庵的尼姑。⑳淳謹　淳樸謹慎。㉑命蹇時乖　命運不好。蹇，艱難。乖，乖錯。㉒盍　同「何」。㉓被緇剃髮　身穿黑衣，剃去頭髮。意指出家。㉔仇讎　仇敵。㉕寫染　寫字畫畫。㉖內典　佛教徒稱佛教經典為內典。㉗白衣大士　指觀世音菩薩。亦稱「白衣觀音」。因其常著白衣，故名。㉘弗替　不廢棄。㉙奧室　密室。

【語　譯】元至正十一年，真州有個叫崔英的書生，家中極其富裕。因為父親有功爵，他被授予溫州永嘉縣尉的官職，帶著妻子王氏前往赴任。途經蘇州圌山時，停船稍作休息，買了些紙錢酒肉，到神廟中祭祀一番。完了以後，與妻子在船中斟酒對飲。船夫看到他們的酒器都是金銀製成的，頓時起了惡念。當天夜裡，船夫將崔英推入江中，將婢女、僕人全都殺掉。又對王氏說：「你知道你不死的原因嗎？我家二兒子還沒有娶妻成家，他現在替人撐船去杭州了，過一、兩個月就回來，到時和你成親，你就是我們家的人了。你儘管放心，不要害怕。」說完以後，就將船上所有的財物都劫掠乾淨，還稱王氏為新婦。王氏假裝答應，不辭勞苦地為他操持家務，處處顯得十分殷勤。船夫暗暗地為找到這麼一個兒媳婦而高興，漸漸地和她熟悉了，對她也不再加以防備。

過了一個多月，正逢中秋節。船夫擺設了豐盛的酒菜，自己喝得爛醉如泥。王氏等他睡熟了，就輕手輕腳地上了岸。走了二、三里，忽然迷了路，只見四周都是湖泊水塘，只有蘆葦、茭白和蒲草，一眼望不到邊。況且她從小生在富貴人家，兩腳細小，受不了往來奔波之苦，又怕船夫追尋過來，就只得毫無目的地拚命狂奔。跑了好久，東方漸漸泛白，她遠遠地看到樹林中有房子，便急忙跑去投奔。到了之後發現門還沒有開，但隱隱約約地聽到裡面有敲鐘和念經的聲音。過了一會兒，門打開了，這裡原來是一座尼姑庵。王氏逕直走了進去，院主問她為什麼要到這裡來，王氏不敢以實情相告，就說謊道：「我是真州人，公公在江浙做官，帶著全家同行，到任後我丈夫就死了。我寡居了好幾年。後來，公公將我嫁給永嘉的崔縣尉做妾。正房兇悍暴虐難以伺候，常常對我百般毆打辱罵。最近丈夫官職被免，乘船回鄉時經過此地稍作停泊。因為中秋節賞月，叫我拿出金杯來飲酒，不料一失手將金杯掉入江中。正房一定要將我打死，所以逃命來到這裡。」尼姑說：「娘子既然不敢回船，家鄉離這裡又很遠，想另外嫁人，一時也沒有好的媒人。孤苦伶仃一個人，準備投靠誰呢？」王氏說不出話，只是不斷地哭泣。尼姑又說：「老身有一言相勸，不知你意下如何？」王氏說：「如果師傅有個安排我的辦法，我就是死了也沒有遺憾。」老尼說：「這裡地處偏僻的荒灘，很少有人來到這裡。整日與茭白之類的荒草作鄰居，與沙鷗、白鷺做朋友，幸而庵中有一、兩個志同道合的尼姑，都是五十歲以上的人，幾個傭人也都老實謹慎。小娘子雖然年青貌美，無奈時運不濟，多災多難，何不割捨情愛和癡心，悟出人生虛幻的道理，穿上黑衣，剃去頭髮，就在這裡出家。臥禪床，伴佛燈，早晚有飯可吃，姑且任其自然地打發歲月，難道不比做別人的寵妾，既要忍受今世的苦惱，又要結下來世的冤仇好一些嗎？」王氏聽了拜謝說：「這正是我的願望。」於是，就在佛像前剃去了頭髮，起法名叫慧圓。

王氏自幼讀書識字，寫字畫畫都很在行。不到一個月，就將佛教的經典全都讀得很熟，深受院主的器重和優待。院內事無大小，如果沒有王氏拿主意，誰也不敢擅自行事。而王氏待人又寬厚和氣，溫柔善良，大家都很喜歡她。王氏每天都要在觀世音菩薩面前拜一百多拜，暗自述說自己的心事，即使是隆冬和酷暑也從不間斷。拜完菩薩後，就回到自己的密室，別人很少能看到她。

歲餘，忽有人至院隨喜❶，留齋而去。明日，持畫芙蓉一軸來施，老尼張於素屏。王過見之，識為英筆，因詢所自。院主曰：「近日檀越❷布施。」王問：「檀越何姓名？今住甚處？以何為生？」曰：「同縣顧阿秀，兄弟以操舟為業，年來如意，人頗道其劫掠江湖間，未知誠然否？」王又問：「亦嘗往來此中乎？」曰：「少到耳。」即默識之。乃援筆題於屏上曰：

少日風流張敞筆❸，寫生不數今黃筌❹。芙蓉畫出最鮮妍。豈知嬌艷色，翻抱死生冤！

粉繪淒涼疑幻質，祇今流落誰憐！素屏寂寞伴枯禪❺。今生緣已斷，願結再生緣。

其詞蓋〈臨江仙〉也。尼皆不曉其所謂。一日，忽在城有郭慶春者，以他事至院，見畫與題，悅其精致，買歸為清玩❻。適御史大夫❼高公納麟退居姑蘇，多募書畫，慶春以屏獻之，公置於內館，而未暇問其詳。

偶外間忽有人賣草書四幅，公取觀之，字格類懷素❽而清勁不俗。公問：「誰寫？」其人對：「是某學書。」公視其貌，非庸碌者，即詢其鄉里姓名，則蹙頞❾對曰：「英姓崔，字俊臣，世居真州，以父蔭補永嘉尉，挈累❿赴官，不自慎重，為舟人所圖，沉英水中，家財妻妾，不復顧矣。幸幼時習水，潛泅波間，度既遠，遂登岸投民家，而舉體沾濕，了無一錢在身。賴主翁善良，易以裳衣，待以酒食，贈以盤纏，遣之曰：『既遭寇劫，理合聞官，不敢奉留，恐相連累。』英遂問路出城，陳告于平江路⓫，今聽候一年，杳無音耗⓬，惟賣字以度日，非敢謂善書也，不意惡札，上徹鈞覽⓭。」公聞其語，深憫之，曰：「子既如斯，付之無柰！且留我西塾，訓諸孫寫字，不亦可乎？」英幸甚。

公延入內館，與飲。英忽見屏間芙蓉，泫然⓮垂淚。公怪問之。曰：「此舟中失物之一，英手筆也。何得在此？」又誦其詞，復曰：「英妻所作。」公曰：「何以辨識？」曰：「識其字畫。且其詞意有在，真拙婦所作無疑。」公曰：「若然，當為子任捕盜之責。子姑秘之。」乃館英於門下。

明日，密召慶春問之。慶春云：「買自尼院。」公即使宛轉詰尼：「得於何人？誰所題詠？」數日報云：「同縣顧阿秀捨院，院尼慧圓題。」公遣人說院主曰：「夫人喜誦佛經，無人作伴，聞慧圓了悟⑮，今禮為師，願勿卻也。」院主不許。而慧圓聞之，深願一出，或者可以借此復仇，尼不能拒。公命舁⑯至，使夫人與之同寢處，暇日，問其家世之詳。王飲泣，以實告，且白題芙蓉事，曰：「盜不遠矣，惟夫人轉以告公，脫⑰得罪人，洗刷前恥，以下報夫君，則公之賜大矣！」而未知其夫之故在也。夫人以語公，且云：「其讀書貞淑，決非小家女。」公知為英妻無疑，屬夫人善視之，略不與英言。公廉⑱得顧居址出沒之跡，然未敢輕動。惟使夫人陰勸王蓄髮返初服。

又半年，進士薛理溥化為監察御史，按郡⑩。溥化，高公舊日屬吏，知其敏手也，具語溥化，掩捕⑳之，敕牒㉑及家財尚在，惟不見王氏下落。窮訊之，則曰：「誠欲留以配次男，不復防備，不期當年八月中秋逃去，莫知所往矣。」溥化遂置之於極典㉒，而以原贓給英。

英將辭公赴任，公曰：「待與足下作媒，娶而後去，非晚也。」英謝曰：「糟糠之妻㉓，同貧賤久矣。今不幸流落他方，存亡未卜，且單身到彼，遲㉔以歲月，萬一天地垂憐，若其尚在，或冀伉儷㉕之重諧耳。感公恩德，乃死不忘，別娶之言，非所願也。」公淒然曰：「足下高誼如此，天必有以相佑，吾安敢苦逼。但容奉餞，然後起程。」

翌日㉖，開宴，路官㉗及郡中名士畢集。公舉杯告眾曰：「老夫今日為崔縣尉了今生緣。」客莫喻。公使呼慧圓出，則英故妻也。夫婦相持大慟，不意復得相見於此。公備道其始末，且出芙蓉屏示客，方知公所云「了今生緣」，乃英妻詞中句，而慧圓則英妻改字也。滿座為之掩泣，歎公之盛德為不可及。公贈英奴婢各一，貲遣就道。

【章旨】船家來尼庵，施捨一芙蓉畫軸，王氏知為丈夫所畫，在畫上題詞一首。畫幾經轉手，後來到了退休御史高納麟手中。崔英當時也未曾被淹死，在高御史府中作塾師，見芙蓉屏及妻子題詞，即告知遭難始末。高公幫助崔英找到了王氏，將強盜緝拿歸案，使崔英夫婦破鏡重圓。

【注釋】❶隨喜　意謂歡喜之心隨瞻拜佛像而生。因而用以稱遊謁寺院。❷檀越　施主。❸張敞筆　西漢時京兆尹張敞常為妻子畫眉，有人在漢宣帝面前告張敞。宣帝問張敞，張敞回答說：「臣聞閨房之內、夫婦之私，有過於畫眉者。」後以張敞筆、畫眉比喻夫妻感情融洽。❹寫生不數今黃筌　意謂畫花卉勝過黃筌。黃筌，宋初著名畫家，善畫花鳥。畫花卉妙於著色，鉤勒幾乎不見痕跡，有如輕色染成，謂之「寫生」。❺枯禪　孤寂的寺院生活。❻清玩　清雅的玩品。❼御史大夫　官職名。為御史臺長官，掌管彈劾、糾察等事務。漢代與丞相、太尉並稱為三公，唐代後實權減輕，明代廢除。❽懷素　唐代僧人，著名書法家，善草書。❾蹙頞　皺起鼻翼。愁苦的樣子。❿挈累　攜帶家眷。累，指家室之累。⓫平江路　今江蘇蘇州一帶。宋代為平江府，元代為平江路。治所在蘇州。路，元代比行省低一級的地方行政機構。⓬音耗　音訊；消息。⓭鈞覽　對尊長閱覽的敬稱。⓮泫然　流淚貌。⓯了悟　佛家語。指明心見性。⓰舁　用轎子抬。⓱脫　萬一；假如。⓲廉　審察。⓳按郡　巡視郡縣。⓴掩捕　突然逮捕。㉑敕牒　任命官職的文書；委任狀。㉒極典　極刑；死刑。㉓糟糠之妻　指曾經共患難的妻子。《後漢書‧宋弘傳》：「貧賤之知不可忘，糟糠之妻不下堂。」糟糠，酒渣穀皮等粗劣的食物。㉔遲　等待。㉕伉儷　夫妻。㉖翌日　次日。㉗路官　平江路的官員。

【語　譯】過了一年多，忽然有人到尼庵來遊覽拜佛，庵主留他吃了齋飯才走。第二天，那人拿來一軸芙蓉圖施捨給尼庵，老尼便將畫掛在素色屏風上。王氏走過時看到了，認出這是崔英的手筆，於是就詢問這幅畫是從哪裡來的？庵主說：「是近日一個施主布施的。」王氏問：「這個施主叫什麼名字？現在住在什麼地方？靠什麼職業維持生活？」庵主說：「他是本縣的顧阿秀，兄弟幾個都以駕船為業，近年來日子過得稱心如意。人們都說他在江湖上搶劫擄掠，不知是否確實。」王氏又問：「他以往曾經來過這裡嗎？」庵主說：「很少來。」王氏默默地把這些記了下來，然後拿起筆在屏風上寫道：

漢代風流的張敞為妻畫眉傳佳話，我年少的丈夫畫花鳥不比宋代畫家黃筌差。畫出的芙蓉鮮豔無比人人誇。哪知道嬌豔動人的芙蓉畫，竟帶著生離死別的奇恥大冤！　淒涼的彩畫懷疑是人的幻身，如今流落飄零有誰同情？我身在寺院對著素屏與孤寂相伴。我與丈夫今生情緣已斷，希望來世再結良緣。

這首詞的詞牌是〈臨江仙〉，尼姑們都不懂得詞中所表達的深意。有一天，忽然城裡有一個叫郭慶春的人，因一些事情來到尼庵。他見了芙蓉畫和所題的詞，喜歡它的精緻，便買回去作為清雅的玩品。剛好御史大夫高納麟退職後定居蘇州，正在多方收集書畫，郭慶春就把這幅芙蓉屏獻給了他。高公將它掛在內廳裡，沒有來得及詢問這幅畫的詳細情況。

有一次，高公偶然到外面去，忽然發現有人在出賣四幅草書。高公拿過來一看，覺得其風格類似於唐代的懷素和尚，清秀剛勁而又高雅脫俗。高公問：「是誰寫的？」賣字的人回答說：「是我自己學寫的。」高公看他的相貌不是庸碌之輩，就問他的籍貫和姓名。那人緊皺眉頭傷心地回答說：「我姓崔名英，字俊臣，世代居住真州。因為父親的功爵補授永嘉縣尉，就攜帶家眷前去上任。由於不謹慎，遭到了船夫的暗算，我被沉入江中。家財和妻妾，也都無法顧及了。幸虧我從小學會了游泳，落水後就在波浪中潛泳，估計離賊船已經很遠了，才上岸投奔一戶人家。這時我渾身濕透，腰中連一文錢也沒有，全靠主人善良，給我換了衣服，並用酒食招待我，還送給我盤纏，臨別時說：『既然你遭到強盜的搶劫，按理應該報告官府，所以我不敢留你，是怕受到連累。』我就問路進了城，到平江路的衙門裡去告狀，現在已經等候了一年多，卻一點音訊也沒有，只能靠賣字度日。我不敢說自己擅長書法，更沒想到我拙劣的字幅，竟然有幸得到大人的指點。」高公聽了他的話，對他非常同情，說：「你既然落到如此地步，也是無可奈何。你暫且留在我家的學館裡，教我的孫子們寫字，不是也可以嗎？」崔英感到很幸運。

高公將崔英請入內廳，同他一起飲酒。崔英忽然看到屏風上的芙蓉畫，不由得傷心地流下淚來。高公奇怪地問他，回答說：「這是我船上被掠走的物品中的一件。這幅畫是我親手畫的，怎麼會到了這裡呢？」他又讀了一遍畫上的詞，說：「這詞是我妻子寫的。」高公問：「你怎麼辨認出來的？」崔英說：「我認得出她的筆跡。而且從詞的意思也可以看出來，確實是拙妻所作，毫無疑問。」高公說：「如果真是這樣的話，我理當為你擔任起捕捉強盜的責任。你暫時先保守祕密。」於是，便將崔英安排在自家的客館裡住了下來。

第二天，高公祕密地把慶春叫來，問他畫的來歷。慶春說：「是從尼姑庵買來的。」高公就讓他婉轉地追問尼姑：「畫是從什麼人手裡得到的？是誰在上面題的詞？」幾天後，郭慶春來報告說：「畫是本縣的顧阿秀施捨給尼姑庵的，是庵中的尼姑慧圓在上面題的詞。」高公就派人對庵主說：「我家夫人喜歡念佛，但沒有人作伴。聽說貴庵的慧圓師父心性明悟，現在想要按照禮節拜她為老師，希望不要推辭。」庵主不同意，而慧圓聽說後，很想出去，認為去了或許可以借此機會復仇，庵主也就無法拒絕。高公命令派人用轎子將慧圓抬到家裡，讓她和夫人住在一起。空閒的時候，夫人問起她家中的詳細情況，王氏就流著淚以實情相告，而且說出了為芙蓉屏題詞的事，並請求說：「強盜離此不遠，只求夫人轉告大人。假如能捕獲罪犯，讓我洗雪從前的恥辱，以此報答自己的夫君，那麼，大人的恩賜真是太大了。」當時，王氏還不知道自己的丈夫仍活著。夫人把她的話告訴了高公，並且說：「慧圓知書識理，貞潔賢淑，決不是小戶人家的女兒。」高公知道她確實是崔英的妻子，囑咐夫人好好對待她，但沒有向崔英透露這件事。高公查出了顧阿秀的住址與往來的行蹤，卻沒有輕易地打草驚蛇，只是讓夫人暗中勸王氏留起頭髮並脫去僧服穿起原來的服裝。

又過了半年，一個名叫薛理字溥化的進士做了監察御史，巡視郡縣。溥化是高公以前的下屬，高公知道他辦事敏捷，就把情況全部告訴了他。薛溥化突然逮捕了顧阿秀，崔英的任命狀和被搶劫的財物都還在他家裡，只是沒有找到王氏的下落。反覆審問，顧阿秀才回答說：「本來確實是想留她下來，準備配給二兒子的，也不再防備她。沒有料到她在當年八月中秋節那天逃走了，不知道逃到哪裡去了。」於是溥化將顧阿秀判了死刑，將贓物歸還崔英。

崔英將告別高公去永嘉赴任，高公說：「等我給你作個媒，娶了親再去上任也不晚。」崔英辭謝說：「我的糟糠之妻，與我一起過貧賤的日子已經有很長時間了，可如今她不幸流落他鄉，生死未卜。暫且先讓我單身到任所去，等待一段時間。萬一天地憐憫我，我的妻子還活在人世，或許夫妻還能重新團圓。感謝大人的恩德，我就是死了也不會忘記大人的。至於另外娶妻的事，不是我所願意做的。」高公感動地說：「足下有如此高尚的情義，老天必定會對你有所保佑，我怎麼敢苦苦地逼你呢？只是請容許我給你餞行，然後你再啟程上路。」

第二天，高公舉辦宴會，平江路的官員和郡中的名士全都到齊了。高公舉杯告訴眾人說：「老夫今日要為崔縣尉了卻今生緣。」客人都不明白高公的意思。高公派人把慧圓叫出來，原來就是崔英的原配夫人王氏。夫妻兩人互相扶持擁抱著放聲痛哭，沒有想到能在這裡重逢。高公詳細地講述了事情的始末經過，並且拿出芙蓉屏給客人看，客人方知高公所說的「了今生緣」乃是崔英妻子所寫的〈臨江仙〉詞中的句子，而慧圓則是崔英妻子在尼庵中改的法號。滿座的客人都為此感動得掩面哭泣，讚歎高公的盛德別人難以企及。高公還送給崔英奴僕和婢女各一人，資助他們路費，讓他們啟程上路。

英任滿，重過吳門❶，而公薨❷矣。夫婦號哭，如喪其親，就墓下建水陸齋❸三晝夜以報而後去。王氏因此長齋念觀音不輟。真之才士陸仲暘，作〈畫芙蓉屏歌〉，以紀其事，因錄以警世云：

畫芙蓉，妾忍題屏風！屏間血淚如花紅。敗葉枯梢兩蕭索，斷縑❹

遺墨俱零落。去水奔流隔死生，孤身隻影成飄泊。成飄泊，殘骸向誰託？泉下遊魂竟不歸，圖中艷姿渾似昨。渾似昨，妾心傷，那禁秋雨復秋霜！寧肯江湖逐舟子，甘從寶地❺禮❻醫王❼。醫王本慈憫，慈憫憐群品，逝魄願提撕❽，煢嫠❾賴將引❿。芙蓉顏色嬌，夫婿手親描，花萎因折蒂，榦死為傷苗，蕊乾心尚苦，根朽恨難消。但道章臺泣韓翊⓫，豈期甲帳遇文簫⓬？芙蓉良有意，芙蓉不可棄。幸得寶月再團圓，相親相愛莫相捐。誰能聽我芙蓉篇？人間夫婦休反目⓭，看此芙蓉真可憐。

【章　旨】高納麟去世後，崔英夫婦設水陸道場報答他的恩德。真州才子陸仲暘作〈畫芙蓉屏歌〉以記其事。

【注　釋】❶吳門　指蘇州。❷薨　死的別稱。周諸侯之死稱薨，唐代三品以上官員之死也稱薨。後亦用以稱達官之死。❸水陸齋　又稱水陸道場。即以誦經拜佛、遍施食物來超度水陸兩界眾多死者的亡靈。❹縑　細絹，上面可以寫字畫畫。❺寶地　寺院；佛門。❻禮　禮拜。❼醫王　指佛。因佛能醫治世上眾生的迷、狂、邪諸病，故稱。❽提撕　拉扯；提攜。❾煢嫠　孤獨的寡婦。❿將引　接納扶助。⓫章臺泣韓翊　借指夫妻分離。

據唐許堯佐〈柳氏傳〉載，韓翊與柳氏相愛，因遭安史之亂，柳氏被迫削髮為尼，韓作詩寄柳氏曰：「章臺柳，章臺柳，往日青青今在否？縱使長條似舊垂，亦應攀折眾人手。」後柳氏被蕃將沙吒利劫去，歷盡艱辛終得與韓翊團圓。⑫甲帳遇文簫　借喻夫妻團圓。據唐人裴鉶《傳奇・文簫》載，書生文簫遊山時遇仙女吳彩鸞，兩人一見鍾情，結為夫妻，雙雙騎虎而去。⑬反目　夫妻不和。

【語譯】崔英在永嘉三年任滿以後，重新路過蘇州，但高公已經亡故了。夫婦兩人哀號痛哭，像失去了親人一樣悲痛。他們在高公墓前做了三天三夜的水陸道場以報答高公的恩情，然後才離開蘇州。王氏從此長吃素齋，嘴中不停地念著觀世音菩薩的名字。真州的才子陸仲暘，作了一首〈畫芙蓉屏歌〉專門記敘這件事。現特將它抄錄下來以警醒世人：

對著彩色的畫芙蓉，我忍不住題詞在屏風！血淚落屏風，花兒一樣紅。枯枝敗葉雙雙淒涼蕭索，斷絹殘墨飄零流落。江水奔流隔絕死生陰陽，我孤身隻影飄泊流浪。飄泊流浪啊，殘餘的形骸向誰依託？黃泉下的遊魂不能歸來，畫中的芙蓉依然像昨天一樣豔美。像昨天一樣啊，我心中悲傷，哪裡經得起秋雨加秋霜！不願在江湖上跟隨船夫，甘心入寺廟敬奉佛祖。佛祖本就仁慈憐憫，關愛憐惜天下眾生。死者的鬼魂靠他超渡，孤獨的寡婦靠他扶助指引。芙蓉的顏色非常嬌美，那是我夫婿親手描繪。花兒枯萎是由於折斷了蒂，枝幹死去只因為傷害了苗。花蕊乾枯蓮心仍然苦，蓮根朽爛遺恨遠難消。只知道韓翊夫妻分離哭著寫下章臺柳，哪裡希望像仙女吳彩鸞那樣幕帳遇文簫？芙蓉實在有情義，芙蓉永遠不可拋棄。希望寶鏡有幸再團圓，夫妻相親相愛從此不分離。誰能聽我講述芙蓉篇？世間夫妻千萬別反目，看看這芙蓉多麼令人愛憐。

【賞析】本篇具有公案小說和愛情小說的雙重特徵。從表層看，小說敘述了一起江湖大盜謀財害命事件從作案到破案的全部過程；從深層看，它敘述的又是一對夫妻歷經劫難而情感愈深、經過百折不撓的努力終於伉儷重諧的愛情故事。作者將驚險曲折的公案故事和夫妻悲歡離合的愛情故事緊緊揉合在一起，借助於公案來寫愛情，使愛情與公案相輔相成，相得益彰。一方面，小說通過一對善良而無辜的夫妻在旅途平白無故地遭到殺身之禍來反映當時社會混亂動盪、盜賊橫行、人民生命財產毫無保障的現實，另一方面，它又熱情歌頌了男女主人公在九死一生的磨難中表現出來的對愛情忠貞不二的品格，奉勸世間的夫妻要像崔英夫婦那樣相親相愛、有情有義，對愛情忠貞不渝，而決不能反目成仇。誠如篇末抄錄的〈畫芙蓉屏歌〉中所說：「芙蓉良有意，芙蓉不可棄。幸得寶月再團圓，相親相愛莫相捐。誰能聽我芙蓉篇？人間夫婦休反目，看此芙蓉真可憐。」因此，小說的主題也是雙重的。

小說以一軸芙蓉圖作為文眼和敘事的中心意象，使之貫穿於全部故事情節之中，並圍繞著芙蓉屏，組織了一連串的巧合。船夫顧阿秀見財起意，將攜妻赴任的崔英推墜水中。王氏死裡逃生，入尼庵削髮為尼。一年後，顧阿秀到王氏所在的尼庵隨喜，將芙蓉屏施捨給尼庵，恰巧被王氏認出是丈夫的手筆。王氏不僅問清了贈畫人的姓名、身分，還在畫上題〈臨江仙〉詞一首，申訴自己的冤情。後來，此畫被郭慶春買走，送給了退休的御史大夫高納麟，而高納麟所聘的西賓正好就是落水未死的崔英。崔英見到芙蓉屏和妻子的題詞，便向高公訴說真情。高公順藤摸瓜，查得顧阿秀的行蹤，讓自己的舊日屬吏將其緝拿歸案。高公又派人接來王氏，讓她和崔英「了今生緣」。在這裡，芙蓉屏既是崔英、王氏夫妻深摯愛情的象徵，又是故事情節發展的關鍵和奇案最終得以破獲的契機。作者用巧合法將生活中偶然發生的事件集中起來，將廣闊時空中發生的眾多事件加以凝聚和濃縮，讓眾多的人和事都集中到芙蓉屏周圍，與芙蓉屏發生聯繫，不斷生發出新的情節波瀾，造成饒有趣味的戲劇化效果。而這一切又顯得合情合理，偶然性的巧合中包含著必然性的因素，巧而不落俗套，產生了引人入勝的藝術效果。

本篇著墨最多的人物是崔英的妻子王氏。她最大的特點是機智沉著、堅韌不拔、忠貞不渝。在大難臨頭之際，她沒有一死了之，而是為報仇活了下來。她虛與強盜周旋，迷惑了對方，乘中秋之夜逃了出來。逃出後，她又隨機應變，偽稱因大娘子兇悍而出逃，暫居尼庵藏身。但她始終不忘深仇大恨，「每日於白衣大士前禮百餘拜，密訴心曲」。看到丈夫的圖畫後，她又機智地問清圖畫的來歷，默記了仇人的姓名，並在畫屏上題詞，將有關信息傳遞出去。當高公請她陪夫人作伴誦經時，她「深願一出，或者可以借此復仇」。到了高家，她哭訴自己的不幸遭遇，請求夫人讓高公為其洗刷前恥。她的生活信念只有一個，那就是通過艱苦不懈的努力抓獲兇手，使夫妻重新團圓。正是由於這一信念的支持，她才那麼勇敢，那麼不屈不撓，一直奮鬥到破鏡重圓的那一天。除王氏外，崔英和高納麟這兩個人物也寫得較好。崔英篤於夫妻之情，富貴不忘糟糠之妻，夫妻失散後不願再娶。他對愛情的堅貞態度值得稱道。高納麟重才惜賢，好義樂善，全力救助弱小者，一心成人之美，且辦事謹慎幹練。這是人們心目中的一個理想官員的形象。

在謀篇技巧方面，本文採用了複線式的結構方式。崔英與王氏遭船家打劫而被迫分離後，小說便分兩條線索敘事。一條線索寫王氏曲折的經歷，另一條線索寫崔英苦難的遭遇。兩條線索同時展開，互相交錯，前者為明線，後者為暗線，直至最後崔英夫婦在高公幫助下團聚，兩條線索才合而為一。小說開始敘述崔英這條線索時，已是搶劫案發生的一年之後。崔英因幼時習水而得以死裡逃生以及他落難後一年多時間內的活動，均通過崔英之口補敘而出。這種一明一暗的雙線結構，使小說避免了直頭布袋式的敘事，給讀者留下了眾多的懸念，引導讀者時時關注事件的進展和男女主人公的命運，收到了較好的藝術效果。

秋千會記

李昌祺

【題解】本篇出自李昌祺《剪燈餘話》卷四。小說記述的是一對蒙古族青年男女歷盡悲歡的愛情故事。作品以少數民族人物為主角，這在中國古代小說中不甚多見。淩濛初曾將本篇改寫成話本，收入《初刻拍案驚奇》卷九，名為〈宣徽院仕女秋千會，清安寺夫婦笑啼緣〉，清人謝宗錫的《玉樓春》傳奇亦演述此事。

元大德二年戊戌❶，孛羅以故相齊國公子拜宣徽院使❷，奄都剌為僉判❸，東平王榮甫為經歷❹，三家聯住海子❺橋西。

宣徽生自相門，窮極富貴，第宅宏麗，莫與為比。然讀書能文，敬禮賢士，故時譽❻翕然❼稱之。私居後有杏園一所，取「春色滿園關不住，一枝紅杏出牆來」之意，花卉之奇，亭榭之好，冠於諸貴家。每年春，宣徽諸妹、諸女，邀院判、經歷宅眷，於園中設秋千之戲，盛陳飲宴，歡笑竟日。各家亦隔一日設饌。自二月末至清明後方罷，謂之秋千會。

適樞密❽同僉❾帖木爾不花子拜住過園外，聞笑聲，於馬上欠身望之，正見秋千競蹴❿，歡哄方濃，潛於柳陰中窺之，睹諸女皆絕色，遂久不去，為閽者⓫所覺，走報宣徽，索之，亡矣。

拜住歸，具白於母。母解意，乃遣媒於宣徽家求親。宣徽曰：「得非窺牆兒乎？吾正擇婿，可遣來一觀，若果佳，則當許也。」媒歸報，同僉飾⓬拜住以往。宣徽見其美少年，心稍喜，但未知其才學，試之曰：「爾喜觀秋千，以此為題，〈菩薩蠻〉為調，賦南詞⓭一闋，能乎？」拜住揮筆，以國字⓮寫之曰：

紅繩畫板柔荑⓯指，東風燕子雙雙起。誇俊與爭高，更將裙繫牢。

牙床⓰和困睡，一任金釵墜。推枕起來遲，紗窗月上時。

宣徽雖愛其敏捷，恐是預構，或假手於人。因盛席待之，席間，再命作〈滿江紅〉詠鶯。拜住拂拭剡藤⓱，用漢字書呈宣徽。宣徽喜曰：

「得婿矣！」遂面許第三夫人女速哥失里為姻，且召夫人，并呼女出，與拜住相見。他女亦於窗隙中窺之，私賀速哥失里曰：「可謂『門闌多喜氣，女婿近乘龍』⑱也。」擇日遣聘，禮物之多，詞翰之雅，喧傳都下，以為盛事。拜住鶯詞附錄於此：

嫩日⑲舒晴，韶光⑳艷，碧天新霽。正桃腮半吐，鶯聲初試。孤枕乍聞弦索㉑悄，曲屏時聽笙簧㉒細。愛綿蠻㉓、柔舌㉔韻東風，愈嬌媚。

幽夢醒，閑愁泥。殘杏褪，重門閉。巧音芳韻，十分流麗。入柳穿花來又去，欲求好友真無計。望上林㉕，何日得雙棲？心迢遞㉖。

【章旨】公子拜住經過宣徽院使孛羅家花園，觀看園內諸美女盪秋千。歸家後遣媒求親，孛羅見其才貌俱佳，便以愛女速哥失里相許。

【注釋】❶大德二年戊戌　西元一二九八年，干支紀年為戊戌。大德，元成宗鐵穆爾的年號。❷宣徽院使　宣徽院的行政長官。宣徽院，元代官署名。專掌御膳及宴會諸事。❸僉判　協理政務、總管文書的官員。元代宣徽院、宣政院、太醫院等機構均設此職。❹經歷　掌管收發文書的官員。❺海子　今北京積水潭一帶。元時諸泉匯集，一片汪洋，故稱。❻時譽　時人的稱譽。❼翕然　一致。❽樞密　即樞密院。宋、元時專掌軍務的官署。❾同僉　僉判的副職。❿蹴　踢；踏。此處作「盪」解。⓫閽者　守門人。⓬飾　打扮。⓭南詞　蒙古人對「詞」這種文學體裁的稱呼。因詞體是漢族人所創，蒙古人稱漢人為南人，故稱詞為南詞。⓮國字　指蒙古文。⓯柔荑　柔軟而白的茅草嫩芽。喻指女子柔嫩的手。《詩・衛風・碩人》：「手如柔荑，膚如凝脂。」⓰牙床　以象牙裝飾的床。泛指精美的床。⓱剡藤　一種名貴的紙，用浙江剡溪所產的藤製成。⓲門闌多喜氣二句　語出杜甫詩〈李監宅〉。門闌，家門；門庭。乘龍，喻佳婿。⓳嫩日　不強烈的陽光。⓴韶光　美好的時光。指春光。㉑弦索　彈奏的弦樂器。㉒笙簧　即笙。管樂器名。由密集而長短不一的竹管製成。㉓綿蠻　鳥叫聲。《詩・小雅・綿蠻》：「綿蠻黃鳥，止于丘阿。」㉔柔舌　巧舌。㉕上林　宮苑名。在今陝西西安西及周至、戶縣界。本為秦代苑囿，漢武帝時曾加以擴建，周圍三百里，有離宮七十所。㉖迢遞　綿遠悠長。

【語　譯】元成宗大德二年，原宰相齊國公的兒子孛羅被授予宣徽院使的官職，奄都剌任宣徽院僉判，東平府人王榮甫任宣徽院經歷，三家一起住在海子橋的西邊。

宣徽院使生於宰相之門，富貴至極，府第宏偉富麗，簡直沒有人能與他相比。他又喜歡讀書，善寫文章，敬重並禮遇賢能之士，所以當時人們一致地稱譽他。他的私人住宅後面有一所杏園，是取宋人詩句「春色滿園關不住，一枝紅杏出牆來」之意。園中花草樹木的奇異，樓榭亭臺的壯觀，在京師所有貴族府之中是數一數二的。每年春天，宣徽院使的諸位妹妹及幾個女兒，都要邀請宣徽院僉判、經歷的家眷，一起在杏園做打秋千的遊戲。她們大擺宴席招待來客，園中從早到晚都是歡聲笑語不斷。其他各家也輪流請客，每隔一天舉辦一次宴會。這種活動從二月底開始一直到清明節後才結束，稱之為秋千會。

剛好有一天樞密院同僉帖木爾不花的兒子拜住從園外經過，聽到了園內的歡笑聲，就在馬背上挺起身子朝裡面張望，正好看到園中的秋千競相盪起，歡笑哄鬧的聲音一陣高似一陣。他藏在柳蔭下偷偷觀看，只見眾多女孩個個都是絕色佳人，於是就久久不肯離開，結果被園中的守門人發覺。守門人跑去報告宣徽院使，宣徽院使派人巡查，這時拜住已經逃走了。

拜住回到家中，把自己所看到的全部告訴了母親。母親理解兒子的心意，就請媒人到宣徽院使家去說親。宣徽院使說：「莫不是那個隔牆偷看的年青人吧？我正要挑選女婿，可讓他過來給我看看。如果真好的話，我就答應這門親事。」媒人回去報告了情況，同僉帖木爾不花就將兒子拜住妝扮整齊前往相親。宣徽院使見他是個俊美少年，心中便略有幾分喜歡，但不知他的才學如何，就考他說：「你喜歡看秋千，就以此為題，〈菩薩蠻〉為調，填一曲南詞，行嗎？」拜住揮筆直書，用蒙古文寫道：

> 潔白柔嫩的手指將紅色的秋千索緊緊抓住，如燕子迎著東風翩翩起舞。既是誇耀美貌又是比試高低，將裙帶牢牢繫。　帶著睏意在牙床上午睡，金釵掉地也不去理會。一覺醒來已是晚上，月亮已經爬上了紗窗。

宣徽院使雖然喜歡他的才思敏捷，但又恐怕他是預先做好的，或者是請別人代做的。於是就安排了豐盛的宴席款待他，在酒席上又要他作一首〈滿江紅〉來詠黃鶯。拜住鋪開名貴的剡藤紙撣拂著，很快用漢字寫出來呈送給宣徽院使。宣徽院使看了以後高興地說：「我找到好女婿了！」於是當面答應將第三夫人的女兒速哥失里許配給拜住，而且將夫人請出來，並把女兒也叫出來，讓她們與拜住相見。他的另外幾個女兒也從窗縫裡偷看，私下裡祝賀速哥失里說：「真可以說是『門闌多喜氣，得婿近乘龍』啊！」拜住家選擇吉日下聘禮。禮物之豐富，所用的文辭之高雅，沸沸揚揚地傳遍了整個都城，大家都認為是一件少有的盛事。現將拜住的詞〈滿江紅・詠鶯〉附錄在這裡：

雲開日出天放晴，春光豔麗，碧空如洗。桃花露出半邊腮，黃鶯初將歌喉試。枕上忽聞琴瑟聲，房中傳來笙簧調。最愛聽的是鳥鳴，巧舌在春風中擺弄，愈顯得百媚千嬌。　幽夢剛醒，閒愁縈心。杏花殘謝，重門緊閉。鶯歌婉轉，輕喻流麗。黃鶯入柳穿花來又去，想覓好友卻又無好計。遠望上林苑，不知何日能在那裡雙雙棲。心事綿綿思念不已。

既而同僉豪宕❶，簠簋不飭❷，竟以墨敗❸，繫御史臺❹獄，得疾囹圄❺間，以大臣，例蒙疏放❻，回家醫治，未逾旬，竟爾不起。闔室染疾，盡為一空，獨拜住在；然冰消瓦解，財散人亡。

宣徽將呼拜住回家，教而養之，三夫人堅執不肯。蓋宣徽內嬖❼雖多，而三夫人者，獨秉權專寵，見他姬女皆歸富貴之門，獨己婿家反凋敝如此，決意悔親。速哥失里諫曰：「結親即結義，一與訂盟，終不可改。兒非不見諸姊妹家榮盛，心亦慕之，但寸絲為定，鬼神難欺，豈可以其貧賤而棄之乎？」父母不聽，別議平章⑧闊闊出⑨之子僧家奴，儀文⑩之盛，視昔有加。暨⑪成婚，速哥失里行至中道，潛解腳紗，縊於轎中，比至而死矣。夫人以其愛女輿回，悉傾嫁奩⑫及夫家聘物殮⑬之，暫寄清安僧寺。

拜住聞變，是夜私往哭之，且叩棺曰：「拜住在此。」忽棺中應曰：「可開柩，我活矣。」周視四隅，漆釘牢固，無由可啟。乃謀於僧曰：「勞用力，開棺之罪，我一力承之，不以相累，當共分所有也。」僧素知其厚殮，亦萌利物之意，遂斧其蓋。女果活，彼此喜極，乃脫金釧及首飾之半謝僧；計其餘，尚值數萬緡⑭，因託僧買漆整棺，不令事露。

【章旨】拜住之父因貪贓而下獄，染上重病。出獄後又傳染給全家，家人盡死，只剩下拜住一人。三夫人將女兒另配給平章之子，成婚之日速哥失里縊死轎中。拜住前往哭祭，速哥失里復活。兩人相聚，悲喜交集。

【注　釋】❶豪宕　行為放蕩而不檢點。❷簠簋不飭　做官不廉正的一種婉轉說法。簠、簋，均為古代祭器名。不飭，不整齊。❸墨敗　貪汙被查處，官職被免除。❹御史臺　官署名。專司糾察彈劾官吏。官署中設有監獄，禁押犯罪的官員。❺囹圄　監獄。❻例蒙疏放　按元代的法律條例，大臣在監禁期間生病，可上疏請求出獄調治。❼內嬖　受君主或達官貴人寵幸的人。此處指姬妾。❽平章　官名。唐中葉以後，凡實際任宰相之職者，均在其本官外加「同平章事」的銜稱，意即共同議政。❾闊闊出　元世祖忽必烈第八子，至元二十六年封寧遠王，元成宗時任平章，總領軍事。❿儀文　禮儀形式。⓫暨　及；到。⓬嫁奩　嫁妝。⓭殮　給屍體穿衣下棺。⓮緡　穿錢的繩子。亦指成串的錢。一千文為一緡。

【語　譯】不久，樞密院同僉帖木爾不花因為行為放蕩不檢束，做官不廉潔，竟然以貪汙罪被撤職，監禁在御史臺的監獄裡，後來在獄中又得了病。由於他是一位大臣，按照元朝律例被暫時釋放回家治病。但到家不滿十天，竟然就病死了。全家人也都被傳染上這種病，差不多死盡了，最後只剩下拜住一個人。好端端的一個家頃刻間冰消瓦解，親人亡故，財產散失淨盡。

宣徽院使打算將拜住接到家中撫養教育，三夫人執意不肯。宣徽院使的姬妾雖然不少，而三夫人獨自主持家政，有專房之寵。看到其他姬妾的女兒都嫁到富貴之家，惟獨自己的女婿家反而敗落到如此地步，三夫人便決意悔婚退親。速哥失里勸告母親說：「結了親就要在道義上承擔責任，一旦與人家訂立了婚約，就自始至終不能更改。孩兒並不是沒有看到諸位姐妹的夫家都榮華興盛，內心也很羨慕她們。但月下老人的紅絲已經定下了我們的婚事，鬼神是不能欺負的，難道因為他家貧賤就可以拋棄他嗎？」父母不聽速哥失里的勸告，將她另外許配給平章闊闊出的兒子僧家奴。訂婚時儀式十分隆重，遠遠超過了上次與拜住訂親時的排場。到了結婚那一天，花轎抬到半路的時候，速哥失里悄悄地解下裹腳的紗布，在轎中上吊，等花轎到了男方家中時，新娘已經氣絕身亡。三夫人將其愛女的屍體從男方家中抬回來，將嫁妝和夫家的聘禮全部作為陪葬品裝進棺材，棺材暫時被安放在清安寺。

拜住聽到了這個變故後，當天夜裡就一個人前往寺廟哭靈，並且敲著棺材說：「拜住在這裡啊！」忽然聽到棺材裡答應說：「可以把棺材打開，我已經活過來了。」拜住環視了棺材的四周，見油漆和鐵釘把棺材封得很牢固，不知該怎樣將它打開。於是就與和尚商量說：「勞駕你出點力氣，開棺的罪過，由我一個人承擔，絕不因此而連累你們，棺材裡的東西，我們大家一起平分。」和尚早就知道陪葬的物品非常豐厚，也萌生了發財得利的念頭，於是就用斧子撬開了棺材的蓋子，姑娘果然活著，拜住和她都喜歡極了，於是速哥失里摘下頭上的金釧及首飾的一半來答謝和尚，算一下剩餘的首飾，還能值好幾萬貫錢。兩人又託和尚買漆來將棺材整修好，不讓事情敗露出去。

拜住遂挈速哥失里走上都❶。住一年，人無知者。所攜豐厚，兼拜住又教蒙古生數人，復有月俸，家道從容❷。

不期宣徽出尹開平❸，下車之始，即求館客❹，而上都儒者絕少。

或曰：「近有士自大都❺挈家寓此，亦色目人❻，設帳❼民間，誠有學問。

府君欲覓西賓，惟此人為稱。」亟召之，則拜住也。宣徽意其必流落死矣，而人物整然，怪之，問：「何以至此？且娶誰氏？」拜住實告。宣徽不信，命舁[8]至，則真速哥失里，一家驚動，且喜且悲。然猶恐其鬼假人形，幻惑年少，陰使人詣清安詢僧，其言一同，乃發殯，空櫬[9]而已。歸以告宣徽，夫婦愧嘆，待之愈厚，收為贅婿，終老其家。

拜住三子：長教化，仕至遼陽等處行中書省[10]左丞[11]，早卒。次子忙古歹，幼子黑厮，俱為內怯薛[12]，帶御器械。忙古歹先死。黑厮官至樞密院使[13]。天兵至燕[14]，順帝御清寧殿，集三宮后妃、皇太子，同議避兵。黑厮與丞相失列門哭諫曰：「天下者，世祖[15]之天下也。當以死守！」不聽。夜半，開建德門而遁。黑厮隨入沙漠，不知所終。

【章　旨】拜住和速哥失里相攜逃往上都開平，靠拜住教館為生。一年後，宣徽院使調任開平府尹，欲尋一儒生作館客，正好找到拜住。宣徽院使得知女兒死而復生，就將拜住招贅在家，全家團圓。

【注　釋】❶上都　即開平府。元世祖忽必烈中統元年（西元一二六〇年）在此即帝位。中統四年加號上都，在元代與大都（今北京）並稱二都。故址在今內蒙古多倫西北上都河北岸。❷從容　優裕。❸出尹開平　外調為開平府尹。❹館客　塾師或幕客。下文之「西賓」為敬稱。❺大都　元朝都城，今北京市。❻色目人　元朝對西域各族人及西夏人的總稱，地位僅次於蒙古人，高於漢人及南人。❼設帳　設館教書。❽舁　抬。❾櫬　棺材。❿行中書省　元朝中書省派往各大行政區的管理機構，簡稱行省或省。⓫左丞　官職名。元代行中書省設左右丞，地位在最高行政長官之下。⓬內怯薛　蒙古語。內廷侍衛。⓭樞密院使　樞密院的長官。⓮天兵至燕　指明軍攻入北京。⓯世祖　即忽必烈。

【語　譯】拜住就帶著速哥失里來到上都開平。住了一年，沒有人知道他們的底細。他們所帶的財物很豐厚，加上拜住又教了幾個蒙古學生，每月都有收入，因而日子過得比較寬裕。

不料後來宣徽院使從京城外調為開平府尹，剛下車，就要聘請一個幕賓，而上都的讀書人極少。有人對宣徽院使說：「不久前有一位文士從大都攜帶家眷來這裡居住，他也是色目人，在民間設館教書，確實很有學問。府尹大人要聘請幕客，只有這個人最合適。」宣徽院使急忙把被推薦的人找來，一看竟然是拜住。宣徽院使原來以為他必定流落他鄉窮困而死了，沒想到他衣冠整潔，神采飛揚，感到十分奇怪，便問道：「你怎麼會到這裡來的？娶的是誰家的女兒？」拜住如實相告。宣徽院使不相信，下令用轎子將拜住的妻子抬過來。一看，果真是速哥失里。全家都驚動了，又是喜歡，又是悲傷。但是仍然害怕眼前的女兒是鬼魂假託人形迷惑年青人，於是就暗中派人到清安寺去詢問和尚。和尚說的話與拜住所言完全吻合。於是打開靈柩，確實是空棺一具。派出去的人回來把情況報告宣徽院使，夫婦兩人都慚愧感歎，從此對拜住特別好，收他為上門的女婿。拜住一直到老死都住在宣徽院使的家中。

拜住後來生了三個兒子，大兒子名字叫教化，官做到遼陽等地的行中書省左丞，早死。二兒子名叫忙古歹，小兒子名叫黑厮，都是內廷的侍衛，都帶著御用器械侍奉皇帝。忙古歹先死，黑厮的官一直升到樞密院使。明朝的軍隊攻入北京，元順帝駕臨清寧殿，召集三宮后妃、皇太子，共同商議如何躲避兵禍。黑厮與丞相失列門哭著勸阻皇帝說：「天下，是世祖打下的天下，應當死守在這裡！」順帝不聽勸諫。到了半夜，打開建德門逃跑了。黑厮也跟隨順帝進入沙漠，不知他的最後結果如何。

【賞析】在中國古代小說中，有不少發棺復活的故事。在晉代干寶的《搜神記・河間郡男女》、陶淵明的《搜神後記・徐玄方女》、唐戴孚的《廣異記・張果女》、皇甫氏的《原化記・劉氏子妻》、宋郭象的《睽車志・絢娘》、宋元話本《鬧樊樓多情周勝仙》、明話本《杜麗娘慕色還魂記》等作品中，都有開棺起死回生的內容。在這些作品中，還魂者死去的時間大都比較長，有的達數年之久；他們死後鬼魂仍在繼續活動；有的開棺還有一定的時間規定，還需要有一定的儀式和一些特殊的食物或藥品。本篇雖也寫開棺復活，卻絲毫不涉鬼神，速哥失里從死去到復活，前後僅有幾天時間。大概速哥失里在轎中自縊，一時氣絕，並未真死，聽到意中人深情的呼喚，便從昏迷中清醒了過來。篇末還結合歷史事實詳細交代了拜住與速哥的後代的情況，看似蛇足而卻增強了作品的真實感和可信度。本篇有傳奇性而無神異怪誕色彩，與現實生活比較貼近。與之相近的是劉義慶《幽明錄》中的〈賣胡粉女子〉，死者尚未入殮，便在情人的撫摩慟哭中「豁然更生」，不過復活者是男兒而非女子。

〈秋千會記〉以男女主人公的愛情和命運作為敘事的紐帶，情節大開大合，倏起倏落。速哥失里本是容貌出眾的貴族少女，其父開明通達，她不必像杜麗娘那樣整日關在深閨之中，還可以和姐妹們在花園中蹴盪秋千，賞花飲酒，歡笑竟日。從中可以看出元代社會文化氛圍還比較寬鬆，禮教的束縛還不甚嚴重，但就是這個無憂無慮的少女，後來也因婚姻不能自主而自殺。拜住也出身於顯宦之門，他與速哥失里喜結良緣，在京都一時傳為盛事。然而平地陡起波瀾，拜住之父忽然被參入獄，全家盡染瘟疫，財空人亡，速哥之母又悔婚另擇高門，拜住和速哥一下子從幸福的峰巔跌入苦難的谷底。後拜住哭靈，速哥又奇跡般地復活，兩人一起出走，遠離了錦衣玉食的生活而自食其力。小說雖然篇幅不長，但情節環環相扣，起伏跌宕，在大喜大悲中寫盡了世態炎涼，人情冷暖，讀之令人揪心。

〈秋千會記〉中的人物也頗有個性。宣徽院使孛羅富埒王侯，姬妾滿堂，卻開明通達，以才擇婿，然而他又竟然默許寵妾的悔親迫嫁之舉，顯得頗為勢利。拜住曾偷窺諸女競盪秋千，行為孟浪，給讀者的最初印象是十足的紈絝子弟。然而他又學博才高，精通蒙漢兩種文字，對愛情忠貞不渝，落難後甘於以教書為生。這兩個人物的性格都具有多面性，他們的品性行事往往出乎讀者的意料之外。兩人一個重才，一個好學，這在過去「只重衣衫不重人」的時代十分難能可貴。

心堅金石傳

陶輔

【題解】本篇選自陶輔《花影集》。小說敘述了一個淒婉動人的愛情故事。馮夢龍曾將此篇收入《情史類略》卷一一。明人曾將本篇改編為傳奇《霞箋記》，但將悲劇改成了喜劇。清人小說《情史迷樓》則又根據《霞箋記》改寫而成。

【作者】陶輔（一四四一～？）字廷弼，號夕川，鳳陽人（今安徽鳳陽），曾任應天衛指揮僉事之職，因不苟合時俗，致仕家居。傳奇小說集《花影集》約為作者四、五十歲時所作，該書共四卷二十篇，有意仿效《剪燈新話》和《剪燈餘話》，但成就遠遠不如。少數篇章如〈心堅金石傳〉、〈劉方三義傳〉等寫得較出色。此外，作者還著有《四端通俗詩詞》、《桑榆漫志》各一卷。

至元❶年間，松江府庠生❷李彥直，小字玉郎，弱冠，有文譽。其學之後圃有高樓焉，眺望頗遠。彥直凡遇三夏，則讀書其中。圃外則妓館環之。絲竹❸之音，日至於耳。彥直亦習聞不怪。

一日，與同儕❹飲於樓上。一友聞之，笑曰：「所謂『但聞其聲，不見其形』也。」彥直亦笑曰：「若見其形，並不賞其聲矣。」眾請共賦其事，彥直賦先成。

眾方傳玩，忽報學師在門。彥直急取詩懷之。迎學師登樓，因而共飲。彥直復恐諸友饒舌，託以更衣❺，團其詩，投於牆外。所投處，乃張姥姥之居。姥止一女，名麗容，又名翠眉娘。炫其才色，不可一世。旦夕坐一小樓，與李氏樓相錯。麗容拾紙展視，知為玉郎手筆，心竊慕焉。遂賡其韻❻，書於白綾帕上。他日，候彥直在樓，亦投牆外。

彥直讀詩，知其意有屬也，踐太湖石望之。彼此相見，款語❼莫逆❽，麗容因問彥卿：「何以不婚？」彥直曰：「欲得才貌如卿者乃可。」麗容曰：「恐君相棄，妾敢自愛乎？」因私誓而別。

彥直歸，告諸父母。父以其非類，叱之。復託親知再三，終不許。將一年，而彥直學業頓廢，幾成瘵疾❾。麗容亦閉門自守。父不得已，遣媒具六禮❿而聘焉。

【章　旨】松江庠生李彥直與鄰女張麗容由詩詞唱和而相愛，私訂終身。經過一番周折後方得到父母同意。

【注　釋】❶至元　元順帝的年號（西元一三三五～一三四〇年）。❷庠生　明清時代府、州、縣學生員的別稱。❸絲竹　弦樂與管樂的合稱。❹同儕　同輩。這裡指同學。❺更衣　舊時對上廁所的雅稱。❻賡其韻　和其韻。❼款語　親切交談；懇談。❽莫逆　謂彼此志同道合，交誼深厚。語出《莊子・大宗師》：「四人相視而笑，莫逆於心，遂相與為語。」❾瘵疾　指癆病。即今之肺結核。❿六禮　古代訂婚過程中的六種禮儀，即納采、問名、納吉、納徵、請期、親迎。

【語　譯】元朝至元年間，松江府府學中有個庠生叫李彥直，小名玉郎，年齡正當二十歲，寫文章就很有名氣。學校的後花園有一座高樓，登樓眺望，可以看得很遠。每當夏天，李彥直就在樓上讀書。園外四周都是妓院，琴、瑟、簫、笛的聲音整天都往耳朵裡傳，彥直聽慣了，也不把它當回事。

一天，彥直與同學在樓上飲酒。一個朋友聽到音樂後笑著說：「這大概就是所謂的『但聞其聲，不見其形』了吧？」彥直也笑著說：「如果看到演奏者的形體容貌，也許就不會欣賞這音樂了。」有幾個人提議就這件事每人寫一首詩，彥直最先寫完。

大家正在傳閱玩賞彥直所寫的詩歌，忽然有人報告說學師就在門口，彥直趕緊把詩拿過來藏在自己的懷裡，眾人把老師接到樓上，和老師一起飲酒。彥直又怕同學們多嘴，就假託上廁所，把詩稿揉成一團，扔到牆外。

紙團扔出去的地方，正是張姥姥的住處。張姥姥只有一個女兒，叫做麗容，又叫翠眉娘。麗容以自己的才氣和相貌自負，從不把別人放在眼裡。她每天早晚都坐在一座小樓上，那樓正好與李彥直讀書的樓相對。麗容撿起紙團展開來一看，知道是玉郎的手筆，心中便暗暗地敬慕玉郎。於是就和著彥直的韻作了一首詩，並將它寫在白綾帕上。第二天，等李彥直在樓上的時候，也將帕子扔到牆那邊去。

彥直讀了那首詩，知道姑娘對自己有意，便登上太湖石張望。兩人相見，親切交談，情投意合。麗容問道：「你為什麼不結婚？」彥直說：「一定要找才學、容貌和你一樣的人才行。」麗容說：「只怕你嫌棄我，我哪裡敢愛惜自己而拒絕你呢？」於是兩人私下裡立下山盟海誓才分別。

彥直回到家裡，把自己與麗容相愛的事告訴父母。父親認為張麗容出身娼門，跟兒子不是同一類的人，將彥直訓斥了一頓。彥直又多次託親戚朋友向父親求情，父親始終不同意。這樣過了將近一年，彥直的學業很快就荒廢了，還差一點染上肺病。麗容也關門在家，拒不見客。彥直的父親萬不得已，只好派遣媒人帶著聘禮去麗容家求婚。

婚有期矣，會本路❶參政❷阿魯臺，任滿赴京。時伯顏為右丞相，獨秉大權。凡滿任者，必獻白金盈萬，否則立黜罷。阿魯臺宦九載，罄橐未及其半，謀於佐吏。吏曰：「右丞所少者，非財也。若能於各府選才色官妓三二人，加以妝飾獻之，費不過千金，而其喜必倍。」阿魯臺以為然，遂令佐吏假右相之命，諮於各府，得二人，而麗容為首。彥直父子奔走上下，謀之萬端，終莫能脫。麗容臨發，寄緘❸謝彥直，以死許之。遂絕飲食。張嫗泣曰：「爾死，必累我。」麗容復稍稍食。

舟既行，彥直徒步追隨，哀動行人。凡遇停舟之所，終夜號泣，伏寢水次❹。如是將兩月，而舟抵臨清❺，彥直跋涉三千餘里，足膚俱裂，無復人形。麗容於板隙窺見，一痛而絕。張嫗救之，良久方甦。苦浼❻舟夫，往謝彥直曰：「妾所以不即死者，母未脫耳；母去，妾即死。郎可歸家，無勞自苦。」彥直聞語，仰天大慟，投身於地，氣遂絕。舟夫憐之，共為坎❼，土埋❽於岸側。是夕，麗容縊於舟中。

【章旨】麗容被參政阿魯臺奪去，送往京師準備獻給右相伯顏，麗容暗蓄死志。彥直徒步追隨，跋涉三千餘里抵達臨清，足膚俱裂。彥直最終氣絕身亡，麗容也自縊殉情。

【注　釋】❶路　古代地方行政區劃名。始於宋代。元代的路，相當於州、府。❷參政　官職名。宋代設參政知事，為宰相的副職。元代行中書省設置參政知事，為行省的副長官，簡稱「參政」。❸緘　信函。❹水次　岸邊。❺臨清　今山東臨清。❻浼　請求；央求。❼坎　坑。❽土埋　不用棺材，也不用蘆席等包裹屍體，而直接埋入土中。

【語　譯】姻期已經訂下來了，正好管轄本府的江浙行省參政知事阿魯臺任職期滿，將要赴京述職候選。當時伯顏為右丞相，獨攬大權。凡是任職期滿的官員，必須要向他行賄上萬兩銀子，否則立即罷官。阿魯臺任職九年，他的財產全部拿出來還不到五千兩。阿魯臺與他的部下商量這件事。部下說：「右丞相所缺少的不是錢財。如果能在所屬的各府中挑幾個才貌俱佳的官妓，打扮一下獻給右丞相，花費不會超過一千兩銀子，而右丞相必然倍加喜歡。」阿魯臺認為這個主意出得好，就讓部下假借右丞相的命令，到所轄的各個府中去查訪。選中了兩個女子，而麗容是最好的。彥直父子上下奔走，想盡了各種各樣的辦法，最終也沒有能使麗容逃脫厄運。麗容出發前，寄了一封信給李彥直，表示自己將以死相報，隨即就開始絕食。張姥姥哭著對麗容說：「你如果死了，必然要連累我。」麗容這才又稍微吃點東西。

送張麗容的船起航後，彥直步行跟隨著船走，那悲哀的場面感動了路上所有的行人。凡是到了停船的地方，他整夜地哀號哭泣，累了就伏在河岸上休息一會兒。這樣過了將近兩個月，船到達了山東臨清。彥直已經長途跋涉了三千餘里，腳上的皮膚全部裂開，人累得不像樣子。麗容從船板的縫隙中看到了彥直，一下子悲痛得昏死了過去。張姥姥連忙搶救，麗容過了好久才甦醒過來。她苦苦地央求船夫代她向彥直拜謝說：「我之所以沒有立即去死，是因為母親還沒有脫身。一旦母親離開了我，我馬上就死。郎君還是回家吧，不要再這樣自找苦吃、糟蹋自己了。」彥直聽了這些話，仰頭大聲痛哭，一頭栽倒在地，很快就斷了氣。船夫很可憐他，就一起在地上挖了個坑，將彥直的屍體直接埋在河岸邊，連蘆席都不包一張。這天夜裡，麗容也就吊死於船上。

阿魯臺大怒曰：「我以珍衣玉食，致汝於極貴之地，而乃戀戀寒儒，誠賤骨也。」乃命舟夫裸其屍而焚之，屍盡，惟心不灰。舟夫以足踐之，忽出一小物如人形，大如手指，淨以水，其色如金，其堅如玉，衣冠眉髮，纖悉❶皆具，宛然❷一李彥直也，但不能言動耳。舟夫持報阿魯臺，臺驚曰：「異哉！精誠所結，一至此乎？」歎玩不已。眾請並驗彥直若何，亦發彥直屍焚之，而心中小物與前物相等，其像則張麗容也。阿魯臺大喜曰：「吾雖不能生致麗容，然此二物，實希世之寶。」遂囊以異錦，函以香木，題曰：「心堅金石之寶。」於是，厚給張嫗，聽為治喪以歸。阿魯臺至京，捧函呈於右相，備述其由。右相甚喜。啟視，無復前形，惟敗血二具，臭穢不可近。右相大怒，下阿魯臺於法吏，治其奪人妻之罪。獄❸成，報曰：「男女之私，情堅志確❹而始終不諧，所以一念不化，感形如此。既得於一處，情遂氣伸，復還其故，理或有之矣。」右相怒不解，阿魯臺竟坐死。

【章　旨】阿魯臺怒焚麗容之屍，麗容之心化為人形，色似金，堅如玉，宛似李彥直。而李彥直之心也化為張麗容的金石之像。阿魯臺視為稀世珍寶獻給伯顏，打開後竟是敗血兩灘。伯顏不勝惱怒，判阿魯臺死刑。

【注　釋】❶纖悉　細微。❷宛然　彷彿；很像；真切。❸獄　案件。❹確　堅定；堅決。

【語　譯】阿魯臺知道後大發雷霆，說：「我給你穿珍貴的衣服，吃美味的食品，把你送到最富貴的地方去，而你竟念念不忘一個窮書生，真是個賤骨頭！」於是命令船夫扒掉麗容的衣服後放火焚燒。屍體燒完了，只有心沒有化成灰。船夫用腳去踩，忽然露出一個形狀像人的小東西，只有手指那麼大。用水洗乾淨一看，顏色像金，堅硬如玉石。衣服、帽子、眉毛、頭髮，人身上最細小的東西都樣樣俱備，活活脫脫的一個李彥直，只是不會說話、不能行動而已。船夫拿著人像去報告阿魯臺，阿魯臺驚歎說：「奇怪啊！精誠凝聚起來的東西，竟然會是這樣的嗎？」拿著金玉石像感歎玩賞不已。眾人請求再驗看一下彥直的心是什麼樣子。於是將彥直的屍體也挖出來焚燒。彥直心中的小東西與麗容心中的那塊完全一樣，只是形貌完全像張麗容。阿魯臺非常高興地說：「我雖然不能把活著的張麗容送給丞相，但是這兩樣東西，實在是稀世之寶。」於是將它們用美錦製成的袋子裝起來，再放進香木盒子，在盒子上題了「心堅金石之寶」幾個字。同時給了張姥許多錢，讓她為麗容、彥直治理喪事後回歸家鄉。

阿魯臺到達京城後，捧著香木盒子呈獻給右丞相，詳細介紹金玉石像的來歷，右丞相很高興。可打開盒子一看，卻再也不是以前的形狀，而只有兩灘汙血，又臭又髒，無法靠近。右丞相大怒，將阿魯臺交給法官，以強奪人妻的罪名論處。定案之後，辦案人員上報說：「男女相愛，情志堅定不移而始終不能結合，這一念頭在心中積聚而不得宣洩，彼此交相感應就形成了金玉石像。後來既然能夠合在一起，情感得到了滿足，鬱結之氣得到了化解，也就又回到原來的狀態，這是情理之中或許會有的事情。」右丞相的惱怒仍然不能消除，阿魯臺因此而被治罪處死。

【賞　析】本篇寫的是一個悽楚動人的愛情悲劇。書生李彥直與鄰女張麗容因彼此唱和而相戀，並進而私訂終身，又費盡周折方得到父母的同意。就在他們成婚在即之時，麗容被本路參政阿魯臺奪去，準備送入京城獻給右丞相伯顏。彥直父子上下奔走，想盡辦法，仍然不能倖免。麗容被舟載而去，彥直便徒步追隨。停舟之時，彥直就伏在岸邊終夜號哭，所有行人都為之動容。如此星行露宿，歷時兩個多月，跋涉三千餘里，彥直早已「足膚俱裂，無復人形」。當麗容請船夫勸彥直回家，並轉告他自己即將自盡時，彥直頓時悲慟氣絕。當天夜裡，麗容也在船中自縊而死。小說著力渲染了李彥直婚事重情而不計門第，以及對愛情堅韌執著的精神，也歌頌了張麗容不慕榮華、不畏強暴和對愛情堅貞不二的性格。他們的死，實際上是為了維護自己的愛情權利而對不幸命運和社會惡勢力進行的一種有力的抗爭，因而具有震撼讀者心靈的悲劇力量。

小說對李、張愛情的描寫，既有很強的現實性，又有濃厚的傳奇和浪漫色彩。小說前半部分的彥直與同窗諸友背著學師比賽寫詠妓詩、彥直與麗容相互投詩通情愫、隔牆對話立盟誓以及彥直因父母不答應他的婚事而學業頓廢，幾成重病等情節，都寫得清新質樸、真實感人，其中不乏輕鬆活潑的生活情趣，表現了作者對健康人性和真摯愛情的肯定和頌揚。小說後半部分李彥直徒步追舟，最後殉情而死的場面更是真切可感、悲壯動人。而小說的結尾部分則是充滿幻想和浪漫主義色彩的非現實的描寫。張、李二人雙雙殉情被火化後，他們的心不僅沒有被燒毀成灰，而且變成了「其色如金，其堅如玉」、「大如手指」各顯對方之貌的人像。古人一向認為，人美好的精神是永恆的，它不會隨著肉體的毀滅而毀滅，具有驚天地、泣鬼神的巨大力量。精誠所至，金石為開。小說中那兩枚你心中有我、我心中有你的金玉石像的出現，正是由於「一念不化」、精誠所至的緣故。它是堅如磐石的愛的象徵，是生死不渝的情的物化。作者借助於豐富的想像，通過美麗而富有詩意的幻想，表達了人們同情弱者的善良願望，禮讚了純真而深摯的愛情。幻想情節的出現，深化了作品的主題，使人物的精神境界得到了昇華，也使小說的藝術品位產生了質的飛躍。這一理想化的結局，與〈孔雀東南飛〉結尾的連理樹和「雙飛鳥」、梁祝故事中雙雙飛舞的彩蝶十分相似。

在歌頌青年男女真摯愛情的同時，小說也憤怒地控訴和鞭撻了當權者殘暴自私、荒淫無恥的罪惡行徑。阿魯臺作為一省的行政長官，竟然卑鄙到用向當政的右丞相伯顏進獻美女的手段來謀求高升。他活生生地拆散了一對戀人，害得他們雙雙身死。對此他非但毫無憐憫之心，還大罵張麗容「誠賤骨也」，慘無人道地焚燒二人的屍體以泄恨，其手段之殘暴令人髮指。他得到張、李二人之心所化的金玉石像後，又將其作為「希世之寶」進奉給伯顏以邀寵。伯顏聽說送來了寶物，先是「甚喜」，啟視後發現寶物竟是臭穢不可近的「敗血」，一怒之下便以「奪人妻之罪」將阿魯臺處死。伯顏之所以懲處阿魯臺，並不是因為他主持公道，而是因為他的私欲沒有得到滿足。這一富有鬧劇色彩的結局辛辣地嘲諷了當權者的自私、殘忍與愚蠢，反映了人們懲惡揚善的願望，對讀者來說，無疑也具有情感宣洩和心理補償的雙重作用。

中山狼傳

馬中錫

【題解】本篇又名〈東郭先生傳〉，選自《東田集》卷五，係根據民間傳說創作而成。小說通過東郭先生救狼而險落狼口的故事，譴責了以怨報德的惡人，批判了無原則的兼愛思想。本篇對後世影響較大，不少戲劇都以此為題材，明代的康海、王九思、陳與郊、汪廷訥等人都寫過《中山狼》雜劇。

【作者】馬中錫（西元一四四六～一五一二年），字天祿，號東田，故城（今屬河北）人。明憲宗成化十一年（西元一四七五年）進士，授刑科給事中。因上疏揭發太監汪直等人驕橫不法的行為，兩次受到杖責，九年不得升遷。武宗正德年間任兵部侍郎，又因反對太監劉瑾專權舞弊，被捕下獄。劉瑾伏誅後，出任大同巡撫，不久升任左都御史。因主張招撫劉六、劉七等人，同僚以「縱賊」劾之，被下獄論罪，死於獄中。著有《東田集》。

趙簡子❶大獵於中山❷，虞人❸導前，鷹犬羅後❹，捷禽鷙獸❺，應弦而倒者不可勝數。有狼當道，人立而啼。簡子唾手登車，援烏號❻之弓，挾肅慎❼之矢，一發飲羽❽，狼失聲而逋❾。簡子怒，驅車逐之，驚塵蔽天，足音鳴雷，十步之外，不辨人馬。

時，墨者東郭先生將北適中山以干仕[10]，策蹇驢[11]，囊圖書，夙行[12]失道，望塵驚悸。狼奄至[13]，引首[14]顧曰：「先生豈有志於濟物[15]哉？昔毛寶放龜而得渡[16]，隋侯救蛇而獲珠[17]，龜蛇固弗靈於狼[18]也。今日之事，何不使我得早處囊中，以苟延殘喘乎？異時倘得脫穎而出[19]，先生之恩，生死而肉骨[20]也，敢不努力以效龜蛇之誠？」

先生曰：「嘻！私[21]汝狼，以犯世卿[22]，忤[23]權貴，禍且不測，敢望報乎？然墨之道，『兼愛』[24]為本，吾終當有以活汝。脫[25]有禍，固所不辭也。」乃出圖書，空囊橐，徐徐焉實狼其中[26]，前虞跋胡，後恐疐尾[27]，三納之而未克[28]。徘徊容與[29]，追者益近，狼請曰：「事急矣！先生果將揖遜救焚溺[30]，而鳴鑾避寇盜[31]耶？惟先生速圖！」乃跼蹐[32]四足，引繩而束縛之，下首至尾，曲脊掩胡[33]，猬縮蠖屈[34]，蛇盤龜息[35]，以聽命先生。先生如其旨[36]，納狼於囊，遂括[37]囊口，肩舉驢上，引避道左，以待趙人之過。

已而簡子至，求狼弗得，盛怒，拔劍斬轅㊳端示先生，罵曰：「敢諱㊴狼方向者，有如此轅！」先生伏躓㊵就地，匍匐㊶以進，跽㊷而言曰：「鄙人不慧，將有志於世，奔走遐方㊸，自迷正途，又安能發狼蹤以指示夫子之鷹犬也？然嘗聞之，『大道以多歧亡羊』㊹，夫羊，一童子可制之，如是其馴也，尚以多歧而亡；狼非羊比，而中山之歧可以亡羊者何限，乃區區㊺循大道以求之，不幾於守株緣木乎㊻？況田獵，虞人之所事也，君請問諸皮冠㊼，行道之人何罪哉？且鄙人雖愚，獨不知夫狼乎？性貪而狠，黨豺為虐㊽，君能除之，固當窺左足㊾以效微勞，又肯諱之而不言哉？」簡子默然，回車就道。先生亦驅驢兼程而進。

【章旨】中山狼被趙簡子射中後向東郭先生求救，東郭先生出於仁慈將狼藏在布袋之中，並巧設言辭，騙過了前來追捕的趙簡子。

【注釋】❶趙簡子　名鞅，春秋末年的晉國大夫，執掌國政。❷中山　春秋時諸侯國之一，後為趙併吞，故址在今河北定縣一帶。❸虞人　古代掌管山澤、苑囿、狩獵的官員。❹羅後　散布在後面。❺鷙獸　兇猛的走獸。鷙，兇猛的鳥；兇猛。❻烏號　古代良弓名。用堅勁的桑柘木製成。❼肅慎　古國名。故址在今吉林寧安以北一帶。周武王時，肅慎曾向周廷進貢當地生產的名箭。❽飲羽　形容箭射得很深，連箭尾的羽毛都射入肉中。❾逋　逃跑。❿干仕　謀求官職。干，求。⓫蹇驢　跛足的驢子。⓬夙行　清早趕路。⓭奄至　突然來到。⓮引首　抬頭。⓯濟物　成全或救助別人。⓰昔毛寶放歸而得渡　典出干寶《搜神記》。東晉人毛寶任豫州刺史時，有軍士獻白龜，毛寶將其放歸江中。後毛寶打仗失敗，投江逃命時，白龜在水下背負他渡江，因而得以生還。⓱隋侯救蛇而獲珠　典出《淮南子・覽冥訓》高誘注。隋侯曾用藥救治一條受重傷的大蛇，後蛇從江中啣來一顆大珍珠酬謝他，此即隋侯之珠。隋，西周時國名。⓲弗靈於狼　靈性比不上狼。⓳脫穎而出　此處指日後重新出頭。穎，錐子的尖端。錐子置於口袋中，錐尖就會鑽露出來，故云。⓴生死而肉骨　使死者復生，使枯骨長肉。㉑私　包庇。㉒世卿　世代承襲的卿大夫。此處指趙簡子。㉓忤　觸怒。㉔兼愛　墨家學說中的一個重要思想。主張人不分親疏貴賤，對所有的人都一視同仁，每個人都要像愛自己一樣去愛別人。㉕脫　即使；假使。㉖實狼其中　把狼裝進口袋。㉗前虞跋胡二句　往前擔心踩到狼頸子下面垂著的皮肉，往後又恐怕絆著狼的尾巴。形容東郭先生縮手縮腳、行動笨拙。虞，憂慮。跋，踐踏。胡，野獸頷下的垂肉。疐，本意為跌倒。這裡指壓著。㉘未克　未能成功。㉙容與　動作遲緩。㉚揖遜救焚溺　在救火和救落水者的時候還要打躬作揖、謙讓有禮。比喻人遇事不分緩急，迂腐而墨守成規。遜，謙讓。㉛鳴鑾避寇盜　遇到強盜和小偷時，還要像平時那樣駕起馬車，讓車鈴叮噹作響。鑾，鑾鈴。古代車馬上用的鈴鐺。㉜跼蹐　蜷縮；彎曲。㉝曲脊掩胡　弓起背，遮住頷下的垂肉。㉞猬縮蠖屈　像刺蝟般縮成一團，像尺蠖蟲爬行時那樣彎曲起來。蠖，尺蠖。一種爬蟲。㉟龜息　像烏龜一樣縮進頭頸。㊱如其旨　按照它的旨意。㊲括　紮緊。㊳輈　車前駕馬的橫木。㊴諱　諱言。此處指隱瞞。㊵伏躓　趴倒。㊶匍匐　四肢著地爬行。㊷跽　長跪。雙膝著地，上身挺直。㊸遐方　遠方。㊹大道以多歧亡羊　語出《列子・說符》。意謂大路因岔道多，所以羊容易走失。㊺區區　僅僅。㊻不幾於守株緣

木乎　不是近似於守株待兔、緣木求魚嗎。㊼皮冠　古代打獵時戴的皮帽子。這裡指虞人。㊽黨豺為虐　與豺結成朋黨作惡害人。㊾窺左足　抬起左腳起步。意謂主動採取行動。窺，同「跬」。半步。

【語　譯】趙簡子在中山舉行大規模的圍獵，管理山林、打獵的官吏在前面開道，獵狗和獵鷹成群地跟在後面，隨著弓弦的響聲而倒伏在地的飛鳥猛獸數也數不清。有一隻狼站在路當中，像人一樣直立著啼叫。趙簡子往手心吐了口唾沫後登上車子，拉起良弓，搭上利箭，只聽見「嗖」的一聲，連箭尾的羽毛都射進了狼的身體，狼哀號一聲逃走了。趙簡子大怒，駕著車子追趕，飛揚的塵土遮蔽了天日，腳步聲如同雷鳴一般轟響，十步以外的地方，連人馬都分辨不清。

當時有一個信奉墨家學說的東郭先生將要到北方中山國去謀求官職。他騎著一頭跛足的驢子，口袋裡裝著書籍，清晨趕路迷失了方向，看到滾滾煙塵驚慌不已。突然間狼來到東郭先生的面前，牠抬起頭四面看了看說：「先生不是有心要成全和救助別人嗎？從前毛寶放生了一隻白龜，在落難時白龜就背著他渡江；隋侯救活了一條大蛇，就獲得了一顆名貴的夜明珠，而龜和蛇的靈性都遠遠不能和狼相比。今天我不幸被追捕，先生何不讓我早點躲進口袋裡以勉強拖延臨死前的喘息呢？他日我如果能重新出頭，先生對我的恩德，如同使死人復活，使枯骨長肉，我怎麼敢不努力效法龜與蛇，誠心誠意地報答您的恩情呢？」

東郭先生說：「噯唷，為了包庇你這隻狼，卻要去冒犯世家大族，觸怒權門豪貴，我將會遭到難以預料的災禍，還敢希望報答嗎？然而墨家的原則，以兼愛為本，所以我終究還得設法救活你，即使遭到災禍，也決不推辭。」於是東郭先生將書倒出來，空出口袋，慢慢地把狼往口袋裡裝。向前生怕踩著狼下巴的皮肉，後面又擔心絆著狼的尾巴，裝了好幾次都沒有把狼裝進去。東郭先生猶豫不決，動作遲緩，而追趕的人卻越來越近了。狼請求說：「事情已經很危急了！先生果真在救火和救落水者的時候還要作揖謙讓，在躲避強盜和小偷的時候還要像平時坐車那樣響起鈴鐺嗎？希望先生快點想個辦法。」說著，就把四條腿蜷縮起來，東郭先生拉過繩子捆綁牠，狼把頭低下來靠到尾巴上，弓起背，遮住下巴處垂著的肉，像刺蝟那樣縮成一團，身體彎得像正在爬行的尺蠖，看上去即像一條盤著的蛇，又像一隻縮頭烏龜，任憑東郭先生擺布。東郭先生按照牠的意思，將牠放進口袋，然後紮好口袋口，用肩膀將口袋扛到驢背上，讓到道路旁邊，等待趙國人經過。

不久趙簡子到了。他找不到狼，心裡十分惱怒，拔出劍來在車轅上砍下一塊木頭給東郭先生看，罵道：「誰敢隱瞞狼逃走的方向，下場就和這木頭一樣。」東郭先生趴倒在地，四肢爬行著前進，長跪在地上對趙簡子說：「我實在愚笨，卻想要在世上做一番事業，奔走遠方，自己都找不到大路，又怎麼能夠發現狼的蹤跡，給您的鷹犬指路呢？但我曾經聽說過：『大路岔道多，羊就容易走失』，那羊，一個小孩就可以制服，羊性如此馴服，還可以憑藉岔路多而逃跑；狼不是羊能夠相比的，而中山國可以讓羊逃跑的岔道不知有多少，而您僅僅順著大路來找狼，那不是和守株待兔、緣木求魚差不多嗎？圍獵是虞人官所做的事情，請求您還是去問那些戴著皮帽子的虞人吧。走路的人有什麼罪過呢？再說我雖然愚笨，難道對狼這個畜生還不了解嗎？狼的本性貪婪兇狠，與豺結成同黨作惡害人，您能夠除掉牠，我本來就應該主動為您奔走效勞，又怎麼肯隱瞞狼的去向而不告訴您呢？」趙簡子無話可說，回到車子上繼續沿路尋找。東郭先生也趕著驢以加倍的速度趕路。

良久，羽旄❶之影漸沒，車馬之音不聞。狼度簡子之去遠，而作聲囊中曰：「先生可留意矣！出我囊，解我縛，拔矢我臂，我將逝矣。」先生舉手出狼。狼咆哮謂先生曰：「適為虞人逐，其來甚速，幸先生生我。我餒❷甚，餒不得食，亦終必亡而已。與其饑死道路，為群獸食，毋寧斃於虞人，以俎豆于貴家❸。先生既墨者，摩頂放踵❹，思一利天下，又何吝一軀啖❺我而全微命乎？」遂鼓吻奮爪❻以向先生。先生倉卒以手搏之，且搏且卻，引蔽驢後，便旋而走❼。狼終不得有加於先生，先生亦極力拒，彼此俱倦，隔驢喘息。先生曰：「狼負我！狼負我！」狼曰：「吾非固欲負汝，天生汝輩，固需我輩食也。」相持既久，日晷❽漸近。先生竊念：「天色向❾晚，狼復群至，吾死矣夫！」因紿❿狼曰：「民俗，事疑必詢三老⓫。第⓬行矣，求三老而問之。苟謂我當食，即食；不可，即已。」狼大喜，即與偕行。

逾時，道無行人。狼饞甚，望老木僵立路側，謂先生曰：「可問是老。」先生曰：「草木無知，叩焉何益？」狼曰：「第問之，彼當有言矣。」先生不得已，揖老木，具述始末。問曰：「若然，狼當食我耶？」木中轟轟有聲，謂先生曰：「我杏也，往年老圃⑬種我時，費一核耳。逾年華⑭，再逾年實，三年拱把⑮，十年合抱，至於今二十年矣。老圃食我，老圃之妻子食我，外至賓客，下至於僕，皆食我；又復鬻實於市，以規利⑯於我，其有功於老圃甚巨。今老矣，不得斂華就實⑰，賈⑱老圃怒，伐我條枚，芟⑲我枝葉，且將售我工師之肆⑳取直㉑焉。噫！樗朽之材㉒，桑榆之景㉓，求免於斧鉞㉔之誅而不可得。汝何德於狼，乃覬㉕免乎？是固當食汝。」

言下，狼復鼓吻奮爪以向先生。先生曰：「狼爽盟㉖矣！矢㉗詢三老，今值㉘一杏，何遽見迫㉙耶？」復與偕行。

狼愈急，望見老牸㉚曝日㉛敗垣中，謂先生曰：「可問是老。」先生曰：「向者草木無知，謬言害事。今牛，禽獸耳，更何問為？」狼曰：「第問之。不問，將咥㉜汝。」

先生不得已，揖老牸，再述始末以問。牛皺眉瞪目，舐鼻張口，向先生曰：「老杏之言不謬矣！老繭栗㉝少年時，筋力頗健，老農賣一刀以易我，使我貳㉞群牛，事南畝㉟。既壯，群牛日以老憊㊱，凡事我都任之：彼將馳驅，我伏㊲田車㊳，擇便途以急奔趨；彼將躬耕，我脫輻衡㊴，走郊坰㊵以辟榛荊㊶。老農親我，猶左右手。衣食仰我而給，婚姻仰我而畢，賦稅仰我而輸，倉庾㊷仰我而實。我亦自諒，可得帷席之敝如馬狗也。往年家儲無儋㊸石，今麥秋多十斛㊹矣；往年窮居無顧藉㊺，今掉臂㊻行村社矣；往年塵卮罌㊼，涸唇吻㊽，盛酒瓦盆，半生不接，今醞黍稷㊾，據尊罍㊿，驕妻妾矣；往年衣裋褐(51)，侶木石(52)，手不知揖，心不知學，今持《兔園冊》(53)，戴笠子，腰韋帶(54)，衣寬博(55)矣。一絲一粟，皆我力也。顧欺我老弱，逐我郊野；酸風射眸(56)，寒日吊影(57)；瘦骨如山，老淚如雨；涎垂而不可收，足攣(58)而不可舉；皮毛俱亡，瘡痍(59)未瘥(60)。老農之妻妒且悍，朝夕進說曰：『牛之一身，無廢物也；肉可脯(61)，皮可鞟(62)，骨角且切磋(63)為器。』指大兒曰：『汝受業庖丁(64)之門有年矣，胡不礪刃於硎(65)以待？』跡是觀之，是將不利於我，我不知死所矣！夫我有功，彼無情乃若是，行將蒙禍。汝何德於狼，覬幸免乎？」言下，狼又鼓吻奮爪以向先生。先生曰：「毋欲速！」

【章　旨】狼被救後恩將仇報，兇相畢露，要吃掉東郭先生。東郭先生提出請三老評理，先後詢問老杏、老牛。老杏、老牛根據自己年老被棄的遭遇，認為狼可以吃人，東郭先生幾次面臨喪生的危險。

【注　釋】❶羽旄　裝飾著鳥羽和犛牛尾的旗子。❷餒　餓。❸以俎豆于貴家　給貴族家庭做祭祀的供品。俎、豆，均為古代祭祀時盛供品的器具。❹摩頂放踵　從頭頂到腳跟都磨傷。形容勞累奔波損壞身體。語出《孟子・盡心上》：「墨子兼愛，摩頂放踵，利天下為之。」放，至。踵，腳後跟。❺啖　吃。❻鼓吻奮爪　鼓起嘴巴，張牙舞爪。❼便旋而走　繞著圈子跑。❽日晷　日影。❾向　接近。❿紿　欺騙。⓫三老　本指古代鄉、縣、郡掌管教化之事的老人。這裡指三位老者。⑫第　只管。⑬老圃　種樹的老人。⑭逾年華　隔年開花。⑮拱把　兩手手指合圍的粗細。⑯規利　謀求財利。⑰斂華就實　花謝了結果子。⑱賈　買。這裡指引起、招致。⑲芟剪去。⑳工師之肆　工匠的作坊。㉑取直　換錢。直，同「值」。㉒樗朽之才　沒有用的樹木。樗，落葉喬木，木質粗鬆，俗稱臭椿。㉓桑榆之景　比喻暮年時光。日落時，日光仍留在桑樹與榆樹的樹梢上。用以代指傍晚，又用以比喻人的晚年。㉔鉞　大斧。古代殺人用的刑具。㉕覬　覬覦。非分的企圖和希望。㉖爽盟　違約；失信。㉗矢　同「誓」。發誓；約定。㉘值　遇到。㉙見迫　相迫。㉚牸　母牛。㉛曝日　曬太陽。㉜咥　咬。㉝繭栗　指小牛。牛角初生時，形狀小如蠶繭、栗子，故稱。㉞貳　輔助；幫助。㉟南畝　田地。㊱老憊　年老無力。㊲伏　通「服」。駕著。㊳田車　打獵所用的車子。㊴輻衡　指代車子。輻，車輪上軸心與輪圈之間的木條。衡，車轅的橫木。㊵郊坰　郊野。㊶辟榛荊　開墾荒地。榛荊，兩種灌木。泛指各種野草雜樹。㊷倉庾　糧倉。庾，露天堆穀的地方。㊸儋　同「擔」。量詞。古代十斗為一石，兩石為一擔。㊹斛　古代方形的量器，口小底大，容量為十斗。後改為五斗。㊺顧藉　看顧；依靠。㊻掉臂　甩著膀子。形容很神氣。㊼塵巵罌　酒杯、酒瓶積滿灰塵。巵，酒杯。罌，小口大腹的酒瓶。㊽涸唇吻　嘴唇乾燥。形容喝不到酒。㊾醖黍稷　用小米和穀子釀酒。黍，小米。稷，穀子。㊿據尊罍　尊和罍中都盛滿了酒。尊、罍，都是古代盛酒的器具。(51)衣裋褐　穿短小的粗布衣服。(52)侶木石　以木石為伴侶。指沒有人際交往。(53)兔園冊　書名。古代村塾中教學童用的教科書，將一些歷史故事和典故分類編排。相傳為唐代虞世南（一說杜嗣先）所編。(54)腰韋帶　腰裡繫著皮帶。韋，熟牛皮。(55)寬博　寬大舒適的衣服。(56)酸風射眸　冷風刺痛眼睛。語出李賀〈金銅仙人辭漢歌〉：「東關酸風射眸子。」(57)吊影　自弔其影。形容孤單。(58)足攣　腿痙攣。攣，指蜷曲不能伸直。(59)痍　創傷。(60)瘥　病癒。(61)脯　肉乾。(62)鞟　去毛的獸皮；皮革。(63)切磋　磨治；加工。(64)庖丁　廚師。(65)礪刃於硎　在磨刀石上磨刀。礪，磨。硎，磨刀石。

【語　譯】過了好久，旌旗的影子漸漸消失，車馬的聲音也慢慢地聽不到了。狼估計趙簡子已經走遠，就在口袋裡叫道：「先生可以注意了，趕快把我從口袋裡放出來，把捆綁我的繩解開，把我臂上的箭拔掉，我要離開這裡了。」東郭先生動手將狼放了出來，狼咆哮著對東郭先生說：「剛才我被獵人追趕，他們追得太急，幸虧先生救了我。我現在餓得很，餓了沒有東西吃，最終也必然免不了一死。與其餓死在道路上，被群獸吃掉，還不如死在獵人手下，做豪門貴族祭祀的供品。先生既然是墨家的信徒，只要能有利於天下，從頭頂到腳跟都磨傷也在所不惜，又何必吝惜自己的身體不讓我吃，使我微不足道的性命得不到保全呢？」說著，就鼓起嘴巴、張牙舞爪地撲向東郭先生。東郭先生慌忙地用手同狼搏鬥，邊擋邊退，躲到驢子的背後，雙方圍著驢子繞圈子跑。狼始終不能加害於東郭先生，東郭先生也極力抗拒，雙方都疲倦不堪，隔著驢子喘氣。東郭先生說：「狼對不起我，狼對不起我！」狼說：「我並不是一定要對不起你，天生你們這一類人，本來就需要我們來吃。」雙方相持了好久，太陽漸漸西斜。東郭先生心中想道：「天快晚了，要是再有幾條狼一起來，我就死定了。」因而就騙狼說：「按照民間風俗，事情疑難不決的時候必定要詢問三位老人。我們只管往前走，找三位老人去問問。如果他們說我應當給你吃，那麼你就吃掉我；如果他們說不可以吃，那麼你就作罷。」狼聽了大喜，隨即與東郭先生一起往前走。

走了一段時間，路上卻沒有看到一個行人。狼饞極了，看到一棵老樹僵立在道路旁邊，就對東郭先生說：「可以問問這個老人。」東郭先生說：「草木什麼也不知道，問它又有什麼用？」狼說：「只管問它，它一定會說話的。」東郭先生不得已，只好對老樹打拱作揖，詳細地敘述事情的經過。問道：「像這樣的情況，狼應當吃我嗎？」只聽見老樹發出轟轟的響聲，對東郭先生說：「我是杏樹。以前種樹的老頭種我的時候，只用了一顆杏核。我過了一年開花，再過一年就結果，三年後長得有兩手手指圍起來那麼粗，十年以後我就粗得兩手合抱了。種樹的老頭吃我結的果子，老頭的妻子也吃我結的果子，外到賓客，下到奴僕，也都吃我結的果子，他們還把果子拿到市場上去賣，從我身上謀取財利，我對種樹老頭的功勞也夠大的了。可現在我老了，不能再開花結果了，這就招致種樹老頭的怨怒。他砍去我的樹枝和樹幹，割去我的葉子，而且還要將我賣到木匠鋪去換錢，哎，無用的樹木到了暮年時光，要想避免斧子的砍伐是不可能的。你對狼有什麼恩德，竟然還希圖僥倖免禍嗎？所以狼本來應該吃掉你。」

杏樹話音剛落，狼又張牙舞爪地撲向東郭先生。東郭先生說：「狼不守信用了。原來約定問三個老人，現在只遇到一棵杏樹，為什麼如此匆忙地逼迫我呢？」狼只好與東郭先生再一起往前走。

狼更加急了，看見一頭老母牛在破牆下曬太陽，就對東郭先生說：「可以問問這位老者。」東郭先生說：「剛才草木不懂道理，胡言亂語壞了事。現在這頭牛是禽獸，又去問牠幹什麼？」狼說：「只管問牠。你如果不問，我就咬死你。」

東郭先生不得已，只好向老母牛打拱作揖，再將事情的經過敘述一遍，然後問老牛，狼該不該吃他？老牛皺眉瞪眼，舔舔鼻子，張開嘴巴，對東郭先生說：「老杏樹的話不錯啊！當初我老牛年紀還很輕，頭上的角剛生出來只有蠶繭和栗子那麼大，筋骨健壯，力氣也不小，老農用賣了一把刀得來的錢買我回家，讓我協助別的牛在田裡耕地。我到了壯年以後，其他的牛一天天地衰老疲乏，一切事情就全由我擔當。老農要坐車快速奔馳，我就駕起打獵的車子，抄近路迅急地奔跑；他要下田耕地，我就卸掉車，來到郊野披荊斬棘開墾荒地。他依靠著我，就像左右手一樣離也離不開。他的衣服食物要依靠我來供應，男婚女嫁要依靠我來完成，賦稅要依靠我來繳納，糧倉要靠我來充實。我也自信，死了之後應該能夠像馬和狗那樣用帷帳、蘆席裹起來埋葬。以前老農家連一擔糧食的儲備都沒有，今年光麥子就多收了十斛；以前獨自居住沒有人可以交往和依靠，如今神氣活現地甩著膀子在村裡走；往年他家酒杯、酒瓶上落滿了灰塵，因沒有酒喝而嘴唇乾裂，盛酒的瓦盆，半輩子都沒有碰過，現在他用小米和穀子釀酒，酒壺、酒罈裡裝滿了酒，還向妻妾誇耀酒飽飯足；往年穿著短小的粗布衣服，只能和木石作伴侶，手不知如何作揖，肚子裡沒有半點墨水，如今也夾起《兔園冊》之類的識字課本，戴著斗笠，腰裡紮起牛皮帶，穿起了寬大舒適的服裝。老農家裡的一根絲、一粒米，都是我的力氣換來的啊！但是如今他卻欺負我年老體弱，把我趕到郊外，冷風刺痛我的眼睛，我只能在冬天寒冷的日光下對著影子自我哀歎。我如今身體瘦弱，骨頭像山一樣凸了出來；老淚縱橫，像大雨一樣下個不停。常流口水而不能止住，腿腳痙攣而不能邁步，皮上的毛早已脫落，身上的瘡疤和創傷卻沒有痊癒。老農的妻子既善妒又兇悍，沒早沒晚地對老農說：『牛的身上，沒有一樣東西是無用的。肉可以做肉脯，皮可以硝成皮革，骨頭和角也可以加工成器具。』她又指著大兒子說：『你在廚師那裡學習宰牛技術已經好多年了，為什麼不在磨刀石上把刀磨快準備殺牛？』根據這些跡象看來，一切都將對我很不利。我還不知道死在何處呢！我對老農有功，他卻如此無情無義，我即將要遭殃受害。你對狼有什麼恩德，竟然還希望僥倖免禍？」母牛的話音剛落，狼又張牙舞爪地撲向東郭先生。東郭先生說：「不要性急！」

遙望老子❶杖藜❷而來，鬚眉皓然，衣冠閑雅，蓋有道者也。先生且喜且愕，捨狼而前，拜跪啼泣，致辭曰：「乞丈人❸一言而生！」丈人問故。先生曰：「是狼為虞人所窘❹，求救於我，我實生之；今反欲咥我，力求不免，我又當死之。欲少延於片時，誓定是於三老。初逢老杏，強我問之，草木無知，幾殺我；次逢老牸，強我問之，禽獸無知，又將殺我；今逢丈人，豈天之未喪斯文❺也！敢乞一言而生。」因頓首杖下，俯伏聽命。

丈人聞之，欷歔❻再三，以杖叩狼曰：「汝誤矣！夫人有恩而背之，不祥莫大焉。儒謂受人恩而不忍背者，其為子必孝；又謂虎狼知父子❼。今汝背恩如是，則並父子亦無矣！」乃厲聲曰：「狼速去！不然，將杖殺汝！」狼曰：「丈人知其一，未知其二，請愬❽之，願丈人垂聽！初，先生救我時，束縛我足，閉我囊中，壓以詩書，我鞠躬❾不敢息❿，又蔓詞⓫以說簡子，其意蓋將死我於囊而獨竊其利也。是安可不咥？」丈人顧先生曰：「果如是，羿亦有罪焉⑫！」先生不平，具狀⑬其囊狼憐惜之意。狼亦巧辯不已以求勝。丈人曰：「是皆不足以執信⑭也。試再囊之，吾觀其狀果困苦否。」狼欣然從之，信足⑮先生。先生復縛置囊中，肩舉驢上，而狼未知之也。丈人附耳謂先生曰：「有匕首否？」先生曰：「有。」於是出匕。丈人目先生使引匕刺狼。先生曰：「不害狼乎？」丈人笑曰：「禽獸負恩如是，而猶不忍殺。子固仁者，然愚亦甚矣。從井以救人⑯，解衣以活友⑰，於彼計則得，其如就死地⑱何？先生其此類乎！仁陷於愚⑲，固君子之所不與⑳也。」言已大笑，先生亦笑，遂舉手助先生操刃共殪㉑狼，棄道上而去。

【章　旨】杖藜老人幫助東郭先生，用計將中山狼騙入袋中擊斃。

【注　釋】❶老子　老頭兒；老先生。❷杖藜　拄著拐杖。藜，一年生的草本植物，莖直立堅硬，可作拐杖。❸丈人　古代對老人的通稱。❹窘　逼迫。❺斯文　讀書人。❻欷歔　歎息。❼虎狼知父子　即使是老虎和狼，也還知道父子的情分。❽愬　同「訴」。申訴。❾鞠躬　弓著身子。❿息　呼吸。⓫蔓詞　無關緊要的閒話。⓬

羿亦有罪焉　語出《孟子·離婁下》。羿，古代傳說中的神箭手。他向逢蒙傳授射箭技術，最終卻被逢蒙射死。孟子認為羿不擇人而教，也有錯誤。⑬具狀　詳細地講述。⑭執信　取信；使人相信。⑮信足　伸足。信，通「伸」。⑯從井以救人　跳下井去救人。語出《論語·雍也》。孔子認為，跳下井去救人，救人者會有生命危險，這是不值得的，應該想其他辦法去救。⑰解衣以活友　脫下衣服給朋友穿，以救活朋友，自己卻凍死。《文選》卷五五〈廣絕交論〉李善注引《烈士傳》：「羊角哀、左伯桃為死友，聞楚王賢，往尋之。道遇雨雪，計不俱全，乃並衣糧與角哀，入樹中死。」⑱就死地　陷入絕境；陷入死地。⑲仁陷於愚　仁慈到了愚蠢的地步。⑳與　贊成。㉑殪　殺死。

【語譯】遠遠望見一位老人拄著拐杖走來。老人的鬍鬚、眉毛都已經白了，衣冠整潔，風度悠閒文雅，看上去是個有道德、有學問的人。東郭先生又驚又喜，撇下狼迎上前去，跪在地上叩頭哭泣著對老人說：「求求您老人家說句公道話救我一命吧！」老人問他什麼事，東郭先生說：「這條狼被獵人追得走投無路，向我求救，實在是我救活了牠；現在牠反而要吃我，我極力哀求，牠仍然不肯放過，看來我要被牠害死。我想稍微拖延片刻，和牠約定由三位老者來決定是與非。最初遇到一棵老杏樹，狼就強迫我去問，草木不懂道理，差一點害了我的性命；接著又遇到老母牛，狼又強迫我去問，禽獸也不懂道理，又差一點害了我的性命；現在遇到您老人家，莫非是上天還不想讓我這個讀書人喪命吧！所以我冒昧地求您說一句公道話救我一命。」說著就在老人的拐杖下磕頭，伏在地上，等待老人開口說話。

老人聽了以後歎息不已，用拐杖敲著狼說：「你錯了，別人對你有恩卻忘恩負義，沒有比這更不好的事情了。儒家認為受了別人的恩惠而不忍背棄的人，做兒子必定孝順父母；又說虎狼也知道父子的情分。現在你如此忘恩負義，那麼就連父子之間的情義也沒有了！」接著就厲聲喝道：「狼趕快走開，不然的話，我就用拐杖打死你！」狼說：「老人家只知其一，不知其二，請允許我訴說出來，希望您老人家勞神聽聽。當初，這位先生救我時，捆住了我的腳，把我塞在口袋裡，上面又用書壓著。我當時弓著身子，連氣也不敢出。他又嘮嘮叨叨、東拉西扯地和趙簡子說了老半天的閒話，他的目的是將我悶死在口袋裡，以便好處一個人獨吞。這樣的人怎麼不該吃掉呢？」老人回過頭來看看東郭先生，說：「果真是這樣的話，你就和后羿一樣也有過錯啊！」東郭先生聽了不服氣，原原本本描述把狼裝進口袋時憐惜小心的樣子，狼也不停地用花言巧語進行狡辯，想駁倒東郭先生。老人說：「你們這些話都不能使人相信，你們試著再用口袋裝裝看，讓我看看那個樣子是不是真的很痛苦。」狼高興地答應了，把腳伸給東郭先生。東郭先生再次將狼捆起來放進口袋，又用肩膀把口袋扛起來放到驢背上，而狼一點也不知道老人這樣做的用意。老人貼著東郭先生的耳朵問：「有匕首嗎？」東郭先生說：「有。」於是就拿出匕首來。老人向東郭先生使眼色，讓他用匕首刺狼。東郭先生說：「那不是要害死狼嗎？」老人笑著說：「禽獸這樣忘恩負義，你還不忍心殺牠。你固然是一個仁慈的人，但是也愚蠢到了極點。跳下井去救落水的人，冬天脫下自己的衣服去救朋友的命，對於被救的人來說是好的，但救人的人自己卻陷入死地又該怎麼辦呢？先生大概就是這一類人吧！仁慈到了愚蠢的地步，這本來是君子所不贊成的。」老人說完以後大笑，東郭先生自己也笑了起來，老人動手幫助東郭先生拿起匕首一起將狼殺死扔在道路上，然後兩人道別，各自上路了。

【賞析】關於本篇的創作意圖，有人認為是諷刺李夢陽辜負康海而作。李夢陽和康海都是作者馬中錫的學生。據王士禎《池北偶談》、焦循《劇說》、梁維樞《玉劍尊聞》等書記載，李夢陽曾代戶部尚書韓文起草彈劾權宦劉瑾等人的奏章，被劉瑾禁閉獄中，隨時有被殺的危險。李夢陽捎信給康海請求營救。康海向劉瑾說情，李夢陽被赦免出獄。後劉瑾伏誅，康海被指控為劉瑾的同黨，李夢陽不但不予援救，反而落井下石，恩將仇報。康海《對山集》中有〈讀中山狼傳〉一詩云：「平生愛物未籌量，那計當年救此狼。笑我救狼狼噬我，物情人意各無妨。」但也有人不同意這種看法。《四庫全書總目提要》指出：「海以救夢陽坐累，夢陽特未營救之耳，未嘗逞兇反噬，如傳所云云也。疑中錫別有所指，而好事者以康、李為同時之人，又有相負一事，附會其說也。」紀昀的這一看法也很有道理。不管怎樣，作者藉這個傳統的寓言故事，寄託自己對人情世態的感慨，則是確定無疑的。

小說比較成功地刻劃了中山狼和東郭先生這樣兩個典型形象。作者將中山狼人格化，讓牠具有狼和人的雙重特徵。牠兇殘吃人，具有狼的天性；而牠的貪婪自私、忘恩負義、詭詐無賴等等，又都是人性惡的體現。中山狼遇難而向東郭先生求救時，態度謙恭，言辭懇切，還引經據典，發誓許願，用物質利益來誘惑東郭先生。而一旦險情解除，牠立即兇相畢露，咆哮吼叫，「鼓吻奮爪，以向先生」，還振振有詞地說什麼「吾非固欲負汝，天生汝輩，固需我輩食也」。在牠看來，吃人是天經地義的，普天下的人都應該主動捨身給牠吃，這完全是極端利己主義者的邏輯。在杖藜老人面前，牠又強詞奪理、血口噴人，說東郭先生救牠是為了「將死我於囊而獨竊其利也」。這一形象生動地向人們展示了忘恩負義者的醜惡嘴臉，並昭示了這樣一個道理：對惡人決不能心慈手軟，否則只能是養癰遺患，自食其果。

小說中的東郭先生對狼的「性貪而狠，黨豺為虐」的本性並非一無所知，但他信守墨家兼愛為本的教條，對搖尾乞憐的惡狼動了惻隱之心，將其藏於自己的書袋之中。接著又巧設言詞，騙過前來捕狼的趙簡子。但狼卻並沒有因受恩得利而改變其吃人的本性，東郭先生自己差一點陷身狼口。經歷這次血的教訓之後，當杖藜老人設計將惡狼誘入袋中，暗示他引刀刺殺時，他竟然還是猶豫不決，說出了「不害狼乎」的蠢話，杖藜老人對他「仁陷於愚」的批評是切中要害的。在老人的開導之下，東郭先生終於含笑殺狼，棄狼於道而去，表明他最後已有所警醒。東郭先生在中國可以說是婦孺皆知的人物，成了敵我不分、濫施仁慈的代名詞。

老杏和老牛也是頗具人性深度和思想內涵的形象。它們一生為主人效勞，等到它們年老而不能從它們身上榨取更多的財利時，主人就對它們棄置不顧，甚至還準備用它們衰殘的身體去換錢取利。它們在敘述自己的不幸遭遇時，對社會上的惡風陋俗進行了深入而廣泛的批判。然而就是這兩個不幸者，在回答東郭先生該不該被吃這個問題時，卻不能主持公道、同情弱小，竟然荒唐地對狼要吃掉東郭先生的行為表示贊同。在它們看來，這個世界就是惡人當道，弱小者只能逆來順受，可見其靈魂是何等的怯懦軟弱和麻木不仁。這樣的人物在東郭先生所找的三位評判者中竟然占了兩位，其中的意味很值得讀者深思。

東游記異

董玘

【題解】本篇選自《中鋒集》。小說描寫了一個狐虎肆虐的鬼域世界，用隱喻的手法抨擊宦官擅權的黑暗政治。蒲松齡《聊齋誌異・夢狼》的寫法與本篇類似。

【作者】董玘（西元一四八三～一五四六年），字文玉，會稽（今浙江紹興）人。弘治十八年（西元一五〇五年）進士，授編修，官至吏部侍郎。因反對宦官劉瑾專權，被貶為成安（今福建成安）知縣。著有《中鋒集》六卷。

正德庚午❶六月乙巳，予與南安❷黃子晨出游。循玉河❸而東，見車馬旁午❹，由夾道直趨東華❺。東華者，天子之禁門也，外多富人居。予二人私訝游者之眾也，乃連騎躡其後。是日，微露濡衣。黃子笑曰：「《詩》所謂『畏行多露』❻，殆不其然？」予曰：「彼，女子也；丈夫而畏濡乎？」俄頃，霧四塞，咫尺不辨人馬。行半里許，失所謂東華者。陰風襲人，鬼魅交道。予愕曰：「此非人居也？胡為有是？」念已不得歸路，復前行。十餘步，見一巨室，棟宇宏麗，金碧交映。方凝視焉，忽群狐躍出，若將邀予二人入者。即卻走欲避，奴已為群狐所持。予乃喟曰：「霧雖不吾濡，然誤予者非露也耶？」遂隨狐入。

【章　旨】作者與友人黃某清晨出遊，見東華門之側人馬紛雜，便尾隨其後以察究竟。忽然濃霧四起，作者與友人迷失道路，誤入狐穴之中。

【注　釋】❶正德庚午　即正德五年（西元一五一〇年）。正德，明武宗朱厚照的年號（西元一五〇六～一五二一年）。❷南安　地名。當時福建、江西、雲南均有南安，具體所指不詳。❸玉河　皇城護城河。❹旁午　紛繁；交錯。❺東華　皇城的東門。❻畏行多露　語出《詩經・召南・行露》：「豈不夙夜，謂行多露。」〈行露〉是敘述女子堅決拒絕逼婚的詩篇。行，道路。

【語　譯】正德五年六月乙巳那一天，我和南安的黃子清晨出外遊玩。沿著皇城護城河向東走，只見車馬川流不息，經過一條兩邊都是牆壁的狹路，直奔東華門。東華門是天子住所的禁門，門外住的都是富貴人家，我們兩人對這裡遊人如此之多暗暗感到驚訝，於是並排騎馬跟在他們後面。這一天，露水雖然不大，卻打濕了我們的衣服，黃子笑著說：「《詩經》中所說的『畏行多露』，大概就是如此吧？」我說：「那《詩經》上寫的是一個女子；大丈夫還怕衣服被沾濕嗎？」不一會兒，濃霧四處彌漫，咫尺之內連人馬都分辨不清。又走了半里左右，連東華門也找不到了。陰風刺人肌骨，鬼魅滿路都是。我陡然一驚，說：「這裡不是人住的地方嗎？怎麼會有這些東西呢？」一想已經找不到回去的路，只好繼續往前走。走了十多步，看到一座巨大的房屋，雄偉壯麗，金碧輝煌。正在聚精會神地看的時候，忽然有一群狐狸跳了出來，好像是邀請我們兩個人進去的樣子。我們想馬上後退逃避，又怕已經被狐狸所挾制。我這時歎息說：「霧雖然沒有沾濕我的衣服，但是誤我事的不正是霧嗎？」於是就跟著狐狸走了進去。

及門，門者狐。狐人語曰：「錦衣不可以入吾舍。」不得已，復易素衣而進。及堂，堂者狐。狐拱而前，若與人揖遜狀。及至，則見數十狐，呀呀環一狐而號。予微聞旁立者曰：「是老狐今斃矣。老狐常人形出遊，見衣冠者流，生有居，死有藏❶，有慶弔❷之禮。習而歸，欲以教群狐。其斃也，號曰：『若屬毋以狐我也。』於是，群狐相與謀以人禮喪之。然而狐也，卒莫幸弔焉❸。有白額虎，是穴之長也。雷目而深居，好噬人，不食獸類。上帝命之掌百獸焉。群狐乃相與訴於虎。虎怒曰：『彼薄吾獸類耶？』於是，不狐弔者，輒噬之，乃今弔者如市焉。

若已誤入，速與狐為禮，不者，虎且噬汝。」予二人方驚駭未信，俄見旅進旅退❹，繩繩然❺來者盡衣冠流也。拜起左右，咸與狐為禮。黃子顧予曰：「畏狐耶？畏虎耶？」始悟前所見遊者，盡狐客也。將退，一狐捧盤帛階下，招曰：「弔客前！」弔者趨而前，人問姓名，曰：「某某。」若將以白於虎者。於是諸弔者亦忘其為狐也。受帛而出，皆有德色❻。予二人益憤惋，然業已入狐穴中，亡可誰何❼。久之，得與諸弔者偕出，求得故道而歸。抵舍，則天欲暝矣。

【章旨】狐穴中一老狐死亡，群狐強迫士大夫前往弔喪。穴中的百獸之長白額虎揚言要將不肯弔唁者一概吞噬，於是弔者如市。衣冠之流得到狐狸所贈絲帛後都感激不盡。

【注釋】❶藏　埋葬的地方；墳墓。❷慶弔　慶賀和弔慰。❸卒莫幸弔焉　終究沒有人前來弔喪。❹旅進旅退　一同前進，一同後退。❺繩繩然　絡繹不絕的樣子。❻德色　此處指得到別人的好處後表現出來的感恩戴德的神色。❼亡可誰何　無可奈何的樣子。

【語譯】我們兩人走到門口，只見守門的也是狐狸。狐狸用人話說道：「穿著華麗的衣服不能進我們的屋子。」我們沒辦法，只好又換上白色的衣服進去。走到廳堂，站在廳堂門口的也是狐狸。

狐狸拱手上前，好像與人作揖謙讓的樣子。到了廳堂裡面，只見幾十隻狐狸圍著一隻狐狸咿咿呀呀地哀號。我隱隱地聽到一個站在旁邊的人說：「這隻老狐狸今天死了。老狐狸平時常常變成人形出外遊玩，看到那些士大夫們活著有地方住，死了有地方埋葬，平時有慶賀和弔慰的禮儀。老狐狸將這些學會了回來，想以此來教導群狐。老狐狸臨死前，號泣著說：『你們千萬不要把我當作狐狸對待。』於是，群狐一起商量用人的禮節給老狐狸治理喪事。然而牠畢竟是狐狸，一直沒有什麼人前來弔喪。有一隻白額虎，是這個洞穴中的首領，目光如電，深居簡出，喜歡吃人而不吃獸類，上帝命令牠管理百獸。狐狸們一起將人們不來弔喪的情況向白額虎報告，白額虎聽後大怒道：『他們這不是看不起我們獸類嗎？』於是，凡是不肯前來為老狐狸弔喪的人，白額虎就吃了他。所以現在前來弔喪的像鬧市上的人一樣多。你們已經誤入狐穴了，趕快向狐狸行禮，否則的話，老虎將要吃掉你們。」我們兩人聽了又驚又怕，不敢相信。一會兒看到許多人一同前進，一同後退。接連不斷前來弔喪的都是士大夫一類的人，他們在死狐的旁邊下拜，都向狐狸行禮致哀。黃子看著我問道：「他們是怕狐狸呢還是怕老虎？」這時我才明白先前看到的那些遊人全部是狐狸的客人。我們正準備退出去的時候，一隻狐狸捧著裝有絲帛的盤子站在臺階上招呼道：「弔喪的客人到前面來。」於是弔喪的人都快步跑上前去，狐狸問了每個人的姓名，回答說：「某某。」狐狸好像要將名字向老虎報告似的。於是，那些弔喪的人都忘記了牠是狐狸，領了絲帛出去，個個臉上都流露出感恩戴德的神色。我們兩個人更加憤恨，但是自己已經進入了狐穴之中，對此也奈何不得。過了好久，才有機會和那些弔喪的人一起出來，找到來時的道路回家。到了家中，天已經快黑了。

噫嘻！可怪哉！可怪哉！世其有是耶❶？彼深山窮谷，魑魅罔象❷之所游，虎豹狐狸之出入，乃其所也；禁門之側，胡為而有之焉？且彼狐，狐也，求與人為禮；吾人，人也，而與狐為禮耶？豈非霧塞晝冥，而虎與狐也，乘時跳梁❸，如《傳》❹所謂「禽獸逼人，蹄跡交中國者❺」，固其類也。不然，太陽在上，雖深山窮谷之中，彼虎與狐也，亦且隱伏而不敢出，矧❻禁門之側耶？噫！是吾遊之非其時也，而又何怪耶？

越數夕，積霧開，初日旭，黃子復邀予往過焉，則狐穴隱滅，居民如故。

【章　旨】作者對所敘之事發表評論，指出由於大霧彌漫、天昏地暗，狐狸才得以逞威作怪。並補敘數日後旭日東昇，積霧消散，狐穴也已蕩然無存。

【注　釋】❶世其有是耶　世界上難道有這樣的事情嗎。❷魑魅罔象　妖魔鬼怪。❸跳梁　跋扈；強橫。❹傳　闡述儒家經義的文字。這裡指《孟子》書。❺禽獸逼人二句　語出《孟子・滕文公上・有為神農之言者許行章》：「五穀不登，禽獸偪人，蹄鳥跡之道，交於中國。」蹄跡，指獸蹄鳥跡。交，縱橫交錯。中國，中原大地。❻矧　何況。

【語　譯】哎呀，奇怪啊！奇怪啊！世界上難道真有這樣的事嗎？只有那深山野谷，才是妖魔鬼怪遊玩的地方、虎豹狐狸出入的場所，皇宮禁門的旁邊，怎麼會有狐狸出現呢？況且那狐狸終究是狐狸啊，卻要求人給他行禮；我們人類終究是人啊，難道卻要對狐狸行禮嗎？是不是因為白天黑夜都被大霧所籠罩，天昏地暗，虎和狐狸才得以乘機飛揚跋扈呢？《孟子》中所說的「禽獸逼人類，野獸鳥雀行走所形成的道路，縱橫交錯於中原大地」，大概就是這類情況吧！不然的話，麗日當空，即使在深山窮谷之中，那些老虎和狐狸，也都要隱伏著不敢出來，何況是皇宮禁門的旁邊呢？哎，是我遊玩的不是時候啊，還有什麼可怪的呢？

過了好幾天，積霧消散，初升的太陽光芒四射，黃子又邀請我來到以前去過的地方，那裡的狐穴已經隱沒消失，附近的居民又恢復了以前的樣子。

【賞　析】本篇是藉鬼狐之事以譏刺惡政時弊的作品，明顯地帶有寓言小說的特點。小說一開始就明確交代故事發生在「正德庚午六月乙巳」。正德是明武宗朱厚照的年號，正德庚午六月，即正德五年六月，此前兩月，竊權亂政的宦官劉瑾剛剛事敗伏誅。因而人們一般認為本篇專為抨擊閹黨專權亂政而作。正德帝朱厚照是歷史上典型的昏庸荒淫之主，他沉溺於聲色犬馬，在位十六年從未召見過大臣。他不僅在宮中設「豹房」恣意淫樂，還四出巡遊，搶奪婦女和財物，鬧得「市肆蕭然，白晝戶閉」。宦官劉瑾因善於投合明武宗所好而深受寵信，權傾天下，文武百官的陟黜生殺之權全操縱於他一人之手。大臣的奏章要寫成兩份，先送劉瑾，然後再送通政司轉交皇帝。「公侯勛戚以下，莫敢鈞禮，每私謁，相率跪拜」（《明史》卷三〇四〈劉瑾傳〉）。劉瑾又在原有的東、西廠之外增設「內行廠」，利用廠衛特務坑害忠良，濫殺無辜百姓。當時政治之昏暗，「豺狼當道」四字足以蔽之。

本文作者董玘是一位較為正直的官員，曾因反對劉瑾專權而被貶為成安知縣，對劉瑾亂政的始末十分了解。他借助於小說的形式，通過幻設的虎狐世界來抨擊現實。漫天大霧，「咫尺不辨人馬」的背景，喻示著現實政治的昏暗。皇城東華門之側，本是豪富聚居之所，卻變得「陰風襲人，鬼魅交道」，群狐橫行，隱喻朝廷昏暗，權閹跋扈，宵小亂政。數十狐環繞一死狐號泣，暗指閹黨骨幹劉景祥之死。劉景祥為劉瑾之兄，曾任錦衣衛指揮使，正德五年三月病死後，閹黨為其舉行了隆重的喪禮。小說中對不肯前來弔唁死狐的人一概吞噬的白額虎，顯然是喻指劉瑾，那些懾於白額虎的威勢而「與狐為禮」、得到狐狸所贈絲帛而面露感恩戴德之色的眾多衣冠者流，則影射那些投靠閹黨的朝廷官員。而數日後「積霧開，初日旭」、「狐穴隱滅」的景象又隱含著閹黨覆亡之意。作者通過隱喻曲筆，表達了深刻的政治寓意。

小說以記遊的形式來敘述怪異之事，並採用了擬人化的手法，情節新奇而富有啟發性，令人耳目一新。老狐、白額虎、前往弔喪的衣冠者流的形象都較為傳神。小說最後採用史家筆法，對所敘之事加以評論，指出「太陽在上，雖深山窮谷之中，彼虎與狐也，亦且隱伏而不敢出」，而現在禁門之側，竟有狐虎橫行逞威，實在是因為「霧塞晝冥」。在這裡，作者再次揭露了朝政的昏暗，將矛頭隱隱地指向了荒淫失政的明武宗，顯得鋒芒畢露有膽有識。

招提琴精記

釣鴛湖客

【題　解】本篇選自釣鴛湖客的《鴛渚志餘雪窗談異》。小說敘述書生金某與琴精相戀的故事。本篇曾被選入《情史類略》卷二〇情妖類。

【作　者】釣鴛湖客，真實姓名及生平不詳，釣鴛湖客為其別號。從書中內容可知作者為嘉興（今屬浙江）人，約生活於明代嘉靖、萬曆年間，《鴛渚志餘雪窗談異》一書共收入傳奇小說三十篇（其中二篇有目無文），多寫嘉興一帶的歷史雜事和怪異之談，帶有濃郁的鄉土色彩。

鄧州❶人金生，名鶴雲，美風調❷，樂琴書，為時輩所稱許。宋嘉熙❸間，薄遊❹秀州❺，館一富家。其臥室，貼近招提寺。夜聞隔牆有歌聲，乍遠乍近，或高或低；初雖疑之，自後無夜不聞，遂不為意。一夕，月明風細，人靜更深，不覺歌聲起自窗外。窺之，則一女子，約年十七八，風鬟露鬢❻，綽約多姿❼。料是主家妾媵❽，夜出私奔，不敢啟戶。側耳聽其歌曰：

音音音，你負心，你真負心，孤負❾我到如今。記得當時，低低唱，淺淺斟；一曲值千金。如今寂寞古牆陰，秋風荒草白雲深，斷橋流水何處尋？淒淒切切，冷冷清清，教奴怎禁！

女子歌竟，敲戶言曰：「聞君倜儻❿俊才，故冒禁⓫以相親，今乃閉戶不納，欲效魯男子⓬行耶？」鶴雲聞言，不能自抑。才啟戶，女子擁至榻前矣。鶴雲曰：「如此良夜，更會佳人，奈何燭滅樽前，竟不能為一款曲⓭也。」女子曰：「得抱衾裯⓮，以薦枕席⓯，期在歲月，何必泥於今宵？況『醉翁之意不在酒』乎？」乃解衣共入帳中，曲盡繾綣⓰之樂。迨隔窗雞唱，鄰寺鐘鳴，女子攬衣起曰：「奴回也。」鶴雲囑之再至。女子曰：「弗多言，管不教郎獨宿。」遂悄悄而去。次夜，鶴雲具酒肴以待，女子果迤邐⓱而來。相與並坐。酣暢，女子仍歌昨夕之詞。鶴雲曰：「對新人，不宜歌舊曲；逢樂地，詎可道憂情？」因賡前韻⓲而歌之曰：

音音音，知有心，知伊有心，勾引我到如今。最堪斯夕，燈前耦，
花下斟；一笑勝千金。俄然雲雨⓳弄春陰，玉山⓴齊倒絳帷深，
須知此樂更何尋？來經月白，去會風清，興益難禁。

女子聞歌，起而謝曰：「君之斯詠，可謂轉舊為新，翻憂就樂也。」彼此歡情，頓濃於昨。自是無夕不會，荏苒半載，鮮有知者。

【章旨】金生遊秀州時住在招提寺附近，每夜都聽到有歌聲從隔壁傳來，並發現唱歌者是一位綽約多姿的少女。後女子來會金生，兩人相愛，彼此情投意合。

【注釋】❶鄧州　今河南鄧州。❷風調　指人的品格情調。❸嘉熙　宋理宗趙昀的年號（西元一二三七～一二四〇年）。❹薄遊　漫遊。❺秀州　今浙江嘉興的古名。❻風鬟露鬢　形容女子頭髮蓬鬆而美麗。❼綽約多姿　形容女子姿態輕盈柔美。❽妾媵　侍妾。❾孤負　辜負。❿倜儻　卓異不凡；豪爽灑脫而不受禮法拘束。⓫冒禁　違犯禁令。⓬魯男子　指拒絕女色誘惑的男子。傳說古代魯國有一男子獨居一室。一天夜裡，暴風雨驟至，一寡婦因住房倒塌而前來借宿，男子緊閉房門不肯接納。事見《詩經・小雅・巷伯》毛亨傳。⓭款曲　衷情；誠摯殷勤的心意。⓮衾裯　被褥帷帳等床上用品。⓯薦枕席　進獻枕席。借指侍寢。⓰繾綣　指男女戀情。⓱迤邐　緩慢行走的樣子。⓲賡前韻　用別人的詩韻或題意作詩唱和。⓳雲雨　指男女歡會。⓴玉山　形容人酒醉欲倒的樣子。

【語　譯】鄧州有個姓金的讀書人，名字叫鶴雲，品格情調甚高，喜歡彈琴讀書，當時的人都稱許他。南宋嘉熙年間，金生漫遊到了秀州，在當地一個富戶家的學館中教書。他的臥室緊靠招提寺，每天夜裡都聽到隔壁有歌聲傳出來，時遠時近，或高或低。金生開始雖然有點疑惑，此後卻沒有一夜不聽到歌聲，也就不再留意了。

一天晚上，月光明媚，微風習習，到了夜深人靜的時候，不覺歌聲又自窗外傳來。金生偷偷一看，原來是一個女子，大約十七、八歲，頭髮蓬鬆而秀麗，體態輕盈而柔美。金生猜想大概是主人家的侍妾夜裡出來私奔，因而不敢開門，就側著耳朵聽她唱歌。女子唱道：

音音音，你負心，你實在負心，辜負我一直到如今。記得當時，歌兒輕輕唱，酒兒淺淺斟，一曲值千金。到如今，我獨處寂寞古牆根，白雲秋風荒草伴，斷橋流水何處尋？淒淒切切，冷冷清清，這一切叫我怎能忍！

女子的歌唱完了，就敲金生的門說：「聽說您豪爽灑脫，才華卓越，所以違犯禁令來跟您親近。現在您卻關門不讓我進來，難道您想學習古代拒不接近女色的魯男子嗎？」鶴雲聽到這話以後，再也不能控制自己。他剛開了門，女子就將他推到了床前。鶴雲說：「這麼美好的夜晚，又有幸見到了美人，你為什麼竟然滅掉酒杯前的蠟燭，使我們不能在一起暢敘衷情呢？」女子說：「我是為了給您抱被褥帷帳、進獻枕席來的。暢敘衷情的日子多著呢，為什麼一定要在今天晚上？何況『醉翁之意不在酒』呢？」於是兩人解衣共入羅帳，極盡男女歡愛之樂。等到窗外雄雞報曉，鄰近寺院中的鐘聲響起的時候，女子披衣起床說：「我要回去了。」鶴雲叮囑她晚上再來。女子說：「不用多說，保證不讓郎君獨宿。」說完就悄悄地離開了。到了晚上，鶴雲早早就準備了美酒和菜肴，等待女子的到來。女子也果然慢慢地走了過來，兩人並排而坐。酒喝得很暢快，女子依舊唱起了昨天晚上的那首歌。鶴雲說：「面對著新朋友，不應該再唱舊歌；遇到快樂的時候，怎麼能再訴說憂傷的情懷？」於是就按照女子歌詞的韻腳重新寫了一首唱道：

音音音，知道有心，知道你有心，勾引我直到如今。難忘今晚的光景，燈前偎依，花下斟飲，一笑勝千金。頃刻歡會雲雨弄春陰，玉山齊倒紅帳深深，須知如此快樂何處找尋？來時月亮白，去時風兒清，興致難抑禁。

女子聽了金生的歌，站起來致謝說：「郎君唱的這首歌，可以說是推陳出新，變憂為樂。」彼此間的歡愛之情，頓時又濃於昨天。自此以後，兩人沒有一晚不相會。時間漸漸過去了半年，他們的事情很少有人知道。

忽一夕，女子至而泣下。鶴雲怪問，始則隱忍，既則大慟。鶴雲慰之良久，乃收淚言曰：「妾本曹刺史之女，幸得仙術，優游❶洞天❷，但凡心未除，遭此謫降❸。感君夙契❹，久奉歡娛，詎料數盡今宵。君前程遠大，金陵❺之會，夾山❻之從，殆有日耳。幸惟善保始終。」雲亦不勝淒愴。至四鼓，贈女子以金，別去。未幾，大雨翻盆。霹靂一聲，窗外古牆悉震傾矣，鶴雲神魂飄蕩。明日，遂不復留此。

【章　旨】一天晚上，女子忽然前來道別，自言本是曹刺史之女，得仙術後因凡心未泯，貶落人間。並預言還有重逢之日。鶴雲以金相贈，兩人淒然而別。

【注　釋】❶優游　悠閒地居於其中。❷洞天　道教稱神仙居住之處，意謂洞中別有天地。❸謫降　仙人犯罪而貶降，託生人世。❹夙契　前世的姻緣。❺金陵　今江蘇南京。❻夾山　山名。位於今湖北境內的長江岸邊。

【語　譯】忽然有一天晚上，女子到了以後就哭了起來。鶴雲感到奇怪，便問她：「為什麼要哭？」女子開始忍住不肯說，過一會兒又大聲痛哭。鶴雲安慰了她好久，女子才收住眼淚說：「我本來是曹刺史的女兒，幸而學到了仙術，得以在神仙福地悠閒度日。但是因為凡心沒有泯滅，因此被貶降到人世。感念與您的前世姻緣，和您歡聚了好長時間。哪裡料到我們的緣分今天晚上就要暫時斷絕了。您前程遠大，我們必定會有那一天，在金陵城相會，在夾山相隨相伴。希望您能夠善始善終。」鶴雲也感到非常淒慘悲傷。到了四更天的時候，鶴雲拿出一些金子來贈送給女子，女子告別而去。沒多久，大雨傾盆而下。突然，一聲霹靂，窗戶外面的古牆全部震塌。鶴雲嚇得魂飛魄散，第二天就離開了這裡。

二年後，富家築牆，於基下掘一石匣，獲琴與金，竟莫曉其故。時聞鶴雲宰金陵❶，念其好琴，使人攜獻。鶴雲見琴，光彩奪目，知非凡材，欣然受之。置於石床，遠而望之，則前女子；就而撫之，則依然琴也。方悟女子為琴精，且驚且喜。適有峽州❷之遊，鶴雲得重疾，臨死，乃命家人以琴送葬。琴精之言，胥❸驗之矣。

【章　旨】二年之後，富戶築牆，在地基下掘得一張古琴，獻與時任金陵太守的鶴雲。該琴遠看酷似女子，方知女子為古琴精魂所化。後鶴雲病死峽州，以古琴陪葬。

【注　釋】❶宰金陵　做金陵太守。❷峽州　古州名。治所在今湖北宜昌。❸胥　皆；都。

【語　譯】兩年後，秀州富戶修築牆頭，在地基下挖到了一個石匣子，裡面有琴和金子，卻不知道是什麼緣故。富戶聽說鶴雲正在做金陵太守，想到他最喜歡琴，就派人帶著琴到南京獻給他。鶴雲看到琴光彩奪目，知道它不是一般的材料做成的，就高興地收了下來，將琴放在石床上，遠遠望去，就像在招提寺遇到的那個女子；靠近之後撫弄它，則依然是一張古琴。鶴雲這才恍然大悟，知道那個女子原來是古琴的精魂所化，心裡又是驚奇又是高興。恰巧後來他到峽州去遊覽，在那裡得了重病。臨死前，囑照家人將古琴作為陪葬物。琴精的話，最後全都得到了驗證。

【賞　析】這篇文言短篇小說意境優美，文詞清麗典雅，明顯地具有傳統詩文的一些特點。前半部分寫金生與琴精相戀幽會，是小說中最為精彩的部分。在一個「月明風細，人靜更深」的良夜，金生先是聽到一曲悅耳動人的歌聲，既而窗外出現了一個「風鬟露鬢，綽約多姿」的妙齡女郎，繼而女子敲門來投，兩人「曲盡繾綣之樂」。此後，他們無夕不會，相與並坐，把酒唱和，暢敘衷情，歌聲也由淒婉幽怨一變為歡愉明快。這段文情並茂、旖旎動人的描寫，充分展示了愛情的甜蜜和美好，體現了一種反對封建禮教、追求個性自由的進步傾向。

小說中的琴精是一個大膽追求愛情的女子形象。她聽說金鶴雲倜儻風流，才華非凡，便先是在他門外唱情歌，進而登門求見，向金生表達愛慕之情，並且自薦枕席，向金生表示「管不教郎獨宿」。金生稍有遲疑，她便以「欲效魯男子行耶」、「醉翁之意不在酒乎」微言相譏，顯得大膽潑辣，個性鮮明。她略帶野性的愛情表達方式，和古代多數愛情劇、小說中忸怩作態的女主人公判然有別，卻與宋元話本中的璩秀秀（〈碾玉觀音〉）、周勝仙（〈鬧樊樓多情周勝仙〉）頗為類似。

小說按照聚—散—聚的線索安排情節結構，篇幅雖短卻有尺幅千里之勢。作者在故事發展的進程中，不時給讀者留下一些懸念。小說始終沒有交代女主人公身分。金生曾懷疑她是富戶的侍妾，但一直沒有去問她。女子在與金生淒然相別時，也僅僅告知「幸得仙術，優游洞天」，依然是語焉不詳。女子預言將來有「金陵之會，夾山之從」，這到底指什麼，非但讀者如墜五里霧中，即便小說中的金生也是大惑不解。兩年後，嘉興富戶築牆時掘得一張古琴，並將它獻給已是金陵太守的金鶴雲。這張古琴「置於石床，遠而望之，則前女子；就而撫之，則依然琴也。」此時鶴雲方恍然大悟，明白那女子原來是一個琴精。所謂「金陵之會」指的是人與琴的相會。而直至小說結尾，鶴雲病死峽州，臨死前要求家人以古琴陪葬。這時讀者才似乎明白了「夾山之從」的含義，疑竇全部消除。小說避免了平鋪直敘之弊，有意藏頭露尾，因而敘事饒有波瀾，情趣盎然。

洞簫記

陸　粲

【題　解】本篇原見於陸粲《庚巳編》卷二。敘述人神愛戀的故事。本篇曾被王世貞收入《艷異編》，後又被馮夢龍收入《情史類略》卷一八情疑類，題名〈洞簫美人〉。周清源《西湖二集・吹鳳簫女誘東牆》採用本篇的故事作為入話。

【作　者】陸粲（西元一四九四～一五五一年），字子餘，吳郡長洲（今江蘇蘇州）人，嘉靖五年（西元一五二六年）進士，選庶吉士，官工部給事中。為人剛直敢言，因觸怒皇帝被廷杖下詔獄，謫貴州都鎮驛丞，後遷江西永新知縣。四十歲時，以奉母乞歸，里居凡十八年。他博通經史，著作頗豐，著有《陸子餘集》、《左傳附注》、《春秋胡氏傳辨疑》等。所著志怪小說集《庚巳編》，輯錄明初以來民間傳說和神怪故事一百七十餘則，大都染有怪異色彩。全書敘事條理分明，行文簡潔流暢，部分愛情故事寫得較為出色。

徐鏊，字朝揖，長洲❶人，家東城下。為人美豐儀，好修飾，而尤善音律。雖居廛陌❷，雅有士人風度。弘治辛酉❸，年十九矣。其舅氏張鎮者，富人也，延鏊主解庫❹，以堂東小廂為之臥室。

是歲七夕，月明如晝，鏊吹簫以自娛。入二鼓，擁衾榻上，嗚嗚未伏。忽聞異香酷烈，雙扉無故自開，有巨犬突入，項綴金鈴，繞室一周而去。鏊方訝之，聞庭中人語切切，有女郎携梅花燈循階而上，分兩行，凡十六輩。最後一美人，年可十八九，瑤冠❺鳳履❻，文犀帶❼，著方❽錦紗袍，袖廣幾二尺，若世所圖宮妝之狀，而玉色瑩然❾，與月光交映，真天人也。諸侍女服飾略同，而形制差小，其貌亦非尋常所見。入門，各出籠中紅燭，插銀臺上，一室朗然，四壁頓覺宏敞。鏊股慄❿不知所為。美人徐步就榻坐，引手入衾，撫鏊體殆遍。良久趨出，不交一言。諸侍女導從而去，香燭一時俱滅。鏊驚怪，志意惶惑者累日。

【章　旨】徐鏊擅長音樂，七夕之夜吹簫自娛，仙女聞簫聲後前來探望。

【注　釋】❶長洲　今江蘇蘇州。❷廛陌　市井。廛，城中百姓的住地。陌，街道。❸弘治辛酉　即弘治十四年（西元一五〇一年）。弘治，明孝宗朱祐樘的年號（西元一四八八～一五〇五年）。❹解庫　當鋪。❺瑤冠　用美玉裝飾的帽子。❻鳳履　又稱鳳頭履。頭上繡有鳳凰圖案的花鞋。❼文犀帶　飾有犀牛角的腰帶。文犀，有紋理的犀牛角。❽方　廣大；寬大。❾瑩然　光潔貌。❿股慄　兩腿發抖。

【語　譯】徐鏊，字朝揖，蘇州人，家住在城東。他儀容美麗，喜歡修飾打扮，尤其擅長於音樂。雖然住在市井之中，卻一向有著讀書人的氣質。弘治十四年，徐鏊十九歲。徐鏊的舅舅張鎮是個富人，請徐鏊為他管當鋪，並以店堂東邊的小廂房做徐鏊的臥室。

這年的七月初七晚上，月光明亮，照得大地如同白晝，徐鏊一個人在臥室中吹簫自樂。到了二更天的時候，他還蓋著被子坐在床上吹簫，悠揚動聽的簫聲在夜空中迴盪。忽然，徐鏊聞到了一股十分濃烈而奇異的香味，兩扇門也無緣無故地自己打開了，一條大狗突然進入房內。狗的脖子上掛著金鈴，牠在房中繞了一圈就出去了。徐鏊正在驚訝的時候，又聽到庭院中有人在輕輕地說話，接著有年青的女子提著梅花燈沿臺階走了上來，女子分成兩行，一共有十六個人。最後一個美人，年齡大約十八、九歲，頭戴鑲嵌美玉的帽子，腳穿繡有鳳凰的鞋子，腰繫飾有犀角的腰帶，身穿寬大的織錦紗袍，袖子幾乎有二尺寬，裝束就像圖畫中所畫的宮中女子的模樣，而膚色潔白如玉，與月光交相輝映，真正是一個天上的仙人。侍女們的服飾與她大致相同，只是稍微小一些，容貌也都不是平常所能見得到的。侍女們進門以後，各自拿出燈籠中的紅蠟燭插在銀臺上，屋子裡立刻明亮起來，房間也頓時寬敞了許多。徐鏊不知她們這麼做的目的是什麼，嚇得兩腿發抖。美人慢慢地走到床前，兩手伸入被中，幾乎將徐鏊的全身都撫摸了一遍。過了好久，美人走出房間，不與徐鏊說一句話。侍女們有的在前面引路，有的在後面跟隨，房中的香味和蠟燭也頓時全都沒有了。徐鏊又驚恐又奇怪，心裡一整天都疑惑不安。

越三夕，月色愈明，鏊將寢，又覺香氣非常，心念昨者佳麗，得無又至乎？逡巡❶間，侍女復擁美人來室中，羅設酒肴，若几席椸❷架之屬，不見有携之者，而無不畢具。美人南向坐，顧盼左右，光彩煒如❸也。使侍女喚鏊，鏊整衣冠起揖之，美人顧使坐其右。侍女捧玉杯進酒，酒味醇洌❹異常，而肴極精腆❺，水陸諸品，不可名狀。美人謂鏊曰：「卿莫疑訝，身非相禍者。與卿夙緣，應得諧合，雖不能大有補益，然能令卿資用無乏，飲食常可得，遠味珍錯❻，繒素絁❼錦，亦復都有，世間可欲之物，卿要即不難致，但憂卿福薄耳。」復親酌勸鏊，稍前促坐歡笑，辭致溫婉。鏊唯唯不能出一言，飲食而已。美人曰：「昨聽得簫聲，知卿興致非淺。身亦薄曉絲竹，願一聞之。」顧侍女取簫授鏊，吹罷，美人繼奏一曲，音調清越，鏊不能解也。且笑曰：「秦家女兒❽才吹得世間下俚調❾，如何解引得鳳凰來？今渠蕭生❿在，應不羞為徐郎作奴。」逡巡遂去。

越明夕，又至，飲酒闌，侍女報曰：「夜向深矣。」因拂榻促眠，美人低迴微笑，良久，及相攜登榻。帳幃裀藉⑪，窮極瑰麗。非復鏊向時所眠也。鏊心念：「我試詐跌入地，觀其何為。」念方起，榻下已遍鋪錦褥，殆無隙地。美人解衣，獨著紅綃裹肚一事，相與就枕交會，已而流丹⑫浹藉⑬，宛轉恇⑭難勝。鏊于斯時，情志飛蕩，顛倒若狂矣，然竟莫能一言。

天且明，美人先起揭帳，侍女十餘奉匜沃盥⑮。良久妝訖言別，謂鏊曰：「感時追運，偎⑯得相從，良非容易。從茲之後，歡好當復無間。卿舉一念，身即卻來，但憂卿此心，還易翻覆耳。且多言可畏，身此來，誠不欲令世間俗子輩得知，須卿牢為秘密。」已而遂去。鏊恍然自失，徘徊凝睇⑰者久之。

晝出，人覺其衣上香酷冽⑱異常，多怪之者。自是每一舉念，則香驟發，美人輒來，來則攜酒相與歡宴，頻頻向鏊說天上事及諸仙人變化，其言奇妙，非世所聞。鏊心欲質問其居止所向，而相見輒吶[19]於辭，乃書小札問之，終不答，曰：「卿得好婦，適意便足，何煩窮問？」間自言：「吾從九江來，聞蘇杭名郡多勝景，故爾暫游，此世中處處是吾家耳。」

美人雖柔和自喜，而御下極嚴，諸侍女在左右，惴惴[20]跪拜惟謹，使事鏊必如事己。一人以湯進，微偃蹇，輒摘其耳，使跪謝乃已。鏊時有所須，應心而至。一日出行，見道旁柑子，意甚欲之。及夕，美人袖出數百顆遺焉。市物有不得者，必為委曲[21]，多方致之。鏊有佳布數端，或剪六尺藏焉，鏊方勤覓，美人來，語其處，今收之。解庫中失金首飾，美人指令於城西黃牛坊錢肆中尋之，盜者以易錢若干去矣。詰朝往訪焉，物宛然在，徑取以歸，主人者徒瞪目視而已。鏊嘗與人有爭，稍不勝，其人或無故僵仆，或以他事橫被折辱，美人輒告云：「奴輩無禮，已為卿報之矣。」

【章旨】仙女再度前來，與徐鏊喜結良緣。以後每當徐鏊思念仙女時，仙女就會出現，幫助徐鏊解決種種困難。

【注釋】❶逡巡 頃刻。❷桅 椴木。❸燁如 明豔照人。❹醇冽 醇正濃烈。❺精腆 精美豐盛。❻珍錯 「山珍海錯」的省稱。泛指稀珍食品。❼絁 粗綢。❽秦家女兒 即弄玉。相傳為戰國時秦穆公的女兒。其夫蕭史善吹簫，能用簫聲召孔雀、白鶴來庭中起舞。蕭史每天教弄玉吹簫，數年後，弄玉吹出的簫聲如鳳凰鳴叫。秦穆公為弄玉夫婦建鳳臺，夫婦居鳳臺上。又過了幾年，弄玉乘鳳、蕭史乘龍升天而去。事見劉向《列仙傳》。❾下俚調 卑下通俗的曲調。❿蕭生 即蕭史。⓫裀藉 床褥坐墊。⓬流丹 流血。⓭浹藉 浸透床墊。⓮恇害怕；驚恐。⓯奉匜沃盥 捧著水盆，澆水給人洗手。匜，水盆。沃，澆水。盥，洗手。⓰偎 親近；親愛。⓱凝睇 注視。⓲酷冽 濃郁；濃烈。⓳吶 言語遲鈍。⓴惴惴 恐懼；戒懼。㉑委曲 輾轉周折。

【語譯】過了三個晚上，月色更加明亮。徐鏊將要就寢時，又聞到了一種特殊的香味，心想莫非是上次來的佳人又來了？頃刻間，侍女們果真又簇擁著美人來到房中，擺下了美酒和菜肴，至於桌椅、木架之類的東西，沒看見有人搬運進來，卻沒有一樣不具備。美人朝南而坐，左顧右盼，光彩豔麗奪目。美人又讓侍女叫徐鏊。徐鏊整了整衣冠，起來向美人作揖。美人看了看他，讓他坐在自己的右邊。侍女捧著玉杯向徐鏊敬酒，酒味異常醇正濃烈，菜肴也極其豐盛精美。水陸珍饈，百味俱全，只是難以講出它們的名稱和形狀來。美人對徐鏊說：「您不要懷疑驚訝，我不是來害您的。我與您有前世的姻緣，應該能夠與您成其好事。我雖然不能對您有大的幫助，但卻能讓您不缺錢財費用，不必為吃飯發愁，山珍海味、綾羅綢緞，也同樣都會有的。世間一切想要得到的東西，只要您想要就不難獲得，只是擔心您的福分淺薄罷了。」說完又親自斟酒勸徐鏊，並稍稍向前移動座位以靠近他，美人又說又笑，言辭溫和柔順，徐鰲連聲答應，但不敢說一句話，只是喝酒吃菜而已。美人說：「大前天聽到您的簫聲，知道您對音樂興趣不淺，我也略微懂一點音樂，希望再聽聽您吹簫。」說著，示意侍女拿出簫來交給徐鰲。徐鰲一曲吹罷，美人又接著吹了一曲，音調清脆悠揚，徐鰲也弄不懂是什麼曲子。美人笑著說：「秦家女兒弄玉只能吹人間鄙俗的曲調，怎麼能引來鳳凰？假如他蕭史還在的話，應當不會對他做徐郎的奴僕感到害羞。」過了一會兒，美人就離去了。

隔一天的晚上，美人又來了。酒筵將結束的時候，侍女報告說：「現在已經是深夜了。」然後就鋪床催他們睡覺。美人不好意思地微微一笑。過了好久，兩人攜手上床。床上的帷帳被褥極其華麗，與徐鰲以前所用的大不一樣。徐鰲想：「我假裝跌倒在地，看看她會怎麼樣。」這個念頭剛起來，床下已經全鋪上了錦緞的地毯，沒有一點空隙。美人脫去衣服，只穿一件紅綃的肚兜。兩人一起就枕歡合，沒多久，流出來的血就染紅了床單。美人依依動人而又膽怯驚恐，好像難以承受的樣子。徐鰲這時魂蕩神馳，心迷意亂，就像發狂一般，然而卻始終沒有說一句話。

天快亮的時候，美人先起來揭開帳子，十來個侍女捧著水盆給她澆水洗手。過了好久，美人化妝完畢與徐鰲道別，對他說：「我感慨時光的流逝，努力抓住好的機運，能跟隨您並與您親近，實在不是一件容易的事。從今以後，我們應當歡悅和好而沒有隔閡。只要您一動念頭，我馬上就會過來，只是擔憂您的心，還容易反覆變化。還有多說話也很可怕，我這次來，實在不想讓世上那些俗人得知，您必須牢牢地保守祕密。」說完，美人就走了。徐鰲神情恍惚，若有所失，留戀地注視了好久。

徐鰲白天出去，別人覺得他衣服上的香味異常濃烈，都感到很奇怪。從此之後，徐鰲的腦子裡每出現一個念頭，香味馬上就會散發出來，美人也隨之而到。她來的時候總是帶著酒，與徐鰲一起愉快地宴飲，並不斷地向徐鰲講天上的事情和仙人們的變化，言辭新奇神妙，都是世上聽不到的。徐鰲心裡想問問她居住在哪裡，但由於言語遲鈍，見面時總是難以開口，就將要問的問題寫在紙條上問美人，但美人始終不正面回答，說：「您得到一個好妻子，滿意就行了，為什麼要煩神追問呢？」偶爾她自己說道：「我從九江來。聽說蘇杭二州是天下有名的州郡，名勝古跡甚多，所以暫時在此遊覽。這個世界上處處都是我的家。」

美人雖然柔順和氣，面帶笑容，但對待下人卻極其嚴格，侍女們在她左右伺候她，總是恐懼不安，常常跪倒下拜，十分謹慎，她要求侍女們侍候徐鰲必須像侍候自己一樣。一個侍女給徐鰲送熱水，樣子稍微傲慢了一點，美人就擰她的耳朵，讓她跪下來謝罪才罷休。徐鰲平時有什麼需要的東西，只要心裡想到，東西也就到了。一天，他外出時看見路旁的柑子，心裡很想得到。到了晚上，美人從袖子裡拿出幾百個柑子送給他。市場上找不到的東西，美人也一定會想出許多辦法，輾轉周折地將東西弄來。徐鰲有幾塊好布，被人剪去六尺藏了起來。他正在到處尋找時，美人來了，告訴了他布在什麼地方，讓他去把布收回來。當鋪中丟失了金首飾，美人指點他叫人到城西黃牛坊的錢鋪中尋找，得知偷首飾的人已經將首飾賣了錢逃走了。徐鰲第二天到錢鋪中尋找，金首飾果然擺在那裡，就逕直把首飾取了回來。錢鋪的主人只是目瞪口呆地看著而已，一點也不加制止。徐鰲曾經和人爭鬥，稍微吃了點虧，但那些人或者平白無故的僵倒在地上，或者會因為其他的事情而橫遭侮辱。美人告訴徐鰲說：「奴才們不懂禮貌，已經為您報復過他們了。」

如此往還數月，外間或微聞之。有愛鰲者疑其妖，勸使勿近，美人已知之，見鰲曰：「痴奴妄言，世寧有妖如我者乎？」鰲嘗以事出，微疾病邸中，美人忽❶來坐於旁，時時會合如常。其眠處人甚多，了不覺也。數戒鰲曰：「勿輕向人道，恐不為卿福。」而鰲不能忍口，時復宣泄，傳聞浸❷廣。或潛相窺伺，美人始慍❸。會鰲母聞其事，使召鰲歸，謀為娶妻以絕之，鰲不能違。美人一夕見曰：「郎有外心矣，吾不敢復相從。」遂絕不復來。鰲雖念之，終莫能致也。

【章旨】徐鰲不聽仙女之言，向人洩露了與仙女交往之事，並聽任母親為其娶妻，仙女與之斷絕來往。

【注釋】❶忽　忽然。❷浸　漸漸。❸慍　含怒；怨恨。

【語譯】這樣來往了幾個月，外面偶爾有人略微知道了一點消息。有愛徐鰲的人懷疑美人是妖怪，勸徐鰲不要接近她。美人也知道這件事，見到徐鰲說：「這些都是癡奴才的狂言亂語，世界上難道有像我這樣的妖怪嗎？」徐鰲曾經有事外出，生了點小病，住在旅舍中。美人忽然到來，坐在他的旁邊，像平時一樣經常和徐鰲會面。徐鰲住的地方人很多，但是那些人卻一點也不知道。

美人數次告誡徐鏊說：「千萬不要輕易對別人說，這樣恐怕對您沒有什麼好處。」而徐鏊卻守口不嚴，時常把事情洩露出去，知道的人漸漸地多了起來，還有人暗中觀察監視，美人開始發怒、生氣起來。剛好徐鏊的母親知道了這件事，派人將徐鏊叫回家，想辦法為徐鏊娶妻子以斷絕他和美人的往來，徐鏊不敢違背母親的旨意。一天晚上，美人見徐鏊時說：「郎君有外心了，我不敢再和您在一起。」從此以後就再也沒有來過。徐鏊雖然想念美人，但始終沒有辦法能使她再來。

至十一月望❶後，一日，鏊夜夢四卒來呼，過所居蕭家巷，立土地祠外，一卒入呼土神，神出，方巾白袍老人也，同行曰：「夫人召。」鏊隨之出胥門❷，履水而渡，到大第院，牆裏外喬木數百章❸，蔽翳❹天日。歷三重門，門盡朱漆獸環，金浮漚釘❺，有人守之。進到堂下，堂可高八九仞❻，陛數十重，下有鶴屈頸臥焉，彩綉朱碧❼，上下煥映❽。小青衣遙見鏊，奔入報云：「薄情郎來矣。」堂內女兒捧香者、調鸚鵡者、弄琵琶者、歌者、舞者，不知幾輩，更迭從窗隙看鏊，亦有舊識相呼者、微誶罵❾者。

俄聞聲泠然⑩，香烟如雲，堂內遞相報云：「夫人來。」老人牽鏊使跪，窺簾中有大金地爐燃獸炭⑪，美人擁爐坐，自提箸挾火，時時長嘆云：「我曾道渠無福，果不錯。」少時，聞呼卷簾，美人見鏊數之曰：「卿大負心，昔語卿云何？而輒背之！今日相見愧未？」因欷歔⑫泣下曰：「與卿本期始終，何圖乃爾？」諸姬左右侍者或進曰：「夫人無自苦，個⑬兒郎無義，便當殺卻，何復云云。」頤指⑭群卒以大杖擊鏊，至八十，鏊呼曰：「夫人，吾誠負心，念嘗蒙顧覆，情分不薄，彼洞簫猶在，何無香火情⑮耶？」美人因呼停杖曰：「實欲殺卿，感念疇昔，今貰⑯卿死。」鏊起匍匐拜謝，因放出。老人仍送還，登橋失足，遂覺。兩股創甚，臥不能起。

又五六夕，復見美人來，將鏊責之如前話，云：「卿自無福，非關身事。」既去，創即差⑰。後詣胥門，蹤跡其境，杳不可得，竟莫測為何等人也。

予少聞鰲事，嘗面質之，得其首末如此，為之敘次，作〈洞簫記〉。

【章　旨】仙女將徐鰲招至住所，痛斥其背盟負義的行為，並將其痛打八十大板，在徐鰲俯首認錯後將其放回。

【注　釋】❶望　農曆的每月十五日。❷胥門　蘇州城西南的城門。❸百章　百棵大樹。❹蔽翳　遮蔽。❺浮漚釘　門上裝飾的突起的釘狀物。因形狀似水中浮漚，故名。❻仞　古代長度單位。周制一仞為八尺，漢制為七尺。❼朱碧　圖畫。❽煥映　光華映射。❾誶罵　責罵。❿泠然　形容清脆激揚的聲音。⓫獸炭　形狀像獸的炭。泛指炭或炭火。⓬欷歔　悲泣；抽噎；歎息。⓭個　這個。⓮頤指　用下巴指揮別人；暗示；命令。⓯香火情　焚香發誓的情義。古人訂盟，多焚香火以告神。⓰貰　赦免。⓱差　通「瘥」。病癒。

【語　譯】到十一月十五日以後，一天夜裡，徐鰲夢見四個士卒來叫他。徐鰲跟著士卒到了他所住的蕭家巷，站在土地祠的外面，一個士卒進去叫土神。土神出來了，這是一個頭戴方巾、身穿白袍的老人。士卒叫土神一起走，說：「夫人叫你去。」徐鰲隨著這伙人出了胥門，踏著水面過河，到了一個大宅院，看到牆裡牆外有數百棵高大的樹木，遮天蔽日。他們一共過了三道門，每一道門上都刷有紅漆，裝著獸形門環，釘著金色浮漚釘，道道門都有人把守。來到廳堂前面，看到廳堂大約有八九丈高，臺階有數十級，下面有鶴屈頸而臥，堂上掛著彩色的刺繡和圖畫，上上下下光彩四射，交相輝映。小婢女遠遠看見徐鰲，奔進去報告說：「薄情郎來了！」堂內那些捧香的、調鸚鵡的、彈琵琶的、唱歌跳舞的女孩，數不清有多少人，她們輪流從窗縫裡看徐鰲，也有一些過去認識的人在叫他、責罵他。

一會兒，傳來了叮叮噹噹的佩環聲，堂內香煙繚繞如雲，人們互相傳報說：「夫人來了。」土神拉著徐鰲叫他跪下來。徐鰲看見簾內一個金製的大地爐中燃著獸炭，美人坐在爐子旁邊，自己拿起棍子撥火，還不時長歎說：「我曾經說他沒有福氣，果然不錯。」過了一會兒，聽到裡面叫捲簾，美人看到了徐鰲責怪他說：「你太負心了！我以前和你講了些什麼？你總是不聽！今日相見，慚愧不慚愧？」說著又歎息流淚道：「本想和你自始至終相親相愛，哪裡想到會這樣？」在左右的那些侍女中有人勸夫人說：「夫人不要自己傷心，這個男人無情無義，就應當殺掉他！何須與他多說。」美人動了動下巴，暗示士卒們用大棍子打徐鰲。打到八十下時，徐鰲叫道：「夫人，我確實背棄情義，但想到我曾經蒙受夫人照顧，和夫人的情分不淺，那支洞簫還在，往日焚香盟誓的情義怎麼就沒有啦？」於是，美人叫士卒停止拷打，說：「實在是想殺掉你，但想起昔日情分，現在免你一死。」徐鰲趴伏在地上行拜禮表示感謝，美人將他放了出來。土神仍舊送他回家，徐鰲過橋時不小心失足跌落水中，於是就醒了過來。徐鰲感到兩條大腿傷得很嚴重，臥在床上不能起來。

過了五、六個晚上，徐鰲又看見美人來了，並將他狠狠地責備了一頓，話跟以前說的差不多。美人說：「你自己沒有福氣，不關我的事。」美人走了以後，徐鰲腿上的傷也就好了。他後來又到了胥門，按照以往的行蹤尋找美人的居處，卻不見蹤影，最終仍不知道美人到底是什麼人。

我年青的時候聽到過徐鰲的事情，曾經當面詢問他，知道了上述的前後經過，便將它按順序記下來，寫成了這篇〈洞簫記〉。

【賞　析】本篇敘述了一個人神戀愛的故事。代舅舅經營當鋪的蘇州人徐鏊月夜吹簫，引來了美豔絕倫的仙女。美人自稱與徐鏊有「夙緣」，與徐鏊宴飲品簫，談笑風生。此後，美人時時來與徐鏊幽會，與徐鏊的關係與人間夫妻毫無二致。美人還能讓徐鏊「資用無乏，飲食常可得」。世間一切物品，只要徐鏊想要，美人都能讓他立即得到。這類優美的豔遇故事儘管是一種「白日夢」，卻反映了當時人們對男女之愛的嚮往和對物質利益的渴求。這也是明代中葉以後存理滅欲的思想受到一定程度的批判、「好色好貨」的市民意識逐漸抬頭的時代特徵在小說中的反映。

小說用細膩的筆墨較為成功地塑造了一位仙女的形象。她主動追求並真心愛戀小商人徐鏊，對愛情自始至終都表現得非常執著和深沉，希望自己能夠與徐鏊永遠相愛。她竭力幫助和照顧徐鏊，要求侍女像對待自己一樣對待徐鏊，不允許她們對徐鏊傲慢無禮。徐鏊需要而市場上又找不到的東西，她「必為委曲，多方致之」；徐鏊當鋪中的布匹、首飾被盜，她立即幫助找回；徐鏊在外偶染微疾，她時時前往探視照顧；甚至徐鏊在與他人的爭鬥中吃了虧，她也要幫助徐鏊實施報復。在與徐鏊的交往中，她顯得既風情萬種又篤誠堅摯，一往情深。她對徐鏊的愛情又具有很強的排他性，一旦發現徐鏊準備重新娶妻，她就立刻與之斷絕往來。她身上的人情味特別濃郁，除了具有某些神奇的法術外，她完全是一個活生生的世俗凡人。這與早期的涉仙小說中全身罩著神聖光環、人們必須頂禮膜拜的女仙（如《漢武故事》中的西王母、《列異傳·蔡經》中的麻姑）迥然不侔。將神仙凡俗化，這本是神怪小說發展的一個趨勢，它標誌著古人人性意識的逐步覺醒。本篇中仙女一再擔憂徐鏊「福薄」、「易翻覆」，這種心態在男權社會的廣大婦女中也具有非常普泛的共同性。連仙女的愛情理想最終也難逃被摧殘的結局，這從一個側面反映了古代婦女追求婚姻自由和幸福的願望難以實現的悲慘命運。

仙女與徐鏊之間的愛情之所以沒有能夠善始善終，除了世間俗子的惹是生非、封建家長的橫加干涉外，徐鏊本人的糊塗、軟弱、自私與失信也是一個非常重要的原因。徐鏊其人一個顯著的特點就是平庸，除了長相英俊和吹得一手好簫外，幾乎沒有什麼其他的長處。他耳根太軟，惑於妄言，對美人是仙是妖也分辨不清；他輕浮而欠穩重，不顧美人「多言可畏」、「須卿牢為秘密」、「勿輕向人道」的反覆告誡，管不住自己那張不爭氣的嘴，竟然多次將自己與美人交往的事向他人洩漏；他又迫於母親的壓力，「謀為娶妻」。他雖然和陳世美、莫稽之類的負心漢有所區別，但稱其為「薄情郎」是不為過的。由於徐鏊性格的悲劇造成了愛情的悲劇，他失去了愛情，也失去了美好的生活，還受到杖責八十的懲罰，看來他今後也只能在無休止的自責和歎怨中度日。馮夢龍《情史類略》卷一九情疑類在本篇篇末批道：「婦有過美人者乎？得此佳偶，自可不婚。即親命嚴切，亦宜與美人商之，必有說而處此。娶云則娶，斥為薄情郎不枉耳。」小說通過徐鏊這一形象批判了某些男女在戀愛婚姻中表現出來的薄情負義的行為，表達了民眾重視友情、痛恨背朋叛友行為的道德情感，同時也寄託了作者對現實世風不滿的情緒。

本篇故事完全是虛構的，作者卻有意識地為它設計了一個真實的表象，如小說的開始將徐鏊的籍貫、住所、年齡與生活的年代交代得確切無疑，小說的結尾又特地申明本文所寫的內容都是他親自從徐鏊那裡採訪得來的。這虛中有實的構架，有利於增強作品的感染力。通篇情節曲折離奇，描寫細膩委婉，文采絢麗豐贍，竭盡鋪張渲染之能事，被後人推為《庚巳編》的壓卷之作。

娟娟傳

楊儀

【題解】本篇原見於楊儀《高坡異纂》。敘述一對青年男女生離死別的故事。無名氏的傳奇《因緣夢》係根據本篇敷衍而成。

【作者】楊儀（西元一四八八～一五五八年），字夢羽，常熟（今江蘇常熟）人。嘉靖五年（西元一九二八年）進士，曾任兵部郎中、山東按察副史等職。晚年因病去官，以讀書著述為事。著有《高坡異纂》、《螭頭密語》及傳奇小說《金姬傳》等。據〈高坡異纂自序〉，高坡為作者在京師住所的里名，異纂則指異於正統經史詩文的瑣屑之談。書中所記多為神仙、方士故事和怪異傳聞，部分作品對現實有所揭露和諷刺。此書文辭古雅，描述生動，在明代志怪小說中有一定的地位。

木生，字元經，少有俊才，時康陵朝❶以鄉薦入太學。與龔司諫❷謹有場屋❸之舊，屢欲以生才藝上聞，生曰：「人各有時，若錐處囊中，穎當自脫❹，寧待援手他人乎？倘果薦上，元經惟有被髮入山耳。」司諫不能強，生亦謝去，攜琴書遨游齊魯間，攬結諸英俊，或眺覽名山水，往來兩都❺，時人莫能窺其際也。

嘗登泰山觀日出，夜宿秦觀峰，夢有老婦攜一女子，相見甚歡，如有平生❻之分。既又遺一詩扇，展誦未終，忽曉鐘鳴，驚悟而起，其所夢經行道路第宅，歷歷皆能記憶。明年，將入都。道出武清❼，散步柳陰中，過一溪橋，道旁有遺扇在草中，收視之，上有詩云：

烟中芍藥朦朧睡，雨底梨花淺淡妝。小院月昏人定後，隔牆遙辨麝蘭香❽。

仿佛是夢中所見者，珍襲❾藏之。行未幾，遙見一女郎從二女侍遊樹下，迤邐❿將近，生趨避之。時為三月既望，新雨初霽，微風扇暖，女郎徐邀二侍，穿別徑，結伴而去。生佇立⓫轉盼，但覺帶袂飄舉，環珮鏘然⓬，百步之外，異香襲道，綽約若神仙中人。遂以所佩錯刀⓭，削樹為白，題一絕句曰：

隔江遙望綠楊斜，聯袂⓮女郎歌落花。風定細聲聽不見，茜裙⓯

紅入那人家。

倚徙⑯彌望，乃行。前至野店中，問諸村民，或曰：「此去里許，有田將軍園林，豈即其家眷屬乎？」生明日又往樹下，竟日無所遇，惟見溪水中落花流出。復題一絕句，續書於樹曰：

異鳥嬌花不奈愁，湘簾⑰初卷月沉鉤。人間三月無紅葉⑱，卻放
桃花逐水流。

自後不復相聞，然前所遺扇，每遇良辰勝會⑲，未嘗不出入懷袖，把玩⑳諷詠，愛如珙璧㉑。

【章　旨】木生遊泰山時夢見一老婦與一少女，彼此相處甚好。後木生遊武清，見到一位遊春少女的背影，並在道旁撿得一把扇子，扇子似舊時夢中所見。

【注　釋】❶康陵朝　指明代正德年間。明武宗朱厚照，年號正德（西元一五〇六～一五二一年），死後葬康陵。❷司諫　官職名。主管督察吏民過失，選擇人才。❸場屋　科舉考試的地方。又稱科場。❹錐處囊中二句　比喻人的才能自然地顯露出來。語出《史記・平原君虞卿列傳》：「使遂早得處囊中，乃脫穎而出。」穎，尖端。❺兩都　南京與北京。❻平生　舊交；老交情。❼武清　今天津武清。❽麝蘭香　麝香和蘭香。❾珍襲

珍藏。⑩迤邐　慢慢行走的樣子。⑪佇立　久久地站立。⑫鏘然　形容金玉珠寶等撞擊後發出的清脆聲音。⑬錯刀　刀名，即金錯刀。刀上有黃金鑲嵌的花紋。⑭聯袂　衣袖相聯。比喻攜手同行。⑮茜裙　大紅色的裙子。⑯倚徙　留連徘徊。⑰湘簾　用湘妃竹做成的簾子。⑱人間三月無紅葉　暗用紅葉題詩的典故。唐代宮女韓氏，曾在紅葉上題絕句一首：「流水何太急，深宮盡日閑。殷勤謝紅葉，好去到人間。」韓氏將紅葉投入御溝中流出，被書生于佑拾到，于佑亦於紅葉上題詩一首投放於御溝上游，韓氏撿得後珍藏箱內。後皇帝發送宮女，于佑恰好娶了韓氏。事見宋人劉斧《青瑣高議》。⑲勝會　盛會。⑳把玩　放在手中玩賞。㉑珙璧　同「拱璧」。兩手拱抱的大璧。也用以比喻極其珍貴的東西，

【語　譯】木生，字元經，年青時就有卓越的才能，正德年間因地方的薦舉進入了國子監，與司諫龔謹一起參加過科舉考試。龔司諫多次想在皇帝面前稱道木生的才能，木生卻說：「每個人都有自己的機遇，這好比錐子放在口袋裡，它的尖端總會自然地顯露出來。難道還要等待他人伸手援助嗎？您如果真要向皇上推薦，那我只能披頭散髮上山隱居了。」龔司諫不能勉強他，木生也就告辭而去。他帶著琴書，在齊魯一帶盡情地遊覽，結交才智出眾的人士；或者縱目觀賞名山勝水，往來於南京和北京之間，當時的人都不知道他的行蹤。

木生曾經登上泰山去看日出。夜裡住在秦觀峰時，夢中遇見一個老婦帶著一個女子，彼此相見後都很高興，好像有老交情似的。後來女子又贈送給木生一把詩扇，他打開扇子來尚未將詩讀完，晨鐘就忽然響了起來。木生被驚醒後起床，可夢中所經過的道路及房屋住宅，都記得清清楚楚。第二年，木生到京城去。路過武清時，在柳蔭下散步。他走過一座架在小溪上的橋，突然發現路旁草叢中有一把別人遺落的扇子。他撿起來一看，上面有詩寫道：

霧中的芍藥在朦朧地睡覺，雨中的梨花彷彿化著淡妝。月色昏暗夜深人靜的時候，小院外面遠遠地飄來麝蘭的暗香。

木生覺得這扇子和上面的題詩就是在夢中所看到過的，就將它珍藏起來。又走了沒多久，遠遠地望見一個女郎正帶著兩個侍女在樹下遊玩。女子們慢慢地行走著，離他越來越近了，木生連忙跑著避開。當時正是三月十五日以後，剛剛下過一場雨，雨過天晴，微風送暖。女郎帶著兩個侍女，慢慢地走上了另一條路，一起離開了。木生久久地站立在樹下，目光追隨著女郎的身影，只看見女郎的衣袖、衣帶在隨風飄揚，並聽到女郎佩帶的玉飾發出清脆的響聲。雖然與女郎相隔有百餘步遠，木生仍覺得有一種奇異的香味散發到道路上來。女郎的姿態輕盈美好，就好像是神仙中人。於是，木生拔出了所佩帶的金錯刀，削去樹皮，在潔白的樹身上題了一首絕句：

隔江遠望風中綠楊斜，女郎攜手吟歌唱落花。風聲暫停歌聲漸漸聽不見，紅裙飄飄不知進入誰家。

詩寫完以後，木生又在樹下留連徘徊，縱目遠望，久久才離開。往前走到一個鄉村旅舍中，木生向村民們打聽剛才的女孩是誰，有人說：「離這兒一里左右的地方，有田將軍家的園林，剛才的女孩大概是他家的眷屬吧？」木生第二天又到樹下去，可一整天也沒遇見那位女郎，只看到溪水中有落花流出來。他再次作了一首絕句，仍然寫在昨天那棵樹上。詩中寫道：

面對異鳥嬌花我耐不住憂愁，捲起窗簾只見殘月如鈎。人間三月沒有紅葉可題詩，摘下桃花讓它順水飄流。

自此以後，木生再也沒有聽到女子的消息。但是每逢良辰盛會，他都要把撿到的那把扇子帶在身邊，拿在手裡賞玩和諷誦吟詠，把它視為極其珍貴的東西。

壬午❶，聖人嗣統❷，數載間文恬武熙❸，天下無事，思得賢士，與之共興禮樂。司諫時已歷通顯❹，嘗因燕❺對奏上曰：「臣所知有木元經者，才合春卿❻，名收賈董❼，陛下必欲更動禮樂，非其人不可。」上遂命收入選部❽。時朝廷將大營建，隸名工曹❾。曹長師丹心善生，每事暇，輒邀生同遊。當春牡丹盛放，且所司有器皿廠，約生明日會廠中，同出土橋諸名園賞之。生至期達旦，偶以他事後期。廠中皆上供御器，非主者至，不得入，生因勒馬以伺。道旁有井，馬渴，絕銜❿奔水，生恐下馬，馬逸，左右皆前逐馬，生就立井旁民舍。其家以貴客在門，召一鄰翁至，延生入。初經重屋，僅庇風日，似一巾下民居。再啟一關⓫，則高堂藻飾⓬，別一景象。又西過曲徑，越小院，其中樓臺闌楯⓭，金碧耀輝，恍非人世。生稍憩，便欲辭出。翁曰：「內人乃老夫寡妹，年已逾五旬矣。幸暫留，伺馬至，行無傷也。」生起揮扇逍遙⑭，歷覽畫壁，翁從旁見其扇，進曰：「此扇何從得之？」生曰：「吾數年前過武清所得，道旁遺棄也。」翁借扇觀，遽持入內，頃之，出告生曰：「天下事萍梗⑮遭逢，固有出於偶然者矣！適見扇頭詩，疑為吾甥女手筆，入示吾妹，固非誤也。」生初入其室廬，皆若夢中故所經行者，心固已異之矣，乃聞翁言，愈疑之，再引入一曲室，幃幄鮮麗，金玉燦然，至其几榻整潔，琴色靜好⑯，莫能名狀。須臾，一老婦出拜，自言：「姓錢氏，先夫田忠義，官至上輕車都尉⑰，往歲扈從⑱西征，為流矢所中，輿疾⑲歸武清。小女娟娟，時年十四，隨侍湯藥，偶遺此扇，不意乃入君子之手。今夫亡三載矣，睹物興懷，不覺遂生傷感。然當時溪樹上有二絕句，不知何人所書，小女因尋扇再至其地，經覽而歸，至今吟哦不絕於口。」生請誦之，即其舊題也。老婦因請命娟娟出見，傳呼良久，不至。母自入謂女曰：「客即樹上題詩人也。」娟娟強起，嚴服⑳靚妝㉑，與母相攜而出。至則玉姿芳潤，內美難徵，儼然秦觀峰夢中所見也。生又以夢告母，共相嗟異㉒。久之，馬至，珍重辭別而去。

明日，鄰翁以娟母命來，曰：「未亡人有二女，其少先行矣，娟最愛，將賴以終未亡人身，然幽贊㉓以神，明協以人，未亡人尚敢吝其愛女乎？請以弱女為君子侍。」生辭之。翁申母命曰：「先將軍無遺育㉔，弱息㉕僅存，使君子不以下體是遺㉖，家雖亡，得婿公瑾㉗，亡人且無憾矣。」生乃請卜之，得〈解〉之九二㉘，卜者曰：「田獲三狐，姓著占辭，事無不濟；但三狐得矢，恐不能永終貞吉耳。」生猶豫未決。翁三致命㉙：「吾聞古之君子，處大事心假於夢卜，夢生於心，卜決於人。今婚媾㉚及事矣，乃不內決於心，而顧取決於人耶？」終不得辭，卒以其年四月戊寅成禮。娟娟妙解音律，通貫經史，凡諸戲博雜藝，靡不精曉，情好甚篤。

【章　旨】木生入朝做官。一次偶然的機會到了田家，發現道路宅第皆如夢中所曆，木生拾得的詩扇亦係田娟娟所失。兩人因宿緣結為夫妻。

【注　釋】❶壬午　即嘉靖元年（西元一五二二年）。❷嗣統　繼承皇位。❸文恬武熙　天下太平，文武官員都安逸嬉樂。❹通顯　官運亨通，聲名遠揚。❺燕　通「宴」。❻春卿　指禮部的長官。周代春官掌禮儀，為六卿之一，故稱。❼賈董　西漢時賈誼、董仲舒的並稱，二人都富有文才。❽選部　官署名。漢代始設，三國魏改為吏部，後用為吏部的代稱。❾工曹　即工部。為朝廷六部之一，掌管工程、水利、交通、手工業等事務，長官為工部尚書。曹，古代分科辦事的官署。❿銜　馬嚼口。用鐵或青銅製成，放在馬口中，用以勒馬。⓫闕門；門扇。⓬藻飾　修飾；裝飾。⓭闌楯　欄杆。⓮逍遙　緩步行走。⓯萍梗　浮萍斷梗。因其飄泊流徙，故用以比喻人的行止不定。⓰靜好　安靜和美。⓱上輕車都尉　官職名。為正四品武官。是賞給功臣的榮銜。⓲扈從　跟隨皇帝出行，負責護衛等工作。⓳輿疾　同「輿病」。意謂抱疾登車。⓴嚴服　同「嚴裝」。裝束整齊；打扮齊整。㉑靚妝　濃妝豔抹。㉒嗟異　讚歎稱異。㉓幽贊　暗中受到神明的佐助。㉔遺育　後裔；後代。㉕弱息　幼弱的子女。㉖下體是遺　因微賤而拋棄。語出《詩經・谷風》：「采葑采菲，無以下體。」意謂採蘿蔔和地瓜時將莖葉拋棄。無以，不用。下體，此處是對自己身體的謙稱。㉗得婿公瑾　找到一個好女婿。公瑾，指三國時吳國的大都督周瑜，公瑾是他的字。㉘九二　《易》卦爻位名。九，謂陽爻。二，第二爻。《易・解》：「九二，田獲三狐，得黃矢，貞吉。」㉙致命　傳達命令；傳話。㉚婚媾　婚姻；嫁娶。

【語　譯】壬午年，聖人繼承了皇位。數年之間，文官武將都安逸嬉樂，天下太平無事。皇帝想選拔賢能之士，和他一起共興禮樂。這時的龔司諫已官高望重，他便趁宴會的機會對皇帝進言說：「臣下知道有一個叫木元經的人，他的才能可以擔任禮部尚書，名聲不亞於西漢的賈誼、董仲舒。

陛下一定要重修禮樂，沒有這個人是不行的。」皇帝就下命令將元經招進吏部。當時朝廷正在大興土木，就將元經安排在工部。曹長師丹心對元經很好，一有空閒就邀請他一起出遊。當春天牡丹盛開的時候，曹長約元經明天在工部所管轄的器皿廠相會，一同到土橋附近的一些名園去觀賞牡丹。到了第二天早晨，元經偶然因一些其他的事情遲到了。由於器皿廠中生產的都是上供朝廷的御器，所以不是主管的人到來，就不能進去，元經只好勒馬在廠門外等候。恰好路旁有一口井，元經的馬渴了，就掙斷了嚼口向水井奔去，元經嚇得連忙下馬。馬跑了，元經左右的人都上前去追馬，而他自己則一個人站在井邊的民房外。那戶人家因為有貴客在門口，就將隔壁的一個老人叫來，請元經到裡面去。元經先進入外面的屋子，這好像是中下等的民房，僅能擋風避日。再開了一道門，裡面是高大的廳堂，裝飾華麗，另是一番景象。又向西經過一條彎彎曲曲的小路，穿過一個小院子，裡面的樓臺欄杆全都金碧輝煌，彷彿不是人間所有。元經在裡面稍微休息了一會，就想告辭出來。老翁說：「裡面的主人就是老夫寡居的妹妹，年齡已經超過五十歲了。希望您再留一會兒，等馬來了再走也不要緊。」元經站起來，搖著扇子緩步行走，欣賞牆上的字畫。老翁從旁邊看見他的扇子，問道：「這扇子從哪裡得來的？」元經回答說：「這是我幾年前路過武清時得來的。當時被人丟在路旁邊。」老翁把扇子借來觀看後，又急急忙忙地拿到裡面去，一會兒出來對元經說：「天下的事情就像浮萍和斷梗相逢一樣，本來就有許多是出於偶然的。剛才我看到扇子上的詩，就懷疑是我家外甥女的手筆。拿進去給我妹妹看，果然沒有錯。」元經剛進入他家房子時，覺得一切都好像是夢中所經歷過的，心裡本來就感到奇怪。現在聽了老翁的話，便更加疑惑了。老翁又將他引入內室，帳幕和帷幔都鮮亮豔麗，金玉光彩耀眼，茶几與坐榻整齊潔淨，琴色古樸典雅，難以描述它們的名稱和形狀。一會兒，一個老婦人出來拜見，並自我介紹說：「我姓錢，先夫田忠義，官做到上輕車都尉，往年跟隨皇帝西征，被亂飛的箭射中，抱病坐車回武清養傷。小女娟娟，當時剛十四歲，跟隨父親侍奉湯藥。偶然遺失了這把扇子，沒想到竟然落到了您的手中。現在丈夫亡故已經三年了，我看到舊物而引起無窮的感觸，不覺又萌生感傷之情。但當時小溪邊的樹上有兩首絕句，不知是誰寫的。我女兒因尋找扇子又到樹下，看到詩後便將它讀熟了才回來，至今仍在不停地吟誦。」元經請老婦人把詩讀一遍，原來就是他以前題在樹上的詩。於是，老婦人請求讓娟娟出來與元經相見。叫了好久，娟娟也不出來。母親就自己進去對女兒說：「客人就是在樹上題詩的人。」娟娟這才勉強起來，裝束整齊，濃妝豔抹，與母親手攜手出來見元經。元經一看，姑娘美好的儀態芳香潤澤，內在的美質含蓄不露，宛然是秦觀峰夢中所見的女子。元經又把自己的夢告訴了娟娟的母親，大家都讚歎稱異。過了好久，馬找回來了，元經與錢氏母女互道保重，然後告辭而去。

第二天，鄰居家的老翁受娟娟母親的委託來傳話說：「我這個還沒有死的人生了兩個女兒，小女兒已經先去世了。娟娟是我最喜歡的，將來要靠她給我送終。但是，冥冥之中要靠神來幫助，人世間的事卻要靠人來努力，我這個未亡人還敢捨不得愛女出嫁嗎？請允許讓我家的弱女來侍候君子。」元經推辭了這件婚事。老翁重申娟娟母親的話說：「先將軍沒有後裔，只留下一個幼弱的女兒。假如君子不嫌棄我家身分低賤的女兒，雖然我家門戶已經敗落，但能夠有您這樣的人做女婿，我死了的丈夫也不會有什麼遺憾了。」元經就去請人占卜，占得了一個〈解〉卦九二。占卜的人說：「田獵獲得三隻狐狸，姓氏出現在占卜的記錄上，事情沒有不成功的；但三隻狐狸中箭，恐怕不能永遠吉利幸福。」元經猶豫不決，老翁反覆轉達老夫人的話說：「我聽說古代的君子，處理大事時心要借助於夢和卜。夢是從心裡產生的，而卜則取決於人。現在婚姻大事竟然不取決於心，而卻要取決於人嗎？」元經終究不能推辭，最後在這一年四月的戊寅日成婚。娟娟精通音律，通曉經史，歌舞雜劇，遊戲技藝，也沒有一樣不精通，夫妻間的感情非常深厚。

未閱月，大工❶皇木至潞河❷，生將督運南行，勢不能留，室內又少親幹，乃鎖院而去。母先亦暫至武清，遣人問娟娟，從門隙中附詩於母，寄生曰：

聞郎夜上木蘭舟❸，不數歸期只數愁。半幅御羅題錦字❹，隔牆裹贈玉搔頭❺。

是夕，生適自潞還，娟出迎，生曰：「方從馬上得詩，未有以覆。」即口占贈娟曰：

碧窗無主月纖纖，桂影扶疏❻玉漏❼嚴。秋浦芙蓉倚叢葉，半妝斜映水晶檐。

生他日偶得鄉人書，獨坐深思，娟以詩解之曰：

碧玉杯中琥珀光❽，燈前把勸阮家郎❾。不須更憶人間世，千樹桃花即故鄉。

其冬十月，生以太夫人憂去職。河冰既合，娟適病，不能諧行。生存亡抱恨，計無所出，邀母與娟同居，約以冰解來迎，相與悲咽而別。明年春，娟病轉劇，遣翁子錢郎以詩寄生曰：

整天風雨繞陽臺，百種名花次第❿開。誰遣一番寒食信，合歡廊下長莓苔⓫。

生遣使往迎。比至，則不起匝月⓬矣。辛卯⓭冬，生再入都，過母家，見娟娟畫像，題詩其上曰：

人生補過羨張郎⓮，已恨花殘月減光。枕上遊仙⓯何迅速，洞中烏兔⓰太匆忙。秦娘⓱似比當時瘦，李衛⓲見多舊日狂。梅影橫斜啼鳥散，繞天黃葉倚繩床⓳。

時多傳誦焉。

【章　旨】木生因督運皇木而離京，後又回鄉為母守喪。娟娟憂思成疾，待木生返京時，只見到了娟娟的遺像。

【注　釋】❶大工　大工程。❷潞河　即北京通州以下的白河，為北運河的上游。❸木蘭舟　用木蘭樹造的船。後常用為船的美稱。木蘭，香木名。又名杜蘭、林蘭。❹錦字　即錦字書。指前秦蘇蕙寄給丈夫竇滔的織錦回文詩。竇滔因罪遠戍流沙，蘇蕙思念丈夫，織錦作〈回文旋圖詩〉贈竇滔。錦縱廣八寸，圖本五彩，共八百四十一字，縱橫反覆，都成詩篇。後有好事者為之尋繹，共得詩七千九百五十八首。事見《晉書・列女傳》。後多用錦字書借指妻子寄給丈夫表達思念之情的書信。❺玉搔頭　即玉簪。古代女子的一種首飾。《西京雜記》卷二載：「武帝過李夫人，就取玉簪搔頭。自此後宮人搔頭皆用玉。」❻扶疏　樹木枝葉繁茂的樣子。❼玉漏　古代計時所用漏壺的美稱。❽琥珀光　此處指美酒的顏色。琥珀，古代松柏樹脂的化石，顏色淡黃、褐或紅褐，可用作裝飾品。❾阮家郎　本指阮肇。後亦借指與美人結緣的男子。相傳漢明帝永平五年，會稽人劉晨、阮肇共入天台山採藥，因迷路而不得出山。在路上遇見兩位麗質仙女，被邀至家中成婚。半年後歸家，發現世間已過了七代。事見南朝宋劉義慶所撰《幽明錄》。❿次第　依次。⓫莓苔　青苔。⓬匝月　滿一個月。⓭辛卯　指明世宗嘉靖十年（西元一五三一年）。⓮張郎　指唐人元稹的傳奇小說〈鶯鶯傳〉中的張生。張生與崔鶯鶯私相結合，科舉及第後另娶高門，反誣鶯鶯為「尤物」。當時有人讚許他這種行為是「善補過」。⓯枕上遊仙　暗用一枕黃粱的典故。窮書生盧生途經邯鄲，道士呂翁給他一個青瓷枕。盧生在夢中歷盡了榮華富貴，而夢醒後發現店主人的黃粱飯尚未蒸熟。⓰烏兔　指太陽與月亮。神話傳說謂日中有烏，月中有兔，故稱。⓱秦娘　指歌女。⓲李衛　指唐代初期著名的軍事家李靖，被封為衛國公。他曾為亡妓謝秋娘作〈望江南〉曲。見《情史類略》卷一五情芽類。⑲繩床　又稱「胡床」、「交床」。一種可以折疊的輕便坐具。以板為之，並用繩穿織而成。

【語　譯】結婚後未滿一個月，皇家重大工程所需要的木材到了潞河。元經因督運木材要到南方去，根本無法留下來。家中又沒有親近而幹練的人，就只好將院子鎖起來後離家出發。娟娟的母親也在此之前已暫時去了武清，她派人到家中問候女兒，娟娟從門縫中遞出一首詩來讓母親寄給元經。詩中寫道：

聽說郎君夜裡登上木蘭舟，我不計歸期只計憂愁。用半副綾羅寫下思夫的迴文詩，裹起玉簪隔著牆託人帶走。

這天晚上，元經從潞河回來，娟娟出來迎接。元經說：「剛才在馬上收到了你的詩，沒有來得及回覆。」接著就隨口吟成了一首詩贈給娟娟，詩中寫道：

碧窗無主，月芽尖尖，桂影斑駁，漏壺滴水聲連連。開放的荷花倚靠著叢叢的荷葉，淡妝的佳人與華美的屋簷相映生輝。

後來，元經偶然收到了一封家鄉人寄來的信，看完後一個人獨自坐在那裡深思。娟娟為此寫了一首詩說：

碧玉杯中美酒泛出琥珀般的光，燈前把酒勸說來到仙境的阮郎。不須再回憶人世間的種種事情，桃花盛開的地方就是你的故鄉。

這年冬天十月，元經因為母親病故而離職守喪。這時，河上已經結冰，娟娟又剛好生病，所以不能與他一起回鄉。元經哀悼亡母，心懷遺憾，但又無計可施，只好請岳母與娟娟同住，約好等冰化了以後再來接娟娟。兩人悲傷嗚咽地道別。第二年春天，娟娟的病情加重，就讓舅舅的兒子錢郎給元經帶來一首詩：

整日風雨連綿，百花依次綻開。寒食節有誰能帶信過來，合歡廊下長滿青苔野莓。

元經派人進京去接娟娟。派去的人到了以後，娟娟已經整整一個月起不來了。嘉靖十年冬天，元經再次入京，到了娟娟的母親家，可只看見了娟娟的畫像。元經在畫像上題詩道：

一生羡慕善於補過的張郎，遺憾的是花已殘褪月色無光。枕上夢遊仙境時間過得為什麼那麼快，太陽和月亮的交替也實在太匆忙。歌女秦娘好像比當年更瘦，李衛還像舊時那樣狂妄。梅影橫斜啼鳥驚散，漫天黃葉中我獨坐繩床。

元經的這首詩在當時被廣為傳誦。

【賞　析】本篇又名〈木生〉。作者以奇幻的筆調，描寫了太學生木元經與將軍之女田娟娟之間奇特的姻緣。

木生登泰山觀日出，夜宿秦觀峰，夢見一老婦攜一女郎。他與母女倆一見如故，「相見甚歡」。臨別時，少女又將一把詩扇贈給木生。木生此夢無端而起，並非是因為日有所思而夜有所夢，已是夠奇特的了。更奇特的是，次年木生路過武清，又在柳蔭之下撿到一把扇子，扇上題詩，竟與夢中所見完全相同。其時木生還看見一女郎與兩侍女結伴而行，木生「但覺帶袂飄舉，異香襲道」，女郎「綽約若神仙中人」。此情此景，很有「衣香人影太匆匆」的意味。第二日，木生又去樹下尋訪，卻一無所遇。奇上加奇的是，數年之後，木生在京城工曹供職，一次與同僚遊名園賞牡丹時，無意之中進入一座庭院。庭院中的房屋、道路，均與他的夢境相同；庭院的主人，就是他在夢中見到的老婦和那位女郎。女郎名字叫娟娟，木生在武清撿到的扇子，就是娟娟不小心丟失的。由於有此緣分，娟娟和木生也就成了夫妻。夢境竟與現實完全一致，真令人感到奇幻莫測。本篇曾被收入《情史類略・情幻類》，在篇末的批語中，馮夢龍將本篇與唐人張泌的〈寄人〉詩（詩云：別夢依依到謝家，小廊回合曲欄斜。多情只有春庭日，猶為離人照落花。）及瞿佑的〈渭塘奇遇記〉相比較，指出〈寄人〉是「夢之積於情者也」，「渭塘奇夢，曾留連酒肆，偷窺半面，猶有因焉。秦觀峰之夢，胡為乎來哉！無夢，則得扇不奇；得扇不奇，則生必不出入懷袖，肆翁必不問。而數月之姻緣，何以銷之？夢豈偶然而已！」本篇由奇夢引出奇遇、奇緣，夢感情節是全文的關鍵。雖然它突如其來，但卻奠定了小說情節發展的走向，反映了古人頭腦中婚姻夢定的觀點。古人認為，夢幻都是鬼神對人的啟示，具有預告未來的作用，夢中的姻緣昭示著上天對世間男女婚事的安排，人是無論如何也擺脫不了的。在古代小說中，無端生夢的婚姻故事雖不如〈渭塘奇遇記〉一類夢出有由的故事多，但我們仍可以從中找出不少，如牛僧儒《玄怪錄》中的〈韋氏〉、洪邁《夷堅志》中的〈金君卿婦〉等等。前者寫韋氏女連續拒絕了好幾位求婚者，原因是她夢見自己的丈夫名叫張楚全，她還夢見張楚全做七年尚書後觸法身死，自己與兒媳入宮服役十八年才得以逃出。後來發生的事情果然與夢中所示絲毫無爽。本篇雖沒有〈韋氏〉那樣玄奇，但也有很濃的宿命色彩。如木生在夢中撿到詩扇展誦未終，就被曉鐘驚破美夢，這預示著他的婚事並不美滿。他訂婚前請人占卜，結果是「事無不濟」，但「恐不能永終貞吉」，諸如此類的情節，都帶有夢幻文學神祕離奇的特點。

娟娟與木生成婚不到一月，木生因皇家大興土木，不得不離京督運木材。後來他又回鄉奔母喪，娟娟因思念成疾，婚後一年便鬱鬱而死，待木生返京時只能見到她的遺像。小說抒寫了恩愛夫妻不能長相廝守的悠悠長恨，淒涼哀婉，讀者從中可以感受到作者對人生無常和命運不可捉摸的詮釋。文中多處穿插詩詞，既顯示了娟娟的才藻非凡，又使小說充滿了纏綿感傷的抒情氣氛。

遼陽海神傳

蔡羽

【題解】本篇選自明人陸楫所輯《古今說海》。小說敘述了商人程宰遇仙的神奇故事。凌濛初曾根據此篇改寫成擬話本小說〈疊居奇程客得助，三救厄海神顯靈〉，收入《二刻拍案驚奇》卷三七。

【作者】蔡羽（西元？～一五四一年），字九逵，自號林屋山人，又號左虛子，吳縣（今江蘇蘇州）人。曾多次參加鄉試，但屢屢受挫。世宗嘉靖年間，由國子生授南京翰林院孔目。好古文辭，以詩著稱。著有《太藪外史》、《林屋集》、《南館集》等。

程宰士賢者，徽❶人也。正德初元❷，與兄某挾重貲商於遼陽❸。數年所向❹失利，輾轉耗盡。徽俗：商者率數歲一歸，其妻孥宗黨❺，全視所獲多少為賢不肖❻而愛憎焉。程兄弟既皆落寞❼，羞慚慘沮❽，鄉井無望，遂受傭他商，為之掌計❾以糊口。二人聯屋而居，抑鬱憤懣，殆不聊生。

至戊寅❿秋，又數年矣。遼陽天氣早寒。一夕，風雨暴作，程已擁衾就枕，苦寒思家，攬衣起坐，悲歌浩嘆，恨不速死。時燈燭已滅，又無月光。忽盡室明朗，殆同白晝，室中什物，毫髮可數。方疑惑間，又覺異香氤氳⑪，莫知所自，風雨息聲，寒威頓失。桯益錯愕，不知所為。亟啟戶出視，則風雨晦寒如故；閉戶入室，即別一境界矣。疑鬼物所幻，高聲呼怪，冀兄聞之。兄寢室才隔一土壁，連呼數十，寂然不應。愈惶急無計。遂引衾幂首⑫，向壁而臥。

少頃，又聞空中車馬喧鬧，管弦金石之音，自東南來，初猶甚遠，須臾已入室矣。回眸竊視，則三美人，皆朱顏綠鬢，明眸皓齒，約年二十許，冠帔⑬盛飾，若世所圖畫后妃之狀，遍體上下，金翠珠玉，光艷互發，莫可測識，容色風度，奪目驚心，真天人也。前後左右，侍女數百，亦皆韶麗⑭，或提爐，或揮扇，或張蓋，或帶劍，或持節，或捧器幣，或秉花燭，或挾圖書，或列寶玩，或荷旌、幢⑮，或擁衾褥，或執巾帨⑯，或奉盤匜⑰，或擎如意，或舉肴核⑱，或陳屏障，或布几筵，或奏音樂，雖紛紜雜沓，而行列整齊，不少錯亂。室才方丈，數百人各執其事，周旋進退，綽然有餘，不見其隘。門窗皆扃[19]，不知何自而入。

俄頃，冠帔者一人前逼床，撫程微笑曰：「果熟寢耶？吾非禍人者，與子有夙緣[20]，故來相就，何見疑若是？且吾已至此，必無去理。子便高呼終夕，兄必不聞，徒自苦耳。速起！速起！」程私計：「此物靈變[21]若斯，非仙則鬼，果欲禍我，雖臥不起，其可逭[22]乎？且彼已有夙緣語，亦或無害。」遂推枕下榻，匍匐前拜曰：「下界愚夫，不知真仙降臨，有失虔迓[23]，誠合萬死，伏乞哀憐。」美人引手掖[24]程起，慰令無懼，遂與南面同坐。其二人者，東西相向，皆言：「今夕之會，數非偶爾，慎勿自生疑阻。」遂命侍女行酒進饌，品物皆生平目所未睹。才一舉箸，珍美異常，心胸頓爽。俄以紅玉蓮花卮[25]進酒。卮亦絕大，約容酒升許。程素少飲，固辭不勝。美人笑曰：「郎懼醉耶？此非人間麴櫱[26]所醞，奈何概以狂藥見疑？」遂自舉卮奉程。程不得已，為之一吸。酒凝厚如餳[27]，而爽滑異甚，略不粘齒，其甘香清洌，醴泉甘露[28]弗及也。不覺一卮俱盡。美人又笑曰：「郎已信吾未？」遂連酌數卮，精神愈開，略無醉意。酒每一行，必八音[29]齊奏，聲調清和，令人有超凡遺世之想。

酒闌，東西二美人起曰：「夜已向深，郎夫婦可就寢矣。」遂為褰帷拂枕而去。其餘侍女，亦皆隨散。凡百器物，瞥然不見。門亦尚扃，又不知何自而出。獨留同坐美人，相與解衣登榻，則帷褥衾枕，皆極珍奇，非向之故物矣。程雖駭異，殊亦心動。美人解髮綰髻[30]，黑光可鑑，殆長丈餘。肌膚滑瑩，凝脂不若。側身就程，豐若有餘，柔若無骨。程於斯時，神魂飄越，莫知所為矣。已而交會才合，丹流浹藉。若喜若驚，若遠若近，嬌怯宛轉，殆弗能勝，真處子也。

程既喜出望外，美人亦眷程殊厚，因謂：「世間花月之妖，飛走之怪，往往害人，所以見惡；吾非若比[31]，郎慎勿疑。雖不能有大益於郎，亦可致郎身體康勝，資用稍足；儻有患難，亦可周旋。但不宜漏泄耳。

自今而後，遂當恒奉枕席，不敢有廢。兄雖至親，亦慎勿言，言則大禍踵至㉜，吾亦不能為子謀矣。」程聞言甚喜，合掌自誓云：「某本凡賤，猥蒙真仙厚德，恨碎骨粉身，不能為報。伏承法旨，敢不銘心？儻違初言，九殞㉝無悔。」誓畢，美人挾程項謂曰：「吾非仙也，實海神也。與子有夙緣甚久，故相就耳。」須臾，鄰舍雞鳴至再，美人攬衣起曰：「吾今去矣，夜當復來。郎宜自愛。」言畢，昨夕二美人及諸侍女齊到，各致賀詞。盥洗嚴妝㉞，捧擁而出。美人執程手，囑令勿泄，叮嚀數四。去復回顧，不忍暫捨，愛厚之意，不可言狀。程益傾喜發狂，不能自禁，轉盼間已失所在。諦觀㉟門扉，猶昨扃也；回視室中，則土坑布衾，荊笆蘆席，依然如舊，向之瑰異無有矣。程茫然自失曰：「豈其夢耶？」然念飲食、笑語、交合、誓盟之類，皆歷歷明甚，非夢境也，且惑且喜。

頃之，曙色辨物，出就兄室。兄大駭曰：「汝今晨神彩發越㊱，頓異昨日，何也？」程恐見疑，謬言：「年來失志，鄉井無期。昨夕暴寒，愁思殊切，展轉悲嘆，竟夕不寢。兄必聞之，有何快心而神彩發越耶？」兄言：「吾亦苦寒，思家不寢。靜聽汝室，始終闃然㊲，何嘗聞有悲歎聲耶？」已而商伙群至，見程容色，皆大駭異，言與兄合。程但唯唯㊳，謙晦㊴而已。然程亦自覺神思精明，肌體膩潤，倍加於前，心竊喜之，惟恐其不復至也。是日頻視晷影㊵，恨不速移。才至日晡㊶，託言腹痛，入室扃扉，虔想以伺。

及街鼓初動，則室中忽然復明，宛如昨夕。俄頃，雙爐前導，美人至矣。侍女數人耳，儀從㊷不復疇昔之盛，彼二人者亦不復來。美人笑曰：「郎果有心若是，但當終始如一耳。」即命侍女行酒薦饌，珍腆㊸如昨，歡謔諧笑，則有加焉。須臾撤席就寢，侍女復散。顧視床褥，又錦綉重疊矣，然不見其鋪設也。程私念：「吾且詐跌床下，試其所為。」方欲轉身，則室中全襯錦裀㊹，地無寸隙矣。是夕，綢繆㊺好合，愈加親狎㊻。晨雞再鳴，復起妝沐而去。

自後人定即來，雞鳴即起，率以為常，殆無虛夕。雖言語喧鬧，音樂迭奏，兄室甚邇[47]，終不聞知，莫知其何術也。程每心有所慕，即舉目便是，極其神速。一夕，偶思鮮荔枝，即有帶葉百餘顆，香味色皆絕珍美。他夕，又念楊梅，即有白色一枝，長三四尺，約二百餘顆，甘美異常，葉殊鮮嫩，食餘忽不見。時已深冬，不知何自而得，況二物皆非北地所產也。又夕，言及鸚鵡，程言：「聞有白者，恨未之見。」轉盼間，已見數鸚鵡飛舞於前，白者、五色者相半，或誦佛經，或歌詩賦，皆漢音[48]也。一日，市有大賈售寶石二顆，所謂硬紅者，色若桃花，大於拇指，價索百金。程偶見之，是夜言及。美人撫掌[49]曰：「夏蟲不可語冰[50]，信哉！」言絕，即異寶滿室，珊瑚有高丈許者，明珠有如鵝卵者，五色寶石有如栲栳[51]者，光艷爍目，不可正視。轉睫間又忽空室矣。

【章旨】徽商程宰因經商失利無顏回鄉，留在遼陽為他人管帳。遼陽海神於風雨之夜來到程宰房中，自言與程宰有緣，兩人歡愛異常。程宰所需之物，海神都能幫他辦到。

【注　釋】❶徽　徽州的簡稱。明代徽州府治所在今安徽歙縣。❷正德初元　正德元年（西元一五〇六年）。正德，明武宗朱厚照的年號（西元一五〇六～一五二一年）。❸遼陽　今遼寧遼陽。❹所向　所做的生意。❺妻孥宗黨　妻子兒女和同宗親友。❻賢不肖　有才能或沒有才能。❼落寞　落拓；潦倒。❽慘沮　灰心喪氣。❾掌計　掌管帳目。❿戊寅　正德十三年（西元一五一八年）。⓫氤氳　煙雲瀰漫的樣子。⓬冪首　將頭蒙住。冪，覆蓋。⓭冠帔　古代婦女的服飾。冠，帽子。帔，披肩。⓮韶麗　美麗；豔麗。⓯旌幢　用作儀仗的兩種旗幟。⓰巾帨　手巾。⓱盤匜　古代盥洗用的盤和匜的並稱。匜，盥洗時的盛水之具，形狀似瓢，用以注水。盤，用以盛用過的水。⓲肴核　菜肴和果品。⓳扃　關鎖。⓴夙緣　前生定下的緣分。㉑靈變　神奇莫測的變化。㉒逭　逃避。㉓虔迓　恭敬地迎接。㉔掖　扶持。㉕卮　酒杯。㉖麴糵　酒母；釀酒用的酒麴。㉗餳　飴糖。㉘醴泉甘露　甜美的泉水和露水。《禮記．禮運》：「天降甘露，地出醴泉。」㉙八音　古代對樂器的總稱。通常用金、石、絲、竹、匏、土、革、木八種不同材料製成，故稱。㉚解髮綰髻　把頭髮解開，挽成髮髻。指女子晚妝。㉛若比　其類。㉜踵至　接踵而至；緊隨而來。㉝九殞　九死。㉞嚴妝　梳妝打扮；打扮齊整。㉟諦觀　注意地看；仔細地看。㊱神彩發越　神采飛揚。㊲闃然　寂靜無聲。㊳唯唯　隨口應答。㊴謙晦　隱瞞真相；不露聲色。㊵晷影　日影。㊶日晡　黃昏時。晡，申時。相當於現在下午三時至五時。㊷儀從　儀衛隨從。㊸珍腆　珍奇豐盛。㊹裀　床墊；褥子。㊺綢繆　情意纏綿。㊻親狎　親暱；親近。㊼邇　近。㊽漢音　漢人的話語。㊾撫掌　拍手。㊿夏蟲不可語冰　對夏天生、夏天死的蟲子不可能講清楚冬天結冰的情況。比喻見識短淺。語出《莊子．秋水》：「夏蟲不可以語於冰者，篤于時也。」(51)栲栳　吳地方言，又稱笆斗。一種用柳條編成、主要用於盛放糧食的器具。

【語　譯】程宰，字士賢，徽州人。正德元年，程宰與哥哥程某帶著巨資到遼陽經商，但數年間所做的買賣很不順利。幾經折騰，本錢全部賠完。徽州的風俗，商人大都幾年回鄉一次，他的妻子兒女、同宗親友全都看他賺錢的多少來判定他是否有才能，賺錢多就與他親近，賺錢少就與他疏遠。程氏兄弟都已潦倒落魄。灰心喪氣，回家鄉也就沒有指望。他們被其他商人雇用，靠管帳來糊口度日。兩人住在相鄰的兩間屋子裡，抑鬱憤懣，幾乎無法生活下去。

又過了幾年，到了正德十三年的秋天。遼陽這個地方的天氣冷得早，一天晚上，風雨驟然而起，程宰早就蓋上被子就枕睡覺。因為天氣太冷，又思念家鄉，他怎麼也睡不著，就披著衣服坐了起來，悲淒地唱歌，長長地歎息，恨不得早點去死。當時燈燭已經熄滅，外面又沒有月光。忽然，整個房間都亮了起來，簡直像白天一樣，房間內最細小的東西，也能看得清清楚楚。程宰正在疑惑不解的時候，又聞到一股奇異的香氣在不斷地彌漫而來，但又不知來自何方。風雨聲聽不見了，逼人的寒氣也頓時消失，程宰更加驚奇，不知怎麼會出現這種狀況。他急忙打開門出外探視，外面依然像以前一樣風雨交加，黑暗寒冷。關起門走進房間，就完全是另外一個世界。程宰懷疑這是鬼怪變幻出來的，大聲喊：「奇怪！」希望哥哥能聽到。哥哥的房間與他只隔一堵土牆，可是他連喊了幾十聲，卻靜悄悄地毫無反應。他又慌又急，無計可施，就拉起被子蒙住頭，臉朝著牆躺著。

一會兒，程宰又聽到天空中有車馬行走的喧鬧聲，還聽到各種樂器彈奏出來的音樂從東南方向傳來。開始好像還很遠，很快就進入了房間。他偷偷地掉頭一看，看見了三個美人，個個都面色紅潤，鬢髮烏黑，明眸皓齒，光彩照人。年齡都在二十歲左右，戴著帽子，披著披肩，裝扮華麗端莊，就像世間圖畫中所畫的那些皇后嬪妃的模樣。美人們渾身上下都佩帶著金玉珠寶，光彩交相輝映，但分辨不出是什麼首飾。她們的容貌風姿，令人奪目驚心，真正是天上的仙女。美人的前後左右，簇擁著數百名侍女，也個個都豔麗動人。侍女們有的提著香爐，有的揮著扇子，有的打著傘蓋，有的佩著寶劍，有的手持旄節，有的捧著器物禮品，有的拿著花燭，有的挾著圖畫書籍，有的擺弄著珍寶器玩，有的舉著旌旗，有的抱著被褥，有的拿著手巾，有的捧著盤和匜，有的擎著如意，有的端著佳肴果品，有的擺設屏風，有的安排筵席，有的演奏音樂。雖然人員紛雜繁多，但是隊列整齊，一切都有條不紊。房間才一丈見方，但幾百個人都各做各的事情，他們來回走動，時進時退，房間卻只覺得寬敞有餘，根本不覺得狹窄。房間的門窗都關著，不知道這些人是從哪裡進來的。

隔了一會兒，三個戴帽子、披披肩的美人中有一個走到床前撫摸著程宰，微笑著說：「你真的睡著了嗎？我不是害人的人，只是和你有前世的緣分，所以才來找你，你何必這樣懷疑我呢？再說我已經到了這裡，自然就沒有回去的道理。你就是整夜高聲呼叫，你哥哥也肯定聽不見，你只是白辛苦罷了。快起來，快起來！」程宰心中暗暗盤算：「這些人有如此神奇莫測的本領，不是神仙就是鬼怪。如果真的要害我，即使睡在床上不起來，難道還能躲避得了嗎？何況她既然說過有前世緣分的話，也許會沒有災害。」於是推開枕頭下床，伏地爬行著向前叩頭說：「我這個世間的愚夫，不知道真仙降臨，沒有出來恭敬地迎接您，實在罪該萬死。乞望神仙哀憐我。」美人伸手扶起程宰，安慰他，叫他不要害怕，又和他一起朝南坐了下來。另外兩個美人，也一個朝東，一個朝西，面對面地坐著，都說：「今天晚上相會，是命中注定的，決非偶然，千萬不要亂猜疑。」接著，就命侍女斟酒上菜，那些食品都是程宰從來沒有看見過的。程宰剛舉起筷子，就覺得異常珍美，心胸也頓時爽朗起來。過了一會兒，侍女又用紅玉蓮花杯給程宰斟酒。那杯子特別大，大約可以裝一升多酒。程宰向來很少喝酒，就堅決推辭說不能喝。美人笑著說：「你是怕醉嗎？這酒不是用人間的酒麴釀製的，你怎麼懷疑它是喝了讓人發瘋的狂藥呢？」說完就親自舉起杯子遞給程宰。程宰不得已，吸了一小口。酒稠得像飴糖，但卻特別爽口滑潤，一點也不黏牙，而且甘甜芳香，清醇涼爽，就是醴泉、甘露也不能和它相比。程宰不知不覺就喝完了一杯。美人又笑著說：「你已經相信我了吧？」於是又接連斟了幾杯，程宰越喝精神越舒暢，沒有一點醉意。酒每過一巡，必定八音齊奏，其聲調清越悠揚，使人產生超凡脫俗、遺棄塵世的念頭。

酒喝得差不多了，朝東西坐著的兩個美人都站了起來，說：「快要到深夜了，你們夫婦兩人可以就寢了。」於是，兩人為程宰他們撩起帳子、鋪好枕席後離開房間，其餘的侍女也都跟著兩人走了。所有的器具物品，霎時間全都蕩然無存，門卻依然關著，不知道她們是從哪裡出去的。與程宰坐在一起的美人獨自留了下來，兩人一起解衣登榻。床上的帷帳、被褥、枕頭都非常珍奇，全不是程宰以前用過的東西。程宰雖然驚奇，但也確實很動心。美人慢慢地解開頭髮挽成髮髻，頭髮烏黑光亮，彷彿可以照見人影，長度大約有一丈多。她的皮膚滑潤晶亮，就是凝結的脂肪也沒有這麼潔白。美人側過身體靠近程宰，肌體豐腴飽滿，柔軟得好像沒有骨頭。程宰這時候魂消神迷，不知該做什麼。一會兒，歡合方始，流出來的鮮血沾濕了床墊。美人若驚若喜，欲迎還拒，嬌柔羞怯，依依動人，彷彿難以承受一般，真正是一個處女。

程宰既已喜出望外，美人對程宰的愛戀之情也非常深厚。她對程宰說：「世上那些花月變成的妖精和飛禽走獸幻化的魔怪，往往要害人，所以被人們所厭惡。我不是它們的同類，你千萬不要懷疑我。我雖然不能給你帶來很大的好處，但也可以使你身體健康、錢財費用稍微充足一些。如果遇到災難，我還可以來救助你，但你不能把事情洩露出去。從今以後，我會經常來侍奉你就寢，不敢隨便不來。你哥哥雖然是至親，但也千萬不要講給他聽。講了以後就會有大禍接踵而至，我也不能替你想辦法了。」程宰聽了很高興，兩手合掌發誓說：「我程某本是凡庸卑賤之人，有幸蒙受真仙的厚恩大德，只恨粉身碎骨也不能報答。我恭敬地領受你的旨意，哪裡敢不時刻銘記在心呢？如果我違背當初的誓言，你讓我死上幾次也決不後悔。」程宰發完誓後，美人抱著他的脖子說：「我不是仙人，其實是個海神，我和你的前世姻緣已經很久了，所以前來和你相會。」沒多久，鄰居家的雞叫了。到了雞叫第二遍的時候，美人披衣起床，說：「我現在要走了，夜裡還會再來。你應該多多自愛。」話剛說完，昨天晚上的二位美人及侍女們都一起到了，大家都說了一些表示祝賀的話。美人洗漱完畢，打扮齊整，在眾人的簇擁下離開了房間。臨行前，美人握著程宰的手，囑咐他不要洩露出去，並反覆叮嚀了好幾次。走了幾步又回過頭來看看，不忍心作暫時的分別。那深厚的愛慕之情，無法用言語來形容。程宰更是欣喜若狂，簡直控制不了自己。轉眼之間，美人就走得無影無蹤。程宰仔細地觀察門扇，還和關門的時候一樣。再回過來看看室內，那些土炕、布被、荊條筐、蘆葦席，依然還是原來的樣子，剛才那些珍貴奇異之物，頓時也全都沒有了。程宰茫然若失地說：「難道這是夢嗎？」但仔細一想，飲酒進食、歡言笑語、枕上歡愛、山盟海誓之類的情景，都歷歷在目，清清楚楚，分明不是夢境。因而又是迷惑，又是高興。

一會兒，曙色微明，程宰出門來到哥哥的房裡。哥哥非常驚奇地說：「你今天早晨神采飛揚，和昨天大不一樣，這是什麼緣故呢？」程宰恐怕哥哥懷疑，就扯謊說：「這些年來生意很不順利，回鄉遙遙無期。昨天晚上天氣突然變冷，愁思極為深切，在床上翻來覆去地悲歎，整整一夜都沒有睡著，哥哥一定聽到了，哪裡會有什麼高興的事能使我神采煥發呢？」哥哥說：「我也受苦挨凍，想家想得睡不著覺。靜靜地聽你的房間，始終寂靜無聲，哪裡聽得見悲歎的聲音呢？」過了片刻，那些做生意的伙計全來了。看到程宰的面色，個個都十分驚奇，說的話與程宰哥哥的話相同。程宰只是隨口應答而已，一點也不吐露真言。事實上程宰自己也感覺到精神健旺，頭腦清醒，肌膚細膩光潤，渾身舒暢，比以前不知好了多少。他心中暗暗高興，唯恐美人不再來與他會面。這一天，他一次又一次地看太陽的影子，只恨太陽走得太慢。天還未晚，就推說肚子痛，回到房裡關好門，虔誠地思念著美人，等候她的到來。

街上的更鼓剛敲頭遍，房間裡又忽然亮了起來，和昨天晚上完全一樣。過了片刻，兩座香爐在前面引路，美人又來了。這次侍女只有幾個人，儀衛隨從不再像昨天那樣聲勢浩大，另外的兩個美人也不再來了。美人笑著說：「你果然有這樣的誠心，只是應當始終如一啊！」隨即就讓侍女斟酒上菜。菜肴珍奇豐盛，還和昨天一樣；但兩人歡笑戲謔的氣氛，卻比昨天增加了許多。一會兒，撤掉酒席就寢，侍女們又各自離去。程宰看看床上，只見重重疊疊的全是錦繡的被褥，然而卻始終沒有看見侍女們鋪設，心中暗想：「我假裝跌倒在床下，看看她會怎麼辦。」程宰剛準備轉身，房間裡就全都鋪滿了錦繡的毯子，地面上一點空隙也沒有。這天夜裡，兩人纏綿溫存，情投意合，關係更加親密。早晨，雞叫兩遍的時候，美人就又起身，洗漱梳妝以後離開。

自此以後，美人在晚上夜深人靜的時候來、清晨雞叫的時候起床，這已成了經常的事，幾乎沒有一天晚上不是這樣。雖然話語喧鬧、音樂反覆演奏，程宰哥哥的房間又離得很近，但他哥哥卻始終什麼也聽不見。不知美人用的是什麼法術。每當程宰心裡想到什麼東西，那東西馬上就會出現在眼前，極其神速。一天晚上，程宰偶然想吃新鮮荔枝，頃刻間面前就出現了一百多顆帶葉子的新鮮荔枝，色、香、味都絕對珍奇美好。又一天晚上，程宰又想到楊梅，馬上就見到一根長三四尺的白色樹枝，上面結著二百多顆楊梅，味道非常甜美，樹葉也特別新鮮柔嫩。吃完以後，吃剩下來的楊梅和樹枝、樹葉都忽然不見了。當時已是隆冬臘月，不知是從哪裡弄來的。而且荔枝和楊梅這兩樣東西都不是當地出產的。還有一天晚上，程宰和美人談到鸚鵡，程宰說：「聽說有白鸚鵡，只恨自己還沒有看見過。」轉眼之間，他就看到幾隻鸚鵡在面前飛舞，白色的、五彩的各占一半，鸚鵡們有的背誦佛經，有的唱詩念賦，說的話與普通人說的一樣。一天，市場上有個大商人出售兩顆名為「硬紅」的大寶石，寶石的顏色像桃花，比拇指還要大，索價一百兩銀子。程宰偶然看到以後，當天夜裡就談起這件事。美人拍手說：「對夏天的蟲子不能談論結冰的事，確實是這樣！」話剛說完，奇異的珍寶就堆滿了房間。其中有一丈多高的珊瑚、鵝蛋大的明珠、笆斗大的五彩寶石，它們閃耀著豔麗的光彩，刺人眼目，使人不能正對著看，但轉眼之間，忽然又只剩下一間空房。

是後相狎既久，言及往年貿易耗折事，不覺嗟歎。美人又撫掌曰：「方爾歡適，便以俗事嬰心❶，何不灑脫若是耶？雖然，郎本業也，亦無足異。」言絕，即金銀滿前，從地及棟，莫知其數，指謂程曰：「子欲是乎？」程歆艷❷之極，欲有所取。新人引箸挾食前肉一臠❸，擲程面問曰：「此肉可粘吾面也？」程言：「此是他肉，何可粘吾面也？」美人笑指金銀：「此是他物，何可為君有耶？君欲取之，亦無不可，但非分之物，不足為福，適取禍耳。吾安忍禍君也？君欲此物，可自經營，吾當相助耳。」

時己卯❹初夏，有販藥材者，諸藥已盡，獨餘黃蘗、大黃❺各千餘斤不售，殆欲委之而去。美人謂程：「是可居❻也，不久大售矣。」程有傭直❼銀十餘兩，遂盡易而歸。其兄謂弟失心病瘋❽，誶罵❾不已。數日，疫癘盛作，二藥他肆盡缺，即時踴貴，果得五百餘金。

又有荊商❿販彩緞者，途間遭濕熱蒸，發斑過半，日夕涕泣。美人謂程：「是亦可居也。」遂以五百金獲四百餘匹。兄又頓足不已，謂弟福薄，得此非分之財，隨亦喪去，為之悲泣。商伙中無不相咎⓫竊笑者。

月餘，逆藩[12]宸濠[13]反於江西，朝廷急調遼兵南討，師期促甚，戎裝衣幟，限在朝夕，帛價騰躍，程所居者遂三倍而售。

庚辰[14]秋，有蘇人販布三萬餘者，已售什八矣，尚存粗者什二，忽聞母死，急欲奔喪。美人又謂程：「是亦可居也。」程往商價。蘇人獲利已厚，歸計又急，止取原值而去，蓋以千金易六千餘匹云。明年辛巳[15]三月，武宗崩，天下服喪[16]。遼既絕遠，布非土產，價遂頓高，又獲利三倍。如是屢屢，不能悉記。四五年間，展轉數萬，殆過昔年所喪十倍矣。

宸濠之變也，人心危駭，流言屢至，或謂據南都[17]即位矣，或謂兵渡淮矣，或謂過臨清[18]近德州[19]矣。一日數端，莫知誠偽。程心念鄉邑，殊不能安。私叩美人，美人哂[20]曰：「真天子自在湖湘間[21]，彼何為者？止作死耳！行且就擒矣，何以慮為？」時七月下旬也。月餘報至，逆徒果以是月二十六日兵敗。程初聞真天子在湖湘之說，恐江南復遭他變，愈疑懼。美人搖首曰：「無事，無事！國家慶祚靈長[22]，天下方亨太平之福，近在一二年耳。」更叩其詳，曰：「期已近矣，何必豫知？」再期[23]，今上[24]中興，海宇[25]於變，悉如美人之言。其明驗之大者如此，餘細弗錄。

他夕，程問：「天堂地獄，因果報應之說有諸[26]？」曰：「作善降之百祥，作不善降之百殃，心所感召，各以類應，物理[27]自然。若謂冥冥之中，必有主者，銖銖兩兩[28]而較其重輕，以行誅賞，為神祇者不亦勞乎？」「輪迴之說有諸？」曰：「釋以為有，誣也；儒以為無，亦誣也。人有真元[29]完固者，形骸雖斃，而靈性猶存，投胎奪舍[30]，間亦有之，千億中之一二也。」「人死而為厲有諸？」曰：「精神未散，無所依歸，往往憑物為厲[31]，所謂遊魂為變耳。」「人間祭祀，鬼神歆饗[32]，有諸？」曰：「精誠所至，一氣感通，自然來格[33]。非鬼而祭，徒自諂耳。所謂『神不歆非類，民不祀非族』[34]也。」「人有化為異類者，何也？」

曰：「人之心術，既與禽獸無異，積之至久，外貌猶人，而五內㉟先化，一旦改形，無足深訝。」「異類亦有化人者，何也？」曰：「是與人化異類同一理耳。」「人有為神仙者，何也？」曰：「異類猶有化人者，況人與仙本一階㊱耳，又何足異？」「雷神㊲巧異，往往有跡，何也？」曰：「陽能變化，理所自然。人得幾何，而智巧若是；況雷實至陽。其為神變何足怪乎？」「龍能變化，大小不常，何也？」曰：「龍亦至陽，故能曲伸變化，無足問也。」「蜃氣能為山川城郭樓臺人物之形㊳，何也？」曰：「天地精明之氣，遊變無常，兩間㊴所有，時或示現，此可驗天地生物之機，所謂在天成象，在地成形。蜃何能為？」程平生所疑，皆為剖析，詞旨明婉，如指諸掌。

又夕，問美人姓氏為何？曰：「吾既海神，有何姓氏？多則天下人皆吾同姓，否則一姓亦無也。」「有父母親戚乎？」曰：「既無姓氏，豈有親戚？多則天下人盡吾同胞，少則全無瓜葛也。」「年幾何矣？」

曰：「既無所生，有何年歲？多則千歲不止，少則一歲全無。」言多此類。

迨嘉靖甲申㊵，首尾七年，每夜必至。氣候悉如江南二三月，琪花㊶寶樹，仙音法曲㊷，變幻無常，耳目應接不暇。有時或自吹簫鼓琴，浩歌擊磬㊸，必高徹雲表，非復人世之音。蓋凡可以娛程者，無不至也。兩情繾綣，愈久愈固。

【章旨】海神正確地預測市場動向，指導程宰用囤積居奇的辦法經商。數年之內，程宰獲利數萬。

【注釋】❶俗事嬰心　思想被俗事所糾纏。嬰，縈繞；糾纏。❷歆艷　羨慕。❸臠　切成塊的肉。❹己卯　指正德十四年（西元一五一九年）。❺黃蘗大黃　兩種中藥藥材，能清熱燥濕、瀉火解毒。❻居　囤積。❼傭直　打工的工錢。直，同「值」。❽失心病瘋　因神經失常而發瘋。❾誶罵　責罵。❿荊商　湖北的商人。荊，荊州。泛指今湖北一帶。⓫相咎　責怪。⓬逆藩　叛亂的藩王。⓭宸濠　明代宗室，襲封寧王。因明武宗朱厚照無子，宸濠於正德十四年據南昌起兵謀奪帝位，後兵敗被誅。⓮庚辰　正德十五年（西元一五二〇年）。⓯辛巳　正德十六年（西元一五二一年）。⓰服喪　戴孝守喪。⓱南都　指南京。⓲臨清　今山東臨清。⓳德州　今山東德州。⓴哂　微笑。㉑真天子自在湖湘間　能繼承帝位的真命天子正在湖北、湖南一帶。真天子，指繼明武宗即帝位的嘉靖帝朱厚熜。即位前襲封興獻王，封地在安陸（今湖北安陸）。㉒慶祚靈長　福祚久遠綿長。慶祚，幸福；福祚。㉓再期　過了整整兩年。㉔今上　當今皇上。指明世宗朱厚熜。㉕海宇　海內；宇內。㉖有諸　有這樣的事嗎。諸，「之乎」二字的合音。㉗物理　事物的道理。㉘銖銖兩兩　比喻微不足道的事情。銖、兩，均為古代的重量單位。一斤等於十六兩，一兩等於二十四銖。㉙真元　指人的元氣。㉚奪舍　道教語。指奪占新死者的軀體而再生。即借屍還魂。㉛厲　作祟害人的惡鬼。㉜歆饗　鬼神享受祭品。㉝來格　來到。格，至。㉞神不歆非類二句　語出《左傳》僖公十年。意謂神靈不享受外族的祭祀，人們也不祭祀他人的祖先。㉟五內　五臟。㊱一階　同一等級；同一類。㊲雷神　傳說中的司雷之神。㊳蜃氣能為山川城郭樓臺人物之形　指海市蜃樓。是光線經過多重折射後將遠處景物顯現在空中或地面而形成的各種奇異景象，常出現於海邊或沙漠地區，古人誤認為是蜃（大蛤蜊）吐氣而成。㊴兩間　天地之間。㊵嘉靖甲申　指嘉靖三年（西元一五二四年）。嘉靖，明世宗的年號（西元一五二二～一五六六年）。㊶琪花　仙境中的玉樹之花。㊷法曲　一種古代樂曲，因用於佛教法會而得名，隋唐時又吸收了西域音樂和道教音樂的成分，著名的曲子有〈霓裳羽衣〉等。㊸磬　古代的一種擊弦樂器。

【語譯】此後，由於彼此接觸的時間長了，兩人也就無所不談。有一次談到往年做生意總是蝕本的時候，程宰不覺唉聲歎氣起來。美人拍著手說：「正是歡樂適意的時候，心事還要被世間的俗事所纏繞，怎麼這樣不灑脫呢？雖然如此，這是你的本行，所以也不值得奇怪。」說完，程宰就看到眼前堆滿了金銀，從地上一直堆到屋梁，不知究竟有多少。美人指著金銀對程宰說：「你想要這些東西嗎？」程宰眼饞得很，想拿點下來，美人拿起筷子從盤子裡夾了一塊肉甩到程宰臉上，問道：「這肉可以黏在你的臉上嗎？」程宰說：「這是別人的肉，怎麼可以黏在我的臉上呢？」美人指著金銀笑著說：「這是別人的東西，怎麼可以讓你占為己有呢？你要想拿它，也沒有什麼不可以，但不是屬於你的東西，不僅不會給你造福，而只能是自取其禍。我怎麼忍心讓你遭到災禍呢？你想要這東西，可以靠自己的經營來獲取，我理當幫助你。」

這時是正德十四年初夏。有個販賣藥材的人，其他藥都賣完了，只剩下黃蘗、大黃各一千多斤賣不掉，差一點就要扔掉它們離開遼陽。美人對程宰說：「這些藥材是可以囤積的，不久就會暢銷。」程宰這時只有十幾兩銀子的工錢，就全部拿出去把這兩種藥材買了回來。他哥哥認為弟弟是神經失常，發了瘋病，不停地責罵他。過了幾天，遼陽流行瘟疫，這兩種藥材在其他藥店都賣光了，一時間價格猛漲，程宰這筆生意果然賺了五百多兩銀子。

又有一個販賣彩色錦緞的湖北商人，有一次因貨物在途中受了潮，又遭到熱氣的蒸烤，一大半都有了霉斑，傷心得日夜啼哭。美人對程宰說：「這也是可以囤積的。」程宰就用五百兩銀子買下了四百餘匹發霉的彩緞。他哥哥知道了氣得不停地跺腳，說弟弟福分淺薄，剛到手的非分之財馬上就丟失，並為此悲傷地哭了起來。那些做生意的伙伴也沒有一個不責怪，並暗中取笑他。過了一個多月，藩王朱宸濠在江西起兵謀反，朝廷急忙徵調遼兵到南方去討伐。部隊出發的日期非常急促，軍裝和旗幟限定在一兩天內就要做好，因而綢緞的價格飛漲，程宰所貯藏的綢緞就以原價的三倍賣了出去。

正德十五年秋天，有個蘇州人販了三萬多匹布到遼陽，已經賣掉了十分之八，還剩下十分之二的質量差一些的布沒有賣掉。忽然，他接到了母親的死訊，急著要回家奔喪。美人又對程宰說：「這也是可以囤積的。」程宰就去和蘇州人談價格。蘇州商人已經獲得了厚利，又急於回家，只收了成本價就離開了。程宰用一千兩銀子就換來了六千多匹布。第二年的三月，武宗皇帝駕崩，全國都要戴孝服喪。遼陽處在邊遠地區，當地又不出產布匹，布價頓時上漲，程宰又獲得了三倍的利潤。像這樣的事還有很多，不能將它們全都記下來。四、五年之間，程宰的資金不停地周轉增值，一下子就有了幾萬兩銀子，差不多超過了往年虧損數額的十倍。

朱宸濠叛亂時，人心惶惶，謠言不斷傳來。有人說朱宸濠在南京登基做皇帝了；有人說叛兵已經渡淮河了；有人說叛軍已經過了臨清，快要到德州了。一天就有好幾個說法，不知哪個是真，哪個是假。程宰思念家鄉，心中很是不安，就私下裡問美人。美人微笑著說：「將來要繼承皇位的真命天子目前正在湖北、湖南一帶，朱宸濠還能幹什麼？只不過是自己找死罷了！他馬上就要束手被擒了，你為什麼還要憂慮呢？」當時是七月下旬，一個多月後有消息傳來，叛逆之徒在當月的二十六日被打敗。程宰當初聽到真命天子在湖北、湖南一帶的說法，害怕江南還要遭到什麼其他的變亂，更加疑慮恐懼。美人搖頭說：「沒事，沒事，國家的福祚久遠綿長。天下人享受太平盛世之樂，那只是近在一、二年之內的事情。」程宰想進一步詢問詳細情況，美人說：「時間已經快到了，何必要預先知道呢？」過了兩年之後，當今的皇上使國家轉衰為盛，中途振興，海內風移俗變，一切都像美人所預言的那樣。她的話能夠得到明顯驗證的事，重大的就是這些，其他細小的就不再記錄了。

還有一天晚上，程宰問：「天堂地獄、因果報應的事有嗎？」美人回答說：「行善的人會遇到各種吉祥的事物，作惡的人會面臨各種災難。心中有所感動和召喚，同一類的東西就會相互感應，事物的道理本來就是這樣。如果說地府之中，必定有主管的人，任何細小的事情都要比較輕重，以此來進行處罰和獎賞，那麼天神和地神不是太辛苦了嗎？」問：「生死輪迴的事情有嗎？」

回答說：「佛家認為有，這是錯的；儒家認為沒有，也是錯的。元氣完好堅固的人，軀體雖然死了，而靈魂卻仍然存在，投胎再生、借屍還魂的事，偶爾也是有的，但是千億之中只有一個兩個。」問：「人死了以後變成厲鬼的事有嗎？」回答說：「精神沒有散失，沒有地方可以依託，往往憑藉其他的東西成為厲鬼，這就是所謂的遊魂的變化。」問：「人間祭祀鬼神，鬼神前來享用祭品，有這樣的事嗎？」回答說：「誠心所到的地方，人和鬼神就會聲氣相通，鬼神就會很自然地到來。沒有鬼神卻去祭祀，這是空自獻媚而已，這就是所謂的『神靈不享受外族的祭祀，人們也不祭祀他人的祖先』。」問：「人有變成異類的，這是什麼原因呢？」回答說：「那些人的心術，已經和禽獸沒有什麼區別。這種禽獸之心積累多了，雖然外貌還是人，而五臟卻早已變成禽獸的五臟了。他們一旦改變形貌，也不值得驚奇。」問：「異類也有變成人的，這是為什麼呢？」回答說：「這與人變為異類是同一個道理。」問：「人有的能成為神仙，這是為什麼呢？」回答說：「異類還有能變成人的，何況人與神仙本是同一類的，這又有什麼值得奇怪的呢？」問：「雷神十分靈巧神奇，往往有跡象顯露出來，這是為什麼呢？」回答說：「陽氣能夠變化，這是理所當然的，人沒有得到多少陽氣，就有如此的智慧和技巧，何況雷的陽氣是最盛的。它能神奇地變化，有什麼好奇怪的呢？」問：「龍能夠變化，大大小小沒有固定，這是什麼原因呢？」回答說：「龍的陽氣也是最盛的，所以能夠伸曲變化。不需要再問了。」程宰又問：「蜃吐出的氣能夠變成山川、城市、樓臺和人物的形狀，這是什麼原因呢？」美人回答說：「天地的精明之氣，流動變化沒有常態；天地間所有的東西，時而讓它們顯現出來，這可以驗證天地生長萬物的機能。這就是所謂的在天成象、在地成形，蜃又能做些什麼呢？」對程宰平時疑惑不清的問題，美人都為他一一剖析，言辭的意旨明白清晰，就好像指著自己的手掌給程宰看一樣。

又一天晚上，程宰問美人姓什麼？美人說：「我既然是海神，還有什麼姓氏呢？要說多的話，天下人都和我同姓；要說少的話，連一個姓也沒有。」程宰又問：「你有父母親戚嗎？」美人回答說：「既然沒有姓氏，哪裡會有親戚？要說多，天下人都是我的同胞；要說少，任何人都和我沒有瓜葛。」程宰問她：「年齡多大了？」美人回答說：「既然沒有誰生養我，還有什麼年齡可談呢？說多我一千歲也不止，說少我一歲也沒有。」美人說的，都是這一類的話。

到了嘉靖三年，美人與程宰從頭到尾共交往了七年時間。美人每夜必到，她來了以後，氣候就變得像江南的二、三月一樣。仙境的花草樹木和各種美好的音樂，都會不斷地變幻出來，使程宰的耳朵和眼睛連觀賞都來不及。有時美人自己吹簫彈琴、唱歌擊磬，樂聲響徹雲霄，不像是人間的音樂。凡此種種，只要能使程宰娛樂的東西，無不出現在程宰面前供他觀看欣賞。兩人情意纏綿，時間越久越難以分開。

一夕，程忽念及鄉井，謂美人曰：「僕❶離家二十年矣，向因耗折，不敢言旋❷，今蒙大造❸，豐饒過望，欲暫與兄歸省墳墓，一見妻子，便當復來，永奉歡好。期在周歲，幸可否之？」美人欷歔歎曰：「數年之好，果盡此乎？郎宜自愛，勉圖後福。」言訖，悲不自勝。程大駭曰：

「某告假歸省，必當速來，以圖後會，何敢有負恩私？而夫人乃遽棄捐若是耶？」美人泣曰：「大數當然，非關彼此。郎適所言，自是數當永訣耳。」言猶未已，前者同來二美人及侍女儀從，一時皆集。簫韶❹迭奏，會燕如初。美人自起酌酒勸程，追敘往昔，每吐一言，必汍瀾❺哽咽。程亦為之長慟，自悔失言。兩情依依，至於子夜。諸女前啟：「大數已終，法駕❻備矣，速請登途，無庸自戚。」美人猶執程手泣曰：「子有三大難近矣，時宜警省，至期吾自相援。過此以後，終身清吉❼，永無悔吝，壽至九九❽，當候子於蓬萊三島❾，以續前盟。子亦自宜宅心❿清淨，力行善事，以副吾望。身雖與子相遠，子之動作，吾必知之。萬一墮落，自干天律，吾亦無如之何也。後會迢遙，勉之！勉之！」丁寧頻復，至於十數。程斯時神志喪，一辭莫措，但雪涕耳。既而鄰鷄群唱，促行愈急，乃執手泣訣而去，猶復回盼再四，方忽寂然。於時蟋蟀悲鳴，孤燈半滅，頃刻之間，恍如隔世。亟啟戶出觀，但曙星東升，銀河西轉，悲風蕭颯，鐵馬⑪叮噹而已。情發於中，不覺哀慟。才號一聲，兄即驚呼問故。蓋不復昔日之若聾矣。兄既細詰不已，度弗能隱，乃具述會合始末，及所以豐裕之由。兄始駭悟，相與南望瞻拜，至明，而城之內外傳皆遍矣。

程由是終日鬱鬱，若居伉儷之喪。遂束裝南歸，俾兄先部貨賄⑫，自潞河⑬入舟，而自以輕騎由京師出居庸⑭至大同⑮，省其從父⑯。流連累日，未發。忽夕夢美人催去甚急，曰：「禍將至矣，猶盤桓耶？」程憶前言，即晨告別，而從父殷勤留餞。抵暮出城，時已曛黑，乃寓宿旅館，是夜三鼓，又夢美人連催速發，云：「大難將至，稍遲不得脫矣！」程驚起，策騎東奔四五里，忽聞炮聲連發，回望城外，則火炬四出，照天如晝矣。蓋叛軍殺都御史張文錦⑰，脅城內外壯丁同逆也。

及抵居庸，夜宿關外，又夢美人連促過關，云：「稍遲必有犴狴⑱憂矣！」程又驚起叩關，候門啟先入，行數里而宣府檄⑲至，凡自大同入關者，非公差吏人，皆桎梏下獄詰驗，恐有奸細入京也。是夜與程偕宿者，無一得免，有禁至半年者，有瘐死⑳於獄者。程入舟，為兄備言得脫之故，感念不已。

及過高郵湖㉑，天雲驟黑，狂風怒號，舟掀蕩如簸。須臾，二桅皆折，柁零落如粉，傾在瞬息矣。忽聞異香滿舟，風即頓息。俄而黑霧四散，中有彩雲一片，正當舟上，則美人在焉。自腰以上毫髮分明，以下則霞光擁蔽，莫可辨也。程悲感之極，涕泗交下，遙瞻稽首。美人亦於雲端舉手答禮，容色猶戀戀如故也。舟人皆不之見。良久而隱。從是遂絕矣。

戊子㉒初夏，余在京師聞其事，猶疑信間。適某僉憲㉓、某總戎㉔自遼入京，言之詳甚。然猶未聞大同以後事。今年丙申㉕在南院㉖，客有言程來遊雨花臺㉗者，遂令邀與偕至，詢其始末。程故儒家子，少嘗讀書，其言歷歷，具有源委㉘。且年已六秩㉙，容色僅如四十許人，足徵其遇異人無疑，而昔聞不謬也。作〈遼陽海神傳〉。

【章旨】程宰準備回鄉探親，美人說兩人緣分已斷，約程宰日後於蓬萊仙島相會。程宰在歸途中又得到了美人的庇護，逃脫了三次大難。

【注釋】❶僕　自稱的謙詞。❷旋　歸；還。❸大造　大恩德；大功德。❹簫韶　相傳為虞舜時的音樂。❺汍瀾　流淚的樣子。❻法駕　皇帝的車駕。這裡指海神的車駕。❼清吉　清靜吉祥。❽九九　八十一。❾蓬萊三島　傳說海中的三座神山，即蓬萊、方丈、瀛洲。❿宅心　居心；存心。⓫鐵馬　又稱風鈴。懸掛於屋簷下的鐵片，風吹時相互撞擊，叮噹作響。因形狀似馬，故稱。⓬部貨賄　安排貨物和財物。⓭潞河　指北京通州以下的白河，為北運河的上游。⓮居庸　即居庸關。長城的重要關口之一，在今北京昌平西北。⓯大同　即今山西大同，為古代軍事重鎮。⓰從父　伯父、叔父的通稱。⓱張文錦　山東安丘人，弘治十二年進士。因抵制朱宸濠有功，由安慶知府升任右副都御史，巡撫大同。因治軍督責過嚴引起兵變，被部下殺死。⓲犴狴　監獄。犴狴，原為傳說中的猛獸，形似虎，有威力。舊時監獄門上常繪其圖形，故用作監獄的代稱。⓳宣府檄　宣府鎮的公文。宣府，軍鎮名。為明代北方九邊之一，置總兵坐鎮。總兵府設於宣府（今河北宣化）。⓴瘐死　病死於獄中。㉑高郵湖　湖名。位於今江蘇高郵、金湖及安徽天長之間。㉒戊子　嘉靖七年（西元一五二八年）。㉓僉憲　官職名。按察使的屬官，分道巡察，考核吏治。㉔總戎　武官名。即總兵。㉕丙申　嘉靖十五年（西元一五三六年）。㉖南院　指南京翰林院。作者作此小說時任南京翰林院孔目。㉗雨花臺　地名。位於南京城南中華門外聚寶山上。相傳梁武帝時有雲光法師於此講經時，天花墜落如雨，故名。㉘源委　同「原委」。事情的始末。㉙六秩　六十歲。秩，十年。

【語譯】一天晚上，程宰忽然想起了家鄉，就對美人說：「我離家已經二十多年了。以前因為做生意虧本，不敢說回家。現在承蒙你的大恩，富裕得超過了自己的想像。我想和哥哥一起回家探親掃墓，看一看妻子兒女，然後就馬上回來奉陪你，與你永遠歡悅和好。我回去只需要一年時間，不知你是否同意？」美人抽泣著歎息說：「多年的幸福生活，果真就此結束了嗎？郎君應該多多自重，盡力爭取將來的幸福。」說完，就悲痛得難以承受。程宰大吃一驚，說：「我請假回去省親，一定速去速來，以圖今後早日相會，哪裡敢辜負你的恩愛？夫人怎麼這麼快就拋棄我了呢？」美人哭泣著說：「命運該當如此，和你我二人都不相干。你剛才講的話，自然是命中注定我們該永遠分別了。」話還沒有說完，以前曾經來過的另外兩位美人以及眾多的侍女、儀衛隨從，很快都會集在房子裡。仙樂反覆地演奏著，還像當初一樣相聚宴飲。美人自己站起來斟酒勸程宰喝，並回憶過去的事情。她早已淚流滿面，每說一句話都泣不成聲。程宰也為此連聲痛哭，後悔自己說錯了話。兩人情意綿綿，依依不捨，一直到深夜。侍女們前來稟告說：「命裡的緣分已經完結，車駕已經準備好了，請趕快登程上路，不要再自己憂傷了。」美人還緊緊握著程宰的手哭著說：「你有三次大難近在眼前，應該時時警戒提防。到時候我自然會來幫助你的。過了這三次大難之後，你就會一輩子清靜吉祥，不會再有什麼憂慮了。你能夠活到八十一歲，到時候我在蓬萊三島等候你，以此來延續我們以前訂立的盟約。你自己也應該心地清靜，努力多做好事，不要辜負我的希望。我與你雖然相距很遠，但你的一舉一動，我都必然知道。你萬一墮落，自己觸犯天律，我也就沒有什麼辦法了。以後相會的日子還很遙遠，你要努力啊，你要努力啊！」美人頻頻地叮嚀了十幾遍。程宰這個時候更是喪魂落魄，一句話也說不出來，只是不停地擦眼淚。不久，鄰居家的雞一起啼叫了起來，侍女們催促得也更急了，這時美人才與程宰拉著手哭別而去。出門之後，還一再回過頭來看，看了好多次，才忽然隱身不見。這時窗外蟋蟀悲叫，室內一盞孤燈半明半滅。頃刻之間，好像隔了一個世代。程宰急忙開門出去看，只見啟明星從東方升起，銀河已轉到了西方的天空，淒厲的寒風颯颯作響，屋簷下的風鈴叮叮噹噹地搖動。強烈的感情從程宰的內心噴發而出，他不由得哀聲痛哭起來。他剛號哭了一聲，哥哥就吃驚地叫他，問他是什麼緣故，再也不像過去那樣似乎是聾子了。哥哥不停地仔細盤問，程宰估計無法隱瞞，就把自己和美人相會的始末以及致富的原因詳細講了出來。哥哥在驚駭之餘明白了事情的真相，和弟弟一起遙望南天瞻仰禮拜。到天亮時，遼陽的城裡城外都在傳說著這件事。

程宰因此而整天鬱鬱寡歡，好像是死去了妻子一樣。於是他收拾行裝準備回南方的家鄉。他讓哥哥先安排好銀錢和貨物，從潞河裝船出發，自己則騎馬經北京出居庸關到了大同，去看望他的叔父。他在大同一連住了好幾天還沒有動身出發，夜裡忽然夢見美人急切地催促他快點離開，說：「災禍馬上就要到了，你還在這裡逗留幹什麼？」程宰想起美人以前講的話，天一亮就向叔父告別，而叔父又情意深厚地為他餞行，直到傍晚時分才出城。這時，天已經黑了，程宰就在旅館中過夜。三更天的時候，又夢見美人連連催他趕快出發，美人說：「大難即將臨頭，稍微晚一點就逃脫不了。」程宰驚醒後連忙起床，快馬加鞭地向東跑了四、五里，忽然聽到炮聲接連不斷，回頭向城外望去，只見到處都是火炬，原來是叛亂的軍隊殺死了都御史張文錦，並脅迫城裡城外的青、壯年一起造反。

到了居庸關，程宰在關外投宿，夜裡又夢見美人連續地催他趕快過關，說：「稍遲一步，就會坐監獄！」程宰又連忙起身去叩擊關門，請求入關。關門一開，他就第一個進了關。走了幾里，宣府鎮的公文就到了，凡是從大同入關的人，如果不是公差官吏一律予以逮捕，送入監獄訊問查驗。因為怕有奸細混入北京城。當天夜裡和程宰一起住宿的，沒有一個人不被逮捕。有的被關押了半年多，有的病死在獄中。程宰回到船上，向哥哥詳細地講述了脫險的經過，對美人感激思念之情難以盡述。

到了過高郵湖的時候，天上的雲驟然變黑，狂風怒吼，船像簸箕一樣搖晃動盪。一會兒，兩根桅杆都被風刮斷了，舵也被打得粉碎，眼看瞬息之間就要翻船。忽然，滿船人都聞到了一種異常的香味，大風也頓時停息。不久，黑霧四處散開，船的上空出現了一片彩雲，美人就站在彩雲中。美人身體的腰以上部位連毛髮都歷歷可見，腰以下則被霞光圍繞遮蔽，看不清楚。程宰悲痛、感傷到了極點，涕淚俱下，遙望著美人磕頭拜謝。美人也在雲端舉手回禮，臉上還像以前那樣流露出戀戀不捨的神情。這一切，船上的其他人都看不見。過了很久，美人才隱沒。從此以後，美人就沒有再出現過。

嘉靖七年初夏，我在京城聽說這件事，對它還半信半疑。剛好一位按察院的僉事和一位總兵從遼陽入京，對這件事講得非常詳細。然而當時我還沒聽說程宰到大同以後的事情。今年是丙申年，我在南京翰林院供職，有客人告訴我程宰要到雨花臺來遊玩。我就讓客人邀請他一起來，向他詢問事情的詳細經過。程宰原本是讀書人家的子弟，少年時曾讀過書，所以將事情敘述得清清楚楚，有頭有尾。而且他的年齡已過六十，但看容貌卻只有四十來歲，這足以證明他遇到神異人物是無可懷疑的，我從前聽到的有關傳說並不荒謬。因此，我寫下了這篇〈遼陽海神傳〉。

【賞 析】本篇受陸粲〈洞簫記〉的影響比較明顯，二者的故事情節和細節描寫都有不少相似之處，主人公也都是商人。不同的是，〈洞簫記〉中的徐鏊雖生活在市井之中，並代舅舅管理當鋪，但他「雅有士人風度」，且精通音律，是吹奏洞簫的高手，仍帶有濃重的儒生氣。程宰雖出身儒門，少時也讀過一些書，但他似乎早已告別了琴棋書畫，一直以經商為「本業」，念念不忘的就是求財謀利，被海神譏為「以俗事嬰心」，「不灑脫」，他和外商內儒的徐鏊是有區別的。〈洞簫記〉很少涉及商業活動，而〈遼陽海神傳〉則詳細地描述了程宰經商致富的全部過程，形象地展現了商人的生存狀況和心態特徵，與〈洞簫記〉相比，本篇更富有時代特色。

小說中的程宰，除了具有中國人刻苦耐勞、忠厚堅韌的共同特點之外，其實並無多少奇才異能、善行義舉，然而在他落拓潦倒之際，卻能被女神擇為佳婿，與之歡好七年。這在一定程度上昭示了明代中葉以後，隨著商品經濟的迅速發展，商人逐漸改變了四民之末的卑賤地位，對自己開始有了一定的自信。他們不僅可以理直氣壯地謀財逐利，而且可以以嶄新的面貌在文學作品中嶄露頭角，和以往的才子一樣和紅顏佳人相戀相愛。「流落邊關一俗商，卻逢神眷不尋常」（《二刻拍案驚奇》卷三七篇尾詩），這其中多少傳遞了一些時代變遷的資訊。

小說集中地表現了商人的夢想和追求。商人們由於長期在外奔波，希望有紅巾翠袖來慰其孤寂，小說中就有女神自媒自薦，主動與程宰夜夜相聚，百般恩愛，對他有求必應；商人們希望及時了解市場行情的變化，以多多獲利，小說中的女神就能及時地向程宰提供商品，並指點程宰採用人棄我取、囤積居奇的手段，在短短的幾年內，靠十兩銀子的本錢獲取了數萬兩白銀的巨利；商人們最怕做生意遇到天災人禍，小說中的女神為程宰準確地分析政局的變動，幫助他躲過兵變之禍、牢獄之災，並將他從驚濤駭浪中解救出來。小說中的程宰，是我國中世紀商人的代表人物。而在程宰生活的時代，政局的風雲變幻、市場的變動不居以及種種自然災害，都是商人們所難以應付的，於是，他們就乞求神靈的指點和護佑，使他們消災免難，生意興隆，財運亨通。小說中的女神，實際上是當時商人們幻想的產物。小說通過神異瑰奇的情節，真實而又深刻地反映了商人們渴求愛情、膜拜金錢、期待社會安定的心理。可以說，本篇是最早為商人們「寫心」的小說之一。

小說採用了真幻交織的手法，情節離奇卻有現實依據，想像豐富而描寫真切細膩。如海神與程宰分別時欷歔悲泣的場面，寫得具體逼真而富有層次感，非常切近現實生活，成功地表現了戀人間難捨難分的真摯感情。而「於時蟋蟀悲鳴，孤燈半滅，頃刻之間，恍如隔世。亟啟戶出觀，但曙星東升，銀河西轉，悲風蕭颯，鐵馬叮噹」的景色描寫，也恰到好處地烘托了人物的內心世界。

劉堯舉

佚名

【題解】本篇首見於王世貞《艷異編續編》卷四，係根據宋人洪邁《夷堅志》卷一七〈劉堯舉〉一則改編。小說敘述了書生劉堯舉與船家女的戀愛故事。凌濛初《初刻拍案驚奇》卷三二〈喬兌換胡子宣淫，顯報施臥師入定〉的入話，即根據本篇改寫。蒲松齡《聊齋誌異・王桂菴》的上半部分的情節、文字，也與本篇頗為類似。

【作者】不詳。

劉堯舉，字唐卿，舒州❶人也。淳熙❷末，父觀官平江❸許浦❹，堯舉從之行。是年，當秋薦❺，遂僦舟❻就試嘉禾❼。及抵中流，見執楫者一美少艾❽，年可二八，修鬟綽❾媚，眉眼含春，雖荊布淡妝而姿態過人，真若「海棠一枝斜映水」也。唐卿心動，因藉訪之，知為舟人子。乃歎曰：「有是哉，明珠出此老蚌耶！」唐卿始礙其父，不敢頻矚。留連將午，情莫能已。駕言❿舟重行遲，促其父助縴。父去，試以眼撥之，少艾或羞或慍，絕不相怯。及唐卿他顧，則又睨覷⑪流情，欲言還笑。唐卿見其心眼相關，神魂益蕩，乃出袖中羅帕，繫以胡桃，其中綰⑫同心結，投至女前。女執楫自如，若不知者。唐卿慌愧，恐為父覺，頻以眼示意，欲令收取，女又不為動。及父收纜登舟，將下艙，而唐卿益躁急無措，女方以鞋尖勾掩裙下，徐徐拾納袖中，父不覺也。且掩面笑曰：「膽大者，亦踧踖⑬如此耶？」唐卿方定色，然亦陰德之矣。

【章　旨】劉堯舉坐船前往嘉興趕考，遇到一位年青貌美的船家女。劉將羅帕打成同心結繫上胡桃投擲於姑娘面前表達愛慕之情。

【注　釋】①舒州　今安徽舒城。②淳熙　宋孝宗趙昚的年號（西元一一七四～一一八九年）。③平江　府名。治所在吳縣（今江蘇蘇州）。④許浦　地名。今屬江蘇常熟。⑤秋薦　即秋貢。唐宋時州府向朝廷薦舉會試人員的選拔考試。因於秋季舉行，故稱。⑥僦舟　租船。⑦嘉禾　地名。今浙江嘉興。⑧少艾　年青美麗的女子。⑨嚲　下垂；搖曳。⑩駕言　託言。⑪睨覷　斜著眼睛看。⑫綰　繫結；打結。⑬踧踖　驚懼不安的樣子。

【語　譯】劉堯舉，字唐卿，舒州人。南宋淳熙末年，父親劉觀在平江府的許浦做官，堯舉也跟著父親到了許浦。這一年，正當地方上舉行向朝廷薦舉會試人員的選拔考試，唐卿就租船到嘉興去應試。船到了河中央，堯舉發現搖船的是一個年青美麗的姑娘。姑娘的年齡在十六歲左右，美麗的環形髮髻搖搖晃晃十分迷人，眉眼之間飽含著春情。雖然荊釵布裙，又沒有多加打扮，但容貌體態卻遠遠超過了常人，真好像一枝斜映在水中的海棠花。唐卿不禁動心，就偷偷地打聽，得知她是船夫的女兒，就歎息說：「居然有這樣的事，明珠竟然是從這個老蚌裡生出來的！」唐卿開始因為礙於姑娘父親的面，不敢多看姑娘。

這樣留戀不捨到了將近中午的時候，唐卿仍然心旌搖動，不能自已。他以船重而行得慢為藉口，催促姑娘的父親上岸去拉縴。姑娘的父親上岸後，唐卿就試著用眼神來撩撥姑娘。姑娘有點羞澀又有點生氣，但決不像害怕的樣子。等到唐卿的目光移到其他地方，姑娘又雙眼斜視唐卿，對他暗送秋波，想說話又忍不住地笑。唐卿見她眉眼傳情，更是意蕩神馳，從袖中拿出一塊綾羅手帕，繫上一顆胡桃，在手帕上打了一個同心結，丟到姑娘面前。姑娘仍然神態自如地搖著櫓，好像一點也不知道似的。唐卿慌亂慚愧，生怕被姑娘的父親覺察，便連連以目示意，想讓姑娘把手帕收起來，姑娘卻毫不理睬。等到姑娘的父親收起縴繩上船，眼看就要進入船艙，唐卿更是急得手足無措。這時，姑娘才用鞋尖把手帕勾過來藏到裙子底下，並慢慢地撿起來放到袖子中。她的父親一點也沒有覺察。姑娘邊撿邊掩著臉笑，說：「膽大的人怎麼如此驚恐不安啊？」唐卿這時才定下心來，心中暗暗地感謝姑娘。

越明，復以計使父去，因得通問[1]曰：「以子國色，兼擅巧能，宜獲佳偶。但文鴛❷彩鳳，誤墮雞棲，誠令人不能無慨。」女曰：「君言差矣。紅顏薄命，豈獨妾哉？而敢生尤怨！」唐卿益為歎服。自是，兩情雖洽，然終礙父，咫尺不能近體。

及抵秀州❸，唐卿引試❹畢，出院甚早。時舟人市易未還，遂使女移舟他處，因私懇曰：「僕年方壯，秦晉未諧。倘不見鄙，當與子締百年之好。」女曰：「陋質❺貧姿，得配君子，固所願也。第枯藤野蔓，難託喬松。妾不敢叨，君請自重。」唐卿撫其肩曰：「噫！是何足較？兩日來被子亂吾方寸久矣，恨不得一快豪情。今天與其便，而子復拒執如此，望永絕矣。英雄當激而死，何惜此生？即當碎首子前，以報隱帕之德。」言畢，踴躍投身於河。女急牽其衣裾曰：「姑且止，當自有說。」唐卿回顧曰：「子真憐我乎？」遂携抱枕席間，得諧私願。女起自飾其髻，且為生整衣曰：「辱君俯受，冒恥仰承，一瞬之情，義堅金石。幸無使剩蕊殘葩，空付餘香於游水也。」唐卿答曰：「苟得寸進，敢負心盟❻，必當貯子金屋。」兩相笑狎而罷。

【章　旨】劉堯舉與船家女兩情相悅，在劉堯舉考試完畢後私相結合，訂立百年之好。

【注　釋】❶通問　相互問候。❷文鵷　鳳凰一類的鳥。❸秀州　今浙江嘉興。❹引試　指引保就試。宋時規定，大逆不道者的親屬、歸俗僧道以及有不孝、不悌之事者，不得就試。士子應試，須有鄉里相保。臨考前，由知舉官進行審核，詢問保人，通過審查的士子方能參加考試。❺陋質　弱質。多指女子或女子身體。❻心盟　沒有從言辭中表現出來的內心盟約。

【語　譯】第二天，唐卿又設法讓姑娘的父親離船，找機會問候說：「憑著你冠絕一時的容貌，再加上你這麼靈巧能幹，應該有一個好的配偶。但鳳凰誤入雞窩，實令人感慨萬端。」姑娘說：「您說錯了。自古紅顏薄命，難道只是我一個人嗎？我怎麼敢怨天尤人呢！」唐卿對她更為讚歎佩服。從此以後，兩個人的感情雖然十分融洽，但是始終礙於姑娘父親的面，儘管近在咫尺，卻不能相依相偎。

船抵達秀州後，唐卿通過了資格審查，考完試走出貢院，看看時間還很早。當時船夫到市場上去買東西還沒有回來，唐卿讓姑娘把船移到別的地方，並私下裡向她請求說：「我現在還正年青，尚未結婚。如果你不鄙棄我，我就和你訂立婚約。」姑娘說：「我身體羸弱，家境貧窮，能夠和您相配，這當然是我的願望。但是枯老的長藤、野外的蔓草，難以依附高大的松樹。我不敢承受您的厚愛，希望您多多自重。」唐卿撫摸著姑娘的肩膀說：「唉，這哪裡值得一提呢？這幾天我早就被你攪得心神不寧，恨不得馬上就放縱自己的感情。現在老天給予我方便，而你又如此地拒絕推卻，我的希望永遠斷絕了。英雄遭到阻擋就應去死，我這生命還有什麼可愛惜的？我馬上就死在你的面前，以此來報答你為我隱藏手帕的恩德。」說完後就往河裡跳。姑娘連忙拉住他衣襟說：「暫且不要跳，有話慢慢說。」唐卿回頭看著女子說：「你真的愛我嗎？」於是就和姑娘在枕席間攜手相抱，滿足了自己的願望。姑娘起來後自己梳理了一下髮髻，並為唐卿整了整衣服，說：「使你蒙受恥辱，屈尊和我親近，我不顧羞恥，承受你的大恩，雖是瞬息之間的恩愛，但情義卻比金石還要堅固。希望你不要拋棄殘花剩蕊，讓餘香白白地隨著流水而消逝。」唐卿答道：「我如果有一點微小的進展，也不敢違背出自內心的盟約，我一定將你貯藏在金屋之中。」兩人又一起歡笑親暱了好長時間才分開。

是夕，唐卿父母夢二黃衣人突報曰：「天門❶才放榜，郎君已首薦❷。」忽一人掣去，云：「劉堯舉近作欺心事，宜殿一舉❸。」父母驚覺。及揭示，果見黜落❹。少艾以為失望，怏怏❺淚下，唐卿撫慰，久之方已。

及歸謁父母，詰質❻以夢。唐卿匿不敢言。至次舉，復領舒州首薦。

唐卿感女夙約，遍令求訪，竟莫能得。蓋或流泛他所，而唐卿遂及第。

【章　旨】劉堯舉父母夢見黃衣人告知兒子作了欺心事被天庭黜落。堯舉下次考中榜首後再去尋訪船家女，卻怎麼也沒有找到。

【注　釋】❶天門　天宮之門。❷首薦　科舉考試中被取為第一名。❸殿一舉　在科舉考試中，因文理不通或犯規、舞弊等行為，給予停考若干科的處罰。殿一舉即停考一科。❹黜落　落榜。❺怏怏　悶悶不樂。❻詰質　譴責；質問。

【語　譯】當天夜裡，唐卿的父母夢見兩個黃衣人突然進來報告說：「天宮門口剛才放榜，你家兒子被取為第一名。」忽然一個人將報單抽去，說：「劉堯舉最近做了虧心事，應該罰他停考一科。」父母因此而驚醒過來。等到發榜以後，唐卿果然落第。姑娘對此感到非常失望，悶悶不樂，淚流滿面。唐卿撫慰了好久，姑娘才不再哭泣。

唐卿回到家中拜見父母，父母根據夢中黃衣人所說加以譴責質問，唐卿瞞住了與姑娘交往的事而不敢講。到了下一次舉行選拔考試的時候，他又被取為舒州的第一名。唐卿有感於與姑娘昔日的盟約，讓人到處尋找探訪，卻怎麼也沒有找到。姑娘或許跟著父親駕船漂流到了其他地方，而唐卿參加朝廷的會試也順利登第。

【賞　析】本篇又名〈投桃錄〉，是一篇速寫式的男女愛情小說。

官家子弟劉堯舉乘舟前往嘉禾趕考，看到船上執楫的少女姿容過人，劉堯舉因之而意奪神搖，於是就設法試探。他先是以目挑之，姑娘「或羞或慍，絕不相怯」，而當劉堯舉目光他顧時，姑娘又「睨覷流情，欲言還笑」，兩人「心眼相關，神魂益蕩」。此時，劉堯舉取出袖中羅帕繫在胡桃上，在羅帕上又打了一個同心結，將其丟在姑娘的面前。姑娘卻不為所動，「執楫自如，若不知者」。堯舉怕姑娘的父親發現，頻頻以目示意，想讓姑娘將同心結收起來，姑娘仍然不予理睬。等到姑娘的父親從岸上收繂登舟時，劉堯舉早已躁急無措了。這時，姑娘卻不慌不忙，將同心結「以鞋尖勾掩裙下，徐徐拾納袖中」，其父渾然不覺。姑娘還以手掩臉，譏笑堯舉說：剛才你膽子不小，怎麼現在就這樣驚慌不安了呢？這一令人擊節讚賞的細節，借助於精湛的神情、動作與對話的描寫，逼真地狀繪了初相愛悅的兒女情態。女主人公既被劉堯舉的熾熱之情所感動，又擔心他是輕薄之徒，所以欲進不敢，欲罷不甘，表現出一種若迎若拒的微妙態度。小說用不太長的篇幅，便將純真的愛情描寫的婀娜動人，將女主人公多情大膽而又矜持穩重、天真活潑而又老練狡獪的性格展現無遺，堪稱追魂攝魄之筆。整篇小說也因這一段精彩的細節描寫而增色生輝，令讀者難以忘懷。蒲松齡曾將這一細節移植到〈王桂菴〉一篇的開頭，《聊齋誌異．花姑子》中有安生進入花姑子內室向其求愛、花姑子疾呼、老父趕來詢問時花姑子又說酒沸壺子快要融化的細節，與此同一機杼。

經過初步的接觸和了解之後，船家女與劉堯舉的愛情開始迅速發展，姑娘看出劉堯舉是真心相愛，便同意與之締結百年之好。不料堯舉科考落榜，姑娘大為失望。堯舉的父母夢中又被黃衣人告知堯舉原當名列榜首，因作虧心事而遭天庭黜落，便對堯舉嚴加管教，使其與姑娘失去了聯繫。待堯舉下一科考試「復領舒州首薦」、四處尋訪姑娘以履踐昔日盟約時，唯見煙波浩茫，水闊天長，那位如「海棠一枝斜映水」的姑娘已不知飄流到何方去了。小說具有濃烈的詩化特徵，作者將一對小兒女的故事講得細膩委婉，「小小情事，悽惋欲絕」，女主人公的結局，帶給讀者的是一片惆悵和惋歎。

小說中的女主人公雖然是一個處在社會最底層的船家女子，但她對人生卻有著令士君子為之歎服的識見。當劉堯舉為她「文鴛彩鳳，誤墮鷄棲」的命運慨歎時，她回答說：「君言差矣。紅顏薄命，豈獨妾哉？而敢生尤怨！」她對當時女子的悲慘命運有相當清醒而深刻的認識，但她又不嗟歎哀怨，而是泰然處之。她也曾努力改變自己的命運，希望「陋質貧姿，得配君子」，「幸無使剩蕊殘葩，空付餘香於游水」，她也曾為意中人落第而失望，「怏怏淚下」。然而，她一旦發現一切努力都無法改變自己的身分之後，便杳然而去，蹤影難覓。她這種對待命運的態度應該說是可取的。

桂遷夢感錄

邵景詹

【題解】本篇選自《覓燈因話》卷一。敘述桂遷忘恩負義、後來又改惡從善的故事。本篇曾被馮夢龍改寫為擬話本小說，題為〈桂員外途窮懺悔〉，收入《警世通言》卷二五。清代李玉以此為藍本，創作了傳奇《人獸關》。

【作者】邵景詹，號自好子，書齋名遙青閣。生平事跡不詳，約生活於明代萬曆年間。《覓燈因話》成書於萬曆二十年（西元一五九二年），共二卷，收入文言傳奇小說八篇，記載元明以來新奇怪異之事，是作者有意模仿瞿佑的《剪燈新話》而作，文風樸素無華，對後代的白話短篇小說有一定的影響。

大德❶中，有施君名濟，吳之長洲❷人。君家故饒於財，犖犖❸負氣節。年四十而未有子，性獨嗜佳山水，暇輒往虎丘❹、天池❺、天平❻諸山遊憩焉。夏之日，獨棹小舟，登劍池❼，度真娘墓❽，遂避暑讀書臺❾。新蟬嘒❿柳，南薰⓫度松。顧瞻之頃，忽聞有愁歎聲，徐一再聽，而其人若不勝情者。君使覘⑫之，則少同學桂生遷也。邀而問之，初難於言，既曲慰之曰：「足下父母無恙乎？」曰：「先二人謝世久矣。」曰：「然則壼內⑬弗寧乎？」乃始輸其誠⑭曰：「僕有田數畝，足供饘粥⑮，不幸惑於人言，謂販與耕，利且相百，遂折券⑯與李平章家，得金二十錠⑰，貿易京師。天乎不余貸⑱，而重之禍也！舟碎洪流，橐懸磬⑲矣，所存者僅藐焉⑳一身。今日竄歸，又為主者所覺，主者勢焰薰天，念薄田不足以償，一妻二子，將不復留，是以悲耳！」言訖而涕潸焉下。君為動容曰：「足下無慮，吾且為爾圖償之。」桂初以為戲。君曰：「吾與足下，交雖不深，然愛妻子之心一也。吾每恨無子，忍見有子棄之乎？且吾家素裕，固未急急於此不急之財；救足下於塗炭㉑，推愛子之念，全足下之妻孥，是所甘心，何敢為戲？」桂乃反悲為喜，長跪且拜曰：「君如是，是僕之天也！異日尺寸㉒有立，圖所報稱㉓；若終於困窮，則公家豈無犬馬乎？」遂別去。翌日，桂果來謁，君輒如額與償之，不復責券㉔。桂大感謝。

無何，君偶以事過桂之居，念而造焉。其子迎門歡甚。桂趨出，禮恭而色沮喪，已而聞內欷泣，君更詰之，對曰：「向承厚德，等於天親㉕，再生之餘，何敢容隱！僕豚兒荊婦，幸賴保全，然薄田敝廬，皆為李氏所有，今旦夕被其驅逐，而出無所之，坐無所食，溝中之瘠㉖，僕將不免。僕命已矣，君恩奈何？」君又憮然㉗曰：「夫拯人之急，而不足全人之生，則亦徒㉘耳！足下無慮，余前村有田十畝，桑棗數十株，盍往居焉。樹藝㉙而給，無憂之也。」桂謝且赧，良久，願奉幼子為質，以效犬馬之勞。君固卻之。再翌日，偕桂生至田處，以田及桑棗給之，中一株最高，俗傳有神棲焉，桂因結茅㉚於下。

【章旨】桂遷經商虧本，被債主逼迫，施濟出資替他還債，又將自家的十畝土地和數十棵桑棗樹讓給桂遷安家謀生。

【注釋】❶大德　元成宗鐵穆爾的年號（西元一二九七～一三〇七年）。❷長洲　今江蘇吳縣。❸舉舉　卓絕貌。❹虎丘　山名。位於今江蘇蘇州的西北郊，距蘇州閶門八里左右。相傳春秋時吳王闔閭死後葬於此山，三日後有白虎蹲踞其上，故名。❺天池　山名。位於蘇州西郊。❻天平　山名。位於蘇州西郊，山頂平正，故名。❼劍池　在蘇州虎丘山上，兩側崖高百尺，險如刀削。相傳秦始皇巡行至虎丘山欲求闔閭的寶劍，見有虎當墳而踞，以劍擊虎，誤中大石，地陷而成池，故名。❽真娘墓　位於虎丘劍池之西。真娘，唐代蘇州名妓。❾讀書臺　位於蘇州西貫橋。相傳是三國時呂蒙所建。呂蒙曾在此招攬俊才，共同讀書。❿嘒　蟬鳴聲。《詩經．小雅．小弁》：「鳴蜩嘒嘒。」⓫南薰　南風。⓬覘　觀看；窺視。⓭壼內　家中。⓮輸其誠　說出真心話。⓯饘粥　泛指稀飯。⓰折券　此處指立下以田地房屋為抵押的借錢字據。⓱錠　用作貨幣的銀塊，一般每錠五十兩。⓲不余貸　即「不貸余」。意謂不保佑我。貸，赦免；寬恕。⓳囊懸磬　謂口袋空空。⓴藐焉　微小的樣子。㉑塗炭　比喻極端困苦的處境。塗，泥淖。炭，炭火。㉒尺寸　略微；稍許。㉓報稱　報答。㉔責券　要求立下借據。㉕天親　指父母、兄弟、子女等血親。㉖溝中之瘠　謂死於溝壑。瘠，沒有完全腐爛的屍體。㉗憮然　驚愕的樣子。㉘徒　徒然；無用。㉙樹藝　種植；栽培。㉚結茅　建造房屋。

【語譯】元成宗大德年間，有個人叫施濟，是吳地長洲人。家中資財素稱富足，他本人也卓越超群、志向高遠。施君到了四十歲時尚未有兒子，他又特別喜歡遊山玩水，有空就到虎丘、天池、天平等地去遊覽休息。有一年夏天，他一個人划著小船，登上虎丘山，來到劍池，穿過了唐代名妓真娘的墓，在三國時呂蒙的讀書臺前乘涼。知了在柳樹枝頭鳴叫，南風吹拂著松林，施君正在四面觀望的時候，忽然聽到了一陣悲愁的歎息聲。再慢慢地細聽，那人好像有難以承受的悲傷。施君循聲尋找，原來歎息的人是自己幼年時的同學桂遷。施君跟桂遷打招呼，並問他有什麼心事，桂遷開始不願開口。後來，施君再三地安慰他，並問道：「你的父母沒有病吧？」桂遷回答說：

「我家兩位先君去世已經很久了。」又問：「那麼是不是家中不安寧呢？」這時，桂遷才說出真心話：「我家中原有幾畝地，本來足以養家糊口。不幸被別人的話所迷惑，以為做生意與種地的利息相差百倍。於是就以幾畝地做抵押，立下字據，向李平章家借了二十錠銀子到京城去做生意。可是老天不保佑我，又把重大的災禍加在我的頭上，船在急流中撞碎了。我現在囊空如洗，剩下來的只有微賤的身體。今天逃回家，又被債主知道了。債主的勢焰薰天，我想那幾畝薄田根本不夠賠償。家裡一妻二子，都已保不住了，所以越想越悲傷。」說完以後，眼淚潸然而下。施君聽了也為之面容改色，說：「你不要多憂慮了，我將為你想辦法賠償他。」桂遷開始以為施君是在開玩笑。施君說：「我和你交情雖然不深，但愛護妻子兒女的心情是一樣的。我常恨自己沒有兒子，難道能忍心看你有兒子而拋棄嗎？何況我家向來比較寬裕，本來也不急著用這些錢。把你從困境中解救出來，將我的愛子之心推廣到你身上，保全你的妻子兒女，這是我所甘心的事，怎麼敢開玩笑呢？」桂遷頓時變悲為喜，直著身體跪在地上拜謝說：「您這樣做，就是我的天了。我以後稍微有些成就，一定想辦法報答您。如果我終生窮困潦倒，那麼我就變成犬馬為您效勞。」兩人就此分別。到了第二天，桂遷果然上門求見，施君就將銀子如數借給了他，讓他去還債，也沒有要他立借據。桂遷非常感謝。

不久，施君偶然有事路過桂遷的住處，想到桂遷的事就上門去看看。桂遷的兒子高興地出門迎接，桂遷也連忙跑出來，禮數周到卻神色沮喪，施君還聽到房間裡傳來哭泣的聲音。施君就問桂遷是怎麼回事？桂遷回答說：「上次蒙受您的恩德，您就是我的再生父母。我這個死裡逃生的人，怎麼敢對您有所隱瞞呢？我的兒子妻子，託您的福得以保全，但我家的田地和房子，都已歸李家所有，現在早晚就要被他驅逐出去。而我全家被趕出後就無處可住，即使住下來又沒有東西可吃，全家人難免要死於溝壑。我的性命已經完了，可怎麼報答您的恩情呢？」施君驚愕地說：「救人之急，卻不能保住別人的性命，這等於白救。你不要憂慮，我在前村有十畝地，幾十株桑樹、棗樹，你就住那裡好了。你靠種地種樹養蠶，可以自給自足，就不會擔憂缺少什麼了。」桂生既感激又慚愧，過了好久，願意將小兒子過繼給施君，為施君盡犬馬之勞，施君堅決地推辭了。第三天，施君和桂生一起到了前村，將田地和桑樹、棗樹給了桂遷。中間有一棵樹最高，人們傳說很有靈驗，桂遷就在樹下建房居住。

居一年，覺其地甚寒，與他所異，桂疑之。一日，荷鋤歸，見純白鼠入室，逐之不見。謀於妻曰：「下豈有物乎？」卜之得吉，遂與妻夜發之，果得白金一藏。生喜而遽呼曰：「是可以報施君矣。」妻搖手，急止之曰：「無以呼為也！此施氏地，安知非施氏所瘞❶？即不然，彼借口於己之地，固以為份內物也，雖盡與之，必不見德，如或不諒，將更疑子之匿其餘，是欲報德而且生怨矣。且子終生，止欲作十畝田主人耶？盍於他鄉潛置產業，徐以己力為報，顧不美乎？暮夜無知，天啟其便，天與不取，反受其殃矣。」桂生聞妻之言，良心頓昧，而巧計潛滋，自是遂置施君於度外焉。乃倩[2]舊識，置膏田脂產於會稽[3]。歲往徵租，則託以朱門之干謁[4]；既還故郡，則詐為藍縷[5]之形容。

如是者十年，而施君殂矣。其子甫三歲。桂謂其妻曰：「此我揚眉吐氣時也！」乃以隻鷄斗酒往奠施君曰：「先生之恩，所不能報，亦豈敢忘？今先生往矣，顧余何人，久占先生之田廬，豈無面目？靦顏[6]殊甚！寧轉而之他，受凍餓以死耳。」施母留之再三，不可，灑泣而去，挈家居於會稽。

桂素饒幹局[7]，居積[8]致富。施氏素豪宕[9]，家不甚實，加以子幼妻弱，不十餘年，而貲產蕭然[10]，饔飧[11]或不相繼。於是母與子謀曰：「爾父存日，施德于桂生，桂生似長者，今聞其富於會稽，盍與爾歸焉？上者可冀厚償，而次亦不失故值[12]，諒不虛此行也。」乃買舟自吳抵越，母止旅店，其子先往，比至桂生家，則門庭奕然[13]，非復曩時田舍翁氣象矣。施子驟喜，以為得所依也。遂投刺[14]。閽者[15]數輩，引入東廂，楹榱[16]嚴整，扁題曰知稼，蓋楊鐵崖[17]筆也。候久不出，俄履聲自內聞，乃逡巡[18]卻立[19]，再整衣冠。而桂生未遽見也，憩中庭，處分[20]童僕，呼諾，語剌剌[21]不可了。又久之，始出，心知為施氏子也，故為不識。施子備道其顛末，且云：「老母在旅次[22]。」桂乃延之西齋，留一飯，吐詞簡重，矜色尊嚴。徐問曰：「子今年幾何？」對曰：「昔先生垂弔[23]時，不肖[24]方三齡，今別先生十五年矣。」桂頷之[25]，別無他語。飯已，更不問其母及家事。施子計窮，因微露其意。桂即變色曰：「吾知爾之來也。顧吾力亦能辦此，爾毋多言，令他人聞之，為吾辱。」施唯唯而退。

初，施母以桂必迎己也，倚閭[26]而望。及聞狀，不覺大慟曰：「桂生，而[27]忘棲十畝時耶？」其子遽勸之曰：「姑待之，彼何物，戇痴[28]而悖眊[29]若是。蓋彼勢壓村中，習為驕慢，見我貧窶[30]，不欲禮為上賓，而又諱言前負，故落落㉛如是耳。犬馬之盟，言猶在耳，而刎㉜今已赫赫㉝乎？豈有負人桂叔子？」母意稍釋。

過數日，施子以晨往候，日停午㉞，而竟弗達。施不勝慚忿，攘袂㉟直趨，大言曰：「我施生寧求人者？為人求我，而特取宿值㊱耳，胡為其窘辱㊲我？」頃之，其長男自外入。施整衣向前揖曰：「某姑蘇㊳施生也。」言未竟，長男曰：「然則故人矣！門下不識耳！昨家君備道足下來意，正在措置，而足下遽發大怒，豈數十年之久，而不能待數日耶？然此亦不難，明日可無負矣。」言訖竟去。施子方悔己之失言，又怨彼之無禮，涕泣而歸。其母復勸之曰：「吾與爾數百里投人，分宜謙下㊴，若得原值二十錠，意望亦完，不必過為悲憤也。」

明日戒行㊵，母復囑之曰：「慎毋英銳，坐失事機，以勞我心。」於是施子鞠躬屏氣，再候於桂之門下。久之，曰：「宿酒未醒也。」乃求見其長男，且曰：「得見長公，足矣，無煩主翁也。」又久之，則曰：

「已往東莊催租矣。」問其次男，則曰：「已于西堂陪館賓㊶矣。」施子怒氣填胸，羞顏滿面，然無可奈何。頃之，桂生乘騶㊷而出，則就謁於馬首，甚恭。桂謾不為禮，曰：「爾施生耶？」顧一僕，以金二錠償之。施子視償，僅什一也，大駭，方欲一言白，而桂飄然已去，且使人來數曰：「爾昨何淺暴如是？本欲從容、從厚，今不能矣。然猶念爾年幼遠來，故纖毫不缺，可速歸。」施子大失望，而不敢見於辭色。求賂閽者，通問於其妻。妻又令人數曰：「曩先公以為德，而子今以為負也？幸吾主翁長者，償之如數，夫復何言？無已，可歸取券來，雖百錠不負也。」施無以對，歸以母語。母鬱抑不堪，遂抱疚還家，竟不起。而日所取償於桂生者，曾不足為道途喪葬之費。吁！亦悲矣夫！

【章　旨】桂遷在施君家的桑樹下掘得一窖銀子。他瞞過施君占為己有，並因此而成為巨富。施君死後，其遺孀與孤兒於窮困中投靠桂遷。桂遷忘盡前恩，對施氏母子極為冷淡和刻薄。施妻因此抑鬱而死。

【注　釋】❶瘞　埋藏。❷倩　請求；委託。❸會稽　今浙江紹興。❹干謁　對人有所求而請見。❺藍縷　衣服破爛。❻靦顏　慚愧；難為情。❼素饒幹局　一向富於才幹。❽居積　囤積居奇；做生意。❾豪宕　同「豪蕩」。器量闊大。❿蕭然　空寂；蕭條。⓫饔飧　早飯和晚飯。⓬故值　指以前借給桂遷的銀兩。⓭奕然　高大華麗的樣子。⓮投刺　遞名帖請見。⓯閽者　看門的僕人。⓰楹榱　指房屋。楹，堂屋前面的柱子。榱，屋椽。⓱楊鐵崖　元代著名的詩人與書法家。字廉夫，號鐵崖。⓲逡巡　恭順的樣子。⓳卻立　後退站立。⓴處分　指揮。㉑剌剌　話多；講個沒完。㉒旅次　旅店。㉓垂弔　屈尊弔喪。㉔不肖　自稱的謙詞。㉕頷之　點頭。㉖倚閭　倚門。閭，裡門；門。㉗而　你。㉘戇痴　愚昧癡呆。㉙悖眊　昏亂糊塗。㉚貧窶　貧乏；貧窮。㉛落落　冷落。㉜矧　何況。㉝赫赫　顯赫興盛。㉞停午　中午；正午。㉟攘袂　捋起袖子。㊱宿值　以往借出去的銀兩。㊲窘辱　困迫凌辱。㊳姑蘇　指蘇州。㊴分宜謙下　理當謙遜和氣。㊵戒行　登程；出發上路。㊶館賓　私塾的老師。㊷騶　馬。

【語　譯】過了一年，桂遷覺得所住的地方很冷，與其他地方不一樣，感到有些奇怪。一天，他扛著鋤頭回來，看到一隻純白的老鼠進入房子。等他去追趕時，老鼠又不見了。桂遷和妻子商量說：「會不會下面埋有東西呢？」占卜得了個吉卦，就和妻子連夜挖掘，果然挖到了一窖銀子。桂遷高興得馬上叫起來：「這可以用來報答施君了。」妻子連忙搖手制止說：「你不要再叫了！這是施家的地，怎麼知道這銀子不是施家埋藏的呢？即使不是施家埋藏的，他藉口這是在他家地上挖到的，必定認為這是他分內的東西。就算我們把銀子全部給他，他也不會感謝我們。如果他不諒解，還會懷疑你藏了銀子，這是想報德卻結下了怨恨。再說難道你一生只想做十畝地的主人嗎？為什麼不到其他地方暗中置些產業，慢慢地靠自己的力量報答他的恩德呢？這樣不是很好嗎？深夜做事無人知道，這是老天給予我們的方便。上天給予的東西不去取，反而會遭受災禍。」桂遷聽了妻子的話，良心頓時泯滅，而機巧與計謀在無形中不斷滋長，從此之後就將施君完全置之度外了。他請熟人在會稽購買肥田，置辦家產，自己每年到會稽去收租，卻假稱去拜訪豪門大戶；回到故鄉以後，又故意裝出一副衣衫藍縷的樣子。

這樣過了十年之後，施君去世了，他的兒子才三歲。桂遷對妻子說：「現在是我揚眉吐氣的時候了！」然後就帶著一隻雞、一杯酒前往祭奠施君說：「先生的恩德，暫時還不能報答，但怎敢忘記？現在先生走了，我是什麼人，竟然長期占用先生的田地房屋，還有什麼臉面見人？實在太慚愧了。我寧願遠走他鄉，受凍挨餓死了也心甘！」施君的妻子再三挽留也留不住。桂遷流著眼淚離開家鄉，帶著全家搬到了會稽。

桂遷一向富於才幹，到會稽後靠囤積居奇發了財。而施君為人豪爽大方，家底本來就不太殷實了，加上子幼妻弱，不到十幾年，就家財耗盡，有時甚至吃了上頓沒下頓。於是，母親與兒子商量說：「你父親在的時候，給了桂遷不少恩德，而桂遷也好像是講道德的人，現在聽說他在會稽發了財，我和你何不去投靠他？弄得好可以得到豐厚的報償，差一點也能要回原來借出去的銀兩。看來這次是不會白走一趟的。」於是，母子倆就租船從蘇州到了會稽。母親住在旅店裡，兒子先到桂遷家。到了桂遷家一看，只見門戶高大華麗，跟以前種田人家的氣象截然不同。施子陡然一喜，以為找到依靠了，就將名帖遞進去請求見見主人。幾個看門的人將他引進東廂房，只見房屋整齊氣派，匾額上題著「知稼」二字，是名人楊鐵崖的手筆。施子等了好久也不見桂遷出來。一會兒聽到裡面傳來了腳步聲，施子連忙恭敬地後退幾步站在那裡，又重新整理了一下衣帽。但桂遷沒有馬上出來見客，而是在中庭休息指揮傭人。呼叫聲和答話聲不斷傳來，廢話講個沒完。又過了好久，桂遷才出來。心裡知道是施家的兒子，卻故意裝作不認識。施子向桂遷詳細講述了到這裡來的經過，並說：「我的老母親還住在旅店裡。」桂遷就將施子請入西齋，留他吃了一頓飯，說話莊嚴持重，面露驕傲的神色，顯得尊貴而威嚴。桂遷慢慢地問道：「你今年幾歲了？」施子回答說：「當年先生屈尊到我家弔喪時，我才三歲。現在和先生分別已經十五年了。」桂遷點了點頭，再也沒有其他的話了。吃完飯後，也不問他母親及家裡的事。施子沒有辦法，只好稍微透露了一點這次來的目的。桂遷聽了馬上變臉說：「我是知道你要來的，我的力量也能辦這件事。你不要多說話，以免讓他人聽到了，給我增添恥辱。」施子連聲答應著退了出來。

起初，施母以為桂遷一定要出來迎接自己，就靠著門朝外張望。等到聽了兒子告訴她見桂遷的情況後，悲痛地說：「桂遷，你忘記了住我家房、種我家地的時候了？」兒子馬上勸她說：「我們暫且等待一下吧。他是什麼東西，如此愚昧癡呆而又昏聵糊塗。大概他的勢力壓倒了全村，驕傲怠慢慣了，看到我貧窮，不想待為上賓，而又忌諱人家講他負心，所以才這樣冷落我。他做犬做馬的誓言，至今還在耳邊，何況他現在已經顯赫了呢？難道桂遷是個負心人嗎？」這麼一說，施母心裡稍微平靜了一些。

過了幾天，施子一大早就到桂遷家門口等候，可到了中午，竟然還沒有見到桂遷。施子非常羞愧忿恨，捋起衣袖一直跑進門內，大聲說：「我姓施的難道要求人嗎？只是因為當初人家求過我。我只是來要回以往借出去的銀錢，為什麼要困迫凌辱我？」過了一會兒，桂遷的大兒子從外面進來，施子整整衣服上前作揖道：「我是蘇州的施生。」話還沒有講完，桂遷的大兒子就說：

「原來是老朋友，只是我這個供使喚的人不認識罷了。昨天我父親將你的來意都說了，現在正在準備，而你卻突然發大火，難道幾十年之久的交情，還不能等待幾天嗎？不過這也不難，明天就可以不辜負你了。」說完後就走了。施子後悔自己失言，又怨恨他實在無禮，流著眼淚回到了旅店。他的母親又勸他說：「我和你到幾百里以外來投靠別人，按理應當謙遜和氣，屈己待人。如果能得到原來借出去的二十錠銀子，願望也就滿足了。不必過於悲傷氣憤。」

第二天早晨出發前，施母又囑咐兒子說：「千萬不要太莽撞，坐失要回銀錢的時機，給我增添煩惱。」於是，施子彎腰曲體，屏住呼吸，異常謙恭地再次在桂遷門前等候。過了好久，裡面回話說：「昨天夜裡喝醉了酒，還沒有醒過來。」施子就要求見見桂遷的大兒子，說：「只要見見大官人就夠了，用不著打擾主人翁了。」又過了好久，裡面回答說：「大官人已經到東莊去催租了。」施子又問起桂遷的二兒子，回答說：「已經在西堂陪館裡的老師了。」施子怒氣填胸，滿面羞顏，然而一點辦法也沒有。一會兒，桂遷乘馬出來了，施子就在馬前恭恭敬敬地拜見他。桂遷的態度非常輕慢，也不還禮，說：「你是施生嗎？」然後回過頭去朝僕人使了個眼色，僕人將兩錠銀子給了施生。施生一看，償還的銀子僅有借出的十分之一，大吃一驚，正要開口辯白，桂遷已飄然而去，而且還派人責怪施子說：「你昨天怎麼那樣狂妄無禮？本來想慢慢地多還一些給你，現在不可能了。看你年幼無知，又老遠趕來，所以一絲一毫也沒有少你。快點回去吧！」施子大失所望，而又不敢從言辭臉色上表現出來。施子只好又去賄賂看門人，求他向桂遷的妻子轉達自己的意思，桂遷的妻子又令人數落說：「我家這樣做，以前你父親一定認為是行善施德的好事。你這個做兒子的，怎麼就認為是虧待你了呢？幸虧我家當家的是個忠厚長者，如數償還了你家的錢，你還要再說什麼？如果還不肯了結的話，你就回去把借據拿來。借據上就是一百錠銀子，我也不缺你一分一毫。」施子沒有話可以回答，回去告訴母親。母親憂憤鬱積，無法忍受，生了重病，抱病和兒子一起回家鄉。從此以後就再也沒有起來。而那天桂生償還的銀子，竟不夠用來作路費和喪葬費。唉，真是可悲啊！

已而，桂生家益裕，產益夥。當兀年❶，賦役繁增，桂甚苦之，每顰蹙❷曰：「某非國家之民，乃一老奴僕耳！」里有劉生者，善滑稽，奔走要津❸有年矣。偵知桂意，說之曰：「方今賦稅不均，貴者千百頃而無科❹，賤者倍蓰❺輸而無算，以公之資，寧不能少入作顯客，而碌碌甘稅戶耶？」桂生歎不答。劉笑曰：「公豈以廢舉子業久乎？公不見吳之張萬戶❻、李都赤❼，不識一丁，而食祿千石，是何人也？此皆僕為之斡旋❽。僕自恨無力耳，使有如公十分之一，今不知衣紫乎、衣朱❾乎。」桂聞其言，心動耳熱，因撫臂問曰：「費當幾何？」曰：「二千足矣，多則近三千耳。」桂甚喜，且曰：「卜吉即與君行。」劉辭曰：

「恐有為公惜者，必以僕言為誕。然以僕計，公賦歲不下千餘，今所費僅三年賦役之耗耳，夫捐耗貲而躋崇秩⑩，不愈於歲作輸戶⑪而猶輒折腰墨綬⑫耶？今為計，吾見來年之春，吏不敢晝入公之堂矣。語曰：『成大功者不謀於眾，圖大事者不惜小費。』必欲僕行，惟公裁之。」

桂益惑。明日遂行。劉又辭以未有室家，桂乃以貲安其孥，挈金三千，與俱至都下，罄以金付之，不問出入。未逾月，金盡，則謬來賀曰：「日夕貴矣！第非五千不可。」桂稍有難色，輒去不顧曰：「徒費前物，毋咎我也！」桂不得已，稱貸得金二千，而留其半，以半與之。又月餘，或告桂生曰：「劉某已除⑬親軍⑭指揮使⑮矣。」桂未信。少頃，從者奔入曰：「適見劉生，驟貴甚，呵擁⑯塞道途。」桂且信且疑，倚門望焉。忽有四卒前曰：「大人致請。」桂曰：「大人何為者？」曰：「新親軍劉公也。」桂愕然，始信劉之賣己矣，大怒欲入，而卒掖之行。及至，桂猶意其以鄉曲⑰見，而劉端坐如故，久始言曰：「曩貲便宜假我，決不爾負。但吾新蒞署，需錢甚急，爾前所留，幸並貸我，不數月，當悉償也。」即令卒押取之。

【章　旨】桂生攜巨資去京城謀官，卻被同鄉劉生騙走白銀五千兩，劉生用此銀為自己謀得官職。

【注　釋】❶元年　據上下文，當指元順帝至元元年（西元一三三五年）。❷顰蹙　皺起眉毛和額頭。形容愁眉苦臉的樣子。❸要津　要路。常指顯要的地位、職位。❹科　科徵；租稅。❺倍蓰　一倍五倍。蓰，五倍。❻萬戶　官職名。為世襲武職，意為萬夫之長。由中央樞密院或各行省主管。❼都赤　即千戶。古代武官名。元代千戶所歸萬戶府統領。❽斡旋　周旋；奔走活動。❾衣紫乎衣朱乎　指高官。唐代三品以上官員穿紫袍，五品以上官員穿朱袍。故以朱紫指代顯貴。❿躋崇秩　登上高位。⓫輸戶　交糧納稅的人家。指平民。⓬折腰墨綬　向縣官彎腰下拜。墨綬，古代縣官所繫的黑色綬帶，故用以代稱縣官。⓭除　拜官授職。⓮親軍　親兵。⓯指揮使　軍職名。唐宋時有都指揮使。為禁衛之官。⓰呵擁　吆喝簇擁；護衛。⓱鄉曲　鄉里；同鄉。

【語　譯】以後，桂遷家越來越富裕，家產越來越豐厚。到了至正元年，賦稅徭役不斷增加，桂遷深受其苦，常常愁眉苦臉地說：「我不是國家的老百姓，只是一個老奴僕罷了！」當地有一個人叫劉生，一向能說會道，奔走於權貴之門已經好多年了。他探知桂遷有花錢買官的念頭，就勸桂遷說：「如今賦稅不均，豪門貴族有千百頃土地卻不交租稅，平民百姓的租稅成倍成倍地增加，而且沒有止境。憑藉著您的資產，不能稍微送點錢給權貴也做個貴人嗎？怎麼就甘心一輩子做個碌碌無為的納稅戶呢？」桂遷只是長長地歎氣而不回答。劉生笑著說：「你是不是因為廢棄舉業已好多年而不想做官了？你沒看見蘇州的張萬戶、李千戶嗎？兩個人都一字不識，而現在都享受千石的俸祿。他們有什麼能耐？還不都是因為我為他們奔走活動。我自己只恨財力不夠，如果我的財產能有你的十分之一，我現在早就身穿紫袍、紅袍，當上高官了。」桂遷聽了他的話，心有所動，耳朵發熱，撫摸著劉生的臂膀問道：「需要多少錢？」劉生回答說：「二千就夠了，多則近三千。」桂遷很高興，說：「我選擇一個吉日就和你一起出發。」劉生推辭說：「恐怕有替你愛惜錢財的人，他們必定認為我的話太荒誕。但是據我計算，您每年的賦稅不少於一千兩銀子，現在準備花去的也僅僅只有您三年賦稅的損耗。把將要損耗的銀子捐出去就能做上大官，不比年年做交糧納稅的平民、還要向縣官彎腰下拜要好得多嗎？現在為您考慮，我想來年的春天，吏役們就不敢白天進入你家的門了。俗話說：『成就大功業的人不與眾人商量，想辦大事的人不會捨不得花一些小錢。』是否一定要我同你一起走，你就自己決定吧。」

桂遷被他說得更加迷惑，第二天就要出發。劉生又故意推託說家中還沒有安頓好，桂遷只好出錢為他安頓妻子兒女。一切辦妥之後，桂遷帶著三千兩銀子，與劉生一起到了京城。他將所有的銀子都交給了劉生，也不問他錢是怎麼用的。不到一個月，劉生將銀子全用完了，就跑來假假地向桂遷祝賀說：「你早晚就要成為貴人了。不過沒有五千兩銀子不行。」桂遷略微露出了一點為難的表情，劉生就馬上離開，頭也不回地說：「這樣你以前的銀子就白白地浪費了，可不要怪罪於我。」桂遷萬不得已，向人借了兩千兩銀子，自己留下一半，另一半給了劉生。又過了一個多月，有人告訴桂遷說：「劉生已經得到了一個親軍指揮使的官職。」桂遷沒有相信。過了一會兒，隨從的人奔進來說：「剛才見到劉生，忽然變得非常富貴，吆喝、護衛的人塞滿了道路。」桂遷將信將疑，就靠在門旁張望。忽然，有四個士卒走上前對桂遷說：「我家大人有請。」桂遷問：「你家大人是誰？」士卒回答說：「大人就是新任的親軍指揮使劉公啊。」桂遷很驚訝，這才相信劉生已將自己出賣了。他非常惱怒，準備進屋，卻被四個士卒拉著手臂去見劉生。到了以後，桂遷還以為劉生要以同鄉的身分見他，誰知劉生端坐在上面，一動也不動。過了好久，才說：「以前的銀子，你行個方便先借給我吧，我是決不會辜負你的。但我剛剛到官府上任，急著等錢用。你以前留下來的一千兩銀子，希望能一起借給我。不出幾個月，我就全部還給你。」說完，就命令士卒押著桂遷去取走了銀子。

卒去，而索貸者填門矣，乃令從者歸取償之。桂羞還故鄉，止居京邸，以厚價得利匕首，將俟劉入朝，刺殺之。然急於報仇，夜不能少寐，月光黯淡，而誤以為東方明矣；急奔出，則路杳無❶行人，禁漏❷方三催耳。乃倚身闤闠❸，少息焉。須臾，夢匍匐入高堂，一老翁據案坐，乃施君也。桂見之，大赧，不得已，搖尾前曰：「曩今嗣❹來，非敢忘德，恐其不克負荷，欲得當以報之耳。」君大叱曰：「是欲死耶？胡自吠其主也？」桂見訴不聽，見其子自內出，乃銜衣笑曰：「向辱惠顧，不能輒厚遺，幸無罪！」其子以足蹴之曰：「是欲速死耶？胡自嚙其主也？」桂不敢仰視，行至廚，見施母方分羹，乃蹲足叩首，乞哀曰：「向今嗣不能少待，以致薄母，罪不敢辭。今我餒甚，能以餘羹食我乎？」母命大杖撲之。逃至後庭，則其妻與二子、少女咸在焉，諦視之，皆成犬形，反自顧，亦無少異。乃大駭曰：「我輩何至此哉？」妻怒曰：「爾貴他人而辱妻子，獨不思負施君乎？施在堂，乞憐萬狀，而不見聽，比爾曩時侮慢其子，能相當否？」桂詈❺曰：「桑下得金，爾以為暮夜無知，致我如此，顧咎我耶？」妻復詈曰：「其子來時，誰為爾言而弗報也？」二子前解之曰：「此往事，言之何益？徒增傷痛耳！但自今以後，再世為人，其勉為無獸行哉！」相與欷歔久之。桂餒甚，索食之急，顧有小兒遺溺❻池上，桂心知其穢惡，而見妻子攢聚❼欲食，亦不覺垂涎焉，見所遺墮落池中，深惜之。已而廚人奉主翁之命，烹其長男，驚懼而甦，汗液浹背，乃一夢也。則曙色漸開而朝罷矣。

桂幡然⑧曰：「噫！有是哉！天道好還⑨，絲粟不爽，人之不可輒負，彰彰矣！夫負人之與負於人，一也。今日之夢，是天以告象，非其實也，猶可得而悔悟。安知劉生不實受於此乎？則於劉何尤？」乃棄匕首河中而返。急至吳，訪施君之子，時年二十七矣。更厚葬其父母，載之至越，以女妻焉。

居無何，劉果以贓敗，抄錄拷訊，備嘗窘辱。桂適以事赴京，偕子婿謁刑曹⑩，會見劉，頸荷鐵徽⑪，手交木葉⑫，顏色枯槁，步履艱難；妻子自後來，與之訣別，或怨或啼，而旁觀者益怒。忽見桂生，悲慚伏地曰：「向負大人，故有今日。」其糞食乞哀之情，怨悔顛連之狀，宛若曩時夢中故態。桂不覺心動，以錢數十貫贈焉。劉跽⑬而受之曰：「今生已矣，俟來世為犬馬以報德也。」桂因大感歎，與子婿歸，三分其財產，遂為會稽名家。江左⑭之人，迄今猶有能道其詳者。

【章　旨】桂遷欲刺殺劉生報仇，忽然感夢變犬，其妻子兒女也都變犬。桂遷夢醒後幡然改過，招施子為婿，以報答施君之恩。行騙者劉生則因貪贓枉法而下獄受刑。

【注　釋】❶杳無　了無；絕無。❷禁漏　宮中計時的漏刻。❸闤闠　街市；街道。闤，市區的牆。闠，通往市區的門。❹令嗣　同「令郎」。對他人兒子的敬稱。❺詈　罵；責罵。❻遺溺　拉大便。❼攢聚　聚集。❽幡然　迅速改變的樣子。❾天道好還　意謂天道循環往復，善惡必有還報。語出《莊子》三十章：「以道佐人主者，不以兵強於天下，其事好還。」❿刑曹　刑部。⓫鐵徽　鐵索。徽，綳索。⓬木葉　木製的刑具。⓭跽　長跪。雙膝著地，上身挺直。⓮江左　江東。指長江下游以東地區。

【語　譯】士卒取了銀子離開後，來向桂遷討債的人擠滿了屋子。桂遷只好讓隨從的人回會稽去取銀子來還人家。桂遷羞於回故鄉，滯留在京城的旅店中。他用高價買到了一把鋒利的匕首，準備等劉生入朝的時候刺死他。桂生因為急於要殺人，夜裡一點也睡不著。當時月光昏暗，他便誤以為東方已經亮了。急急忙忙奔了出去，而路上卻一個行人也沒有，宮中計時的漏刻才響第三遍。桂遷就靠在街市旁的牆上稍微休息一會兒。沒多久，桂遷夢見自己爬著進入了一間高大的廳堂，一個老翁據案而坐。仔細一看，這老翁就是施君。桂遷見到施君非常羞愧，不得已，只好搖著尾巴爬上前去說：「上次令郎到我家來，我並不敢忘記你的恩德。只是怕他背不動，想找個適當的機會來報答他。」施君呵斥道：「你這是找死啊？為什麼要對自己的主人狂叫？」桂遷見施君不聽自己的訴述，看見施君的兒子從裡面出來，就銜著施子的衣服笑著說：「上次您屈尊惠顧寒舍，沒能給您贈送厚禮，希望您不要加罪於我！」施子用腳踢他說：「你這是想快點死嗎？為什麼要咬自己的主人？」桂遷不敢抬頭看，走到廚房，看到施母正在分食品，就跪在地上叩頭，哀求道：「上次令郎去我家時沒有再等一會兒，以致我虧待了您老人家。我的罪過不敢推諉。我現在餓得很，老人家能將剩下來的食物給我吃嗎？」施母令人用大棍子打他。桂遷逃到後院，發現他的妻子、兩個兒子和小女兒都在。仔細一看，家裡的人全都變成了狗的模樣。再回過來看看自己，也和他們沒有什麼不同。桂遷大為震驚，說：「我們一家怎麼到了這個地步呢？」妻子大怒道：「你使他人富貴而使自己的妻子兒女受辱，為什麼偏不去想想自己對不起施君呢？施君在廳堂上，我們百般乞求他憐憫我們，他都不肯聽。這和你以前侮辱怠慢他的兒子相比，能相互抵消嗎？」桂遷罵道：「桑樹下挖到銀子，你認為深夜無人知道，害得我到了今天這個地步。你還要來責怪我嗎？」妻子又罵桂遷說：「施君兒子來的時候，誰對你說不要報答的？」兩個兒子上前勸解說：「這些都是往事，說了有什麼好處？白白地增加傷痛而已。只是從今以後，再到世上去做人，大家努力戒掉那些獸行吧！」全家人在一起歎息了好久。桂遷餓急了，急於想找東西吃。看到有一個小孩在池塘邊拉大便，桂遷心裡知道那東西又髒又臭，但看到妻子兒女都聚集在旁邊想吃，也不知不覺地流下了口水。看見小孩拉下的大便掉在水中，還深深地感到可惜。後來，廚師奉主人的命令，要煮桂遷的長子。桂遷又驚又怕，頓時醒了過來，汗流浹背，原來是大夢一場。這時已曙色微明，大臣早朝已經結束了。

桂遷幡然悔悟，說：「唉！竟然有這樣的事情。上天之道，喜歡循環往復，善惡必有還報，一絲一毫也不會有差錯。這是非常清楚的！辜負人和被人所辜負，全都一個樣。今日的夢，是老天以假象警告我，並不是真實的情況，還可以醒悟改過，怎麼知道劉生不會真的受到這些懲罰呢？

那對於劉生，我還有什麼好責怪的呢？」於是，就將匕首扔到河裡後回鄉。桂遷急急忙忙地到了蘇州，尋訪施君的兒子。這時，施子已經二十七歲了。桂遷重新厚葬了他的父母，把他帶到會稽，將自己的女兒嫁給了他。

不久，劉生果然因為貪贓枉法敗事，家產被抄檢沒收，受到了拷打和審訊，備嘗困迫凌辱。桂遷剛好有事赴京，帶著兒子、女婿一起到刑部去了一趟，並到獄中探望劉生。劉生頸子上套著鐵索、手上戴著枷鎖，面容憔悴、步履艱難。劉的妻子兒女從後面過來，與他訣別。妻兒們有的怨恨，有的啼哭，旁邊的人看了以後更加憤怒。劉生忽然看到桂遷，悲痛而羞愧地趴在地上說：「以前我辜負了大人，所以會有今天。」他那想吃東西、乞求哀憐的情態，怨恨後悔、困苦不堪的樣子，與桂遷以前夢中所見的情況十分相像。桂遷不覺心裡有所觸動，拿出幾十貫錢來送給他。劉生長跪在地上收了錢，說：「我這一世已經完了，等到下一世我做狗做馬來報答您的恩德。」桂遷因而大為感歎，與兒子、女婿一起回家，將財產分為三份，桂家最終成了會稽的名門。江南的人，直到今天還能詳細地講述他家的事情。

【賞　析】本篇模仿瞿佑〈三山福地志〉的痕跡比較明顯。兩篇小說都對人情世態作了入木三分的刻劃，通過因果報應的故事，來證明「天道好還，絲粟不爽」的道理，譴責背義負恩之徒。所不同的是，〈三山福地志〉又進一步將矛頭指向了腐敗的吏治和貪酷無義的達官貴人，而〈桂遷夢感錄〉雖對元末賦役繁重、賣官鬻爵等現象有所觸及，但小說的主題取向始終定位於勸善懲惡的道德說教。這充分體現了《覓燈因話》「非幽冥果報之事，則至道名理之談」（自好子〈覓燈因話小引〉），試圖以傳統道德拯救淪夷世風的創作意圖。

對桂遷這樣一個先是恩將仇報、繼而又悔過自新的人物，小說沒有作簡單化、臉譜化的處理，而是深入剖析他的靈魂，著意表現其性格發展變化的過程。桂遷不是一個徹頭徹尾的壞人，他在走投無路時得到了施濟的傾囊相救，對此他還是心存感激的。後來掘地得銀，瞬息之間也曾想到以此來報答施濟。但聽了妻子一番勸阻的言論後，他「良心頓昧，而巧計潛滋」，將銀子據為己有，「置膏田脂產於會稽」。施濟死後，他僅以隻雞斗酒草草奠祭，不僅不悲痛，而且竟然得意地歡呼：「此我揚眉吐氣時也！」他對因衣食不濟前來投奔他的施氏母子百般冷落和凌辱，將當年施濟救濟他的二十錠銀子硬說成是兩錠。最具諷刺意味的是，這個靠昧心騙人而發家致富的人，因不甘心大量納稅而企圖花錢買官，結果被同鄉劉某騙去了五千兩銀子。這樣的情節結構，使作品顯得更為充實厚重，所描寫的事件也具有了更為深刻的意義，較為真實地反映了當時爾虞我詐的社會風氣。

桂遷在準備行刺劉某前所做的全家變犬的夢，表明桂遷在行騙而又受騙、精神受到強烈刺激之後良心有所發現。從中可以窺見桂遷雖見利忘義、自私冷酷，但內心中的一絲善念尚未完全泯滅。「日有所思，夜有所夢」，夢境是他內心矛盾鬥爭的曲折反映，表明桂遷在作惡使壞的同時，內心仍懷有一種羞愧之心和恐懼之感。看來，作者對人性的複雜性是有所認識的。

桂遷在做了一場惡夢之後立即改惡從善，這是作者道德救世的思想的體現，顯得不太可信。但小說中成功地運用了白描的手法，一些生活場景寫得真切如畫，對人物動作、神情、對話和心理活動的描寫，可以說已經達到了生動傳神的地步。這一點與〈三山福地志〉十分相似。

姚公子傳

邵景詹

【題解】本篇選自《覓燈因話》卷一。小說敘述一個貴家公子因揮霍無度而傾家蕩產的故事。凌濛初曾將本篇改寫成擬話本小說，收入《二刻拍案驚奇》卷二二，題為〈癡公子狠使噪脾錢，賢丈人巧賺回頭婿〉。清代無名氏所撰傳奇《錦蒲團》亦演述此事。

浙東有姚公子，不必指其里氏❶。父拜尚書❷，妻亦宦族，家累巨萬，周匝❸百里內，田圃、池塘、山林、川藪❹，皆姚氏世業❺也。公子自倚富強，不事生產，酷好射獵，交游匪人❻。客有談詩書、習科舉者，見之則面赬❼頭重，手足無措；有計盈縮❽、圖居積者，則笑以為樸樕❾小人，不足指數。惟矯猛猿捷之輩，滑稽❿桀黠⓫之雄，則日與之逐犬放鷹，伐狐擊兔。市井無賴少年，因而呼引羅致⓬之門下者數十百人。此數十百人之家，皆待公子以舉火⓭，公子不吝也。或麾⓮千金，使易駿馬；或傾百斛⑮，使買良弓；或與之數道並馳，克時⑯期會，而後至者罰；或與之分隊角勝⑰，計獲獻功，而多禽者賞；或秉燭夜圍而無厭，或浹旬⑱長往而忘歸。至若蹂躪稼穡，毀傷柴木，則必估值而倍酬之。曰：「人生行樂耳，吝嗇何為？」間有舉先尚書聚斂掊克⑲之術以諫者，公子未發口，群少年共嗾⑳之曰：「彼田舍翁，氣量淺陋，何足為公子道耶？」公子頷之。

【章旨】姚公子自恃家產富足，不務正業，揮霍浪費，結交行為不端之人。

【注釋】❶里氏　籍貫和姓的宗系。氏，上古貴族表明宗族的稱號，為姓的分支。❷尚書　官名。明清兩代為中央六部主管官員的統稱。❸周匝　周圍。❹川藪　河流湖澤。❺世業　祖傳的產業。❻匪人　行為不端正的人。❼赬　紅。❽盈縮　多少；盈餘和虧損。❾樸樕　小樹。比喻淺陋平庸。❿滑稽　能言善辯。⓫桀黠　兇悍而狡猾。⓬羅致　收羅；招致。⓭舉火　生火做飯。⓮麾　通「揮」。揮霍。⓯斛　量器名，亦指容量單位。古代以十斗為一斛。⓰克時　限定時間。⓱角勝　較量勝負。角，較量；競爭。⓲浹旬　一旬；十天。浹，滿。⓳掊克　聚斂；搜刮。⓴嗾　指揮狗時口裡發出的聲音。此處指教唆指使。

【語譯】浙江東部地區有個姓姚的公子，此處不必指明他的籍貫和宗族。父親在朝中做過尚書，妻子也是官宦人家出身。家中的資財盈千累萬，周圍百里之內的田地、園圃、池塘、山林、河流、湖泊，都是姚家祖傳的產業。公子自恃家中富足強盛，從來不務正業，也不管理家中的財產。他特別喜歡打獵，結交一些行為不端正的人。對於談論詩書和科舉考試的人，他看見了就臉發紅、頭發脹、手腳不知往哪兒放；對於盤算生意的盈虧和希圖囤積居奇的人，他就嘲笑人家，認為這些人是淺陋平庸的小人，不值得一提。只有那些強壯勇猛、敏捷靈活的人，那些以能言善辯、兇悍狡猾出名的人，公子才整天和他們聚在一起，帶著獵狗，放出飛鷹，捕捉狐狸，追逐野兔。市井中那些無賴青年，因為與他氣味相投而被他收羅到門下的有上百人。這上百人的家裡，都靠公子的錢開伙，公子對此毫不吝嗇。他有時揮霍上千兩的銀子，讓那些無賴青年為他換一匹駿馬；有時拿出上百斛的糧食，讓無賴青年們去買一張良弓。或者與他們分為幾路一起奔馳，限定時間在某處相會，誰後到就罰誰；或者與他們分成幾隊比賽打獵，根據獵物的多少來計功，獵得禽獸多的人就受獎賞。有時打著火把在夜中圍獵而不知疲倦，有時連著十來天在外也不想回家。如果在打獵時踏壞了莊稼，毀壞了樹林，就一定會先估計價錢然後加倍賠償。他說：「人生在世，就是要消遣娛樂，那麼吝嗇幹什麼？」偶爾有人用他父親在世時聚斂財富的事情來勸告他，他還沒有開口，那幫無賴青年就一起教唆說：「那是種田的老頭，氣量狹小。這些事哪裡值得跟公子說呢？」公子點點頭，認為無賴青年們說得對。

一日，出獵稍遠，糧運不繼，雖囊有餘錢，而野無邸店[1]。正饑窘中，忽有數人迎拜道左，曰：「某等小人，難遇公子至此，謹備瓜果酒肴，以獻從者。」公子與群少年拍手大笑，以為神助，乃下馬直抵其室，恣意饕酣❷。少年曰：「此輩不可不報。」公子乃酬以三倍。其人大獲所願，乃拜伏送於馬首。公子復喜曰：「此輩非但解事，兼有禮數。」急命後騎傾囊勞之。

由是此風既倡，人皆效尤❸，公子東馳則西人已為之飭饌❹，南狩❺則北人已為之戒廚❻。士有餘糧，獸有餘食，雖旬日之久，而不煩饋運❼。一呼百諾，顧盼生輝，此送彼迎，尊榮莫並。公子大喜，雖竭力報答，猶自歉然。諸少年各欲染指❽其中，齊聲力贊，以為此輩乃小人，今不勞督率❾，而供糧大備，奉承公子，過於君王矣。不有重賞，其何以慰？公子是之。

然而公子數年之間，囊空橐罄❿，止有世業存焉。諸少年相與進言曰：「公子田連阡陌⓫，地占半州，足跡所不能到者，不知其幾。然大率皆有勢之時，小民投獻⓬，官府賂遺⓭，非用價乎買者也。即有以價得之，亦不過債負盤折[14]，因其戶絕人窮，收其磽田瘠地[15]，所值又能幾何？故今荒蕪者多，墾辟者少，錢糧督促，租課[16]蕭條，以公子視之，直土泥耳。如以荒蕪之土泥，為償賚[17]之貲費，小民得之，寸土如金，是以泥沙同金用也，奚不可者？」公子大以為得策，於是所至輒立賣券為賞。諸人故難之，群少年以好言慰勉，公子踟躕[18]，惟恐其人不受也。

凡肥饒之產，奸民欲得之，則必先賂少年。少年故令公子受其酒食，或飾歌妓為妻女，故調公子。公子或識之，亦不問也。將去，則群少年一人運筆，一人屈指，一人查籍，寫券已成，令公子押字，多寡美惡之間，公子不得主張焉。既而，公子曰：「吾倦矣！豈能執筆簽判[19]，習書生之勞哉？」群少年乃鏤版刷印，備載由語[20]及圖籍[21]年月，後附七言八句詩一首，則公子所作也。詩曰：

千年田土八百翁[22]，何須苦苦較雌雄[23]？古今富貴知誰在？唐宋山河總是空。去時卻似來時易，無他還與有他同。若人笑我亡先業，我笑他人在夢中。

每日晨出，先印數十本，臨時則填注數目而已。

然而游獵無度，賞賜無算㉔，加以少年之侵漁㉕，及日用之豪侈，不逾數年，產業蕩盡，先人之丘壠㉖不守，妻子之居室無存。向日少年，皆華衣鮮食，肥馬高車，出遇公子，漸不相識。諸嘗匍匐迎謁道傍者，氣概反加其上，見公子饑寒，掉臂㉗不顧，且相與目哂㉘之。

【章 旨】一批市井無賴慫恿姚公子在遊獵時將錢財和田地賞賜給逢迎討好他的人，諸無賴也乘機從中漁利。不出幾年，公子家產蕩盡，而當初追隨和討好他的人，個個都不再理睬他。

【注 釋】❶邸店 旅舍。❷饕餮 大吃大喝。❸效尤 仿效；學樣。❹飭饌 準備飯菜。❺狩 打獵。❻戒廚 吩咐廚房準備酒飯。❼餽運 運送食物。❽染指 比喻沾取自己不應得到的利益。❾督率 督促率領。❿罄 盡。⓫田連阡陌 形容土地廣闊。阡陌，田間小路。南北為阡，東西為陌。⓬投獻 把田產掛在大官名下以減輕賦役。⓭賂遺 行賄的財物。⓮盤折 以產業折價抵償所負債務。⓯磽田瘠地 堅硬而瘠薄的田地。⓰租課 租稅。⓱賚 賞賜。⓲踧踖 恭敬而不安的樣子。⓳簽判 簽字畫押。⓴由語 說明事由的文字。㉑圖籍 土地的圖形和數量。㉒八百翁 八百歲的老翁。㉓較雌雄 爭高下。㉔無算 不計其數。㉕侵漁 從中侵吞謀利。㉖丘壠 墳墓。㉗掉臂 甩著臂膀走。㉘哂 譏笑。

【語　譯】有一天，公子外出打獵離家遠了一點，食品的運送跟不上。雖然他口袋裡有錢，但野外找不到旅店。正在饑餓窘迫的時候，忽然有幾個人在道旁迎接叩拜，並說：「我們這些小百姓，難得遇見公子到這裡來。現在恭敬地準備了一些瓜果酒菜，獻給公子享用。」公子和那幫無賴年輕人都拍手大笑，認為是有神仙幫助，於是就從馬上下來，直接去了那些人的家中，隨意地大吃大喝。青年們說：「這樣的人不能不酬謝！」姚公子就給了他們三倍的報酬。那些人的願望得到了極大的滿足，就在公子的馬前伏地下拜為公子送行。公子又高興地說：「這些人不但懂事，而且還禮數周到。」馬上又叫後面的隨從人員把口袋裡的錢全部倒出來犒賞他們。

從此以後，這風氣開了頭，人人都跟著仿效。公子一伙在東邊騎馬奔馳，西邊的人已經在為他準備飯菜；公子一伙在南邊打獵，北邊的人已經在吩咐廚房備辦酒席。公子和隨行人員的糧食吃不完，牲口的飼料也有多餘。即使外出十來天，也用不著運送食品。公子一人呼喚，百人應諾；舉目四望，光彩照人；這邊剛被送走，那邊又來迎接；尊貴和榮耀，簡直沒有人能與他相比。公子非常高興，雖然竭盡全力拿出許多錢來酬謝他們，仍然感到過意不去。那幫年青人都想從中撈取好處，便齊聲稱讚，說這些人都是普通的小百姓，現在用不著督促率領，公子所需要的物品就都供應充足。他們侍奉公子，已經超過侍奉君王了。如果不給他們重賞，怎麼能慰勞他們呢？公子認為這些話說得很對。

就這樣幾年之間，公子把錢全都揮霍光了，只有祖傳的產業還在。那幫年青人又一起出主意說：「公子家的土地廣闊，占了半個州的地盤，其中您的足跡還沒有到過的地方，不知有多少。這些地大都是你家有財有勢時，那些小百姓為了減輕賦稅主動掛在你家門下的，或者是官府行賄送給你家的，都不是用錢買下來的。即使那些花錢買的，也不過是因為人家負了債，將土地折價抵償給你家的。也有因為那些人家的人差不多死光了，你們才收下了這些堅硬而貧瘠的土地。這些地又能值多少錢呢？所以現在那些地荒蕪的多，開墾種植的少。每年都要去催交錢糧，能收到的租稅實在很少。在公子看來，這些土地只不過是一些泥土罷了，但如果將這些荒蕪的泥土折合成償還和獎賞的費用，那些小百姓得到了，每一寸土地都好比黃金。所以這是將泥沙當作黃金來使用，為什麼不可以這樣做呢？」公子認為這是一個絕好的計策。從此之後，公子每到一處總是立下轉讓土地的契約作為賞賜，那些受到賞賜的人故意裝出一副不肯接受的樣子，而那幫年青人就用好話安慰、勸說他們，弄得公子心裡十分不安，唯恐那些人不願收下他的田。奸猾之徒想得到公子家肥沃的土地，就必定先向那批無賴青年行賄。那些青年人故意讓公子接受那些人的酒食，有人還將歌妓扮成自己的妻子女兒，故意向公子調情。公子有時也能認出來，但也不去追究。臨走的時候，那幫青年人一個寫賣契，一個扳著手指頭算帳，一個查對田產登記簿，字據寫成以後，就讓公子在上面簽字。至於所賞土地的多少、好壞，公子都不能自己作主。後來，公子說：「我累了，怎麼能每天都拿著筆簽字畫押，做那些書生所做的勞苦事情呢？」那幫年青人就刻了一個版子專門印刷轉讓土地的文契，將轉讓的原由、土地的圖形和數量、成交的日期全部刻在上面，後面還附上一首七言八句的詩歌。詩歌是公子寫的，詩中說：

千年的土地八百歲的老翁，何必還要苦苦地爭雌雄？古今富貴之人還有誰在？唐宋江山最終也難免成虛空。錢財去得容易來得也不難，有它和沒它完全相同。如果有人笑我敗壞家業，我就笑他活在夢中。

公子他們每天早上出去，都印上幾十本，等到要用時，只要填一下數目就行了。

然而，公子由於遊玩打獵沒有節制，賞賜掉的錢物、田地不計其數，加上那幫無賴年青人又乘機侵吞謀利，以及日常的開銷豪華奢侈等原因，沒過幾年，已將家中的產業揮霍一空。先人的墳墓都沒有保住，妻子兒女的住房也沒有留下。以前陪著他的那些無賴青年，個個都衣著華麗，飲食鮮美，韉馬健壯，車輛高大。他們外出時遇到公子，漸漸地就像不認識似的。那些曾經趴在路旁迎接拜見公子的人，樣子反而比公子還要神氣。他們看到公子挨餓受凍，甩起臂膀就走，連頭也不回一下，而且還一起露出了譏笑的眼色。

公子計無所出，思鬻❶其妻，而憚於妻之翁，不敢啟口。乃翁固達者，深識其情，先令人許之，已而陰迎其女，養之別室，詐令人為豪族，以厚財為聘，與之約曰：「爾妻價不及此，聞其賢能，故不惜厚聘。然一入豪門，終身不得相見。」公子大喜過望，亦甘心焉。

妻去未數月，而聘金又盡，左顧右盼，孑然❷無依，將自賣其身，而苦無主者。妻翁又以厚價詐令莊客收之，亦與之約曰：「爾本貴人，故重其值，但輸券❸之後，當惟命是從，不得違忤❹。」公子自念：己富盛時，家徒數百，皆游蕩飽暖而已，殊無所苦。乃允諾，隨之而去。至則主人旦令之采薪，暮督之舂穀，勞筋苦力，時刻不堪。數日，遂逃去，與乞兒為伍。自作長歌，丐食于市。歌曰：

人道流光疾似梭，我說光陰兩樣過。昔日繁華人慕我，一年一度易蹉跎❺！可憐今日我無錢，一時一刻如長年！我也曾輕裘❻肥馬載高軒❼，指麾❽萬眾驅山泉。一聲圍合魑魅❾驚，百姓邀迎如神明。今日啊！黃金散盡誰復矜？朋友離盟獵狗烹！晝無饘粥夜無眠，學得街頭唱哩蓮❿。一生兩載誰能堪？不怨爹娘不怨天！蚤知到此遭坎坷⓫，悔教當年結妖魔！而今無計可奈何，殷勤⓬勸人休似我。

妻翁知其在市中也，故令乞兒百般侮之，稍不順意，嚇之曰：「吾將訴爾主人。」則抱頭鼠竄而逸，不敢回顧。以是東西流轉⓭，莫能容身，凍餒憂愁，備嘗艱苦。翁乃令其女築環堵之室⓮於大門之傍，器具衾裯⑮，稍稍略備。故又令人說公子曰：「爾本人家，乃為乞兒所侮，爾非畏乞兒，畏主人也。爾主朝夕尋訪，幸不相遇，遇則幽禁牢獄中，死無日矣。爾之故妻，今為豪家主母，門庭赫奕⑯，不異曩時。吾盍與爾言，求為門役，但有啟閉之勞，無樵舂之苦；終享安佚之樂，無饑寒之慮，豈不愈於旦夕死溝壑乎？」公子涕泗乞憐，拜伏泥塗中曰：「如此，則再生父母也。」

於是引至妻之別室。公子見一舍清淨，器服整潔，喜不自勝，如入仙境。乃戒之曰：「爾主母家富，故待僕役皆修整，然勢尊望重，羞睹爾顏。爾誓不可竊入中堂，且不宜暫出門外，倘為爾主人所獲，受禍不淺矣！」於是公子謹守戒言，雖飽食暖衣，不無弋獵⑰之想；而內憂外懼，甚嚴出入之防。竟不知妻之未嫁，終其身不敢一面，老死于斗室⑱云。

【章　旨】公子在走投無路之時，先是賣妻，妻子被岳父暗中收養；接著又賣身，其岳父將他高價買下讓莊客收留。後來，岳父又讓公子為妻子守門，但又不讓公子與妻子見面。

【注　釋】❶鬻　賣。❷孑然　孤獨的樣子。❸輸券　訂立契約。❹違忤　違背；抵觸。❺蹉跎　虛度光陰。❻裘　皮衣。❼高軒　顯貴者所乘坐的高車。❽指麾　指揮。❾魑魅　傳說中山澤的鬼怪。❿哩蓮　指乞丐所唱的蓮花落。因歌詞中有「哩哩蓮花落」的唱詞，故稱。⓫坎坷　比喻困頓不得志。⓬殷勤　反覆；懇切叮嚀。⓭流轉　流離遷徙。⓮環堵之室　四面圍著一丈見方的土牆的房子。形容居室簡陋狹小。⓯衾裯　被褥帷帳等臥具。⓰赫奕　顯赫。⓱弋獵　射獵。⓲斗室　小屋。

【語　譯】公子無計可施，就想賣掉妻子，又怕岳父不肯，所以不敢開口。他岳父原是個通情達理的人，非常了解公子的心思，就先派人去答應了他，然後又暗暗將女兒接到家裡，住在別的房子裡。岳父派人裝扮成富翁，給公子一大筆錢財作為聘禮，並和公子約好：「你妻子的價格沒有這麼高，聽說她賢慧能幹，所以不惜以重金聘娶。但是，一旦進入豪貴之門，就一輩子不能和你見面了。」公子喜出望外，心甘情願地答應了不與妻子見面的要求。

妻子賣掉後沒有幾個月，到手的聘金又用完了。公子左看右看，只剩下單身一人，再沒有什麼可賣的了。於是就想賣掉自己，但苦於找不到買主。他岳父又派莊客假裝用高價去買他，也跟他約定：「你本來是個貴公子，所以才特地用高價買你。只是立下賣身契以後，必須對主人唯命是從，不得有任何違背抵觸。」公子暗想，自己富貴的時候，家中的奴僕就有好幾百，個個都飽食暖衣，整天到處遊蕩，並沒有什麼辛苦。於是就答應下來，跟著那莊客走了。等到了以後，主人早上差遣他去砍柴，晚上又逼著他舂米，整日傷筋動骨出苦力，每時每刻都痛苦不堪。幾天後，他從主人家逃了出來，和乞丐混在一起。他為自己寫了一首長歌，在街上唱著討飯。歌中唱道：

人說時光流逝快如梭，我說一樣光陰兩樣過。過去富貴人人羨慕我，一年一年日子容易過。今日我無錢好可憐，每時每刻長如年。我也曾穿皮裘乘高軒，指揮萬眾奔赴山泉。闈合令下鬼怪驚，百姓恭迎視我如神明。今日啊，錢財散盡有誰對我表憐憫？朋友背叛獵狗被烹！晝無充饑的稀飯夜無睡覺的床，學會了蓮花落整日街頭賣唱。一生兩種境遇天壤之別誰能受得了？我不怨爹娘不怨天！早知今日如此遭此困頓，後悔當年結交壞人。如今生活無著無奈何，真心勸告世人不要再學我。

他岳父知道他在街市中行乞，就故意指使乞丐們用各種各樣的辦法來欺負侮辱他。乞丐們稍微有點不順心，就嚇他說：「我去報告你的東家！」公子一聽，就抱著頭像老鼠一樣逃跑，連看也不敢回頭看。所以，他只能到處流浪，沒有一個安身之處。饑餓憂愁，吃盡了苦頭。岳父這才叫他女兒在大門旁邊造了一間一丈見方的小屋，器具、被褥、床帳等日常用品，基本上都準備齊全。又特地派人去對公子說：「你本來是大戶人家的子弟，現在竟然被乞丐欺侮。你不是怕這些乞丐，而是怕你的主人。你的主人沒早沒晚地在尋找你，幸虧沒有找到。如果遇上他的話，你就會被監禁在牢獄裡，離死也就沒有幾天了。你原來的妻子，現在是一個有錢有勢人家的女主人，門庭顯赫，和你家從前沒有兩樣。我可以替你去講，讓你去為她看門。你只要做些開門、關門之類的事情，不再有砍柴、舂米的辛苦，可以終生過安逸快樂的生活，用不著擔心忍饑挨凍了。這不比早晚要死在路旁水溝中強得多嗎？」公子涕淚俱下地哀求這個人可憐他，為他去說情，並拜倒在泥濘的道路上，說：「如果真的能這樣的話，您就是我的再生父母了！」

於是，那人將姚公子領到他妻子的住宅旁的小屋裡。公子看到小屋很清靜，日常用品和衣服都很整潔，非常高興，就好像進入了仙境一般。那人又警告他說：「你的女主人家中很富貴，所以對待手下的傭人都很好。但是她現在權勢大、威望高，羞於再見到你，所以你必須發誓決不私自進入廳堂。而且你也不宜到門外去，如果被原來的主人抓獲，那禍就大了。」從此之後，姚公子一直謹慎地記住那個人的話。雖然在吃飽穿暖之後，難免還會出現遊獵的念頭，但是由於內怕現在的主人，外怕以前的東家，所以只能嚴格地遵循進出的規定，不敢多走一步。他竟然始終不知道妻子沒有再嫁，一輩子也不敢再見妻子一面，最終老死在那間小屋裡。

【賞　析】在中國古代敘事類作品中，描寫浪子敗家的故事屢見不鮮。唐傳奇中有白行簡的〈李娃傳〉，元雜劇中有秦簡夫的《東堂老勸破家子弟》，明代有馮夢龍《警世通言》中的〈玉堂春落難逢夫〉等等。這些作品都旨在勸懲，帶有濃重的道德說教意味，浪子們大都在他人的幫助下勒馬回頭，悔悟改過，重振家業。本篇不蹈故常之處，在於它雖然也有勸戒之意，但是它只寫浪子的「敗家」而不寫浪子的「回頭」，主人公姚公子雖然最終沒有轉死溝壑，卻已淪為乞兒奴僕，以後就再也沒有時轉運來過，最終老死於斗室之中，多少年都不敢見妻子一面。這樣寫既顯得不落俗套，又更切合生活實際，更具有普遍意義。凌濛初將本篇改為白話小說，編入《二刻拍案驚奇》，加上一個痛改前非、夫妻團圓的結尾，未免有蛇足之嫌。

本篇中曾經是尚書府貴公子的姚某人，與一般的「浪子」又有所不同。他的敗家，不是由於他一味的吃喝嫖賭，而是由於他不諳世事、不務正業、結交匪人，「遊獵無度，賞賜無算」。他驕奢成習，以豪傑自居，喜聽奉承之言，處處擺闊施恩。百餘名市井無賴之徒，終日和他廝混在一起，專以從他那裡騙取錢財為業。打獵時損害農人的莊稼樹木，他就加倍償還；野老村夫準備瓜果酒肴招待他，他便竭力報答，常常傾囊中所有予以賞賜；囊空壺罄之後，他又在無賴惡少的慫恿下，竟將祖傳的田產作為賞賜之物，如此揮霍，不逾數年，產業蕩盡，「先人之丘壠不守，妻子之居室無存」。到了窮得一文不名的時候，他就賣妻子，繼而賣自己，又不得不與乞兒為伍。小說詳細地敘述了姚公子從視錢如糞土到唯錢是瞻的變化過程，將他的愚笨無知以及人性的變化和扭曲寫得很足很透。

細節描寫的精湛與繁富是本篇的一個顯著特點。如寫姚公子將土地賞賜給他人時，覬覦其土地的人與公子身邊的無賴串通一氣欺騙他。公子要立轉讓土地的文書，想騙得土地的人故意不肯接受，那幫無賴又以好言勸慰，這時，公子反恭敬而侷促不安，「惟恐其人不受也」，這一細節，真切如繪，公子之慷慨善良與單純無知，眾惡少之喪天害理與中飽私囊，騙人土地者的奸刁虛偽與欲擒故縱，皆一一躍諸筆端。又如賞賜土地的手續均由眾惡少一手操辦，「群少年一人運筆，一人屈指，一人查籍」，土地轉讓的文契寫好之後，只須姚公子在上面簽字畫押。他對此還不耐煩，擲筆叫了一聲「吾倦矣」。這一叫，情態宛然，活畫出他遊手好閒、懶得一動的大少爺習性。篇中諸如此類的細節甚多，無須一一贅舉。

本篇的對比手法也運用得很出色，除了姚公子富貴與貧賤時的對比外，對那些市井無賴的刻劃尤為生動。當初，這幫小人包圍著姚公子，一呼百諾，曲意奉承，竭盡逢迎、討好之能事；一旦姚公子世業敗盡，他們「皆華衣鮮食，肥馬高車，出遇公子，漸不相識」，「見公子饑寒，掉臂不顧，且相與目哂之」。前後對比，有力地譏彈了世風，表達了一種深切的世態炎涼感。

整篇小說沒有離奇的情節和怪誕的描寫，而是集中筆力細致入微地描繪世態人情，語言樸素無華，人物對話具有個性色彩。作者沒有像當時其他的文言傳奇小說那樣大量地插入詩詞韻語，通篇只有姚公子所作的一詩一歌，它們是姚公子處境、性格與心境的真實披露，與作品表達的主旨與人生況味同質同構，其中〈行乞歌〉尤富民間說唱風味。詩歌在本篇中不但不嫌累贅，反而使小說生色不少。這可以看作是《覓燈因話》對古代小說發展的一個貢獻。

貞烈墓記

邵景詹

【題解】本篇選自《覓燈因話》卷一。小說敘述一對善良的夫婦遭受長官迫害、妻子為保護全家而毅然投水自盡的故事。明人沈鯨的傳奇《雙珠記》前半部分採用了本篇的故事。

天台縣❶郭老，五十無子，禱於神，夢白雉❷集於庭，遂生女，因名雉真。聰慧有色，略通書數❸。年十七，嫁同里旗卒❹，姿色甚麗，見之者莫不嘖嘖稱賞。

年二十三，因夫臥病，至里社祠❺中祈禱。本衛❻千夫長❼李奇見之，心慕焉。時至正四年❽八月也。去縣八十里，地名楊村，向設亭障❾，分兵戍守，李遂遣卒行。郭氏獨居，李乃日至卒家，百計調之，郭氏毅然莫犯。經半載，夫歸，具以情白。為屬所轄，罔敢誰何❿。一日，李復來，卒故匿床下，聽其語涉戲，大怒，持刀出，而李脫走。李訴於縣，捕繫窮竟，案議持刃殺本部官，罪該死，桎於囹圄⑪中。從而邑之惡少年與吏胥⑫、皂隸輩，無有不起覬覦⑬之心者。而李尤其日夜夤緣⑭，欲速殺其夫，使郭氏無所歸。故囑其左右鄰，不與饋食⑮。左右鄰皆伍中人，無不畏李本官者。郭氏時生男六歲，女四歲。郭老死矣。煢煢⑯一身，乃躬饋⑰於卒，哀號載道。歸則閉戶績紡，人不敢一至其家。

【章　旨】千夫長李奇垂涎於旗卒之妻郭氏的美貌，多次上門調戲。郭氏守志難犯。李奇又迫害旗卒，將其下獄，並千方百計要將其害死。

【注　釋】❶天台縣　位於浙江東部，天台山主峰的西南。❷雉　野雞。❸書數　指六藝中的六書、九數之學。為古代教育學生的六藝中的兩個科目。《周禮・地官・保氏》：「養國子以道，乃教之六藝：一曰五禮，二曰六樂，三曰五射，四曰五馭，五曰六書，六曰九數。」六書，指漢字的六種造字方法，即象形、指事、會意、形聲、轉注、假借。九數，古代的九種算法，指方田、粟米、差分、少廣、商功、均輸、方程、贏不足、旁要。為後代《九章算術》所本。❹旗卒　士兵；士卒。元、明、清時軍隊每一百十二人為一個百戶所。每百戶所內設旗總二人、小旗十人管領。故士兵稱「旗卒」。❺里社祠　鄉里中祭祀土地神的廟。❻本衛　本地駐軍。衛，軍隊編制名。元、明、清三代於軍事要地設衛或所。一般五千六百人為一衛，一千一百二十人為千戶所。❼千夫長　即千戶所的統領長官。❽至正四年　即西元一三四四年。至正，元惠宗的年號（西元一三四一～一三六八年）。❾亭障　在重要通道或險要路口設置的哨卡，有士兵駐守。❿罔敢誰何　不敢怎麼樣。⓫桎於囹圄　關進監獄。⓬吏胥　舊時官府中的小吏。⓭覬覦　非分的希望或企圖。⓮夤緣　此處指奔走活動，疏通關節。⓯饋食　送飯；送食物。⓰煢煢　孤零的樣子。⓱躬饋　親自送飯。

【語　譯】天台縣有個姓郭的老人，到了五十歲還沒有子女。他向神靈祈禱，請求神靈賜給他兒女。他做夢時看見有白色的野雞飛集在庭院中，此後妻子懷孕生了個女兒。因此，女兒取名為雉真。雉真從小聰明而有智慧，姿容秀美，還讀過一些詩書和算術。十七歲時，嫁給同鄉的一個旗卒。因為她姿色豔美，看到她的人無不嘖嘖稱讚。

郭雉真二十三歲時，因丈夫生病臥床，就到附近的土地廟中去燒香，祈求神靈保佑。當地駐軍的千夫長李奇見到了她，便動了霸占她的念頭。當時是至正四年八月。在離開縣城八十里的地方，有個集鎮叫楊村，那裡向來都設置哨卡，有士兵在駐紮把守。李奇就把郭氏的丈夫派遣到了楊村。郭氏一人獨居在家，李奇每天都到她家去，千方百計地調戲她。但郭氏守志不移，不可近犯。過了半年，旗卒回來了，郭氏就把李奇想調戲她的事告訴了丈夫。但因旗卒屬李奇管轄，所以不敢對李奇怎麼樣。一天，李奇又來到他們家，旗卒故意藏在床底下。聽到李奇調戲的話語，頓時怒不可遏，拿著刀從床底下跳出來。李奇見勢不妙，連忙抽身逃脫。李奇告到縣裡，旗卒被逮捕審訊。案子審判的結論是旗卒持刀謀殺本部長官，罪當處死。旗卒被送進了監獄。從此，縣裡那些無賴惡少、官府中的小吏與差役，沒有不對雉真起非分之想的。而李奇更是日夜奔走活動，疏通關節，想早點殺掉雉真的丈夫，使雉真沒有什麼指望。他還囑咐雉真家的左右鄰居，不要給旗卒送飯。那些鄰居家都有人在軍隊中服役，沒有不害怕他們的上司李奇的。郭氏當時有一個六歲的男孩和一個四歲的女娃，而她的父親郭老已經死了。她孤零零地一個人，親自做飯送給丈夫，一路上哀聲痛哭。回到家中，又關起門來紡紗織布，外人都不敢到她家去。

久之，府檄❶調黃岩州❷一獄卒葉姓者至，復有意於郭氏，欲以情感之，乃顧視其卒，周其飲食，寬其桎梏，情若手足，卒感激入骨。一日，卒所臥竹床，膚色皆青，節節生葉，若素種植者。卒與同禁者皆驚喜，吏亦來賀，以為肆赦可待。葉獨心惡之也。忽獄中傳有五府❸官出。五府之官，所以斬決罪囚者。葉心喜，遂入以報曰：「禎祥❹之兆，未必非禍祟也。」且喣喣❺顧憐❻其子女，切齒罵李，以為不仁，與卒抱持而泣。已乃謂曰：「我與爾愛如手足，爾萬一不保，爾妻必入仇人之手，子女為人奴僕；顧我尚未娶，寧肯俾我為室乎？若然，我之視汝子女，猶我子女也。而且無快仇人之心。」卒深諾其言。葉乃令郭氏私見卒。卒謂曰：「我死有日，此葉押獄❼性柔善，未有妻，汝可嫁之，無甘心事仇讎也。」郭氏泣曰：「爾之死，以我故，我又能二適以求生乎？」既歸，持二幼，涕泣而言曰：「汝父以娘故，行且死！汝父死，娘必不生，兒輩無所依怙，終必死於饑寒，不若娘死於汝父之前，事或可解。賣汝與人，或可度日。蓋勢不容已，將復奈何！汝在他人家，非若父母膝下，毋仍舊嬌痴為也！天苟有知，使汝成立⑧，歲時能以巵酒⑨奠父母，則是為有後矣。」遂攜二兒出，至縣前，遇人具道其故。行路之人，為之掩泣。有憐之者，納其子女，贈錢三十緡⑩，郭氏以三之一具酒饌，攜至獄，與卒相持，哽咽不能語。既而以二之一與之曰：「君擾押獄厚矣，可用此答之。又餘錢若干，可收取自給。我去一富家執作，為口食計，恐旬日不能饋食故也。」泣別而出，走至仙人渡溪水中，危坐而死。

【章旨】獄卒葉某用虛情假意騙取了旗卒的信任，旗卒在絕望之際勸郭雉真在自己死後嫁給葉某，郭雉真堅決不肯。她賣掉孩子、告別丈夫後端坐於激流之中而死。

【注釋】❶府檄　府裡的公文。❷黃岩州　今浙江黃岩。❸五府　古代五個官署的合稱。所指不一。《資治通鑑・陳文帝天嘉二年》胡三省注云：「五府，地官、春官、夏官、秋官、冬官也。」此處指秋官，即刑部的官員。❹禎祥　吉祥的徵兆。❺煦煦　惠愛的樣子。❻顧憐　顧念愛憐。❼押獄　看守監獄的人，對獄卒的尊稱。❽成立　成長自立。❾卮酒　一杯酒。❿緡　古代通常以一千文錢為一緡，用繩子穿連成串。

【語　譯】過了好久，府裡的一道公文將黃岩州一個姓葉的獄卒調到天台來看管監獄。葉某也看上了郭氏，想用情來感動旗卒。葉某認真地照顧獄中的旗卒，為他送去了可口的飯菜，並為他放鬆腳鐐手銬，使旗卒心裡非常感激。一天，旗卒所睡的竹床上的竹篾變成了青色，竹節處還長出了葉子，就像是地裡種著的竹子一樣。旗卒和同監的犯人都很驚喜，獄吏也來祝賀，大家都認為這是吉兆，預示他們被赦罪釋放的日子指日可待。只有葉某一個人對此很厭惡。忽然獄中傳說五府官要來。五府官是專門負責處決罪犯的，葉某聽了以後心裡很高興，便到獄中通報說：「吉祥的徵兆，未必就不是災禍啊！」葉某在談話中表示自己要仁慈地顧念憐愛旗卒的兒女，並咬牙切齒地痛罵李奇，說李奇太不講仁義，與旗卒互相抱著痛哭。稍後葉某又對旗卒說：「我和你的關係親如手足，你萬一性命不保，你的妻子一定會落入仇人之手，兒女就要做人家的奴僕。而我尚未娶妻，你肯讓我與你的妻子成家嗎？如果這樣的話，我就把你的子女作為我自己的子女看待。而且還可以使仇人滿足不了自己的願望。」旗卒認為葉某的話說得很對，葉某就安排郭氏偷偷地與旗卒見面。旗卒對雉真說：「我的死期不遠了。這裡的葉押獄性格溫柔善良，又沒有妻子，你可以嫁給他。我們不能甘心去侍奉自己的仇人。」郭氏哭著說：「你要是死的話，那是因為我的緣故。我又怎麼能再次嫁人以貪求活命呢？」郭氏回家後，抱著兩個孩子，哭著說：「你們的父親因為娘的緣故，馬上就要被殺了。你們的父親死了，娘也一定活不下去，你們也就失去了依靠，最終必然會餓死凍死。不如讓娘死在你們的父親之前，這樣禍患或許還能解除。把你們賣給別人，也許還可以活下去。這個世界勢必不肯容納我，我不這樣做又怎麼辦呢！你們在別人家裡，與在父母跟前不一樣，不要再像以前那樣撒嬌不懂事了。上天如果有知的話，使你們能夠長大成人，每年到一定的時候能夠去墳前用一杯酒祭奠父母，那我就算是有後代了。」於是，郭氏就帶著兩個孩子出來，到了縣府衙門的前面，逢人就講賣兒女的原因。路過的人聽了，都為她掩面流淚。有同情她的人，收留了她的兩個孩子，贈給她三十貫錢。郭氏用三分之一的錢買酒買菜，帶到監獄裡，與丈夫相抱痛哭，哽咽著說不出話來。接著她拿出所剩錢的一半交給丈夫，說：「你對押獄打擾得太多了，可以用這些錢來謝他。還剩下若干錢，你可以收起來自己用。我要到一個有錢的人家去幹活，用掙來的錢養家糊口，恐怕十天之內不能再為你送飯了。」說完，就哭著與丈夫告別，走到仙人渡的溪水中，端端正正地坐在激流中死去了。

渡頭人烟湊集，一時喧哄。又此處水極險惡，竟不為衝激倒仆，人以為奇，走報縣官。官往檢視得實，令人舁❶之起，水勢衝涌不得近。以木為橋，木皆中折，而死者危坐如故。眾益以為神，傾動城邑。縣官乃焚香再拜，令婦人共舉之，則水不為患。於懷中得一紙，具述李本官之逼與夫之冤，雖不成章，達意而已。官為殮具，即葬於死所之側山下。又為申達總管❷府，將李抵罪而釋卒。官贖還其子女，人亦義之，不受原值，更與之錢。卒亦終身不娶。

郭氏死之日，至正五年❸九月九日也。次年丙戌，宣撫使❹巡行列郡，廉得其事❺，聞之於朝，乃旌其墓❻曰：「貞烈郭氏之墓。」而復❼其夫家云。

【章旨】郭雉真死後，屍體端坐於激流之中屹然不動。官府從她懷中找到一張控告李奇的狀紙，總管府為她的丈夫平反冤獄，李奇受到了法律的制裁。

【注釋】❶舁　抬；扛。❷總管　地方高級軍政長官。❸至正五年　即西元一三四五年。至正，元順帝的年號。❹宣撫使　官名。元代於西南地區設宣撫使，處理地方軍政大事。❺廉得其事　察訪了解到這件事。❻旌其墓　在墓前立牌坊匾額加以表彰。❼復　免除賦稅徭役。

【語譯】渡口來來往往的人很多，人們見到郭氏投水，一時喧嚷哄亂起來。仙人渡水流湍急，郭氏卻沒有被激流沖倒。人們都感到很奇怪，跑去報告縣官。縣官前往查看，得知了真實情況，派人將郭氏抬起來，但水勢洶湧，人不能靠近。用木頭架橋，木頭又全都被水流沖斷，而郭氏的屍體卻在急流之中端坐如故。眾人更加認為郭雉真有神靈，這件事轟動了整個縣城。縣官焚香拜了兩次，又讓婦女們一起下水去抬，溪水才不再興波作浪。人們在郭氏懷中發現了一張狀紙，上面具體地敘述了千夫長李奇逼迫她的情況和丈夫的冤屈。雖然不成文章，但意思基本上都表達出來了。官府為她備辦棺材，治理喪事，將她葬在渡口旁邊的山腳下。縣裡又將案情報到總管府，總管府將李奇抵罪下獄，並釋放了旗卒。官府又為旗卒贖還他的子女，收養他子女的人家敬佩郭氏貞烈正義的行為，不但沒有收回原來買兒女付出去的三十貫錢，反而又給了旗卒一些錢撫養孩子。旗卒以後也終生不再娶妻。

郭氏死的那天，是至正五年九月九日。第二年是丙戌年，宣撫使巡視各郡，察訪了解到這件事，就將這件事報告朝廷。於是，朝廷下令在她墓前立一塊「貞烈郭氏之墓」的碑以示表彰，並免去了她丈夫的徭役賦稅。

【賞　析】本篇所記之事最早見於元人陶宗儀《輟耕錄》卷一二，很可能是在真人真事的基礎上加工潤色而成。

主人公郭雉真是個普通的良家女子，嫁給本鄉的旗卒為妻。因她姿色甚麗，她丈夫的上司千夫長李奇便企圖霸占她。李奇先是把旗卒派到八十里外去戍守亭障，乘郭雉真一人在家每日前去調戲，時間達半年之久，但每次都被郭氏毅然拒絕。李奇又勾結官府誣陷旗卒持刀殺人，將旗卒逮捕下獄，並日夜活動，圖謀早點將旗卒處死。當地一些潑皮惡少及官府中的吏胥、皂隸之流，也都對郭雉真起覬覦之意。郭氏堅貞自重，凜然不可近犯。李奇還吩咐郭氏的左右鄰居，不要給郭氏一家送吃的。旗卒所在牢獄的獄卒葉某更是心懷叵測，表面上對旗卒百般關懷照顧，以偽善的面目騙取了旗卒的信任，旗卒竟然對獄卒感激入骨，勸郭氏在自己死後嫁給獄卒。郭雉真既要營救丈夫，為丈夫送飯，又要對付各種各樣的明槍暗箭，應付形形色色的色狼的糾纏，還要照顧家中一個四歲、一個六歲的孩子。她淒苦無助，親自給丈夫送飯，邊走邊哭，回家後就關起門來紡紗織布，獨自咀嚼著人生的深重苦難，在無盡的悲哀中苦撐苦熬，掙扎度日。她的生存環境已經惡劣到了無以復加的程度。小說通過郭雉真的悲慘遭遇，深刻揭露了元末社會的動盪黑暗、吏治的腐敗以及人情的險惡。

除了堅貞難犯、堅韌不拔的品質之外，郭雉真最值得稱道的是她過人的清醒、明智、幹練和勇於犧牲的精神，這些構成了她性格中最耀眼的閃光點。她識破了獄卒葉某用蜜糖包藏著的禍心；面對黑暗如磐、兇險莫測的現實，她清醒地認識到只有自己死了，丈夫才有可能免於一死。經過周密的考慮，她將兒女賣給了善良的人家，用所得錢的三分之一買酒食到獄中與丈夫對飲訣別，剩下的錢留給丈夫酬謝獄卒和零用。一切安排好了之後，她自己走到仙人渡的溪水中，「危坐而死」。她的死轟動了全縣，也感動了縣官。人們從她的懷裡找到了訴述自己和丈夫冤情的狀紙，總管府為她丈夫昭雪了冤屈，仗勢漁色害人的酷吏李奇受到了應有的懲罰。選擇自殺，是郭雉真自我犧牲精神的表現，也是她對社會惡勢力罪惡行徑的最有力的控訴和聲討。

郭雉真死後仍危坐水中，任憑激流衝擊也不倒下，眾人去抬她卻無法靠近的描寫，充滿了浪漫主義色彩，渲染了郭雉真之死的偉大和莊重，突出了她的反抗精神和含冤負屈的悲憤之情，具有崇高壯烈的悲劇美。

負情儂傳

宋懋澄

【題　解】本篇原載於宋懋澄《九籥集》卷五。小說敘述風塵女子杜十娘執著地追求自由和愛情，最終因理想破滅而自投大江的故事。負情儂，即負情人。原題下注：「王仲雍〈懊恨曲〉曰：『常恨負情儂，郎今果行許。』作〈負情儂記〉。」馮夢龍將本篇改編為著名的擬話本小說〈杜十娘怒沉百寶箱〉，列為《警世通言》第三二卷。搬演本篇故事的戲曲甚多，如明代郭濬、清代夏秉衡和黃圖珌，均作過《百寶箱》傳奇。

【作　者】宋懋澄（約西元一五六九～一六二〇年），字幼清，號稚源（一作自源），華亭（今上海松江）人，萬曆四十年（西元一六一二年）舉人，三試進士不第。曾研習兵法，散財結客，有志於報效國家，但最終壯志未酬。三十歲後北遊京師，廣交豪賢之士。其詩文奇矯峻拔，尤工於尺牘和文言小說。著有《九籥集》十卷，《九籥別集》四卷，兩書專辟稗類，共收入文言短篇小說四十餘篇。這些作品大多以現實生活為題材，文風古樸典雅，其中有不少篇目後來被改編為戲曲和白話小說。

萬曆❶間，浙東李生，系某藩臬❷子，入貲游北雍❸，與教坊❹女郎杜十娘情好最殷。往來經年，李貲告匱，女郎母頗以生頻來為厭，然而兩人交益歡。女姿態為平康❺絕代❻，兼以管弦歌舞，妙出一時，長安❼少年所籍以代花月者❽也。母苦留連，始以言辭挑怒，李恭謹如初；已而聲色競嚴，女益不堪，誓以身歸李生。

母自揣女非己出，而故事❾，教坊落籍❿，非數百金不可，且熟知李囊無一錢，思有以困之，令愧不辦⓫，庶自亡去⓬。乃戟掌⓭詬女曰：「汝能聳⓮郎君措三百金畀⓯老身，東西南北，惟汝所之。」女即慨然曰：「李郎雖落魄旅邸，辦三百金不難，顧金不易聚，倘金具而母負約，奈何？」母策⓰李郎窮途，侮之，指燭中花笑曰：「李郎若攜金以入，婢子可隨郎君而出。燭之生花，讖⓱郎之得女也。」遂相與要言⓲而散。

【章　旨】浙東官家子弟李生進京讀書，與名妓杜十娘情投意合。李生銀兩用盡後，鴇母欲斷絕他們二人的往來。十娘用激將法迫使鴇母答應李郎用三百兩銀子為其贖身。

【注　釋】❶萬曆　明神宗的年號（西元一五七三～一六二〇年）。❷藩臬　指省級最高行政長官。藩，藩司。為布政使的俗稱。明宣德後，全國分為十三布政使司，每司設左、右布政使各一人，為一省的最高行政長官。

後增設總督、巡撫等官，權位高於布政使。清代布政使專管一省的財政和人事。臬，臬司。明清時為提刑按察使的別稱，主管一省司法。❸入貲遊北雍　捐納錢財進入了北京的國子監讀書。入貲，明清時規定士子可以通過捐資納糧的途徑進入國子監學習，取得監生的資格。北雍，北京的國子監。明成祖定都北京後，在南京和北京都設有國子監，為當時全國的最高學府。❹教坊　指妓院。❺平康　唐代長安里名，為妓女聚居之地。此處用以泛指妓院。❻絕代　冠絕當代。❼長安　今陝西西安，為漢、唐兩朝的首都。此處指明代首都北京。❽籍以代花月者　意謂用花容月貌來稱讚杜十娘的美麗。❾故事　慣例；成規。❿落籍　脫籍。指妓女從良。古代妓女從良嫁人要從樂籍中除名，故云。⓫令愧不辦　讓他因辦不成事情而羞愧。⓬庶自亡去　也許會自己離去。⓭戟掌　用手指人，身體的形狀看上去如同一枝戟。形容罵人時的姿態。⓮聳　通「慫」。⓯畀　給予。⓰策　估計。⓱讖　預兆；徵兆。⓲要言　約言；約定。

【語　譯】萬曆年間，浙江東部有個姓李的書生，是某一位省級最高行政長官的兒子。他按照有關規定捐納錢財後進入了北京的國子監讀書，與教坊中的女郎杜十娘感情最深。兩人相好一年多時間，李生的錢都花得差不多了。老鴇對李生頻頻來院找十娘非常厭惡，然而十娘與李生的關係卻越來越親密。十娘的容貌體態冠絕當代，再加上她演奏樂器、唱歌跳舞都精妙絕倫，京城裡的青年都公認她是花容月貌的絕世佳人。鴇母對李生留連不走非常惱人，起先用一些話來激怒他，但李生還像當初一樣恭敬謹慎。後來，鴇母的話就更難聽，臉色也更難看了。對此，十娘越來越感到不堪忍受，就發誓要嫁給李生。

鴇母心想十娘不是自己的親生女兒，根據以往的慣例，妓女脫離樂籍、從良嫁人則非要有幾百兩銀子的贖金不可。她非常清楚李生的口袋已經空無一文，便想找個辦法來為難李生，讓他因無錢辦不成事情而自感羞愧，這樣他或許會自動離去。一天，鴇母指手劃腳地罵十娘說：「你如果能讓你的相好籌措三百兩銀子給我，那麼東南西北，隨你跟他到哪兒去。」十娘馬上憤慨地回答說：「李郎雖然潦倒失意，困居旅舍，但籌措三百兩銀子也不是太難的事。只是銀子不是很容易就能湊齊的，倘若銀子準備好了而媽媽又說話不算數，怎麼辦？」鴇母料定李生已無路可走，就出言侮辱他，指著燭花笑著說：「李郎如果帶著銀子進來，丫頭你就可以跟著他出去。蠟燭生花，這是李郎能得到你的預兆啊！」於是，雙方就講好條件後分手。

女至夜半，悲啼謂李生曰：「郎君游貲❶，固不足謀妾身，然亦有意於交親中得緩急❷乎？」李驚喜曰：「唯唯。向非無心，第未敢言耳。」明日故為束裝狀，遍辭親知，多方乞貸。親知咸以生沉湎狹斜❸，積有日月，忽欲南轅❹，半疑涉妄；且李生之父怒生飄零，作書絕其歸路，今若貸之，非惟無所徼德，且索負無從，皆援引❺支吾❻。

生因循❼經月，空手來見。女中夜歎曰：「郎君果不能辦一錢耶？妾褥中有碎金百五十兩，向緣綫裹衾絮中，明日令平頭❽密持去，以次付媽。外此非妾所辦，奈何？」生驚喜，珍重持褥而去。因出褥中金語親知，親知憫杜之有心，毅然各斂金付生，僅得百兩。生泣謂女：「吾道窮矣，顧安所措五十金乎？」女雀躍曰：「毋憂，明日妾從鄰家姊妹中謀之。」至期果得五十金，合金而進。

媽欲負約，女悲啼向媽曰：「母曩責郎君三百金，金具而母食言，郎持金去，女從此死矣。」母懼人金俱亡，乃曰：「如約，第自頂至踵，寸珥尺素[9]，非汝有也。」女忻然從命。

明日，禿髻布衣，從生出門，過院中諸姊妹作別，諸姊妹咸感激[10]泣下曰：「十娘為一時風流領袖，今從郎君藍縷[11]出院門，豈非姐妹羞乎？」於是人各贈以所攜，須臾之間，簪彄[12]衣履，煥然一新矣。諸姊妹復相謂曰：「郎君與姊千里間關[13]，而行李曾無約束[14]。」復合贈以一箱。箱中之盈虛，生不能知，女亦若為不知也者。日暮，諸姊妹各相與揮淚而別。

女郎就生逆旅⑮，四壁蕭然，生但兩目瞪視几案而已。女脫左膞生絹，擲朱提⑯二十兩，曰：「持此為舟車資。」明日，生辦輿馬出崇文門，至潞河⑰，附奉使船⑱，抵船而金已盡。女復露右臂生綃，出三十金曰：「此可以謀食矣。」生頻承不測，快幸遭逢，於是自秋涉冬，嗤來鴻之寡儔，詘游魚之乏比⑲，誓白頭則皎露為霜，指赤心則丹楓交炙，喜可知也。

【章旨】杜十娘先後拿出二百兩銀子給李生，李生又從親友處借得一百兩，贖出十娘。兩人一同南歸，京中諸妓饋贈禮品為十娘送行。

【注釋】❶游貲　手頭剩下的錢。❷緩急　急；急難。偏義複詞。❸狹斜　小街曲巷。多指妓院。古樂府有〈長安有狹斜行〉，描寫少年冶遊之事。後用以稱妓女居住之處。❹南轅　車轅向南而行　即南歸。❺援引　尋找藉口。❻支吾　用含混躲閃的話來搪塞。❼因循　延宕；拖延。❽平頭　僕人。古代僕人戴平頭巾，故稱。❾寸珥尺素　指所有的首飾和衣服。珥，女子的珠玉耳飾。❿感激　感慨；憤激。⓫藍縷　衣衫破爛。⓬簪彄　泛指首飾。彄，手鐲、戒指之類的環形飾物。⓭間關　跋涉；輾轉。⓮約束　準備；安排。⓯逆旅　旅館；客舍。⓰朱提　指銀子。雲南昭通境內有朱提山，盛產白銀，世稱朱提銀。因此用作銀子的代稱。⓱潞河　指北京通縣以下的白河，為北運河的上游。⓲附奉使船　搭乘奉命出京辦事的官員所坐的船。⓳嗤來鴻之寡儔二句嗤笑天上飛來的大雁沒有伴侶，看不起水中的游魚缺少同類。儔，伴侶。詘，貶低。比，類。

【語　譯】到了半夜裡，十娘傷心地哭著對李生說：「你手頭剩下的錢，自然不夠用來贖我，然而是不是準備請求親戚朋友幫你解決一下眼前的燃眉之急呢？」李生又驚又喜地說：「對！對！以往我不是沒有想到，只是沒有敢說出來罷了。」第二天，李生故意裝出收拾行裝的樣子，與所有的親朋好友告辭，向許多人開口借錢。親戚朋友對李生長年累月沉湎於花街柳巷而忽然想要南歸都不太相信，懷疑其中有假。再說李生的父親對李生在外沉淪放蕩非常惱怒，已寫信與李生斷絕關係，不要他回家。現在如果借錢給他，非但得不到李生父親的感謝，而且將來也沒有辦法討回借款。於是都尋找藉口，用一些躲躲閃閃的話來搪塞他，而不肯拿出錢來。

李生拖延了一個多月，最後空著兩手來見杜十娘。十娘半夜裡歎息說：「郎君果真一點錢也借不到嗎？我的褥子裡有一百五十兩碎銀子，以前用線纏好藏在棉絮中。明天，讓僕人偷偷地拿出去，到時候交給媽媽。此外還缺的銀子，就不是我所能辦得到的了，怎麼辦呢？」李生喜出望外，小心地將褥子帶了出去，他將褥子裡藏著的銀子拿出來，將詳細情況告訴知親好友。知親好友們對杜十娘有心從良都十分同情，很果斷地湊銀子借給李生，但一共也只有一百多兩。李生哭著對十娘說：「我的辦法都用完了，再到哪裡去找五十兩銀子呢？」十娘欣喜至極地說：「不用擔憂，明天早晨我到鄰近的姐妹們那裡想想辦法。」到了第二天，十娘果然又拿來了五十兩銀子，兩人就把所有的銀子合在一起送到鴇母那裡。

鴇母想要悔約，十娘哭著對鴇母說：「媽媽以前責令李郎限期交出三百兩銀子來，現在銀子準備齊全了，媽媽卻又說話不算數。李郎你把銀子拿走，我就此死了算了。」鴇母生怕人財兩空，就說：「那就按說定的辦。但是從頭到腳，穿的衣服戴的首飾，都不是屬於你的。」十娘高興地答應了。

第二天，十娘不戴首飾，穿著粗布衣服，跟著李生出了門，到院中各位姐妹那裡道別。諸位姐妹都感慨激動，說：「十娘是一時風流人物的領袖，穿著這麼寒酸的衣服跟郎君出院門，這不是我們姐妹們的羞恥嗎？」於是各人都將所帶的東西贈給十娘。不一會，首飾、衣服、鞋子都有了，十娘被打扮得煥然一新。眾姐妹們又說：「李郎和姐姐，將要千里跋涉，而行裝竟然什麼都沒有備辦。」眾人又合起來贈送給十娘一隻箱子，箱子裡裝些什麼，李生無法知道，十娘也好像是不知道似的。天晚了，眾姐妹才與十娘揮淚告別。

十娘跟著李生來到他所住的旅舍，房間裡除了四壁之外一無所有，李生只能兩眼瞪著桌子。十娘解下纏在左臂上的生絹，取出二十兩銀子扔在李生的面前，說：「拿這筆錢去付車船費。」第二天，李生租了車馬與十娘一起出崇文門，到了潞河，搭乘奉命出京辦事的使臣所坐的船。到了船上，二十兩銀子已經用完了。十娘又露出縛在右臂上的生綃，取出三十兩銀子，說：「這筆錢可以用來作飯錢。」李生接連碰到這些意想不到的好事，對自己的際遇感到非常稱心如意。從秋到冬，兩人都相守在船上，一起嘲笑天上飛來的大雁沒有伴侶，看不起水中的游魚缺少同類。面對著露水凝結成的白霜，兩人發誓要白頭偕老，並指著自己的心表達對對方的愛意，都認為兩顆心像楓葉一樣紅，像火一樣熱。他們內心的高興是可想而知的。

行及瓜洲❶，捨使者艅艎❷，別賃小舟，明日欲渡。是夜，璧月盈江，練飛鏡寫❸，生謂女曰：「自出都門，便埋頭項，今夕專舟，復何顧忌？且江南水月，何如塞北風烟，顧作此寂寂乎？」女亦以久淹行跡，悲關山之迢遞❹，感江月之交流，乃與生攜手月中，趺坐❺船首。生興發執卮，倩❻女清歌，少酬江月。女宛轉微吟，忽焉入調，烏啼猿咽，不足以喻其悲也。

有鄰舟少年者，積鹽維揚❼，歲暮將歸新安❽，年僅二十左右，青樓❾中推為輕薄祭酒❿。酒酣聞曲，神情欲飛，而音響已寂，遂通宵不寐。黎明，而風雪阻渡，新安人物色⓫生舟，知中有尤物⓬，乃貂帽復絢⓭，弄形顧影⓮，微有所窺，因叩舷而歌。生推篷四顧，雪色森然。新安人呼生稍致綢繆⓯，即邀生上岸，至酒肆論心。酒酣，微叩公子，昨夜清歌為誰，生具以實對。復曰：「公子渡江，即歸故鄉乎？」生慘然告以難歸之故，麗人將邀我於吳、越⓰山水之間。杯酒纏綿，無端盡吐情實。新安人愀然⑰謂公子：「旅靡蕪而挾桃李⑱，不聞明珠委路⑲，有力交爭乎？且江南之人，最工輕薄，情之所鍾，不敢愛死⑳，即鄙心時時萌之；況麗人之才，素行不測，焉知不借君以為梯航㉑，而密踐他約於前途？則震澤㉒之烟波，錢塘㉓之風浪，魚腹鯨齒，乃公子之一抔三尺㉔也。抑㉕愚聞之，父與色孰親？歡與害孰切㉖？願公子之熟思也。」生始愁眉曰：「然則奈何？」曰：「愚有至計，甚便於公子，然而顧公子不能行也。」公子曰：「為計奈何？」客曰：「公子誠能割厭餘之愛，僕雖不敏㉗，願上千金為公子壽㉘，得千金則可以歸報尊君，捨麗人則可以道路無恐。幸公子熟思之。」生既飄零有年，携形挈影，雖鴛樹之詛㉙，生死靡他㉚，而燕幕之棲㉛，進退維谷㉜，羝藩㉝狐濟㉞，既猜月而疑雲㉟，燕喙龍漦㊱，更悲魂而啼夢，乃低首沉思，辭以歸而謀諸婦，遂與新安人携手下船，各歸舟次㊲。

女挑燈俟生小飲，生目動齒澀，終不出辭，相與擁被而寢。至夜半，生悲啼不已，女急起坐抱持之曰：「妾與郎君處情境幾三年，行數千里，未嘗哀痛。今日渡江，正當為百年歡笑，忽作此面向人，妾所不解。抑聲有離音，何也？」生言隨涕與，悲因情重，既吐顛末㊳，涕泣如前。女始解抱，謂李生曰：「誰為足下畫此策者？乃大英雄也！郎得千金，可覲二親㊴；妾得從人，無累行李㊵。發乎情，止乎禮義㊶，賢哉，其兩得之矣！顧金安在？」生對：「以未審卿意云何，金尚在是人篋內。」女曰：「明蚤亟過諾之。然千金重事也，須金入足下篋中，妾始至是人舟內。」時夜已過半，即請起為艷妝，曰：「今日之妝，迎新送舊者也，不可不工。」計妝畢而天亦就曙矣，新安人已刺船㊷李生舟前，得女郎信，大喜，曰：「請麗卿妝臺為信。」女忻然謂李生畀㊸之，即索新安人聘貲過船，衡之無爽㊹。於是女郎起身自舟中，據舷謂新安人曰：「頃所携妝臺中有李郎路引㊺，可速檢還。」新安人急如命。女郎使李生抽某一箱來，皆集鳳翠霓㊻，悉投水中，約值數百金，李生與輕薄子及兩船人始競大咤。又指生抽一箱，悉翠羽㊼明璫㊽，玉簫金管也，值幾千金，又投之江。復令生抽出某革囊，盡古玉紫金㊾之玩，世所罕有，其價蓋不貲㊿云，亦投之。最後惎(51)生抽一匣出，則夜明之珠盈把，舟中人一一大駭，喧聲驚集市人，女郎又欲投之江。李生不覺大悔，抱女郎慟哭止之，雖新安人亦來勸解。女郎推生於側，而啐詈(52)新安人曰：「汝聞歌蕩情，遂代鶯弄舌，不顧神天，剪綆(53)落瓶(54)，使妾將骨殷血碧(55)。自恨弱質(56)，不能抽刀向傖(57)。乃復貪財，強來縈抱，何異狂犬，方事趨風，更欲爭骨？妾死有靈，當訴之明神，不日奪汝人面。且妾藏形詒影(58)，托諸姊妹，蘊藏奇貨，將資李郎歸見父母也；今畜我不卒(59)，而故暴揚(60)之者，欲人知李郎眶中無瞳耳。妾為李郎澀眼幾枯，翕魂屢散，事幸粗成，不念攜手，而倏溺笙簧(61)，畏多行露(62)，一朝棄捐，輕於殘汁，顧乃婪此殘膏(63)，欲收覆水(64)，妾更何顏而聽其挽鼻(65)？今生已矣，東海沙明，西華黍壘，此恨糾纏，寧有盡耶！」

於是舟中岸上，觀者無不流涕，詈李生為負心人，而女郎已持明珠赴江水不起矣。

當是時，目擊之人，皆欲爭毆新安人及李生。李生暨新安人各鼓船分道逃去，不知所之。

噫！若女郎亦何愧子政㊻所稱烈女哉？雖深閨之秀，其貞奚以加焉！

【章　旨】船至瓜洲，新安某鹽商垂涎十娘美色，誘惑李生以千金賣出十娘。十娘聞訊後精心梳妝，在眾目睽睽之下將妝臺中價值連城的珍寶，盡數拋入江中，並痛斥新安鹽商的無恥與李生的負心，最後投江而死。

【注　釋】❶瓜洲　地名。位於江蘇揚州南，為大運河與長江的交會處。❷艅艎　大船。❸練飛鏡寫　江水如飛動的白練和流瀉的鏡光。寫，同「瀉」。❹迢遞　路途遙遠的樣子。❺趺坐　盤腿而坐。❻倩　請。❼維揚　今江蘇揚州。❽新安　指徽州新安衛，今安徽歙縣一帶。當時多富商。❾青樓　指妓院。❿祭酒　國子監祭酒。太學的主管官員。此處意為首領、頭領、班首。⓫物色　探尋；訪求。⓬尤物　絕色美女。⓭復綯　用毛羽製成的禦風雪的外衣。⓮弄形顧影　擺弄出各種姿態，回看自己的身影。有賣弄、自我欣賞之意。⓯稍致綢繆　表示親近。⓰吳越　今江蘇、浙江一帶，春秋時為吳國和越國領地。⓱愀然　面容改色，憂愁。⓲旅靡蕪而挾

桃李　意謂攜帶豔美女子同行。旅，俱；偕同。挾，帶；攜帶。靡，通「蘼」。香草名。蘼蕪、桃李，均用以比喻美女。⑲委路　丟棄在地上。⑳愛死　惜死；怕死。㉑梯航　「梯山航海」的省稱。意為翻山越海。㉒震澤　太湖的古名。在江蘇、浙江之間。㉓錢塘　指錢塘江。浙江的下游。㉔一抔三尺　指墳墓。一抔，一捧土。三尺，形容墳墓矮小。㉕抑　句首語氣詞。㉖歡與害孰切　父子間的天倫之樂與女色的禍害相比，哪個和自己的關係更深切呢？切，深切；緊要。㉗不敏　不聰明。㉘為公子壽　贈送金帛給公子並向他祝福。㉙鴛樹之詛　永遠相愛的盟誓。鴛樹，即相思樹，又名連理樹。為樹條連在一起的兩棵樹。多用以比喻恩愛夫妻。詛，盟誓。㉚靡他　沒有二心。㉛燕幕之棲　燕子在帷幕上築巢。比喻處境險惡，隨時有傾覆的危險。㉜進退維谷　進退兩難。谷，比喻窮困的處境。語出《詩經・大雅・柔桑》：「人亦有言，進退維谷。」㉝羝藩　公羊把角鉤在籬笆上。比喻進退兩難。羝，公羊。藩，籬笆。語出《周易・大壯》：「羝羊觸藩，羸其角。」㉞狐濟　小狐狸過河，弄濕了尾巴。比喻處境不好，行動艱難。語出《周易・未濟》：「小狐汔濟，濡其尾。」㉟猜月而疑雲　意謂猶豫不決。㊱燕啄龍漦　意謂一味沉湎女色，結局將會十分悲慘。燕啄，西漢成帝寵愛趙飛燕、趙合德姐妹兩人。兩人無子，又害死了其他嬪妃所生的皇子。有童謠曰：「燕燕尾涎涎，張公子時相見。木門倉琅琅，燕飛來，啄皇孫；皇孫死，燕啄矢。」事見《漢書・五行志》。龍漦，古代傳說中神龍所吐的唾沫。據《國語・鄭語》載，夏朝末年，有二龍棲於王庭。夏帝收其所吐唾沫，藏於匣中。後周厲王打開匣子觀看，龍沫流於庭中，化為黑色的團魚。一宮女踩龍沫而孕，生褒姒。後周幽王寵幸褒姒，欲殺申后所生太子而立褒姒之子伯服，引起申戎之亂，導致西周滅亡。後用以比喻女子禍國。㊲舟次　停船之處。㊳顛末　始末；事情的經過。㊴覲二親　拜見父母。㊵行李　行旅。㊶發乎情二句　詩出〈詩大序〉。意謂從情出發，又不越出禮儀的規範。㊷刺船　用竹篙撐船。㊸畀　賜與；給予。㊹衡之無爽　用秤稱一稱，沒有短缺。爽，差錯。㊺路引　通行證。㊻集鳳翠霓　形狀似鳳凰的首飾。翠霓，指珠寶煥發的光彩。㊼翠羽　翠鳥的羽毛。多用作飾物。㊽明璫　用明珠和美玉製成的耳環。㊾紫金　一種非常珍貴的礦物。㊿不貲　無法計價；無價之寶。(51)惎　叫；讓。(52)啐詈唾罵；怒罵。(53)綆　繩子。(54)瓶　銀瓶。汲井水用的器具。(55)骨毀血碧　骨頭變黑，鮮血化為碧玉。意謂含冤負屈而死。《莊子．外物》：「萇虹死於蜀，藏其血，三年而化為碧。」(56)弱質　衰弱的身體。(57)傖　傖夫。粗俗鄙陋之人。(58)藏形詒影　隱藏形跡，不露真相。詒，通「紿」。欺誑。(59)畜我不卒　此處意謂相愛有始無終。語出《詩經．邶風．日月》：「父兮母兮，畜我不卒。」畜，養育。卒，終。(60)暴揚　暴露張揚；向世人公開。(61)倏溺笙簧　突然被別人的花言巧語所迷惑。溺，沉湎。簧，笙中能夠振動發音的薄質銅片。《詩經．小雅．巧言》：「巧言如簧，顏之厚矣。」(62)畏多行露　害怕道路上的露水打濕衣服和鞋子。此處比喻李生患得患失，害怕影響自己的利益。語出《詩經．召南．行露》：「豈不夙夜，謂行多露。」(63)婪此殘膏　貪圖這剩下來的珠寶。殘膏，殘剩的油脂。(64)覆水　倒出去的水。(65)挽鼻　牽著鼻子走。比喻受制於人。(66)子政　指西漢文學家劉向，字子政。著有《烈女傳》。

【語譯】到了瓜洲，他們離開了那艘奉命出使的大船，另外租了一條小船，準備在明天渡過長江。這天夜裡，天上的明月如同一塊玉璧，月光灑滿了江面，江水如同一條飛動的白練，流瀉著明鏡一般的光輝。李生對杜十娘說：「自從離開京都以後，我們在官船上一直低頭縮腦。今天我們自己專門雇了一條船，那還有什麼好顧忌的呢？再說江南的水光月色，與塞北的風塵煙霧大不相同。我們怎麼能默默無聲地坐在船艙裡呢？」十娘也潛蹤隱跡很久了，悲傷於關塞山嶺的路途遙遠，感慨於江水月光的交相輝映，就和李生攜手走出船艙，來到月光下，盤腿端坐在船頭。李生一時興起，舉著酒杯，請十娘清唱一曲，稍微應酬一下眼前的清江明月。十娘先是婉轉地輕輕哼了幾聲，繼而有腔有調地唱了起來，烏鴉的悲啼、猿猴的嗚咽，也難以用來比喻那歌聲的悲涼淒切。

鄰船有個青年人，在揚州做鹽生意，年底正準備回新安。他的年齡只有二十歲左右，在青樓中被公認是拈花惹草的領袖。他喝醉以後聽到杜十娘的歌聲，頓時神飛情蕩。但歌聲僅一會兒就消失了，為此他一夜都沒有睡著。天亮時，因為風雪彌漫，不能過江，那新安鹽商就到李生的船旁探訪，知道船中有絕色美人。他戴著貂皮帽子，穿著羽絨衣服，故意擺弄出各種姿態，回看自己的身影，自以為十分得意。他稍微探到了一點動靜，就敲打著船舷唱起歌來。李生推開船篷一看，四周都是白茫茫的一片。新安人連忙和李生打招呼，向他表示親熱，並當即邀請李生上岸，到酒店去談心。酒喝到暢快時，新安人裝作不經意地詢問昨晚唱歌的什麼人，李生不加隱瞞地告訴他。新安人又問：「公子過了江之後，馬上就回家鄉嗎？」李生淒慘地告訴他難以回家的原因，並說美人邀請我在江浙一帶遊山玩水。僅僅只是一杯酒的交情，李生竟無緣無故將實情全部吐露了出來。新安人突然面容改色，裝著一副憂愁的樣子，說：「攜帶豔美的女子同行，這是很危險的。你沒有聽說過明珠丟棄地上，有力氣的人就要相互爭奪嗎？再說江南的人最善於拈花惹草，對於自己所鍾情的人，就會死也不顧地去追求，即使像我這樣的人，心裡也常常會萌生這樣的念頭；何況你那美人才智不凡，平時做出來的事情常常出人意外，怎麼知道她不是將你作為過渡，在前面的路途中和以往的情人相會呢？那麼，太湖的煙波，錢塘江的風浪，魚的肚子，鯨的牙齒，就是你的葬身之地了。我聽說過這樣一句話：父親與美女誰更為親近？天倫之樂與女色之禍哪個更需要呢？希望公子能夠深思。」李生的眉頭頓時皺了起來，問：「那麼該怎麼辦呢？」「我有一個絕妙的計策，非常有利於公子。但是公子卻難以做到。」李生問：「你到底想出了一個什麼辦法？」新安人說：「公子果真能夠將自己享用夠了已覺得多餘的女人割讓給我，我雖然很不聰明，卻願意拿出一千兩銀子為公子祝福。公子有了一千兩銀子，就可以回去報答令尊大人，丟開了美人，那麼在路途上也沒有什麼可擔憂的了。希望公子認真考慮。」李生在外飄泊多年，孤單無依，形影相弔，雖然和杜十娘有過永遠恩愛的誓言，曾表示過到死也不會有異心，但他常感到自己就像在帷幕上築巢的燕子，進退兩難，又像角鉤在籬笆上的公羊和渡河沾濕尾巴的小狐狸一樣，心中老是猜疑猶豫，每當想起周幽王寵愛褒姒、漢成帝寵愛趙飛燕而禍國害身的事，更是恐懼不安，常常從睡夢中哭醒。聽了新安人的話，他低頭沉思了半天，回答說要回去和十娘商量一下。於是就和新安人手拉著手，各自回到自家的船上。

十娘點著燈等李生回來飲酒，李生眼珠轉動卻又難以啟齒，想說的話始終沒有說出口，兩人就一起蓋上被子就寢。睡到半夜，李生悲傷地哭個不停，十娘連忙坐起來，抱著他問：「我和郎君兩情相好已經近三年，這次同行幾千里，你也沒有哀傷悲痛過。現在就要渡江，正應該為我們結成百年之好而歡笑。你忽然以這種哀愁的面容對我，我實在不能理解。再說你的哭聲裡含有離別之音，不知是為什麼？」李生的話終於隨著眼淚吐出了口，因為與十娘情重難捨而悲痛萬分，將新安鹽商要買十娘的前後經過說了出來，說完後仍然涕淚俱下。十娘鬆開了抱著李生的雙手，說：「誰為你策劃這個計謀的？他真是一個大英雄啊！你得到了一千兩銀子，可以回去拜見雙親；我也得以跟從別人，也可以免除你行旅中的勞累。從情出發，又不超出禮義的規範。好啊！這真是兩全其美的辦法啊！不過，那銀子在哪裡呢？」李生回答說：「因為不知道您的意向如何，所以銀子還在那個人的箱子裡。」十娘說：「明天早上馬上過去答應他。但是一千兩銀子，這是一件重大的事情，必須等銀子裝入你的箱子，我才能到那個人的船裡去。」這時已經是下半夜了，十娘立即就起床，精心地梳妝打扮。她說：「今天這次打扮，是專門為了迎新送舊的，不能不多花些工夫。」等到梳妝完畢，天也開始發亮了。新安人已經讓人把船撐到李生的船旁邊。聽到女郎同意的消息，十分高興，說：「請用美人的梳妝臺作為憑證。」十娘高興地要李生給他送過去，接著就向新安人討聘禮。銀子送過來以後，稱了一稱，沒有短缺。這時候，十娘從船艙裡站起來，靠著船舷對新安人說：「剛才送過來的梳妝臺中，有李郎的通行證，快點找出來還給他。」新安人連忙照辦。十娘叫李生打開一個箱子，都是一些光彩奪目的鳳凰形首飾，大約值幾百兩銀子。十娘將它們全部投入江水中。李生與輕薄浪蕩的新安人及兩條船上的人都大為驚訝。十娘又指著一個箱子讓李生打開，裡面都是翠鳥的羽毛、明珠和美玉製成的耳環以及金玉製成的簫和笛子等等，價值幾千兩銀子，十娘又將它們投入江中。十娘又讓李生打開一個皮口袋，裡面都是古玉、紫金製成的玩物，世上很少能見到，都是些無價之寶，也都被投入了江水之中。最後，十娘又叫李生打開一隻盒子，裡面有滿滿的一大把夜明珠，船上的人個個都大為吃驚，街市上的人都被喧鬧聲所驚動而聚集到岸邊來觀看。十娘又要將這些夜明珠投入江中，李生非常後悔，抱著十娘大聲痛哭，想阻止她，就是那新安人也上前勸阻。十娘將李生推在一旁，指著新安人怒罵道：「你聽到歌聲就淫情頓生，像黃鶯一樣搬弄口舌，置神明上天於不顧，剪斷繩子讓銀瓶掉落井中摔碎，害得我含冤負屈而死，死後骨頭將變成黑色，鮮血化為碧玉。我只恨自己是個女子，不能拔出刀來砍死你這個卑鄙小人。你又貪圖錢財，強行前來擁抱，這與瘋狗有什麼區別？剛才在跟著風跑，現在又要去搶肉骨頭。我死了之後如果有魂靈的話，一定要向聖明的天神控告你，用不了幾天就剝去你人的面目。再說我隱瞞真相，假託眾姐妹相贈，藏著這些稀世珍寶，是準備資助李郎回鄉拜見父母的；現在李郎對我有始無終，所以我有意將這件事暴露張揚，只不過是想讓人們知道李郎眼內無珠罷了。我為了李郎流淚流得眼睛都幾乎枯涸了，多少次被弄得魂飛魄散，事情總算初步成功了，李郎卻不念昔日攜手相愛之情，突然被奸人的花言巧語所迷惑，生怕攜我同行對自己不利，將我拋棄，將我看得連殘羹剩湯都不如。他只是貪圖這些剩下來的珠寶，才想將倒出去的水收回來，夫妻重新相好，可我還有什麼臉面再讓他牽著鼻子走呢？我這一生已經完了，東海明淨的沙粒多得無法計算，西嶽華山的土石無窮無盡，我的怨恨縈繞糾結在心頭，哪裡還會有盡頭的一天呢！」

這時候，船上岸上，看的人沒有一個不流淚，都罵李生是個負心人，而十娘已經抱著裝有夜明珠的盒子，跳進江水中再也起不來了。

當這個時候，親眼看到十娘投江的人，都爭著要去毆打新安商人和李生。李生和新安商人連忙各自叫人開船，分道而逃，不知去向。

唉！像十娘這樣的女子，又何愧於劉向所說的烈女呢？即使深處閨房的大家之秀，她們的貞潔品格又怎麼能超過杜十娘呢！

宋幼清❶曰：余於庚子❷秋聞其事于友人。歲暮多暇，援筆敘事。至「妝畢而天已就曙矣」，時夜將分，困憊就寢，夢披髮而其音婦者謂余曰：「妾自恨不識人，羞令人間知有此事。近幸冥司見憐，令妾稍司風波，間豫❸人間禍福。若郎君為妾傳奇❹，妾將使君病作。」明日，果然。幾十日而間。因棄置篋中。丁未❺，攜家南歸，舟中檢笥稿，見此事尚存，不忍湮沒，急捉筆足之，惟恐其復祟，使我更捧腹也。既書之紙尾，以紀其異，復寄語女郎：「傳已成矣，它日過瓜洲，幸勿作惡風浪相虐。倘不見諒，渡江後必當復作。寧肯折筆同盲人乎？」時丁未秋七月二日，去庚子蓋八年矣。舟行衛河❻道中，距滄州❼約百餘里。不數日，而女奴露桃忽墮河死。

【章旨】作者介紹寫作這篇傳奇的經過。

【注釋】❶宋幼清　即作者宋懋澄，幼清為其字。❷庚子　指明神宗萬曆二十八年（西元一六〇〇年）。❸間豫　間或干預。豫，同「預」。❹傳奇　文體名。指唐宋以來的文言短篇小說，一般虛構成分較多，描寫也比較細致。❺丁未　指萬曆三十五年（西元一六〇七年）。❻衛河　河名。發源於山西太行山，流經河南北部、河北南部，至天津入海。❼滄州　州名。治所在今河北滄州。

【語譯】宋幼清說：我在庚子年的秋天從朋友那裡聽說了這件事，年底空餘時間較多，就拿起筆將它記了下來。寫到「妝畢而天已就曙矣」這一句時，時間快要到半夜了。人又困又累，就上床睡覺。夢見一個披著頭髮的婦人對我說：「我自恨不能識人，讓人間知道這件事我非常羞愧。近來幸虧陰間的官府同情我，令我專門管理水中的風波，偶爾也干預人間的禍福之事。如果您為我作傳奇，我將讓你發病。」第二天，我果然生了病，過了幾十天才好。因此，稿子被放在小箱子裡。到了丁未年，我帶領全家南歸。在船上，清理箱子中的稿子，看到這篇稿子還在，不忍心讓它被埋沒，連忙拿起筆來將它寫完。但又生怕十娘的鬼魂再作祟，再讓我腹痛，就將她的鬼魂作祟的事寫在文稿的最後，將它的奇異之處記了下來。又寄語十娘：「傳奇已經寫完了，我以後經過瓜洲，希望你不要再興風作浪虐待我。如果你不肯諒解，我過江以後還要再寫。我怎麼能折斷筆像盲人一樣呢？」這時是丁未年秋天七月二日，與我上次寫稿的庚子年已經相隔八年了。我坐的船正在衛河中行駛，距離滄州約一百多里。沒有過幾天，女奴露桃忽然掉在河裡死了。

【賞　析】士子與妓女相戀，是中國古代小說戲曲中很常見的題材。其結局不外有兩種，一是始亂終棄，二是成婚團圓。而本篇突破了這類小說的傳統格局，以女主人公自沉大江收尾，並由此展現女主人公最富時代光彩的性格特徵，其中蘊含的社會內容極為豐富而深刻。

杜十娘熱愛自由，渴望能脫身娼門，與承歡賣笑的青樓生涯訣別。為此她作了長期的準備，苦心經營，費盡周折。她暗中積蓄金銀珠寶，選擇李生作為以身相許的對象；在李生囊篋告罄之際，她用計智激鴇母，迫使鴇母答應讓李生用三百兩銀子為其贖身，又用自己的私房錢資助李生如期交付贖金……她一步一步地實施自己的計劃，終於憑藉自己的機智和勇敢，鬥敗了鴇母，從煙花柳巷中抽身而出。然而她始料未及的是，卑怯自私的李生，竟然經不住新安商人的挑撥、恐嚇和誘惑，背盟負心，荒唐地答應以一千兩銀子的價格將杜十娘轉賣，使剛剛跳出樊籠的杜十娘又重新跌入深淵。在當時的情況下，杜十娘只要拿出一部分財寶來，讓李生改變主意乃是易如反掌之事。但是，杜十娘所追求的是純潔真摯的愛情，而不是一般的從良嫁人；她要的是一個相濡以沫、死生相託的知心伴侶，而不是李生這個人；她要做的是一個自由的、真正意義上的人，而不是某種特殊的商品或某個男人的附屬物。因此，她「寧為玉碎，不為瓦全」。儘管處於極度的絕望和悲傷之中，她卻表現出超常的鎮定和從容。她先是挑燈梳妝、著意打扮，以自己的美貌表示對浮薄子弟和市儈小人的蔑視；繼而將平生所積攢的珍寶一一拋入江中；進而義正辭嚴地痛斥新安商人與李生；最後毅然投身於滾滾江濤之中，以自己的青春和生命來捍衛自己做人的權利和人格的尊嚴。被後人稱為「女中豪傑」、「千古女俠」的杜十娘，是一個覺醒了的風塵女子的形象。這一形象的出現，與明代中後期湧動的個性主義思潮有著深刻的內在聯繫。

這篇小說不是靠詭譎離奇的情節去取悅讀者，也沒有運用古代小說中常見的巧合手法，而是通過平直的敘述將故事一步步地推向高潮，在錯綜複雜的社會關係和尖銳激烈的矛盾衝突中刻劃人物，逐層深入地展示女主人公的性格光彩。全篇以精致而深刻的細節描寫見長，不少細節寫得生動逼真。如杜十娘第一次交給李生的一百五十兩銀子，是「絮裹絮中」的「碎金」；十娘在與李生南歸前，「脫左膊生絹，擲朱提二十兩」作為舟車之費；上船後，李生錢已用光，十娘「復露左臂生綃，出三十金」，這些描寫表明十娘的銀子來之不易，都是一點一點地積蓄起來，又是用盡心計才保藏下來的。又如李生準備出賣十娘，但一時難以啟齒，睡至半夜忽然悲啼不已，十娘不知就裡，「急起坐抱持之」，稱其為「郎君」，顯出一片深情；待李生吐露實情後，十娘「始解抱」，對李生冷言譏刺，改稱其為「足下」。這些描寫都運筆入微，使人物形神俱現，具有動人的魅力。

劉東山

宋懋澄

【題解】本篇選自《九籥別集》卷二。小說敘述劉東山自誇武藝高強而被高手教訓的故事。凌濛初《拍案驚奇》卷三〈劉東山誇技順城門，十八兄奇蹤村酒店〉即根據本篇增飾而成。李漁的〈秦淮健兒傳〉、蒲松齡《聊齋誌異》中的〈老饕〉也明顯受本篇影響。

劉東山，世宗❶時三輔❷捉盜人，住河間❸交河❹縣，發矢未嘗空落，自號連珠箭。年三十餘，苦厭此業。

歲暮，將驢馬若干頭，到京師轉賣，得百金。事完，至順成門❺雇騾歸，遇一親近，道入京所以。其人謂東山：「近日群盜出沒良❻、鄭❼間，卿挾重資，奈何獨來獨往？」東山鬚眉開動，唇齒奮揚，舉右手拇指笑曰：「二十年張弓追討，今番收拾，定不辱寞❽。」其人自愧失言，珍重別去。

【章　旨】劉東山因弓馬嫻熟而妄自尊大，在北京順成門的旅店自稱二十年未曾遇到過敵手。

【注　釋】❶世宗　指明世宗朱厚熜。即嘉靖皇帝，西元一五二一～一五六六年在位。❷三輔　原指漢代長安（今陝西西安）及其周圍地區。這裡指明代的京城北京及其郊區。❸河間　府名。治所在今河北河間。❹交河　今河北交河。❺順成門　指北京玄武門。❻良　指今河北良鄉。❼鄚　指今河北任丘北的鄚州鎮。❽辱寞　同「辱沒」。玷汙；玷辱。

【語　譯】劉東山，是嘉靖年間京城一帶捉強盜的捕快，家住河間府交河縣。他射箭從不虛發，自稱連珠箭。到了三十歲的時候，對捕快這個職業感到很苦很厭倦，因而改了行。

這年年底，劉東山販了若干頭驢馬到京城轉賣，賺到了百餘兩銀子。生意做完後，就到順成門雇騾子回家。碰巧遇到一個熟人，就向他談起這次進京的緣由。那個人對東山說：「近來有許多強盜在良鄉、鄚州一帶出沒，你帶著重金，怎麼能獨來獨往呢？」劉東山眉飛鬚動，嘴唇張開牙齒露出，一副得意的樣子，翹起右手的大拇指笑著說：「我二十多年來一直手挽弓箭追捕強盜，現在雖然已經改行做買賣，但也決不能玷汙我的名聲。」那人對自己說話不當感到十分羞愧，向劉東山道了一聲「珍重」便離開了。

明日，束金腰間，騎健騾，肩上掛弓，繫刀衣外，於跗注❶中藏矢二十簇。未至良鄉，有一騎奔馳南下，遇東山而按轡❷，乃二十左右顧影❸少年也，黃衫氈笠，長弓短刀，箭房中新矢數十餘。白馬輕蹄，恨人緊轡，噴嘶❹不已。東山轉盼❺之際，少年舉手曰：「造次❻行途，願道姓氏。」既敘行跡❼，自言：「本良家子，為賈京師，三年矣，欲歸臨淄❽婚娶，猝幸遇卿。某直至河間分路。」東山視其腰纏，若有重物，且語動溫謹❾，非惟喜其巧捷，而客況❿當不寂然，晚遂同下旅中。

明日，出涿州⓫，少年問先輩平生捕賊幾何？東山意少年易欺，語問益輕盜賊為無能也。笑語良久，因借弓把持，張弓如引帶，東山始驚愕，借少年弓過馬，重約二十觔，極力開張，至於赤面，終不能如初八夜月。乃大駭異，問少年神力何至於此，曰：「某力殊不神，顧卿弓不勁耳。」東山嘆詫⓬至再，少年極意謙恭。

至明日日西，過雄縣⓭，少年忽策騎前驅不見，東山始惶懼，私念彼若不良，我與之敵，勢無生理。行一二鋪⓮，遙見向少年在百步外，正弓挾矢，向東山曰：「多聞手中無敵，今日請聽箭風⓯。」言未已，左右耳根但聞肅肅如小鳥前後飛過。又引箭曰：「東山曉事人，腰間騾馬錢一借。」於是東山下鞍，解腰間囊，膝行至馬前獻金乞命。少年受金，叱曰：「去！乃公⑯有事，不得同兒子前行。」轉馬面北，惟見黃塵而已。

東山撫膺惆悵，空手歸交河，收合餘燼⑰，夫妻賣酒於村郊，手絕弓矢，亦不敢向人言此事。

【章旨】一年青人要求與劉東山結伴共行，並與劉東山比試武藝。劉東山屢屢失敗，所帶銀兩被年青人劫走。劉回鄉後在村郊開酒店度日。

【注釋】❶跗注　古代軍服的一種。這裡指附在衣服上的箭袋。❷按轡　勒緊馬韁繩，使馬緩慢行走。❸顧影　回看自己的身影。一種自憐、自負的神態。❹噴嘶　噓氣嘶叫。❺轉盼　目光流轉。❻造次　倉卒。❼行跡　身世。❽臨淄　古縣名。在今山東淄博東北。❾溫謹　溫和恭謹。❿客況　客居的境況。⓫涿州　今河北涿州。⓬嘆詫　歎息感歎。⓭雄縣　今河北雄縣。⓮鋪　驛站。古代每隔十里設一驛站，以傳遞公文和接待來往公差。⓯箭風　快速射出的箭所帶來的風。⓰乃公　你老子。⓱餘燼　被劫後剩下的財物。

【語譯】第二天，劉東山將銀子縛在腰間，騎著一頭健壯的騾子出發了。他肩膀上掛著弓，衣服外面挎著一把刀，在箭袋中藏著二十支箭。還沒有到達良鄉的時候，看到一個人騎著馬由北向南奔馳而來。那人見到了劉東山就勒緊馬韁繩，放慢速度，原來是一個二十歲左右、看上去很自負的年青人。年青人穿著黃色衣衫，頭戴氈笠，背著長弓，佩著短刀，箭袋裡插著幾十枝新箭。年青人所騎的白馬輕輕地邁動著腳步，恨人將韁繩拉得太緊，不停地噓氣嘶叫。劉東山正在四面環視的時候，那年青人向他舉手打招呼說：「路途中倉卒相遇，希望能知道您的貴姓。」劉東山介紹完自己的身世後，那年青人自我介紹說：「我本是清白人家的子弟，在京城做生意已經三年了，現在要回臨淄結婚娶親。有幸突然遇到您，我可以和您一直同路到河間再分手。」劉東山看他腰間似乎纏著貴重的東西，而且言行舉止溫和恭謹，劉東山非但喜歡他的靈巧敏捷，而且心想與這樣的人作伴，客居在外一定不會寂寞。當晚就和這年青人一起到旅店投宿。

第二天，兩人一起出涿州城。年青人問老前輩一生共抓過多少盜賊？劉東山心想這個年青人好欺騙，話語之間更加輕視強盜，認為強盜沒有什麼能耐。兩人說笑了好長時間，年青人乘便將劉東山的弓借來試試，像拉帶子一樣很輕鬆地就把劉東山的弓拉開了。劉東山這時才開始感到驚訝。他將年青人的弓借到自己的馬上來，那弓大約二十斤重。他用盡力氣拉弓，拉得面紅耳赤，卻始終不能將弓拉成初八月亮的形狀。劉東山非常驚異，問年青人怎麼會有如此神奇的力氣，年青人回答說：「我並沒有什麼神奇的力氣，只是你的弓太軟罷了。」劉東山一再驚歎感慨，年青人的態度卻極為謙恭。

到了第二天太陽偏西的時候，路過雄縣。年青人突然快馬加鞭地向前奔馳，一下子就看不見了。劉東山開始害怕了，暗想他如果是壞人，要和我打鬥的話，我勢必沒有生還的希望。過了一兩個驛站，劉東山遠遠地看見那年青人就在百步之外，正拉著弓、搭著箭對他說：「常聽說你手下無敵，現在請你聽聽我的箭帶來的風聲！」話還沒有完，劉東山的兩個耳朵就聽見「肅肅」的聲響，就像兩隻小鳥一前一後從面前飛過似的。年青人又張弓搭箭，並說：「東山是個懂事的人，腰裡的騾馬錢暫時借一下。」這時東山連忙下馬，解下腰間的錢袋，跪著爬行到年青人的馬前，獻上銀子，乞求年青人饒命。年青人接過銀子，喝道：「滾！你老子有事要辦，不能和你這個兒子一起走了。」說完就調轉馬頭向北而去，人影很快就不見了，只看見一道黃色的煙塵。

劉東山摸著胸口，十分傷心和懊惱，空著兩手回到交河。夫妻倆將剩下的錢合起來，到郊外開了個酒店賣酒。從此以後，劉東山兩手再也不摸弓箭，也不敢對別人說起這件事。

過三年，冬日，有壯士十一人，人騎駿馬，身衣短衣，各帶弓矢刀箭，入肆中解鞍沽酒。中一未冠人❶，身長七尺，帶馬持器，謂同輩曰：「第十八向對門住。」皆應諾曰：「少住便來周旋。」是人既出，十人向壚傾酒，盡六七罈，鷄豚牛羊肉，啖數十斤殆盡，更於皮囊中取鹿蹄野雉及燒兔等，呼主人同酌。

東山初下席，視北面左手人，乃往時馬上少年也，益生疑懼，自思產薄，何以應其復求？面向酒杯，不敢出聲。諸人競來勸酒，既坐定，往時少年擲氈笠，呼東山曰：「別來無恙？想念頗煩。」東山失聲，不覺下膝。少年持其手曰：「莫作，莫作。昔年諸兄弟於順成門，聞卿自譽，今某途間輕薄❷，今當十倍酬卿。然河間負約，魂夢之間，時與卿並轡任丘❸路也。」言畢，出千金案上，勸令收進。東山此時，如將醉將夢，欲辭不敢，與妻同舁而入。

既已安頓，復殺牲開酒，請十人過宿流連❹，皆曰：「當請問十八兄。」即過對門，與未冠者道主人意，未冠人云：「醉飽熟睡，莫負殷勤，少有動靜，兩刀有血吃也。」十人更到肆中劇醉，攜酒對門樓上，十八兄自飲，計酒肉略當五人。復出銀笊籬❺，舉火烘煎餅自啗。夜中獨出，離明❻重到對門，終不至東山家，亦不與十人言笑。東山微叩十八兄是何人，眾客大笑，直高詠曰：「楊柳桃花相間出，不知若個是春風。」至三日而別。曾見琅琊❼王司馬❽親述此事。

【章　旨】三年後，劫銀的年青人與十餘壯士來到劉東山的酒店飲酒，告知當年劫銀是因為對劉東山的誇口不服氣，故折其銳氣，並以所劫銀兩的十倍償還。而眾壯士的首領竟是一位未冠少年十八兄。

【注　釋】❶未冠人　不到十八歲的年青人。❷輕薄　侮辱玩弄。❸任丘　今河北任丘。❹流連　盤桓；滯留。❺笊籬　蛛網狀可供撈物和瀝水的器具。❻離明　同「黎明」。❼琅琊　古郡名。今山東膠南、諸城一帶。❽司馬　官名。即府同知。為知府的副職。

【語　譯】過了三年，在冬季的一天，有十一個壯漢，每人都騎著駿馬，身穿短衣，各自帶著弓箭和刀劍，來到劉東山的酒店，解下馬鞍來買酒。其中一個不滿二十歲的人，身高七尺，牽著馬，拿著兵器，對同來的人說：「我第十八到對門去住。」其餘的人都一起答應道：「我們在這裡稍微坐一會兒就過來陪你。」那人出去後，其餘的人到放酒罈的土墩旁去倒酒喝，很快就喝完了六、七罈酒，幾十斤的雞肉、豬肉、牛羊肉，也都吃得差不多了。這些人又從帶來的皮口袋中，取出鹿蹄、野雞肉和兔子肉，叫店主人一起來喝酒。

劉東山剛入席，就發現北面左首坐著的那個人，就是三年前騎馬劫銀的那個年青人，心裡更加懷疑、害怕起來。心想自己家裡沒有多少財產，用什麼來應付他們的再次索求呢？東山對著酒杯，不敢出聲。那些人都爭著來勸酒，劉東山坐定以後，當年那個年青人扔下氈笠，招呼劉東山說：「分別以後一切好嗎？我一直很想念您。」劉東山不由自主地叫了一聲，不知不覺地兩膝就跪了下來。那個年青人拉著他的手說：「別這樣，別這樣。往年諸位兄弟在順成門聽見你自稱自讚，就讓我在路上戲弄你一番。現在用十倍的數目來償還往年所借的銀兩。當初原和你約好在河間分手，我卻違背了諾言。現在我還常常夢見和你在任丘的路上騎馬並行呢！」說完後，拿出一千兩銀子放在桌子上，勸劉東山收下。劉東山這個時候，像是喝醉了酒，又像是在做夢。他想推辭卻又不敢，就和妻子一起將銀子搬進了內屋。

一切安頓好以後，劉東山又宰殺牲口，打開酒罈，邀請那十個人在自己家住宿，多待上一些時間，那十個人都說：「這要去問問十八兄。」他們馬上就去對門，向不到二十歲的十八兄轉達了店主人的意思。十八兄說：「喝醉吃飽了以後就痛痛快快地睡上一覺，不要辜負了主人的一片深情。稍微有點動靜，我這兩把刀就有血吃了。」十個人又回到酒店中，開懷暢飲，喝得酩酊大醉，又將酒和肉送到對門的樓上。十八兄一個人自斟自飲，他一個人吃掉的酒肉大致和五個人吃掉的差不多。他又拿出銀笊籬，一個人生火烘煎餅吃。半夜裡他獨自一個人出門，黎明時又重新回到對門的樓上，始終沒有進劉東山家的門，也不和那十個人說笑。劉東山稍稍問起十八兄是什麼人，客人們都大笑起來，也不回答，只是高聲吟誦說：「楊柳、桃樹交錯地栽種，不知是哪個占盡了春光。」這些人在劉東山那兒住了三天後告別離去。我曾經見到過琅琊郡的王司馬，他曾親口向我講述這件事。

【賞　析】本篇是一篇頗具特色的短篇武俠小說，它通過對神巧奇技的描寫，寄寓了「天道惡盈而好謙」、為人切不可狂妄自大的人生哲理，其警世意義比較顯豁。與本篇主旨相同的小說，最早當數唐人康駢《劇談錄》中的〈張季弘逢新婦〉。該篇敘自恃「勇而多力」的張季弘，在旅店中聽到某老嫗訴說新媳婦兇悍無禮之事後，便自告奮勇地將新婦召來訓斥。新婦不承認自己虐待婆婆，列舉一件件事實為自己辯解，「每言一事，引手於季弘所坐石上，以中指畫之，隨手作痕，深可數寸」。張季弘看到新婦具有如此指力，嚇得汗落神駭，只能對新婦之語連聲附和。這篇小說中暗寓著「能人之外有能人」的道理，它對本篇的影響是顯而易見的。

從「強中自有強中手」的主旨出發，小說採取了烘雲托月和層層對比的手法，先寫了劉東山的武藝高強和自誇自大。劉身為捕盜人，長於張弓射箭，「發矢未嘗空落，自號連珠箭」。在順城門口，友人勸他路途多加小心，他「鬚眉開動，唇齒奮揚，舉右手拇指笑曰：『二十年張弓追討，今番收拾，定不辱寞。』」維妙維肖的神態、動作和語言描寫，使人物的個性得到了淋漓盡致的展現。在途經良鄉時，劉東山遇到了一位「語動溫謹」、禮數周到、「極意謙恭」的白馬少年。少年還故意用恭維的語氣問劉東山道：「先輩平生捕賊幾何？」一句話問得劉東山更加不知天高地厚，「語間益輕盜賊為無能」。而少年又乘機將劉東山的弓借去玩弄。他拉弓像拉綢帶一樣毫不費力，而劉東山竭盡全力，也不能將少年的弓拉成半月形。此時劉東山才大為駭異，而當少年讓劉東山「聽箭風」、發出的箭從劉東山左右兩耳呼嘯而過、並向他借騾馬錢時，劉東山這才甘心認輸，滾下馬鞍，解下腰間錢囊，「膝行至馬前獻金乞命」。小說寫劉東山時採用了先揚後抑、前後對照的手法，將一個恃強自負的武俠寫得鬚眉畢現。這個二十年無敵手、在京師頗有名氣的巡捕，最後跪倒在一位溫文爾雅的白馬少年面前，可見他的武功技藝與少年相比，不過是小巫見大巫而已。小說對劉東山這一曾經不可一世的人物所作的種種描寫，實際上是為白馬少年作鋪墊。

小說後半部分才出現的未冠人十八兄，則是白馬少年一伙人的首領。他態度高傲，不苟言笑，行蹤詭奇莫測，食量驚人。儘管他年紀最輕，但從眾人對他的恭敬態度和行事必先向他請示來推測，十八兄的武功必定又在白馬少年等人之上。作者對十八兄採用了虛寫手法，通過其他好漢對其加以烘托，因而這一形象更具有神祕感和傳奇色彩。

本文篇幅雖然短小，卻寫得波瀾迭起，大有尺幅千里之勢。全篇在情節結構上安排了兩次突轉，一次是劫銀，一次是還銀。兩次突轉，都使主人公的命運發生了意想不到的根本性轉折，讓人初讀時驚訝不已，深思後方覺餘味悠長。小說在敘事過程中故意設置了一些疑團，寫得藏頭露尾，富有神祕色彩。如白馬少年為什麼要捉弄劉東山，白馬少年與十八兄一伙人是什麼身分，十八兄姓什麼等等，作者在敘述中並沒有交代，直至最後也只是隱隱約約露出一點線索，令人有雲中神龍見首不見尾之感，閱讀時需要不斷地回味和思索。

珠衫

宋懋澄

【題解】本篇選自《九籥別集》卷二。小說敘述了一個商人家庭的婚姻故事，是一篇典型的反映市民生活的作品。馮夢龍的擬話本小說〈蔣興哥重會珍珠衫〉（見《喻世明言》卷一）即以本篇為藍本改寫而成。演述本篇故事的戲曲甚多，其中以明代柳氏的《珍珠衫》傳奇、閑閑子的《遠帆樓》傳奇、袁于令的《珍珠衫》傳奇、葉憲祖的《合香衫》雜劇較著名。

楚❶中賈人某者，年二十二三，妻甚美，其人客粵❷。家近市樓居，婦人嘗當窗垂簾臨外，忽見美男子貌類其夫，乃啟簾潛眄❸。是人當其視，謂有好於己，目攝❹之。婦人發赤下簾。

男子新安人，客二年矣，舉體若狂，意欲達誠而苦無自，思曾與市東鬻❺珠老嫗相識，乃因鬻珠而告之。嫗曰：「老婦未嘗與娘子會面，雅命❻所不敢承。」其人出白金百兩、黃金數錠置案上，揖而跪曰：「旦夕死矣，案上二色❼，敬為姥壽，事成謝當倍此。」嫗驚喜諾曰：「郎君第俟旅中，因此階進，期在合歡，勿計歲月也。」其人殷勤❽而返。

【章　旨】楚人去廣東經商。新安商人窺見楚人之妻姿容出眾，便買通賣珠老媼協助其勾引楚人之妻。

【注　釋】❶楚　古國名。春秋時其疆域在湖南、湖北一帶。❷粵　廣東的簡稱。❸潛眪　偷看。眪，斜視。❹目攝　此處指以目傳情。❺鬻　賣。❻雅命　對對方囑咐或要求的尊稱。❼二色　指金子和銀子。❽殷勤　懇切叮嚀。

【語　譯】楚地有個商人，年齡大約二十二、三歲，妻子長得很美，自己客居廣東做生意。他的家臨近街市，住的是一座樓房。有一次，他的妻子站在窗口放下簾子看外面，忽然看見一個英俊的男子走過，容貌與她的丈夫很相像，就拉開窗簾偷偷細看。那人見婦人的眼光正看著自己，認為婦人對自己有好感，連忙以目傳情。婦人覺察後，羞得兩頰發紅，連忙放下了簾子。

那男子是新安人，客居楚地已經兩年了，這件事使他高興得渾身發狂。他想向婦人表達自己的心意，卻苦於找不到什麼辦法。想到自己與街市東邊賣珠的老婦人認識，就以買珠為藉口去找那老婦人商量。老婦人說：「我沒有和那位娘子見過面，你的囑咐我不敢接受。」新安人拿出一百兩銀子和幾錠黃金，放在桌子上，對老婦人作揖並下拜，說：「我遲早會因為想念那個女人而死去的。桌子上的金子和銀子，是我為您老人家祝壽的。事情成功後，我還要加倍地酬謝你。」老婦人驚喜地答應道：「你先在旅館裡等著，讓我一步步地想辦法，期望能達到你與那位娘子歡愛的目的，但不能限定時間。」新安人又懇切叮嚀一番才回去。

媪因選囊中大珠，並簪珥❶之珍異者，明日至新安人肆中。肆戶正當娘子樓前，媪與新安人交易良久，於日中照弄珠色，把插搔頭❷，市人競觀喧笑，聲徹婦所。婦登樓竊視，即命侍兒招媪。媪抗❸新安人金曰：「不賣不賣！阿郎好纏人，如爾價，老婦賣多時也。」收貨入笥，便過樓與婦作禮曰：「老婦久同里曲，知娘子饒此。此數物是老眼中奇，樓下人高下不情❹，想未有女郎者。老身適有他事，煩為收拾，少間徐來等論。」匆匆下樓，過數日，不至。

一日，雨中媪來，曰：「老身愛女有事，數日奔走負期。今日雨中，請觀一切纓絡❺，爍卻窮睛。」婦人出篋中種種奇妙，老媪宣歎不一。形容既畢，婦綜核媪貨，酬之有方。媪喜曰：「如尊意所衡，餘魄無感。」婦復請遲價❻之半，以俟夫歸。媪曰：「鄰居復相疑邪？」婦既喜價輕，復幸半睞，留之飲酌。媼機穎巧捷，彼此惟恨相知之晚。

明日，媼攜酌過，傾倒極歡。自此婦日不能無媼矣。媼自言：「老身家雜，此間大幽，請攜臥作伴，為鬱金❼侍兒。」婦喜曰：「妾不敢邀，謹拭流蘇❽以待。」是夕，媼遂移宿，兩床相向，嗽語相聞。轉動逼側❾，侍兒別寢一房。媼攜榼❿挈壺，靡夕不至，宵言褻句，蕩雨沉煙。

新安人數問媼期，輒曰：「未，未！」及至秋月，過謂媼曰：「初謀柳下，條葉未黃；約及垂陰，子已成實；過此漸禿，行將白雲侵枝矣。」媼曰：「今夕隨老身入，須著精神，成敗繫此，不然，虛廢半年也。」因授之計。

媼每夜黑至婦家，是夕陰與新安人同入，而伏之寢門之外。媼與婦酌於房，兩聲甚戚，笑劇加殷。媼強侍兒酒，侍兒不勝，醉臥他所。適有飛蛾嗡嗡梁上，婦仰視之，媼即以扇撲燈曰：「唉，燈滅，老身自出點燈。」因攜其人入寢，復佯笑曰：「忘攜燭去。」則暗置其人於己床上，下帳蔽之。火至，其人以被蒙頭。媼與婦復酌許久，各已微酣，語言無禁，解衣登床。媼自言少時初婚情狀，因問娘子如此否？婦大笑不答。媼復以淫語挑之，良久，媼知其情已蕩，乃曰：「老身更有最關情者，須自至枕上言。」乃挾其人上婦床，婦以為媼也，啟被撫其身曰：「姥體滑如是。」其人不言，婦已神狂，聽其輕薄而已。是此以後，恩逾夫婦。

【章　旨】賣珠老婦設下計謀，先藉賣珠寶首飾之名接近楚人之妻，騙得其好感後，又不斷以風情之事撩撥楚人之妻，使其落入圈套，失身於新安商人。

【注　釋】❶簪珥　髮簪耳環之類的首飾。珥，耳朵上的飾物。❷搔頭　簪的別稱。❸抗　拒收。❹高下不情　所出的價錢太低，與行情不合。❺纓絡　用線將珠玉連結起來的裝飾品。這裡泛指珠玉首飾。❻遲價　推遲付款。❼鬱金　指鬱金堂。對女子芳香高雅的居室的美稱。南朝梁武帝〈河中之水歌〉：「盧家蘭室桂為梁，中有郁鬱蘇合香。」鬱金，即鬱金香。多年生草本植物，其花甚美麗。❽流蘇　用絲線或彩色羽毛製成的穗狀裝飾物，常用以裝飾車馬、帷帳等。此處指飾有流蘇的床帳。❾逼側　迫近。❿榼　古代盒類的容器。

【語譯】賣珠婆從口袋中選了一些大的珍珠和一些珍奇的首飾，第二天來到新安人的店鋪中。店鋪正對著那婦人的樓房，老婆子假裝與新安人做買賣，講了好長時間的價錢，一會兒在日光下照照珠子的光澤，一會兒又把簪子插在頭上。街上的人都爭著觀看，喧笑聲一直傳到對面婦人住的小樓。婦人上樓偷偷地看了一會，就命令丫鬟去叫老婆子過來。老婆子推開了新安人要付給她的錢，說：「不賣，不賣！你這個年青人真會纏人，像你這個價錢，我早就把貨賣出去了。」老婆子將貨收進箱子，就來到對門的樓上，向婦人行了禮，說：「我老太婆與娘子同住一條街坊已經好長時間了，知道娘子這些東西很多。這幾件東西，我自己看來都是珍奇之物，樓下的人開的價錢太低，不合行情，想來是他還沒有妻子的緣故。我剛好有其他的事情，這些東西麻煩你保管一下，過一會兒，我與你慢慢地談價錢。」老婆子說完，就留下珠寶首飾匆匆地下了樓，連著好幾天都沒有來。

有一天正下著雨的時候，老婆子來了，說：「我的女兒有點事情，這幾天都在為她奔忙，耽誤了和你約定的時間。今天冒雨趕來，想請你給我看看你所有的珠寶首飾，讓我飽飽眼福，開開眼界。」婦人將箱子裡所有珍奇的首飾都拿了出來，老婆子說了許多讚歎的話。讚歎以後，婦人算了一下老婆子那些首飾的價格，出的價錢很合適。老婆子高興地說：「像您這樣定價錢，我沒有任何不滿意的。」婦人又請求先付一半的錢，另外一半暫時欠一欠，等丈夫回來再付。老婆子欣然同意，說：「鄰居之間還有什麼可懷疑的呢？」婦人既因價格便宜而高興，又為能欠帳而深感滿意，就留老婆子一起喝酒。老婆子既聰明又靈巧敏捷，能說會道，彼此只恨認識得太晚了。

第二天，老婆子又帶著酒和食物前來拜訪，兩人開懷暢飲，盡歡而散。從此之後，婦人每天都不能沒有老太婆陪伴。老太婆自己說：「我家裡雜亂，你這裡太幽靜了。請允許我帶著被褥來與你作伴，讓我做一個鬱金堂裡的女傭人。」婦人高興地說：「我很希望你來，只是沒有敢開口邀請。既然你想來，我就謹慎地整理床鋪等你。」當天晚上，老婆子就搬過來住了。兩個人床對床，咳嗽、說話都能相互聽得到，翻一下身就能靠近對方。婢女睡在另一間房子裡。老婆子沒有一天晚上不帶著酒食過來，夜裡說一些輕佻浪蕩的話，直說得昏天黑地。

新安人多次問老婆子什麼時候才能成全好事，老婆子總是回答說：「時間未到，時間未到！」到了秋天，新安人又來到老婆子家，說：「當初我們在柳樹下謀劃這件事時，樹的枝葉連鵝黃色還沒有冒出來；原來估計到了枝葉成蔭的時候，事情就可以成功，而現在柳樹已經長子結實了；再往後去，樹葉就會漸漸落盡，快到白雪壓枝的時候了。」老婆子說：「今天晚上你跟著我進入她家。你要放得機警一點，成功與失敗全都在此一舉。不然的話，半年時間也就白白地浪費了。」於是，老婆子將具體的辦法教給了新安商人。

平時，老婆子總是故意在每天的天黑以後去婦人家，這天晚上，就乘著黑與新安人一起偷偷地進屋，讓新安人躲在臥室的門外。老婆子和婦人在房間裡飲酒，兩個人談得非常親熱，笑聲越來越響。老婆子又硬給婢女灌酒，婢女受不了，醉倒在另一間房間裡。剛好有一隻飛蛾在屋梁上嗡嗡地飛著，婦人抬頭看了看，老婆子就假裝撲蛾子，趁機用扇子撲滅了燈火，說：「唉呀，燈熄了，我出去點燈。」藉此機會將新安人帶進了房間。又假笑著說：「忘記帶蠟燭了，」邊說邊趁婦人不注意，將新安人推到自己的床上，並放下帳子將他遮住。老婆子點亮燈回到房間，新安人已用被子蒙住了頭。老婆子又與婦人喝了好長時間的酒，兩個人都微微有點醉意，說話也更沒有禁忌。脫衣上床後，老婆子講起自己年輕時初婚的情況，進而問說娘子新婚時也是這樣嗎？婦人大笑而不回答。老婆子又用淫詞穢語挑逗她。過了好久，老婆子知道婦人的情欲已被她挑逗起來了，就說：「我還有更令人動心的事情，但必須要到枕頭邊上才能說。」說著就推著新安人上了婦人的床。婦人以為是老婆子，掀開被子撫摸著他的身體說：「老太太的身體竟然如此光滑。」那新安人也不說話。婦人這時早已神顛意狂，完全聽任新安人輕薄。從此之後，兩人的恩愛超過了夫妻。

奄❶至夏初，新安人結伴欲返，流涕謂婦曰：「別後煩思，乞一物以當會面。」婦人開箱檢珠衫一件，自提領袖，為其人服之，曰：「道路苦熱，極生清涼，幸為君裏衣，如妾得近體也。」其人受之，極歡而起。計此人所贈珠玉，已千金矣。明日別去，相約明年共載他往。新安人自慶極遇❷，於路視衣，輒生涕泗，雖秋極不勝，未嘗離去左右。

是年為事所梗，明年復客粵，因攜珠衫而往。旅次，適與楚人同館，相得頗歡，戲道生平隱事。新安人自言曾於君鄉遇一婦如此。蓋楚人外氏❸故客粵中，主人皆外氏舊交，故楚人假外氏姓名作客，新安人無自物色❹也。楚人內驚，佯不信曰：「亦有證乎？」新安人出珠衣，泣曰：「歡所贈也，君歸囊之便，幸作書郵。」楚人辭曰：「僕之中表，不敢得罪。」新安人亦悔失言，收衣謝過。

楚人貨盡歸家，謂婦曰：「適經汝門，汝母病甚，渴欲見汝，我已覓轎門前，便當速去。」復授一簡書曰：「此料理後事語，至家與阿父相聞，我初歸不及便來。」婦人至母家，視母顏色初無恙，因大驚，發函視之，則離婚書也。闔門憤慟，不知所出。婦人父至婿家請故，婿曰：「第還珠衫，則復相見。」父歸述婿語，婦人內慚欲死。父母不詳其事，姑慰解之。

期年，有吳中❺進士宦粵，過楚擇妾，媒以婦對。進士出五十金致之，婦家告前婿，婿檢婦人房中大小十六廂❻，皆金帛寶珠，封畀❼妻去，聞者莫不驚嗟。

【章　旨】新安商人歸鄉，楚人之妻以祖傳珍珠衫相贈。後新安商人和楚人在旅途相遇，楚人因珍珠衫而得知內情，歸家後便休了妻子。妻子再婚，楚人送去十六個箱籠的細軟作為陪嫁。

【注　釋】❶奄　奄忽；倏忽。❷極遇　極為難得而稱心的遇合。❸外氏　外祖父家。❹物色　訪求；打聽。❺吳中　今江蘇蘇州一帶。❻廂　同「箱」。❼畀　給予。

【語　譯】很快又過了初夏，新安人要與他人結伴返鄉，臨行前流著淚對婦人說：「分別後我心裡一定很煩亂，時時要思念你。請求你送給我一件東西，我看到以後就如同見到你一樣。」婦人打開箱子，挑出了一件珍珠衫，自己提著領頭袖子，替新安人穿在身上，說：「路途上酷熱難當，這件衣服非常涼爽。希望讓它作為郎君的內衣，就好像是我貼緊你的身體一樣。」新安人接受了這件衣服，兩人又極盡歡娛才起床。算一算，新安人所贈送的珠玉，合起來已經值一千兩銀子了。第二天早上，新安人告別離去，兩人約好明年一起私奔他鄉。新安人慶幸自己有一次極為難得而稱心的遇合。旅途中一看到珍珠衫，就忍不住要流下眼淚。雖然到了深秋，那珍珠衫因為太涼已經不能穿了，但也從未離開過身邊。

這一年新安人被家中的事情纏住，沒有能外出，下一年又到廣東去做生意，就將珍珠衫帶著。旅途中剛好與楚人同住一家旅店，兩人相處得很好，開玩笑時各自說起自己一生中的隱私，新安人說出了自己曾在楚人的家鄉和一個女人相好的情況。楚人的外祖父以前客居廣東，當地一些商人都是外祖父的朋友，所以楚人做生意時借用了外祖父的姓氏，對此，新安人不可能打聽清楚。聽了新安人的話，楚人心裡大吃一驚，假裝不相信，問道：「有什麼證據嗎？」新安人拿出珍珠衫，哭著說：「這是我的情人贈送給我的。你回鄉時方便的話，麻煩你給我帶封信去。」楚人推辭說：「那個人是我的中表親戚，我不敢得罪他。」新安人也後悔自己說漏了嘴，收起珍珠衫，向楚人表示道歉。

楚人賣光貨物回到家裡，對妻子說：「剛才經過你家門口，你母親病得很重，渴望與你見上一面。我已經雇好了一頂轎子，現在就停在門口。你趕快回去看看。」又給了她一封信，說：「這上面寫的是料理後事的話，你到家後告訴你父親，讓他知道。我剛回家，來不及馬上過去。」婦人到了娘家，看到母親的面色和平時一樣，一點也不像有病的樣子，因而感到很吃驚。拆開信來一看，竟是一張休書。全家人又氣憤又傷心，不知出於什麼原因。婦人的父親趕到女婿家詢問離婚的理由，女婿說：「只要將珍珠衫還給我，我就再和她相見。」婦人的父親回去轉達了女婿的話，婦人內心慚愧，想要尋死。父母親不知道詳細內情，只好說些安慰寬解的話。

過了一年，有個蘇州的進士要到廣東去做官，路過楚地時想娶個小妾。媒人將婦人介紹給他，進士花了五十兩銀子娶婦人過門。婦人的家裡將此事告訴了她的前夫楚人，楚人將前妻房中大大小小十六隻裝滿金銀珠寶和絲綢的箱子，封好後一起讓人給前妻抬過去。聽說這件事的人沒有一個不驚奇感歎。

居期年，楚人復客粵，因繼室於粵。攜室將歸，與主人算貨，不直❶主人翁，就勢拔❷之，翁仆地暴死。二子訟之官，官即進士也。夜深張燈檢狀，妾侍於旁，見前夫名氏，哭曰：「是妾舅氏，今遭不幸，願憐箕帚❸，丐以生還。」官曰：「獄將成矣。」婦人長跪請死，官曰：「起，徐當處分。」明日欲出，復泣曰：「事若不諧，生勿得見矣。」

官出視事，謂二子曰：「若父傷未形，須刷骨❹一驗，適欲見官他縣，屍可移置漏澤園❺，俟還時為汝商檢。」二子家累千金，恥白父骨，且年逾耳順❻，撲損難稽，若欲罪楚人，必虧父體，叩頭言父死狀甚張，無煩剔剜。官曰：「不見傷痕，何以律罪？」二子懇請如前，官曰：「我有一言，足雪若憾，若能聽否？」二子咸請唯命。官曰：「今楚人服斬衰❼，呼若父為父，葬祭責其經紀❽，執紼❾擗踴❿，一隨若行，若父快否？」二子叩頭曰：「如命。」舉問楚人，楚人喜於拯死，亦頓首如命。

事畢，官乃召楚人與妾相見，男女合抱，痛哭逾情。官察其有異，曰：「若非舅甥，當以實告。」同辭對曰：「前夫前婦。」官垂淚謂楚人曰：「我不忍見若狀，可便携歸。」出前所携十六廂還婦，且護之出境。

或曰：新安人客粵，遭盜劫盡，負債不得還，愁忿病劇，乃召其妻至粵就家。妻至，會夫已物故，楚人所置後室，即新安人妻也。廢人⓫曰：「若此，則天道太近，世無非理人矣。」

【章　旨】楚人做生意時失手打死貨主，適逢其前妻的丈夫審理此案。前妻從旁說情，楚人被寬釋，並與前妻破鏡重圓。

【注　釋】❶不直　認為對方不對。❷披　同「批」。推；用手打。❸箕帚　手執掃帚掃地；操持家中雜物。借指妻妾。❹刷骨　剔骨。❺漏澤園　官府設定的掩埋屍體的地方。❻耳順　六十歲。語出《論語・為政》：「申六十而耳順。」❼斬衰　舊時五種喪服中最重的一種，用粗麻布製成，左右和下邊不縫。服期三年。一般是親生兒子為父母服斬衰。❽經紀　管理照料。❾執紼　拉著棺材上的繩索。❿躃踴　捶胸頓足。表示極度悲哀的樣子。⓫廢人　作者自稱。

【語　譯】過了一年，楚人又到廣東去做生意，就在廣東續娶了一個妻子。他帶著妻室準備回鄉時，與當地一個老闆結帳。他認為那個老頭不講道理，就勢推了老頭一下。老頭跌倒在地，突然死去。老頭的兩個兒子告到官府，知縣剛好就是那個蘇州進士。知縣深夜在燈下審閱案件的狀詞，他的小老婆在旁邊侍候，看到了自己前夫的姓名，就哭著說：「這個人是我的舅舅。現在遭到不幸，希望您憐憫我這個替您執掃帚掃地的人，乞求您給他一條生路。」知縣說：「這個案子就要判了，恐怕沒有什麼辦法挽救。」婦人久久地跪在地上不起來，說如果不答應，就殺了她算了。縣官只好說：「快起來，讓我慢慢想辦法。」第二天知縣要出門時，婦人又哭著說：「事情如果不成功，我就不會活著見你。」

知縣來到公堂上審理案件，對死者的兩個兒子說：「你們父親的傷痕不明顯，需要將骨頭剔出來查驗一下。我剛好要到別的縣裡去拜見長官，你們父親的屍體可以暫時移到漏澤園，等我回來時為你們商議驗屍的事。」老頭的兩個兒子都有千金家產，都認為暴露父親的骨頭是一件很羞恥的事，再說父親已經過了六十歲，跌倒受傷確實很難查驗。如果要治楚人的罪，必定先要損傷父親的屍體。就向知縣叩頭說他們的父親致死的原因很清楚，用不著再剜肉剔骨了。知縣說：「查不出傷痕，怎麼按照法律定罪呢？」死者的兩個兒子仍然再三懇求不要剔骨。知縣說：「我有一個辦法，足以洗雪你們的遺憾和怨恨。你們能聽我的嗎？」兩個兒子都表示願意聽從。知縣說：「讓楚人披麻戴孝，稱你們的父親為父親。喪葬祭祀的事由他料理，費用由他承擔，再讓他扶著靈柩，捶胸頓足，為你們的父親盡哀，一切都和你們做兒子的一樣。這樣，你們死去的父親會滿意嗎？」死者的兩個兒子叩頭說：「遵命。」又去問楚人同意不同意。楚人能免於一死就很高興了，也磕頭表示服從判決。

案子處理完以後，縣官將楚人叫來與自己的小老婆相見。兩人摟抱在一起痛哭，遠遠超過了一般的舅甥關係。縣官察覺到有點不正常，說道：「你們如果不是舅舅與外甥女的關係，應當如實相告。」兩人同時回答說：「我們是前夫前妻的關係。」知縣流著眼淚對楚人說：「我不忍心看你們這種傷心的樣子。你可以把你的妻子帶回家。」縣官拿出以前婦人帶來的十六箱財禮還給婦人，並且派人護送他們離開本縣縣境。

有人說，新安人在廣東做生意時遇到了強盜，財物被搶劫一空，欠下的債務無法償還，又是憂愁又是忿恨，病得很重，就叫他的妻子到廣東來安家。妻子到了廣東，新安人卻已經亡故了。楚人所娶的後妻，就是新安人的妻子。廢人說：「如果這樣的話，那麼上天之道就離我們太近了，這個世界也就沒有不講倫理道德的人了。」

【賞析】在中國古代的男權社會中，婦女受封建禮教壓迫的程度要遠遠超過男子。「烈女不嫁二夫」、「餓死事極小，失節事極大」的倫理戒律，給婦女們套上了一具具沉重的精神枷鎖。「假如男人死了，女人再嫁，便道是失了節，玷了名，汙了身子，是個行不得的事，萬口訾議」（《二刻拍案驚奇》卷一一〈滿少卿飢附飽颺〉）。如果女人與人私通，那就更被視為是大逆不道的事，罪不容誅。在本篇問世之前，幾乎所有的小說對有偷情行為的有夫之婦都持否定的態度。唐人沈亞之的傳奇〈馮燕傳〉中的張嬰之妻，死於情人馮燕的利刃之下；被稱為「水滸三蕩婦」的潘金蓮、閻婆惜、潘巧雲，最後都受到了嚴酷的懲罰，成了梁山好漢的刀下之鬼（潘金蓮遭小叔武松手刃，後兩人分別被丈夫宋江、楊雄所殺）。總之，女色是禍水，與人私通的決不是好女人，這是《水滸傳》等書通過藝術形象的描述所顯示出來的觀點。

與《水滸傳》等書不同的是，本篇中的女主人公楚人之妻，先是不慎失身，後來發展到與新安商人同居，甚至還準備與情夫一起私奔，被丈夫休棄後又改嫁吳中進士。但作者卻沒有根據「萬惡淫為首」的教條去譴責她，把她作為一個壞女人去加以描寫，而是從人道主義的觀點出發，對她採取了相當寬容的態度。除了給了她一點小小的處罰，將她由正妻降為側室外，就再也沒有對她有什麼批判和指責了。小說詳盡而又委婉曲折地描述了她被誘騙的全部過程，將道德譴責的矛頭主要指向賣珠媼和新安商人，著力表現新安商的好色和賣珠媼的狡詐。作者將賣珠媼寫得心機十足，將新安商的得手寫得異常艱難，這就在客觀上為楚人之妻的貞節不保作了辯解，對她後來的被休棄也流露了一定程度的同情。當楚人因失手誤傷人命而性命難保時，她立即出面搭救，哭求當官的後夫為其開脫。官司了結後，她與楚人相見，竟然當著後夫的面，「男女合抱，痛哭逾情」。這說明她雖然對丈夫有不忠的行為，但夫妻間的感情仍然難以割斷，她對丈夫的愛戀之情並沒有因為夫妻關係斷絕而終止。對於這一點，作者是十分讚賞的。可以說，這個楚人之妻是中國古代小說人物畫廊中前所未有的形象，這一形象的出現，昭示著傳統的貞操觀念在市民階層中已經開始淡薄，一種通乎人情、講究實際、正視人性和人欲的平民倫理道德觀念正在逐漸形成。小說的男主人公楚人則顯得寬厚善良，重情惜義，他思想中的矛盾鬥爭，反映了傳統倫理道德和市民意識之間的激烈衝突，他最後諒解了失貞的妻子，同樣也是市民階層新的婚姻觀、價值觀的體現。

小說在描寫市民日常生活瑣事時，善於運用出人意料的巧合性因素來推動故事情節的發展。新安商與楚人之妻私通，恰好他又與楚人邂逅於旅舍，並向楚人透露了隱情；新安商人客死他鄉，他的遺孀竟然成了楚人的繼室；楚人在廣東誤傷人命，負責審案的官員恰恰是他前妻的丈夫。這一系列巧合都以生活中的巧合為基礎，顯得自然而又合乎情理，偶然性中包含著必然性，並無生硬唐突之弊。巧合手法的運用，既使故事充滿了戲劇性，又使讀者感到這是現實生活中可能會有的事情。

珠衫在小說中起到了穿針引線的作用，它本是楚人家裡祖傳的寶物，其妻將它送給情夫作為信物。楚人由珠衫落入他人之手得知妻子失貞，回家後便以珠衫為口實休了妻子。珠衫不僅與人物的命運緊緊相聯，而且小說後半部分的情節也由它而引發。由於有珠衫作為串連人物與事件的紐帶，小說也就顯得筋脈連貫，波瀾迭起。

周廷章

馮夢龍

【題　解】本篇選自《情史類略》卷一六情報類。吳敬圻所編《國色天香》所收《尋芳雅集》所敘吳廷章、王嬌鸞的故事與本篇類似，但最後安排了一夫二妻大團圓的結局。馮夢龍還將此篇改編為白話小說〈王嬌鸞百年長恨〉，收入《警世通言》卷三四。

【作　者】馮夢龍（西元一五七四～一六四六年），長洲（今江蘇蘇州）人。字猶龍，又字耳猶，號墨憨齋主人、龍子猶等。早有文名，與兄馮夢桂、弟馮夢熊被合稱為「吳下三馮」。然而他在科場上屢受挫折，直到五十七歲時方補貢生。崇禎年間，曾任江蘇丹徒縣訓導、福建壽寧知縣，頗有政聲。清兵入關後，曾參加抗清活動，最後憂憤而終。馮夢龍重視通俗文學，以畢生的精力從事小說、戲曲、民歌的收集、整理、改編和出版工作，他所編訂的《喻世明言》（初名《古今小說》）、《警世通言》、《醒世恆言》三部白話短篇小說集，被合稱為「三言」，代表了中國古代白話短篇小說的最高成就。此外，他還增補了《三遂平妖傳》，在《列國志》的基礎上創作了長篇歷史演義《新列國志》，改編了《雙雄記》、《萬事足》、《精忠旗》等戲曲劇本，刊行了《桂枝兒》、《山歌》等民歌集，整理編定了《情史類略》、《智囊》、《古今談概》、《笑府》等筆記小品集，他的文學活動對後世的文學創作產生了很大的影響。

天順❶間，有臨安衛王指揮❷，以從征廣西苗蠻❸違限被參，降調河南南陽衛千戶❹。王有二女，長嬌鸞，次嬌鳳。鳳已嫁，惟鸞從行。鸞幼通書史，王之文移❺，俱屬代筆，鍾愛甚至。王之妻周氏，有妹嫁於曹，貧而寡，迎使伴鸞，呼為曹姨。

值清明節，鸞與曹姨率諸婢，戲秋千於後園。忽聞人聲，驚視，則牆缺處有美少年，窺視稱羨。鸞大驚，走匿，遺羅帕於地。生逾垣拾去，方展玩間，旋有侍女來園尋覓，周折數次，生笑曰：「物入人手，尚可覓耶？」侍女曰：「郎君收得，乞以見還。」生問：「此帕誰人之物？」侍女曰：「鸞姐，主人愛女也。」生曰：「若鸞姐自來，當即奉璧❻。」侍女叩生姓氏，並家遠近。生曰：「周姓，廷章名，蘇州吳江人也。父為本學司教❼，隨任於此，與尊府只一牆之隔。久聞尊小姐精於文事，僕有小詩，煩為一致。如得報言❽，帕可還矣。」女急於得帕，允之。生逾垣而出。少頃，復至，以桃花箋❾疊成方勝❿，授女。女返命。鸞發緘，得一絕云：

帕出佳人分外香，天公教付有情郎。殷勤寄取相思句，擬作紅絲⓫入洞房。

鸞微笑，亦取箋答詩云：

妾身一點玉無瑕，產自侯門將相家。靜裡有親同對月，閑中無事獨看花。碧梧只許來奇鳳，翠竹那容入老鴉？寄語異鄉孤另客，莫將心事亂如麻。

侍兒捧詩至園，則生已候於牆缺矣。自此詩句往返數次，侍女得賂，喜於傳送，不復言羅帕之事。

適端陽節，王治酒園中家宴。生往來牆外，恨不得一與席末。是晚，生復一絕云：

配同彩綫思同結，傾就蒲觴⓬擬共斟。霧隔湘江歡不見，錦葵⓭空有向陽心。

鸞閱詩嗟歎，不意為曹姨所窺，細叩從來。鸞與姨素厚，因備述之。姨曰：「周生江南之秀，門戶相敵，何不遣媒禮聘，成百年之眷乎？」鸞點頭稱是。遂答詩，末有「多情果有相憐⑭意，好倩冰人⑮片語傳」之句。生乃偽託父命，求媒於王。王亦雅重生，但愛女不欲遠嫁他鄉，遲疑未許。

生遂設計，指以衙齋窄狹，假衛署後園肄業；且以周夫人同姓，請拜為姑。王武人，喜於奉承，許之，且願任餐飧⑯。周遂寓居園亭，因得以兄妹之禮見鸞，情愈親密。而曹姨居間，以盟主自任，先立婚誓，始訂幽期⑰。從此綢繆無間，恩逾夫婦。

【章旨】南陽某千戶之女王嬌鸞清明節在後花園打秋千，遺落羅帕一方，為司教之子周廷章拾得。周以還帕為名與嬌鸞詩簡往還，互相愛慕。後廷章借住於王家後園讀書，並由嬌鸞姨母作媒，與嬌鸞私訂婚約，暗中結合。

【注釋】❶天順　明英宗朱祁鎮的年號（西元一四五七～一四六四年）。❷指揮　軍職名。唐宋時有都指揮使，為禁衛之官。明代內外諸衛皆置指揮使。❸苗蠻　苗族。蠻，舊時中原地區稱南方人為「蠻」。❹千戶　明代於軍事要地設所或衛，大抵五千六百人為一衛，一千一百二十人為一個千戶所，千戶所內設千戶總管。❺文移　文書；公文。❻奉璧　將原物完好無損地歸還主人。❼司教　明清時州學、府學的行政長官，負責管理教育所屬生員。❽報言　回話。❾桃花箋　即桃花紙。紙質薄而韌，可以糊風箏或作窗紙用。❿方勝　兩個菱形部分重疊相連的形狀。勝，女子頭上的菱形飾物，用金箔、絲絨或絹帛剪製而成。⓫紅絲　指男女姻緣。古時認為人的婚姻大事都由月下老人以紅繩繫足來決定。被紅繩繫足的男女，不管是仇敵之家，還是貴賤懸殊，最終都必定成為夫妻。⓬蒲觴　葫蘆製成的酒壺。蒲，即蒲蘆。一種細腰的葫蘆。⓭錦葵　蜀葵的一種，二年生或多年生植物。夏季開花，花呈紫紅色，可供觀賞。⓮相憐　相愛。⓯冰人　媒人。⓰饔飧　飯食。⓱幽期　相愛男女的幽會。

【語　譯】英宗天順年間，臨安衛有個王指揮，因為在出征廣西苗族時超過了期限而受他人舉報，被降職調到河南南陽衛任千戶。王千戶有兩個女兒，大女兒叫嬌鸞，小女兒叫嬌鳳。嬌鳳已經出嫁，只有嬌鸞跟隨著父親南來北往。嬌鸞自幼通曉書史，王千戶的公文和書信，都由嬌鸞代筆。王指揮對這個女兒特別喜愛。王千戶的妻子周氏，有個妹妹嫁給了曹家，家境貧困又守了寡，周氏就把妹妹接過來陪伴嬌鸞。嬌鸞稱她為曹姨。

清明節那天，嬌鸞與曹姨帶著婢女們在後花園裡盪秋千，忽然聽到園外有聲音傳來。嬌鸞吃驚地循聲望去，看到圍牆缺口處站著一個美貌青年，那青年正在偷看她們打秋千，口中還不斷地發出稱讚聲。嬌鸞十分驚慌，趕忙跑到遠處躲了起來，一不小心將綾羅手帕掉在地上，年青人就跳過斷牆撿起手帕。他拿著手帕正準備賞玩，隨即就有婢女來花園找東西，來來回回尋了好幾次。

年青人笑著說：「東西到了人家手裡，還能找得到嗎？」婢女說：「郎君既然撿到了手帕，那就請求您將手帕給我。」年青人問：「這手帕是誰的？」婢女說：「這手帕是鸞姐的，她是我們主人的愛女。」年青人說：「如果鸞姐自己來取，我馬上就將手帕完好無損地物歸原主。」婢女就問年青人姓什麼，家住得遠不遠。年青人說：「我姓周，名廷章，蘇州吳江人。父親是本地府學的司教，我跟隨父親來到這裡，與貴府只有一牆之隔。早就聽說你家小姐能文善詩，我有小詩一首，麻煩你帶給你家小姐。如果能得到你家小姐的回音，手帕就可以還給你。」婢女急於討回手帕，也就答應了他的要求，周生便從花園裡跳牆出去。過了一會兒，周生又來到花園，他將薄薄的桃花紙信箋折成了重疊的菱形，交給婢女。婢女拿著詩箋回去向小姐報告。嬌鸞打開信箋，看到了一首絕句，詩中寫道：

佳人用過的羅帕分外香，天公有意送給多情郎。情深意厚寄出相思語，願與美人喜結良緣入洞房。

嬌鸞看著詩笑了起來，並拿過信箋來答了一首詩，詩中寫道：

我是白玉一塊潔淨無瑕，生於侯門將相之家。靜時與親友共對明月，空閒無事獨自觀賞名花。梧桐只許鳳凰前來棲息，翠竹林中怎能容得下烏鴉？寄語來自他鄉的孤零客人，不要胡思亂想心事如麻。

婢女將嬌鸞的詩拿到後花園，周生早已在花園的缺口處等候了。從此之後，兩人之間的詩歌往來十分頻繁。婢女得到了周生的小費，也樂於在兩人之間傳來送去，彼此也不再談羅帕的事情了。

到了端午節，王千戶備辦了酒席在後花園中舉行家宴，周生在花園的牆外走來走去，恨不得也進來在酒席的末座坐下。這天晚上，周生又給嬌鸞寄來一首絕句說：

手拿彩線心想結同心，舉壺倒酒想和你一起飲。隔牆如隔湘江水，不見我所愛；就像荊葵無緣向陽開，空懷愛慕情。

嬌鸞一邊讀詩一邊歎息，不料被曹姨發覺了，曹姨仔細地詢問這詩從何而來。嬌鸞和曹姨一向關係很好，就將事情全部告訴了曹姨。曹姨說：「周生是江南優異的人才，和我家門戶相當，他為什麼不請媒人送聘禮過來，和你結成百年之好呢？」嬌鸞連連點頭稱是，便寫了一首詩送給周生，詩的末尾有「多情果有相憐意，好倩冰人片語傳」的句子。於是，周生就假託父親的命令，向王家求婚。王千戶也一向很喜歡周生，但他不想讓愛女遠嫁他鄉，所以一時拿不定主意，沒有答應周生。

周生想了個辦法，假託自家在衙門中的住房狹窄，想借南陽衛官署的後花園讀書。因為王千戶的夫人也姓周，他又請求拜周夫人為姑媽。王千戶是個武人，喜歡別人奉承，也就答應了周生的請求，並且願意供應他吃飯。於是，周生寓居於王家的後花園裡，用兄妹之禮與嬌鸞相見，兩人的情意也更加親密，而曹姨在中間以盟誓主持人的身分自居，讓他們先立下婚約，然後再定下幽會的時間。從此之後，兩人情意纏綿，相互間毫無隔閡，恩愛之情超過了正常的夫妻。

約半載，周司教升任去，生託病獨留。又半載餘，而司教引疾❶還鄉。生聞之，欲謀歸覲❷，而心戀鸞，情不能自割。鸞察其意，因置酒勸駕，且曰：「君戀私情而忘公義，不惟君子失子道，累妾亦失婦道矣。」曹姨亦曰：「今暮夜之期，原非久計。公子不如暫歸故鄉，且覲雙親。倘於定省❸之間，兼議婚姻之事，早完誓願，豈不美乎？」周猶豫未決。鸞使曹姨竟以生欲歸省為言於王。王致贐❹餞行。生不得已，始束裝。是夜，鸞邀生再伸前誓，且詢生居址，以便通信。

明日，生歸，而司教已與同里一富家議姻。生始頗不欲，後聞其女甚美，貪財慕色，頓忘前約。未幾，比姻，夫婦相得❺甚歡，不復知鸞為何人矣。

鸞久不得生耗❻，念之成疾。每得便郵❼，屢次書招之，俱不報。父欲為鸞擇配，鸞不可，必欲俟生的❽信。乃以重賂遣衛卒孫九，專往吳江致書，附古風❾一篇。其略云：

憶昔清明佳節時，與君邂逅成相知。嘲風弄月頻來往，撥動風情無限思。侯門曳斷千金索❿，攜手並肩游畫閣。好把青絲結死生，盟山誓海情不薄。白雲渺渺草青青⑪，才子思親欲別情。頓覺桃臉⑫無春色，愁聽傳書雁幾聲。君行雖不排鸞馭⑬，勝似征蠻父兄去。悲悲切切斷腸聲，執手牽衣理前誓。與君成就鸞鳳友⑭，切莫蘇城戀花柳⑮。自君之去妾攢眉，脂粉慵調髮如帚。姻緣兩地相思重，雪月風花誰與共？可憐夫婦正當年⑯，空使梅花⑰胡蝶夢⑱。臨風對月無歡好，淒涼枕上魂顛倒。一宵忽夢汝娶幸，來朝忽覺愁顏老。盟言願作神雷電，九天玄女⑲相傳遍。只歸故里未歸泉⑳，何故音容難得見？才郎意假妾意真，再馳驛使陳丹心。可憐三七㉑羞花貌㉒，寂寞香閨思不禁。

曹姨亦作書，備述女甥相思之苦，相望之切。

孫九至吳江，得生居於延陵橋下，知生再娶，乃候㉓面，方致其情。生一語不答，入而復出，以昔日羅帕，並誓書封還，使鸞勿念。孫九憤然而去，逢人訴之，故生薄幸㉔之名，播於吳下。

【章　旨】一年之後，周廷章之父引疾回鄉，周廷章在嬌鸞的勸說下回鄉省親，臨別之前重申婚盟。周父為兒子與一富家女訂親，周貪財慕色，背棄前盟。嬌鸞得不到周廷章的消息，相思成疾，派人前往尋找，周竟然退回羅帕、婚書等物。

【注　釋】❶引疾　託病辭官。❷歸覲　歸家探望父母。義同下文的「歸省」。❸定省　指子女早晚向親長問安。語出《禮記・曲禮上》：「凡為人子之禮，……昏定而晨省。」鄭玄注：「定，安其床衽也；省，問其安否如何。」❹致贐　贈送路費或禮物。❺相得　彼此投合。❻耗　消息；音訊。❼便郵　順便傳遞郵件。亦指順便傳遞郵件的人。❽的　確實；確切。❾古風　詩體的一種，即古體詩。句式可長可短，不要求對仗，平仄和用韻也比較自由。❿侯門曳斷千金索　意謂公侯之門的千金小姐，為了追求愛情而掙脫了禮教的束縛。⓫白雲渺渺草青青　比喻遊子思親念歸之情。南朝齊謝朓〈拜中軍記室辭隨王箋〉：「白雲在天，龍門不見。」後因之以白雲比喻思念親人。漢樂府〈飲馬長城窟行〉：「青青河畔草，綿綿思遠道。」⓬桃臉　如桃花般豔麗的容顏。⓭鸞馭　駕御鸞鳥飛升。形容進入仙境。⓮鸞鳳友　指夫妻。⓯戀花柳　指男子留連妓院。⓰當年正當青春年華。⓱梅花　此處暗用典故，寓有思念親人之意。《南朝樂府・西洲曲》：「憶梅下西洲，折梅寄江北。」⓲胡蝶夢　指迷離恍惚的夢境。《莊子・齊物論》：「昔者莊周夢為胡蝶，栩栩然胡蝶也，自喻適志與！不知周也。」⓳九天玄女　道家傳說中的女神。黃帝之師，聖母元君的弟子，曾幫助黃帝滅蚩尤。⓴歸泉　歸於黃泉。指人死亡。㉑三七　即二十一歲。㉒羞花貌　形容女子貌美，使花感到羞愧。㉓候　拜訪；探望。㉔薄幸　薄情；負心。

【語　譯】大約過了半年，周生的父親周司教升官離開了南陽，周生假託生病，獨自一人留了下來。又過了半年多，周司教又託病辭官回到了家鄉。周生得知父親還鄉後，也想要回鄉看望父母，而心中又戀著嬌鸞，感情上割捨不開。嬌鸞覺察到了他的心思，就安排了酒宴勸他動身，並且說：「您顧戀私情而忘記了大義，不僅自己違背了做兒子應遵循的道德規範，而且連累我也失去了為婦之道。」曹姨也說：「你們如今只能在夜裡相會，本來就不是長久之計。公子不如暫時先回故鄉，且去探望自己的雙親。如果能在早晚向父母問安的時候，同時談起自己的婚姻大事，早日實現自己的誓言和願望，這難道不更好嗎？」周生仍然猶豫不決。嬌鸞就讓曹姨告訴王千戶周生想回鄉探望父母，王千戶贈送了路費和禮物給周生，並為他餞行。周生萬不得已，才開始收拾行裝。這天夜裡，嬌鸞邀請周生再次重申以前的盟誓，並且問清了周生的家庭住址，以便今後通信聯繫。

第二天，周生出發回鄉。到家之後，周司教已經給他與同鄉一個富貴人家訂了親。周生開始很不願意，後來聽說那家人家的女兒很漂亮，他貪圖錢財，思慕美色，頓時忘記了以前的婚約，沒有多久就結了婚。夫妻兩人彼此投合，非常歡樂，周生不再知道嬌鸞是誰了。

嬌鸞久久得不到周生的音訊，日夜思念而憂鬱成疾。每次碰到能順便傳遞信件的人，她都要捎信給周生，叫他到南陽來，但從來都沒有回音。父親要為嬌鸞選擇配偶，嬌鸞不同意，一定要等周生的確實訊息。於是她給本衛一個叫孫九的士兵很多錢，請他專程為自己到吳江去送信，信中附上古風一首。詩中寫道：

當年清明佳節時，與君偶然相遇成相知。詠風賞月常常來往，撥動風情無限相思。侯門女拽斷禮教千重索，與你手攜手肩並肩同登畫閣。共髻束髮與君同死共生，海誓山盟情真意亦深。白雲渺渺芳草青青，才子思念雙親離別戀人。剎那間桃花般的臉龐無顏色，愁聽傳書的鴻雁哀鳴幾聲。郎君此行雖非駕鸞飛天去，卻勝似父兄遠征赴邊庭。悲悲切切愁腸欲斷，執手牽衣重提誓言。君已與我夫妻做就，切莫貪戀姑蘇花柳。自君離去我整日愁眉又苦臉，脂粉懶得用髮亂如掃帚。兩地姻緣相思綿綿，風花雪月與誰共賞玩？可憐的夫婦正當青春年華，多少次夢中寄情空折梅花。臨風對月無情無致，枕上孤獨淒涼神魂消。一夜忽夢你娶妻，天明頓覺容顏老。願將誓言化雷電，請九天玄女將它到處傳遍。你只是還鄉並非入黃泉，為什麼音容笑貌難得見？你是假意我真心，我再派使者表丹心。可憐我三七年華閉月羞花貌，獨處香閨寂寞難熬相思難禁。

曹姨也寫了一封信給孫九帶去，信中詳細寫了自己侄女苦苦思念周生的情況和嬌鸞急切盼望周生到來的心情。

孫九到了吳江，得知周生住在延陵橋的下面，並聽說周生已經重新娶了妻子。孫九前往拜訪周生，向他轉達了嬌鸞的一片深情。周生聽了一言不發地進入內室，一會兒又從裡面出來，他將以前的綾羅手帕和婚約封好後讓孫九交還嬌鸞，叫嬌鸞不要再想念他了。孫九非常氣憤地離開了周家，逢人就講這件事。所以，周生薄情的名聲，很快就傳遍了蘇州一帶。

孫九還報鸞。鸞制〈絕命詩〉三十六首，復為〈長恨歌〉數千言，備述合離之事，語甚激憤。欲再遣孫九，孫怒不肯行。鸞久蓄抱石投崖之意，特不忍自泯沒❶以死，故有待耳。偶值其父有公牘，當投吳江縣，勾❷本衛逃軍。乃取從前倡和之詞，並今自〈絕命詩〉、〈長恨歌〉匯成一帙❸，合同婚書二紙，總作一緘❹，入於公牘中，用印發郵。乃父不知也。其晚，鸞沐浴更衣，取昔日羅帕自縊而死。

吳江令發封得鸞詩，大以為奇，為聞於直指❺樊公祉，公祉見之憤然，深惜鸞才，而恨廷章之薄幸，命司理❻密訪其人，搒殺❼之。聞者無不稱快。司教亦以憂死。

【章旨】嬌鸞得知周生變心的消息後痛不欲生，她寫成〈絕命詩〉三十六首及數千言的〈長恨歌〉，連同當年的唱和詩詞及婚書二紙，一起封入官府文書中，遣官差送往吳江並自縊而死。官府得知周廷章薄情負心的劣跡，將其擒拿到案，亂棍打死。

【注釋】❶泯沒　埋沒無聞。❷勾　捉拿。❸帙　用布帛製作的書套。後稱一部書為一帙。❹緘　書函。❺直指　漢武帝時朝廷設置的專門巡視各地、處理政事的官員。此處似指明清時巡視各州府、主管一省司法的按察使。❻司理　明清時用作推事的別稱，指負責審理案件的官員。❼搒殺　拷打而死。搒，拷打。

【語譯】孫九回到南陽，將去吳江的情況告知嬌鸞。嬌鸞寫下了〈絕命詩〉三十六首，又寫了幾千字的〈長恨歌〉，詳細地敘述了她與周生兩人結合與分離的經過，想再讓孫九到吳江去。孫九對周生的負心非常憤怒，不肯再去了。嬌鸞早就打定了抱著石頭從山崖上跳下去的決心，只是不忍心自己默默無聞地死去，所以想等待機會。剛好碰上她父親有公文要投送吳江縣，捉拿南陽衛的逃兵。嬌鸞就拿出從前與周生唱和的詩詞以及現在自己所作的〈絕命詩〉、〈長恨歌〉，合成一卷，又拿出與周生所訂的兩張婚約，並成一封信函，一起放入公文之中，蓋上官府大印，遣官差送往吳江。嬌鸞的父親並不知道這件事。那天晚上，嬌鸞沐浴換衣，拿出以前的綾羅手帕上吊而死。

吳江縣令打開公文看到了王嬌鸞寄來的詩，感到非常奇怪，就將這件事報告了按察使樊祉。樊祉見了詩非常憤慨，既為嬌鸞才華出眾卻所遇非人深深地惋惜，又對周廷章的薄情負心十分痛恨。他命令司理官祕密地查訪周廷章這個人並將他擒獲，讓他死於亂棍之下。聽到這件事的人沒有一個不拍手稱快，周司教也因此憂愁而去世。

【賞 析】本篇寫的是一個「癡情女子負心漢」的故事。這類故事在中國古代小說戲曲中為數不少。最早當數唐人元稹的〈鶯鶯傳〉和蔣防的〈霍小玉傳〉，此後，有宋代戲文中的〈王魁負桂英〉、〈趙貞女蔡二郎〉等。這些故事表達了人民大眾對婚變現象的關注，李益、王魁、蔡二郎等負心棄妻的人物，一直是人們譴責的主要對象。

和以往的作品相比，本篇所寫的愛情悲劇具有一些新的特色，它體現了反對封建禮教的民主主義思想傾向。小說中的王嬌鸞，雖生在官宦之家，但在婚姻問題上卻能打破「父母之命，媒妁之言」的束縛。她收到周廷章送來的情詩後，立即寫詩酬答，後來又在詩中表示「多情果有相憐意，好倩冰人片語傳」，讓周廷章請媒人來說親。儘管父母沒有許婚，她卻與周「情愈親密」，並在曹姨的支持下，與周私結百年之好，於暮夜偷期密約，她對婚姻自由的追求是大膽而又熱烈的。一旦發現自己的愛情被無情地踐踏後，她不願意逆來順受，更不甘心無聲無息地死去便尋找機會將私訂的婚約、以前與周的唱和詩以及自己的〈絕命詩〉一起夾入其父發往吳江的公文之中，將周廷章薄情負心的醜惡行徑公諸於官府，使這一市儈味十足的人物最終受到了嚴厲的懲罰。王嬌鸞以別具一格的方式維持自身的權利和尊嚴，她的抗爭與復仇顯得機智勇敢而又風采獨具，在她身上一定程度地體現了反封建的民主主義思想傾向和要求人格平等的市民意識。小說中的吳江縣令以及他的上司樊祉看到了夾在公文中的情詩、婚約與〈絕命詩〉，得知男女私相愛悅之事，不僅不認為這是大逆不道，反而「深惜鸞才」，同情嬌鸞的遭遇，為嬌鸞作主，嚴厲懲處了負心郎。這兩個封建官員敢於置封建禮教於不顧，通情達理，富有人道主義精神，對有悖於封建倫理的行為持寬容態度，這實際上已經被市民化了。在他們身上，也同樣體現了新的時代氣息。

小說中的周廷章也是一個寫得相當不錯的人物，作者沒有將他臉譜化和漫畫化，而寫出了他人性的複雜性。他千方百計地追求王嬌鸞，曾請人到王家去說親，又因愛戀嬌鸞而不想回鄉探望父母。父親在家鄉為他訂婚，他起初也並不願意，這些都說明他對嬌鸞並非沒有真情。但他的小人品性一開始就已顯露，他初次見到嬌鸞，送去的詩中就有「擬作紅絲入洞房」的句子，顯得十分輕佻；嬌鸞讓他請媒人說親，他並沒有去跟父母講，而是「偽託父命，求媒於王」，可見其善於弄虛作假；王父沒有答應將嬌鸞許配給他，他又藉口自家住房狹窄而住進了王家後園，並拜嬌鸞母親為姑母，這說明他工於心計。正因為有了這些描寫，他後來的貪財慕色、棄舊迎新也就並不顯得突然。同王魁、莫稽等負心漢相比，這一形象顯得更富有真實感，因而也更加可憎可恨。

沈小霞妾

馮夢龍

【題解】本篇選自《情史類略》卷四情俠類。篇中敘述了沈小霞妾救夫脫險的故事。江盈科《明十六種小傳》卷三〈沈小霞妾〉與本篇所記大致相同。馮夢龍又曾將本篇增飾敷衍為擬話本小說〈沈小霞相會出師表〉，收入《喻世明言》卷四〇。

錦衣衛❶經歷❷沈煉，以攻❸嚴相❹得罪，謫佃保安❺。時總督❻楊順、巡按❼路楷，皆嵩客，受世蕃❽指：「若除吾瘍❾，大者侯，小者卿。」順因與楷合策，捕諸白蓮教❿通虜者，竄煉名籍⓫中，論斬，籍其家。順以功廕⓬一子錦衣千戶；楷候選五品卿寺⓭。順猶怏怏⓮曰：「相君薄我賞，猶有不足乎？」取煉三子，杖殺之。而移檄⓯越⓰，逮公長子諸生⓱襄，至則日掠治⓲，困急且死。會順、楷被劾，卒奉旨逮治，而襄得末減⓳問戍。襄之始來也，止一愛妾從行。及是與妾俱赴戍所。中道微聞嚴氏將使人邀而殺之。襄懼欲竄，而顧妾不能割。妾曰：「君一身沈氏宗祧[20]所繫，第去，勿憂我。」襄遂紿[21]押者：「城市有年家[22]某，負吾家金錢，往索可得。」押者恃妾在，不疑，縱之去。久之不返，押者往某家詢之，云：「未嘗至。」還復叩妾。妾把其襟，大慟曰：「吾夫婦患難相守，無頃刻離。今去而不返，必汝曹受嚴氏指，戕殺吾夫矣。」觀者如市，不能判。聞於監司[23]。監司亦疑嚴氏真有此事，不得已，權使寄食尼庵，而立限責押者跡[24]襄。押者物色[25]不得，屢受笞[26]。乃哀懇於妾，言襄實自竄，毋枉我。因以間亡命去[27]。久之，嵩敗，襄始出訟寃，捕順、楷抵罪。妾復相從。襄號小霞，楚人江進之有〈沈小霞妾傳〉。

【注　釋】❶錦衣衛　即錦衣衛親軍都指揮使司。明洪武年間始設，原為管理皇宮禁衛軍和掌管皇帝出入儀仗的官府，後來逐漸演變為特務機關，兼管刑獄緝捕等事，與東西廠並稱「廠衛」。❷經歷　官名。明清時代都察院、通政使司、按察使司等機構都設置經歷，掌管文書的收發。❸攻　指責；彈劾。❹嚴相　指明代權臣嚴嵩。字惟中，分宜（今江西分宜）人，號介谿，弘治進士。嘉靖年間，任內閣首輔，專擅國事，排斥異己，吞沒軍餉，致使國家戰備廢弛，外敵入侵，國庫空虛。後其子嚴世蕃奸狀被揭發，他亦致仕歸鄉，居家二年卒。❺保

安　即保安州。治所在今河北涿鹿。❻總督　官名。明初在用兵時派部院官總督軍務，戰事結束即免去。後逐漸成為地方最高長官，清代總督轄一省或二、三省，總攬軍政要務。❼巡按　即巡按御史。為監察御史赴各地巡視者，負責考核官吏，審理要案，職權頗重。❽世蕃　指明代權臣嚴世蕃，嚴嵩之子。號東樓，官至工部左侍郎。與其父狼狽為奸，無惡不作，後被處死。❾瘍　癰瘡。此處指心腹之患。❿白蓮教　一種祕密教派，因依託佛教的白蓮宗而得名。元、明、清三代在民間流行，農民軍常常以白蓮教的名義起事。⓫籍　登記家財，予以沒收。⓬蔭　庇護。封建時代子孫因先世有功勞而得到封賞或免罪。⓭卿寺　九卿的官署。⓮怏怏　不滿意；不服氣。⓯移檄　向平行或不相隸屬的官府發送公文。⓰越　紹興（今浙江紹興）的別稱。⓱諸生　即秀才。明清時對通過考試進入府、州、縣學的生員的統稱。⓲掠治　拷打訊問。⓳末減　從輕論罪或減刑。⓴宗祧　家族世系；宗嗣。㉑紿　欺騙；哄騙。㉒年家　科舉時同年登科者之間互稱。㉓監司　負有監察責任的官員。漢以後的司隸校尉和督察州縣的刺史、轉運使、按察使、布政使等通稱為監司。㉔跡　追蹤；追尋。㉕物色　訪求；尋找。㉖笞　用竹杖和荊條打。㉗因以間亡命去　於是找機會逃走了。

【語譯】錦衣衛的經歷沈煉，因為上疏彈劾丞相嚴嵩而獲罪，被貶謫發配到保安州墾荒。當時總督楊順、巡按路楷都是嚴嵩的黨羽，他們得到了嚴嵩之子嚴世蕃的指令：「如果除掉了我的心腹之患，你們就可以封侯拜爵，至少也可以做個九卿之類的高官。」楊順就與路楷合謀，逮捕了白蓮教中那些勾通外族的人，偷偷地將沈煉列入白蓮教的名單中，將他判處死刑，家產全部沒收。楊順因為有功於嚴嵩，一個兒子被封為錦衣衛千戶，路楷則升為五品官，在九卿的官署裡等候任用。楊順還不滿意地說：「丞相對我的賞賜太薄了，難道這事還沒有幹好嗎？」於是又將沈煉的三個兒子抓來用棍子打死。同時發公文到沈煉的家鄉紹興，逮捕沈煉的大兒子秀才沈襄。抓到以後日夜拷打訊問，沈襄的處境艱難危急，眼看就要被害死。剛好楊順、路楷的罪狀被人揭發了出來，有關部門根據皇帝的旨令將他們逮捕治罪，而沈襄則得以從輕處罰，被發配到邊疆充軍。沈襄被捕的時候，只有一個他喜愛的小妾跟隨著，這時他就與小妾一起到充軍的地方去。半路上，沈襄稍微聽到了一些嚴嵩父子將要派人把他殺死的風聲。沈襄非常害怕，想要找機會逃走，只是不忍心丟下愛妾。愛妾說：「沈家繼承香火的大事全都落在郎君一個人身上了，郎君只管逃走，不要擔心我。」於是，沈襄騙押解他的差人說：「城裡有一個與我同年登科的好友欠了我家的錢，我去了就能要回來。」押解的差人仗著沈襄的愛妾還留在這裡，就沒有對沈襄的話產生懷疑，放他離開了。沈襄去了好久都不回來，公差就到那家人家去詢問，回答說：「沒有人到我家來過。」差人又回來問沈襄的愛妾，愛妾一把抓住差人的衣襟，大聲痛哭著說：「我家夫婦兩人在患難時刻始終相守在一起，一刻都沒有離開過，現在他一離去了就沒回來，肯定是你們這些人受嚴家的指使，殘殺了我的丈夫。」這時，旁邊觀看的人圍得像集市一樣。當地官員無法處理，將案情報告給監司，監司也懷疑嚴嵩真的會幹這類事情，不得已，只好讓沈襄的愛妾暫且寄居在尼姑庵中。又立下時限，讓差人去追尋沈襄。差人尋訪不到，常常挨打，就哀求沈襄的愛妾，請她說明沈襄實在是自己逃跑的，不要再冤枉他們。差人最後也尋找機會逃跑了。又過了好久，嚴嵩的事情敗露，沈襄才開始出來告狀伸冤。楊順、路楷被逮捕抵罪，沈襄的愛妾又重新回到他身邊。沈襄號小霞，楚地人江進之曾寫過〈沈小霞妾傳〉這篇文章。

【賞　析】這是一篇以時事政治為題材的作品，可分為前後兩部分。前一部分敘述錦衣衛經歷沈煉因上書彈劾嚴嵩，被貶往保安州，削職為民。嚴嵩指使他安插在保安州的心腹楊順、路楷製造偽證，誣陷沈煉私通白蓮教，將沈煉及其身邊的三個兒子殺害，又差人去沈煉的原籍逮捕其長子沈小霞，對其日夜拷打，必欲置之死地而後快。這一部分交代了沈小霞險惡萬端的處境，為女主角沈小霞妾的出場作了鋪墊。

沈小霞妾在丈夫被押赴充軍、性命難保的情況下，獨自一人跟隨丈夫遠行，表現了她的勇敢和獻身精神，也表現了她對丈夫的一往情深。沈小霞想伺機逃跑，又捨不得丟下生死與共的愛妾。但愛妾顧大局、識大體，鼓勵丈夫說：「君一身沈氏宗祧所繫，第去，勿憂我。」正因為有她留下來作人質，沈小霞方得以施展金蟬脫殼計，借討債的名義騙過差人，逃脫魔掌。沈小霞久去不回，其妾又主動出擊，先發制人。她一把抓住差人的衣襟，當眾大聲哭鬧，指出自己和丈夫恩愛異常，頃刻不離，丈夫決不會棄她而去，並一口咬定是差人受嚴嵩的指使謀害了沈小霞，要差人還人償命。由於嚴嵩讒害忠良義士的事盡人皆知，而沈家至少已有四人慘遭殺害，因此沈小霞妾這番假戲真做的表演確實起到了意想不到的效果，連負責審理案件的監司也對她的話將信將疑。「得此妾一番撒賴，則上官亦疑真有是事，而襄始安然亡命無患矣」（《情史類略》本篇篇末評語）。

應該指出的是，沈小霞妾要脅差人、當眾痛罵嚴氏，很有可能會招致殺身之禍，但為了製造假相來掩護丈夫，她早已將自己的生死置之不顧了。小說將這個人物置於危如累卵、非常人所能忍受的險境之中，通過智鬥公差、救夫脫虎口的情節，著力表現她潑辣幹練、勇敢機智、膽識過人的個性特徵以及勇於自我犧牲的精神。馮夢龍將其與卓文君、紅拂妓一起稱為「情俠」，應該說是非常確當的。本篇全力頌揚女子的才智和膽略，這是當時男女平等的進步思潮在小說中的反映。

唐寅

周復俊

【題解】本篇選自《情史類略》卷五情豪類，篇末題曰：「事出《涇林雜記》」。篇中敘述了唐寅與大學士華虹山之婢女桂華的婚戀故事。馮夢龍《警世通言》卷二六〈唐解元一笑姻緣〉，即根據此篇改編。其後以此為題材的作品有孟稱舜的《花前一笑》雜劇、卓人月的《花舫緣》雜劇、史槃的《蘇臺奇遘》雜劇、朱素臣的《文星現》傳奇以及彈詞《三笑姻緣》、《九美圖》等數十種。

【作者】周復俊（西元一四九六～一五七四年），字子籲，號木涇子，昆山（今江蘇昆山）人，明世宗嘉靖十一年（西元一五三二年）進士，曾任工部主事、四川布政使、雲南布政使、南京太僕寺卿等職。著有《涇林雜記》，原書已佚，尚有部分篇目保留在《情史類略》、《古今閨媛逸事》等書中，多為男女愛情故事，對後代的通俗小說與戲曲有一定影響。

唐伯虎❶（名寅，字子畏），才高氣雄，藐視一世，而落拓不羈❷，弗修邊幅❸。每遇花酒會心處，輒忘形骸。其詩畫特為時珍重。錫山華虹山❹學士，尤所推服，彼此神交❺有年，尚未覿面❻。唐往茅山❼進香，道出無錫。計返棹時，當往詣華傾倒❽。晚泊河下，登岸閒行，偶見乘輿東來，女從如雲，有丫鬟貌尤豔麗。唐不覺心動，潛尾其後。至一富門，眾擁而入。唐凝盼⑨悵然。因訪居民，知是學士府。唐歸舟，神思迷惑，輾轉不寐。中夜忽生一計，若夢魘⑩狀，被髮狂呼。眾驚起，問故。唐曰：「適夢中見一天神，朱髮獠牙，手持金杵，云：『進香不虔，聖地見譴，令我擊汝。』持杵欲下，予叩頭哀乞再三，云：『姑且恕爾，可隻身持香，沿途禮拜，至山謝罪，或可幸免，不則禍立降矣！』予驚醒戰悚⑪。今當遵神教，獨往還願。汝輩可操舟速回，勿溷⑫乃公為也。」即微服⑬，持包傘奮然登岸，疾行而去。有追隨者，大怒逐回。

潛至華典⑭中，見主櫃者，卑詞降氣曰：「小子吳縣人，頗善書，欲投府上寫帖，幸為引進。」即取筆書數行於一紙，授之。主者持進白華，呼之入。見儀表俊偉，字畫端楷，頗有喜色，問：「平日習何業？」曰：「幼讀儒書，頗善作文。屢試不得進學⑮，流落至此，願備書記⑯之末。」公曰：「若爾，可作吾大官⑰伴讀。」賜名華安，送至書館。

【章 旨】唐寅偶過無錫，見一丫鬟容貌秀豔，便尾隨而行。得知該丫鬟是華學士府中的侍女後，唐寅就隱名埋姓，投奔華府為奴。華學士將他改名為華安，讓他陪華公子讀書。

【注 釋】❶唐伯虎　明代中葉著名的文學家和書畫家，名寅，字伯虎，又字子畏，號六如居士、桃花庵主人，吳縣人。弘治十一年（西元一四九八）曾獲鄉試第一名，後因科場案牽連而罷黜歸鄉，與文徵明、祝允明、徐禎卿並稱「吳中四傑」。性格放浪不羈，詩書畫兼長，以山水畫最為有名。❷落拓不羈　行為放浪而不受拘束。❸弗修邊幅　不講究服飾和儀表。❹華虹山　名察，字子潛，號鴻（虹）山，無錫（今江蘇無錫）人。嘉靖年間進士，歷任兵部郎中、翰林修撰、侍讀學士等職。❺神交　彼此未見面，但精神相通、互相敬慕。❻覿面　見面。❼茅山　山名。在江蘇句容東南，原名句曲山。相傳漢代茅盈與弟弟茅衷、茅固在此山修道採藥，因而改名茅山。❽傾倒　傾吐；暢談。❾凝盼　注視；盼望。❿夢魘　感到壓抑且呼吸困難的夢。舊謂夢驚。⓫戰慄　因害怕而發抖。⓬溷　煩亂。⓭微服　為隱瞞自己的身分而改穿普通人的服裝。⓮典　典當鋪。⓯進學　指考取秀才。⓰書記　專門從事文字工作的人員，類似於今日的祕書。⓱大官　這裡指大兒子。

【語 譯】唐伯虎（名寅，字子畏），才能超群，氣概非凡，為人傲慢而藐視世俗，行為放浪而不受拘束，從不講究服飾與儀表的整潔。每逢賞花飲酒到了高興的時候，行為就特別放任，完全將禮節丟在一邊。當時的人特別珍惜和推重他的詩歌和圖畫，錫山有個華虹山學士，對他尤為推許佩服。多年來兩人一直互相敬慕，只是未曾見過面。唐寅到茅山去進香，從無錫經過，便準備在回來時去拜訪華虹山並同他促膝暢談。傍晚船停在河邊，唐寅上岸散步，偶然看見有轎子從東邊過來，後面跟著許多女子，有個丫鬟的容貌特別豔麗。唐寅不覺神蕩魂搖，便偷偷地尾隨在轎子後面。到了一個高大的門樓前，眾人一擁而入。唐寅默默地注視著，心中感到若有所失。於是就向附近的居民打聽，知道這是華學士的府第。唐寅回到船上，神思恍惚迷亂，翻來覆去睡不著覺。到半夜時忽然心生一計，便裝出被惡夢驚嚇的樣子，披頭散髮，高聲狂呼。眾人被他驚醒，都起床問他是怎麼回事？唐寅說：「我剛才在夢中看到一位天神，披著紅色的頭髮，嘴外露出長長的牙齒，手裡拿著金棍，說：『你進香的時候不虔誠，受到了天帝的責怪。天帝命令我來打你。』說著舉起棍子朝我揮來。我再三叩頭苦苦哀求，他才說：『暫時先饒了你，你可以一個人帶著香，一路上向天神行禮致敬，趕到茅山去謝罪。這樣或許可以僥倖免罪。不然的話，災禍就會立刻降到你的頭上！』我驚醒過來，嚇得渾身發抖。現在我應當遵循天神的教誨，獨自前往茅山燒香還願。你們可以駕船趕快回去，不能再擾亂你們主人做的事情。」說著就換上普通人穿的粗布衣服，帶上包和傘，一下子跳到岸上，飛快地跑走了。有人在後面跟隨著他，他非常惱怒地把他們趕了回去。

唐寅悄悄地來到華學士家的當鋪裡，見到了掌櫃的，低聲下氣地說：「小人是吳縣人，對書法比較擅長，想投奔貴府寫寫帖子，勞駕您為我向主人引薦一下。」說著就拿起筆在紙上寫了幾行字，交給了掌櫃的。掌櫃的拿著字去稟告華虹山，華虹山叫他進去。見到來人儀表英俊，寫的字、畫的畫都端莊工整，華虹山不禁面露喜色，問他：「平時學些什麼東西？」唐寅回答說：「我小時候讀了些儒家的書，很會寫文章。但每次考秀才都沒有考中，所以才流落到這裡。我願意給您做個抄抄寫寫的祕書。」華公說：「既然這樣，你可以作我家大兒子的伴讀。」於是給他起個名字叫華安，將他送到了學館裡。

安得進身，潛訪前所見丫鬟，云名桂華，乃公所素寵愛者。計無所出。居久之，偶見郎君文義有未妥處，私加改竄，或為代作。師喜其徒日進，持文誇華。華曰：「此非孺子所及，必倩人耳。」呼子詰之，弗敢隱。因出題試安，授筆立就。舉文呈華，手有枝指❶。華閱之，詞意兼美。益喜甚，留為親隨，俾掌文房。凡往來書札，悉令裁復❷，咸當華意。未幾，主典者❸告殂❹，華命安暫攝❺，出納惟慎，毫忽無私。公欲令即真而嫌其未婚，難以重托，呼媒為擇婦。安聞，潛乞於公素所知厚者❻，云：「安聞主公提拔，復謀為置室，恩同天地。第不欲重費經營，或以侍兒見配可耳！」所知因為轉達。華曰：「婢媵頗眾，可令自擇。」安遂微露欲得桂華。公初有難色，而重違❼其意，擇日成婚。另飾一室，供帳❽華侈。合巹❾之夕，相得甚歡。居數日，兩情益投，唐遂吐露情實，云：「吾唐解元❿也。慕爾姿容，屈身就役。今得諧所願，此天緣也。然此地豈宜久羈，可潛遁歸蘇。彼不吾測，當圖諧老耳！」

女欣然願從。遂買小舟，乘夜遄⑪發。天曉，家人見安房門封鎖，啟視室中，衣飾細軟，俱各登記，毫無所取。華沉思莫測其故。令人遍訪，杳無形迹。

【章　旨】唐寅因才華出眾受到了華學士的賞識，華學士讓他掌管文房，又準備提拔他為當鋪總管，並幫他娶妻成家。唐寅點名要娶先前遇到的丫鬟桂華，最終如願以償。婚後唐寅向桂華吐露實情，夫妻一起逃歸蘇州。

【注　釋】❶枝指　拇指旁多生的手指。❷裁復　處理回覆。❸主典者　典當鋪的掌櫃。❹告殂　去世。❺攝　掌管。❻知厚者　交誼深厚的人。❼重違　難以違背。❽供帳　指新房內的陳設。❾合巹　指成婚。巹，瓢。古代舉行婚禮，將一瓠分為兩瓢，新婚夫婦各執一瓢飲酒。❿解元　科舉時鄉試的第一名。亦可作為讀書人的通稱。⑪遄　快；迅速。

【語　譯】華安進入華府以後，祕密地打聽到以前所見的丫鬟名字叫桂華，是華公平時最寵愛的姑娘。他一時想不出辦法來接近桂華。過了好久，偶爾看見華學士兒子的文章寫得不太通順，就私下裡幫助修改，有時乾脆全部代寫。老師看到自己學生的學業在一天天地長進，非常高興，拿著文章向華虹山誇耀。華虹山說：「這文章不是我家兒子能夠寫得出來的，肯定是有人代寫。」於是把兒子叫來查問，兒子不敢隱瞞事情的真相。華虹山出題目考華安，華安拿起筆來一揮而就。

當他把寫好的文章送過來的時候，華公發現他手上多長了一根手指。華虹山讀了他的文章，內容和詞藻都很優美。華公更加喜歡，將他留在身邊作為親信隨從，讓他掌管文房中的事務。凡是往來的書信，一切都由他來處理回覆。他寫出來的東西，和華公想表達的意思完全吻合。沒有多久，當鋪的掌櫃去世了，華公讓華安暫時掌管當鋪，華安對錢財的進出非常小心謹慎，沒有一點私心。華公想讓他正式掌管當鋪，但又嫌他尚未結婚，難以託付重任。於是，就叫媒人來為他選擇對象。華安知道了，就私下向華公平時最要好的朋友請求說：「華安聽說主公要提拔我，又在考慮為我成家，主公對我的恩情像天地一樣廣大無邊。只是我不想讓主公花費鉅資操辦這件事，只要找一個侍女嫁給我就可以了！」華公的好友將華安的意見轉達給華公，華公說：「我家的婢女很多，可以讓他自己選擇。」於是，華安微微露出了要娶桂華的意思。華公開始面有難色，但又難以違背華安的意願，所以最終還是答應了，選擇吉日讓華安和桂華完婚。華公專門裝修了一間屋子作為新房，新房內的陳設十分豪華。新婚之夜，夫妻情投意合，十分歡樂，過了幾天，夫妻倆的情意更深了。這時，唐寅才吐露出真情，他說：「我是唐解元，因為愛慕你的身姿容貌，所以才屈身來到華府充當僕役。今天終於滿足了我的願望，這是天意促成的姻緣啊！然而這個地方難道適合於我們長久地停留嗎？我們可以偷偷地逃回蘇州。他們不知道我們去了哪裡，這樣我們就可以白頭偕老了！」桂華高興地表示願意跟唐寅一起走。於是唐寅租了一條小船，夫妻兩人乘著黑夜趕快出發。天亮時，家人發現華安的房門緊鎖著，打開房間一看，衣服、首飾等輕便而貴重的東西全部作了登記，一點都沒有拿走。華公想了半天，也不知道其中的原因。派人到處查訪，一點兒蹤跡也沒有找到。

年餘，華偶至閶門，見書坊中坐一人，形極類安。從者以告，華令物色❶之。唐尚在坊，持文翻閱，手亦有枝指。僕尤駭異，詢為何人？旁云：「此唐伯虎也。」歸以告華，遂持刺❷往謁。唐出迎，坐定。華審視再三，果克肖。茶至而指露，益信為安無疑。奈難以直言，躊躇未發。唐命酒對酌。半酣，華不能忍，因縷述❸安去來始末以探之。唐但唯唯❹。華又云：「渠貌與指頗似公，不識何故？」唐又唯唯，而不肯承。華愈狐疑❺，欲起別去。唐曰：「幸少從容，當為公剖之。」酒復數行，唐命童秉燭前導，入後堂，請新娘出拜。珠珞❻重遮，不露嬌面。拜畢，唐攜女近華，令熟視之。笑曰：「公言華安似不佞❼，不識桂華亦似此女否？」乃相與大笑而別。華歸，厚具妝奩贈女，遂締姻好云。

事出《涇林雜記》。

【章　旨】一年後，華學士的隨從在蘇州閶門發現一人酷似華安。華學士登門拜訪後方弄清真相，明白了當年的華安就是唐伯虎。唐、華兩家結為親戚。

【注 釋】❶物色 仔細觀察。❷刺 名片。❸縷述 詳細敘述。❹唯唯 應答而不置可否的樣子。❺狐疑 懷疑。❻珠珞 用珍珠串成的裝飾品。❼不佞 不才。自稱的謙詞。

【語 譯】過了一年多，華虹山偶然去蘇州閶門。隨行的僕人看到書店裡坐著一個人，長得與華安非常相似。華虹山讓他再去仔細觀察。僕人再去看時，那人還在書店裡，正拿著文章在翻閱，手上跟華安一樣也多了一根手指。僕人特別驚奇，連忙問坐著的人是誰？旁邊有人告訴他說：「這是唐伯虎。」僕人回去告訴華虹山，華帶著名片前去拜訪。唐寅出外迎接，雙方敘了賓主坐了下來。華虹山盯住唐寅反覆打量，果然與華安非常相像。端茶時唐寅露出來的手又比別人多生了一個指頭，華虹山更加相信此人毫無疑問就是華安，但卻難以直接說出來，因此猶豫不決，欲言又止。唐寅吩咐擺下酒來兩人對飲，喝到一半的時候，華虹山再也忍不住了，於是就詳細地講述了華安到他家去做僕人的始末經過以試探唐寅。唐寅只是應答而不置可否。華虹山又說：「華安的相貌與手指，和您十分相似，不知是什麼緣故？」唐寅又只是應答，不肯承認。華虹山更加懷疑，想站起來告別而去。唐寅說：「希望再稍微停留一會，我給您說明真相。」又斟了幾次酒之後，唐寅命令童僕拿著蠟燭在前面引路，兩人一起進入後堂，唐寅讓新娘出來拜見客人。新娘的頭被成串的珠玉重重疊疊地遮蓋著，臉都沒有露出來。拜完客人以後，唐寅拉著新娘走近華虹山，請他仔細觀看，並笑著說：「您說華安像我，不知道桂華也像這個女人嗎？」於是他們一起大笑，然後道別分手。華虹山回到無錫，準備了許多貴重的嫁妝送給桂華，於是兩家建立了親戚關係。

這件事是《涇林雜記》一書記載的。

【賞　析】本篇所寫的故事完全出於小說家的虛構。唐寅在歷史上雖然實有其人，但在有關唐寅的文獻中都找不到這件「風流韻事」的記錄。據《明史》卷二八六〈唐寅傳〉記載，唐寅年青時「性穎利，與里狂生張靈縱酒，不事諸生業」。後又受科場賄賂案牽連，曾「下詔獄，謫為吏」，從此絕意科場，行為「益放浪」，「築室桃花塢，與客日般飲其中」，甚至還有過「佯狂使酒」之事。這一性格特徵，與本篇中「才高氣雄，藐視一世，而落拓不羈，弗修邊幅。每遇花酒會心處，輒忘形骸」的唐寅頗有相似之處。因此，人們在這位自稱「江南第一風流才子」的文人頭上加上一個美豔動人的故事，也並不是毫無緣由的。可能是作者將王同軌《耳談》所記的陳玄超的故事以及其他一些傳說移植到唐寅這個箭垛式的人物身上來了。

本篇所寫的故事之所以成為世人津津樂道的話題，被許多小說、戲曲、彈詞所改編，在江南一帶家喻戶曉，主要是因為它具有濃郁的民間文學色彩，集中體現了新興的市民階層的思想意識和審美情趣。從明代中葉開始，隨著商業、手工業的發展和市民階層的壯大，「士農工商」的傳統等級觀念受到了猛烈的衝擊。主張「存理滅欲」的程朱理學和「外假仁義之名，而內以行其自私自利之實」（王守仁《傳習錄》卷中）的假道學遭到了不同程度的批判，追求物質利益和精神享受、提倡人格自由和人格平等、反對虛偽矯飾的假道學成了當時新興市民和進步知識分子的思想共識。歷史上的唐寅極力主張為人應該真率坦誠，任性而為。他曾作〈焚香默坐歌〉（見《六如居士全集》卷一），歌中寫道：「為人能把口應心，孝弟忠信從此始。其餘小德或出入，焉能磨涅吾行止。頭插花枝手把杯，聽罷歌童看舞女。食色性也古人言，今人乃以為之恥。及至心中與口中，多少欺人沒天理。陰為不善陽掩之，則何益矣徒勞耳。請坐且聽吾語汝，凡人有生必有死。死見閻君面不慚，才是堂堂好男子。」唐寅這首詩率直道明為人處世應該心口相應，反對口是心非。明代公安派的領袖袁宏道曾評論過這首詩，稱讚它「說盡假道學」。小說中的唐寅，對身為婢女的桂華一往情深，用自己的心智和才華努力地去加以追求。為此，他不惜隱名埋姓，自降身分；不惜賣身為僕，甘居下賤；不惜卑詞下氣，折節求人；還不顧粗衣淡食，不怕勞筋苦骨。最後他終於如願以償，帶著心愛的人潛返蘇州。他對愛情的態度堅摯而專一，完全拋棄了上下尊卑的等級觀念，大膽衝破了封建禮教的束縛。作者通過他那富有浪漫主義色彩的愛情，宣揚了「食色性也不為恥」的進步觀念。正因為小說具有提倡男女平等和反封建的思想內涵，因而受到市民大眾的激賞。明末徐士俊曾將這一故事與卓文君深夜投奔司馬相如等量齊觀，他在卓人月的《花舫緣》傳奇上批注道：「文君自媒是千古第一嫁法，伯虎自鬻是千古第一娶法。」此言實為精闢之論。

本篇寫男女情事，沒有落入才子佳人小說「千部共出一套」、「胡牽亂扯，忽離忽遇，滿紙才子淑女、子建文君、紅娘小玉」（《紅樓夢》第一回）的俗套，情節離奇而波瀾迭起，敘事幽默風趣，人物面目活躍，脾性皆出，具有獨特的情致和風采。

小青傳

戔戔居士

【題　解】本篇有抄本傳世，作於萬曆四十年（西元一六二〇年），藏於寧波天一閣。現據馮夢龍《情史類略》卷一四情仇類選入。小說敘述了一個才華出眾的青年女子所遭受的痛苦和不幸。根據本篇改編的小說戲曲各有十種左右，流傳甚廣的小說有古吳墨浪子《西湖佳話》卷一四〈梅嶼恨跡〉、鴛湖烟水散人《女才子書》卷一〈小青〉等。而戲曲中吳炳的傳奇《療妒羹》、朱京藩的傳奇《風流院》、徐士俊的雜劇《春波影》、陳季方的雜劇《情生文》、胡士奇的雜劇《小青傳》都比較有名。

【作　者】作者戔戔居士，生平事跡不詳。

小青者，虎林❶某生姬也。家廣陵❷，與生同姓，故諱之，僅以小青字云。

姬夙根❸穎異，十歲，遇一老尼，授《心經》❹，一再過了了❺，覆之，不失一字。尼曰：「是兒早慧福薄，願乞作弟子。即不爾，無令識字，可三十年活耳。」家人以為妄，嗤之。母本女塾師，隨就學。所游多名閨，遂得精涉諸技，妙解聲律。江都❻固佳麗地，或諸閨彥❼雲集，茗戰❽手語❾，眾偶紛然，姬隨變酬答，悉出意表，人人唯恐失姬。雖素嫺儀則❿，而風期⓫異絕，綽約自好，其天性也。

【章旨】小青生於揚州，自小聰穎過人，多才多藝。

【注釋】❶虎林　又名武林。今浙江杭州的別稱。❷廣陵　今江蘇揚州。❸夙根　天賦。❹心經　佛經名。《般若波羅密多心經》的簡稱。❺了了　清楚；明白。❻江都　即揚州。❼閨彥　女中俊傑。❽茗戰　鬥茶；品茶。❾手語　彈奏琴瑟之類的樂器。❿儀則　禮儀規矩。⓫風期　品格風度。

【語譯】小青，是杭州某位讀書人的妾，她的老家在揚州。因為她與丈夫同姓，所以文中就不直接標明她的姓氏，只是用她的字小青來稱呼她。

小青天賦聰明異常，十歲時遇到一位老尼姑，教她讀《心經》，讀過一、二遍就全部都理解了。合上書，能一字不錯地背出來。尼姑說：「這個小孩開智早但福分薄，希望能把她交給我，做我的徒弟。如果不同意，就不要讓她讀書識字。這樣的話，也只可以活到三十歲罷了。」家中人都認為老尼姑胡說，將她嘲笑了一番。小青的母親原來是私塾的教師，小青便跟隨母親讀書。因為交往的大多是名門閨秀，所以她能夠通曉各種技藝並精通音律。揚州本來就是佳麗輩出的地方，有時許多閨中俊秀會聚在一起，或鬥茶品評茶味，或彈奏琴瑟等樂器，有時三五成群，有時兩人一組，非常熱鬧。小青善於隨機應變，各種應酬和對答都能出人意外，人人都願意和她在一起。小青雖然一向熟悉各種禮儀規矩，但風韻不凡，體態美好，又喜歡打扮，這是她的天性。

年十六，歸生。生，豪公子也，性嘈唼❶，憨跳不韻❷。婦更奇妒，姬曲意下之，終不解。一日，隨游天竺❸，婦問曰：「吾聞西方佛無量，而世多尊禮大士❹者何？」姬曰：「以其慈悲耳。」婦知諷己，笑曰：「吾當慈悲汝。」乃徙之孤山❺別業❻，誡曰：「非吾命而郎至，不得入；非吾命而郎手札❼至，亦不得入！」姬自念彼置我閑地，必密伺短長，借莫須有❽事魚肉我，以故深自斂戢❾。婦或出游，呼與同舟。遇兩堤❿間馳騎挾彈遊冶少年⓫，諸女伴指點謔躍⓬，倏東倏西，姬淡然凝坐⓭而已。

婦之戚屬某夫人者，才而賢，嘗就姬學弈，絕愛憐之。因數取巨觴觴婦，瞷⑭婦已醉，徐語姬曰：「船有樓，汝伴我一登。」比登樓，遠眺久之，撫姬背曰：「好光景可惜，無自苦。章臺柳亦倚紅樓盼韓郎走馬⑮，而子作蒲團空觀⑯邪？」姬曰：「賈平章⑰劍鋒可畏也！」夫人笑曰：「子誤矣，平章劍鈍，女平章乃利害耳！」居頃之，顧左右寂無人，從容諷曰：「子既嫻儀則，又多技能，而風流綽約復爾，豈當墮羅剎國中⑱？吾雖非女俠，力能脫子火坑。頃言章臺柳，子非會心人耶？天下豈少韓君乎？且彼視子去，拔一眼中釘耳，縱能容子，子終向党將軍帳下作羔酒侍兒⑲乎？」姬謝曰：「夫人休矣！妾幼夢手折一花，隨風片片著水，命止此矣！夙業⑳未了，又生他想，彼冥曹㉑姻緣簿，非吾如意珠㉒，再辱奚為？徒供群口畫描耳！」夫人歎曰：「子言亦是，吾不子強。雖然，子亦宜自愛。彼或好言飲食汝，乃更可慮。即旦夕所須，第告我無害。」因相顧泣下沾衣，恐他婢竊聽，徐拭淚還坐，尋別去。夫人每向宗戚語及之，無不咨嗟㉓歎息云。

【章　旨】小青十六歲時，嫁給杭州某富家公子為妾。大婦奇妒，對小青百般折磨，將其軟禁於孤山別墅。某夫人願幫助小青跳出火坑，被小青婉言謝絕。

【注　釋】❶嘈啐　狀聲詞。形容鳥叫聲的雜亂細碎。用以比喻人信口胡說。❷憨跳不韻　粗俗而不風雅。憨跳，頑皮；粗俗。❸天竺　山名。在浙江杭州西。分上、中、下三天竺，合稱「三竺」。三竺均有寺。❹大士　佛教對菩薩和佛的通稱。這裡指觀音大士。❺孤山　山名。在杭州西湖的裡湖與外湖之間。❻別業　別墅。❼手札　手書；親筆寫的書信。❽莫須有　也許有；恐怕有。宋代秦檜誣陷岳飛時，說：「其事體莫須有。」事見《宋史・岳飛傳》。後用以表示憑空誣陷。❾斂戢　收斂。❿兩堤　指杭州西湖的蘇堤和白堤。⓫遊冶少年　出遊尋樂的風流少年。⓬謔躍　戲笑跳躍。⓭凝坐　靜坐。⓮瞷　窺伺。⓯章臺柳句　用柳氏與書生韓翊相戀的故事。見前〈翠翠傳〉注。⓰蒲團空觀　像佛教徒那樣整日在蒲團上打坐，將世間一切都看成是虛無的東西。此處意謂摒棄愛情生活。⓱賈平章　指南宋的奸相賈似道。為人暴戾兇殘。見前〈綠衣人傳〉注。⓲墮羅剎國中　比喻遭遇厄運。羅剎國，傳說中的海上惡鬼之國。其人朱髮黑身，獸牙鷹爪。⓳党將軍帳下作羔羊侍兒　意謂做粗陋鄙俗者的妻室。党將軍，即党進，宋初人，一字不識，是當時有名的粗俗武夫，因軍功而官至太尉。曾任翰林學士的陶穀買下了党進的家姬，一日以雪水烹茶。陶穀問：「党太尉是否識此情趣？」家姬回答說：「彼粗人也，安有此景？但能銷金暖帳下，淺斟低唱，飲羊羔美酒耳。」⓴夙業　前世的罪業、冤孽。㉑冥曹　陰間。㉒如意珠　佛珠。相傳用佛骨（佛舍利）製成。此珠能滿足人的欲求，使人想要什麼就有什麼。㉓咨嗟　歎息。

【語　譯】小青十六歲的時候嫁給了某生。某生是個豪門公子，平時常常信口亂說，粗俗而有失風雅。大婦更是出奇的妒忌，小青總是委屈自己，低聲下氣地侍候她，她還是不肯放過小青。一天，小青跟著大婦去遊天竺山，大婦問道：「我聽說西方佛國有無數的菩薩，為什麼世間大多數人特別崇拜觀音大士呢？」小青回答說：「因為觀音大士慈悲。」大婦知道是在諷刺自己，笑著說：「我會對你慈悲一些的。」就讓小青搬到孤山的別墅去，並告誡手下的人說：「未經我同意而郎君來了，不能讓他進入；未經我同意而郎君的書信來了，也不能將它送進去。」小青心中尋思：她將我放在清閒的地方，一定是要暗中監視，尋找過錯，藉一些誣陷不實之罪來迫害我，因此一言一行都十分小心謹慎。大婦有時外出遊玩，就叫小青與她坐同一條船。看到蘇堤和白堤上那些出遊尋樂、帶著彈弓縱馬驅馳的風流少年，女伴們都忽東忽西地指指點點，戲笑跳躍，只有小青一個人神情淡漠地靜坐著不動。

大婦有個親戚某夫人，有才學而又賢慧，曾經向小青學下棋，也非常喜歡和同情小青。有一次，某夫人故意幾次用大杯子給大婦敬酒，看到她已喝醉了，就對小青說：「船上有樓，你陪我上去一下。」上樓以後，兩人向遠方眺望了好長時間。某夫人撫摸著小青的背說：「美好的青春年華應當好好珍惜，不要自己一個人默默地受苦。章臺街的柳氏，還要靠著紅樓的欄杆觀看樓下騎馬經過的韓郎，而你就甘心像尼姑一樣整日坐在蒲團上，把世間的一切都看成是虛無的東西，過沒有愛情的生活嗎？」小青說：「賈平章的劍實在太可怕了！」夫人笑著說：「你錯了，賈平章的劍還是鈍的，女平章的劍才厲害呢！」過了一會兒，某夫人看看旁邊沒有人，又慢慢地勸她說：「你既然熟悉禮儀規矩，多才多藝，又是如此地風韻動人，體態美好，難道就應該落入魔窟之中嗎？我雖然不是女中豪俠，但有能力幫助你跳出火坑。我剛才說到『章臺柳』，你還沒有領悟嗎？天下哪裡會缺少像韓翃這樣風流而多情的才子呢？再說，你離開這個家，在她看來不過是拔掉一根眼中釘而已，即使她能容得下你，難道你就終生在党將軍這種粗俗之人的帳下做進獻羊羔美酒的侍女嗎？」小青回答說：「夫人，您就別提了。我小時候夢見自己折了一朵花，花瓣隨著風一片一片地落到水上。我的命就是這樣啊！前世的罪孽還沒有了結，現在又生出其他的念頭，那陰間的婚緣簿，又不是我什麼願望都能滿足的如意珠，想怎麼樣就怎麼樣。為什麼還要再去蒙受恥辱呢？只不過是白白地給別人提供談笑的話題罷了！」夫人感歎地說：「你的話也對，我不勉強你。話雖這樣說，你自己也應該多加保重。大婦如果對你說好話，給你吃好的東西，那就更加要小心。你如果有什麼要求，儘管隨時告訴我好了。這是沒有關係的。」說著，兩人相互對視，眼淚沾濕了衣服。因為害怕其他婢女偷聽，兩人慢慢地擦乾眼淚，下樓回到座位上。不一會兒，夫人告辭而去。夫人時常向同宗的親戚說起小青的事，沒有人不為此而感慨歎息的。

姬自是幽憤淒惻，俱託之詩或小詞。而夫人後亦從宦遠方，無與同調者，遂鬱鬱感疾，歲餘益深。婦命醫來，仍遣婢捧藥至。姬佯感謝，婢出，擲藥床頭，歎曰：「吾即不願生，亦當以淨體皈依❶，作劉安雞犬❷，豈汝以一杯鴆❸能斷送耶？」然病益不支，水粒俱絕，日飲梨汁一小盞許。益明妝治服，擁襟欹坐，或呼琵琶婦唱盲詞❹自遣。雖數暈數醒，終不蓬首偃臥也。

忽一日，語老嫗曰：「可傳語冤業郎❺，覓一良畫師來。」師至，命寫照❻。寫畢，攬鏡熟視曰：「得吾形似矣，未盡吾神也，姑置之。」又易一圖，曰：「神是矣，而風態❼未流動也。若見我而目端手莊，太矜持❽故也，姑置之。」命捉筆於旁，而自與嫗指顧語笑，或扇茶鐺，或簡❾圖書，或自整衣褶，或代調丹碧諸色，縱其想會。久之，復命寫圖。須臾圖成，果極妖纖之致，笑曰：「可矣！」師去，即取圖供榻前，爇❿名香，設梨酒奠之，曰：「小青，小青，此中豈有汝緣分耶！」撫几而泣，淚雨潸潸⓫下，一慟而絕。時萬曆壬子歲⓬也，年才十八耳。

哀哉！人美於玉，命薄於雲，瓊蕊⓭優曇⓮，人間一現，欲求如杜麗娘⓯牡丹亭畔重生，安可得哉！

日向暮，生始踉蹌來，披帷，見容光藻逸，衣袂鮮好，如生前無病時，忽長號頓足，咳血升餘。徐簡得詩一卷，遺像一幅，又一緘⓰寄某夫人，啟視之，敘致惋痛，後書一絕句。生痛呼曰：「吾負汝！吾負汝！」婦聞恚⓱甚，趨索圖。乃匿第三圖，偽以第一圖進。立焚之。又索詩，詩至，亦焚之。〈廣陵散〉從茲絕矣⓲！悲夫！楚焰誠烈，何不以紀信誑之⓳？則罪不在婦，又在生耳！

【章　旨】小青抑鬱成病，為防大婦毒害，拒不服藥，只是以淚洗面，以詩寫怨。臨死前請畫師為自己畫像，自我祭奠一番後氣絕而亡。大婦將其畫像與詩稿搶去焚毀。

【注　釋】❶皈依　佛家語。原指佛家的入教儀式，表示對佛法歸順依附。此指死去。❷劉安雞犬　據《列仙傳》載，漢代淮南王劉安煉丹求仙，煉成服用後得道仙去，雞犬舔了器皿中的剩藥也都得以升天。❸鴆　傳說中的一種毒鳥，浸過其羽毛的酒能毒殺人。此指毒酒。❹盲詞　民間的說唱文藝。演唱者多為盲人，故稱。❺冤業郎　指丈夫。❻寫照　寫真；畫人的肖像。❼風態　風姿。❽矜持　拘謹。❾簡　選擇；翻閱。❿爇　點燃。⓫潸潸　淚流不止的樣子。⓬萬曆壬子歲　即明神宗萬曆四十年（西元一六一二年）。⓭瓊蕊　指瓊花。⓮優曇　指優曇缽花。其花隱於花托內，開放後立即收斂，不易看見。⓯杜麗娘　明代戲劇家湯顯祖所作的傳奇《牡丹亭》中女主人公。她在夢中與書生柳夢梅相愛，後因憂思成疾而亡。三年後，柳夢梅拾得杜麗娘的自畫像，深為愛慕，朝夕對畫呼喚。麗娘的鬼魂與柳相見，並還魂復活與柳結為夫妻。⓰緘　信。⓱恚　憤怒；怨恨。⓲廣陵散從茲絕矣　此處比喻小青的詩歌從此失傳。廣陵散，琴曲名。三國時魏國的嵇康善彈此曲，祕不傳人。後嵇康遭讒遇害，臨刑前索琴再彈此曲，並歎道：「〈廣陵散〉於今絕矣。」見《晉書・嵇康傳》。⑲楚焰誠烈二句　意謂某生對待兇悍的妻子，應該用以假充真的辦法將小青的詩文保存下來。秦末楚漢爭戰時，項羽將漢王劉邦包圍於滎陽。當形勢危急之時，漢將紀信與劉邦換車，冒充劉邦假裝投降以欺騙項羽，使劉邦得以逃脫。後紀信為項羽所殺。

【語　譯】自此以後，小青怨憤鬱積，常常感到淒涼悲傷，並把這些情感都寄託在詩或短詞中。而某夫人後來跟隨做官的丈夫到了遠方，小青再也沒有與自己志同道合的人了，因心情鬱悶染上了疾病。大婦請醫生為她治病，還派婢女端著藥送過來。小青假裝感謝，等到婢女一走，就將藥扔到床頭，歎氣說：「我即使不想活，也應該以潔淨的身體依附佛門，像淮南王劉安家的雞犬一樣升天而去，怎麼能讓一杯毒酒斷送自己的性命呢？」但她的病體越來越支撐不住了，每天只能喝一小碗梨汁。儘管這樣，她卻更加精心地打扮自己，服飾更為華麗，用被子蓋著衣襟斜坐在床上，有時叫彈琵琶的女藝人為她表演說唱來消遣病中時光。雖然病得時常昏迷過去，但始終不肯蓬頭散髮地睡在床上。

有一天，小青忽然對年老的女傭人說：「帶信給我家丈夫，叫他找一個好畫師來。」畫師來了，小青叫他為自己畫一張像。像畫完以後，小青取過鏡子反覆地端詳自己的面容，說：「我的形貌已經畫出來了，但精神卻沒有充分表現出來。暫且放在這裡吧。」畫師又重畫了一張，小青說：「精神已經表現出來了，但風姿還不夠靈動活潑。你看到我以後，目不斜視，用筆端莊，這是太拘謹的緣故。這張畫也暫時放在這裡。」她讓畫師拿著筆站在旁邊，而自己則與老女傭指點顧盼，談笑風生。一會兒去煽茶爐，一會兒翻閱圖書，一會兒自己用手去抹平衣服上的褶痕，一會兒替畫師調配顏料，讓畫師充分地展開想像。過了好久，又讓畫師再畫。像畫好了，小青嫵媚多姿、纖細秀美的風致被表現得維妙維肖。小青笑著說：「可以了！」畫師走了以後，她就拿出畫像來放在坐榻前，又點起了名香、擺設了梨和酒來祭奠，說：「小青，小青，這裡哪有你的緣分呀！」她撫摸著几案哭了起來，眼淚像下雨一樣流個不停。一陣極度的悲哀後，便氣絕而亡。當時是萬曆四十年，小青才十八歲。

可悲啊！小青人比玉還美，命卻比雲還薄。小青就像是瓊花、曇花一樣，在人世間偶然顯露一下就消逝了。要想讓她如杜麗娘那樣在牡丹亭旁再生，那怎麼可能呢？

傍晚，小青的丈夫才跌跌撞撞地趕來。他掀開帳子，只見小青的臉色俊秀紅潤，衣服鮮豔美麗，就像生前健康時的樣子。丈夫跺著腳大聲號哭，吐出了一升多血。他慢慢地整理小青的遺物，找到了小青留下來的一卷詩和一幅遺像，還有一封寫給某夫人的信。拆開一看，筆調悽惋哀痛，後面還寫了一首絕句。丈夫痛心地叫道：「我對不起你，我對不起你！」大婦知道後，非常惱怒，跑過來索取小青的遺像。丈夫把第三張像藏了起來，將第一張像給了大婦。大婦馬上把畫像燒掉了。大婦又向丈夫要小青的詩。詩到了她的手中，也被她燒掉了。小青的詩就如同嵇康的〈廣陵散〉一樣從此失傳了。可悲啊！妻子的氣焰雖然很囂張，某生為什麼不像紀信冒充劉邦一樣，以假亂真瞞過她呢？這樣說來，小青詩稿失落的罪責不在某生的妻子，而在於某生自己本人。

及再簡草稿，業散失盡。而姬臨卒時，取花鈿數事贈嫗之小女，襯以二紙，正其詩稿。得九絕句，一古詩，一詞，並所寄某夫人者，共十二篇。古詩云：

雪意閣雲雲不流，舊雲正壓新雲頭。米顛❶顛筆落窗外，松嵐❷秀處當我樓。垂簾只愁好景少，卷簾又怕風繚繞。簾卷簾垂底事❸難，不情不緒誰能曉？爐烟漸瘦剪聲小，又是孤鴻唳悄悄。

絕句云：

稽首慈雲大士❹前，莫生西土❺莫生天。願為一滴楊枝水❻，灑作人間並蒂蓮。

春衫血淚點輕紗，吹入林逋❼處士家。嶺上梅花三百樹，一時應變杜鵑花❽。

新妝竟與圖畫爭，知在昭陽❾第幾名。瘦影自臨秋水照，卿須憐我我憐卿。

西陵❿芳草騎轔轔⓫，內使傳來喚踏春。杯酒自澆蘇小墓⓬，可知妾是意中人？

冷雨幽窗不可聽，挑燈閑看《牡丹亭》⑬。人間亦有痴於我，豈獨傷心是小青！

何處雙禽集畫欄，朱朱翠翠似青鸞。如今幾個憐文采，也向秋風鬥羽翰。

脉脉溶溶灩灩波，芙蓉睡醒意如何。妾映鏡中花映水，不知秋思⑭落誰多。

盈盈金谷女班頭⑮，一曲驪珠⑯眾伎收。直得樓前身一死，季倫⑰原是解風流。

鄉心不畏兩峰高，昨夜慈親入夢遙。見說浙江潮有信，浙潮⑱爭似廣陵潮⑲？

其〈天仙子〉詞云：

文姬⑳遠嫁昭君㉑塞，小青又續風流債。也虧一陣黑罡風㉒，火輪㉓下，抽身快，單單別別清涼界㉔。　原不是鴛鴦一派，休算作相思一概。自思自解自商量，心可在？魂可在？著衫又撚裙雙帶。

與某夫人書曰：

元元叩首瀝血[25]致啟夫人臺座下：關頭祖帳[26]，迥隔人天[27]；官舍良辰，當非寂度。馳情感往，瞻睇[28]慈雲[29]，分燠噓寒[30]，如依膝下。縻身百體，未足云酬。

娣娣[31]姨姨無恙？猶憶南樓元夜，看燈、諧謔[32]，姨指畫屏中一憑欄女曰：「是妖嬈兒，倚風獨盼，恍惚有思，當是阿青。」妾亦笑指一姬曰：「此執拂狡鬟，偷近郎側，將無似娣？」於時角采尋歡，纏綿徹曙，寧復知風流雲散，遂有今日乎？

往者仙槎[33]北渡，斷梗南樓，狺語[34]哮聲，日焉三至。漸乃微詞含吐，亦如尊旨云云。竊揆鄙衷，未見其可。夫屠肆菩心，餓狸悲鼠，此直供其換馬，不即辱以當壚[35]。去則弱絮風中，往則幽蘭霜裏。蘭因絮果，現業[36]誰深？若使祝髮[37]空門，洗汝浣慮，而艷思綺語[38]，角緒紛來。正恐蓮性[39]雖胎，荷絲[40]難殺，又未易言此也！

乃至遠笛哀秋，孤燈聽雨，雨殘笛歇，謖謖[41]松聲。羅衣壓肌，鏡無乾影。晨淚鏡潮，夕淚鏡汐。今茲雞骨[42]，殆復難支。痰灼肺然[43]，見粒而嘔。錯情易意，悅憎不馴[44]。老母娣弟，天涯間絕。嗟呼！未知生樂，焉知死悲！憾促歡淹，無乃非達？妾少受天穎，機警靈速；豐茲嗇彼，理詎[45]能雙？然而神爽有期，故未應寂寂也。至其淪忽，亦非至今。結縭[46]以來，有宵靡日，夜臺[47]滋味，諒不殊斯。何必紫玉成烟[48]，白花飛蝶[49]，乃謂之死哉！或軒車南返，駐節[50]維揚[51]，老母惠存[52]，如妾之受，阿秦可念，幸終垂憫，疇昔珍贈，悉令見殉。寶鈿綉衣，福星所賜，可以超輪消劫[53]耳。然小六娘竟先期相俟，不憂無伴。

附呈一絕，亦是烏語鳴哀[54]。其詩集小像，託陳媼好藏，覓便馳寄。身不自保，何有於零膏冷翠[55]乎？他時放船堤下，探梅山中，開我西閣門，坐我綠陰床，仿生平於響象，見空幃之寂颺。是邪？非邪？其人斯在。嗟乎！夫人，明冥異路，永從此辭。玉腕朱顏，行就塵土。興思及此，慟也何如！元元叩首叩首上。

後附絕句云：

百結回腸寫淚痕，重來惟有舊朱門。夕陽一片桃花影，知是亭亭倩女魂。

生之戚某，集而刻之，名曰《焚餘》。

【章　旨】介紹小青未被大婦焚毀的詩詞和給某夫人的信。

【注　釋】❶米顛　即宋代著名的書畫家米芾。字元章，襄陽人。因其行為顛狂，人稱米顛。書畫均自成一家，尤擅長於畫山水人物。❷松嵐　松林中籠罩的霧氣。❸底事　為何。❹慈雲大士　指觀音菩薩。慈雲，比喻其慈悲心懷像雲一樣廣被眾生。❺西土　指佛教發源地印度。❻楊枝水　佛教語。比喻能使萬物復甦的甘露。❼林逋　北宋詩人。字君復，錢塘人。不求仕進，隱居於西湖的孤山，二十年不入街市。工詩善畫，好栽花養鶴，自稱以梅為妻，以鶴為子。死後，謚「和靖先生」。❽杜鵑花　古人傳說杜鵑鳥是古代蜀帝杜宇的魂魄所化。杜鵑鳥啼哭時，口中之血滴於花瓣，花紅似血。❾昭陽　漢代宮殿名。漢武帝時皇后趙飛燕的妹妹趙合德的所居之處。因用以指代後宮。❿西陵　湖名。在今浙江蕭山西。⓫轔轔　車馬行走時所發出的聲音。⓬蘇小墓　即南齊時錢塘名妓蘇小小的墓。位於杭州西湖。⓭牡丹亭　指明代湯顯祖的傳奇《牡丹亭》，又名《還魂記》。參見上文「杜麗娘」條注釋。⓮秋思　秋天的愁思。⓯金谷女班頭　指西晉石崇的愛姬綠珠。石崇於洛陽西北修金谷園。趙王司馬倫仗勢強索綠珠，石崇不與，趙王將石崇逮捕下獄，綠珠墮樓自盡。⓰驪珠　驪龍頷下的寶珠，十分珍貴。⓱季倫　石崇的字。⓲浙潮　指錢塘潮。錢塘江為浙江下游，江口呈喇叭形，海潮倒灌，形成了著名的錢塘潮。⓳廣陵潮　指揚州的曲江潮。漢時潮水氣勢浩大，蔚為壯觀。唐大歷後大潮已不見。⓴文姬　即蔡文姬，蔡琰。見前〈鸞鸞傳〉「蔡琰」條注。㉑昭君　指漢元帝時的宮女王嬙，字昭君。曾遠嫁匈奴呼韓邪單于。死後葬於塞北。㉒罡風　道家語。指高空的風。㉓火輪　神話傳說中形似車輪的團火。㉔清涼界　清靜涼爽的世界。㉕瀝血　刺破皮膚使血滴出以發誓。㉖祖帳　在郊外路旁張帷設宴送人遠行。亦指送行的酒筵。㉗人天　人間與天上。㉘瞻睇　仰望。㉙慈雲　此處指某夫人。參見前「慈雲大士」注。㉚分燠噓寒　呵出熱氣使受寒人溫暖。形容對人十分熱情和關心。㉛娣娣　妹妹。㉜諧謔　言語滑稽而略帶戲弄。㉝仙槎　神話傳說中能來往於大海與天河之間的竹木筏。後亦指行人所乘之舟。㉞狺語　惡意中傷之語。狺，犬吠聲。㉟當壚　在酒壚前賣酒。壚，放酒罈的土墩。㊱現業　現世的罪孽。㊲祝髮　剃去頭髮，出家為尼。㊳艷思綺語　美好的情思，華麗的詞語。㊴蓮性　佛性。㊵荷絲　世俗之念。㊶謖謖　勁風聲。㊷雞骨　比喻嶙峋的瘦骨。語出《世說新語·德行》：「王戎、和嶠同時遭大喪，俱以孝稱。王雞骨支床，和哭泣備禮。」㊸然　同「燃」。㊹悁憎不馴　喜怒無常，難以控制。㊺詎　豈。㊻結縭　指女子出嫁。古代女子出嫁，母親將佩巾結在女子身上。故用以指成婚。㊼夜臺　墳墓。亦借指陰間。㊽紫玉成烟　典出晉人干寶《搜神記》。春秋時吳王夫差的小女兒紫玉與韓重相愛。韓重外出遊學前讓父母向吳王求婚，遭到吳王拒絕，紫玉抑鬱而死。三年後，韓重歸來，到紫玉墓前祭弔。紫玉的鬼魂現身與韓重相見，並邀韓重入冢住三天三夜，成夫婦之禮。臨別時又向韓重贈送明珠作為紀念。韓重捧珠見吳王，吳王仍不承認。紫玉又再次現身見吳王，要求吳王不要歸罪於韓重。吳王夫人上前來抱紫玉，紫玉化為飛煙而去。㊾飛蝶　相傳晉時會稽人梁山伯與女扮男裝的上虞女祝英台一起在杭州求學，同窗三載，感情篤厚。臨別前，祝託言為妹作媒，向梁自許終身。後梁得知真情，前往祝家求婚，而祝父已將祝另許他人。梁悲憤成疾而亡。祝出嫁路過梁墳，下轎哭祭。墓忽自裂，祝跳入墓中，兩人化為一對彩蝶，雙雙飛去。故事最早見於唐代張讀〈宣室記〉。㊿駐節　舊指身居要職的官員外出執行使命，在當地住下。節，符節。(51)維揚　指揚州。(52)惠存　關心問候。(53)超輪消劫　超越輪迴報應，消除劫難。(54)鳥語鳴哀　意謂這是自己的臨終之言。語出《論語・泰伯》：「鳥之將死，其鳴也哀。人之將死，其言也善。」(55)零膏冷翠　指化妝品、首飾等遺物。零膏，用剩下來的膏脂。冷翠，無人使用的翡翠。

【語譯】後來某生要再尋找小青的詩稿，而詩稿早就已經散失淨盡了。只是小青在臨終前，曾拿出幾件金翠珠寶製成的花朵形首飾，送給老女傭家的小女兒，而用來包這些首飾的兩張紙，剛好就是她的詩稿。這樣，一共找到了九首絕句，一首古詩，一首詞，加上寄給某夫人的信，一共有十二篇。古詩中寫道：

雪意閣上白雲不飄流，舊雲壓在新雲上頭。米顛的草書掛於壁上，松林的霧氣彌漫小樓。放下簾子只愁好景太少，捲起簾子又怕風兒繚繞。捲簾垂簾為何這麼難，無情無緒誰能知道？香爐的煙霧漸漸變淡，剪刀聲越來越小，窗外孤雁又在輕聲地鳴叫。

九首絕句詩是：

拜跪在觀音菩薩面前，乞求來世不要生在西土也不要生在上天。但願能化作楊柳枝上的一滴水，灑向人間滋潤並蒂蓮。

血淚交流沾濕身上的輕紗，吹入了梅妻鶴子的林逋處士家。山嶺上幾百株梅花樹，一時竟開出了紅色的杜鵑花。

新妝之後可以同畫中美女相比，不知在昭陽殿裡可以排在第幾。來到秋水邊上照照自己瘦弱的身影，你應該憐惜我，我應該憐惜你。

西陵湖邊芳草萋萋車聲轔轔，內使傳喚眾人一起去踏青。將酒澆在蘇小小墓前祭奠，可知我也是性情中人？

冷雨敲打幽窗不堪入耳聽，閑靜時挑燈細讀《牡丹亭》。世間還有人比我更加癡心，傷心落淚的豈止只有小青！

不知何處飛來的雙禽停在畫欄，紅紅綠綠好似神鳥青鸞。如今還有幾個人愛惜文采，竟然還在秋風中比賽誰的羽毛豔。

悠悠水流粼粼水波，芙蓉睡醒意態如何？我映鏡子中花兒映水裡，不知秋天的愁思誰家落得多。

金谷園中風姿綽約的女班頭，一曲值千金眾伎收起歌喉。為報主恩不惜捨身跳樓，看來石季倫原本就懂風流。

思鄉之情不怕山峰高聳，昨夜慈祥的雙親又進入夢中。聽說錢塘江潮漲潮落有規律，錢塘潮怎能與廣陵潮相比？

她在〈天仙子〉詞中寫道：

蔡文姬遠嫁到王昭君去過的邊塞，如今小青又續上了她們的風流債。幸虧高空一陣黑風吹來，身在火海中，抽身抽得快，獨自一人來到了清涼世界。　原本不是重情重愛的鴛鴦派，更不要把我算作相思多情的這一類。自思自想自商量，心還在不在？魂還在不在？穿上衣衫又搓起了裙帶。

給某夫人的信中寫道：

元元向夫人磕頭，刺破皮膚滴出血來向您剖露心胸，將信送到夫人的臺座下：

自從在城關外餞別之後，我們彼此間相距遙遠，就像一個在人間、一個在天上一樣。官府中每逢良辰美景，想來您是不會孤寂地度過的吧！每當想起往事就神情飛越，彷彿看到您那慈祥的面容。您對我噓寒問暖，我與您在一起就像在父母身邊一樣。我即使粉身碎骨，也報答不了您的恩情。

妹妹、阿姨們都很好吧！我還記得元宵節在南樓看燈，大家一起用詼諧的話語相互調笑。阿姨指著畫上一個靠著欄杆的女子說：「這個嫵媚多姿的女孩，站在風中獨自遠望，神情恍惚像有什麼心事。她應該就是小青。」我也含笑指著畫中一個美女說：「這個手拿拂塵的漂亮丫頭，偷偷地靠近郎君，難道不像妹妹嗎？」大家一起遊戲競賽，爭賭輸贏，盡情歡樂，依依不捨地一直玩到天亮。哪裡想到會有飄零離散的今天。

往日您乘舟北上，我如同折斷的葦梗一樣孤獨無依地困守南樓，惡意中傷的罵聲和吼叫聲，每天都有好幾次要傳到耳朵中來。漸漸地又吐露了一些含糊費猜的話，和您過去的猜測完全相同。我內心私下揣度，也想不出一個可行的辦法。屠宰場裡有什麼菩薩心，餓了的狐狸怎麼會悲憫老鼠。她這樣做，不過是想用我去換錢買馬，要不就讓我在酒壚前賣酒受辱。

我如果離開的話，就像是狂風中飄蕩的柔弱的飛絮；留下去又會像霜雪中的蘭花一樣受盡折磨。我蘭花一般的姿質，卻落得個飛絮一般的結局，現世的罪孽怎麼會如此之深呢？如果削髮為尼，遁入空門，除去豔麗的裝飾，洗去腦中的俗念，那些美好的情思，華麗的詞語，又會因心緒觸動而紛至沓來。只恐怕佛性雖然已開始孕育，但塵世的凡心也難以徹底割斷。出家之事不是隨便可以說的。

至於在悲涼的秋天遠處傳來悠揚的笛聲，夜晚對著孤燈聽窗外潺潺的雨聲，等到雨聲停止、笛聲消失的時候，又聽到四周傳來「呼呼」的松濤聲。在這個時候，我瘦弱的身體連羅衣都似乎承受不了。鏡子中的面容總是掛滿了淚水，早晨的淚水是鏡子中的早潮，晚上的淚水是鏡子中的夜汐。我現在瘦骨嶙峋，恐怕再也支撐不住了。喉嚨裡痰火灼人，肺部也像燒起來一樣，看到米粒就要嘔吐。人一直心緒煩亂，喜怒難以控制。老母親和弟弟妹妹又遠在天邊，斷絕了書信往來。唉，沒有知道過生的快樂，又哪裡能知道死的悲苦呢？怨恨生命的短促而希望活得長一些，這恐怕不是達觀的表現。我自小天生聰穎，機警靈敏，老天賦予我豐厚的才智卻捨不得給予我幸福。但怎麼會有兩全其美的道理呢？然而我的神魂即將離去，所以不應該毫無聲息。至於身體衰微，也不是始於今日。自從結婚以來，我只有夜晚，沒有白天。墳墓中的滋味，想來與此也沒有什麼不同。何必要像紫玉那樣化為飛煙、像梁山伯與祝英臺那樣化為飛蝶，別人帶著白花前來弔唁，才可以算是死呢！

如果夫人夫婦乘車回南方，在揚州停留的話，請您問候一下我的老母親，這就等於我親自承受您的關愛。阿秦這個孩子真讓人想念，希望您能始終憐憫照顧她。以往您送給我的那些珍貴的禮物，我已囑照他們全部用來作為我的殉葬品。那些珠寶製成的首飾和繡花衣服，都是您這位福星賜給我的，可以使我超越輪迴報應，消除劫難。而小六娘竟然死在我之前，在陰間等候我，我死了之後不愁沒有伴侶。

信後附上一首絕句呈獻給您，這好比是鳥臨死之前的哀鳴。我的那本詩集和畫像，已經託陳媽妥善保藏，找機會寄給您。自己的生命都保不住，還要那些膏脂首飾之類的東西幹什麼？將來您到堤邊的湖中坐船遊覽，上山觀賞梅花，打開我西邊樓閣的大門，坐在我綠色樹蔭下的床上，彷彿感覺到我平日的音容笑貌，看到我床上的幃帳在寂寞地飄揚，這是真的呢？還是假的呢？小青就在這裡啊！唉，夫人啊！陽間和陰間是兩條不同的路，從此之後，我就和您永遠分別了。如珠玉一般潔白的手腕，紅潤而美好的容顏，即將埋入塵土。每當想到這裡，那悲痛怎麼能夠忍受呢？元元磕頭再磕頭上。

信後所附的絕句寫道：

愁腸百結淚水如傾，重新歸來只見舊時朱門。夕陽下桃花落紛紛，這是亭亭玉立的美女之魂。

某生的一位親戚，收集了小青殘存的詩文並將它刊印出來，書名叫《焚餘》。

戔戔居士曰：讀小青諸咏，雖淒惋，不失氣骨。憾全稿不傳。要之，徑寸珊瑚，更自可憐惜耳。聞第二圖藏嫗家，余竭力購得之。娟娟楚楚，如秋海棠花。其衣裡珠外翠，秀艷有文士韻。然尚是副本，即姬所謂「神已似而風態未流動」者。未知第三圖更復何如？嫗嘗言：「姬喜看書，書少，就郎取不得，悉從某夫人借觀。間作小畫。畫一扇，甚自愛。郎聞之，苦索不與。」又言：「姬好與影語。或斜陽花際，烟空水清，輒臨池自照，對影絮絮如問答。婢輩窺之，則不復爾。但微見眉痕慘然，似有泣意。」余覽集中第四絕，知此語非妄也。嗟乎！世世負才零落，躑躅❶泥犁❷中顧影自憐，若忽❸若失如小青者，可勝道哉！

【章　旨】作者從老女僕處覓得小青畫像並聽老女僕介紹小青軼事。

【注　釋】❶躑躅　徘徊不前的樣子。❷泥犁　亦作「泥梨」。梵語譯音。即地獄。❸忽　湮沒；滅亡。

【語　譯】戔戔居士說：讀小青的那些詩歌，雖然淒怨哀婉，但卻不失氣勢和骨力，遺憾的是所有的稿子沒有流傳下來。總之，徑長一寸的珊瑚雖然細小，卻更值得憐惜。聽說小青的第二張圖像藏在老女僕家裡，我竭盡全力才買到。畫中的小青清秀柔婉，體態嬌美，如同秋天的海棠花。她的衣服裡面是珠玉，外面是翡翠，秀美明豔而有文士的風韻。但是這張畫像只是副本，就是小青所說的：「精神已經表達出來了，但風姿還不夠靈動活潑。」不知道第三張畫像又是什麼樣子。老女僕告訴我說：「小青喜歡看書。家中書少，從丈夫那邊拿不到，就全部從某夫人那裡借來看。偶爾也畫點畫。她畫了一把扇子，自己非常喜歡。她丈夫知道了，要了好久也不給。」又說：「小青喜歡和影子說話。當夕陽照在花草之間的時候，天空煙雲散盡、水流清澈澄碧，她常常站在花下，在池塘邊上照著自己，對著影子絮絮叨叨就像有問有答一樣。婢女們偷偷地看她，她就不再照了，但隱隱約約能看到她臉上流露出淒慘的神色，好像剛剛哭過。」我看到小青詩集中的第四首絕句，知道老女僕這話不假。唉，世世代代都有那麼一些懷才抱德卻潦倒坎坷的人，他們在地獄中徘徊不前，看著身影自己憐惜自己，最終像小青一樣含恨而死，這哪裡能說得完呢！

【賞　析】本篇所寫的小青故事，有人認為是取材於明萬曆年間的真人真事，也有人認為是好事者憑空虛構。錢謙益《列朝詩集・羽素蘭小傳》云：「又有所謂小青者，本無其人。邑子譚生造傳及詩，與朋儕為戲曰：『小青者，離情字，正書心旁似小字也。或言姓鍾，合之成鍾情字也。』以事出虞山（常熟），故附著於此。」而施閏章《愚山詩話》則指出小青即馮雲將之妾，文中所記，均為實錄。卓人月在為徐士俊的《春波影》雜劇所作的序中說：「小青之死未幾，天下無不知有小青者。」似乎也可證明小青確有其人。不管小青的故事是真是假，它對當時社會產生的巨大影響卻是無可爭議的。小青的故事得以廣泛流傳，這與當時的社會思潮有著一定的聯繫。

中國傳統文化不太重視人的個性和人格的尊嚴，而對婦女的輕視和摧殘尤為嚴重。孔子就認為「唯女子與小人為難養也，近之則不遜，遠之則怨。」東漢班固等人編撰的《白虎通義・嫁娶》

也說：「婦者，服也。服於家事，事人者也。」明代中葉以後，隨著工商業的發展和市民階層的壯大，思想文化領域湧現了一股具有近代人文主義特徵的啟蒙思潮，一些進步的哲學家、文學家大力張揚人的個性，提倡人格獨立和男女平等。徐渭大力譽女毀男，認為「世間好事屬何人？不在男兒在女子」（雜劇《女狀元》）。李贄也指出男女在智慧上沒有什麼差別：「謂人有男女則可，謂見有男女豈可乎？謂見有長短則可，謂男子之見盡長、女子之見盡短，又豈可乎？」（《焚書・答以女人學道為見短書》），這些言論都對傳統的男尊婦卑的觀念發起了猛烈的衝擊。〈小青傳〉為一代才女作傳，歌頌她所具有的卓異才能和強烈的詩人氣質，同情她「人美於玉、命薄於雲」的不幸遭遇，這顯然和尊重個性、提倡男女平等的進步思潮是息息相通的。

固然，小青性格中有柔弱的一面，她太相信命運了，沒有跳出地獄的勇氣。某夫人同情她，勸她自擇佳偶，並表示願意援之以手，她卻以「夙業未了」婉言謝絕。但她又自重自愛，不屈服於悍婦的淫威，敢於當面譏諷大婦不慈悲；在生命垂危之際仍然精心打扮自己，不願蓬頭散髮地躺在床上；她挑燈夜讀《牡丹亭》，將杜麗娘視為知己；臨死前像杜麗娘一樣留下「真容」，並寫下了一些淒怨哀婉的詩歌。這一切，乃至她的臨池自照、對影絮絮，都在一定程度上體現了她的自我覺醒和不甘於被毀滅的反抗精神。

本篇敘事哀婉動人，臥病、畫像、臨池自照等細節摹刻生動，生氣貫注，頗有唐人傳奇風味。前半部分的事與後半部分的詩詞、書信，雖有相互隔裂之弊，但也能各盡其妙，相互補充。後世小說、戲劇改寫或模仿本篇者甚多，不勝枚舉。如《紅樓夢》第三十五回賈寶玉自哭自笑、與燕子和魚說話的描寫，第八十九回林黛玉對鏡流淚、粥也不能喝的情節，與〈小青傳〉中的某些內容十分相似。《紅樓夢》第八十九回還直接引用了〈小青傳〉中的「瘦影自臨秋水照，卿須憐我我憐卿」這兩句詩，也可看出它受〈小青傳〉影響的痕跡。

古籍今注新譯叢書

【哲學類】

新譯四書讀本	謝冰瑩等編譯
新譯學庸讀本	王澤應注譯
新譯論語新編解義	胡楚生編著
新譯孝經讀本	賴炎元等注譯
新譯易經讀本	郭建勳注譯
新譯乾坤經傳通釋	黃慶萱著
新譯易經繫辭傳解義	吳　怡著
新譯禮記讀本	姜義華注譯
新譯儀禮讀本	顧寶田等注譯
新譯孔子家語	羊春秋注譯
新譯老子讀本	余培林注譯
新譯帛書老子	趙　鋒注譯
新譯老子解義	吳　怡著
新譯莊子讀本	黃錦鋐注譯
新譯莊子讀本	張松輝注譯
新譯莊子本義	水渭松注譯
新譯莊子內篇解義	吳　怡著
新譯列子讀本	莊萬壽注譯
新譯管子讀本	湯孝純注譯
新譯墨子讀本	李生龍注譯
新譯公孫龍子	丁成泉注譯
新譯晏子春秋	陶梅生注譯
新譯鄧析子	徐忠良注譯
新譯荀子讀本	王忠林注譯
新譯尹文子	徐忠良注譯
新譯尸子讀本	水渭松注譯
新譯鶡冠子	趙鵬團注譯
新譯鬼谷子	王德華等注譯
新譯韓非子	傅武光等注譯
新譯呂氏春秋	朱永嘉等注譯
新譯韓詩外傳	孫立堯注譯
新譯淮南子	熊禮匯注譯
新譯春秋繁露	朱永嘉等注譯
新譯新書讀本	饒東原注譯
新譯新語讀本	王　毅注譯
新譯潛夫論	彭丙成注譯
新譯論衡讀本	蔡鎮楚注譯
新譯申鑒讀本	林家驪等注譯
新譯人物志	吳家駒注譯
新譯張載文選	張金泉注譯
新譯近思錄	張京華注譯
新譯傳習錄	李生龍注譯
新譯呻吟語摘	鄧子勉注譯
新譯明夷待訪錄	李廣柏注譯

【文學類】

新譯詩經讀本	滕志賢注譯
新譯楚辭讀本	林家驪注譯
新譯楚辭讀本	傅錫壬注譯
新譯文心雕龍	羅立乾注譯
新譯六朝文絜	蔣遠橋注譯
新譯世說新語	劉正浩等注譯
新譯昭明文選	周啟成等注譯
新譯古文觀止	謝冰瑩等注譯
新譯古文辭類纂	黃　鈞等注譯
新譯樂府詩選	溫洪隆注譯
新譯古詩源	馮保善注譯
新譯千家詩	邱燮友等注譯
新譯詩品讀本	成　林等注譯
新譯花間集	朱恒夫注譯
新譯南唐詞	劉慶雲注譯
新譯唐詩三百首	邱燮友注譯
新譯宋詩三百首	陶文鵬注譯
新譯宋詞三百首	汪　中注譯
新譯宋詞三百首	劉慶雲注譯
新譯元曲三百首	賴橋本等注譯
新譯明詩三百首	趙伯陶注譯
新譯清詩三百首	王英志注譯
新譯清詞三百首	陳水雲等注譯
新譯唐人絕句選	卞孝萱等注譯
新譯唐才子傳	戴揚本注譯
新譯拾遺記	石　磊注譯
新譯搜神記	黃　鈞注譯
新譯唐傳奇選	束　忱等注譯
新譯宋傳奇小說選	束　忱注譯
新譯明傳奇小說選	陳美林等注譯
新譯容齋隨筆選	朱永嘉等注譯
新譯明散文選	周明初注譯
新譯人間詞話	馬自毅注譯

新譯白香詞譜　劉慶雲注譯
新譯幽夢影　馮保善注譯
新譯菜根譚　吳家駒注譯
新譯小窗幽記　馬美信注譯
新譯圍爐夜話　馬美信注譯
新譯郁離子　吳家駒注譯
新譯歷代寓言選　黃瑞雲注譯
新譯賈長沙集　林家驪注譯
新譯揚子雲集　葉幼明注譯
新譯曹子建集　曹海東注譯
新譯建安七子詩文集　韓格平注譯
新譯阮籍詩文集　林家驪注譯
新譯嵇中散集　崔富章注譯
新譯陸機詩文集　王德華注譯
新譯陶淵明集　溫洪隆注譯
新譯江淹集　羅立乾等注譯
新譯庾信詩文選　歸　青注譯
新譯初唐四傑詩集　李福標注譯
新譯駱賓王文集　黃清泉注譯
新譯王維詩文集　陳鐵民注譯
新譯孟浩然詩集　楊　軍注譯
新譯李白詩全集　郁賢皓注譯
新譯李白文集　郁賢皓注譯
新譯杜甫詩選　張忠綱等注譯
新譯杜詩菁華　林繼中注譯
新譯高適岑參詩選　孫欽善等注譯
新譯昌黎先生文集　周啟成等注譯
新譯劉禹錫詩文選　閻　琦注譯

新譯柳宗元文選　卞孝萱等注譯
新譯白居易詩文選　陶　敏等注譯
新譯元稹詩文選　郭自虎注譯
新譯李賀詩集　彭國忠注譯
新譯杜牧詩文集　張松輝注譯
新譯李商隱詩選　朱恒夫等注譯
新譯范文正公選集　王興華等注譯
新譯蘇洵文選　羅立剛注譯
新譯蘇軾文選　滕志賢注譯
新譯蘇軾詞選　鄧子勉注譯
新譯蘇轍文選　朱　剛注譯
新譯曾鞏文選　高克勤注譯
新譯王安石文選　沈松勤注譯
新譯唐宋八大家文選　鄧子勉注譯
新譯柳永詞集　侯孝瓊注譯
新譯李清照集　姜漢椿等注譯
新譯陸游詩文選　韓立平注譯
新譯辛棄疾詞選　聶安福注譯
新譯歸有光文選　鄔國平注譯
新譯唐順之詩文選　馬美信注譯
新譯徐渭詩文選　周　群等注譯
新譯薑齋文集　平慧善注譯
新譯顧亭林文集　劉九洲注譯
新譯方苞文選　鄔國平等注譯
新譯袁枚詩文選　王英志注譯
新譯李慈銘詩文選　潘靜如注譯
新譯聊齋誌異全集　袁世碩等注譯
新譯聊齋誌異選　任篤行等注譯

新譯閱微草堂筆記　嚴文儒注譯
新譯浮生六記　馬美信注譯
新譯弘一大師詩詞全編　徐正綸編著

【歷史類】

新譯史記　韓兆琦注譯
新譯漢書　吳榮曾等注譯
新譯後漢書　魏連科等注譯
新譯三國志　吳樹平等注譯
新譯資治通鑑　張大可等注譯
新譯史記—名篇精選　韓兆琦注譯
新譯尚書讀本　吳　璵注譯
新譯尚書讀本　郭建勳注譯
新譯周禮讀本　賀友齡注譯
新譯逸周書　牛鴻恩注譯
新譯左傳讀本　郁賢皓等注譯
新譯公羊傳　雪　克注譯
新譯穀梁傳　顧寶田注譯
新譯春秋穀梁傳　周　何注譯
新譯戰國策　溫洪隆注譯
新譯國語讀本　易中天注譯
新譯說苑讀本　左松超注譯
新譯說苑讀本　羅少卿注譯
新譯新序讀本　葉幼明注譯
新譯吳越春秋　黃仁生注譯
新譯西京雜記　曹海東注譯
新譯列女傳　黃清泉注譯
新譯越絕書　劉建國注譯

新譯燕丹子　曹海東注譯
新譯東萊博議　李振興等注譯
新譯唐六典　朱永嘉等注譯
新譯唐摭言　姜漢椿注譯

【宗教類】

新譯金剛經　徐興無注譯
新譯高僧傳　朱恒夫等注譯
新譯碧巖集　吳　平注譯
新譯百喻經　顧寶田注譯
新譯楞嚴經　賴永海等注譯
新譯梵網經　王建光注譯
新譯法句經　劉學軍注譯
新譯六祖壇經　李中華注譯
新譯禪林寶訓　李中華注譯
新譯維摩詰經　陳引馳等注譯
新譯經律異相　顏洽茂注譯
新譯阿彌陀經　蘇樹華注譯
新譯無量壽經　邱高興注譯
新譯無量壽經　蘇樹華注譯
新譯妙法蓮華經　張松輝注譯
新譯景德傳燈錄　顧宏義注譯
新譯大乘起信論　韓廷傑注譯
新譯釋禪波羅蜜　蘇樹華注譯
新譯八識規矩頌　倪梁康注譯
新譯永嘉大師證道歌　蔣九愚注譯
新譯華嚴經入法界品　楊維中注譯
新譯地藏菩薩本願經　李承貴注譯

新譯悟真篇　劉國樑等注譯
新譯无能子　張松輝注譯
新譯坐忘論　張松輝注譯
新譯列仙傳　張金嶺注譯
新譯抱朴子　李中華注譯
新譯神仙傳　周啟成注譯
新譯性命圭旨　傅鳳英注譯
新譯老子想爾注　顧寶田等注譯
新譯周易參同契　劉國樑注譯
新譯道門觀心經　王　卡注譯
新譯養性延命錄　曾召南注譯
新譯樂育堂語錄　戈國龍注譯
新譯冲虛至德真經　張松輝注譯
新譯長春真人西遊記　顧寶田等注譯
新譯黃庭經・陰符經　劉連朋等注譯

【軍事類】

新譯司馬法　王雲路注譯
新譯尉繚子　張金泉注譯
新譯三略讀本　傅　傑注譯
新譯六韜讀本　鄔錫非注譯
新譯吳子讀本　王雲路注譯
新譯孫子讀本　吳仁傑注譯
新譯李衛公問對　鄔錫非注譯

【教育類】

新譯爾雅讀本　陳建初等注譯
新譯顏氏家訓　李振興等注譯

新譯聰訓齋語　馮保善注譯
新譯曾文正公家書　湯孝純注譯
新譯三字經　黃沛榮注譯
新譯百家姓　馬自毅等注譯
新譯幼學瓊林　馬自毅注譯
新譯增廣賢文・千字文　馬自毅注譯
新譯格言聯璧　馬自毅注譯

【政事類】

新譯商君書　貝遠辰注譯
新譯鹽鐵論　盧烈紅注譯
新譯貞觀政要　許道勳注譯

【地志類】

新譯山海經　楊錫彭注譯
新譯水經注　陳橋驛等注譯
新譯佛國記　楊維中注譯
新譯大唐西域記　陳　飛等注譯
新譯洛陽伽藍記　劉九洲注譯
新譯徐霞客遊記　黃　珅注譯
新譯東京夢華錄　嚴文儒注譯

◎新譯拾遺記

石磊／注譯

流行於魏晉南北朝的志怪小說，記述神異鬼怪等故事和傳說，題材廣泛，幻想奇異，蔚然成為中國小說史上的一道風景。其中晉人王嘉所撰的《拾遺記》，即以其事豐奇偉、辭藻粲然等特色，成為此道風景中的一抹亮色。書中以記實的筆法、華麗生動的辭藻，雜錄歷史傳說、神話故事和奇聞逸事，表現古人對生活的嚮往，及對偉大未知人事的讚嘆。本書參校各善本注譯研析，帶領讀者進入瑰奇想像、豐美豔異的志怪世界。

國家圖書館出版品預行編目資料

新譯明傳奇小說選／陳美林,皋于厚注譯.－－二版二刷.－－臺北市：三民，2019
面；　公分.－－(古籍今注新譯叢書)

ISBN 978-957-14-6058-1（平裝）

857.26　　104015882

古籍今注新譯叢書

新譯明傳奇小說選

注譯者｜陳美林　皋于厚
發行人｜劉振強
出版者｜三民書局股份有限公司
地　址｜臺北市復興北路 386 號 (復北門市)
臺北市重慶南路一段 61 號 (重南門市)
電　話｜(02)25006600
網　址｜三民網路書店 https://www.sanmin.com.tw

出版日期｜初版一刷 2004 年 8 月
二版一刷 2016 年 1 月
二版二刷 2019 年 11 月
書籍編號｜S032260
ISBN｜978-957-14-6058-1